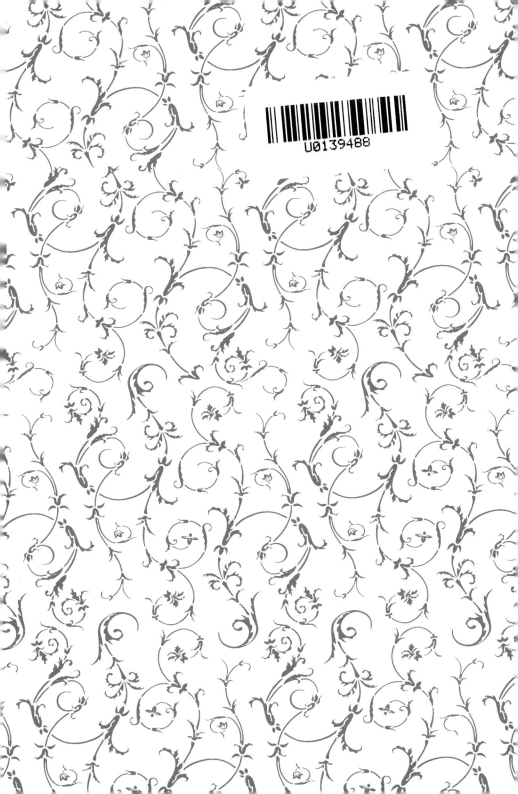

Yilin Classics

CHARLES DICKENS

经/典/译/林

David Copperfield

大卫·科波菲尔（下）

[英国] 查尔斯·狄更斯 著

宋兆霖 译

译林出版社

图书在版编目（CIP）数据

大卫·科波菲尔 /（英）查尔斯·狄更斯（Charles Dickens）著；
宋兆霖译. —南京：译林出版社，2017.6（2023.3 重印）
（经典译林）
书名原文：David Copperfield
ISBN 978-7-5447-6906-8

Ⅰ.①大… Ⅱ.①查… ②宋… Ⅲ.①长篇小说-英国-近代
Ⅳ.①I561.44

中国版本图书馆 CIP 数据核字（2017）第 058286 号

书　　名　大卫·科波菲尔
作　　者　［英］查尔斯·狄更斯
译　　者　宋兆霖
责任编辑　张媛媛
责任印制　董　虎
原文出版　Penguin，1997
出版发行　译林出版社
地　　址　南京市湖南路 1 号 A 楼
邮　　箱　yilin@ yilin.com
网　　址　www.yilin.com
印　　刷　南京新世纪联盟印务有限公司
开　　本　880 毫米×1240 毫米　1/32
印　　张　28.375
插　　页　8
字　　数　805 千
版　　次　2017 年 6 月第 1 版
印　　次　2023 年 3 月第 19 次印刷
书　　号　ISBN 978-7-5447-6906-8
定　　价　79.00 元（上、下册）

译林版图书若有印装错误可向出版社调换
市场热线：025-86633278　　质量热线：025-83658316

第三十章

一 个 损 失

晚上,我抵达亚茅斯,住进了一家小旅店。我知道,即使那位一切活人在他面前都得让位的来客眼下还没光临佩格蒂家,她家的那间空房——我的房间——大概不久就要有人住了,因此我才住进了小旅店,在那儿吃了饭,订下了床位。

我离开旅店时,已经十点钟了。许多商店都已关上门,镇上显得冷冷清清。我来到欧默-乔兰商店时,发现百叶窗已经关上,不过店门还开着。由于我在门外就看到了店里面欧默先生的身影,他正在小客厅的门边抽烟,于是便进去问候他。

"哟,哎呀呀!"欧默先生说,"你好吗? 请坐,请坐。——我希望,抽烟不要紧吧?"

"不要紧,"我说,"我喜欢闻烟味儿——别人烟斗里冒出的烟味儿。"

"哦! 自己烟斗里的味儿不喜欢,呃?"欧默先生笑着回答说,"这样很好,先生。对年轻人来说,抽烟是个坏习惯。请坐吧。我是为了治哮喘才抽烟的。"

欧默先生为我腾出地方,放上一把椅子。这时他重又气喘吁吁地坐了下来,含着烟斗扑哧扑哧直吸烟,好像烟斗里有他少不了的必需品,缺了它,他就会一命呜呼似的。

"听到巴基斯先生的坏消息,我感到很难过。"我说。

欧默先生不动声色地看着我,摇摇头。

"你知道他今天晚上怎么样吗?"我问道。

"我正要问你这句话呢,先生,"欧默先生说,"只是不便问罢了。这是干我们这行的人碍口的地方。有人生病时,我们不能打听他怎么样了。"

竟有这么一个难处,我倒没有想到,尽管在进店铺时,我也害怕再听到往日那种敲击声。不过经他这么一说,我也就明白过来了,于是我就说,他说得也是。

"好,好,你明白啦,"欧默先生点着头说,"我们不敢问那个。要是说'欧默跟乔兰向你问好,你今儿早上好吗?'——或者是今儿下午——这得看当时的情况,我的天,这一来会让大多数人吓坏,再也不能复原了。"

欧默先生跟我互相点了点头。接着欧默又靠着烟斗的帮助,才透过气来。

"正是这一点,使得干我们这行的人,本想要关心一下别人都不成了。"欧默先生说,"就拿我来说吧。我认识巴基斯先生不止一年,已经整整四十年啦,每次打我门口走过时,我都跟他点头打招呼。可是现在我却不能跑去问'他好吗?'"

我觉得,这真让欧默先生够难受的,所以我就这样对他说了。

"我希望,我并不比别人更自私自利。"欧默先生说,"你瞧我!说不定什么时候,我的气一下就断了。我自己知道,在这种情况下,是不大会自私自利的。我说,一个人知道自己的气说断就断(像一架风箱被割破似的),而且还是个做了外公的人,他是不大会自私自利的。"

"决不会的。"我说。

"我这也不是说怨我干的这一行,"欧默先生说,"我没有那个意思。不论哪个行当,都有好的地方,也有坏的地方。我希望的是,大伙的意志都能坚强一些。"

欧默先生的脸上露出谦恭、和蔼的神色,他默默地抽了几口烟,然后继续他原先的话题说:

"这么一来,我们要想知道巴基斯的情况,就只好靠艾米莉了。她知道我们的真心是什么,她把我们看成像一群小羊羔似的,不会让她惊慌,也不会使她起疑心。明妮和乔兰刚去那儿,其实是去问问艾米莉(她下班后就去那儿,给她姨妈帮点忙),巴基斯先生今儿晚上的情形怎么样。要是你愿意在这儿等他们回来,那他们一定会告诉你一切详细情况的。你要不要来点什么？来杯掺水的果汁酒怎么样？我自己抽烟时就伴着喝掺水果汁酒的，"欧默先生端起自己的酒杯说，"因为据说这东西能滋润软化呼吸通道，我这讨厌的呼吸就是靠它起作用的啊。不过，我的天，"欧默先生声音沙哑地说，"其实，并不是这条通道出毛病的啊！我女儿明妮说了，'只要给我足够的气，我定能找到通道的，我亲爱的。'"

他真的没有多余的气可喘了，看到他笑起来，真让人担心。等到他又能让我跟他说话时，我感谢他盛情请我喝酒，可是我还是拒绝了，因为我吃晚饭时已经喝过酒了。承他好意邀我留下等他女儿女婿回来，我遵从他的意见，决定在那儿等着，并问他艾米莉怎么样。

"哎，先生，"欧默先生从嘴里拿开烟斗，摸摸下巴说，"我跟你说实话吧，她要是结了婚就好了，我就高兴了。"

"这是为什么？"我问道。

"哦，她这阵子有些心神不定，"欧默先生说，"这并不是说，她没以前漂亮，因为她比以前更漂亮了——我敢对你担保，她比以前更漂亮了。这并不是说，她干活不如以前卖力了。她以前抵得上随便哪六个人，现在她仍抵得上随便哪六个人。可是，不知为什么，她没有了劲头。"欧默摸了摸下巴，吸了几口烟，说，"我可以笼统地用下面这句话来表示：'使劲拉呀，用力拉呀，一齐拉呀，伙计们，嗬嗨！'我对你说吧，艾米莉眼下缺少的——笼统说——就是这股劲头。"

欧默先生的脸色和态度表达得如此明显，因此我真心诚意地点了头，表示我完全明白他的意思。我这么快就明白他的意思，好像使他很高兴，他便继续说道：

"嗯，我认为这主要是因为她心不定，你知道。我们闲着时谈了不少，我跟她舅舅，跟她未婚夫都谈了。我认为，主要还是心不定。你一定还记得，"欧默先生微微地摇着头说，"艾米莉是个特别重感情的小东西。俗话虽说，'猪耳朵做不出绸荷包'。哦，我可不那么想。我倒觉得或许能做出来，要是你从小就动手做起的话。她已把那条旧船当成家了。先生，连青石和大理石都比不上啊。"

"我相信，她是那么回事！"我说。

"瞧她这个小美人老离不开她舅舅，"欧默先生说，"瞧她每天总缠着舅舅,越缠越紧,愈来愈亲,瞧她那副光景。不过,你知道,看这光景,内心准在进行一场斗争。干吗毫无必要地让它拖这么久呢?"

我专注地听这位好心眼的老人说着,他的话我全心全意地赞同。

"因而,我曾给他们说过,"欧默先生用一种轻松、自在的语气说,"我说:'你们别把艾米莉的学徒时间看死了,要学多久完全可以由你们来定。她干的活比原先想的好多了,她学艺的速度,也比原先想的快多了。欧默-乔兰的铺子,可以把她没满的学徒期限一笔勾销。你们要她满师,她就可以满师。以后她要是愿意做点什么小小的安排,在家替我们干点随便什么零星活儿,都行。要是不愿干,也行。反正不管怎么样,我们都不会吃亏的。'因为——这你还看不出来,"说着,欧默先生用烟斗碰了碰我,"像我这样一个连气都喘不过来,又是个做了外公的人,还会跟她那么个蓝眼睛的小花朵儿斤斤计较吗?"

"绝对不会,这我敢担保。"我说。

"绝对不会! 你说得对!"欧默先生说,"我说,先生,她的表哥——就是她要嫁的那个表哥——你认识的吧?"

"嗯,我认识,"我回答说,"我跟他很熟。"

"你当然很熟,"欧默先生说,"行,先生! 她的表哥好像干得很不错,手头也宽裕。他为这事向我道了谢,很有男子汉大丈夫的气概(我得说,他的举止态度一直让我敬重);跟着他就去租了一座小房子,那房子舒适得会让你我看了还想看。这会儿那房子全都陈设好了,既整洁,又完备,像个玩具娃娃的客厅似的。要不是巴基斯这可怜的家伙的病日益沉重,他们早就是夫妻了——我敢说,这会儿早就是了。由于这,婚期延迟了。"

"那么艾米莉呢,欧默先生?"我问道,"她定心一点了吗?"

"哦,这个么,你知道,"他又摸着自己的双下巴答道,"自然就难说了。今后的变化和分离这类事,我们可以说,在她是既近在眼前,又远在天边,两者同时存在。巴基斯要是死了,那他们的事就不会拖得太久,可他有可能就这么拖着。反正,事情很难说,你知道。"

"我知道。"我说。

"结果是,"欧默先生接着说,"艾米莉还是有一点提不起精神,有一点心神不定。也许,总的说来,她比以前更差劲了。她好像一天比一天更爱她舅舅,一天比一天更不愿离开我们。我对她说一句关心的话,她就眼泪汪汪。要是你看到她跟我女儿明妮的小女孩在一起的样子,那你准保一辈子也忘不了。哎哟哟!"欧默先生想了想说,"她对那小女孩那个爱法呀!"

我认为这是个好机会,趁着欧默先生的女儿女婿还没有回来把我们的谈话打断,我问他知不知道玛莎的情况。

"唉!"他摇摇头,神色沮丧地回答说,"不好啊。是个让人伤心的故事,先生,不管你是怎么看的。我从来不认为那女孩有什么罪过。我不想在我女儿明妮面前提这事——因为她马上就会阻拦我——不过我从来不曾提过。我们俩谁也没有提过。"

欧默先生比我先听到他女儿的脚步声,就用烟斗轻轻戳了我一下,一只眼睛还眨了眨,作为警告。明妮和她丈夫随即便进来了。

他们的消息是:巴基斯先生的病情"重得不能再重了"。他已完全不省人事,齐利普先生刚才离开之前在厨房里叹息,哪怕把内科医生学会、外科医生学会和药剂师公会的会员全都请来,也治不好他了。齐利普先生说,前两个学会的医生已经无能为力,而药剂师公会的人,只能把他毒死。

我听到这消息,又知道佩格蒂先生也在那儿,就决定立即去一趟。我向欧默先生、乔兰先生和乔兰太太道过晚安,就心情沉重地朝佩格蒂家走去,这种心情使得巴基斯先生成了一个新的、完全不同的人物了。

我轻轻敲了敲门,出来开门的是佩格蒂先生。他见到我时,并不像我预料的那样吃惊。后来佩格蒂下楼来时,我看她也是这样,而且以后一直如此。因此我想,在期待着那桩可怕的变故到来之时,其他的所有变故和意外都算不了什么了。

我跟佩格蒂先生握过手,然后一起走进厨房,他轻轻关上门。小艾米莉正坐在火炉边,两只手捂着脸,汉姆站在她的身旁。

我们都低声说着话,还不时停下来倾听楼上房间里有什么动静。上次来时,我还不曾想到,可是这会儿我才感到,厨房里缺了巴基斯先生,多不习惯啊!

"你真是太好了,大卫少爷!"佩格蒂先生说。

"真的是太好了!"汉姆说。

"艾米莉,我亲爱的,"佩格蒂先生大声说,"瞧呀!大卫少爷来啦!呃,

打起精神来,宝贝! 你跟大卫少爷都不说句话吗?"

她全身都在颤抖,我直到现在都还能看到。我握住她的手,她的手是冰冷的,我直到现在都还能感觉到。那只手唯一有生气的迹象是从我的手中抽回。接着她就悄悄从椅子上站起,溜到她舅舅的身边,俯伏在他的胸口,依旧一声不吭,全身颤抖着。

"这孩子心眼好,"佩格蒂先生用他粗糙的大手抚摸着她那浓密的头发,说,"所以经不住这样的伤心事。大卫少爷,年轻人从没经受过这种痛苦,都会畏怯害怕,像我的这只小鸟儿一样——这是很自然的。"

她往舅舅的怀里依偎得更紧了,但是既没有抬头,也不说一句话。

"不早了,我亲爱的,"佩格蒂先生说,"汉姆来了,他是来接你回家的。呃! 跟这另一个好心肠的人一块儿去吧! 你说什么,艾米莉? 呃,什么,我的宝贝?"

她的声音我没听见,不过佩格蒂先生低下头,好像在听她说什么,然后说:

"让你跟舅舅一块儿留在这儿? 怎么,你真想这样? 跟舅舅一块儿留在这儿,我的小宝贝? 马上要做你丈夫的人是特意来接你回家的呀! 看到这个小东西靠在像我这样一个风吹雨打的粗人怀里,谁也不会想到的,"佩格蒂先生非常得意地看着我们两个说,"可是海里的盐也没有她心里对舅舅的爱多啊——一个傻透了的小艾米莉!"

"艾米莉这样做是对的,大卫少爷!"汉姆说,"瞧! 既然艾米莉想这样,而且她又这么惊慌、害怕,那就让她待到明天早上好了。我也待在这儿吧!"

"不行,不行,"佩格蒂先生说,"像你这样一个成了家的人——跟成了家差不多——是不应该一天不干活的。也不应该让你既守夜,又干活。那样不行。你回家睡觉去吧。你不用担心没人照顾好艾米莉,这我知道的。"

汉姆听从了这一劝告,拿起帽子走了。就在他吻她时——我每次见他接近她时,总觉得他天生有一种绅士风度——她好像对她舅舅依偎得更紧了,甚至想躲开她自己选的丈夫。他走后,我跟着就把门关上,免得搅了屋内的这片肃静。我关门回来时,发现佩格蒂先生还在跟她说着什么。

"好了,这会儿我得上楼去了,告诉你姨妈,大卫少爷来了,让她听了好得到一点安慰,"他说道,"你先在火炉旁坐一会儿,我亲爱的,把你那双冰凉的手烤烤暖。你用不着这么害怕,这么惊慌。什么?你要跟我一起去?——好吧!那就跟我一起去吧!——走!要是她这个舅舅让人赶出家门,只好趴在一条沟里,大卫少爷,"佩格蒂先生说,那份得意劲,不亚于刚才那会儿,"我相信,她也会跟他一起去的啊!不过,眼看就要有另一个人了——眼看就要有另一个人了,艾米莉!"

后来,我上楼去,在我的小房间门口经过时,只见房里漆黑一团,当时我有个模糊的印象,好像艾米莉正在里面,在地板上趴着。不过,到底真的是她,还是房内杂乱的黑影,现在我就说不清了。

我坐在厨房的炉子跟前,我有那么一会儿空闲,想到漂亮的小艾米莉对死的恐惧——再加上欧默先生对我说的那番话,我认为,这就是她眼下失常的原因——在佩格蒂还没下楼前,我独自坐在那儿,数着那台时钟的嘀嗒声,更加感到周围严肃的寂静时,我甚至还想到,对她的这种弱点,应该给予更多的宽容。佩格蒂一下来,就把我紧紧搂在怀里,一再为我祝福,还一再对我感谢,感谢我在她悲痛时给予她这么大安慰(这是她说的)。接着她请我上楼,一面呜咽着说,巴基斯先生一向喜欢我,称赞我,在他陷入昏迷以前还常常提到我。她相信,要是他能再清醒过来,看到我一定会很高兴的,如果世界上还有什么能使他高兴起来的话。

当我看到他时,就觉得他再要清醒过来的可能,看来是微乎其微了。他躺在那儿,姿势显得很不舒服,头和两只肩膀全都伸在床外,半个身子趴在那只让他吃了那么多苦头、惹了那么多麻烦的箱子上。我听说,打从他无力下床开关箱子,也不能用我以前见过的那根探杖保证箱子的安全后,他就要人把那只箱子放在他床边的一张椅子上,从此他白天黑夜就一直抱着它。现在他的一只胳臂就搁在箱子上。时光和人世,正从他身边悄悄溜走,可箱子还在那儿。他说的最后一句话是(用的是解释的口气):"全是旧衣服!"

"巴基斯,我亲爱的!"佩格蒂朝他俯下身子,几乎高高兴兴地说,她的哥哥和我则站在床脚那头,"我的宝贝孩子来了——我的宝贝孩子大卫少爷来了!是他把我们俩撮合在一起的,巴基斯!你知道,是你叫他带口信的呀!你要跟大卫少爷说说话吗?"

他跟那箱子一样,一声不吭,毫无知觉,他的形象只能从箱子上得到唯一的体现。

"他就要跟着潮水一道去了。"佩格蒂先生用手掩着嘴对我说。

我的眼睛模糊起来,佩格蒂先生的眼睛也模糊了。不过我仍低声重复道:"跟着潮水一道去了?"

"海边的人,"佩格蒂先生说,"不到潮水快要退尽时,是死不了的。不到潮水涨满时,是生不出的——潮未涨满,是不能顺顺当当生下来的。他这会儿正跟着潮水一道退去。三点半钟开始退潮,半个钟头后潮水退平。要是他还能活到下次涨潮,那他就能挺过潮水涨满,然后在再次退潮时,跟着潮水一道去。"

我们都待在那儿,守着他,过了很久——好几个小时。当时,我待在他跟前,对他这样一个陷入昏迷的人,有什么神秘的影响,我不敢妄加评论。可是,当他最后开始微弱无力地说起话来时,他确实嘟嘟囔囔地说着赶车送我去学校的事。

"他开始醒过来了。"佩格蒂说。

佩格蒂先生碰了碰我,怀着异常的敬畏悄声说:"他很快就要跟潮水一道了。"

"巴基斯,我亲爱的!"佩格蒂说。

"克·佩·巴基斯,"他声音微弱地叫道,"天底下没有比你更好的女人了!"

"你瞧!大卫少爷来了!"佩格蒂说,因为这时他睁开了眼睛。

我正要问他是不是还认得我,这时只见他竭力想伸出手来,面露欢快的笑容,清清楚楚地对我说:

"巴基斯愿意!"

这时,潮水快要退尽,他跟着潮水一道去了。

第三十一章

一个更大的损失

　　在佩格蒂的恳求下,我无需多加考虑,就确定在原地再停留几天,等那位可怜的马车夫的遗体运往布兰德斯通后再离开。这也是他最后的一次旅行了。早在多年以前,佩格蒂就用自己的积蓄,在我们那片古老的教堂墓地里,靠近"她可爱的女孩"(她一直这样叫我母亲)坟墓处,买下了一小块地,作为她跟马车夫长眠的地方。

　　能陪伴佩格蒂,为她做我能做的一切(其实充其量只有一点点),我感到非常满足,想到都高兴,即使是现在,我都希望能有那样做的机会。不过,恐怕最让我感到无上满足的是,凭着我和他们的关系以及我的职业性质,我负责保管巴基斯先生的遗嘱和解释遗嘱的内容。

　　建议在箱子里寻找遗嘱,是我提出的,可说是我的功劳。经过一番搜寻,我们终于在箱子里一只马料袋的下面,找到了遗嘱。在这只袋子里,除了一些草料外,还有一只带表链和坠子的金壳老怀表,这只表,巴基斯先生只在结婚那天挂了挂,婚前婚后大家从来没有见过;还有一只形状像条腿的银质烟斗塞①,一只仿制的柠檬里面装满小杯小碟;我多少认为,这是在我还是小孩时,他买了准备送给我的,后来又舍不得了。袋里还有八十七个半几尼,全是一几尼和半几尼的;还有二百一十镑崭新的钞票,几张英伦银行的股票收据,一块旧马蹄铁,一个假先令,一块樟脑,一个牡蛎壳。牡蛎壳外面磨得很光滑,内部闪出缤纷的光彩,由此我断定,巴基斯先生对于珍珠,只

---

　　①　用来把烟斗中烟丝压紧的烟具。

有笼统的观念,从来没有达到真正弄清楚的程度。

多少年来,巴基斯先生每天驾车来来往往,可不管马车赶往哪儿,他都带着这只箱子。为了更好地避人耳目,他编了一套假话,谎称这只箱子是"勃莱克鲍先生的","暂交巴基斯保管,以待索取"。巴基斯特意把这句假话写在了箱盖上,现在,这些字已经模糊不清了。

我发现,这么些年来,他苦心积攒,成绩卓著。他的财产,折成钱数,差不多有三千镑。按照遗嘱,其中的一千镑他遗赠给佩格蒂先生终身收取利息;佩格蒂先生死后,全部本金由佩格蒂、小艾米莉和我三人平分;要是我们三人中有谁死了,则由活着的人平均分配。除此之外,他死后,其余一切财产全都留给佩格蒂,佩格蒂是他其余遗产的继承人,同时也是他最后遗嘱的唯一执行人。

当我尽可能郑重其事地高声宣读这一文件时,以及不厌其烦地一再向有关人员解释其中的条款时,我觉得,自己十足是个代诉人了。我开始感到,博士公堂比我原先所想象的要重要得多。我对这份遗嘱作了仔细的检查审核,断定它在各方面都完全合法,还用铅笔在边上做了一些记号什么的。我觉得自己居然懂得这么多,实在有点了不起。

我在安葬前的一个星期内,既要办这件深奥的事,又要替佩格蒂算清她名下应得的财产,还得有条不紊地把一切事务作一番安排,并在每一件事情上帮她想办法,出主意,对此我们两人都感到高兴。一个星期很快就过去了,在这期间我们一直没有见到小艾米莉,不过他们告诉我说,再过两个星期,他们就要不事铺张地举行婚礼了。

我并没有按名分的那样参加葬礼,要是我冒昧可以这样说的话。我的意思是说,我并没有穿黑袍,佩飘带,像要吓唬鸟儿似的。不过我一大早就步行到布兰德斯通;等到巴基斯先生的灵柩,仅仅在佩格蒂和她哥哥的护送下来到墓地时,我已经在墓地里了。那位疯绅士,在我从前住过的房间的小窗口,远远望着我们。齐利普医生的小婴孩,伏在保姆的肩上,冲着牧师,摇晃着自己的大脑袋,转动着他那向外凸出的眼睛。欧默则气喘吁吁地站在人们背后;除此之外,也就没有别的人了,很安静。一切都完事之后,我们在墓地上徘徊了一个小时,还从我母亲坟前的树上,摘下了几片嫩叶。

写到这儿,我感到一阵恐怖。一片乌云低垂在远方的市镇上空,我独自一人返回镇上。现在我真害怕接近它。想到那个难忘的晚上发生的事，要是我这会儿继续写下去，那事就非重演一番不可，我实在受不了。

那件事，不会因为我写了它，就变得更坏，但也不会因为我不愿写而不写，它就变得较好。事情已经发生了。再也无法使它消除，再也不能使它改变。

我的老保姆第二天要跟我一起去伦敦，办理遗嘱的事。那天，小艾米莉要在欧默先生的店铺里度过，晚上我们都要到那座老船屋里碰头。汉姆要像平日那样来接艾米莉回家。我会悠悠闲闲地徒步前往。佩格蒂兄妹会像来时那样回去，日落后在火炉旁等我们。

我跟他们在教堂墓地的栅栏门那儿分了手，也就是从前我想象中的斯特莱普背着罗德里克·蓝登①的背囊停下来休息的地方。当时我并没有径直回亚茅斯，而是在去洛斯托夫特的路上走了一小段，然后我才回头朝亚茅斯走去。我在一家还算像样的酒馆里停下来吃了晚饭，这家酒馆离我从前说到过的那个渡口，约有一二英里。一天的光阴就这样消磨掉了。等我走到渡口，已经是暮色苍茫了。当时正下着大雨，这是个暴风雨之夜。不过阴云后面有月亮，所以并不十分阴暗。

过不多久，我就看到了佩格蒂先生的船屋，以及窗子里透出的灯光。在沙滩上费力地走了一小段路后，我就来到了船屋的门口，接着就走进屋内。

屋子里看上去真舒服。佩格蒂先生已经抽过烟，晚饭也已准备停当。炉火烧得旺旺的，柴灰飞扬。那只小矮柜已为小艾米莉在老地方摆好。佩格蒂仍坐在自己的老位子上，看上去(除了她的衣服)好像从没离开过那儿似的。她又跟那只盖上有圣保罗教堂屋顶的针线匣，装在小房子里的码尺，还有那一小块蜡头在一起了。这些东西全在那儿，好像一切如常，从来没有受到过打扰。葛米治太太也坐在自己原来那个角落里，显得有点烦躁，这看来也很自然。

"你是第一个到的，大卫少爷!"佩格蒂先生满脸喜色说，"要是外衣湿了，少爷，就别穿在身上啦。"

"谢谢，佩格蒂先生，"我说，一面脱下外衣交给他挂起来，"一点也没

---

① 以上两人均为斯摩莱特小说中的主角，详见第四章注。

有湿。”

“没错!”佩格蒂先生摸了摸两个肩膀,说,“跟锯末一样干!你请坐,少爷,对你说欢迎的话是用不着的,不过我们诚心诚意地欢迎你。”

“谢谢你,佩格蒂先生,我相信是这样。哦,佩格蒂,”说着我吻了她一下,“你好吗,老妈妈?”

“哈,哈!”佩格蒂先生笑着在我们旁边坐了下来,搓着双手说道,这一方面由于解脱了最近一段时间来的烦恼,另一方面出于他天性的真诚,“世界上,没有一个女人——我对她说过——比她更可以心安理得了,少爷!她对死去的人,已经尽到本分了,这一点死去的人也知道。死去的人对她做了应当做的,她对死去的人也做了应当做的。所以——所以——所以,一切都很好!”

葛米治太太长长地叹了口气。

“打起精神来吧,我的老小妞!”佩格蒂先生说,(可是他暗中却对我们摇着头,显然他已觉出,最近发生的事故,又引得葛米治太太思念起那个老头儿来了)“别唉声叹气了!振作起来,这也为了你自己。只要你能高兴一点,你看吧,许多称心的事儿自然就会跟着来啦!”

“我能有什么称心的事啊,丹尼尔!”葛米治太太回答说,“除了孤苦伶仃、无依无靠之外,我能有什么称心如意的事儿啊!”

“不,不。”佩格蒂先生安慰她说。

“是这样,是这样,丹尼尔!”葛米治太太说,“我这样的人,怎么配跟有钱的人住在一起啊!什么都跟我过不去,我还是走了的好。”

“呃,没有你,我这钱怎么花呀?”佩格蒂先生带着一副认真规劝的样子说,“你这都说了些什么呀?难道这会儿我不比过去更需要你吗?”

“我知道以前从来没人需要我!”葛米治太太可怜巴巴地呜咽着说,“这会儿有人这样明白告诉我了!我这样一个孤苦伶仃的苦命人,又这样会烦人,怎么能巴望别人需要我呢!”

佩格蒂先生好像非常吃惊,想不到自己一句话竟会这样被人无情地曲解,正想回答,佩格蒂拉了拉他的袖子,还对他摇了摇头,把他给挡住了。他心里一副难过的样子,朝葛米治太太看了好一会儿,然后看了一眼那只荷兰钟,站起身来,弹了弹烛花,把蜡烛拿到窗台上。

"好啦!"佩格蒂先生高兴地说,"好啦,葛米治太太!"葛米治太太轻轻叹了口气,"按照老规矩,亮起来了!你弄不明白这是为什么吧,少爷!哦,这是为了我们的小艾米莉。你知道,天黑后,路上光线昏暗,走在路上让人高兴不起来。只要我在家,到了她该回来的时候,我就把蜡烛放在窗口。你知道,这一来,"佩格蒂先生朝我俯下身子,十分高兴地对我说,"两个目的都达到了,艾米莉会说,'到家了!'同样,艾米莉还会说,'我舅舅在家哪!'因为,要是我不在家,我从来不让她们把蜡烛放在窗口。"

"你真像个娃娃!"佩格蒂说,尽管她这样想,但她很喜欢他这个样子。

"嗯,"佩格蒂先生说,两腿叉得很开,站在那儿,两手分别在两腿上下搓动,露出得意的样子,时而看看我们,时而看看火炉,"我不知道是不是像。不过,你瞧,看起来并不像。"

"是不太像。"佩格蒂说。

"是啊,"佩格蒂先生笑着说,"看起来不像,可是——可是想起来像,这你知道。不管怎么说,哎哟哟,我可不在乎!让我告诉你吧,我又去看了看我们艾米莉的漂亮房子。嗨!当时,我要是没觉得,那儿的许多小东西就是小艾米莉,那我就该——我就该天诛地灭了。"说到这儿,佩格蒂先生突然提高了嗓子,"你们都听见了吧,别的我可说不上来啦!我把那些小东西拿起又放下,我动它们的时候,真是小心了又小心,好像件件东西都是我的宝贝小艾米莉。我动她的小帽子什么的时候,也是这样。我可不许人粗手笨脚地去动那些东西——哪怕给我整个世界,我也决不允许。这就是你叫作娃娃的这个家伙,可是他的模样儿,却活像只大海豚!"说完,佩格蒂先生大笑起来,流露出他的满腔真情。

佩格蒂和我也都笑了,不过笑声没他那么响亮。

"你们知道,这是我的想法,"佩格蒂先生又搓了一会大腿,然后满脸含笑地说,"因为从前我常跟她一起玩,我们假装成土耳其人、法国人,以及各种各样的外国人——哎呀,是的,我们还假装成狮子、鲨鱼、鲸鱼,还有我说不上来的东西!——那时候,她还不到我的膝盖这么高呢。你们知道,这已经成了我的习惯了。哦,这儿这支蜡烛,瞧!"佩格蒂先生满心高兴地把手伸向那支蜡烛说,"我打定主意,等她结了婚搬走后,我仍要把蜡烛放在那儿,跟这会儿一模一样。我还打定主意,每当我晚上在这儿时(唉,不管我发了什么大财,我还能住到别的什么地方去啊!),哪怕她不来这儿,或者我不去她那儿,到时候我仍要把蜡烛放在窗台上,坐在火炉边,装作在等她,就像这会儿一样。这就是你叫作娃娃的这个家伙,"说到这儿,佩格蒂先生又哈哈大笑起来,"可是他的模样儿,却活像一只大海豚!啊,这会儿我看到蜡烛在闪耀发光,就对自己说,'艾米莉正望着这烛光呢!她正往这儿走来!'这就是你叫作娃娃的家伙,可模样儿活像一只大海豚!这话说对了,"佩格蒂先生止住笑声,两手一拍说,"因为她果真来了!"

可是来的只有汉姆一个人。打我到了这儿后,夜雨大概下大了,因为他戴着一顶宽檐防水帽,把他的脸都遮住了。

"艾米莉呢?"佩格蒂先生问道。

汉姆的头动了动,像是说她在外面呢。佩格蒂先生端起窗台上的蜡烛,弹了弹烛花,把它放在桌子上,然后就忙着拨弄起炉火来了。这时,一动不动站在那儿的汉姆说:

"大卫少爷,你出去一会,看一看艾米莉跟我给你看的东西好吗?"

我们俩一块儿走到屋外。当我在门口走过他身边时,我看到他的脸色死一般的苍白,使我又惊又怕。他急急忙忙地把我推出门外,随手关上门。只有我们两人在门外。

"汉姆,怎么回事?"

"大卫少爷!——"

哦,他的心都碎了,哭得多凄惨啊!

看到他那么悲痛欲绝,我都惊呆了。我不知道自己在想些什么,也不知道自己在怕些什么,我只能眼睁睁地看着他。

"汉姆!可怜的好人!求你看在老天爷的分上,快告诉我,到底出什么事了?"

"我的爱人,大卫少爷——我心里的骄傲和希望——我愿为她去死,眼下就愿为她去死的那个人——她已经走了!"

"走了!"

"艾米莉跑了!哦,这会儿,我只求仁慈的上帝赶快要了她的命(她那比一切都宝贵的命),别让她毁了身子,遭受耻辱啊!大卫少爷呀,你想想,她是怎么跑的吧!"

他那张仰望阴云密布的天空的脸,他那双紧握拳头的颤抖的手,他那个痛苦不堪地挣扎着的身子,跟那片冷寂荒凉的海滩在一起,直到此时此刻,仍深深地留在我的记忆之中。那儿永远是一片黑暗的夜色,汉姆是那夜色中唯一的活物。

"你是个有学问的人,"汉姆匆匆忙忙地说,"你知道什么是对的,什么是最好的。我对门里的人说什么好呢?我该怎么告诉他们这个消息呢,大卫少爷?"

我看到门在动,就出于本能地想把外面的门闩拉住,以便赢得一点时间。可是已经太晚了。佩格蒂先生已经伸出脸来。即使我能活上五百岁,我也永远不会忘记,他看到我们时脸上所起的变化。

我记得,当时只听到一阵恸哭和一声长号,女人们都围在他的身边,我们全站在屋子里,我手里拿着汉姆给我的那张纸;佩格蒂先生的背心撕裂了,头发乱成一团,脸和嘴唇都煞白,鲜血滴落到胸前(我想,那是从他嘴里吐出来的),两眼一直盯着我。

"念吧,少爷,"他说,声音低沉而颤抖,"请你念得慢一点,我不知道能不能听懂。"

于是,在死一般的寂静中,我拿着这封墨渍斑斑的信,读了起来:

> 你爱我爱得这么深,可我从来都不配你这样爱,即使在我心地纯洁时,也不配,当你看到这封信时,我已经远去了。

"我已经远去了!"佩格蒂先生慢慢地把这一句重复了一遍,"停一下!艾米莉远去了。啊!"

"当我在早晨离开我亲爱的家时——我亲爱的家——哦,我亲爱的家啊!——信上的日期是头一天晚上——我再也不回来了,除非他把我娶作太太带回来。几个小时以后,到了晚上,你只能见到这封信,见不到我了。哦,但愿你能知道,我心里是多么难过!但愿受了我这么多伤害的你,永远不能原谅我的你,能知道我是多么痛苦啊!我太坏了,有关我自己,信上已不值得一提。哦,你就想想我这人有多坏来安慰自己吧。哦,求你啦,千万告诉舅舅,现在我比以往加倍地爱他。哦,不要记起你们大家过去对我有多宠爱,有多关心——不要记起我们本来很快就要结婚——你们要尽量设想,我打小时候就死了,早已埋在什么地方了。求求我远离的上天,可怜可怜我的舅舅吧!告诉他,现在我比以往加倍地爱他。多多安慰他吧。找一个能像我以前待舅舅那样的好女孩,爱她;找一个忠心于你,配得上你,除我之外不知有耻辱事的好女孩,爱她。求上帝保佑大家吧!我要时常跪下来为大家祈祷。要是他不把我娶作太太带回来,我就不再为我自己祈祷,我只为大家祈祷。我把我临别的爱献给舅舅。我把我最后的眼泪和最后的感谢,献给舅舅!信念完了。"

我念完信过后好久,佩格蒂先生仍站在那儿,两眼一直盯着我。后来,我终于冒昧地握住他的手,尽我所能求他千万克制自己。他嘴里回答说,"谢谢,少爷,谢谢你!"可是身子一动也没动。

汉姆对他说话了。佩格蒂先生深深领会汉姆的痛苦,他紧握住汉姆的手。不过除此之外,他仍保持原来的样子,也没有人敢打扰他。

慢慢地,他终于像从幻觉中醒过来似的,把两眼从我脸上移开,转向房间的四周。然后低声问道:

"那个男的是谁?我要知道他的名字。"

汉姆朝我瞥了一眼,我突然感到一惊,惊得我后退了一步。

"一定有个可疑的男人,"佩格蒂先生说,"他是谁?"

"大卫少爷!"汉姆对我恳求说,"请你先出去一下,我好把我得说的话告诉他。这话你不该听的,少爷。"

我再次感到一惊。我一下瘫坐在一张椅子上。我想要回答他几句,可是我的舌头给锁住了,我的视线也模糊了。

"我要知道他的名字!"我又听到说。

"前些日子,"汉姆结结巴巴地说,"有个男听差有时来这儿,还有一位绅士,他们是主仆两人。"

佩格蒂先生仍跟先前一样,站在那儿一动不动,不过这时他的眼睛则一直看着汉姆。

"那个男听差,"汉姆接着说,"昨天晚上,有人看到他跟我们可怜的姑娘在一起——他一直躲在这儿附近,已经有一个星期了,也许还不止。别人还以为他走了,其实他躲起来了。你别待在这儿了,大卫少爷,别待在这儿了!"

我觉出佩格蒂的胳臂搂住我的脖子,不过,即使这座屋子整个儿倒塌在我身上,我也一动都动不了。

"今天早上,天刚亮,镇外就有一辆古怪的轻便马车套着马,停在去诺里奇的路上,"汉姆接着说,"那个男听差到马车跟前去了一趟,走开了,后来又到马车跟前去了一趟。在他第二趟去时,艾米莉跟在他身旁。另外那个人就坐在马车里,就是那个男的。"

"天哪!"佩格蒂先生说着往后一退,一只手朝前一伸,好像要把他所害怕的事挡出去似的,"不用说啦,那人是斯蒂福思!"

"大卫少爷,"汉姆结结巴巴地大声说,"这——这不是你的错——我一点——一点也不怪你——不过那人确实是斯蒂福思,他真是个该死的坏蛋!"

佩格蒂先生没有叫喊,没有流泪,也没有动一动身子。后来,好像突然醒了过来,从屋角的钉子上取下他的粗布外衣。

"来帮我一把吧!我手脚全僵了,连衣服都穿不上了!"他急不可耐地说,"快来帮我一把。行了!"当有人帮他穿上衣服后,他说,"好,再把那边那顶帽子递给我!"

汉姆问他,他要去哪儿。

"我要去找我的外甥女儿,我要去我的艾米莉。我要先去把那条船凿沉。要是早知道他是这样一个东西,只要我还活着,我一定会在凿沉船的地方把他淹死的。当时他就坐在我面前,"他疯了似的伸出握紧拳头的右手说道,"当时他就坐在我面前,跟我面对面,就是把我打死,我也要淹死他,我想这错不了!——我要去找我的外甥女儿!"

"去哪儿?"汉姆大声说道,一面用身子挡住门口。

"不管去哪儿!我要走遍全世界,去找我的外甥女儿。我要找到我那可怜的受了辱的外甥女儿,把她带回来。谁也别想拦我!告诉你们,我要去找我的外甥女儿!"

"不行!不行!"葛米治太太跑到他们两人之间,发急地大叫道,"不行!不行!丹尼尔,像你现在这样去不行。稍微等一等,再去找她也不晚。我孤苦伶仃的丹尼尔,好歹都得等一等。可是像你现在这样去不行。你先坐下,原谅我一直以来都让你烦心,丹尼尔——跟这事比起来,我的那点不顺心的事,又算得了什么啊!——让我们来提一提旧事吧!艾米莉第一个成了孤儿,后来汉姆也成了孤儿,我成了个可怜的寡妇,是你收留了我们。想想这些,你那颗可怜的心就会变软了,丹尼尔,"说着,她把头靠在佩格蒂先生的肩膀上,"你也就较能忍受住你的痛苦了,因为,丹尼尔,你是记得这句话的,'这些事你们既做在我这兄弟中一个最小的身上,就是做在我身上了'①,在这座屋子里,在这座我们已经安身了许多、许多年的屋子里,这句话是决不会不起作用的!"

佩格蒂先生这时变得很顺从了;当我听到他哭起来时,一时间我本想跪下来,求他们饶恕我惹起这场灾祸,同时大骂斯蒂福思一顿。可是我有了另外一种表达感情的更好方法。我那颗负担过重的心,得到了同样的解脱,我也哭了起来。

---

① 见《圣经·新约·马太福音》第二十五章第四十节。

第三十二章

走上漫漫路

在我是合乎常情的事,我推测,对许多旁人来说,也是合乎常情的,因此我不怕写出,我对斯蒂福思,从来没有像跟他绝交之后那么爱他。发现他的卑劣行径,我感到十分难过,可是我更多地想到他横溢的才华,更多地体会到他的一切好处,比过去更崇拜他,更多地赞赏他那本可使他人格高尚、名声伟大的品质。我深深感到,自己无意中让他玷污了一家清白人家。但是我相信,要是把我带到他面前,我还是说不出一句责备他的话来。我还会十分敬爱他——虽然他不能再使我着迷——我还会十分热情地记住我对他的爱慕,还会像个精神受过伤害的小孩一样软弱,只差没有想到我们还可以重修旧好。跟他重修旧好,我从来不曾有过这种念头。我觉得,像他早已觉出的那样,我们两人之间的关系,一切都完了。他对我还记得什么,我至今不得而知——也许很淡漠,轻易就打发掉了——可是我对他的回忆,就像是对去世的挚友一样。

是的,斯蒂福思啊,从今以后,你永远从这本寒碜的传记的各个场景中除名了! 在末日审判的宝座前,虽非出于本意,我会为控告你做证,这是我的悲哀。但是我知道,我决不会对你怒气相加或严词谴责!

发生这件事的消息,很快就传遍了全镇,因为第二天早上我从街上经过时,就听见人们在门口纷纷议论这件事。许多人认为艾米莉不对,也有人认为斯蒂福思不对,但是对她的第二个父亲和她的未婚夫,看法则完全一致。人们虽然不尽相同,但看到他们遭受不幸,他们全都对他们表示尊敬,其中充满亲切、体贴之情。船民们看见他们两一大早就在海滩上缓缓踱步,全都有意避开了，三五成群地站在一起，满怀同情地谈论着这件事。

就在紧靠大海的海滩上，我找到了他们。即使佩格蒂没有告诉我，说到天大亮了，他们仍像我离开时那样坐在那儿，我也不难看出，昨晚上他们整整一夜未睡。他们两人都显得疲惫不堪。我还觉得，佩格蒂先生的头，在这一夜之间，就比我认识他这么多年来垂得低多了。不过他们两人，都跟大海一样严肃，一样沉稳。这时，大海正平静无浪地铺展在昏暗的天空下——不过海面上有一种沉重的起伏，仿佛休息时在呼吸——地平线上镶着一道银光，是尚未看到的太阳射出的。

"我们已经谈得很多了，少爷，"当我们三人一块儿默默走了一会儿，佩格蒂先生对我说，"谈了我们该做什么，不该做什么。不过这会儿我们看出我们该走的路了。"

我碰巧朝汉姆看了一眼，这时他正遥望着远处天边海面的那道银光，一个可怕的念头泛起在我的心头——并不是由于他脸上现出的怒容，因为他脸上没有怒容，我只记得他的表情中有一种毫不动摇的决心——要是他一旦遇到斯蒂福思，他一定会杀了他。

"所有我在这儿的责任，少爷，"佩格蒂先生说，"我全都尽了。我要去找我的——"说到这儿，他停顿了一下，接着用更坚决的口气说，"我要去找她。这是我今后一辈子的责任。"

我问他到哪儿找她，他摇摇头，问我是不是明天要回伦敦？我告诉他，我今天所以没有回伦敦，就是怕失去想帮他一点忙的机会。要是他要去，我随时都可以陪他一起去。

"要是你答应的话，少爷，"他回答说，"明天我跟你一起去。"

我们又默默地走了一会。

"汉姆，"他又接着说，"他要继续干他现在的活，去跟我妹妹一块儿过。那边那条旧船——"

"你要抛弃那条旧船吗，佩格蒂先生？"我轻声插嘴说。

"我待的地方，大卫少爷，"他回答，"已经不再是那儿了。要是打从黑暗笼罩在深渊上①，就有船沉没，那么，那条船也就是沉了。不过，少爷，我

① 参见《圣经·旧约·创世记》第一章第二节。

并不是说要把那旧船屋抛弃掉。不是的,决不是那样。"

我们又像先前那样走了一会,接着他解释说:

"少爷,我的希望是,要叫那旧船屋,不论是白天还是黑夜,不论是冬天还是夏天永远都要像她原先知道的样子。要是有一天她流浪回来了,我决不能让这个老地方像是不让她来似的,你明白我的意思吧,而是要它引她走近,也许还会引得她像个幽灵似的,从风雨中钻出,打那个老窗口偷偷朝里张望,偷看她从前在炉边坐的老位子呢。到时候,大卫少爷,她看到屋里只有葛米治太太,没有旁人,也许会鼓起勇气,哆嗦着溜进屋子,也许还会在自己的那张旧床上躺下,把疲乏的头枕在从前枕过的非常舒适的地方。"

我虽然想说几句话回答他,但是却什么也说不出来。

"每天晚上,"佩格蒂先生说,"天一黑,都要像往常一样,得把点亮的蜡烛放到窗口那个老地方;要是她看到了烛光,蜡烛仿佛就会对她说:'回来吧,我的孩子,回来!'天黑以后,要是有人敲你姑妈家的门(特别是轻轻敲门),汉姆,你可别去开门,要让你姑妈——而不是你——去见我那堕落的孩子!"

他走在我们前面一点,好一阵子都走在前面。这时,我又朝汉姆瞥了一眼,只见他脸上依旧是那种决心已定的表情,眼睛还是遥望着远处的银光。我碰了碰他的胳臂。

我一连叫了两次他的名字,用的是把睡着的人唤醒的口气,他这才注意到我在叫他。当我终于问他,他这样聚精会神在想什么时,他回答说:

"想我面前的事,大卫少爷,还有那边的。"

"你是说,想你今后的生活吗?"他刚才正胡乱地朝海那边指着。

"唉,大卫少爷,我不太清楚是怎么回事。不过我觉得,从那边好像会来个——结局似的。"他看着我,如梦方醒,可是脸上还是那种决心已定的表情。

"什么结局?"我问道,原先那种恐惧,又盘踞我的心头。

"我也说不上来,"他若有所思地说,"我刚才心里正在想,事儿最初全是在这儿发生的——跟着结局就来了。不过这已经过去了!大卫少爷,"他又补充说,我想,这是由于他看到了我的脸色,"你用不着为我担心,我只不过脑子里有点糊涂罢了,我好像什么都弄不清楚了。"——这等于说,他已失

去常态,精神已经非常错乱了。

佩格蒂先生停住脚步,等我们走上前去,待我们走到一起后,大家都没有再说话。不过这种情景,联系我以前的想法,时时缠绕着我,直到那无情的结局,在注定的时刻到来时,才算告一段落。

我们不知不觉地走到了旧船屋跟前,走了进去。葛米治太太已经不像先前那样,无精打采地坐在自己那待惯的屋角里发呆了,而是忙着在做早饭。她接过佩格蒂先生的帽子,为他摆好位子,说话的语气那么温柔、体贴,我几乎都认不出她了。

"丹尼尔,我的好人,"她说,"你得吃喝才行呀,这样才能保持你的体力,因为要是没有体力,你就什么也干不成了。来,吃一点,这才是好人哪!你要是嫌我叽叽喳喳,"她这是说,她喋喋不休,"那你就对我说,丹尼尔,我就不叽叽喳喳了。"

侍候我们大家吃好早饭后,她便退到窗口旁,在那儿忙着为佩格蒂先生缝补一些衬衣和别的衣服;补完后,整整齐齐地折叠好,把它们放进一只水手用的油布袋里。同时,她仍跟刚才一样,态度文静地继续说着。

"你要知道,丹尼尔,不管是什么时候,不论是什么季节,"葛米治太太说,"我都要永远守在这里,样样都要张罗得合你的心意。我虽然没有多少文化,可你走以后,我还是会不定时给你写信的,我会把信寄给大卫少爷。也许你也会不定时给我写信,丹尼尔,告诉我你孤身一人在旅途中的情况。"

"到时候,恐怕你要孤孤单单地一个人在这儿了!"佩格蒂先生说。

"不,不,丹尼尔,"她回答说,"我决不会感到孤单的,你就别为我担心了。替你照管好这个窝(葛米治太太指的是这个家),就够我忙的了。我要管好这个窝,等着你回来,等着随便哪一个回来,丹尼尔。天气好的时候,我要像往常那样,坐在门口,要是有人来,那他们打老远就能看到我,知道我这个老寡妇对他们照旧还是忠心耿耿。"

就在这么短短的时间里,葛米治太太有了多么大的变化啊!她成了另一个人了。她是那么忠心耿耿,那么快就体会到什么话该说,什么话不该说。她忘了自己,那么关心别人的悲伤,因而我对她肃然起敬了。那天她干了多少活呀!因为许多东西都得从海滩搬回来,存放在外面的小屋里——像桨啊,橹啊,网啊,帆啊,缆绳啊,桅杆啊,捕虾篓啊,压舱袋啊,等等等等。

虽然海边的人,凡是能干活的,没有一个不愿为佩格蒂先生效劳的,而且也没有一个被请帮忙的人不得到好好酬谢的,所以以帮忙的人有的是,可是葛米治太太整天执意要搬运那些重得她力不胜任的东西,还不辞辛苦地跑来跑去忙着干那些不需要她去干的差使。甚至悲叹她自己的不幸,她好像也完全忘了,不记得自己有过任何不幸了。她在同情中自始至终保持着乐观的态度,这也是她所起的变化中令人吃惊的一部分。怨天尤人的情况绝对没有了。在那一整天里,我甚至没有听到过她声音打颤,也没有看到过她流过半滴眼泪。到了傍晚,屋子里只剩下她和我,还有佩格蒂先生。佩格蒂先生因为累极了,打起了瞌睡。直到这时,她终于强忍不住,呜咽着哭了起来,同时把我拉到门口,对我说:"上帝保佑你,大卫少爷,好好照顾他,那个可怜的好人!"说完马上就跑到屋外洗脸去了,为的是让佩格蒂先生醒来时,能看到她正安安静静地坐在他身旁干活。简单说来,那天晚上我离开那儿时,就把支持痛苦中的佩格蒂先生的责任交给她了。我从葛米治太太那儿受到教育,她显示给我的新经验,真让我体会不尽。

当时晚上九十点钟之间,我满腹忧伤地缓步从镇上走过,在欧默先生的店铺门前停住了脚步。欧默先生的女儿告诉我说,欧默先生让这件事弄得非常难过,一整天都精神沮丧,情绪低落,烟也没抽就上床睡觉了。

"那丫头净骗人,心眼坏透了,"乔兰太太说,"她没有一点好的地方,一向这样!"

"别这么说,"我回答道,"你心里并不是这样想的。"

"不,我就是这样想的!"乔兰太太怒气冲冲地大声说。

"不,不。"我说。

乔兰太太把头一甩,想要作出严厉、生气的样子,可是她本性温柔,一时控制不住,哭了起来。我当时确实还很年轻,可是看到她有这种同情心,我对她更加尊重,同时认为,她这样一个贤妻良母,有这样的心肠,是非常适合的。

"她将来怎么办啊!"明妮呜咽着说,"到哪儿去呢?将来会成为什么样子呀!哦,她对自己,对汉姆,怎么能这样狠心啊!"

我清楚地记得明妮还是个年轻漂亮姑娘的时候,当年的情景,她也还热情生动地记得,为此我很高兴。

　　"我的小明妮,"乔兰太太说,"刚刚才睡着。就连睡着了,都还抽抽噎噎地要艾米莉呢。小明妮为她哭了一整天,一次又一次问我,艾米莉是不是坏人? 就在昨天晚上,她还在这儿,把自己颈项上的一条丝带解下来,系到小明妮的颈项上,还跟小明妮并排躺在一只枕头上,直到小明妮睡着了才走,你想,我还能对她说什么呢! 这会儿那丝带还系在小明妮的颈项上哪。也许不该再让她系着了,可是我有什么办法呢? 艾米莉是很不好,不过她跟小明妮两个要好得很呢。再说,一个小孩子,什么也不懂啊!"

　　乔兰太太心里那么苦恼,弄得她的丈夫也出来照顾她了。我让他们两人在一起,自己前往佩格蒂的家。这时,我比先前更加忧郁了,如果说还能更忧郁的话。

　　那个好心人——我说的是佩格蒂——虽然近来焦虑、熬夜已有多天,但仍不辞辛苦地去陪她哥哥了,她打算在那儿待到第二天早上。佩格蒂已经有好几个星期顾不上料理家务了,就雇了一个老太太来家帮忙。当晚,在这座房子里,除我之外,就只有这位老太太了。我既然没有什么要她侍候,就打发她去睡觉,她也就高高兴兴地去了。我在厨房的炉子前面坐了一会,细细想了想整个这次事件的前前后后。

　　我正在想着这件事,又联想到去世的巴基斯先生临终的情况,以及随着潮水涌向今天早晨汉姆那么奇怪地遥望着的远方,一阵敲门声突然把我从胡思乱想中惊醒。门上本来装有一个敲门用的门环,可是传来的不是门环的敲击声,而是手敲的声音,而且敲在门的下方,像是一个孩子在敲门似的。

　　这声音使我吃了一惊,就像是一个听差在敲显贵人家的门。我打开门,先朝下一看,让我惊奇的是,没有看到别的东西,只有一把大伞,仿佛自己会行走似的。不过我马上就发现,伞底下原来是莫彻小姐。

　　她放下雨伞,用尽力气也没能收拢。要是这个小矮人像上次那样,对我露出使我印象最深的那种"轻浮"表情,我大概是不会好好接待她的。但是当她朝我仰起脸来,我发现她脸上的神情是那么的认真诚挚;而当我接过她手中的伞以后(这把伞即使给那个爱尔兰巨人①使用也会觉得不合适)她苦不堪言地对绞着那双小手,这倒使我对她有了好感了。

―――――――――

　　①　此处可能指身高八英尺七英寸的爱尔兰巨人奥布赖恩。

"莫彻小姐,"我先朝寂静的街道两头看了一下(不太清楚我还想再看到什么),然后说,"你怎么来这儿啦? 是怎么回事?"

她用她那短短的右臂朝我打了个手势,叫我替她把伞收拢,接着便匆匆从我面前走过,走进厨房。我关上门,拿着伞随着进来后,发现她坐在炉栏的角上——铁炉栏很低,上面有两块平板,用作摆放碟子——在锅子的旁边,身子前后摇晃着,两手分别在自己的两个膝盖上擦着,像是很痛的样子。

只有我一个人来接待这位不速之客,也只有我一个人看到她这种古怪的举止,我感到十分惊慌,便又大声问道:"请告诉我,莫彻小姐,是怎么回事! 你病了吗?"

"我亲爱的年轻人,"莫彻小姐说着,把两手叠着紧按住胸口,"我这儿有病啦,我病得很厉害。想不到事情竟会弄到这种地步! 要不是我是个没脑子的傻瓜,我本来应该知道的,也许还可以防止这件事发生!"

她的那个小身子一前一后地摇晃着,她的那顶大帽子(跟她的身材非常不相称)也跟着一前一后地摆动着;这时,墙上还有一顶硕大无朋的帽子,也在摆动着,跟她头上的帽子动作完全一致。

"看到你这么难过,这么认真,"我开口说,"我真感到吃惊——"刚说到这儿,她就把我的话打断了。

"不错,老是这样!"她说,"那些虽已长大,但从不替别人着想的年轻人,看到我这样一个小东西,居然也有普通人的感情,他们没有一个不感到吃惊的! 他们拿我当玩物,用我取乐,玩厌了就把我扔开。发觉我比玩具马或木头兵多一点感情,他们就觉得奇怪。是的,是的,就是这样。老一套!"

"别人也许是这样,"我回答说,"不过我可以向你保证,我可决不是这样。也许,见到你现在的样子,我真不应该感到吃惊,因为我对你的了解太少了。我方才只是想到什么说什么,没有细想。"

"我有什么办法呀?"那个小女人说着站了起来,张开两臂,露出全身,"你瞧! 我是什么样子,我父亲也是这样,我妹妹也是,我弟弟也是。这许多年来,我整天要为弟弟妹妹工作——辛苦啊,科波菲尔先生! 我总得活下去。我并没有做坏事。要是有的人未加考虑,或者刻毒地拿我开玩笑,那我除了开自己的玩笑,开他们的玩笑,开一切东西的玩笑外,还有什么别的办法呀? 要是我一时这么做了,这是谁的错呢? 是我的错吗?"

不是。不是莫彻小姐的错,我若有所悟。

"要是我在你那位没有信义的朋友面前,表现出自己是个敏感的矮子,"那个小女人继续说道,一面带着严加责备的神情对我摇着头,"那你认为,我还能从他那儿得到多少帮助和善意呢?如果小小的莫彻(她长成这样,年轻的先生,这不能怪她啊),因为自己的不幸,向他或像他那样的人央告,那你认为,他们会听她那细小的声音吗?即使小小的莫彻是最苦、最笨的矮人,她照样也得活下去呀。不过那么做可不成。不成。那她就是想用吹口哨来吹出面包和奶油,最后只会吹得气绝身亡。"

莫彻小姐又在炉栏上坐了下来,同时掏出手帕来擦眼睛。

"要是你像我想的那样,有一颗仁慈的心,那就为我感谢上帝吧,"她说,"因为我只要清楚知道,自己是怎样一个人,我就能高高兴兴的,什么都可以忍受。不管怎样,我也为自己感谢上帝,因为我能找到自己闯荡世界的小门道,用不着对任何人感恩戴德。在我的闯荡生涯中,有的人出于愚昧,有的人出于虚荣,会给我扔这个,抛那个,我就会用肥皂泡儿回敬他们。要是我用不着为我需要的一切担忧,对我来说,当然很好,对任何别的人来说,也没有坏处。要是你们这些巨人定要拿我当玩物,那就请你们对我手脚轻一点。"

莫彻小姐重又把手帕放回自己的口袋,凝神望着我好一会儿,才又开口接着说:

"刚才我在街上看到你了。你也许以为我腿短,气也短,不可能跑得跟你一般快,一定追不上你。不过我可知道你打哪儿来,所以就跟上来了。今天我已经来过这儿了,可是那位好人不在家。"

"你认识她?"我问道。

"我听人说起过她,说到过她的为人,"她回答,"在欧默-乔兰铺子里听说的。今天早上七点钟,我在他们那儿。上次我在旅馆里看到你跟斯蒂福思时,斯蒂福思跟我说起过那个不幸的女孩子,你还记得吗?"

莫彻小姐问我这句话时,她头上的那顶大帽子,还有墙上那顶更大的帽子,又一齐一前一后地摇摆起来。

她提到的那句话,我记得一清二楚,因为在那一天里,那句话在我的脑子里想过好多遍。我把这情况如实告诉了她。

"但愿他遭殃,"小女人说,在我和她那闪亮的眼睛之间,举起了她的食指,"那个该死的听差更得遭十倍殃;不过我当时相信,对她有着孩子气的恋情的,是你呢!"

"我?"我重复了一声。

"真是孩子,真是孩子!"莫彻小姐喊了起来,她又在炉栏上一前一后地摇摆着身子,不耐烦地绞着双手,"那我以瞎眼厄运的名义问你,你为什么那么夸奖她,而且又是面红耳赤的,又是心慌意乱的,这是为什么?"

我没法隐瞒,我是有过这些表现,不过原因却跟她所想的完全不同。

"我那时知道什么啊?"莫彻小姐说着又掏出手帕,每当过上一会用双手把手帕捂在眼上时,她就要用脚在地上轻轻跺一下,"我看得出来,他在阻碍你,又在欺骗你;我也看出,你在他手中,就像是软化了的蜡烛似的。当时我曾经离开房间一会儿,他的那个听差就告诉我说,'小天真'(他就是这样叫你的,你一辈子都可以叫他"老坏蛋")一心迷上她了,她也稀里糊涂地爱上了他。不过他的主人决定不让闹出乱子来——这更多的是为你好,而不是为她——他们就是为了这件事,才在这儿待着的。当时我怎么能不相信他呢?我亲耳听到斯蒂福思用称赞她来安抚你,讨你的喜欢!你是第一个提到她的名字的。你承认你从小就爱慕她。我对你一谈起她,你的脸上马上就一阵热,一阵冷,一会儿红,一会儿白的。我只能认为,你是个年轻的浪荡公子,万事俱备,只欠经验,不过你已落入经验丰富的人手中,他们能以你的利益(幻想)为名,来控制你。除此之外,我还能有别的想法吗?哦!哦!哦!他们怕我发现真相,"说到这儿,莫彻小姐从炉栏上下来,举起两只短胳臂,非常难地在厨房里来回走着,"因为我是个机灵的小人儿——我非机灵不可,要在这世上混呀!——可他们全把我给骗了,我还为他们转交了一封信给那可怜不幸的女孩子。现在我完全相信,她跟故意留下来不走的利提摩说话,就是从收到这封信开始的!"

听了莫彻小姐揭露的这一切背信弃义的行径,我惊愕得说不出话来,只是呆立在那儿看着她。她一直在厨房里来回走着,走得气都喘不过来了。后来她又在炉栏上坐了下来,用手帕擦干脸,好长时间没有作声,也没有旁的动作,只是摇着头。

"我一直在四乡巡回,"后来她终于补充说,"前天晚上到了诺里奇,科波菲尔先生。我在那儿碰巧发现他们鬼鬼祟祟地来来去去,可是没见你跟他们在一起——这很奇怪——于是引起了我的疑心,觉得事情有些不对头。昨天晚上,我搭乘上从伦敦来经过诺里奇的公共马车,今天早晨来到这儿。可是,唉,唉,唉!太晚了!"

可怜的小矮人莫彻,在一番哭诉和悔恨之后,感到寒冷难挡,便在炉栏上转过身子,把一双湿漉漉的小脚插进炉灰里取暖。她坐在那儿,望着炉火,像个大玩具娃娃似的。我坐在火炉另一边的一张椅子上,心里想着这番不幸的事,眼睛也看着炉火,偶尔还朝她瞥上一眼。

"我得走啦!"她终于说,说着站起身来,"天已经很晚了。你不会不相信我吧?"

她问我话的时候,盯着我的是以往那种犀利的目光,她的问话又这样咄咄逼人,使我不能十分坦白地说出个"不"字来。

"好啦!"她接住我伸过去扶她的手,让我帮她越过炉栏,一面若有所思地看着我的脸说,"你知道,要是我是个高度跟常人一样的女人,你就不会不相信我了!"

我觉得,她这话大有道理,所以我感到颇为羞愧。

"你还年轻,"她点着头说,"不妨听我一句劝告,即使我只是个三英尺高,不值一提的小矮人。千万别把身体上的缺陷跟智力上的缺陷混为一谈,我的朋友,除非有充分的理由。"

她这时已经越过炉栏,我也消除了对她的怀疑。我对她说,我相信她说的是实话,我们两人不幸都成了奸诈的人的阴谋工具。她对我表示了感谢,说我是个好人。

"好,你听着!"她朝门口走去时,突然转过身来大声说道,一面又举起食指,用狡黠的目光看着我,"根据我所听到的——我的耳朵永远是敞开的,我不能不施展出我的全部本领——我有理由推测,他们是去国外了。不过要是他们一旦回来,即使其中任何一个回来,只要我还活着,一定会比别人更快知道,因为我是个走四方的人。不管我知道了什么消息,我一定让你也知道。我要是能为那个受骗的可怜女孩做点什么,我一定诚心诚意地去做,老天做证。利提摩后面跟着个小莫彻,比跟着条猎狗还厉害呢!"

她说最后这句话时,我看到她脸上的那种表情,我就毫无保留地相信她了。

"别太相信我,也别太不相信我,只要把我当作一个普通高度的女人来信就行了,"小矮人说,一面恳求似的往我的手腕上碰了碰,"要是你下次再见到我,我不像现在这样,而是像你第一次见到我时那样,那你得看一看,我是跟什么人在一起。你别忘了,我是个无依无靠,又没有能力保护自己的小人儿。想想我干完白天的活儿,晚上跟像我一样的弟弟妹妹在家的情景吧。那时,你也许就不会对我十分苛求;看到我也会难过,也会认真,也就不会觉得奇怪了。再见!"

我朝莫彻小姐伸出手,对她的看法已经跟过去完全不同了,随后为她打开门,让她出去。我替她打开那把大伞,交到她手里,要她拿稳,可这并不是件容易的事,不过我到底还是做成功了。眼见那把大伞在雨中一颠一颠地沿街而去,一点也看不出伞下还有个人,只有在檐口的落水管注满,比往常冲下更多的水来,把伞冲得侧向一边时,才能看到伞下的莫彻小姐,她挣扎着拼命把伞扶正。有一两次,我冲出门去想帮她一把,可是没等我跑到,那把伞又像一只大鸟似的,一颠一颠地朝前而去了。所以我也就回到屋内,上床睡了,一直睡到第二天早上。

第二天早上,佩格蒂先生和我的老保姆来跟我会合,然后我们三人一早就来到公共马车售票处。葛米治太太和汉姆已经在那儿等着送我们。

"大卫少爷,"趁佩格蒂先生往行李堆中放自己的油布包时,汉姆把我拉到一旁,悄声说,"他的生活全完了。他自己都不知道要上哪儿去,也不知道他前面会有什么。看我的话可会说错,他这一去,走走停停,准会流浪到把老命送掉为止,除非他找到了他要找的人。我相信,你一定会好好照顾他的吧,大卫少爷?"

"你放心好了,我一定会照顾好他的。"我同汉姆亲切地握着手说。

"谢谢你,谢谢你的好意,少爷。还有一件事。我有一份很好的工作,这你知道,大卫少爷。这会儿,我挣的钱没地方花了。除了吃饭穿衣,钱对我没什么用处。要是你能替我把这些钱用在他身上,我干起活来就安心多了。不过,少爷,"他说到这儿,态度沉稳,口气温和,"你可别以为,打这以后,我再也不会像个男子汉那样干活,再也不会尽心尽力把活干好了!"

我对他说,我完全相信这一点。我还暗示说,眼下他自然立意要过独身生活,不过我希望,有一天会结束这种生活的。

"不会的,少爷,"他摇着头说,"对我来说,所有这一切,全都过去了,不会再有了,少爷。永远没有人能填补上那个空出的位子了。不过关于钱的事,请你千万记在心上,我这儿随时都会攒一些给他。"

我提醒他说,佩格蒂先生从新近去世的妹夫遗产中,可以得一笔虽然为数不算多,但是非常固定的收入;至于他嘱托我的话,我答应会记在心里。然后我们互相道了别。即使到了现在,当我写到和他道别的情景时,立刻会使我想起他那谦抑的坚忍和沉重的悲伤,这不能不让人感到一阵心酸。

至于葛米治太太,要是我想要描写她怎样强忍着眼泪,跟在马车旁边沿街奔跑,眼睛只顾看着车顶的佩格蒂先生,跟迎面走来的人撞了个满怀,那我就是给自己找了个难题做了。因此,我只好把她撂在一家面包店的台阶上,让她气喘吁吁地坐在那儿,帽子碰得不成样子,一只鞋落在远处的人行道上,不再去管她了。

我们到了旅程的终点后,第一件要做的事,就是先给佩格蒂找一个小住处,除了她自己之外,还得让她哥哥有个铺床的地方。我们的运气很好,找到了一处这样的地方,既便宜,又干净,是在一家杂货店的楼上,离我的住处也很近,只隔着两条街。我们订下这个住处之后,我在一家餐馆里买了一些冻肉,就把我的两位旅伴带回家中喝茶。我的这一举动,说起来很抱歉,并未得到克拉普太太的赞许,而是与此完全相反。不过我应该解释一下,那位太太所以有这样的心境,只是因为佩格蒂来到我这儿还不到十分钟,便撩起寡妇孝袍的下摆,塞进腰间,给我打扫起房间来了。对此,克拉普太太大为生气。她认为这是擅自行动。她说,擅自行动是她决不允许的事情。

佩格蒂先生在来伦敦的路上,告诉我说,他想先去见见斯蒂福思老太太,对此我并不是没有想到。我认为,这件事我应该帮助他,同时我还可以在他们之间进行调停,尽量不要让那位做母亲的难受。所以,当天晚上我就给斯蒂福思太太写了一封信,尽量委婉地告诉她,佩格蒂先生受到什么伤害,对他的受到伤害我也有责任。我说,佩格蒂先生虽是个普通人,但是人品极其正直高尚。我不揣冒昧,盼望她在他心情沉痛之时,不惜屈尊见他一面,并写明下午两点到她家。一大早,我就亲自将这封信交由第一班邮车送去。

到了约定的时间,我们来到了她家门口——在这家人家,几天前我还曾那么愉快地待过,我那青年人的信任和热心,也曾在这儿自由地流露过。但是打那以后,这家人家就把我摒之门外了,对我来说,现在它已经成了一片满目荒凉的废墟了。

利提摩没有出现,出来开门的是上次我来访时,已经代替他的那个面孔讨人喜欢的女仆。她在前面引路,把我们带进了客厅。斯蒂福思太太正坐在客厅里。我们走进客厅后,罗莎·达特尔从客厅的另一个门悄悄进来,站在斯蒂福思太太的椅子后面。

我从斯蒂福思母亲脸上立刻看出,她已经从自己的儿子那儿,知道他的所作所为了。她的脸色很苍白,那种忧虑的程度,决不是我的那封信所能引起的;何况她的那种爱子之心,一定会对我的信产生疑问,因而会使我的那封信更显得软弱无力。我觉得,她比我过去所认为的更像她的儿子了,同时我也觉得,并非我看到,佩格蒂先生也看出这种相像来了。

她腰板直挺地坐在扶手椅里,神态威严,不动声色,沉着冷静,好像什么都不能惊扰她似的。佩格蒂先生站在她的面前,她目不转睛地看着他。佩格蒂先生同样也目不转睛地看着她。罗莎·达特尔犀利的目光,把我们全都看在眼里。有一会儿工夫,谁也没有开口。斯蒂福思太太示意要佩格蒂先生就座。佩格蒂先生低声说:"太太,在你府上我坐下来不自在,我还是站着的好。"接着又是一阵沉默。最后,斯蒂福思太太终于开口了:

"我知道你为什么来这儿,我很抱歉。你对我有什么要求?想要我做什么?"

佩格蒂先生把帽子夹到腋下,在胸口摸到艾米莉的信,掏出来展开,递给了她。

"太太,请你看看这封信,这是我外甥女亲笔写的!"

她以同样威严、冷静的态度看了看信——我能看出,信的内容一点也没有使她感动——看完后,把信还给了佩格蒂先生。

"她这儿说,'除非他把我娶作太太带回来,'"佩格蒂先生用手指指着这句话说,"我到这儿来,就是想知道,太太,他能不能履行这句话。"

"不能。"斯蒂福思太太回答说。

"为什么不能?"佩格蒂先生问。

"办不到,那样他就要失身份了。你不能不知道,她太配不上他了。"

"你可以把她提高呀!"佩格蒂先生说。

"她没有受过教育,无知无识。"

"她也许不是那样,也许是那样,"佩格蒂先生说,"我可认为不是那样,太太,不过对这类事,我断定不了。那你就教育她,提高她吧!"

"我本来不愿意把话说得太明白,既然你逼我说,那我就说了。即使别的不说,就凭她有那么些寒碜的亲戚,这件事也就不可能办到了!"

"请听我说一句,太太,"佩格蒂先生心平气和地慢慢说道,"你知道,疼你的孩子是怎么一回事。我也一样知道。我的这个外甥女儿,即使是我亲生孩子的一百倍,我对她的疼爱,也不能再深了。可是,你不知道把孩子丢了是什么滋味,但我知道。要是世界上的金银财宝全是我的,为了能把她赎回来,我也可以一个子儿都不留! 这次只要你能救她,不让她丢脸,我们永远不会让她因我们丢脸。我们这些眼看着她长大的人,跟她一块儿过日子的人,多年来把她当命根子的人,从今以后,一个也不再见到她那可爱的小脸蛋,我们都情愿。我们情愿一切都由着她;我们情愿从远处惦念着她,好像她是在另一个太阳和天空下;我们情愿把她托付给她的丈夫——也许还有她的孩子——一直等到我们在上帝面前全都一律平等的时刻,我们就心满意足了!"

他这番看似粗鲁的雄辩,并不是全无效果。斯蒂福思太太虽然仍保持着她那傲慢的态度,可是答话的口气已经有所软化。她回答说:

"我不作任何辩护,我也不作任何反驳,不过我很抱歉,我不得不再说一遍,这是不可能的。这样的婚姻,会无可挽救地损害我儿子的事业,毁掉他的整个前途。这种事,现在决不可能有,今后也永远不会有,没有比这一点更清楚的了。如果要做什么别的赔偿——"

"我正看到一张相像的脸,"佩格蒂先生闪着坚定而炯炯的目光,插嘴说,"这张脸,跟在我的家里,在我的火炉旁,在我的船上——还有哪儿没有? ——看着我的那张脸,一模一样。看起来笑嘻嘻的,很友好,可是竟这般阴险奸诈;想到这一点,我就气得简直要发疯。要是这张相像的脸,想到要用钱来赔偿对我那孩子的糟蹋和摧残时,竟没有发烧通红,那就跟那张脸一样坏了。而这张脸竟还是一位太太的,我认为那就更坏了。"

这时,她的神色突然变了,气得满脸通红,双手紧抓住椅子的扶手,用一种不容异说的态度说:

"你在我们母子之间,挖了这样一道深沟,你拿什么来赔偿我?你的爱比起我的爱来,算得了什么?你们的离散,比起我们的离散来,又算得了什么?"

达特尔小姐轻轻地碰了她一下,俯下头来,跟她悄声说了什么,可是她一句也不听。

"别说,罗莎,一句话也别说!让这个人听我说!我的儿子,一直是我生命的一切,我的心思全用在他的身上。从他小时候起,他要什么,我就依他什么。从他出生那天起,我就从来没有跟他分开过——可现在,居然一下子跟一个穷丫头混在一起,躲开我了!为了这个丫头,用成套的欺骗手段来报答我对他的信任,为了她,竟离开了我!为了这种可鄙的迷恋,他居然把对母亲应尽的责任,应有的孝心、敬爱、感激,全都撒开不管了——而这本该是他一辈子每天、每小时都应加强、什么也打消不了的责任!这难道不是对我的伤害吗?"

罗莎·达特尔再一次想要安慰她,但还是没有效果。

"我说,罗莎,你一句话也别说!要是他能为最微不足道的东西孤注一掷,那我也能尽我所有,为一个更伟大的目标搏上一搏。他爱去哪儿就让他去哪儿吧,反正我疼他,给了他钱!他想用长期在外不见我来制服我吗?要是他那么想,那他就太不了解他的母亲了!他什么时候抛开他的妄想,那就什么时候回来;要是他不肯抛开,只要我还能举手表示不准,那他不论是死是活,都永远休想走近我,除非他永远跟她脱离关系,低三下四地来我这儿,求我饶恕他。这是我的权力,这是我非要他承认不可的。这就是我们两人之间的分歧。难道这,"她带着开始时那种傲慢、容不得别人的神气,看着来访的人说,"不是对我的伤害吗?"

我听见和看见这个母亲说这番话的时候,就像听见和看见那个儿子在公然违抗她似的。所有我以前在斯蒂福思身上看到过的刚愎和任性,现在在她身上也看到了。对于斯蒂福思的滥放的精力,我本有所了解,通过这一切,也使我对他母亲的性格有了认识。我看出,在最激动的时候,他们母子俩完全一样。斯蒂福思太太现在又恢复了她原先的克制,她大声对我说,再听下去,再说下去,全都毫无用处,她要求谈话到此为止。她带着高傲的态度,站起身来,准备离开客厅。这时,佩格蒂先生表示,她根本用不着这样,"你用不着害怕我会拦住你,我没有更多的话要说了,太太,"说着他就朝门口走去,"我来时,没抱什么希望,我走时,也不指望什么。我已经做了我认为应该做的事。不过我从来不曾指望,在我站立的这个地方,能得到什么好处。这家人对我和我家的人太凶恶了,凶恶得简直使我脑子变得不正常,根本就不指望什么了。"

说完这话,我们就走了,把她撂在了椅子旁边,看上去就像是一幅仪态高贵、面目端正的画像。

我们出来的时候,要经过一条砖头铺地、顶上和两旁全是玻璃的走廊,走廊的顶上爬着一架葡萄,叶子和嫩枝都绿油油的。那天天气晴朗,通向花园的两扇玻璃门正开着。当我们走近门口时,罗莎·达特尔悄悄地从那儿走了进来,并且叫住了我。

"你可真行,"她说,"居然把这样一个家伙带到这儿来!"

她的愤怒和轻蔑竟如此强烈,使她的脸蒙上一片阴暗,深黑的眼睛中射出凶光,我没有想到这竟会出现在她的这张脸上。那被锤子打出的疤痕,跟平常激动时一样,又变得十分明显。我看着她时,那疤痕又像我以前见过的那样跳动起来,她举起手来,朝上面拍打了一下。

"这个家伙,"她说,"值得支持,值得带到这儿来,是吗? 你真是个好样的!"

"达特尔小姐,"我回答说,"你总不至于不公正到责备起我来吧!"

"你为什么要弄得两个疯子斗起来呀?"她回答说,"难道你不知道这两个人又任性,又骄傲,都像个疯子吗?"

"这是我造成的吗?"我回答说。

"是你造成的!"她回嘴说,"你为什么把这个人带到这儿来?"

"他是个受了重大伤害的人,达特尔小姐,"我回答说,"你也许还不知道呢。"

"我只知道,"说着,她用一只手按住胸口,仿佛要把心中猛烈的风暴压住,不让它喧嚣似的,"詹姆斯·斯蒂福思的心坏透了,丝毫不讲信义,是个没良心的人。可是我何必知道,何必在乎这个家伙,以及他那个普普通通的外甥女呢?"

"达特尔小姐,"我说,"你把人家的伤口弄得更深了。本来已经够深的了。在临别时,我只想说,你太冤枉他了。"

"我并没有冤枉他,"她回答说,"他们本是卑劣下贱、一文不值的一伙。我还要给他的外甥女一顿鞭子呢!"

佩格蒂先生一声不响地走了过去,走出门外。

"哦,可耻,达特尔小姐,可耻呀!"我气愤地说,"他是个清白无辜的人,你怎么还忍心拿脚踩他呢!"

"我要把他们全都踩在脚下,"她回答说,"我要推倒他的房子,我要在他外甥女的脸上烙上字,给她穿上破衣服,把她赶到大街上,让她活活饿死。要是我有权审判她,就叫人这样治她。叫人治她? 我会亲手治她! 我恨透她了。要是我能拿她不要脸的行径,当面骂她一顿,不管哪儿,我都要赶去骂她。即使要追赶到她的坟墓里,我也要去。要是有句什么话,在她临死时听了能得到安慰,而这句话只有我能说,哪怕要了我的命,我也决不说。"

我觉得,她的话虽然已够激烈,但也只能少量地表达出她内心的愤怒。虽然她的嗓音不仅没有提高,反倒比平时还低,可是全身都表现了她的无比愤恨。我的一切描写,都不足以表达出她当时那副怒不可遏的样子。我见过形形色色的愤怒,可从来未曾见过像她这样的。

我赶上佩格蒂先生的时候,他正一面心里盘算着,一面缓缓地往山下走去。一等我赶上他,他就对我说,原本打算在伦敦办的事,这会儿已经办完,所以他想在当天晚上就"上路"。我问他打算去哪儿,他只回答说:"我要去找我的外甥女儿,少爷。"

我们回到杂货店楼上的住处,我找了个机会,把他对我说的话,告诉了佩格蒂。她反过来告诉我说,当天早上,他对她也说了同样的话,至于他要去哪儿,她并不比我知道得多,不过她相信,他自己心里也许多少已经有了谱。

在这种情况下,我也就不愿马上离开他,我们三个人一块儿吃了牛肉饼——这是佩格蒂的许多拿手美食之一。我记得很清楚,这次吃的牛肉饼,味道中还掺混着从楼下铺子里不断冒上来的茶叶、咖啡、奶油、咸肉、干酪、新鲜面包、劈柴、蜡烛、核桃酱等各种气味。饭后,我们在窗前坐了约摸一个小时,话却说得不多。随后,佩格蒂先生站起身来,拿过他的油布袋和粗手杖,放在桌子上。

他从他妹妹的现款中,拿了他名下遗产中的一小笔钱,我认为这还不够维持他一个月的生活。他答应,不管遇到什么情况,都会写信给我。跟着他背上油布袋,拿起帽子和手杖,和我们两人告别。

"祝你万事如意,亲爱的老妹子,"他搂抱着佩格蒂说,"祝你也万事如意,大卫少爷!"他握着我的手说。"我要走遍天涯海角,去找我的外甥女儿。要是我不在家时她回来了——不过,哦,大概不会! ——或者是我把她找回来了,我打算跟她住到一个没有人责备她的地方,直到在那儿死去。要是我出了什么岔子,记住,我要跟她说的最后一句话是:'我仍爱我的宝贝孩子,我原谅她了!'"

他光着头庄重地说了这句话,然后才戴上帽子,走下楼去。我们跟着他走到门口。那天傍晚,天气暖和,尘土飞扬,在小街与之相通的大道两旁,原本川流不息地人来人往的人行道上,这时正是行人稀少、红霞映照的时候。在我们那条阴暗的小街街口拐角处,他独自一人拐了弯,走进了一片灿烂的霞光中,我们也就看不见他了。

每当黄昏时分降临,每当我半夜醒来,每当我仰望月亮星星,每当我看到瓢泼大雨,听到凄厉风声,我总是会想到那位可怜的流浪汉,孑然一身,艰辛地跋涉前行,并且记起他说的那句话:

"我要走遍天涯海角,去找我的外甥女儿。要是我出了什么岔子,记住,我要跟她说的最后一句话是:'我仍爱我的宝贝孩子,我原谅她了!'"

第三十三章

无 忧 无 虑

　　在所有这段时间里，我对朵拉的爱愈来愈强烈了。对她的思念，是我失望和痛苦时的慰藉；即使在我失去朋友时，它也能给我一些补偿，使我得以消忧解愁。我越是怜悯自己，或者怜悯旁人时，我就越想到她的音容笑貌，从中得到慰藉。世上的欺诈、烦愁越积越多，高悬世界上空的朵拉这颗明星，也就显得越来越光亮、皎洁。至于朵拉到底来自何方，她在高级神灵中究竟属于什么级别①，对此我还难以说清。不过我敢说，如果有人说，她只是个普通人，跟别的年轻姑娘一样，那我一定会用愤怒和鄙夷的态度加以驳斥。

　　我整个人已经完全沉浸在朵拉的爱河中了，如果可以这样说的话。这条爱河不仅把我淹没，而且已经把我全身泡透。打个比方的话，从我身上拧出的爱，足以把任何人淹死，而我身上里外剩下的，还足以淹没和浸透我整个人。

　　我回来后，为自己做的第一件事，就是夜晚步行去诺伍德，一面想念着朵拉，一面像儿时猜的一个古老谜语一样，"围着房子转圈子，从来不碰那房子"。我相信，这个古老谜语的谜底是月亮。不管它是什么吧，我这被朵拉弄得昏昏然的奴隶，真的围着她家的房子和花园，转了有两个小时之久，时而从栅栏缝里窥探，时而使劲把下巴搭到栅栏顶上生锈的钉子上，往窗子里的灯光送去飞吻，时而又无端地呼求夜神保护好我的朵拉——至于保护她

―――――――――――――――

　　①　天主教认为天使有九级。

免遭什么,我就不太清楚了,我猜是火灾吧。不过也许是老鼠,因为她最讨厌老鼠。

我的心中既然充满了对朵拉的爱,所以我把我的心事吐露给佩格蒂,这是很自然的事了。有一天晚上,她又带着她旧日的那套针线工具,在我那儿整理我的衣柜,为我缝补衣服时,我就委婉地把心中的这一大秘密,告诉了她。佩格蒂听了非常感兴趣,可是我怎么也没法使她赞同我对这件事的看法。她一味地只知道偏袒我,完全不了解我为什么要为这件事担心,以及为这事弄得无精打采。"这位小姐能得到你这样一位英俊郎君,"她说,"她应该想到这是她的福气。至于她的那位爸爸,"她说,"我的天哪,那位先生到底还想要什么呀!"

不过我发现,斯潘洛先生的代诉人长袍和硬领,使佩格蒂的神气稍有收敛,也使她对这位先生的敬意不断增高;因为这位在我眼中日益崇高的人,当他笔挺地端坐法庭时,文书档案围绕身旁,就像平静大海中的一座小小灯塔,周身发出光辉。顺便说一句,我还记得,当我也坐在法庭上时,我一想到那些老迈昏聩的法官和博士,即使认识朵拉,也不会喜欢她的;要是有人对他们说,他们可以跟朵拉结婚,他们也不会高兴得丢魂失魄的;朵拉能唱歌,能弹那因她生辉的吉他,听得我差点要发疯,但决不能使这班迟钝家伙中的任何一个,越出雷池一步;想到这些,实在让人觉得十分奇怪!

对他们这班人,我一个也看不起。他们全是些在爱之花坛中被霜雪冻僵的老园丁,我个人对他们都觉得反感。在我看来,法院只不过是个麻木不仁、愚昧无知的错误制造者,法庭并不比酒吧有更多的温情和诗意。

我得以亲手处理佩格蒂的事务,觉得非常得意。我鉴定了遗嘱,在遗产税局办好了手续,然后又带佩格蒂去银行,很快就把一切事办得妥妥帖帖。在办理这些法律手续的过程中,我们也调剂了一下生活,去舰队街看了冒汗的蜡像(我想,经过这二十年,已经融化了),参观了林伍德小姐的刺绣展览。我记得,它就像是一座绣品的陵园,很适合人们作反省和忏悔。我们还去看了伦敦塔,登上了圣保罗大教堂的屋顶。所有这一切奇观,都给了佩格蒂在当时情况下所能享有的无限乐趣。不过,我想,只有圣保罗大教堂是例外,因为她多年来一直喜爱自己的那只针线匣,而这个真的教堂成了那个匣子盖上图案的竞争对手,两者相比,她认为,在某些方面,它远远比不上她那件艺术品。

佩格蒂的事务,在我们博士公堂通常称为"例行公事"(是一种既省力又赚钱的事务),办完之后,一天早上我带她到事务所交费。老提费说,斯潘洛先生带一位先生去做领取结婚证的宣誓去了。不过我知道他过一会就会回来,因为我们的事务所紧挨着主教代理人事务所,离大主教代表的事务所也不远,所以我就叫佩格蒂在这儿等一下。

在博士公堂里,我们在办理有关遗嘱的业务时,多少都有些像丧事承办人那样,跟穿丧服的主顾应酬,通常都多少作出难过的样子。同样为了表示服务周到,对于领取结婚证的主顾,我们则总是作出心情愉快、欢欢喜喜的样子。因此我对佩格蒂示意说,她会发现,斯潘洛先生很快就会从巴基斯先生去世的震惊中恢复过来;果然,他像一个新郎似的走进了事务所。

不过,佩格蒂和我两人都没有朝他看,因为我们看到了跟他一起进来的谋得斯通先生。谋得斯通先生的样子没有多大变化,他的头发还是跟从前一样密,自然也跟从前一样黑;他的眼神也跟以往一样不可信任。

"哦,科波菲尔!"斯潘洛先生说,"我相信,你一定认识这位先生吧?"

我对那位先生冷淡地鞠了一个躬,佩格蒂则几乎没怎么理他。他一下子碰上我们两个,开始时显得有点张皇失措,可是很快就有了主意。他朝我们走了上来。

"我想,"他说,"你干得还不错吧?"

"这不会使你感兴趣,"我说,"不过你真想知道的话,我得说还不错。"

我们互相打量了一下,随后他跟佩格蒂说起话来。

"你呢?"他说,"看样子是你丈夫去世了,我很难过。"

"这不是我这辈子第一次丢亲人了,谋得斯通先生,"佩格蒂回答说,答话时她从头到脚都颤抖着,"我高兴的是这回不用怪任何人——不能要任何人负责。"

"哈!"他说道,"这样想你就心安理得了,你已经尽了你的责任了,是吧?"

"我从没把什么人折磨得送了命,"佩格蒂说,"想起来真得谢天谢地!是的,谋得斯通先生,我没有折磨、吓唬任何一个可爱的小东西,害得她早早死掉!"

他阴郁地看着她——我想，还有点懊悔的样子——看了一会儿，跟着目光转向我，但是只看着我的脚，没有看我的脸，说：

"我们大概一时不会再见面了，毫无疑问，这对我们双方来说，都是好事，因为像这样的会面，是决不可能让人愉快的。以前，我为了你好，名正言顺地管教你，要你改过学好，可你总是反抗我，谅你现在也不会对我有什么好感。我们两人之间，有着一种反感——"

"我相信，这是个老问题了。"我打断他的话头插嘴说。

他笑了笑，那双黑眼睛尽可能恶狠狠地朝我瞥了一眼。

"这种反感从小就在你心里折腾了，"他说，"也害苦了你那可怜的母亲。你说得不错。我希望你会干得更好，希望你能改过学好。"

我们的这番对话，本是在事务所外面一个角落里低声进行的，这时他打住了话头，走进了斯潘洛先生的办公室，用他最温和的语调高声说：

"干斯潘洛先生这一行的各位先生们，对于家庭里的分歧和争执，都是看惯了的，而且知道家务事总是非常复杂，非常难断的！"说完就付了办结婚证的手续费。斯潘洛先生把折得整整齐齐的结婚证交给了他，跟他握了握手，还客气地对他和他的那位女士道了喜。谋得斯通先生接过结婚证，走出事务所去了。

听了这番话，佩格蒂已怒不可遏，就要发作（她只是为了我才这样生气，真是个大好人！），我只得先劝她说，我们不便在这儿跟他争论，求她不要发怒。要不是为劝佩格蒂费了好大的劲，我早已按捺不住，开口跟他顶上了。佩格蒂平时从来没有生过这样大的气，因而我情愿当着斯潘洛先生和那几位文书的面，用亲热的拥抱来安抚她，免得她又想起旧日我们所受的创伤，从而使事情得以平息。

斯潘洛先生好像并不知道谋得斯通先生和我之间的关系，这倒使我感到庆幸，因为想到我可怜母亲与我有关的那段悲惨历史，即使在心里，我也不愿承认他是我的继父。斯潘洛先生要是想过这一问题的话，看来他也许会认为，在我们家里，我姨婆是执政党的领袖，另外还有一个由什么人领导的反对党——这至少是我们在等提费结算佩格蒂应交的费用时，我从斯潘洛先生的话中得出的印象。

"特洛伍德小姐，"他说，"是很坚定的，这毫无疑问，她决不会对反对她的人让步。我很佩服她的这种性格。我也要向你道贺,科波菲尔,你站在了对的一方。亲属之间闹意见,是很让人惋惜的——不过这种事太普遍了——要紧的是,要站在对的一边。"我想,他的意见是,要站在有钱的一方。

"我相信,这桩婚事还不错吧?"斯潘洛先生说。

我回答说,对这桩婚事,我一无所知。

"真的!"他说,"从谋得斯通先生嘴里漏出来的几句话里——这本是一个人在这种情况下常有的事——再依据谋得斯通小姐脱口说出的情况,我得说,这桩婚事是挺不错的。"

"你的意思是说有钱吧,先生?"我问道。

"没错,"斯潘洛先生说,"据我了解,有钱。听说,人也漂亮。"

"真的! 他这位新太太年轻吗?"

"刚刚成年,"斯潘洛先生说,"最近才够年龄。因此我想,他们一直焦急地在等着这个日子呢!"

"老天爷,救救她吧!"佩格蒂说,说时语气那么斩钉截铁,出乎意料,弄得我们三个都愣住了,直到提费拿着账单进来。

好在老提费很快就进来,把账单交给斯潘洛先生过目。斯潘洛先生把下巴缩进领饰里,轻轻地抚摸着,脸上带着不以为然的神气,一项一项地审核着账单——好像这全是乔金斯一手干的好事似的——审核完了后,把账单递还给提费,同时无可奈何地叹了口气。

"没错,"他说,"算得对。完全对。按我的本意,非常愿意只收取实际付出去的开销就得了,科波菲尔。不过干我们这行有个麻烦的地方,就是不能随心所欲,顾不得自己的心愿。我还有一个合伙的——还有个乔金斯先生哪。"

他说这话时,脸上露出一丝惆怅,这在他就等于分文不取了。我替佩格蒂向他道了谢,用现钞给提费付了费。然后佩格蒂就回自己的寓所,我则跟斯潘洛先生去了法庭。当天我们的庭上要办一件离婚案,要照一条颇费心机的小法令来审理(这条法令,我相信,现在已经废止,不过我看到,根据这条法令,好几宗婚姻案都判离了)。这条法令的优劣,下文可见。丈夫名叫托马斯·本杰明,可是他领结婚证时,只用了托马斯的名字,隐瞒了本杰明,为的是如果婚后发生不像预想的那么称心,他就可以脱身。婚后,他果然发现不像预想的那么称心,再不就是他对那个可怜的妻子有点厌倦了,于是在婚后一两年,事情发作,由他的一个朋友出面,帮他打起官司来,说他的名字是托马斯·本杰明,因此他根本没有结婚。对此,法庭给予认可,他也就如愿以偿。

我可得说,法庭这样判决是否公正,非常值得怀疑,即使那个能化解一切不近情理的事的一斛小麦[1],也不能把我吓住,使我不再怀疑。

但是斯潘洛先生跟我争论这件事。他说,你看看这个世界,上面有好的,也有坏的,你再看看教会法,里面有好的,也有坏的。不论是好是坏,都是一种制度中的一部分。这很好呀,你还要怎么样呢!

我没有胆量敢向朵拉的父亲提议,要是我们一大早起来,脱去外套抓紧工作,是有可能把世界改造得好一点的。不过我还是对他直说,我觉得我们可以使博士公堂得到改善。斯潘洛先生回答说,他要特别劝我从脑子里打消这种念头,认为这不合我这样的绅士身份;不过,他还是愿意听一听,我认为博士公堂哪些方面是需要改善的。

这时,法庭已经判定那个人没有结婚,我们正走出法庭,经过遗嘱验证法院办事处,于是我就拿博士公堂中这个离我们最近的机构作为例子。我说,我认为,遗嘱验证法院这个机关,就管得有点离谱。斯潘洛先生问我,这话怎么说。他是个经验丰富的人,所以我对他怀着应有的尊敬(不过,更多的恐怕还是对朵拉父亲的尊敬),回答说,整整三百年来,把坎特伯雷这么一个大教区里,一切留有遗产的人的遗嘱原本,全都保存在这个法院的遗嘱登记处,而那个遗嘱登记处,并没有专为保存这种文件设计的建筑,而是随便找来的房子,是登记处的官员为自己多有收益而租来的,非常不安全,连是否防火都未经查明;房子里,从屋顶到地下室,都塞满了这批重要文件,实际上成了登记处官员营私牟利的处所。他们向公众收取了高额费用,却把公众的遗嘱随意地乱丢乱塞。只图便宜,不问其他。这也许有点荒唐吧。不管是什么人,也不管你愿意不愿意,都得把他们的遗嘱交给登记处。登记处的登记官们,每年的收益有八九千英镑之多(助理登记官和文书等人就不说了),可是他们从来不肯从那么多的收益里,拿出一点钱来,找个安全的地

---

① 见本书第二十六章注。

方,来保存好这些重要文件。这也许有点不近情理吧。所有大官们都是一些堂而皇之拿干薪的角色,而那些在楼上又冷又暗房间里,真正干着重要工作的倒霉的小职员,却是伦敦市报酬最低,待遇最差的人,这也许有点不公道吧。在所有登记官之中,那位主任登记官,本该为不断到这儿来求助的公众们提供一切必须的方便,可是他却什么也不管,占了这个职位大领干薪(除此之外,他也许还是个牧师,一个有俸圣职兼任者,在大教堂里占有一个席位,等等),而公众则永远得不到方便,这是每天下午遗嘱事务局忙的时候,我们都看到的,也是我们感到非常诧异的事。这也许有点不像样吧。简单地说吧,坎特伯雷教区的这个遗嘱验证法院,如此弊病百出,荒唐为害,要不是被挤到圣保罗大教堂墓场这很少有人知道的一角,人们早就把它翻了个儿,闹得它人仰马翻了。

当我对这个问题说得有点激昂时,斯潘洛先生一直含笑听着,接着就像对待前面那个问题那样,跟我辩论起来。他说,这到底是什么问题呢?这只是一个感觉问题。如果公众觉得他们的遗嘱保存得很安全,认为这个机构的工作无需改善。那什么人会觉得不好呢?没有人。什么人会觉得好呢?所有那些拿干薪的人。很好。这一来,好占了优势啦。这个制度也许并不完美,可是世上是没有十全十美的事物的。不过他反对的,是硬往中间插楔子。保证遗嘱验证法院的现状,国家光荣,在遗嘱验证法院里插上个楔子,国家就不光荣。他认为,君子之道,随遇而安。他毫不怀疑,在我们这一代,遗嘱验证法院一直会这样下去。对这一点,我自己虽然很怀疑,但我尊重他的意见。不过现在我发现,他说对了。因为遗嘱验证法院不仅一直保留到现在,而且十八年前,国会曾有过一个很大的报告(不很情愿),把我提的这些意见全都一一详细列入,而且说,能容纳的遗嘱储存量,只够再放两年半时间。从那时起,保存的遗嘱不知道他们是怎么处理的,是丢掉很多了呢,还是不时卖一些给卖奶油的铺子了,我不得而知。高兴的是,我的遗嘱不在那儿,我希望我的遗嘱别存在那儿,至少一时别去那儿。

我把所有这些话都写进了我无忧无虑的这一章里,因为这些话写进这一章是顺理成章的。斯潘洛先生既然跟我谈到了这个问题,我们就这样边谈边溜达着,后来又转到了一般的话题。谈到后来,斯潘洛先生告诉我说,再过一个星期是朵拉的生日,要是到那天,我肯去参加一个小小的野餐会,他会很高兴。我听了这话，立刻就丢魂失魄了。第二天又收到了一张小小的花边信笺，上面写着"爸爸嘱咐，请勿忘记"。见了这个，我更变得语无伦次，在随后的那段时间里，我一直处于魂不守舍的状态。

我记得，为了准备参加这次幸福的聚会，我什么荒唐事都做了。现在回忆起当时我买的领饰，就让我面红耳赤了。我买的靴子，可以在任何刑具展览会上展出。我买了一只精致的小篮子，在聚餐的前一天，就交给诺伍德的邮车送去了。我觉得，这个小篮子本身，几乎就等于是一篇自我表白。篮子里盛满爆裂彩包①，里面附有能用钱买到的最有情意的题词和诗句。早晨六点钟，我又到科文特加登市场给朵拉买了一束鲜花。十点钟时，我骑上马（为了这次聚会，我特地租了一匹雄伟的灰马），把花束放在帽子里，以保持新鲜，然后策马朝诺伍德快步跑去。

我分明看见朵拉在花园里，却假装着没看见她，分明骑马经过她家，却假装着急找不到门。我想，我这是做了两桩小小的蠢事，处在我这种境况，别的年轻绅士也会这么做的——因为这么做，在我来说是很自然的。可是，哦！当我真的找到她的家，真的在花园门口下了马，真的拖着那双狠心的靴子走过草坪，来到朵拉面前时，看到朵拉正坐在丁香花下的花园椅子上，头戴白色草帽，身穿天蓝色衣服，在那晴朗的早晨，在翩翩飞舞的蝴蝶中间，这是一幅多么动人的美景啊！

跟她在一起的，还有一位年轻小姐——年龄比朵拉稍大——我想，差不多二十岁的样子。她是米尔斯小姐，朵拉叫她朱丽娅。她是朵拉的知心密友。多幸福的米尔斯小姐啊！

吉卜也在那儿，它竟又朝我狂吠起来。我把花束献给朵拉时，它咬牙切齿地吃起醋来。这也难怪。要是它知道，我是多么爱慕它的主人，它就更应该这样了！

"哦，谢谢你，科波菲尔先生！多可爱的花啊！"朵拉说。

我本想说（在走这三英里路的途中，我一直在琢磨最好的措辞），在我没看到花束靠她这么近时，我觉得这花是很美的。可是我没能说出来。她太让人神魂颠倒了。看到她把花束贴在她那有小酒窝的下颌上，就使人在

---

① 联欢会、宴会上装有糖果、小饰物、箴言、诗句等的小礼包，拉开时会劈啪作响。

软绵绵的陶醉中失去了镇定,失去说话的能力了。我自己也感到奇怪,当时我没有说:"米尔斯小姐,要是你有同情心,那就杀了我。让我死在这儿吧!"

接着,朵拉把花拿给吉卜闻,吉卜汪汪地叫着,不肯闻。朵拉笑了,把花递得更近些,非要它闻不可。吉卜就用牙咬了一点天竺葵花,拿它当猫似的逗起来。于是朵拉就打了它一下,�’起嘴说:"我可怜的美丽花朵啊!"那种怜悯的神情,我想,仿佛吉卜咬的就是我一样。我真希望它咬的是我啊!

"科波菲尔先生,"朵拉说,"那位脾气暴躁的谋得斯通小姐,现在不在这儿,你听了一定很高兴吧。她去参加她弟弟的婚礼去了,至少要过三个星期才回来。这还不让人高兴吗?"

我说,我相信,她一定很高兴,而凡是她觉得高兴的事,我也觉得高兴。米尔斯小姐则面带过人的聪明和仁慈的神情,含笑望着我们。

"我从没见过像她那么讨厌的人,"朵拉说,"你根本想不到,她的脾气有多坏,多让人讨厌,朱丽娅。"

"能想到,我能想到,我亲爱的!"朱丽娅说。

"你,也许能想到,亲爱的,"朵拉把自己的手放在朱丽娅的手上,回答说,"请原谅,一开始我没有把你除外,亲爱的。"

由这一点,我想到,米尔斯小姐在过去的生活中经历过沧桑,遭受过磨难,我前面说到的聪明和仁慈,也许正是由于这种磨难而来。在那一天里,我发现事情果然如此。米尔斯小姐曾因爱错了人,遭受到不幸。据说,她因为有了这种可怕的经验,所以就不愿再涉足世事了,不过她对于青年人未受挫折的希望和爱情,依旧有着冷静的关心。

就在这时,斯潘洛先生从屋子里出来了,朵拉走上前去对他说:"爸爸,你瞧这花多好看啊!"米尔斯小姐则沉思地微笑着,仿佛在说:"你们这些蜉蝣啊!在这人生明朗的早晨,享受你们这短暂的生存吧!"这时马车已经套好,我们全都离开草坪,朝它走去。

我再也不会有这样的骑马旅行了,我也从来不曾有过这样的旅行。四轮马车里只有三个人,还有他们的篮子,我的篮子和吉他琴盒。当然,马车敞开了车篷。我骑着马跟在车后面,朵拉坐在车里,背朝着拉车的马,脸对着我。她把花束贴身放在坐垫上,不让吉卜趴在放花的一边,怕它把花压坏了。她时而把花束拿在手里,时而用花香来提一提神。这种时候,我们的目光常常相遇。使我大为惊奇的是,我竟没有越过我的灰色骏马的马头,掉进前面的马车里。

我相信,一路上有尘土。我相信,当时一路上有很多尘土。不过我只是模模糊糊地记得,斯潘洛先生好像劝过我,别让马跑在车后的尘土里。可是我一点也不觉得。我只觉得朵拉的周围只有爱和美的雾,再也没有别的了。斯潘洛先生有时在车里站起来,问我四周的景色怎么样。我说景色非常优美宜人;我敢说,这话是真的;不过,对我来说,那所有的景色,全是朵拉。太阳照的是朵拉,鸟儿唱的是朵拉,南风吹的是朵拉,篱笆里开的野花,直到花苞,也全是朵拉。我现在引以为慰的是,米尔斯小姐了解我,只有米尔斯小姐能完全看透我的心情。

直到现在,我都不知道当时我们走了多久,也弄不清我们到了什么地方。也许那地方离吉尔福德①不远,也许是《一千零一夜》里的某位术士那天把那个地方开放,我们一离开,就又把它关闭了。那儿是个一片绿荫的处所,在一座小山上,绿草如茵,绿树成荫,还有石楠,穷目所及,尽是如画的美景。

发现这儿已有人等着我们,这是件恼人的事。我的醋劲因而大发,没有止境,就连对女性,也是如此。而所有和我同性别的人——其中特别是一个比我大三四岁的家伙,留着一把红胡子,他仗着这把胡子,就自以为了不起,简直让人没法忍受——都是我不共戴天的敌人。

我们全都打开自己的篮子,忙着准备起野餐来。那个红胡子自吹能做色拉(对此我不相信),硬想引起人们对他的注意。有几位太太小姐帮他洗生菜,并按照他的指点,把生菜切碎。朵拉就是其中的一个。我感到,命运存心安排要我跟这个家伙决斗,我们两个不是你死,就是我活。

红胡子的色拉做好了(我真弄不懂,他们怎么能吃这样的东西。我是怎么也不会去碰的!),他又推荐自己管理酒窖;他不愧是个机灵的畜生,利用一棵树的空腹树干作为酒窖。后来,我看到他用盘子盛了大半只龙虾,坐在朵拉脚旁吃了起来!

———————————

① 在伦敦西南约三十英里的一个城市。

看到这一让我丧气的景象后，对接下去一段时间发生的事，我只有一个模糊的印象了。我仍显得很高兴，这我知道，可是我的高兴是虚假的。我缠着一个穿粉红衣服的小眼睛姑娘，拼命跟她调笑。她也欣然接受我对她的殷勤；可是她这是完全想跟我好呢，还是对红胡子有什么用心呢，我就不得而知了。这时，大家都为朵拉干杯。我为她干杯前，故意滔滔不绝地在跟人谈话，停下来为她干杯后，马上便又谈了起来。在我对朵拉鞠躬时，遇上了她的眼光，我觉得，她的眼光中含有对我如有所求的神情。不过那眼光是从红胡子头上射过来的，因此我下定决心，不为所动。那个穿粉红衣服的姑娘有个穿绿衣服的母亲。我觉得她是打定主意，用尽心机想要把我们两个分开。不过这时候，大家都分散开了，剩下的饭菜也在搬到一边。于是我就独自一人溜达到林子里，心里既恼怒，又悔恨。心里盘算，我是否应该假装身体不适，骑上我那匹灰色骏马，一逃了事——至于逃往哪儿，我不知道——就在这时，朵拉和米尔斯小姐迎面走了过来。

"科波菲尔先生，"米尔斯小姐说，"你怎么不开心呀？"

我请她原谅，对她说，我一点也没有不开心。

"朵拉，"米尔斯小姐说，"你也一点都不开心啊！"

"哎呀，没有啊！一点也没有啊！"

"科波菲尔先生！朵拉！"米尔斯小姐简直带着令人起敬的神情说，"你们这一套已经闹够了。千万别因一点小小的误会，把春天的花朵给摧残了。因为春天的花儿一旦开了，凋零了，就不能再开了。我说这话，"米尔斯小姐说，"是根据我自己过去的经验——永不复返、遥远过去的经验。阳光下闪耀的喷泉，不应因一时任性而加以堵塞，撒哈拉大沙漠上的绿洲，不应该随随便便地就予以铲除。"

我几乎不清楚自己到底做了些什么，我浑身发烧到无以复加的程度，不过我记得我拿起了朵拉的小手吻起来——她也就让我吻了！我也吻米尔斯小姐的手；我觉得，我们好像全都一下子登上七重天了。

我们再没有下凡，整个傍晚都待在七重天上。开始时，我们在林子中溜达，朵拉羞答答地挽住我的胳臂。说真的，要是我们能永远怀着这样的感情，永远像这样在林中溜达，那该多么幸福啊！虽然这一切想法十分愚蠢可笑，可我还是要这么想。

可是,时间过得太快了,不久我们就听到了别人的说笑声,和"朵拉哪儿去了?"的问话声。于是我们就回到了大家的身边。他们要朵拉唱歌,红胡子本想要到马车里去拿吉他,但是朵拉止住了他,对他说,除了我,谁也不知道吉他放在什么地方。这么一来,红胡子算是完了。去取吉他的是我,把吉他盖打开的是我,拿出吉他的是我,坐在她身边的是我,替她拿出手帕和手套的是我,把她优美的歌声中每一个音符都吞进肚子的是我,她为之唱歌的也是爱她的我,旁人尽管可以尽量拍手叫好,但实际上他们跟这毫不相干!

我快乐得陶醉了,由于太幸福了,我怕这不是真的。我担心,突然在白金汉街的寓所里一觉醒来,听到克拉普太太在做早饭,把茶杯弄得丁当响的声音。然而,是朵拉在唱歌,还是别的人在唱歌,米尔斯小姐也在唱歌——唱的是记忆洞穴中沉睡的回声,好像她已经有一百岁了——夜色渐渐降临,我们像吉卜赛人那样,把水壶挂在火堆上煮茶,我们吃着茶点,喝着茶。我仍像先前那样快活。

聚餐会结束了,我比先前更加快活了。因为旁的人,那个受挫的红胡子等人,全都各自分头回家了,我们也在恬静的黄昏和即将消失的霞光中,在香气四溢的空气里,驱车骑马回家了。斯潘洛先生喝了香槟酒后,有了一点睡意——我要向那长葡萄的土地致敬,我要向那酿出酒来的葡萄致敬,我要向那使葡萄成熟的太阳致敬,我也要向那把酒勾兑掺假的商人致敬!——在车上的一个角落里睡着了。我就骑马跟在朵拉的一边,一直跟她聊天。她称赞我这匹马很好,用手拍拍它——哦,她拍在马身上的那只小手,看上去多可爱啊!——她的披巾老是要歪掉,我就不时伸过手去把它拉正。我甚至还觉得,吉卜也开始看出是怎么回事来了,因而它知道,它非得打定主意,跟我交朋友不可了。

还有那位洞察事理的米尔斯小姐,那位虽然心如古井却和蔼可亲的遁世者,那位不到二十岁即已断绝尘缘,决意不让记忆洞穴中沉睡的回声醒过来的小长老,多亏她做了一件功德无量的大好事!

"科波菲尔先生,"米尔斯小姐说,"请你到马车这边来一下——要是你能腾出一会儿时间的话。我要跟你说几句话。"

瞧我的样子,骑着我的灰骏马手扶车门,身子俯向米尔斯小姐!

"朵拉要到我家住几天,她后天就跟我一块儿去。要是你愿来我家,我相信,我爸爸见了你一定会很高兴的。"

除了暗暗祈求上苍赐福给米尔斯小姐,除了把她的地址牢牢地记在心间,此外我还能做什么呢!除了用感激的神情和热烈的言辞告诉米尔斯小姐,我多么感谢她的好意,多么珍惜她的友谊,此外我还能做什么呢!

随后,米尔斯小姐就和蔼地把我打发开了,对我说:"你回到朵拉那边去吧!"于是我回到了朵拉一边。朵拉从马车里探出身子跟我说话,一路上,我们一直都说着话。由于我骑着我的灰色骏马,太靠近车轮,结果把马那靠近车轮的前腿也擦伤了。马主对我说:"擦去了一块皮,得赔三镑七先令。"——我照数赔了这笔钱,认为只花了这么点钱,却取得了这么大的欢乐,真是太便宜了。这时,米尔斯小姐坐在车上,仰观明月,低吟诗句,我想,她这是在回忆当年还没跟尘缘断绝的日子呢。

离诺伍德的路也实在太近了,我们应该多走几个钟头才好。不过,快要到家时,斯潘洛先生就醒了,对我说:"科波菲尔,你得进去休息一下!"我当然满口答应。我们一起吃了三明治,喝了掺水的葡萄酒。在那个灯光明亮的房间里,朵拉双颊绯红,可爱极了,我怎么也舍不得离开,一味坐在那儿,像梦中似的一直朝她看着。最后,还是斯潘洛先生的鼾声,把我惊醒过来,想到我该告辞回家了。于是我们只好分别了,我骑马回伦敦,一路之上,我带着朵拉和我握手道别时留下的余温,把当天发生的每一件小事,她说的每一句话,都反复回忆了上万遍。最后,直到躺在自己的床上时,我依然是个因爱情失去五官感觉的神魂颠倒的小傻瓜。

第二天早上醒来时,我打定主意要对朵拉表明自己对她的痴恋,以便弄清自己的命运,是幸福还是悲惨,这是当前的重大问题。在这个世界上,除此之外,我就不知道还有别的问题了,而这个问题,只有朵拉能给我回答。我度过了整整三天以苦恼为乐的日子,把朵拉和我之间发生的一切事,尽可能作出种种令人扫兴的推测,以此来折磨自己。最后,我不惜代价地把自己打扮了一番,怀着表明衷曲的决心,前往米尔斯小姐家。

我在街上来回不知走了多少次,在那个广场上也不知兜了多少圈子——痛苦地感到,这仍是个老谜语的谜底,不过比原先那个要好多了——最后才鼓起勇气,走上台阶敲起门来,现在看来,这也算不了什么了。即使到了这最后一刻,敲了门后等着人来开门,我心里依然惊慌不安,想要(学学可怜的巴基斯)假装问一声,这儿是不是勃莱克鲍先生家,然后向人道个歉,转身走开。不过我终于还是坚守住阵地,没有那么做。

米尔斯先生不在家。我本来就不希望他在家。没人要他在家。米尔斯小姐在家。有米尔斯小姐就行了。

仆人把我领到楼上的一间屋子里,米尔斯小姐和朵拉都在那儿,吉卜也在。米尔斯小姐正在抄一支歌曲(我记得,这是支新歌,叫作《爱的挽歌》),朵拉正在画花卉。我一认出她画的就是我送的花,我的心情是多么激动。她画的正是我从科文特加登市场买的花啊!我不能说,她画得很像,或者是特别像我以前见过的什么花,不过从画得很像的裹花纸看来,我就知道她画的是什么了。

米尔斯小姐见了我很高兴,说可惜她爸爸不在家。不过我相信,我们三个人都不在乎这一点。米尔斯小姐谈了几分钟后,便把笔放在《爱的挽歌》上,站起身来,走出房间。

我开始觉得,还是把事情搁到明天再说。

"我希望,你那匹可怜的马儿晚上把你驮回家时,没有累着吧,"朵拉抬起那双美丽的眼睛,看着我说,"这段路可不近呢。"

我开始觉得,我得今天就表明心迹。

"对马来说,这段路算长的了,"我说,"因为一路上它没有得到什么支持!"

"可怜的东西,你没有喂它吗?"朵拉问道。

我开始觉得,还是把事情搁到明天再说。

"喂——喂啦,"我说,"它受到很好的照料。我是说,它没有享受到我那种和你亲近的说不出的快乐。"

朵拉把头俯在她的图画上,过了一会儿说——这期间,我坐在那儿,浑身火热,两腿僵硬——

"那天有一段时间,你好像并没有感受到这种快乐。"

现在我已看出,提出的时机已到,我非趁此当即提出不可了。

"你跟基特小姐坐在一起时,"朵拉眉毛微微往上一扬,摇了摇头说,"你一点也没把那快乐当回事呀。"

我得说明一下,基特就是那个穿粉红衣服的小眼睛姑娘的名字。

"虽然我确实不知道,你为什么要那样,"朵拉说,"也不明白你究竟为什么说这是快乐。不过你说的并不是心里话。你高兴干什么,随你的便,谁也管不了。吉卜,你这淘气孩子,上这儿来!"

我不知道我是怎么做出来的,我一下子把该做的事都做了。我拦住吉卜,把朵拉搂在了怀里。我口若悬河地说着,没有打一个字的顿。我告诉她,我多么爱她。我告诉她,没有她我一定活不了。我还告诉她,我多么崇拜她,把她当作天神。这时候,吉卜一直发疯似的狂吠着。

朵拉低着头,哭泣着,浑身直打哆嗦,我的话更如泉涌。要是她要我为她而死,只要她说一声,我就立即心甘情愿地去死。没有朵拉的爱,活着就毫无任何价值。我受不了,也不愿受。打从第一次见到她起,我日日夜夜每分钟都爱着她,每分钟都爱她爱得发狂。我要永远爱她,每分钟都爱得发狂。从前有人恋爱,将来还会有人恋爱,可是从来没有一个情人,能像我,肯像我,会像我,愿意像我这样爱朵拉。我越滔滔不绝地说个不停,吉卜就越吠得厉害。我们两个都按各自的方式时刻变得越来越疯。

好啦,好啦!后来朵拉跟我都在沙发上坐下,安静了下来。吉卜躺在她的膝盖上,直朝我眨巴着眼睛,也安静了下来。我心上的石头放下了,我高兴得完全发了疯。朵拉跟我订了婚了。

我猜想,我们当时都有过最终会结婚的想法。我们一直有过这种想法,因为朵拉坚持,没有她爸爸的同意,我们决不能结婚。不过,我们都还年轻,当时已经欣喜若狂,所以我认为,我们并没有真正思前想后过,或者说,除了眼前的昏昏然外,没有任何远大的目标和志向。我们决定要对斯潘洛先生保守机密,不过我敢说,当时我们确实没有想到,这有什么不光彩的地方。

朵拉去找来米尔斯小姐,同她一起回到房间。这时,米尔斯小姐比先前更加怆然了——我想,恐怕这是刚才的事,唤起她记忆洞穴中的回声了吧。不过她为我们祝福,还对我们保证,永远做我们的朋友。她对我们说话时,一般用的都像是来自修道院的声音。

那是一段多么无忧无虑的日子啊!当时的日子是多么缥缈、幸福和无知啊!

当时,我还量了朵拉的手指,要给她一只勿忘我花样的戒指。我把尺寸告诉珠宝商时,他看出是怎么回事,一面在订货簿上记,一面直笑。这只镶有蓝宝石的好看的小玩意儿,他敲了我一笔竹杠——这只戒指,在我的记忆中,跟朵拉的小手联系得太密切了;因此,昨天我无意中看到女儿手指上另一只跟它一样的戒指时,我心中引起了一阵像绞痛似的难受!

那时候,我四处游逛,心藏秘密,十分自得其乐,觉得我这么爱朵拉,朵拉这么爱我,体面无比。即使我在天上飞行,别人都在地上爬,我也不会觉得比现在这样更在他们之上!

那时候,我们在广场公园相会,在昏暗的凉亭里同坐,真是其乐无穷,使得我直到现在,都还喜爱伦敦的麻雀,原因无他,因为在它们烟灰色的身上,看到热带珍禽的鲜艳羽毛!

订婚后不到一个星期,我们就发生了第一次大争吵。朵拉退回了我给她的戒指,附了一封折成三角形的让人绝望的短信,信中用了这样可怕的字句:"我们的爱情以愚蠢开始,以疯狂告终。"这几个可怕的字眼,吓得我乱扯头发,直叫一切都完了!

当时,我趁着月色,急忙飞奔到米尔斯小姐家,在她家后面的厨房里(那儿有一架熨衣机)偷偷跟她会面,求她给我们调解,挽回这种疯狂局面。米尔斯小姐挺身而出,担当起这一任务,很快就带着朵拉回来了。她拿自己年轻时的痛苦经验,现身说法,苦苦地劝我们要互相让步,免得情海成为撒哈拉大沙漠。

这时,我们全都哭了,于是又和好如初,觉得十分幸福,因此那屋后厨房,连同熨衣机和别的家具,都成了爱神的圣殿。我们还在那儿定下了由米尔斯小姐代转信件的计划,每天各方至少要写一封信!

那是一段多么无忧无虑的日子啊!当时的日子是多么缥缈、幸福和无知啊!在时光老人掌握的我的全部时光中,没有一段,回忆起来能使我发出这一段一半的微笑,能使我感到这一段一半的甜美。

第三十四章

姨婆使我大吃一惊

我跟朵拉一订了婚,就把这事写信告诉爱格妮斯。写的是一封长信,信中我千方百计想让她知道,我是多么幸福,朵拉是多么可爱。我求爱格妮斯,千万不要把这看成是一场未经考验、日后会见异思迁的感情游戏,也不要把这看作我们时常作为笑谈的那类儿时幻想。我向她保证,这次恋爱实在是深不可测,同时说,我相信,这是前所未有的。

那天傍晚天气很好,我坐在敞开的窗口给爱格妮斯写信时,不知不觉地想起她那明亮、宁静的眼睛和温柔、亲切的面容。我最近过的是匆忙、激动的生活,就连我的幸福也有点匆忙、激动,可是一想到她的眼睛和面容,就像在我的身上散布了一片平静和安宁,不知怎么的,竟把我抚慰得流下泪来。记得我的信写到一半时,我坐在那儿,用一只手撑着头休息,心里抱有一种朦胧的幻想,好像爱格妮斯就是我这个家庭中的一员。好像这个家因为有了她,就变得几乎神圣了,朵拉跟我在这个家中,就比在任何地方更幸福。好像我在爱情、欢乐、希望或失望中,在一切喜怒哀乐的情感中时,我的心会自然而然地转向那儿,在那儿找到安慰,找到最好的朋友。

关于斯蒂福思,我只字未提。只告诉她,亚茅斯出了悲伤的事,艾米莉私奔了。这件事以及与此有关的情况,使我受了双重的创伤。我知道,她总是能很快猜出事情的真相,也知道她决不会第一个说出斯蒂福思的名字的。

信寄出后,在下一班邮车到来时,就收到了她的回信。读信的时候,我就像听到她在当面对我说话一样。她那恳切真诚的声音,仿佛就在我耳边窃窃私语。我还能说别的什么呢!

我最近不在家时,特雷德尔曾来看过我两三次。他发现佩格蒂在我家里,听她说,她是我的老保姆(她总是主动把这告诉人的,不管对方是谁,只要肯听她说就行),他就跟她很投缘,于是便留下来,跟她谈了一些有关我的情况。佩格蒂是这样对我说的。不过我想,话恐怕都是佩格蒂一个人说的,而且一定是说个没完没了,因为她讲起我来很难住口,愿上帝保佑她!

说到特雷德尔,不仅使我想起由他约定跟我见面的这天下午已经到了,而且还使我想起,克拉普太太执行的只要佩格蒂不走,她就绝对不做她的分内事的方针(只有工资照拿)。克拉普太太站在楼梯上,高声对佩格蒂发过多次话——不过都是对着看不见的灵魂说似的,因为这种时候实际上只有她一个人在家——过后还给我写了一封信,进一步阐明了她的意见。信的开头是句普遍可用的话,适用于她这辈子的一切事情,也就是说,她自己是个做母亲的人,接下去还告诉我说,她从前也曾过过跟现在很不一样的日子,不过她这辈子不论哪个时候,她都打心眼儿里憎恶那班密探、爱管闲事的和告密的人。她说,她用不着指名道姓,谁适合戴这种帽子,就让谁戴。不过,密探、爱管闲事的和告密的人,特别是穿丧服的寡妇(后面这几个字下面加了横线),她一向就看不惯、瞧不起。要是哪位先生让这班密探、爱管闲事的和告密的人害了(依旧没有指名道姓),那是他自己乐意。他有权爱怎么做就怎么做;那就随他去吧。她克拉普太太唯一要声明的是,决不能要她跟这种人"沾上边"。因此她请求我原谅,从此她不再上顶楼伺候,待情况恢复原状,能让人感到满意再说。她还进一步说,需要结账时,她那本小账册,每个星期六早上会放在早餐桌上;这完全出于一番好意,因为这样各方面都可以省去许多麻烦,免得大家"不方便"。

在这以后,克拉普太太便专门在楼梯上布置了一些绊脚的东西,主要是水罐什么的,有意要让佩格蒂踩进去折断腿。我发现,让她这样一捣腾,未免使我感到有些不能安居。不过我太怕克拉普太太了,想不出有什么解围的办法。

"我亲爱的科波菲尔,"特雷德尔大声叫道,尽管楼梯上有那么多绊脚的东西,他还是准时在我门口出现,"你好吗?"

"我亲爱的特雷德尔,"我说,"我终于见到你了,我真高兴。很抱歉,前几次你来我都没在家。不过,我实在是太忙了——"

"是的,是的,我知道,"特雷德尔说,"当然。我想,你那位是住在伦敦吧?"

"你说什么?"

"她——对不起——朵小姐,你知道,"特雷德尔说到这儿,觉得不好意思,脸都红了,"我相信,是住在伦敦吧?"

"哦,没错。就在伦敦附近。"

"我那一位,也许你还记得,"特雷德尔一脸严肃地说,"住在德文郡——十姐妹中的一个。所以我就不像你这么忙了——我是从这一点上来说的。"

"你要那么久才见到她一次,"我回答说,"我真奇怪,你怎么受得了的。"

"唉!"特雷德尔满腹心事地说,"这的确会让人感到奇怪。我想是这样,科波菲尔,这是因为没有办法,只能这样吧?"

"我想也是这样。"我微笑着回答说,脸都不免红了,"还因为你有这么大的毅力和耐性吧,特雷德尔。"

"哎呀,"特雷德尔一面说,一面细想着这句话的道理,"你觉得我是这样的人吗,科波菲尔?说真的,我自己可不知道自己有这样的美德呢。不过她倒的确是个非常可爱的姑娘,可能是她给了我一些这种美德吧。让你这么一提,科波菲尔,我倒不觉得奇怪了。我告诉你吧,她总是忘掉自己,照顾另外九个姐妹的。"

"她是老大吗?"我问道。

"哦,不是,"特雷德尔说,"老大是个美人儿。"

他回答得这般坦率,我忍不住笑了起来,我猜,他一定看出我笑的意思了,于是在他那天真的脸上露出笑容,补充说:

"当然,我并不是说,我的苏菲——这名字很美吧,科波菲尔?我可一直认为很美。"

"是很美!"我说。

"当然,我并不是说,我的苏菲,在我的眼里不是个美人儿。我得说,我想她在任何人的眼里,都是一个少有的非常可爱的姑娘。不过,我说的她的大姐是个美人儿,我的意思是说,她的确漂亮——"他用双手比画着,仿佛在

描述他头顶的云彩似的，"真是美极了，你要知道。"特雷德尔着力地说。

"真的！"我说。

"哦，我敢向你保证，"特雷德尔说，"真是世间少有！你知道，她天生这么漂亮，本该有很多交际，受人爱慕的。可是限于她们的家境，不可能享受这种乐趣。有时候，她自然也就爱发脾气，爱挑毛病了。只有苏菲才能逗她高兴起来！"

"苏菲是最小的吗？"我冒昧地问道。

"哦，不是！"特雷德尔摸着下巴说，"最小的那两个，一个才十岁，一个才九岁呢。全由苏菲教导她们。"

"那么她大概是老二了？"我又冒昧地说。

"也不是，"特雷德尔说，"老二是萨拉。萨拉的脊椎出了点毛病，这可怜的姑娘。医生说，她的病慢慢会好起来的。不过眼下她得在床上躺上十二个月。由苏菲照料她。苏菲是老四。"

"她们的母亲还在吗？"我问道。

"哦，是的，"特雷德尔说，"她还在。她真是个很出色的女人，可是由于那一带太潮湿，对她的身体很不相宜，所以——事实上，她的四肢已经不会动了。"

"哎呀！"我叫了起来。

"真是不幸，不是吗？"特雷德尔说，"不过，单从家庭的情况来看，这事还没有想象的那么糟糕，因为有苏菲代替她。苏菲简直就是她母亲的母亲，就跟她像是那九个姐妹的母亲一样。"

这位年轻小姐竟有这样的美德，我感到大为敬佩。同时，为了防止这个心地善良的特雷德尔受骗上当，以免妨害这对好人的共同前途，我要竭尽全力加以保护，于是就问他，米考伯先生的情况怎么样。

"他很好，科波菲尔，谢谢你，"特雷德尔说，"我现在不跟他住在一起了。"

"不住在一起了？"

"是的。你知道，实际的情况是，"特雷德尔低声说，"由于暂时的处境困难，他已经改了名字，现在叫莫蒂默了。他这会儿不到天黑就不出门——即便天黑出门，也要戴上墨镜。我们原来住的房子，由于拖欠租金，已经受到法院的强制执行了。米考伯太太的境况实在可怜,我就忍不住让米考伯先生用我的名字,去签上次我们在这儿谈到的那第二张期票了。这样一来,事情就了结了,米考伯太太也不用愁眉苦脸了。你可以想象,科波菲尔,我心里有多高兴。"

"哼!"我说。

"不过,她也没高兴多久,"特雷德尔接着说,"因为,不幸得很,还不到一星期,又来了一次强制执行。这一来,这一家子就垮台了。打那以后,我就住进了一家带家具的公寓里,莫蒂默一家则躲起来了。要是我告诉你说,那个估价代售人,把我的那张大理石面的小圆桌,还有苏菲的那个花盆连同花架,也都拿走了,你不认为我自私了吧?"

"这也太狠了!"我愤怒地说。

"这是一件——这是一件让人费神的事,"特雷德尔说,还是往常那种畏畏缩缩的样子,"不过,我提这件事,并没有埋怨谁的意思,而是另有用意。实际的情况是,科波菲尔,在强制执行时,我没法把那两件东西赎回来。首先,估价代售人看出我急于要那两样东西,就把价钱抬得惊人的高。其次是,我实在一个钱也没有。不过,打那以后,我就一直盯着那个估价代售人的铺子,"特雷德尔说,对于自己的秘密颇为得意,"那家铺子就在托特纳姆考路的上首一头。今天我终于发现那两件东西摆出来卖了。我只是在铺子对面隔着马路看到的,因为要是那个估价代售人看到了我,天哪,他一定会胡乱要价的!这会儿我已经有钱了,所以我突然想到,也许我可以请你那位好心肠的老保姆,跟我到那家店铺里去一趟——我可以在邻街的拐角那儿,把那家铺子指给她看——让她替我去把那两件东西买回来,装成是她自己买的样子,这样她就可以尽量还价。我想,你大概不会反对吧!"

特雷德尔对我说这个计划时,那份高兴劲儿,还有他为自己这个计划的巧妙感到得意的样子,直到现在,我仍记忆犹新。

我对他说,我的老保姆肯定会乐意帮他忙的,而且我们三个人可以一起出马,不过有个条件。这个条件就是,他得下定决心,从此以后,再也不把自己的名字,或任何别的东西,借给米考伯先生。

"我亲爱的科波菲尔,"特雷德尔说,"我已经下定决心了,因为我已开始觉得,我从前那样做,对苏菲来说,不但一点没有体贴,而且实在有欠公道。这话既然是我自己亲口说出来的,本来是没有什么好不放心的了,不过我还是很愿意向你作出保证。那第一次倒霉的债务,我已经替他还掉了。我毫不怀疑,米考伯先生要是拿得出钱,他自己早就还掉了,可是他拿不出钱。有一件事,我应该说一说,这是我认为米考伯先生让人喜欢的地方,科波菲尔。这跟我替他承担的尚未到期的第二笔债务有关。他并没有对我说,那笔款子已经有了着落,他只对我说,会有着落的。因此,我认为,他这样说,还是颇为诚实、坦率的!"

我不愿给我这位好朋友的信心泼冷水,所以也就同意了他的这一看法。我们又谈了一会,接着便去杂货店找佩格蒂帮忙。我本想邀请特雷德尔晚上来我家,他谢绝了。一是他生怕那两件东西,没等他买回来,就让人给买走了;二是因为那个晚上,是他专门用来给那个世界上最可爱的姑娘写信的日子。

我永远忘不了,佩格蒂去买那两件宝贵的东西时,特雷德尔在托特纳姆考路拐角处偷看的神情。而当佩格蒂还价不成,慢慢地朝我们走回来时,被那个同意降价的估价出售人叫住了,于是她又回去了。这时,特雷德尔的那种激动心情,也让我难以忘怀。讨价还价的结果是,佩格蒂以相当便宜的价格,买下了那两件东西。特雷德尔为这高兴得简直忘乎所以。

"真是太感激你了,"特雷德尔听说那两件东西当晚就会送到他的住处时,对我说,"要是我求你再帮一次忙,你不会认为我荒唐可笑吧,科波菲尔?"

没等他说出,我就说,当然不会。

"那要是你肯帮忙,"特雷德尔对佩格蒂说,"能不能现在先把那只花盆去拿来,我想亲自把它带回家去,因为那是苏菲的东西啊,科波菲尔!"

佩格蒂当然乐意帮忙,就去替他先拿回来了。特雷德尔再三对她道谢,然后就充满深情地抱着那个花盆,沿着托特纳姆考路回去了。我从来没见过他脸上的表情这么高兴过。

随后我就跟佩格蒂一起回我的寓所。沿途的店铺把佩格蒂给迷住了,我从来没见人对店铺有这么入迷过。既然如此,我也就沿街慢慢地溜达,看到她瞪眼直往橱窗里打量的样子,觉得很有趣。只要她喜欢看,我也就等着她。所以我们花了很多的时间,才回到阿戴尔菲。

我们上楼时,我要佩格蒂注意,克拉普太太放的那些绊脚的东西,突然不见了,而且楼梯上还有新的脚印。再往上走时,我发现我外间的门开着(本来是关着的),里面还有声音,我们俩都感到非常奇怪。

我们俩面面相觑,不知道这是怎么回事,跟着走进了起居室。我们发现,在屋里的不是别人,竟是我的姨婆和狄克先生,这着实使我大吃一惊!姨婆正坐在一堆行李上喝茶,面前放着两只鸟儿,膝盖上趴着一只猫,活像一个女鲁滨孙。狄克先生若有所思地靠在一只大风筝上,就是我们时常一块儿出去放的那种。他身旁堆的行李更多!

"我亲爱的姨婆!"我叫道,"啊,这真是件想不到的大喜事!"

姨婆跟我亲热地互相拥抱,狄克先生跟我热烈地握手。克拉普太太正忙着在那儿沏茶,真是再殷勤也没有了。她亲切地说,她早就料到,科波菲尔先生见了他亲爱的亲戚,一定要心都跳到嗓子眼里去了。

"喂!"姨婆对佩格蒂招呼说,看到她那副威严的样子,佩格蒂显得有点害怕,"你好吗?"

"你还记得我姨婆吧,佩格蒂?"我说。

"看在老天爷的分上,孩子,"姨婆喊了起来,"别再用那个南海岛屿的名字叫这个女人了!要是她已经结了婚,不用叫那个名字,那就再好也没有了,你为什么不用她改过的名字呢?你现在叫什么——佩?"我姨婆说,她把佩格蒂叫作"佩",作为对那个讨厌的名字的一种让步。

"巴基斯,小姐。"佩格蒂说着屈了屈膝。

"好!这还像个人的名字,"姨婆说,"这名字听起来,好像你就用不着传教士再来教化一番了。你好吗,巴基斯?我想你好吧。"

听到我姨婆这几句和蔼的话,又见她伸过手来,巴基斯受到了鼓励,便走上前去,握住了她的手,并屈膝行礼答谢。

"我看,我们都比从前老了,"姨婆说,"你知道,我们从前只会过一次面。那一次,我们闹得真算是够好的!特洛,亲爱的,再给我来杯茶。"

我恭恭敬敬地给姨婆递上一杯茶,她仍跟往常一样,腰板笔挺。我大着胆子劝她别坐在箱子上。

"我给你搬张沙发过来,要不把安乐椅给你拖过来,姨婆,"我说,"你为什么要坐得这样不舒服呢?"

"谢谢你,特洛,"姨婆回答说,"我喜欢坐在我的家产上。"说到这儿,姨婆狠狠地朝克拉普太太看了一眼,对她说,"我们不用劳你伺候了,太太。"

"我走以前,要不要再在茶壶里加点茶叶,小姐?"克拉普太太说。

"不用了,谢谢你,太太。"我姨婆说。

"要不要我再拿块奶油来,小姐?"克拉普太太说,"要不,给你来几只新下的鸡蛋尝尝? 还是给你烤一点熏肉片来? 我没有为你亲爱的姨婆效劳的地方了吗,科波菲尔先生?"

"没有啦,太太,"我姨婆回答说,"这已经很好了,谢谢你。"

克拉普太太一直满脸堆着笑容,表示自己的脾气很好,老是把头歪在一边,表示自己的身体柔弱,不断地搓着双手,表示愿意做一切值得做的事情。这会儿,她顾自笑着,歪着头,搓着手,一步步地退出房间。

"狄克!"我姨婆说,"我以前对你说过,有些人善于趋炎附势,爱拍有钱人的马屁,你还记得吗?"

狄克先生——带着颇为吃惊的神情,就像他已经忘了似的——急忙回答说,记得。

"克拉普太太就是这样的人,"我姨婆说,"巴基斯,有劳你照看一下茶,再给我来一杯,因为我不喜欢那个女人给我倒。"

我很了解我的姨婆,我知道她心里一定有什么要紧的事情;她这次来,不了解她的人是远远无法猜到的,一定要重要得多。我注意到,当她以为我专心在做别的事情时,就把目光落在我的身上,而且,尽管她表面上仍保持着坚强和镇静,内心却好像有着一种罕见的犹豫不决。看到这种情况,我心里想,是不是我做了什么得罪她的事了;我的良心在对我嘀咕说,有关朵拉的事,我还没有告诉过她呢。会不会是这件事情呢,我心里真纳闷!

我知道,只有在她自己认为合适的时候,她才会说,因而我就在她身旁坐下,跟鸟儿说说话,跟猫儿逗逗乐,竭力做出若无其事的样子。其实我决没有若无其事,就算在姨婆背后靠在大风筝上的狄克先生没有一有机会就偷偷对我摇着头,还暗中用手指指姨婆,我也装不像若无其事的样子。

"特洛,"姨婆喝完茶,仔细把衣服捋平,抹抹嘴,终于开口说,"你用不着走开,巴基斯! ——特洛,你有没有站稳脚跟,能不能自己靠自己?"

"我希望我能,姨婆。"

"你想想,能不能?"姨婆问。

"我想我能,姨婆。"

"那么,你说说,我亲爱的,"姨婆郑重其事地看着我说,"今天晚上为什么我要坐在我的这些家产上?"

我摇摇头,猜不出为什么。

"因为,"我姨婆说,"这是我的全部家产了。因为我倾家荡产了,我亲爱的!"

即使这幢房子,连同我们所有的人,全都倒进河里,我也不会比这更吃惊了。

"这事狄克知道,"姨婆说,一面把手轻轻放在我的肩上,"我倾家荡产了,我亲爱的特洛!我在世上的财产,除了那幢小房子外,全在这房间里了。那幢小房子,我留给珍妮特去出租了。巴基斯,今天晚上我得给这位先生找个过夜的地方。为了省钱,也许你能替我在这儿想点办法。随便怎么样都行。只是今儿一个晚上。明天我们再细细谈这件事。"

姨婆一下子扑在我的脖子上,哭着说,她只是为我感到难过,这使得我从惊诧中,从为她担忧——我的确为她担忧——中惊醒了过来。不过只一会儿工夫,她就抑制住伤感,用得意多于失意的口气说:

"我们应当勇敢地应付逆境,不要让逆境把我们吓倒了,我亲爱的。我们得学着把这出戏唱完。我们要忘掉不幸,好好活下去,特洛!"

第三十五章

沮 丧

　　我乍一听到姨婆的消息,十分震惊,完全失去了常态;一等恢复了镇静,我就对狄克先生提议,先去杂货铺,占用一下佩格蒂先生最近空出来的那张床再说。那家杂货铺就在亨格福德市场,而当时的亨格福德市场跟后来的完全不同;那时它的门前有一道低矮的木头柱廊(跟老式晴雨表里那个小男人和小女人住的房子门前的柱廊,不无相似之处),狄克先生看了极为喜欢。我敢说,他能住在这样一种建筑上面的寓所里,他所感到的光荣,足以补偿许多不便之处了。不过,除了我以前说过的那种混合气味,以及缺少一点活动的地方外,实际上并没有多少不方便的地方,因此狄克先生完全迷上了这个住处。克拉普太太曾愤愤地对他说,那儿狭窄得连逗猫①的地方都没有。但是狄克先生坐在床脚一头,抚摸着大腿,理直气壮地对我说:"你知道的,特洛,我又不要逗猫,我从来都没有逗过猫。所以,她说的话跟我有什么关系呀!"

　　我本想从狄克先生那儿打听一下,我姨婆怎么会一下子倾家荡产的,可是他却一无所知。这本是我早该料到的。有关这件事,他唯一能说得出来的是,前天我姨婆对他说:"我说,狄克,我把你看成是个能安处逆境、随遇达观的人,你真的是吗?"他就说,是的,他希望是这样。接着,我姨婆说:"狄克,我倾家荡产了。"于是他就说:"哦,真的!"然后姨婆大大地夸奖了他一番,他听了非常高兴。后来他们就到我这里来了,路上还喝了瓶装的黑啤酒和吃

----

　　① 英语成语,意为地方狭窄,没有活动余地。

了夹心面包。

狄克先生告诉我这些话时,坐在床脚一头,抚摸着大腿,眼睛睁得大大的,脸上露着意想不到的笑容,一副沾沾自喜的样子,这惹得我有点不快起来,因而便对他解释说(说来很抱歉),倾家荡产的意思就是受苦受穷,忍饥挨饿。不过我心里马上痛责自己,不该对他这样残忍,因为我看到他听我这么一说,脸立刻变得煞白,眼泪不住地淌下他那拉长的双颊,两眼直朝我望着,带着一种难以形容的凄惨神情,哪怕是心肠比我硬的人,看了也会心软。为了要让他高兴起来,我花了很大的力气,比使他难过花的力气要大得多。过了不久,我就明白了(一开始我就该明白),他所以那样泰然自若,完全是因为他无限地信赖我姨婆,认为她是女人中最聪明、最了不起的人,同时也无限地信赖我的智力和才能。我相信,他认为我的智力和才能,对于任何灾难,只要不是绝对致命的,都能对付得了。

"我们该怎么办呢,特洛?"狄克先生问道,"还有那个呈文——"

"那个呈文当然要写,"我说,"不过眼下我们能够做的,狄克先生,就是要保持高高兴兴的样子,别让我姨婆看出我们把这件事放在心上了。"

他用极其诚恳的态度答应了我的这一要求,还求我说,要是他有一点点偏离正道,就用我所擅长的绝妙方法,把他叫回来。可是说来抱歉,我把他吓得太厉害了,他尽了最大的努力,也掩饰不住真正的心情。那天整个晚上,他的眼睛都带着最凄怆的忧虑神情,不住地瞟着我姨婆的脸,好像眼看着姨婆立即消瘦下去似的。对这种情况,他自己也有所察觉,因而尽力管住自己的脑袋,不让它转动;可是,脑袋虽然管住不动了,坐在那儿,眼珠子却像机械似的转个不停,这一点也没能使情况有所好转。在吃晚饭的时候,我看他那注视着面包的神情(那面包碰巧是个小的),真像饥荒已经降临到我们头上。当姨婆要他仍按往常一样吃饭时,我发现他还是把面包和干酪的碎块收进了口袋;我相信,他这样做的目的,无疑是为了以后我们再瘦下去时,可以动用他的这些储备粮,免得饿死。

相反,我的姨婆却泰然自若,这真值得我们学习——我相信,特别值得我学习。她对佩格蒂非常和蔼,只有我不小心仍叫她佩格蒂时,姨婆才显得不高兴。虽然我知道她住在伦敦并不习惯,但这回看起来却很自在。她就睡在我的床上,我则睡在起居室里,作她的守卫。她很看重我的寓所靠近河边这一点,她认为这有利于预防火灾。我认为,她对眼下的情况,真的已经有点满足了。

"特洛,我亲爱的,"她看到我为她掺兑平时每晚必喝的饮料时,说,"不用了!"

"不喝了,姨婆?"

"别用葡萄酒了,我亲爱的。掺点麦酒吧。"

"可我这儿有葡萄酒呀,姨婆。你不是一向都用葡萄酒掺兑的嘛?"

"把葡萄酒留着吧,以防生病时要用,"姨婆说,"我们得省着点用,特洛。我喝点麦酒就行了。半品脱就够了。"

我想,狄克先生听了真会昏倒在地,失去知觉。可是姨婆却坚持这么做,于是我就亲自出去买麦酒。时间已经不早,佩格蒂和狄克先生,就趁机一块儿去杂货铺。我跟狄克先生——这可怜的人——在街角分了手,他身上还背着那只大风筝,十足成了人类苦难的纪念碑。

我回来的时候,姨婆正在房间里来回踱着,两手折着睡帽的帽边。我按照平时一成不变的办法,烫好麦酒,烤好面包,为她准备好一切。她也准备好了,头上戴着睡帽,睡袍的下摆撩到膝盖那儿。

"我亲爱的,"姨婆喝了一些掺兑好的麦酒,说,"这比葡萄酒好多了,不像葡萄酒那样容易伤肝。"

我想,我听了这话一定露出了疑惑不信的样子,因为她接着说:

"行了,行了,孩子。要是我们一直能有麦酒喝,那我们就很不错了。"

"我自己本该这么想的,姨婆,我敢保证。"我说道。

"那你为什么不这么想呢?"姨婆说。

"因为你跟我是很不一样的人哪。"我回答说。

"胡说八道,特洛!"姨婆说。

姨婆用茶匙喝着热麦酒,吃着往酒里蘸过的烤面包条,一副安闲自在、自得其乐的样子,即便有点矫揉造作的话,也是微乎其微的。

"特洛,"她说,"一般说来,我是不喜欢生人的,不过,你知道吗? 我见了你那个巴基斯,倒有点喜欢上了!"

"听到你这么说,我比得到一百镑钱还高兴呢!"我说。

"世界上的事真奇怪,"姨婆摸了摸鼻子说,"那个女人怎么会有那么个怪名字的,真让我不明白。我总觉得,一个人生下来就叫杰克逊什么的,或者像这样一类的名字,要方便得多。"

"也许她也是这么想的;她有那名字,并不是她的错。"我说。

"我想也不是,"姨婆回答说,对我的说法勉强承认,"不过那名字实在让人难受。好在她这会儿叫巴基斯了。这名字倒还舒服点。巴基斯可真疼你呢,特洛。"

"为了表明这一点,不管什么,没有她不肯做的。"我说。

"我也相信,没有她不肯做的,"姨婆说,"这可怜的傻婆子,刚才一直说好说歹地求我,要我允许她把她的钱拿出来给我们——因为她的钱太多了。真是个傻婆子!"

我姨婆确实乐得把眼泪都滴到热酒里去了。

"她是已经出世的人中最让人可笑的一个,"姨婆说,"我第一次见到她时,她跟你那个娃娃一样的妈妈在一起,当时我就看出来了,她是所有人中最叫人可笑的人。不过这个巴基斯,可有许多好的地方!"

她假装着大笑,趁机用手抹了抹眼睛。接着,又一面吃着烤面包,一面继续说着。

"啊,我的天!"姨婆叹息着说,"我全知道了,特洛!你跟狄克出去时,巴基斯跟我说了不少事。我全都知道了。依我看,真不知道这班可怜的女孩子,都想往哪儿去。我真奇怪,她们竟没有对着壁炉撞出脑浆来。"姨婆说,她这种想法,可能是由于想到我的事情引起的。

"可怜的艾米莉!"我说。

"哦,别跟我说什么可怜不可怜了,"姨婆说,"她还没惹出这么多麻烦来之前,就该想到了。吻我一下,特洛。你这么早就经历这种事,我真难过。"

当我俯身过去要吻她时,她把酒杯顶住我的膝盖,把我拦住,接着说:

"哦,特洛,特洛!那么你觉得你这是在恋爱了!是吗?"

"哎呀,姨婆!"我叫了起来,脸涨得要多红有多红,"我一心一意地爱她。"

"爱那个朵拉?真的!"姨婆回答说,"你的意思是说,这个小东西非常迷人,是吗?"

"我亲爱的姨婆,"我回答说,"她是怎样一个人,谁也想象不出来!"

"哦,还不傻吧?"姨婆说。

"傻? 姨婆!"

说真的,我从来没有想过朵拉傻不傻的问题,连一刹那都没有想过。我当然不喜欢这个想法。不过,因为完全是个新念头,所以我有点愣住了。

"不轻浮吧?"姨婆问。

"轻浮? 姨婆!"在重复这种大胆的揣测时,我不由得怀着重复前一个问题时的同样感情。

"好啦,好啦,"姨婆说,"我不过问问罢了,我并没有看轻她的意思。可怜的小两口儿! 那么,你这是认为,你们两个是天生的一对,要像两块好看的糕点,摆在晚餐席上那样过一辈子,是吗,特洛?"

姨婆问我时,态度非常和蔼,口气非常温柔,一半开着玩笑,一半忧心忡忡,令我大为感动。

"我知道,姨婆,我们还年轻,没有经验,"我回答说,"我得说,我们说的话,想的事,还有许多地方难免有些糊涂。但是,我可以保证,我们的确真心相爱。要是我认为,有一天朵拉会另爱别人,不爱我,或者我会另爱别人,不爱朵拉,那我不知道会变成什么样子,——我想,我会发疯的!"

"哦,特洛!"姨婆说,一面摇着头,一面神情严肃地微笑着,"瞎了眼啦,瞎了眼啦,瞎了眼啦!"

"我认为一个人,特洛,"姨婆停了一会儿接着说,"性格虽然柔顺,用情却很诚挚,这使我想起那个娃娃来。至诚,才是一个人应该寻求的,从而使一个人有所依靠,有所进步,特洛。得有专一的、彻底的、实心实意的至诚!"

"要是你知道朵拉有多诚挚就好了,姨婆!"我喊了起来。

"哦,特洛,"姨婆又说,"瞎了眼啦,瞎了眼啦!"这时,不知为什么,我模模糊糊地觉得,那本该像云彩般掩护住我的东西,不幸已经缺失了。

"不过,"姨婆说,"我并不是要让两个年轻人扫兴,弄得他们不高兴;因此,虽然这只是一种少男少女之间的爱慕之情,但是这种少男少女之间的爱慕往往——注意! 我说的是'往往',不是'总是'——归于泡影;不过,我们还是认真对待,希望有一天会有幸福的结局。不管怎么说,为了这个结局,我们有的是时间呢!"

　　总的说来,这一番话,在如痴如狂的热恋情人听来,是不太舒服的。不过,我能对姨婆说出心事,我还是很高兴的,而且我还想到她已经累了,于是为她对我的这种关心,以及对我的其他恩惠,热诚地向她表示感谢,又对她温柔地道了晚安。于是她就拿起睡帽,到我的卧室里去了。

　　我躺下的时候,心里是多么痛苦啊!我想了又想,现在,我在斯潘洛先生的眼里,是个穷小子了,已经不是向朵拉求婚时我自己以为的样子;我应该把我现在的经济情况,如实地告诉她,如果她认为有必要,尽可以让她解除婚约。想到我在这漫长的习业期间,一点没有收入,我应该设法谋生,做点什么来帮助我姨婆才对,可是什么办法也想不出。我还想到,自己口袋里不名一文,穿着破旧的外衣,想要给朵拉买点小礼物都不可能,更不要说骑灰色骏马和其他的排场了!虽然我也知道,我净是这样念念不忘自己的苦恼,是卑鄙、自私的,为这我感到难过;但我对朵拉如此钟情,不由得不那么想。我没有多为姨婆想想,少想想自己,我知道,这很卑鄙。可是到现在为止,我的自私,就是没法跟朵拉分开;要我把朵拉撇在一旁,去想别人,我办不到。那天晚上,我是多么伤心痛苦啊!

　　说到睡眠,我好像没有入睡就做起梦来了,梦见的全是各式各样的穷困潦倒。一会儿,我衣衫褴褛,硬要卖火柴给朵拉,半便士六捆;一会儿,我穿着睡衣和靴子上事务所,斯潘洛先生见了规劝我,要我别这样单衣薄衫地出现在客户的面前;一会儿,我饥饿难当地捡拾提费先生掉下的饼干屑,他通常在圣保罗大教堂的钟敲一点时吃饼干;一会儿,我毫无指望地想弄到跟朵拉结婚的结婚证,可是我付不出办证的费用,只有一只乌利亚·希普的手套,而这只手套,全博士公堂的人都不接受。不过我仍多少觉出,我还在自己的房间里,像一条遇难的船似的,在被褥的海洋中颠簸翻腾。

　　我姨婆也没有睡好,因为我不时听到她在房间里来回走动。那天晚上,她就到我的房间里来了两三次,走到我睡的沙发跟前;她穿着长长的法兰绒睡衣,显得有七英尺高,活像一个受了惊的鬼魂。她第一次进来时,我吓了一大跳,问了她才知道,原来她看到天空有一处特别亮,便认定是威斯敏斯特教堂着火了,所以来问我,要是风向变了,大火会不会烧到白金汉街来。随后我便静静地躺着。我发现她在我身旁坐了下来,自言自语地低声说,"可怜的孩子!"这更使我感到二十倍的难过,她这样无私地关心着我,我却自私地净顾自己。

我感到，夜是如此漫长，而别的人竟还觉得太短，实在令人难以置信。这一情况，使得我一想再想，想象中出现了一个舞会，人们一连几小时地不断跳着舞，直到这舞会也变成了一个梦；我听到音乐不断地奏着同一支曲子，看到朵拉不停地跳着同一个舞式，一点也不理我。那个整夜弹着竖琴的人，正想用一顶普通大小的睡帽，把竖琴盖起来，却怎么也办不到。就这样，一直闹腾到我醒了过来。或者应该说，一直闹腾到我不再想睡，终于看到太阳从窗口射进来的时候。

那时候，河滨街过去一条街的街尾，有一座古老的罗马浴室——现在也许还在那儿——我曾多次去那儿洗过冷水浴。那天早晨，我尽可能悄悄地穿好衣服，吩咐佩格蒂好好照顾我姨婆，自己便急匆匆地一头冲进浴室，洗完后，又去汉普斯特德散了散步。我希望，用这种放松疗法，可以把我的头脑弄得清醒一点。我想，这对我确实有好处，因为我很快就得出结论，我第一步应该采取的行动是，设法取消我的学徒合同，看看能不能收回学费。我在希思吃了早饭，然后就沿着洒过水的大路，闻着夏日鲜花的芳香（卖花的小贩把园中长的鲜花用头顶着运进城来），走回博士公堂，一心想要完成这第一个措施，来应付我们这改变了的境况。

结果，我来事务所太早了，在博士公堂里里外外闲逛了半来个小时，才见提费拿了钥匙出现。他总是第一个来上班的。于是我便在我那阴暗的角落里坐下，抬头望着对面烟囱管帽上的太阳光，心里想着朵拉，直到曲须鬈发的斯潘洛先生走了进来。

"你好吗，科波菲尔？"他说，"今天的天气真好！"

"天气好极了，先生，"我说，"你出庭以前，我可以跟你说几句话吗？"

"完全可以，"他说，"到我的屋里来吧！"

我跟着他进了屋。他开始穿上袍子，还在挂在小套间门里面的镜子前，整理了一下自己的仪容。

"说来很难过，"我说，"我从我姨婆那儿，得到了一个令人相当懊丧的消息。"

"真的！"他说，"我的天！我希望，不会是中风吧？"

"跟她的健康没关系，先生，"我回答说，"她遭到了重大的损失。事实上,她的财产已经所剩无几了。"

"你这番话,可真吓人,科波菲尔!"斯潘洛先生说。

我摇了摇头。"真的,先生,"我说,"她的境况,跟以前已经完全不一样了。所以我想问一问,是否可以解除我的学徒合同?"——看到他漠然的神情,我心存警觉,便急中生智,加了一句,"从我们这方面来说,当然要损失一部分学费了。"

我对斯潘洛先生提出这一要求,我会遭受多大的损失,谁也不知道。这也许就等于求他开恩,判我去充军,永远离开朵拉。

"要求解除你的合同,科波菲尔? 解除合同?"

我态度坚决地对他解释说,除非我自己去谋生,要不,我真不知道今后我的生活所需哪儿来。我说,我并不担心自己的前途——关于这一点,我特别作了强调,仿佛要对他暗示,将来我一定仍有资格作他的女婿——不过,在目前,我不得不靠自己想办法。

"科波菲尔,听了你的话,我非常难过,"斯潘洛先生说,"难过极了。不过,不管你说的是什么理由,解除合同可不是一件寻常的事。这不合乎我们这一行的程序。决不能随随便便开这种先例,这不合适。决不合适。同时——"

"你太好了,先生。"我低声说,巴望他会让步。

"算不得什么,别客气,"斯潘洛先生说,"同时,我要说的是,要是我自己能作主,没人缚住我的手脚——要是我没有一个合伙人——乔金斯先生——"

我的希望,一下成了泡影,但是我还要再作一次努力。

"先生,"我说,"要是我把这要求向乔金斯先生提一提,那你认为——"

斯潘洛先生不以为然地摇了摇头。"科波菲尔,"他回答说,"老天爷是不会让我去冤枉任何人,特别是乔金斯先生的。不过,我很了解我这位合伙人的为人,科波菲尔。乔金斯先生对这种性质特殊的要求,决不会答应的。要使乔金斯先生脱离常轨,是十分困难的。你是了解他那个人的!"

说实话,我根本不了解他这个人,只知道,这个事务所原本是他一个人的,现在他独自一人住在蒙塔古广场附近一座早该油漆的屋子里。他每天来得很晚,走得很早;好像从来没有人跟他商量过什么事;楼上有他的一个又小又暗的窝儿,那儿从来不曾办过什么业务;他的桌子上铺着一块厚纸板做的垫板,据说已经有二十年了,又旧又黄,但上面没有一点墨水迹。

"我去跟他提一提,你会反对吗,先生?"

"决不反对,"斯潘洛先生说,"不过,我对乔金斯先生有些了解,科波菲尔。他要是不是那种人就好了,因为在任何问题上,我都是乐意跟你的见解一致的。不过,如果你认为值得跟乔金斯先生提一提,我一点都不反对。"

斯潘洛先生答应了,还跟我热情地握了握手。既然他准许了,我就要利用这个机会,于是便坐在那儿,心里想着朵拉,眼睛看着烟囱管帽上的阳光渐渐下移到对面房子的墙上,一直等到乔金斯先生进来。于是我便上他的房间。显而易见,我的出现,把他给吓了一大跳。

"进来,科波菲尔先生,"乔金斯先生说,"进来!"

我进去坐下,把我的情况,像对斯潘洛先生说的那样,对乔金斯先生说了一遍。乔金斯先生绝不像人们所说的那么可怕,他是个身材高大、性格温和、脸净无须的六十来岁老人。他鼻烟吸得极多,因而博士公堂里有种传说,说他主要靠这种兴奋剂为生,他的身体里,已经没有多少空间可以容纳别的事物了。

"你这件事一定跟斯潘洛先生说过了吧,我想?"乔金斯先生非常局促不安地听完我的话,然后说。

我回答说,是的,同时告诉他,斯潘洛先生要我跟他讲一讲。

"他说我一定会不同意吧?"乔金斯先生说。

我不得不承认说,斯潘洛先生认为,他很可能不会同意。

"对不起,科波菲尔先生,我得说,我不能成全你的目的,"乔金斯先生神情紧张地说,"实在的情况是——不过,请你原谅,我跟银行约好了,要去一趟。"

他一面说,一面急匆匆地站了起来,要走出房间。这时我大胆地说,那么,这事就没有办法了吗?

"没有办法!"乔金斯先生在门口站住,摇着头说,"嗯,没有办法!我不同意,这你知道。"他匆匆地说完这句话,就出去了。"你应该知道,科波菲尔先生,"他又局促不安地回过头来往门内看着,补充说,"要是斯潘洛先生不同意——"

"他个人并没有不同意,先生。"我说。

"哦,他个人!"乔金斯先生露出不耐烦的样子说,"我对你说吧,毫无疑问,有反对的,科波菲尔先生。毫无希望!你想要做的事,不可能做到。我——我真的跟银行约好了,要去一趟。"说着这句话,他简直像逃跑似的跑开了。据我确切了解,他一连三天没敢再在博士公堂露面。

我十分着急,想要不遗余力来解决这件事,便一直等到斯潘洛先生回来,然后把经过的情况,向他做了叙述,让他了解,要是他肯帮忙,我的事并不是毫无希望,还是有可能软化那个铁石心肠的乔金斯的。

"科波菲尔,"斯潘洛先生笑容可掬地说,"你认识我的合伙人乔金斯先生,不像我这么长久。我决不会认为乔金斯先生会玩什么虚假的手段,可是乔金斯先生反对一件事的时候,他的方式时常会让人受骗。不行的,科波菲尔!"他摇着头说,"乔金斯先生的心是打不动的,你要相信我的话!"

斯潘洛先生和乔金斯先生,他们这两个合伙人,到底是哪一个真正反对呢,我完全给弄糊涂了。不过我可以十分清楚地看出,在这个事务所里,显然有点冷酷无情,要想把姨婆的那一千镑要回来,看来是不可能了。我怀着一种失望的心情,离开了事务所,朝寓所走去。这种失望的心情,我现在想起来还感到内疚,因为我知道,主要还是因为想到我自己引起的(虽然也总跟朵拉有关)。

我正在设想遇到最坏的情况,考虑将来遇上最严峻的境况时该怎么办,后面突然驶来一辆出租马车,在我的跟前停了下来,我不由得抬头一看。只见一只白嫩的手从车窗中朝我伸出,一张脸望着我微笑。我第一次看到这张脸,是它在那个有着宽大扶手的老橡木楼梯上回转过来的时候,是我把它那种温柔的美跟教堂的彩色玻璃联想在一起的时候。打那以后,我每看到这张脸,就有一种宁静和幸福的感觉。

"爱格妮斯,"我高兴地叫了起来,"哦,我亲爱的爱格妮斯,全世界的人中,见到你我最高兴了!"

"这是真的吗?"她用热情友好的口气说。

"我非常想跟你谈谈!"我说道,"只要见到你,我心里就不知轻松了多少！要是我有一顶魔术师的帽子，我谁都不想见，只想见你①！"

"什么？"爱格妮斯问道。

"哦，也许先见一见朵拉。"我红着脸承认。

"当然，我也希望，你先见朵拉。"爱格妮斯笑着说。

"可是第二个就是你了！"我说，"你要去哪儿呀？"

她要到我的寓所去看我的姨婆。那天的天气非常好，她很高兴下车来步行，车里有股气味（这段时间我一直把头伸进车内），闻上去就像马棚盖在黄瓜架下一样。我打发掉马车夫，她挽住我的胳臂，我们并肩朝前走着。对我来说，她就像是我希望的化身。这会儿有爱格妮斯在我身边，顷刻之间，我的感觉变得多么不同啊！

我姨婆给爱格妮斯写了一封古怪的短信——比一张钞票大不了多少——她写信，通常都是这个长度。信里说，她遭到了不幸，要永远离开多佛；她精神上已经有了准备，情况很好，任何人都用不着为她担心。爱格妮斯是特意来伦敦看我姨婆的。这么多年来，她们俩的关系一直很好。说实在的，这种友谊是从我在威克菲尔先生家寄宿开始的。爱格妮斯说，她这次来伦敦，并不是只有她一个人；她父亲也跟她一起来了，还有乌利亚·希普。

"现在他们合伙了，"我说，"这个混蛋！"

"是的，"爱格妮斯说，"他们来这儿处理一点业务，我也趁机跟着来了。你不要以为我这趟来，全是为了看朋友，完全没有私心，特洛，因为——我怕我的偏见太厉害了——我不愿让爸爸单独跟乌利亚一起出门。"

"他还是照旧施加影响，要威克菲尔先生听他的吗，爱格妮斯？"

爱格妮斯摇着头。"我们家已经大变样了，"她说，"你恐怕都不认得那可爱的老屋了。他们跟我们住在一起了。"

"他们？"我问。

"希普先生跟他母亲。他就住在你住过的那个房间里。"爱格妮斯说着，抬头看着我的脸。

"我要是能操纵他的梦就好了，"我说，"他不会在那儿睡太久的。"

"我还保留着我自己的那个小房间，"爱格妮斯说，"就是从前用来做功

---

① 据传说，有了魔术师的帽子，就可以见到任何想见的人。

课的那间。时间过得真快啊！你还记得吗,那个通客厅的有护墙板的小房间?"

"记得,爱格妮斯。我第一次看见你时,你就是从那个门里出来的,腰上挂着你那个古怪的小篮子,里面放着钥匙,不是吗?"

"正是那样,"爱格妮斯微笑着说,"你想起那时的情景,还这么愉快,我真高兴。那时我们很快乐。"

"那时我们真快乐。"我说。

"那间房我还保留着;不过,你知道,我不能老是不理会希普太太。因此,"爱格妮斯平静地说,"有时不得不陪陪她;其实我倒愿意独自一个人待着。不过除此以外,我也没有什么可以抱怨她的。要是说,有时候她夸奖起儿子来,让我听得腻烦,不过这也是一个做母亲的天性。乌利亚对他母亲来说倒是一个好儿子。"

当爱格妮斯说这番话时,我仔细朝她看,可是看不出她已意识到乌利亚的阴谋诡计。她那温柔而真挚的眼睛,带着美丽和坦诚,和我相对而视,在她那张文静的脸上,表情看不出有任何变化。

"他们住在我们家,主要的坏处是,"爱格妮斯说,"我不能像我盼望的那样,跟爸爸亲近了——乌利亚·希普老是插在我们中间——我不能像我想要的那样,紧紧护住他了(要是这种说法不算太过的话)。不过,如果有什么欺诈和阴谋想要伤害爸爸的话,我希望纯洁的爱心和忠诚,最终能战胜世界上的一切邪恶和灾难。"

一种我从来不曾在别人脸上见过的明媚笑容,突然消失了,甚至就在我想到,这笑容是多么美好,我过去对这是多么熟悉时,突然消失了。随着脸上神色的迅速变化,她问我说(这时我们很快要走到我住的那条街了),我知不知道我姨婆景况变糟的经过。我回答说不知道,姨婆还没有告诉过我,爱格妮斯就陷入了沉思,我似乎觉得,她挽着我的胳臂在颤抖。

我们来到寓所,只见姨婆独自一人,神情有些激动。原来她跟克拉普太太刚发生过争执,事端是有关一个抽象的问题:这套公寓房里住女眷是否合适。我姨婆根本不在乎克拉普太太的抽风病,直接对那位太太说,她闻到那位太太身上有我的白兰地的气味,有劳她马上出去,从而结束了这场争论。这两句话,克拉普太太认为都可以对姨婆提出控告,还表示她打算告到"不列颠的裘蒂"①那里——据推测,她的意思指的是我国国民自由的那个支柱。

不过,趁着佩格蒂带狄克先生去看近卫骑兵换岗仪式时,我姨婆还是有时间冷静了下来——而且,见到爱格妮斯,她大为高兴——因而她对于这次冲突,反倒颇为自得,接待我们时,高兴的心情不减平常。当爱格妮斯把帽子放到桌上,在姨婆身旁坐下时,我看到她那柔和的眼睛,容光焕发的前额,不由地觉得,有她在这儿,一切似乎都显得那么自然。虽然她还年轻,缺少阅历,姨婆对她却那么推心置腹;说实在的,她由于有着纯洁的爱心和忠诚,显得多么有力量。

我们开始谈起了姨婆的损失,我就把当天上午我所做的事告诉了她们。

"你考虑得太不周到了,特洛,"我姨婆说,"不过用意是好的。你是个心地厚道的孩子——我想现在我得说青年了——有了你,我感到很骄傲,我亲爱的。这真是太好了。好吧,特洛,爱格妮斯,现在让我们开诚布公地来谈谈贝特西·特洛伍德的情况吧,看看到底是怎么回事。"

我发现,爱格妮斯的脸色发白,非常留神地看着我姨婆。姨婆用手拍着她的猫,也很留神地看着爱格妮斯。

"贝特西·特洛伍德,"我姨婆说,有关钱财的事,她原本是从来不对人说的,"我说的不是你姐姐,特洛,我亲爱的;我这是说的我自己——她有过一些财产。究竟有多少,这没有关系,反正够她生活的。而且还有得多。因为她积攒下一点,加上去了。有一段时间,贝特西把钱都买了公债;后来,她听从她的业务代理人的话,投资在用地产作抵押的贷款上。这项投资很好,她获利不少,直到全部收回贷款。我在谈到贝特西时,是把她当成一条战舰来看的。好了,这时贝特西得四下里看看,寻找新的投资路子了。当时,她认为自己比她的业务代理人还精明了,因为她觉得她的业务代理人——我说的是你父亲,爱格妮斯——已经不像从前那么精明了。所以她就想到亲自来处理投资。"姨婆说,"于是,她把资金投到国外市场上。最后,证明这个市场十分糟糕。一开始,她投资打捞沉船,也就是打捞财宝,或者是干汤

---

① 克拉普太太误把"陪审团"(jury)说成人名"裘蒂"(Judy)了。

姆·狄德勒那类胡闹的把戏①,"我姨婆解释说,揿了揿鼻子,"结果又赔了。后来在矿业上又吃了亏。最后,为了想挽回败局,她又在银行业投资,又赔了。有那么一阵子,我根本闹不清银行股票还值多少钱,"我姨婆说,"不过我想,最低票面价值总是有的。可是,那家银行在世界的另一头;我只知道,它一下垮了,一无所有了。不管怎么说,它彻底倒了。永远也不会付,永远也付不出你那六便士了。可贝特西的六便士全在那儿啊。这就是我那六便士的下场。没什么可说的了,多说反坏事,越说越糟!"

姨婆就这样结束了她这番颇具哲理性的谈话,带着一副得意的神色看着爱格妮斯,爱格妮斯的脸上也渐渐恢复原来的颜色。

"亲爱的特洛伍德小姐,这就是事情的全部经过吗?"爱格妮斯问道。

"我希望,说这些就足够了,孩子,"姨婆说,"要是还有钱可亏的话,那我敢说,事情决不会就此终结。贝特西一定还会想法把这些钱同样亏个精光,给这个故事再加上一章的。不过,她没钱可亏了,因此,故事也就到此为止了。"

听这番话的时候,一开始爱格妮斯是屏息敛气的。现在虽然脸上仍红一阵白一阵,不过呼吸渐渐地自在多了。我想,我知道她为什么会这样。我认为,她怕她那位不幸的父亲,多少应该为这事负责。我姨婆把她的手握在自己的手里,笑了起来。

"这就是故事的全部吗?"姨婆又重复了一句,"嗯,没错,是全部了,要差的话,就差这么一句了,'从此以后,她一直生活得很幸福'。也许将来有一天,我会把这一句加到贝特西的故事里。好啦,爱格妮斯,你的头脑是很聪明的。特洛,在这些事情上,你也一样,不过我不能恭维你,说你在样样事情上都这样。"说到这儿,姨婆对着我摇摇头,这种使劲的摇头法是她所特有的,"下一步该怎么办呢? 我那座小房子,扯平计算,每年大概可出产七十镑。我看,这么估计,出入不会太大。好啦! ——这就是我们的全部收入了。"姨婆说,她说话就有这么一个特点,跟有的马一样,本来跑得正欢,像要一直跑下去,可是会在中途突然停住。

---

① 此处系借用儿童游戏中的一句话。做这一游戏时,一人守地,其他人设法冲入,高唱"我们到了汤姆·狄德勒的地方,拾到了金子和银子"。

"另外,"姨婆停了一会后接着说,"还有狄克,他每年保证有一百镑收入,不过,这当然只能他自己花。虽然我知道,我是唯一能赏识他的人,可要是不把他的钱用在他自己身上,我宁愿打发他走,不让他留下来。单凭我们的这点收入,我跟特洛最好该怎么办? 你有什么意见,爱格妮斯?"

"我说,姨婆,"我插嘴说,"我一定得找个什么事儿做!"

"你的意思是说,你要去当兵?"姨婆吃了一惊,说,"还是要去当水手?这话我可不要听。你一定得当个代诉人。你可要明白,我们这一家,可不能再受到打击了,对不起,先生。"

我正要解释,我并不想干那些行当来养家,爱格妮斯问道,我这套房间的租期长不长?

"你这话倒问到点子上了,我亲爱的,"姨婆说,"这套房间我们至少还可以住六个月,除非我们转租出去,不过我相信不会那么做。我们以前的那个房客就是死在这儿的。当然有那个穿紫花布胸衣、法兰绒裙子的女人在这儿,六个人中是会有五个死在这儿的。我还有点现款,我同意你的主张,我和特洛最好在这儿住到合同期满,另外在附近给狄克找个睡觉的地方。"

我姨婆住在这儿,会不停地跟克拉普太太打游击战,会感到不自在,我想,我有责任提出来,所以我暗示了这种意思。可是,她一句话就把我的异议打消了。她说,只要克拉普太太稍一露出敌意,她就准备好好吓唬她一下,叫她整个有生之年都不会忘记。

"我一直在想,特洛,"爱格妮斯迟疑地说,"要是你有时间——"

"我有很多时间,爱格妮斯。下午四五点钟以后,我就什么事儿也没有了。早上一早,我也有空闲时间。不管怎么样,"我说,想到自己花那么多时间,在伦敦的大街上到处溜达,在诺伍德路上来来去去,觉得有点脸红,"我有的是空闲时间。"

"我想,你要是有个当秘书的事儿做,"爱格妮斯走到我跟前,低声对我说,她的口气那么温柔,那么体贴,那么关心,直到现在仍在我耳边回响,"你不会介意吧?"

"我怎么会介意呢,我亲爱的爱格妮斯?"

"因为,"爱格妮斯接着说,"斯特朗博士已经照他原来的心愿退休了,住到伦敦来了。我知道,他曾问过我爸爸,能不能给他推荐一个秘书。你想,他要是能有个他从前的得意门生在他身边,那不比任何别的人更好吗?"

"亲爱的爱格妮斯!"我说,"要是没有你,我能做得了什么啊!你永远是保护我的吉神。我早就对你说了,对你,我心里一向都是这样想的。"

爱格妮斯亲切地笑着说,对我来说,有一个吉神(指朵拉)保护就够了;接着又提醒,说斯特朗博士习惯在清晨和夜晚在书房里工作——因而我的空闲时间也许正好适合他的需要。我眼看就能自食其力,当然高兴,但是有指望在我往日的老师手下做事赚钱,几乎更使我开心。简而言之,听了爱格妮斯的主意,我立刻坐下来给斯特朗博士写了一封信,说明我的用意,并约定第二天上午十点钟去拜访他。我在信封上写了海盖特的地址——因为他就住在那个我永远难忘的地方——一分钟也没有耽搁,亲自把它寄出去了。

爱格妮斯不论在什么地方,她的那种轻声细语、令人愉快的气氛就会在那儿出现。我寄信回来时,发现姨婆的鸟笼,像先前挂在乡间小屋的窗口那样,挂起来了;我的安乐椅,也像姨婆家那张放的位置一样,放在敞开的窗子跟前;连我姨婆带来的那把绿色团扇,也钉在窗台上了。凭着这些不露声色、像是自动做就的事情,我就知道这是谁做的了。我随意乱放的书,也按我往日求学时的样子,理得整整齐齐了;即使我认为爱格妮斯远在若干英里之外,我没亲眼看到她笑我把书乱放,忙着为我整理,我也一眼就立即知道,是谁整理的。

我姨婆对泰晤士河的印象很不错(虽然不及她乡间小屋前面的大海,不过当太阳照耀在河上时,确实很好看),但是她对伦敦的烟雾,评论起来却毫不留情。她说,这烟雾使得"一切东西都撒上了胡椒面"。提起这胡椒面,我那套房间里的每一个角落,都彻底翻了个个儿,在这番清扫工作中,佩格蒂担当了重要角色。我在一旁看着,心里想,佩格蒂一直忙个不停,却做得并不见得多,而爱格妮斯一点也不忙,却做得很多。就在这时,听见有人敲门。

"我想,"爱格妮斯的脸色一下变白了,说,"这是爸爸。他答应我说他要来的。"

我打开门,进来的不仅有威克菲尔先生,还有乌利亚·希普。我有一些时候没有见到威克菲尔先生了,听爱格妮斯说了以后,我原本已经料到,他

一定有了很大变化，可是没有想到，他的样子还是让我大吃一惊。

我所以吃惊，并不是因为他老了好多岁，虽然他的穿戴，仍跟从前一样整洁得一丝不苟；也不是他脸上有一种不健康的红色，或者是眼球凸出，上面有红丝；也不是因为他的手在神经质地颤抖，颤抖的原因我知道，这一情况，我多年前就见到了。使我吃惊的，也不是因为他已经失去他好看的仪容，或者是从前那种绅士派头——因为他并没有失掉这些——最使我触目惊心的是，他天生的那种优越感虽然依旧明显存在，但居然对那个谄媚奉承的卑鄙化身乌利亚·希普，那样唯命是从。以他们的品质而论，两人相互间的地位倒了个个儿了，反而变成乌利亚·希普发号施令，威克菲尔先生听令受命了，看了真使我感到难以言喻的痛苦。即使看到一只猿在指挥一个人，我也不会觉得比眼前的这种光景更令人感到可耻。

威克菲尔先生自己似乎很清楚这种情况。他进来时，站在那儿，低着头，好像感到可耻。不过这只是一会儿的工夫，因为爱格妮斯轻柔地对他说："爸爸，特洛伍德小姐在这儿——还有特洛，你已经好久没见他啦！"于是他就走上前去，很不自然地把手伸给我姨婆；跟我握手时倒比较亲热。在我前面说到的那一会儿，我看到乌利亚的脸上露出了最让人讨厌的笑容。我想，爱格妮斯也看到了，因为她避开了他。

至于我姨婆是看到了，还是没有看到，要是她自己不说，相面术也别想相出来。我相信，要是她决心喜怒不形于色，那谁也没能像她那么镇定平静。这时候，不管她心里想的是什么，她的脸简直就像一堵没有窗口的墙，任何光线都透不进她的思想。最后，她像平常一样，突然打破了沉寂。

"我说，威克菲尔！"我姨婆说，这时他第一次抬起头来望着她，"我正在告诉你女儿，我是怎样亲自处理自己的资金的，因为你在业务上已经愈来愈生疏，所以我就不愿把钱交给你管理了。我们正在一块儿商量今后的办法，商量得很不错，一切事情都考虑到了。我的意见是，爱格妮斯一个人，就抵得上你们整个事务所。"

"要是允许我这个卑鄙的人冒昧插上一句的话，"乌利亚·希普扭了扭身子，说，"那我得说，我完全赞同贝特西·特洛伍德小姐的说法。要是爱格妮斯是个合伙人，那我就太高兴了。"

"你自己是个合伙人了，你知道，"我姨婆回答说，"我想，你大概够称心了吧。你觉得怎么样,先生?"

这个问题问得特别不客气,希普先生在回答时,很不自在地抓紧他拎着的那只蓝提包,回答说,他很好,谢谢我姨婆,希望她也这样。

"还有你,科波菲尔少爷——我应该说科波菲尔先生,"乌利亚接着说,"我希望你也很好!即使在现在这种情况下,我也很高兴见到你,科波菲尔先生。"这话我倒相信,因为他说起这个来,好像津津有味似的。"眼下的情况,并不是你的朋友们希望你遇上的,科波菲尔先生。不过,要造就一个人,靠的不是钱,得靠——到底靠什么,我能力太卑微,实在没有本领表达,"乌利亚谄媚地一扭身子说,"不过靠的不是钱!"

说到这儿,他跟我握手,不过不是平常的握法,而是站得离我远远的,像握住水泵的手柄似的,握住我的手上下摇动,看来他显得有点怕我。

"你觉得我们看起来怎么样,科波菲尔少爷——我得说,科波菲尔先生?"乌利亚谄媚地说,"你看威克菲尔先生是不是满面红光,先生?这些年来,我们的事务所里没有太多的变化,科波菲尔少爷,只是卑微的人——也就是我母亲和我本人——越来越提升,还有,"他像是事后想起似的补充说,"美丽的人——也就是爱格妮斯——越来越美丽。"

他说完这句恭维话后,身子又扭动起来,扭得真叫人没法忍受。我姨婆原本一直坐在那儿盯着他看,这时实在忍无可忍了。

"这人真见了鬼了!"我姨婆声色俱厉地说,"他这是怎么啦?快别像这么触电似的啦,先生!"

"请你原谅,特洛伍德小姐,"乌利亚回答说,"我知道你情绪不好。"

"去你的,先生!"我姨婆说,丝毫没有平息怒气,"别这么乱推测了,我才不是你说的那种人呢!你如果是条鳗鱼,先生,那你就像条鳗鱼那样扭你的好啦。可如果你是个人,那你就得好好管住你的胳膊腿儿,先生!哎呀,我的老天爷!"我姨婆十分愤慨地说,"我可不愿让你这么又扭又旋的,闹得发了疯!"

我姨婆这顿突发的脾气,把希普先生弄得颇为难堪,大多数人也是会这样的。然而姨婆怒气未消,她在自己的椅子上愤愤地挪动着,摇着头,好像要朝他猛咬、猛扑过去似的,这大大地助长了她这番发作的气势。可是乌利亚却在一旁,用温顺的声调对我说:

"我很了解,科波菲尔少爷,特洛伍德小姐虽然是位极好的人,只是脾气急躁了一点(说实在的,我想我还是卑微的文书的时候,就有幸认识她了,比你认识她还早呢,科波菲尔少爷)。她遇上现在这种情况,脾气更急躁了一点,这是很自然的。奇怪的倒是,没有比现在更坏一些!我这次来访问,只是想问一问,在现在这种情况下,我们有什么可以效劳的地方,我母亲和我本人,或者威克菲尔-希普事务所,我们都非常乐意效劳。我可以把话说到这种程度吗?"乌利亚对他的合伙人令人作呕地微笑着说。

"乌利亚·希普,"威克菲尔先生声音单调,颇为勉强地说,"在业务上是很勤奋的,特洛伍德。他说的话,我完全同意。你知道,我对你们一向是很关切的。此外,乌利亚说的,我完全同意!"

"哦,能得到这样的信任,"乌利亚说着,一条腿往回一缩,差一点又要惹得姨婆的一顿臭骂了,"是多大的一种奖赏啊!不过,我只希望能做点事,减轻他业务上的负担,免得他太劳累了,科波菲尔少爷!"

"乌利亚·希普让我大大地省心了,"威克菲尔先生说,用的是同样呆板的声调,"有这样一个合伙人,我精神上的重担就放下了,特洛伍德。"

我知道,这些话全是那只红狐狸撮弄他说的,意在要威克菲尔先生自己出来,证实他的那些弄得我一夜没有睡好的话没有错。我又看到他脸上那种让人讨厌的笑容,也看到他那么留神地注视着我。

"你走不走,爸爸?"爱格妮斯焦灼地说,"你跟特洛和我,一块儿走回去,好不好?"

我相信,要不是乌利亚先有举动,威克菲尔先生一定会先看看这位大人物的脸色,然后才回答的。

"我已经跟人约好了,"乌利亚说,"是业务上的事。要不,我一定乐意跟我的朋友在一起。不过,我让我的合伙人代表本事务所好了。爱格妮斯小姐,再见!科波菲尔少爷,再见!向贝特西·特洛伍德小姐致以我卑微的敬礼。"

说完这几句话,他用大手向我们送了一个飞吻,又像个假面具似的朝我们瞟了一眼,接着便退出去了。

我们坐在那儿,谈起在坎特伯雷时的愉快往事,谈了有一两个小时。威克菲尔先生现在单独跟爱格妮斯在一起了,过不多久便有些恢复往日的神态,不过总有着一种永远摆脱不了的沮丧。尽管如此,他还是高兴起来了;当他听到我们追忆起旧日的那些生活琐事时,有许多他都记得很清楚,显然显得很高兴。他说,这会儿又像回到只有爱格妮斯和我跟他相伴的那些日子了,他真希望老天爷永远别让那种日子改变。我确信,爱格妮斯那温柔平静的脸,她往他胳臂上一碰的手,对他都有影响,能在他身上显出奇效。

我姨婆(这段时间里,她差不多一直跟佩格蒂在里面的房间里忙碌着)不想陪他们去他们的住处,但一定要我陪了去,所以我就去了。我们一起在那儿吃了晚饭,饭后,爱格妮斯像从前一样,坐在父亲的身边,为他倒酒。她倒多少,他就喝多少,并不多要——像个小孩似的。暮色渐渐降临,我们三人一块儿坐在窗前。到了天快黑时,他在沙发上躺了下来,爱格妮斯为他垫好枕头,弯腰在他身上俯了一会儿。当她回到窗子跟前时,天还不太黑,我看到她眼里闪着泪花。

我祈求上苍,永远不要让我忘记这位有着爱心和忠诚的好姑娘。因为如果我忘了,我也就快完了,那样我就更渴望记住她了!有了她这样的榜样,我就有了良好的决心,使我的软弱变为坚强,我头脑中混乱的热情和不定的目标,在她的指点下,便有了方向——我不知道她是怎么做到的,因为她在指点我时,是那么谦逊,那么温柔,连规劝我的话都不肯多说——因此,我这一辈子所以还能做一点好事,所以没有做什么坏事,我真诚地相信,这一切都得归功于她。

我们在黑暗中坐在窗前。她对我谈起了朵拉,听我称赞朵拉,她也称赞朵拉。她在朵拉那小仙女的身上,洒上了她自己纯洁的光辉,因而使朵拉在我眼中,更觉得可贵,更觉得天真!哦,爱格妮斯,我童年的姐妹啊,要是当时我就知道多年以后才知道的事,那该多好啊!

我下楼出门时,看到街上有个乞丐;当我掉头望着窗口,想着爱格妮斯那天使般的恬静眼神时,那个乞丐,像那天早上的回声似的,嘟囔了一句,使我大吃一惊。他嘟囔的是:

"瞎了眼啦!瞎了眼啦!瞎了眼啦!"

第三十六章

满 腔 热 情

第二天早上,我先到那家罗马浴室洗了个澡,然后动身前往海盖特。我现在已经不再垂头丧气。我不怕穿破旧的衣服,也不想骑灰色的骏马了。对于我们最近的不幸,我的整个态度已经完全改变。我现在要做的是,向我的姨婆表明,她过去对我的恩德,并没有白白地给了一个麻木不仁、忘恩负义的人。我现在要做的是,把我小时候所受的痛苦磨炼变成本钱,下定决心、一心一意地做好工作。我现在要做的是,手握樵夫的斧头,在困难的丛林中披荆斩棘,开辟出一条到达朵拉身边的路来。于是我的脚步便轻快起来,仿佛用走路就能完成这些事一般。

我走上了熟悉的前往海盖特的大路,想到这条路跟我的联系,过去我追求的是欢乐,现在我从事的使命,跟过去有着多大的不同,好像我的整个人生都变了。不过这并没有使我气馁。有了新的生活,就有了新的目标,新的志向。劳动量是巨大的,报酬可是无价的。朵拉就是报酬,而朵拉是我非得到不可的。

我如此激动万分,居然为我的外衣不够破旧而感到惆怅。我渴望在困难的丛林中披荆斩棘,在那种景况下证明我的实力。路上,有个戴着铁丝护目镜的老头,正在那儿砸碎铺路石,我真想借用他的锤子砸上一会,作为在花岗岩上开出一条通向朵拉之路的第一步。当时我兴奋得全身发热,上气不接下气,觉得自己已经挣到不知多少钱了。就在这种情况下,我走进了一座招租的小房子,细细察看了一下——因为我觉得,做人必须讲究实际。这房子给我跟朵拉住,真是再好也没有了;房前有一个小花园,正好可以给吉卜在里面跑动,让它隔着栅栏朝行贩吠叫;楼上最好的一个房间,就给姨婆住。我走出那座小房子后,身上就更热了,脚步也更快了,就像赛跑似的,一口气跑到了海盖特。可是由于跑得太快,早到了一个小时。不过,即使没有早到,我也非散一会儿步不可,至少在见人之前,我得先让自己冷静下来。

做好必要的准备后,我第一件得办的事是找到斯特朗博士的家。他并没有住在斯蒂福思太太住的那一带,而是住在这个小镇的另一个相反方向的地区。弄清楚这一点之后,一种无法抗拒的诱惑,把我吸引回斯蒂福思太太家旁边的一条小巷里,从她家花园的墙角处往里张望了一会。斯蒂福思房间的门窗关得紧紧的,温室的门敞开着,罗莎·达特尔,没戴帽子,在草坪旁一条石子铺的小径上来回走着,步子快速而急躁,给我的印象是,像只铁链拴住的猛兽,只能在链子长度能及的范围内来回走动,渐渐地耗尽它的心力。

我悄悄地从窥探的地方走开,还特意躲开邻近的一带,真希望没有来这儿,我一直溜达到十点钟。现在,那儿的小山顶上已建起一座有细高尖塔的教堂,可当时还没有教堂向我报时。那个位置原本是一座红砖砌的大房子,当时用作校舍。我还记得,当时我觉得,能到那儿上学,一定是很好的。

我走到斯特朗博士住的房子近旁时——那是座很漂亮的老房子,从刚刚装修好的情况看,他在这座房子上好像花了一点钱——看到他正在花园里散步,裹腿也扎上了;好像打从我做他的学生那时候起,他就一直不停地散步似的。跟他在一起的,也还是他的那些老伙伴。因为附近有许多大树,草地上有两三只白嘴鸦在打量着他,仿佛坎特伯雷的白嘴鸦给它们来过信,讲起过他,因而它们才这样专心地在观察他。

我知道,离开这么远要想引起他的注意,是没有希望的。所以我就大着胆子,推过栅栏门,跟在他后面。这样一来,待他转过身来,就能跟他见面了。当他转过身来,朝我走过来时,有一会儿工夫,只是凝神望着我,显然,他没有想到是我。接着,他慈祥的脸上,露出了异常高兴的神情,双手一齐握住了我。

"哦,我亲爱的科波菲尔,"博士说,"你长成大人了! 你好吗? 看到你,真让我高兴。我亲爱的科波菲尔,你多有出息啊! 你真是非常——不错——哎呀!"

我向他问了好,也问候了斯特朗太太。

"哦,很好!"博士说,"安妮也很好!她见了你也会很高兴的。她一直就喜欢你。昨天晚上,我把你的信给她看时,她就是这样说的。还有——对了,毫无疑问——你一定还记得杰克·麦尔顿先生吧,科波菲尔?"

"完全记得,先生。"

"当然,"博士说,"一定记得。他也很好。"

"他回国了吗,先生?"我问道。

"你是说从印度回来吗?"博士说,"回来了。杰克·麦尔顿先生受不了那儿的气候,亲爱的。还有马克勒姆太太——你没有忘记马克勒姆太太吧?"

怎么会忘记那位"老兵"呢!在这么短的时间里!

"马克勒姆太太,"博士说,"为了他的事,那可怜的人,烦透了;因此我们又把他弄回国来了;我们花钱给他谋到了一个专利局的小差使,这对他来说适合多了。"

对于杰克·麦尔顿的为人,我颇为了解。因而从这点推测,这一定是个工作不多,报酬颇丰的差使。博士一只手搭在我的肩膀上,来回地走着;他慈祥的脸上带着鼓励的神情看着我,接着说:

"哦,我亲爱的科波菲尔,说到你提议的事,我得说,我的确非常满意,十分赞同。不过你难道不觉得,你可以找个好一些的工作吗?你知道,你跟我们在一起时,已经有了出众的成就。你能胜任很多重要的工作呢。你已经打好了基础,什么样的高楼大厦都可以往上建了。现在,把你一生的青春年华,用来做我能提供给你的这种小事,不可惜吗?"

我又开始激动得热乎乎起来,竭力提出我的请求,表述时用的语气恐怕都有点过火了。我提醒博士,我已经有了一个专业。

"对了,对了,"博士说,"这话没错,你确实已经有了专业,而且正在学习,这就不同了。不过,我亲爱的年轻朋友,一年七十镑又顶得了什么呢?"

"能使我们的收入增加一倍,斯特朗博士。"我说。

"哎呀!"博士回答,"真想不到!我并不是说,一年限定只有七十镑,因为我总是这样想的,另外还要给我聘用来的任何青年朋友,送点礼物。毫无疑问,"博士仍把一只手搭在我的肩上,来回走着说,"我总是把每年送点礼的事放在心上的。"

"我亲爱的老师,"我说(这会儿可真的不是胡说),"你对我的恩情太多了,我永远也报答不完——"

"快别这么说,快别这么说,"博士拦住我的话,说,"这话我不敢当!"

"我有的时间是早上和晚上,要是你认为这对你合适,而且认为值得一年付七十镑的话,你就帮了我无法形容的大忙了。"

"哎呀!"博士天真地说,"真想不到,这么点钱能顶这么大的事! 哎呀,哎呀! 要是你另有更好的差使时,你就去做,好吗? 你的话可得算数,嗯?"博士说——对我们这些学生,他老爱用这样的话,严肃地激励起我们的自尊心。

"当然算数,先生!"我照以前在我们学校里时的样子回答说。

"那就这样说定了!"博士拍拍我的肩膀说,手仍搭在我的肩膀上,我们还是来回走着。

"要是我的工作跟那部词典有关,"我带着一点奉承的味道——我希望这是无害的——说,"那我就二十倍的高兴了,先生。"

博士停下脚步,又微笑着拍了拍我的肩膀,带着让人看了非常高兴的得意神情,仿佛我已经洞察人类最深邃的智慧似的,提高嗓子说道,"我亲爱的年轻朋友,你说对了,正是编词典的工作!"

怎么有可能是别的什么工作呢! 他的口袋里,也跟他脑子里一样,装的全是词典的材料。从他身上四面八方冒出来的,也是这个。他告诉我说,他从教书生涯退休以来,他的词典汇编工作进展顺利。我提议的早晚工作,对他再合适也没有了,因为白天他习惯于一面散步,一面思考。他还说,由于杰克·麦尔顿先生最近曾自告奋勇,偶尔帮他做做誊抄工作,而他又不习惯做这种事,所以他的稿子有点凌乱;不过我们很快就能把稿子整理好,可以得心应手地继续进行下去。后来,当我们正式开始工作时,我才发现,杰克·麦尔顿先生费的那些力气,比我原来想的要麻烦多了;因为他誊抄的稿子不仅错误很多,而且还在博士的原稿上画了许多士兵和妇女的头像,弄得我常常陷入迷惑费解的迷宫之中。

博士想到以后我们能在这项了不起的工作上合作,十分高兴,于是我们约定第二天早上七点钟就开始。我们要在每天早晨工作两个小时,每天晚上工作两三个小时。星期六不工作,我休息。星期天,我当然也休息。我觉得,这样的工作安排,条件是很宽的。

我们的计划这样安排得使双方都满意后,博士就带我进屋去见斯特朗太太。我们发现她正在博士的新书房中,给他的书本掸灰尘——这是一种特权,博士是从来不允许任何别的人,去碰他那些神圣的心爱的书本的。

为了我,他们把早饭推迟了,于是我们一块儿在餐桌旁坐了下来。坐了没多久,我还没听到有人来的声音,就从斯特朗太太的脸上看出有人来了。跟着就有一位先生骑马来到栅栏门前;他下了马,把缰绳绕在胳臂上,像在自己家里一样,把马牵进一个小院子,拴在空车库墙上的一个铁环上,手里拿着马鞭,走进了早餐室。来的是杰克·麦尔顿先生;我认为,印度之行,根本没有使麦尔顿先生有所长进。不过,当时对不肯在困难的丛林中披荆斩棘的年轻人,我是深恶痛绝的,所以我的印象,是该打相当折扣的。

"杰克先生!"博士说,"科波菲尔在这儿!"

杰克·麦尔顿先生跟我握了手。可是我觉得,他不但不很热情,而且还带有一种懒洋洋的给我赏脸的神气,对此,我心里暗自感到非常不快。不过,他的这种懒洋洋的神气实在是够瞧的,只有跟他的表妹安妮说话时,他才不是这样。

"你吃过早饭了吗,杰克先生?"博士说。

"我几乎从来不吃早饭,先生,"他坐在一张安乐椅上,把头往后一靠,回答说,"我觉得早餐让我讨厌。"

"今天有什么新闻吗?"博士问。

"什么新闻也没有,先生,"麦尔顿先生回答,"有一条报道说,北方的人因为挨饿,有不满情绪;不过,不管什么地方,总是有人挨饿,有不满情绪的。"

博士的神情显得严肃起来,好像想换个话题似的,说:"那么,这是说什么新闻都没有了。人们说,没有新闻就是好新闻。"

"报上还有篇报道,先生,是关于谋杀的,"麦尔顿先生说,"不过,总是会有人给谋杀的,所以我没有看。"

对于人类的一切活动和感情显得无动于衷,我觉得,在当时并没有像后来那样被人看作是一种高贵的品质。我知道,打那以后,这种态度非常时髦。我曾见过,有人把这种态度表现得非常成功,我见过一些时髦的男女,他们好像生来就是毛虫似的。也许因为我是初次见到,所以当时麦尔顿先生的这种态度,给我的印象更加深刻。不过杰克·麦尔顿先生的这种态度,丝毫没有使我提高对他的尊敬,也没有加强我对他的信任。

"我是来问安妮今晚想不想去看歌剧的,"麦尔顿先生说着,把头转向安妮,"这是这一季里最后一个晚上的好戏了,有一位歌唱家,她真该去听听;她唱得真是好极了;她不但唱得好,而且还丑得迷人。"说完,他重又恢复懒洋洋的样子。

凡是能使他那位年轻太太高兴的事,博士全都感到高兴,于是他就转向他太太说:

"你一定得去,安妮。你一定得去。"

"我不想去,"她对博士说,"我情愿待在家里。我非常愿意待在家里。"

她没朝她表哥看一眼,便转身跟我谈起话来,问我爱格妮斯怎么样,她能不能见到她,哪一天她会不会来看她。她显得那么不安。我感到奇怪,正在烤面包上涂奶油的博士,竟连这样明显的情况都看不出来。

可是他什么也没有看出,他只是和蔼地对她说,她是个年轻人,应该去开开心,逗逗乐,决不应该让一个呆板的老头子弄得自己也呆板起来。他还说,他要她唱那个新歌手的歌给他听,要是她不去,她怎么能唱呢?就这样,博士坚持为她作了这一安排,并且要杰克·麦尔顿回来吃晚饭。事情安排停当后,麦尔顿先生就走了,我想,是去他的专利局了。反正他骑马走了,样子显得特别懒洋洋。

第二天,我急于想知道她到底去了没有。她没有去,而是派人去伦敦谢绝了表兄的看戏邀请,下午就出门去看爱格妮斯了,还拉了博士跟她一起去。博士告诉我,他们是穿过田野徒步回家的,因为那天晚上天气晴朗宜人。当时我心里想,要是爱格妮斯不在伦敦,她是不是会去听歌剧呢! 爱格妮斯是不是对她也产生了一些好的影响!

我觉得,她看上去并不很快乐,不过她的脸显得很善良,要不就是虚伪了。我时常朝她瞥上一眼,因为我们在工作时,她总是坐在窗口。她还为我们准备早饭,我们就一面工作,一面匆忙地吃上几口。九点钟我走的时候,她跪在博士脚旁的地上,为他穿鞋,裹护腿。一些绿色的枝叶低垂在矮房敞

开的窗口,在她的脸上投下淡淡的阴影。我在去博士公堂的路上,一直想着,那天晚上博士在看书时,她仰着脸看他的情景。

现在我很忙了,早晨五点就起床,晚上九十点钟才回家。不过我这样从早忙到晚,却感到极大的满意。从来不为任何原因慢慢走路,热切地觉得,我越疲劳,就越对得起朵拉。我还没有把我这种改变的景况告诉过朵拉,因为再过几天她就要来看米尔斯小姐,我打算到那时再告诉她一切。我只在信里(我们所有的信都由米尔斯小姐暗中代转)对她说,我有许多话要跟她讲。这段时间,我润发油已用得很少,香皂和香水,就完全不用了;我还用极低的价格卖掉了三件背心,因为那样的背心,在我现在这样艰苦的生活中,显得太奢侈了。

我采取了这种种措施,还不满意;我心急如火,急于想找更多的事做,于是便去见特雷德尔。他现在住在霍尔本区城堡街一所房子的低矮挡墙后面。狄克先生已经跟我一起去过海盖特两次,重新跟博士做起了朋友。这回去看特雷德尔,我又带上了他。

我带上狄克先生,是因为姨婆的厄运使得他痛苦不堪,而且他真诚地相信,我现在的工作,比划船的奴隶或监狱里的囚犯还要劳苦,而他却一点帮不上忙,因此非常烦躁忧郁,弄得精神沮丧,食欲不振。在这种情况下,他觉得,要写成那个呈文,比从前更加不可能了。他越是想卖力地写那个呈文,查理一世那颗倒霉的脑袋越是要掺和进来。要不是出于好心哄骗他一下,让他相信自己还有用,或者使他真正有用(那就更好),我真害怕他的病会越来越重;所以我就决定去问一问特雷德尔,看看他能不能帮我们一点忙。去之前,我先给他写了一封信,对他说了发生的一切。特雷德尔给我回了一封非常关心的信,表达了他的同情和友谊。

我们发现他正在忙着笔墨工作。斗室的一角摆着那只花盆架和小圆桌,这使得他得以精神振作。他热情地接待了我们,跟狄克先生一会儿就成了好朋友。狄克先生一口咬定说,他从前见过特雷德尔。我们两个都说:"这很有可能。"

我想跟特雷德尔商量的第一件事是这样的:我听人说,各界的许多成名的人,都是从报道国会辩论开始他们的事业的。特雷德尔以前曾对我提起过,说从事新闻事业是他的希望之一。我把这两件事合在一起,在信里问过特雷德尔,我希望知道,怎样才能取得做这种事的资格。这会儿特雷德尔告诉我说,据他打听到的结果,要想做得出色,除了少数例外,单是学会必要的刻板技能,也就是说,要精通速记和阅读速记的秘诀,就跟通晓六种语言那么艰难。要是孜孜不倦,持之以恒,也许花几年时间可以达到目的。特雷德尔有理由相信,这么一说,这个问题就算解决了。不过我却觉得,这儿确实有几棵大树需要砍倒,我得下定决心,立即拿起斧头,在这片荆棘丛生的密林中,砍出一条通向朵拉的路来。

"我非常感谢你,我亲爱的特雷德尔!"我说,"我明天就开始。"

特雷德尔露出惊诧的样子,这也难怪;不过他对我当时大为欣喜的心情,还一无所知。

"我要买一本系统讲述这种技能的书,"我说,"在博士公堂里学习,我在那儿的时间几乎有一半是空着的。我要先记录我们法庭里的辩论,作为练习——特雷德尔,我亲爱的老朋友,我一定要精通这种技能!"

"哎呀,"特雷德尔把眼睛睁得大大的,说,"我从来没有想到,你是个这样有决心的人,科波菲尔!"

我不知道他怎么会想得到,因为连我自己都是刚想到的呀。我放下这件事,提出狄克先生的事来。

"你知道,"狄克先生满怀渴望地说,"我真盼望自己能出点力,特雷德尔先生——盼望自己能打打鼓——或者是吹吹号什么的!"

可怜的人!我毫不怀疑,比起别的事儿来,他打心眼里更喜欢做这类事。特雷德尔是个怎么也不会讥笑别人的人,他平静地回答说:

"听说你的字写得很好,先生。你不是跟我说过吗,科波菲尔?"

"没错,写得好极了!"我说。的确是这样。他的字写得非常工整。

"要是我给你找个抄写的工作,先生,"特雷德尔说,"你看你愿意干吗?"

狄克先生没有主意地朝我看着,说:"你说怎么样,特洛?"

我摇摇头。狄克先生也摇摇头,而且还叹了口气。"你跟他说说那个呈文的事吧。"狄克先生说。

我对特雷德尔解释说,要叫狄克先生在文稿中不写进查理一世,非常困难。这时,狄克先生神态严肃、毕恭毕敬地看着特雷德尔,一面吮吮着大

拇指。

"不过,你知道,我说的是抄写已经写好的文稿,"特雷德尔想了想,说,"狄克先生完全不用再动脑子去起草。这跟自己写文章不是不同的吗,科波菲尔? 不管怎么说,反正先试一试,好不好?"

这给了我们新的希望。特雷德尔跟我撇开狄克先生,交头接耳研究了一番,狄克先生坐在椅子上焦急地看着我们。我们商量出一个方案,第二天就按这一方案让狄克先生开始工作,结果非常成功。

在白金汉街我的寓所窗前的一张桌子上,我们摆好了特雷德尔为他弄来抄写的文件——是一份关于通行权的法律文件,抄多少份我忘记了——在另一张桌子上,我们又摊开他那份伟大呈文最后的、尚未完成的原稿。我们关照狄克先生,他必须一字不差地照抄面前的那份文件,不许有一丁点儿改动;要是他脑子里有点动起要提查理一世的念头时,他就得赶快跑到摊着呈文的那张桌子那儿。我们告诫他,对这一点一定要坚决,还安排姨婆在那儿看住他。后来姨婆告诉我们说,开始狄克先生像个打鼓的人似的,不断地两面分心,后来发现这样一来会把心思搞乱,而且也极易疲劳。而且那文件清清楚楚地摆在他的眼前,所以过了没多久他就坐在那儿,按部就班地认真抄起文件来,把呈文留到更适当的时候去起草了。总之,虽然我们非常小心,不让他抄得太多,以免影响他的健康,虽然他不是一星期的头一天就开始抄写,但是到了星期六的晚上,他还是挣了十先令九便士。而且在我有生之年,我永远忘不了,他怎么跑遍了附近的店铺,把这笔钱全都换成了六便士的辅币,在盘子里摆成一颗心的形状,献给我姨婆,眼中含着快乐和得意的眼泪。打从他做这件有用的工作起,他就像有一道灵符神咒保佑着似的;在那个星期六的晚上,要是说世界上有个幸福的人,那就是这个满怀感激的狄克先生,这个把我姨婆看成是最了不起的妇女,把我看成是最了不起的青年的人了。

"这下不会挨饿了,特洛,"狄克先生在一个角落里跟我握着手,说,"我来养活她,先生!"说时十个手指在空中使劲挥动,好像这是十家银行似的。

我不知道我们两人中谁更开心,特雷德尔呢还是我。"哎呀!"特雷德尔突然说道,一面从口袋里掏出一封信来,交给了我,"我把米考伯先生完全给忘了!"

这封信（米考伯先生从来不错过写信的机会）是写给我的，"敬烦内殿法学院托·特雷德尔先生转交"。信是这样写的：

亲爱的科波菲尔：

当你得悉我的命运已出现某些转机的消息时，大概不会觉得意外吧。因为以前我们晤面时，我可能已经对你提过，我正在等待这种机缘的到来。

我即将在我国得天独厚之岛上的一城镇立足（该地的社会可说是农业和宗教的和睦混合体），与学者专门职业①之一发生直接关系。米考伯太太及我们的孩子，都将伴我同行。今后我等的尸骨或将长眠于一巍峨古建筑附属之墓地中；此城镇即以此建筑驰名，我若说，其声名传播之广，从中国到秘鲁②，也不为过吧？

我等一家寄居在这一现代巴比伦期间，经历了种种沧桑，但我自信并无不光彩之处。在这告别之时，米考伯太太和我心里都不能不想到，今后也许要跟一位和我们家庭生活的祭坛有密切联系的好友，多年或永远分离。在此离别的前夕，你如能偕同我们的共同朋友托马斯·特雷德尔先生，光临敝舍，互道此际应有的祝愿，你便是施惠于我了。

你永远的朋友
威尔金斯·米考伯

得悉米考伯先生已摆脱屈辱和痛苦的厄运，终于真的有了转机，我心里非常高兴。听到特雷德尔说，信中提到的邀请就在当天晚上，我立即表示，有幸受邀，一定参加；于是我们就一起前往米考伯先生以莫蒂默先生的名义租住的寓所；该寓所位于格雷法学会路起点附近。

这个寓所里的设备非常简陋，我们发现那对双胞胎已有八九岁，躺在起坐间的一张折叠床上；米考伯先生也在，正在用放在洗脸架上的一只大罐，

---

① 学者专门职业指神学、法学及医学。
② 此句借用英国诗人、评论家约翰逊（1709—1784）长诗《人类欲望的虚幻》起首名句。

调制他拿手的、他叫作"酿造物"的可口饮料。这一次,我很高兴,又能跟米考伯大少爷重叙旧谊。我发现他已经十二三岁了,看上去很有出息,他手脚没有片刻闲着的时候,这是他这个年龄的少年常见的现象。我还重新结识了他的妹妹,米考伯大小姐。据米考伯先生告诉我们说,在她的身上,"她的母亲又返老还童,像埃及神话中的长生鸟①一样"。

"我亲爱的科波菲尔,"米考伯先生说,"你跟特雷德尔先生都可看出,我们就要移居了;在这种情况下难免有一些不方便的地方,还望你们原谅。"

我作了得体的回答,同时朝四周打量了一下,发现他们家的行李物件都已包扎好,行李的数量当然算不上多。我向米考伯太太祝贺生活有了转机。

"我亲爱的科波菲尔,"米考伯太太说,"我完全相信,你对我们家的所有事情,都是很关心的。我娘家的人可能认为我们这是被充军流放,随他们去说吧。我是个妻子,也是个母亲,我决不会背离米考伯先生的。"

特雷德尔在米考伯太太目光的祈求下,感情激动地表示完全同意她的说法。

"我亲爱的科波菲尔先生,特雷德尔先生,"米考伯太太说,"这,这至少表明我对责任的看法。当年我说过'我,艾玛,愿意嫁给你,威尔金斯',这句话是不能反悔的,打那以后我就负起了这个责任。昨天晚上,我在昏暗的烛光下,重又念了婚礼仪式上的话,得出的结论是,不管什么时候,我都决不能背离米考伯先生。而且,"米考伯太太说,"即使我对婚礼仪式上的话看法可能错了,我也永远不背离米考伯先生!"

"我亲爱的,"米考伯先生有点不耐烦地说,"我决不认为你会做出那种事来的。"

"我知道,亲爱的科波菲尔,"米考伯太太接着说,"现在我要到人地两生的地方去碰运气了;我也知道,虽然米考伯先生用最有礼貌的言辞,给我娘家的那些人写了信,告知我们的这一情况,可是他们对米考伯先生的信,丝毫不加理睬。也许我真的是迷信,"米考伯太太说,"不过我觉得,米考伯先生不管写多少信,好像命中注定,他的信永远都得不到回答的。我从我娘家人保持缄默的态度里,可以猜出,他们是反对我们作出的这种决定的。不

---

①　相传为生长在阿拉伯沙漠中的一种美丽而孤独的鸟,每五百年自焚为灰烬,再自灰烬中重生,循环不已,成为永生。

过,科波菲尔先生,我决不会让自己不尽职责,即使我爸爸和妈妈还活着,我也不会让他们引我走上歧途。"

我表示意见说,这是正确的方向。

"蛰居在一个有大教堂的城市里,"米考伯太太说,"也许是一种牺牲。不过,科波菲尔先生,要是对我来说,是一种牺牲,那对像米考伯先生这样有才华的人来说,更是一种牺牲了。"

"哦!你们要去有大教堂的城市?"我问道。

这时,一直在从洗脸架上的罐子里给我们倒酒的米考伯先生回答说:

"去坎特伯雷。事实上,亲爱的科波菲尔,我已经安排好了;根据这一安排,我跟我们的朋友希普已经订了合约,我要尽力协助他,为他服务,做——做——他的机要文书。"

我直瞪着米考伯先生,他看我吃惊,大为得意。

"我理当告诉你,"他一本正经地说,"主要是因为米考伯太太有办事的经验,能提出好主张,所以才有这样的结果。米考伯太太以前曾提出,用登广告的形式向社会挑战,这次我的朋友希普出来应战了。于是我们就得以相互认识。说到我的朋友希普,"米考伯先生说,"他是一位非常聪明机灵的人;提到他时,我总要尽一切可能对他表示敬意。我的朋友希普,暂时还没有把我的正式薪水定得太高,不过他已经把我从经济困难的压力下解脱出来,根据我的劳动价值来定了,在这方面他出了很多力。我把我的信心和希望全都系在我的劳动价值上了。而我正好具有的这种机灵和才智,"米考伯先生带着他素来的绅士派头,夸张地自谦说,"就要用来为我的朋友希普效劳了。我已经有了一些法律知识——做过民事诉讼案中的被告——我还要马上把一位英国最卓越、最出色的法学家的《释义》仔细钻研一番。我指的法学家是布莱克斯通法官先生①,我相信这就不需要补充说明了。"

这一番话,实际上那天晚上说的大部分话,都被米考伯太太和米考伯大少爷打了岔;因为米考伯太太发现米考伯大少爷时而坐在自己的靴子上,时而像是脑袋要裂开似的用双手抱着,时而在桌子底下用脚踢特雷德尔,时而两脚不断上下换位置,或者伸得老远,不成样子。有时还发现他侧着身子躺

① 布莱克斯通(1723—1780),著名英国法学家、法官,著有《英国法释义》。

着，头发摊在酒杯之间，再不就手舞足蹈，动个不停，弄得在场的人很不舒服。当他的这些举止被母亲发现说他时，他就大发脾气。在这段时间，我一直坐在那儿，对米考伯先生透露出来的消息，感到非常诧异和困惑不解，不知道他用意何在。直到米考伯太太重又接上这个话题，我才把注意力转到她身上。

"我特别要米考伯先生当心的是，我亲爱的科波菲尔先生，"米考伯太太说，"千万不要因眼下屈居法律的旁枝低蔓，就忽视自己最后能攀登到树顶的能力。我相信，米考伯先生凭着他那丰富的才智，加上流利的口才，正适合这一行，只要他专心去做，一定能出类拔萃。比如说，特雷德尔先生，"米考伯太太显出一副莫测高深的样子说，"做上法官，或者甚至是大法官。一个人做了像米考伯先生现在接受的这种职务，不至于就没有升上高位的可能了吧？"

"我亲爱的，"米考伯先生说着，带着探询的神色，朝特雷德尔看着，"考虑这些问题的时间，我们还多着呢！"

"米考伯，"米考伯太太回答说，"不！你这一辈子的错误，就是看得不够远。即使你不想为自己，也得要对得起你的家人。你也应该往你的才智能达到的最远处天边尽头看。"

米考伯先生一面咳嗽，一面喝着自己调的潘趣酒，神色极其得意——不过仍瞟着特雷德尔，好像要听听他是什么意见似的。

"呃，这件事，实在的情况是，米考伯太太，"特雷德尔婉转地对她说出真相，"我说的完全是如实的情况，这你知道——"

"正是，正是，"米考伯太太说，"我亲爱的特雷德尔先生，谈这样一个重要的问题，我希望尽可能如实和确切。"

"——实际的情况是，"特雷德尔说，"在法律界这一行，即使米考伯先生是个正式的律师——"

"正是这样。"米考伯太太说。（"威尔金斯，你老是这么瞟着眼睛，就要回不到原来的样子了。"）

"——跟那也不相干。"特雷德尔继续说，"只有出庭的大律师才有资格升到那种高位。米考伯先生没有在法学院读满五年，那他就不可能当出庭的大律师。"

"那么五年满了以后,米考伯就有资格当法官或大法官了。亲爱的特雷德尔先生,"米考伯太太带着她那最亲切的务实态度说,"我这样理解对吗?"

"那他就有资格了。"特雷德尔回答说,"有资格"三个字,他特别加重语气。

"谢谢你,"米考伯太太说,"这就很够了。如果真是这样,米考伯先生去做现在的这类工作,他的权益并不会因这受到损失,那我也就放心了。当然,我这说的是女流之辈的话,"米考伯太太说,"不过我从前在娘家时,常听我爸说起司法才能,我认为米考伯先生就有这种才能。我希望,米考伯先生现在进了这一行后,他的这种才能一定会得到发挥,能使他取得出人头地的地位。"

我完全相信,米考伯先生凭着他那司法奇才的眼光,已经看到自己高居大法官的席位上了。他沾沾自喜地用手摸摸自己的秃头,带着一种卖弄的豁达姿态,说:

"我亲爱的,天命我们是不能预测的。要是我注定有戴法官假发的命,那我至少在外表上已经作好准备,"这是指他的秃顶说的,"来享受这份荣耀了。"米考伯先生说,"我并不为没有假发懊丧。我的头发脱落,也许还有特殊的意义呢。这很难说。我的打算是,亲爱的科波菲尔,我要教育培养我的儿子为教会服务;我不否认,我能靠他出名,也就很满意了。"

"为教会服务?"我问道,这当儿我还在想着乌利亚·希普的事。

"是的,"米考伯先生说,"他的头声很出色;他可以从参加教会唱诗班入手。我们在坎特伯雷居住,跟当地有了联系,毫无疑问,一旦大教堂的唱诗班有了空缺,一定有办法能让他补进的。"

我又朝米考伯大少爷看了一眼,我发现他脸上有一种表情,好像他的声音就在眉毛后面发出似的。当他唱《啄木鸟啄木歌》[①]给我们听时(唱歌或者去睡觉,两者任他挑选),他的声音果然就从那儿发出。我们大大地夸奖了他一番后,又泛泛地谈了一些别的话题。我的景况发生变化的事,本来我拼命想不对米考伯夫妇说,可后来还是忍不住对他们说了。听到说我姨

---

① 爱尔兰诗人、音乐家托马斯·穆尔(1779—1852)所作著名歌曲。

婆陷入困境,他们竟那么高兴,那么舒心和适意,我简直没法形容。

我们的潘趣酒差不多喝到最后一巡时,我提醒特雷德尔说,告别前,我们得祝我们的朋友健康幸福,在新的事业上取得成功。我请米考伯先生为我们斟满酒,接着按规矩为他们干杯。我隔着桌子和米考伯先生握了手,还吻了米考伯太太,来纪念这次重大的聚会。特雷德尔也学我的样,做了其中的第一项;至于第二项,他觉得他这个朋友交情还不够深,所以没敢冒昧效仿。

"我亲爱的科波菲尔,"米考伯先生说着站起身来,把自己的大拇指一面一个,插进背心的口袋里,"我年轻时代的伙伴——如果许可我这样称呼的话——还有,我尊敬的朋友特雷德尔——如果你也许可我这样称呼的话——现在,请允许我代表米考伯太太、我本人,以及我们的子女们,对你们两位的这番好意,致以最热烈、最坚决的感谢。我们就要移居外地,去过一种全新的生活了,"米考伯先生说话的口气,好像要到五十万英里外去似的,"在此分离的前夕,我想我应该对我面前的两位朋友,说几句临别赠言。不过,有关这方面所有要说的话,我已经全都说了。现在,我就要投身于一门需要高深学识的职业,在里面作一名毫不足道的小卒;通过这个职业,不管我达到什么社会地位,我都将尽力不使它受到玷辱,米考伯太太也一定会使它更增光彩。在暂时的金钱债务压力下(举借时原想立即偿还,但因受种种情势影响,未能如愿),我无奈只好被迫戴上我生来就厌恶的装饰——我指的是眼镜——还不得不换上一个我不能称之为合法的姓氏。关于这一点,我要说的是,凄惨景象中的乌云已经散去,白昼之神重又登上山巅。下星期一下午四点钟,公共马车抵达坎特伯雷时,我的脚就要踏上故乡本土——我的姓,又是米考伯了!"

米考伯先生说完这番话后,重新坐下,神情严肃地一连喝下两杯潘趣酒,接着更加庄严地说:

"在这次离别之前,我还有一件事得做,就是要履行一项法律手续。我的朋友托马斯·特雷德尔先生,有两次为了帮我的忙,在期票上给我'具名作保',要是我可以用这种普通的说法的话。第一张期票到期时,托马斯·特雷德尔先生——简单地说吧——被我置于困境之中。第二张期票眼下还没到期。第一张期票的欠款数额,"说到这儿,米考伯先生掏出一个笔记本,仔细看了看,"我相信,为二十三镑四先令九便士半;第二张的款额,据我的记载,为十八镑六先令二便士。这两笔加在一起,要是我算得不错的话,为四十一镑十先令十一便士半。现在请我的朋友科波菲尔替我核对一下,看我算得对不对?"

我照办了,发现完全正确。

"要是我离开首都,"米考伯先生说,"离开托马斯·特雷德尔先生时,不把这笔债务清理了,那这件事会重重压在我的心头,使我难以忍受。因此,我为我的朋友托马斯·特雷德尔先生拟好了一份文件,现在我手里拿的就是;通过这个文件,我所期望的目的就可以达到。现在我请求我的朋友托马斯·特雷德尔先生,收下我这张四十一镑十先令十一便士半的借据。这样,我就可以恢复我的人格尊严,又可以在我的同胞面前昂首阔步了,这是我很高兴的事!"

说完这段开场白后(这番话使他自己大为感动),米考伯先生就把自己的借据递到特雷德尔手中,同时祝他一生万事如意。我深深相信,不仅米考伯先生把这完全当成还了钱一样,就连特雷德尔本人,在他来得及细想之前,也弄不清这两者有什么不同。

凭着他的这番正直的举动,米考伯先生得以在同胞面前昂首阔步了。当他举着蜡烛照我们下楼时,他的胸膛仿佛都比原先宽出一半来了。我们分手时,双方都很激动。我把特雷德尔送到他寓所门口,然后独自一人回家时,我心里思绪纷繁,矛盾百出;在这混乱的思绪中,我想到,米考伯先生这人虽然靠不住,他却从来没有向我借过钱,这大概是因为他还记得,我做过他的小房客,他对我还多少心存怜悯吧。他要是对我开口,我断乎没有拒绝他的道义勇气。我完全相信,这一点他知道得跟我一样清楚,因而这是值得对他赞扬的。

第三十七章

一 杯 冷 水

我的新生活已经过了一个多星期，为应付危机所抱切实可行的重大决心，比以前更加坚定了。我依旧脚步匆匆，觉得自己一直在奋勇向前。我为自己定下一条规矩，不管做什么事，我都要竭尽全力。我要完全牺牲自己。我甚至想到要吃素，模糊地觉得，我应该成为一个吃草的动物，那样我就可以作为祭品，献给朵拉了。

可是直到现在，除了在我给她的信中隐约地有点暗示外，对我的这种不顾死活的决心，小朵拉是一无所知的。不过，星期六又来了，就在这个星期六的晚上，她要去米尔斯小姐家。当米尔斯先生去纸牌俱乐部打牌时（这时在客厅的中间窗口挂上一个鸟笼，作为暗号，通知街上的我），我就去那儿喝茶。

这时，我们住在白金汉街的人，已经完全安定下来了。狄克先生心情舒畅地继续做他的抄写工作。我姨婆已打了一个大胜仗，完全把克拉普太太制服，发清工钱，把她给解雇了，还把她暗暗放在楼梯上的第一只水罐，扔到了窗外。姨婆亲自上楼下楼，护送她从外面雇来的一个打杂的临时工。她的这些坚决有力的措施，吓得克拉普太太胆战心惊，她当姨婆疯了，只好躲在自家的厨房里，不敢露脸。姨婆对克拉普太太以及其他所有人的看法，压根儿就不加理会，甚至对克拉普太太认为她疯了的看法，还颇为喜欢。克拉普太太原来胆子很大，几天之内就变得胆小了，不敢再在楼梯上见到我姨婆，尽量把她那肥胖的身子藏到门背后——不过她那法兰绒衬裙的阔边都露在了外面——或者是缩到黑暗的角落里。这给了我姨婆说不出的满足。

我相信,每当克拉普太太有可能会出现时,姨婆就疯疯癫癫地头上歪戴顶帽子,上上下下地溜达,以此为乐。

我姨婆性好整洁,而且心灵手巧,她把家里的摆设稍加调整,看起来我们不但没比以前穷,反而显得比以前更富了。举例说吧,她把那间餐具室改成了我的梳妆室;还买了张床,装饰后给我睡;这张床白天看上去就像一只书架,真是像极了。她对我的饮食起居,关怀备至;即使我那可怜的母亲,也不会比她更疼我,或者比她更用心研究如何使我更快活。

在这些家务劳动中,能让佩格蒂也参加出力,她感到无上光荣。虽然她对我姨婆还留有一些往日的敬畏之心,但是我姨婆已给了她那么多鼓励和信任,因而她们现在已经成了最要好的朋友。不过,这会儿她回家的时候到了(我说的是我要去米尔斯小姐家喝茶的那个星期六),她得去尽照顾汉姆的职责了。"那么,再见了,巴基斯,"我姨婆说,"你自己要保重!说真的,我从来没有想到,你走了我会这么难过!"

我陪佩格蒂到了公共马车售票处,为她送行。分别时,她哭了,还跟汉姆一样,要我看在朋友的分上,好好照顾她哥哥。自从那个晴朗的下午他走了以后,我们就再也没有得到过他的任何消息。

"哦,还有,我亲爱的大卫,"佩格蒂说,"要是你做学徒的时候需要用钱,或者到你满师后,我亲爱的,需要钱开业(不管是要用钱还是开业需要钱,或者两者都需要,反正你都要用钱,宝贝),除了我那个可爱女孩的自己人——我这个老蠢货外,还有谁有权提出要借钱给你呢!"

我的自立之心还没有不近人情到说不的地步,我只能回答说,如果一旦我需要借钱的话,我一定向她借。我相信,这句话比我能做的任何事,都更使她高兴,当然这比当场接受她一大笔钱,要略逊一筹。

"还有,我亲爱的!"佩格蒂悄声说,"告诉那位漂亮的小天使,说我很想见她一面,哪怕见一分钟也好!你还要告诉她,在她跟我的孩子结婚之前,只要你们让我去,我一定会去把你们的新房收拾得漂漂亮亮的!"

我对她说,到时候,除了她,我决不让任何别的人插手。这句话,佩格蒂听了开心极了,因此离开时,一直都是高高兴兴的。

我在博士公堂里,整天想着各种计划,尽可能使自己弄得劳累不堪。晚上约定的时间到来时,我就动身前往米尔斯小姐住的那条街。到了那儿一看,中间的那个窗口并没有鸟笼挂出,原来米尔斯先生吃过晚饭后,总要先打个盹儿,看来他还没有出门。

他让我等的时间实在太长了,我真希望俱乐部因为他去晚了罚他一笔钱。后来,他终于还是出来了。接着,我看到我的朵拉亲自挂起了鸟笼,还站在阳台上往下找我,看我是否到了。看到我已在那儿,她就跑进去了。这时,吉卜仍留在后面,对着街上一条屠夫的大狗狂吠,其实那条狗大得可以把它当颗药丸子一口吞下去。

朵拉跑到客厅门口来迎接我;吉卜跟跟跄跄地跟在后面,连吠带叫地冲了出来,当我是个强盗;于是我们三个一块儿进了屋里,能有多快活就有多快活,能有多亲热就有多亲热。可是没过多久,我就给我们欢乐的心里,带进了凄凉——这并不是我有意要这么做,而是因为我全身心都放在这件事上了——我没有给朵拉丝毫准备,就向她说,她能不能爱一个叫花子。

我的美丽的小朵拉吃了一惊!叫花子这个词,在她的联想中,只是面色土黄、头戴睡帽,或者是拄根拐杖,或者是有条木头假腿,再不就是牵一条口叼饮料瓶托的狗,以及诸如此类的东西。她带着极其有趣的惊讶神情,直瞪着我。

"你怎么能问我这样傻的问题呀?"朵拉噘着嘴说,"爱不爱一个叫花子!"

"朵拉,我最亲爱的!"我说,"我就是一个叫花子!"

"你怎么会这样傻呀?"朵拉在我手上拍了一下,说,"竟坐在这儿,说这样的胡话! 我要叫吉卜来咬你了!"

她这副孩子气,在我看来,是世界上最可爱的样子了,不过,这件事我非说明白不可,所以就郑重其事地重复说:

"朵拉,我的命根子,你的大卫现在一贫如洗了!"

"要是你再这样胡说八道,"朵拉摇动着她的鬈发,说,"我可真要叫吉卜咬你了!"

可是,我看起来是那么认真,朵拉也就不再摇动她的鬈发了,而是把她那发抖的小手放在我的肩膀上,开始是一脸的惊恐和焦急,随后便哭起来了。这下可糟了。我急忙在沙发前跪了下来,搂住她,求她不要撕碎我的心。可是有一阵子,可怜的小朵拉只是一味喊着,哎呀! 哎呀! 哦,她真的吓着了！朱丽娅·米尔斯在哪儿呀！哦,快把她扶到朱丽娅·米尔斯那儿去,请你快去吧！一直弄得我差不多都快要疯了。

经过我一番苦苦哀求,再三的劝慰,终于使朵拉看着我了,但脸上依旧满是惊恐的神色,又经过我一番安慰,最后总算渐渐把她哄住,脸上只有爱怜之色了。她那张柔滑漂亮的脸蛋,也贴在我的脸上了。这时,我就把她搂在怀里,对她说,我是多么爱她,爱她有多深,多深;因此我觉得,我应该让她从婚约的束缚中解脱出来才对,因为我现在已经是一个穷人了。我又告诉她说,要是我失去了她,我会永远无法忍受,我就再也不能复原;只要她不怕受穷,我决不怕受穷,由于有了她,我的双臂就能生出力量,我的心就能得到鼓舞;现在我已经鼓起勇气在工作,这种劲头,除了一个情人,别人是理解不了的;我现在已经开始讲究实际,看到未来,一块靠自己的辛苦挣来的面包皮,要比继承得来的一桌盛筵味美得多;以及一些诸如此类的话。我说得滔滔不绝,口若悬河,连我自己都感到十分惊异,虽然打从我姨婆突然告诉我破产的情况后,这些话是我白天黑夜一直在琢磨的。

"你的心还是我的吗,亲爱的朵拉?"我乐不可支地问道,因为她紧紧地偎依在我怀里,我知道,她依然爱着我。

"哦,是的!"朵拉喊了起来,"哦,是你的,全是你的！哦,你别再吓唬我了!"

我吓唬你！吓唬朵拉!

"别再说什么穷啦,苦干啦这种话了!"朵拉说,同时朝我偎依得更紧了,"哦,别,别再说了!"

"我最亲爱的爱人,"我说,"靠自己的辛苦挣来的一块面包皮——"

"哦,你说得对,可我不想再听什么面包皮了!"朵拉说,"吉卜每天十二点钟就得吃一块羊排,要不它会死的!"

我让她这种天真可爱的孩子气给迷住了。我满怀深情地对她说,吉卜一定能像往常一样,按时吃到羊排的。我又把我们那生活俭朴的家描述了一番,靠我的劳动完全可以自食其力——还简略地讲到我在海盖特看过的那座小房子,打算让我姨婆住在楼上的那个房间里。

"我这会儿没有吓唬人了吧,朵拉?"我温和地说。

"哦,没有,没有!"朵拉喊了起来,"不过我希望,你姨婆大部分时间都

待在自己房间里才好。但愿她不是那种老爱骂人的老太婆!"

要是我有可能比任何时候更爱朵拉,那我敢担保,一定是那一刻了。不过我觉得,她有点不切实际。这使我感到有点气馁,因为我感到,很难把我新近的这股热情传给她。于是我再次作了一番努力。等她重又定下神来,卷玩躺在她腿上的吉卜的耳朵时,我又郑重其事地对她说:

"我的宝贝,我可以跟你说件事吗?"

"哦,请你不要再说实际的情况了!"朵拉央求说,"因为那让我害怕!"

"我的心肝!"我回答说,"我要说的话里,没什么会吓着你的。我要你对我的话完全换一种想法。我想要让这话给你增加力量,使你得到鼓舞,朵拉!"

"哦,不过那太可怕了!"朵拉叫了起来。

"我的宝贝,没什么可怕的。只要坚持不懈,意志坚强,就能使我们经受住更加恶劣的情况。"

"可是我一点也不坚强呀,"朵拉摇动着鬈发说,"我坚强吗,吉卜?哦,你吻一下吉卜,好让人高兴一点!"

朵拉捧起吉卜,送到我的嘴边,要我吻它,还把自己鲜亮、通红的小嘴做出亲吻的样子,要我照着去吻,而且还坚持要我不偏不倚地吻在吉卜的鼻子正中间。这一来,要想不吻是不可能了,我就照她的吩咐做了——跟着,由于我的服从,她赏给我一个吻作为回报——她让我着了迷,我本想要认真说的事,结果忘了不知有多久。

"不过,朵拉,我的宝贝!"我终于恢复过来,认真地说,"我有件事要跟你说。"

她一听这话,就把两只小手合拢举了起来,求我,请我不要再吓唬她了;那样子,就连遗嘱法庭的法官见了,也会着迷,坠入情网的。

"我决不会再吓你了,我的亲爱的!"我对她保证说,"不过,朵拉,我的宝贝,要是你有时候想一想——并不是垂头丧气地想,这你知道,决不是那样——不过,要是你有时候想一想——只是为了鼓励你自己——你跟一个穷人订了婚——"

"别说了,别说了!求你别说了!"朵拉叫了起来,"这话太可怕了!"

"我的命根子,这一点都不可怕!"我兴冲冲地说,"要是你有时候把那种情况想一想,时常留神一下你爸爸的家务事,想法养成一点习惯——比如记记日用账什么的——"

可怜的小朵拉一听这话,发出了一半像啜泣,一半像喊叫的声音。

"——以后,这对我们会有用处的,"我继续接着说,"要是你能答应我读一读一本——一本讲烹饪的小书,我会送来给你,那对于我们俩都大有好处。因为我们俩的生活道路,我的朵拉,"说到这件事,我大为兴奋,"是崎岖不平的,要靠我们自己来把它铲平。我们一定得一往无前。我们得奋勇前进。路上一定会遇到种种障碍,我们一定得迎上去,清除掉它们!"

我滔滔不绝地讲着,紧握拳头,眉飞色舞;不过,再说下去,已经完全没有必要了。我已经说得够多了。结果我又折腾了一次。哎呀,朵拉吓坏了!哦,朱丽娅·米尔斯在哪儿呀!哦,快把她扶到朱丽娅·米尔斯那儿去!请你快去吧!这一来,简单地说吧,又把我弄得像发了疯似的,在客厅里乱嚷乱叫。

我想,这一次我把她的小命给送了。我往她的脸上洒冷水。我双膝跪地,狠抓自己的头发,大骂自己是个残忍的畜生,无情的野兽。我央告她饶恕我,哀求她看我一眼。我在米尔斯小姐的针线匣里乱翻了一通,本想找到嗅药瓶,在慌乱痛苦中错拿了象牙针盒,结果把所有的针全都倒在了朵拉身上。吉卜也跟我一样发了疯,我对它直挥拳头。我发疯似的做了一切能做的荒唐事,待到米尔斯进了客厅时,我早已智穷计尽,不知所措了。

"这是谁干的好事?"米尔斯小姐一面救护朋友,一面嚷道。

我回答说:"是我,米尔斯小姐!是我干的!瞧,我就是凶手!"或者是类似的话——说完,为了避开灯光,我把脸埋进沙发的垫子里了。

起初,米尔斯小姐以为我们两个吵了嘴,以为我们俩已到了撒哈拉沙漠的边缘,快要决裂了。不过没过多久,她就看出了事情的真相,因为我那位可爱多情的小朵拉搂住她,开始大声说,我是个"可怜的苦工",接着便为我哭了起来,搂住我,求我允许她把她所有的钱都给我;随后又搂住米尔斯小姐的脖子,呜呜地哭个不停,仿佛她那颗温柔的心已经碎了。

米尔斯小姐一定是生来就是为了造福我们俩的。她从我的几句话中就了解到了全部事实的真相,跟着安慰朵拉,渐渐说得她相信,我并不是一个苦工——这会儿我相信,朵拉根据我说话的态度,断定我是个挖土工了,整天在一块跳板上推辆手拉车,上上下下、左摇右晃地走着——让我们俩一块儿平静下来。等我们都平静下来,朵拉上楼往眼睛里滴玫瑰水时,米尔斯小姐摇铃要仆人准备茶点。这当儿,我告诉米尔斯小姐说,她永远是我的朋友,要等我的心脏停止跳动,我才会忘记她对我们的同情。

然后,我就对米尔斯小姐解释了刚才我对朵拉解释而没能成功的事。米尔斯小姐回答说,按一般的原则来说,心满意足地住在农舍里,胜过住冷酷的华丽宫殿。只要有爱,就有一切。

我对米尔斯小姐说,这话很对。除我之外,还有谁更懂得这句话的真意呢?因为我对朵拉的爱,任何别的人都不曾体验过。可是米尔斯小姐却怀着失望的神情说,如果我这话是真的,对某些人倒确实很好;我一听这话,急忙对她解释,我要请她原谅,我这句话是只限于男性。

然后我问米尔斯小姐,请她告诉我,我对朵拉说的要她学记账、管家务、看烹饪书这些建议,她是否认为有实际用处?

米尔斯小姐考虑了一下后,这样回答说:

“科波菲尔先生,我要跟你直说。精神上的痛苦和折磨,对于某些人来说,就等于增加了年纪。所以我要像一个女修道院院长似的,对你直说。不合适,你的建议对我们的朵拉完全不合适。我们这位最亲爱的朵拉,是大自然的宠儿。她是光明、活泼、欢乐的化身。我坦白地直说一句,你说的话如能办到,也许很好,但是——”说到这儿,米尔斯小姐摇摇头。

米尔斯小姐在这段话的结尾,承认我那些话也许很好,这给了我鼓励,于是就又问她说,为了朵拉,如果她有机会让朵拉注意为将来过实际生活作这类准备,她会利用这种机会吗?米尔斯小姐立即作了肯定的回答。接着我又进一步问她,她是否肯把要朵拉读烹饪书这件事担当起来,要是她能劝得朵拉肯读,又不吓着她,那她就帮了我的大忙了。对我的这一托付,米尔斯也同意接受,但是并不抱乐观态度。

朵拉回来了。看到她那么娇小玲珑,天真可爱,我真怀疑,该不该让她为这类普通的俗事烦恼。而且,她那么爱我,那么迷人(特别是看到她叫吉卜用后腿站起来接烤面包,吉卜不肯,她就捏着它的鼻子往热茶壶上贴,假装要惩罚它时),而我刚才却把她给吓哭了;想到这点,我觉得自己真像是个闯进仙女闺房的巨怪了。

吃完茶点，我们就拿出吉他来；朵拉又唱了原来唱过的那些动听的法文歌。歌词的大意是不管怎么样，不能停止跳舞，拉——来——拉，拉——来——拉，一直唱得我觉得自己比以前更像个巨怪了。

我们的欢乐中只有一件扫兴的事。就在我离开前一会儿，米尔斯小姐偶然提起"明天早上"，我不幸说出，因为我现在得勤奋干活，所以五点钟就起床了。朵拉是不是又以为我是某个大公馆里的更夫，我说不上来。不过这话在她身上产生了很大影响，打这以后，她就不再弹琴、唱歌了。

我跟她告别时，这句话仍盘踞在她的心头；她用哄孩子的可爱口气——我老觉得，她把我当成一个玩具娃娃了——对我说：

"听着，别五点钟起床啦，你这淘气的孩子。那样太荒唐了！"

"我的宝贝，"我说，"我有工作要做呀。"

"别做好了！"朵拉回答说，"为什么要做呢？"

看着她那张甜美、惊诧的小脸蛋，除了轻描淡写、开玩笑似的说，我们得工作才能活下去，还能怎么办呢？

"哦，这太荒唐可笑了！"朵拉喊了起来。

"我们要是不工作，那怎么活呀，朵拉？"我说。

"怎么活？不管怎么活都成呀！"朵拉说。

她好像认为，她这么一说，问题就完全解决了，就得意地给了我直接出自她那天真心房的小小一吻；这一来，即使为了一大宗财产，我也不忍打破她的幻想，说她的答复不合情理了。

好啦！总之，我爱朵拉，继续爱她，专心致志、不折不扣、彻头彻尾地爱她。不过，我也继续努力工作，忙着把我放在炉子里的所有铁都烧得通红。到了晚上，有时候我坐在姨婆的对面，会想起那次怎样把朵拉吓得什么似的，心里老琢磨我能有什么最好的办法，带着吉他，穿过这艰难的丛林，一直琢磨到自己觉得头发好像都变得全白了。

第三十八章

散　伙

　　我决不让我要去记录议会辩论的决心冷却下去。这是我马上要动手加热的一块铁块,也是我要趁热打铁的铁块之一。我的这种坚韧不拔的精神,就连我自己也可以问心无愧地加以赞许。我买了一本讲述速记这门高尚技术和秘诀的书(花了我十先令六便士),接着便投入了令人迷茫的大海,只过了几个星期,便把我弄得像要发疯一般。仅仅一个小点,就有千变万化,它在这个位子上是一个意思,在另一个位子上又是另一个意思,两者完全不同。圆圈可以惊人的变化莫测,苍蝇腿似的符号产生莫名其妙的结果,一条放错了地方的曲线,能造成不可思议的影响。所有这一切,不仅在我醒着时,使我大伤脑筋,就连我睡着时,也在我头脑中不断出现。我像个瞎子似的,好不容易才从这些困难中摸索着走出来,掌握了本身就像埃及神庙似的字母,随之而来的又是一连串叫作随意符号的新恐怖。这是我所知道的最不讲理的家伙。举例来说,它坚持要让一个像蜘蛛网开端的东西,作"期望"解释,把笔画的烟火代表"不利"的意思。当我把这些玩意儿牢牢记在脑子里的时候,我发现,它们把别的一切东西,全从我脑子里赶出去了。于是我又重新开始,可是这一来,又把那些符号忘得一干二净了。等我再记起这些符号时,这套速记法里的部分内容又丢失了。简而言之,学这个玩意儿,简直是累得让人心碎。

　　要是没有朵拉,我可真的要心碎了。她是我这条在暴风雨中颠簸的小船的支索和铁锚。速记中的每一笔,都是困难之林中一棵盘根错节的橡树,我要不断地把它们一棵棵都砍倒。我这样奋力学习了三四个月后,便想在博士公堂里口才最出色的演说家身上,一试身手了。可是还没等我记下一个字,那位出色的演说家已经在说别的了,可怜我那支无用的铅笔,还在纸上乱画,好像发了羊角风一样;那种种情景,我是永远也不会忘记的。

很明显,这样当然不行。我飞得太高了,决不应该这样继续下去。于是我便到特雷德尔那儿求教。他主张由他念演讲词给我记,快慢根据我的速记能力来决定,有时还得停顿一下。对他的这种友好帮助,我非常感激,我就接受了他的建议。于是有很长一段时间,一个晚上接一个晚上,几乎是每天晚上,我从博士公堂回家后,我们便在白金汉街的寓所里,召开某种私人的国会。

我倒是愿意在别的地方,也能见到这样的国会!我姨婆和狄克先生代表执政党或反对党(视情况而定),特雷德尔则借助一本恩菲尔德的《演说家》①,或者是一册议会演讲录,声若洪钟地对他们大加痛斥。他站在桌子旁边,左手手指按着书页,右手在头上挥动着,就像皮特先生、福克斯先生、谢里丹先生、伯克先生、卡斯尔雷勋爵、西德默斯子爵,或者是坎宁先生②那样,慷慨激昂地对姨婆和狄克先生的浪费和腐败,指责得体无完肤。我就坐在不远的地方,膝上放着笔记簿,竭尽全力、不辞辛苦地赶记下他的演说。特雷德尔那么前后矛盾,那么鲁莽轻率,即使真正的政治家也不见得能胜过他。在一个星期之内他主张过各种不同的政策,他把各种各样的旗帜,钉在每一根桅杆上。我姨婆看上去就像一位不动声色的财政大臣,遇到演说中有这种必要时,有时就插上一两句像"好啊!""不对!""哦!"这样的话。她要是那么一说,也就是给狄克先生(他完全像一位乡绅)发了信号,他立刻就会跟着发出同样的叫喊。不过狄克先生在这种议会生涯中,受到了那么多责难,要他对那么些严重的后果负责,有时心里感到很不安。我相信,他真的渐渐害怕起来,认为自己真的做了错事,破坏了英国宪法,危害到整个国家。

① 恩菲尔德(1741—1797),英国牧师,1774年发表《演说家》,为当时流行的演说手册。
② 皮特(1759—1806),英国历史上著名首相;福克斯(1749—1806),曾任英国外交大臣、国务大臣;谢里丹(1751—1816),政治家及社会风俗喜剧家;伯克(1729—1797),英国政治家;卡斯尔雷勋爵(1769—1822),曾任英国外交大臣;西德默斯子爵(1757—1844),曾任英国首相;坎宁(1770—1827),曾任英国首相。以上七人均为英国著名政治家和演说家。

我们进行这种辩论,常常要继续到钟指半夜、蜡烛点尽的时候。做了这么多很好的实习之后,结果我终于渐渐地开始能跟上特雷德尔了。不过要是我能看懂一点我自己记的东西,我就该十分得意了。可是当我来阅读自己所记的东西时,觉得自己简直就是抄了许多中国茶叶箱上的字,或者是药房里那些红红绿绿的大瓶子上的金字!

除了从头再练,没有别的办法。这当然让人很难过,不过,虽然心情很沉重,我还是从头开始,以蜗牛的步子,不怕艰辛地按部就班把这段让人厌烦的路走完;停下来细细探究路上各方面的细微斑点,尽力做到无论在哪儿一见就能认识那些难以捉摸的符号。我始终准时到事务所,也准时到博士那儿,正像俗语说的,我工作起来,就像一匹拉车的马。

有一天,我照常去博士公堂时,看见斯潘洛先生脸色严肃地站在门口,而且自言自语地在嘟囔。他一向常犯头痛病——他天生就脖子短,我始终认为,他的领子浆得太硬了——所以一开始,我以为他又犯那方面的病了,吃了一惊,不过没过多久,就解除了我的不安。

我跟他道"早安"时,他并没有像往常那样和蔼地回答,而是态度冷淡地要我和他一起去一家咖啡馆。当年,这家咖啡馆有个门通博士公堂,这个门就在圣保罗教堂墓地的小拱道里。我遵命行事,心里很不自在,浑身热气四射,仿佛我的疑惧正在冒芽。遇上路很窄时,我让他稍微走在前面一点,这时,只见他高高地仰着脑袋,神情特别使我感到不妙。我心里想,他一定发现我和亲爱的朵拉的事了。

即使在去咖啡馆的路上我没猜出这一点,到了我跟他走进咖啡馆楼上一个房间,发现谋得斯通小姐也在那儿时,我也就不难看出这是怎么一回事了。谋得斯通小姐的后面有一个食具架,架上倒扣着几个平底玻璃杯,杯底上放着柠檬;架子上还有两个满是棱角和凹槽的插刀叉的匣子,这东西现在已经不用了,这得说是人类之幸。

谋得斯通小姐板着脸,僵直地坐在那儿,给我伸过来冷冰冰的指甲。斯潘洛先生关上门,指着一张椅子叫我坐下,自己却站在火炉前的地毯上。

"谋得斯通小姐,"斯潘洛先生说,"劳你的驾,请你把你手提包里的东西拿出来,给科波菲尔先生看看吧。"

我相信,这就是我童年时见过的那只手提包,上面有铜扣子,关上时,就像一口咬紧似的。跟手提包一致紧闭嘴唇的谋得斯通小姐,打开了手提包——同时嘴也张开了一点——拿出了我最近写给朵拉的那封满是爱情言辞的信。

"我相信,这是你写的吧,科波菲尔先生?"斯潘洛先生说。

我浑身发热。我说:"是的,先生!"听起来,这声音都不像我的了。

"要是我没有搞错的话,"斯潘洛先生说,这时谋得斯通小姐又从手提包里掏出一沓用最可爱的蓝丝带扎着的信来,"这些也是你的手笔吧,科波菲尔先生?"

我怀着极度沮丧的心情,从她手中接过那沓信,看到上面写的"永远是我最亲爱的、永远属于我的朵拉","我最心爱的天使","永远给我带来幸福的人",等等,我满脸通红,低下了头。

"不必了,谢谢!"当我机械地把信交回给斯潘洛先生时,他冷冷地说,"我不想夺走你这些信。谋得斯通小姐,请你说下去吧!"

那位貌似温和的人物,沉思着朝地毯上看了一会,然后说出了下面一番毫无感情可言的虚情假意的话来:

"我得承认,对于斯潘洛小姐和大卫·科波菲尔的关系,我引起怀疑已经有一些时候了。斯潘洛小姐和大卫·科波菲尔第一次见面,我就注意他们了,当时给我的印象就不好。人心的邪恶是那么——"

"小姐,"斯潘洛先生打断她的话,"请你只说事实吧。"

谋得斯通小姐垂下了眼睛,摇摇头,像是对打断她话头的人提出抗议,然后皱着眉头,板起脸孔,接着说:

"既然要我只说事实,那我就尽量把话说得干巴枯燥了。也许这件事就该这么说的吧。我已经说了,先生,对于斯潘洛小姐和大卫·科波菲尔的关系,我引起怀疑已经有一些时候了。我时常想去要找到确实的证据,可是没能成功。所以我一直忍着,没有向斯潘洛小姐的父亲提这件事,"说到这儿,她狠狠地朝斯潘洛先生瞥了一眼,"因为我知道,在这种事情上尽心尽职,往往是没有多少人会领情的。"

斯潘洛先生似乎让谋得斯通小姐那严厉的丈夫气派给镇住了,像求和似的朝她摆了摆手,请她不要那么严厉。

"因为我弟弟结婚,我离开了一段时间,待我回到诺伍德时,"谋得斯通小姐接着用一种轻蔑的声调说,"正好斯潘洛小姐探望她的朋友米尔斯小姐回来了。当时我觉得,斯潘洛小姐的态度,比以前更加可疑了。因此我才更加严密地注意起斯潘洛小姐的行动来。"

天真可爱的小朵拉,竟全然不知有一条毒龙在监视着她!

"不过,"谋得斯通小姐接着说,"我还是没有找到什么证据,一直到昨天晚上。可是我总觉得,斯潘洛小姐收到她朋友米尔斯小姐的信太多了;但因米尔斯小姐是斯潘洛小姐的父亲完全准许她交的朋友,"这又给了斯潘洛先生当头一棒,"我当然也就不便干涉。要是不让我说人心生来邪恶的话,至少可以——应该——让我说,这是信错了人。我这样说,不算过分吧。"

斯潘洛先生抱歉地低声表示同意。

"昨天晚上,吃过茶点以后,"谋得斯通小姐接着说,"我看到那只小狗在客厅里四处蹦跳,还打着滚,呜呜叫着,嘴里叼着什么东西。我对斯潘洛小姐说:'朵拉,你瞧,小狗嘴里叼着什么?哦,是一张纸。'斯潘洛小姐马上伸手到上衣里一摸,跟着突然叫了一声,就去追狗。我拦住她说:'朵拉,我亲爱的,让我来吧。'"

哦,吉卜,可恶的畜生,你这坏东西,这么说是你干的好事了!

"斯潘洛小姐使尽一切办法,"谋得斯通小姐说,"想要贿赂我,又要亲吻,又给我针线匣,还给我小件珠宝首饰——对这套,我当然未加理睬。小狗见我去捉它,躲到了沙发底下,我费了好大的劲,才用火钳把它赶出来。可即便它被赶出来了,它嘴里还是叼着那封信不放,要把信从它嘴里夺下来,我得冒立即被它咬的危险。它用牙齿把那封信咬得那么紧,我为了夺下那封信,竟把它的整个身子都凌空提了起来。最后我终于把那封信弄到手了。我看了这封信后,就追问斯潘洛小姐,说她手里一定还有好多这样的信;最后终于从她那儿拿到了这包信,也就是这会儿大卫·科波菲尔拿在手里的这一包。"

说到这儿,她就打住了。她一面啪地一下合上了手提包,一面把嘴也闭上了,摆出她宁折不弯的神气。

"刚才谋得斯通小姐说的话,你都听到了吧?"斯潘洛先生把脸转向我这边,说,"我请问你,科波菲尔先生,你有什么话要回答我吗?"

当时,我眼前出现的景象是,我的心上人,那位美丽的小宝贝,整夜都在哭泣——她独自一人,又害怕,又可怜——苦苦哀求这个铁石心肠的女人原谅她——再三吻她,给她针线匣,给她小首饰,却毫无用处——她这样悲惨痛苦,完全是为了我——这一番景象,早把我能振作起来的一点尊严减少了不少。恐怕有一两分钟工夫,我全身都在颤抖,虽然我尽了最大的努力来进行掩饰。

"我没有什么可说的,先生,"我回答说,"我只能说,一切全是我的错。朵拉——"

"请你叫她斯潘洛小姐。"她的父亲威严地说。

"——是听了我的劝诱和说服,"咽下那个较为冷淡的称呼,接着说,"她才答应把这件事瞒起来的。对此我感到非常后悔。"

"这全是你的错,先生,"斯潘洛先生一面在炉前地毯上来回踱着,一面说,由于他的领饰和脊椎都太僵硬,说话时,不是单用头,而是用整个身子来加强他的语气,"你做了一件偷偷摸摸、行为不当的事,科波菲尔先生。我请了一位绅士去我家,不管他是十九岁、二十岁,还是九十岁,我是信任他才请他的。要是他辜负了我的信任,那他就做了一件很不光彩的事,科波菲尔先生。"

"我向你保证,我也觉得是这样,先生,"我回答说,"不过,在这之前,我从来没有想到这是不光彩的。说老实话,真的,斯潘洛先生,在这以前,我从来没有这样想过。我爱斯潘洛小姐,都爱得——"

"呸!胡说!"斯潘洛先生说,脸都红了,"请你别当着我的面,说什么你爱我女儿了,科波菲尔先生!"

"我要不是那样,还能替自己的行为辩护吗,先生?"我尽量低声下气地说。

"你要是那样,就能替自己的行为辩护了吗?"斯潘洛先生突然在炉前地毯上站住,说,"你有没有考虑过你自己的年龄、我女儿的年龄,科波菲尔先生?你有没有考虑过,破坏了我女儿和我之间应有的信赖,是怎么一种情况?你有没有考虑过我女儿的社会地位,我为她计划的前途,遗嘱里要遗留给她什么?所有这一切,你都考虑了吗,科波菲尔先生?"

"我恐怕考虑得很少,先生,"我回答说,说这话时,我尽量对他表示恭敬,同时又表示歉意,"不过请你相信我,我已经考虑过自己的社会地位。在我跟你解释这件事时,我们已经订了婚——"

"我请你,"斯潘洛先生说,说时用一只手使劲往另一只手上一拍,比我以前见到他时更像潘趣——即使在我失望之中,我也忍不住注意到这一点,"别跟我说什么订婚不订婚的事,科波菲尔先生!"

那位丝毫不动声色的谋得斯通小姐,轻蔑地笑了笑。

"当时我对你说明我的境况有了变化时,先生,"我又开口说,这回用的是新的方式,代替了原来他听了很不顺耳的说法,"我不幸已经连累了斯潘洛小姐,开始要她跟我一起保守这一隐秘的行为了。虽然我的境况有了变化,但我已竭尽全力来改善我的这种境况。我敢保证,到时候我的境况一定会得到改善的。你可以给我时间吗——不论多久都成? 我们两个,都还很年轻——"

"你这话倒还说得没错,"斯潘洛先生插嘴说,他不住地点着头,还使劲地皱起眉头,"你们两个,都还很年轻。这全是在胡闹。别再这么胡闹下去了。把你的那些信拿回去,扔到火里烧了。把斯潘洛小姐的信交给我,让我也把它们扔进火里。你也清楚尽管我们今后的交往,只能限于在博士公堂,但我们可以一致讲定,过去的事,以后再也不要提了。行了,科波菲尔先生,你并不是个不明事理的人;这是个通情达理的办法。"

不。我不能同意这个办法。我很抱歉,可还有一种比理性更为重要的东西。爱情就高于尘世的一切,而我爱朵拉,爱得五体投地,朵拉也爱我。不过我并没有这样说明,我尽量把话说得婉转些,但是把这层意思都暗示出来了,在这件事情上我决不让步。我并不认为自己这样做很可笑,不过我知道,我的态度是很坚决的。

"很好,科波菲尔先生,"斯潘洛先生说,"这么说,我得设法管教管教我的女儿了。"

谋得斯通小姐发出一声意味深长的声音,吐了长长的一口气,既不是叹息,也不是呻吟,而是两者兼而有之,以这表示了自己的意见,意思是斯潘洛先生打从一开始就该这么做的。

"我一定要设法,"斯潘洛先生经她这么一支持,便说,"管教管教我的女儿了。你拒绝拿回这些信吗,科波菲尔先生?"因为我已经把那些信放在桌子上。

是的。我对他说,希望他不要见怪,我决不能从谋得斯通小姐手中拿回这些信。

"也不能从我手中拿回去?"斯潘洛先生说。

不能,我尽可能恭恭敬敬地回答说,也不能从他手中拿回这些信。

"好吧!"斯潘洛先生说。

接着是一片沉默。这时,我拿不定主意,是立即离开呢,还是继续待在那儿。后来,我终于悄悄地退向门口,正打算对他说,考虑到他的心情,也许我最好还是离开这儿。可是,这时斯潘洛先生一面尽力把双手插进上衣口袋,一面怀着大体上我应该称之为十分诚恳的口气说:"科波菲尔先生,我可不是个没有一点财产的人,而我的女儿,是我最亲近、最宠爱的亲人。这你大该也知道吧?"

我连忙对此作了回答,大意是说,我因这种胆大妄为的爱情犯了错误,但我希望他不要以为我在其中还有着贪财图利的动机。

"我提到这一点,并不是那个意思,"斯潘洛先生说,"要是你真的贪财图利,科波菲尔先生,那对你自己,对我们所有的人,倒是好了——我的意思是说,要是你考虑得更慎重周全一些,不像现在这样完全随着年轻人的性子胡闹一气,那就更好了。不,我这只是从另一个完全不同的观点来问你的。你大概也知道,我会留点财产给我的孩子吧?"

我确实那么想的。

"博士公堂里,"斯潘洛先生说,"有关人们立遗嘱的事,我们每天都能看到他们种种莫名其妙、出尔反尔的行为——在一切事物中,人们的反复无常,在这件事上也许表现得最为奇特了——有了这种经验,想必你也认为我的遗嘱已经立下了吧?"

我低下了头,表示同意。

"我已经替我的孩子安排妥当了,"斯潘洛先生以更加诚恳的态度说,一面交换着用脚尖和脚跟支着身子,一面缓缓地摇着头,"我决不会让现在这种年轻人的胡闹来影响我的安排。这完全是一种愚蠢的行为,完全是瞎胡闹。用不了多久,便会变得比一根羽毛还无足轻重。不过,如果这种胡闹的蠢念头不立即彻底打消,那我也许——我也许一着急,就不得不派人守着她,千方百计保护她,以免她在婚姻方面受到任何愚蠢行径造成的后果。好了,科波菲尔先生,我希望,你不要逼得我,非要打开生命之书那已经合上的一页不可(即使只打开一刻钟),也不要逼得我,非要打乱我早已安排好的大事不可(哪怕只打乱一刻钟)。"

这时,他的神态宁静安详,有着一种夕阳西下时的安谧静穆,使我深为感动。他是那么平静,那么从容——虽然,他已经把他的大事安排得非常妥帖,非常周密——他是个想起这种事来自己也会感动的人。我真觉得,由于他对整个这件事深有所感,泪水都从他眼睛中涌出来了。

可是我有什么办法呢?要我割舍朵拉,割舍自己的心,是不可能的。他要我最好花一个星期时间考虑考虑他的话,我又怎么能回绝他说,我用不着花一个星期来考虑?然而我又怎么能不知道,不管多少星期也影响不了我的这种爱情呢?

"在这期间,你还可以跟特洛伍德小姐,或者跟任何一个稍懂世事的人谈谈,"斯潘洛先生用双手整理着自己的领巾,说道,"花上一个星期,科波菲尔先生。"

我答应了,接着尽量摆出沮丧失望但又坚定不移的神情,走出了房间。谋得斯通小姐的浓眉盯着我走到门口——我只说她的眉毛,而不说她的眼睛,是因为在她那张脸上,眉毛要重要得多——她当时的样子,跟她以前每当早上坐在布兰德斯通我家起居室里时,几乎是一模一样。因此,我觉得,我好像又做不出功课了,那本可怕的旧拼音课本又沉重地压在我的心头——那本书上有许多椭圆形的木刻插图,在我童年的想象中,那形状就像是眼镜上取下的镜片。

我回到事务所,捂住脸没有去看老提费和别的人,在自己那张摆在角落里的办公桌前坐了下来,想着这场突如其来的地震,精神痛苦万分,心里咒骂起吉卜来;想到朵拉,更是心忧如焚。我自己也感到奇怪,当时怎么竟没有拿起帽子,疯了似的直奔诺伍德。一想到他们怎样恐吓她,把她弄得痛哭流涕,而我却没能在那儿安慰她,我就痛不欲生。因此我立刻给斯潘洛先生写了一封荒唐的信,恳求他不要拿我厄运的后果去责罚他女儿。我恳求他,千万不要伤害她那温柔的天性——不要摧残一朵娇嫩的鲜花。回想起来,我在那封信中说话的口气,总的说来,好像并没有把他看成是朵拉的父亲,而把他看成是一个吃人的妖怪,或者是旺特里的毒龙①。我把这封信写好,在他回来之前放在他的办公桌上。他回屋之后,我从他办公室半开着的门中看到,他拿起信来拆看了。

那天整个上午,他都没再说什么。不过到了下午,在他离开事务所之前,他把我叫进了办公室,对我说,我完全用不着为他的女儿的幸福担心。他说,他已经对她说清楚,说这只不过是一场胡闹而已。除此之外,他没有再对她说什么。他相信,他是个非常宽容慈祥的父亲(确实如此),我大可不必为她担心。

"要是你还要犯傻,固执己见,科波菲尔先生,"他说,"那我只好又把女儿送到国外,再住上一段时间了。不过我想你还不至于如此。我希望你过上几天就会变得聪明起来。至于谋得斯通小姐,"因为我在那封信里提到她,"对于她的警觉,我表示敬意,也很感激。不过,我已严令她不得再提这件事了。科波菲尔先生,我的全部要求,就是忘了这件事。你应做的一切,科波菲尔先生,也就是忘了这件事。"

应做的一切!在我给米尔斯小姐的短信中,我满腹心酸地引用了这句话。我用伤心的讥讽口气说,我应做的一切,就是把朵拉忘了。可是这应做的一切,是什么啊?我央求米尔斯小姐当晚能让我去看她。要是得不到米尔斯先生的许可,我求她在放有熨衣机的后厨房里悄悄见我一面。我对她说,我的方寸已乱,只有她,米尔斯小姐,才能使它恢复正常。署名时,我自称是她的"快要发疯的朋友"。在打发信差送出之前,我又把信看了一遍。这时,我不禁觉得,这信写得有点像米考伯先生的风格。

不过,我还是把信发出了。晚上,我来到米尔斯小姐家的那条街上,在那儿来回地走着,直到米尔斯小姐的女仆终于出来,领我穿过地下室外面的通道,进了后厨房。后来我完全有理由相信,要不是米尔斯小姐喜欢离奇神秘,我是完全可以从正门进去,让我进入楼上的客厅的。

在后厨房里,我疯了似的胡言乱语了一通,这正是我当时应有的情况。我想,我去那儿,本来就是让自己去出丑的,这会儿确实也做到了。米尔斯小姐已经收到了朵拉的一封急信,告诉她事情全部都让人发现了,信上说,

---

① 传说中吞食少女、儿童的怪物。

"哦,求你千万到我这儿来一趟,朱丽娅,千万,千万来一趟!"可是米尔斯小姐不相信,她去了会受到那家大人的欢迎,所以还没有去。于是我们两个都被困在撒哈拉沙漠中了。

米尔斯小姐滔滔不绝地说着,她也喜欢把话一吐为快。虽然她也陪着我流泪,可是我不禁觉得,我们的痛苦却给了她极大的乐趣。我可以说,她抚摸着我们的痛苦,尽情地加以玩赏。她说,现在我和朵拉之间,已经有了一条鸿沟,只有爱情才能用它的长虹在这条鸿沟上架起一座桥来。在这个残酷的世界上,爱情必然会受到折磨,过去是这样,将来也一定是这样。不过这不要紧,米尔斯小姐说,被蛛网缚住的两颗心,终归会挣脱出来,到那时候,爱情就报了仇了。

米尔斯小姐的这番话,并没有给我多少安慰,不过她倒没有鼓励我拿妄想作为希望。她把我弄得比先前更苦恼了,可我觉得,她不愧是我们的朋友,而且我也充满感激地对她说了这一点。我们俩商定,第二天早上,她要做的第一件事,就是去朵拉家,想方设法用神色或者言辞,让她知道我的忠诚和痛苦。分别的时候,我们都不胜悲伤,同时我也觉得,这让米尔斯小姐感到心满意足。

回到家里,我把一切详情都告诉了姨婆,尽管她对我大加劝慰,我还是怀着绝望的心情去睡了。第二天早上起床时,心情依然绝望,接着又心情绝望地出了门。那天是星期六,我径直去了博士公堂。

快走到博士公堂时,我大为吃惊,看到一些带号牌的信差在门口交谈,还有六七个过往闲人,在往关着的窗子里张望。我急忙加快脚步,从人群中挤过,见到他们脸上的那副神情,我感到纳闷,不知到底出了什么事,便急忙进了屋。

只见文书们都在那儿,但是没有人在做事。老提费正坐在别人的凳子上,帽子也没挂起来,我相信,这是他生平第一次。

"出了非常不幸的事了,科波菲尔先生。"见我走进屋子,他说。

"什么?"我叫了起来,"出了什么事了?"

"你还不知道?"提费大声问道,其余的人也围到我的身边。

"不知道!"我挨个看看他们的脸,说。

"斯潘洛先生。"提费说。

"他怎么了?"

"死了!"

我只觉得事务所在旋转,而不是我。一个文书把我给扶住了。他们把我扶到一张椅子上,解开了我的领带,又给我拿来了一杯水。我不知道经过了多少时间。

"死了?"我说。

"昨天他在城里吃的饭,后来是自己赶车回去的,"提费说,"他打发车夫先坐公共马车回家了。他经常这样,这你知道——"

"后来呢?"

"马车回到家里,可是他没在车上。马拉着车在马厩门口停了下来。仆人提着灯出去一看,车里没人。"

"马是不是受惊了?"

"马并没有全身发热,"提费先生戴上眼镜说,"据我所知,马并没有比走常步更热。马缰绳断了,可是看样子,在这之前一直在地上拖着。全家人立刻都惊起了,他们中有三个就出门沿大路找去,找了有一英里地,才发现了他。"

"一英里多,提费先生。"一个年轻的文书插嘴说。

"是吗? 我想你说得没错,"提费说——"是在距离一英里多的地方——就在教堂附近——脸朝下趴着,半个身子在大路边上,半个身子在人行道上。他是在昏厥后跌下车的呢,还是自己觉得要发病先下车的呢——甚至当时他是否就已经死去(尽管他已完全失去知觉是毫无疑问的)——好像没有一个人知道。即使当时他还有口气,可也一句话都不会说了。虽然尽快得到抢救,可是已经毫无用处了。"

我听了这一消息后的心情,简直无法形容。这件事发展得如此突然,而且还发生在一个和我意见完全不相投的人身上,给予我的震惊,可想而知。他刚刚待过的房间,现在变得空空荡荡;他用过的椅子和桌子,像在等着他的到来;他昨天写下的笔迹,看上去就像一个鬼魂;这一切都让人毛骨悚然。看到他的办公室,想要把他和那地方分开,是不可能的;门一打开,想要不觉得他还可以进来,也是不可能的;这种感觉让人说不出个所以然来。事务所里变得懒散清闲,所里的人净谈着这件事,谈得津津有味;外人则整天进进出出,多方打听这件事,简直贪得无厌。这一切人人都能理解。我所说的无法形容,是我内心深处的感受。我的心里竟会潜伏着一种对死亡的忌妒,怎么会感到死亡的威力好像会把我从朵拉的心中排挤开。我怎么会有一肚子说不出的不高兴,忌妒起朵拉的悲哀来,怎么会一想到她对着别人痛哭,别人安慰她,我就坐立不安。我怎么会在这最不合时宜的时候,竟会有这样一种贪婪的欲望,把她身边和心头的所有人都赶走,只留下我一个人,成为她心中的一切的一切。

怀着这样痛苦不安的心情——我希望,不止我一个人如此,别人也一样——当天晚上,我来到了诺伍德。当我在斯潘洛先生家门口打听情况时,听他家一个仆人说,米尔斯小姐也在那儿。于是我就给她写了一封信,请姨婆写了信封。在信中,我以最真挚的感情,哀悼斯潘洛先生的不幸早逝,还为此流了泪。要是朵拉还有心情听人说话,我要求米尔斯小姐告诉她,她父亲跟我谈话时,态度十分温和、体贴;说到她时,也只有慈爱和关心,没有一句责备的话。我知道,我这样做非常自私,目的是借此在她面前提起我的名字;不过我仍尽量使自己相信,这是对斯潘洛先生的在天之灵,一种公正的评价。也许我真是这样相信的。

第二天,姨婆就收到了一封简短的回信;信封上写的是她,信是给我的。信上说,朵拉悲伤极了,当她的朋友问她,要不要在信中向我问候一声时,她一味地哭着说:"哦,亲爱的爸爸呀!哦,可怜的爸爸啊!"不过她并没有说不要对我问候,因此我也就心满意足了。

自从这一不幸事件发生后,乔金斯先生一直待在诺伍德,过了几天才来事务所。他跟提费在房间里密谈了一会后,接着提费朝门外看了看,招呼我进去。

"哦!"乔金斯先生说,"科波菲尔先生,提费先生跟我要清理一下死者的办公桌、抽屉和别的放东西的地方,为的是好把他私人文件封起来,以及找到他的遗嘱。我们已在别的地方找过遗嘱了,可一点影子都没有。你要是肯的话,请你也来帮我们一下忙。"

我一直急于想知道一点情况,斯潘洛先生生前为我的朵拉作了什么安排——如谁是她的监护人,等等——现在参与寻找遗嘱,正是获知情况的途径之一。我们立即就开始搜寻。乔金斯先生打开了办公桌和抽屉的锁,我们一起取出了里面的所有文件,把事务所的文件放在一边,把他私人的文件(为数不多)放在另一边。我们的态度非常严肃认真。当我们见到死者的坠饰、铅笔盒、名章戒指或者是这类他私人的小物件时,我们说话的声音都压得很低。

我们已经整理封存了好几包东西,可是还在飞扬的灰尘中默默地搜寻。这时,乔金斯先生对我们说道,用的正是他去世的合伙人用来说他的话:

"要让斯潘洛先生脱离常轨,是十分困难的。你们是了解他那个人的!我倾向于认为他没有立下遗嘱。"

"哦,我知道他是立下遗嘱的!"我说。

他们两人都停了下来,朝我看着。

"就在我最后一次见他的那天,"我说,"他告诉我说,他已立下遗嘱,他的大事早就安排停当了。"

乔金斯先生和老提费一致地摇着头。

"看来好像没有希望了。"提费说。

"毫无希望。"乔金斯先生说。

"你们想必不会疑心——"我刚开始说。

"我的好科波菲尔先生!"提费说,一只手放在我的肩膀上,一面闭目摇头,"要是你在这个博士公堂里待的年头跟我一样久的话,那你就会知道,人们再没有什么比在遗嘱问题上更加反复无常、更加不可相信了。"

"啊,我的天,斯潘洛先生就说过这样的话!"我固执地说。

"我认为这几乎可以断定,"提费说,"我的意见是——他没有立遗嘱。"

我觉得这真是件怪事,可是结果确实没有找到遗嘱。根据他的文件来看,他好像根本就没想到要立遗嘱,因为没有任何有关立遗嘱的暗示、草稿或备忘录。还有一点使我大为诧异的是,他的事务简直弄得一团糟。我听他们说,他究竟欠了人家多少钱,他已经还了多少钱,他去世时还留有多少财产,极难查清。大家认为,就连他自己也弄不清楚。渐渐地,人们越来越看清了,在博士公堂里,当时最讲究外表和排场,他为了争强斗胜,花钱太多,业务上的收入(本来就很少)根本不够支出,于是就动用起自己的私产来,即使那份私产原来数量还不少的话(值得怀疑),眼下也所剩无几了。诺伍德的家具都卖掉了,房子也租出去了。提费告诉我说,把死者该还的债还清,再把人家欠事务所的倒账和难账中属他名下的那部分一扣除,那他剩下的财产,连一千镑都不到了。他说这话时,一点也没有想到我对这件事有多关心。

他告诉我这话时,大约已经是六个星期以后的事了。在所有这段时间里,我受尽了折磨。米尔斯小姐依然告诉我说,只要对我那伤心透顶的小朵拉提起我时,她就一味地哭着说:"哦,可怜的爸爸呀! 哦,亲爱的爸爸啊!"我听了后难得真想杀了我自己。米尔斯小姐还告诉我说,朵拉除了两个姑母(斯潘洛先生两位未出嫁的姐姐)外,就没有别的亲属了。她们都住在帕特尼,多年来,除了跟她们的弟弟偶通消息外,很少跟他有往来。这并不是他们之间吵过架(米尔斯小姐告诉我说),而是由于在朵拉命名的那一天,她们自以为斯潘洛先生应该请她们吃顿饭的,结果却只请她们吃茶点,因此她们就回信说,"为了使双方比较愉快起见",她们就不来了。打那以后,他们就各走各的路,她们过着她们的日子,她们的弟弟也过着自己的日子了。

现在,这两位老小姐从她们的隐居地出现了。她们提议,把朵拉带到帕特尼去住。朵拉紧紧搂住她们两个哭叫道:"哦,好的,姑妈! 不过请你们带朱丽娅·米尔斯跟我一起去,还有吉卜,也带到帕特尼去吧!"于是,在安葬了斯潘洛先生以后,她们很快就去帕特尼了。

我怎样才能腾出时间来去帕特尼呢,我可真的不知道。不过我总能千方百计地想出办法来,经常地悄悄去那儿附近徘徊。为了能更好地尽朋友的责任,米尔斯小姐专门记了日记。她有时就在郊野上跟我会面,把那些日记念给我听。要是没有时间念时,她就把日记借给我看。这些日记,我都怎样深深铭记在心啊,现在举例来说一说吧——

"星期一。我可爱的朵[①]依然很抑郁。头痛。叫她注意看看吉[②]的皮毛多么漂亮有光泽。朵抱起吉,结果引起了联想,悲伤之闸大开,尽情痛哭了一番(眼泪是心的露珠吗? 朱·米[③])。

"星期二。朵虚弱而敏感。脸色苍白,显得更美(我们不也认为月亮有同样之美吗? 朱·米)。朵、朱·米和吉一起乘马车出游。吉朝窗外清扫工

---

①②③　分别为朵拉、吉卜和朱丽娅·米尔斯的简称。

狂吠,引得朵脸上现出微笑。(生命的链子就是由这些小环连成的啊!朱·米)

"星期三。朵稍有喜色。为她唱曲调愉悦的《薄暮钟声》。结果未达慰藉效果,而是适得其反。朵非常伤感。后见她在房中呜咽啜泣。引有关自身和小羚羊的诗句①为喻,依然无效。又引墓碑上的'忍耐'②相慰。(问:为什么在墓碑上?朱·米)

"星期四。朵无疑有所好转。晚上更佳。颊上稍有红晕重现。决定在散步时小心提及大·科③的名字。朵听后立即十分伤心,'哦,亲爱的,亲爱的朱丽娅啊! 哦,我过去一直是个多么不听话、不孝顺的孩子啊!'我给予安慰和爱抚。并将大·科已临坟墓边缘的危机,着意描述一番。朵又大为悲伤。'哦,我该怎么办啊? 我该怎么办啊? 哦,带我到别的什么地方去吧!'我甚为惊慌。朵昏晕过去,急忙从酒店要了一杯冷水。(富有诗意的吻合:门前黑白交错如棋盘的招牌,世上盛衰浮沉如棋局的人生。唉! 朱·米)

"星期五。多事的一日。一人携蓝色提包进厨房,称'来修女鞋后跟'。厨子回答说,'没人叫过'。那人坚持说有人叫过。厨子就出去问,留下那人和吉在厨房。厨子回来,那人仍说有人叫过,但最后终于离去。吉亦不见。朵急得发狂。连忙报警。那人有一宽大鼻子,双腿如桥栏,据此四处搜寻。吉失踪,朵痛哭不已,慰之无效。又提小羚羊,虽适当,但无用。傍晚,一陌生小孩来访,带进客厅。鼻子亦宽大,双腿却不像桥栏。声称他知道一条狗的下落,但需付他一英镑。虽多方施压,他仍不肯多说。朵给了他一英镑,他才带厨子进一小屋,见吉被独自系在桌脚上。朵大喜,吉进食时,朵高兴得绕吉又跳又舞。受朵好心情的鼓励,在楼上提起大·科。朵又潸然泪下,哀叫道,'哦,别说了,别说了,别说了! 这会儿,不想可怜的爸爸,而去想别的,就太坏了!'搂住吉,哭着睡去。(大·科还不该把自己寄托在时光宽大的羽翼上吗? 朱·米)"

在这段时间里,米尔斯小姐和她的日记,是我唯一的安慰。能够见到刚

---

① 引自爱尔兰诗人托马斯·穆尔的叙事诗《拉拉·鲁克》中的《拜火人》。
② 引自莎士比亚《第十二夜》的第二幕第四场。
③ 大卫·科波菲尔的简称。

刚看到过朵拉的她,能够在她富有同情的日记中见到朵拉名字的起首字母,能够让她弄得我愈来愈苦恼——这是我仅有的慰藉了。我只觉得,我仿佛原本住在一座纸牌搭的宫殿中,现在这座宫殿倒塌了,废墟上只剩下我和米尔斯小姐。我只觉得,好像有个残忍的巫师,在我心上那天真无邪的女神周围,画了一道魔圈,除了那能把那么多人带得那么远的同样有力的羽翼外,再也没有别的什么能使我进入这道圈子了!

第三十九章

威克菲尔和希普

据我推测，我的姨婆一定被我的长期垂头丧气弄得不安起来了，于是就借口不放心那座出租的小屋，要我到多佛去看看情况，还要我跟那个房客续订一个期限更长的租约。原来的女仆珍妮特已经受雇于斯特朗夫人，我在斯特朗博士家，天天都见到她。在离开多佛时，她曾三次犹豫，要不要嫁给一个领港员，以结束她所受的摒弃男人的教育。不过最后她还是决定不冒这个险。我认为，与其说她这是坚持原则，还不如说这是因为她碰巧不喜欢那个男人。

要我和米尔斯小姐分离，虽然是件难受的事，但我还是乐于落入我姨婆的圈套，以便借此可以跟爱格妮斯一同度过几个安静的小时。我跟那位好心眼的博士商量，要求请三天假，博士也希望我借此去散一散心——他愿意让我再多休息几天，可是我精力充沛，闲不了那么久——于是我就决定去多佛了。

至于博士公堂，我用不着特别关心那儿的职务。说实话，在一流的代诉人眼里，我们的事务所名声已经越来越不好，地位也很快下降，变得很糟糕了。斯潘洛先生加入之前，乔金斯先生的这家事务所，业绩本来就很平常；注入新血液后，经过斯潘洛先生的张罗，虽然有了起色，但基础仍不够稳固，现在突然失去了得力的经理人，在这样的打击下，难免不发生动摇，业务也就大为衰落了。在这家事务所里，乔金斯先生尽管也有声望，但他是个得过且过、缺乏能力的人，他在外界的声望，不足以支撑这个事务所。现在我已转到他的底下习业了；当我看到他只会闻闻鼻烟，让生意都跑了时，我比以

前更加痛惜姨婆白花了那一千英镑。

不过这还不是最糟的事。博士公堂周围还有一群靠此混饭吃的外界人,他们自己并不是代诉人,但承揽此类业务,揽到业务后交由真正的代诉人去办。真正的代诉人就把自己的名义借给他们用,为了分一份非法所得——这种人为数真还不少。我们的事务所,现在不管怎么说,都迫切需要有买卖做,所以也就加入了这班高人的一伙,千方百计引诱那帮靠博士公堂混饭吃的外界人,把他们揽到的业务交给我们办理。办结婚许可证和小笔遗产遗嘱检验,是我们大家最想接的买卖,也是最有钱可赚的,因而竞争也就最为激烈。在通过博士公堂入口的每条路上,都安排了硬架和软骗的劫犯和骗子,奉命竭力拦截住所有戴孝的人和面带羞色的男人,把他们弄到雇用他们的事务所里去。这班人执行起命令来十分尽心,在没有认识我以前,我自己就有两次被他们硬架进我们头号对手的事务所。这班拉生意的先生们,由于利益上的矛盾,自然就很容易相互恼火,因而个人冲突时有发生。我们雇的一个主要诱骗人(他以前是做酒生意的,后来又当了立誓经纪人①)几天来都带着一只青肿的眼睛走来走去,惹得博士公堂里的人议论纷纷,认为丢了博士公堂的脸。他们这班家伙个个不辞辛苦,惯于客客气气地把一个穿丧服的老太太扶下马车,要是她打听起某个代诉人来,他们一概说那人已经死了,接着便抬出自己的雇主,说他是那个死去的代诉人的合法继承人和代表,把那老太太(有时大受感动)弄进他雇主的事务所。有不少俘虏就是被这样押解到我面前的。至于办结婚许可证,竞争竟激烈到这样的程度,一个害羞的男子,要想办一张结婚许可证,没有别的办法,只好听任第一个诱骗人的摆布,或者是被多人争夺,成为最强者的战利品。我们所里有个文书,就是个外界人,在竞争激烈时,经常戴着帽子坐在那儿,以便生意到来时可以立即冲出去,把俘虏来的人带到主教代理面前宣誓。我相信,这种诱骗的做法,直到今天还在继续。我最后一次去博士公堂时,一个系着白围裙的殷勤而壮健的人,突然从门道里冲出来抓住我,在我耳边低声说:"要办结婚许可证吗?"我好不容易才挣脱开他,没有被他一把抱起,拎进一家代诉人事务所。

---

① 指正式宣誓取得交易所会员资格的经纪人。

现在,让我们抛开这些题外话,前往多佛吧。

我发现,那座小房子的情况一切都让人满意;特别让我姨婆高兴的是,我报告说,她那位房客继承了她的衣钵,不断地跟驴子作战。我在那儿办完了姨婆要我办的小事,只在那儿过了一夜,第二天一早就徒步前往坎特伯雷。当时又是冬天了,那寒冷、有风的清新天气,还有那一望无际的丘原,重又点燃起我的一线希望。

到了坎特伯雷,我漫步在那古老的街道上,觉得愉快有趣,精神变得安详,心情也感到舒畅。铺子门前挂着的依然是旧日的招牌,旧日的店名,铺子里面干活的仍是旧日的人们。打从我在那儿做学生以来,时间好像已经过去很久,而这里的变化竟这么小,这让人感到奇怪;可是继而一想,我自己也没有多大变化呀!说来奇怪,在我的心中跟艾格妮斯不能分离的那种宁静气氛,似乎也弥漫在她所居住的城市之中。那些庄严的教堂塔楼,那些苍老的鹩哥和乌鸦(它们那缥缈的叫声,比完全沉默更显幽静),那些圮毁的门楼入口(原来嵌满的雕像,早已倒塌剥落,就像瞻仰过它们那些虔诚的香客一样,消失了),那些断墙残壁上爬满几百年的常青藤的僻静角落,那些古老的房舍,那些田野、果园、花园的田园景色,在一切地方——在一切景物上——我都感受到同样的宁静气氛,有着同样安然沉思、心平气和的境界。

来到威克菲尔先生的家里,我发现,在以前一直是乌利亚·希普待的楼下那间小屋里,坐着米考伯先生,正专心致志地在握笔抄写。他穿着一套司法界人士穿的黑衣服,在那间小小的办公室里,显得又粗壮、又高大。

米考伯先生看见我非常高兴,但也有一点慌乱。他本想要带我立刻去见乌利亚,但是我谢绝了。

"你总还记得,这幢房子我是很熟的,"我说,"我知道从哪儿上楼。你觉得法律这一行怎么样,米考伯先生?"

"我亲爱的科波菲尔,"他回答说,"对一个想象力丰富的人来说,学习法律显得太繁琐了。即使在我们业务往来的信函里,"米考伯先生看了看自己正在写的信件,说,"你的思想也不能自由翔翔,无法作任何高超精彩的表达。不过,这依然是一种伟大的行业!"

接着他告诉我说,他现在就住在乌利亚·希普的老房子里;米考伯太太要是能在自己家里再次接待我,一定会非常高兴。

"那地方很卑微,"米考伯先生说,"我这是引用我的朋友希普最喜爱的说法。不过,这也许是日后能住上更宽畅舒适住宅的台阶呢。"

我问他,到目前为止,他是否满意他的朋友希普对他的待遇。他先站起来看看门是否关严了,然后才低声对我说:

"我亲爱的科波菲尔,一个深受经济重压的人,对大多数人来说,总是处于不利的地位。而当这种重压逼得你非提前预支薪水不可时,这种不利的地位是决不会得到改善的。我所能说的只是,我的朋友希普对于我那些不必详述的请求,从态度上看,可以说在头脑和心肠上都还有所增光。"

"我想,他在金钱方面是不会很大方的。"我说。

"对不起!"米考伯先生带着一种克制的神情说,"我是凭我的经验来谈我的朋友希普的。"

"你的经验能这样合乎时宜,我很高兴。"

"你是很体谅人的,我亲爱的科波菲尔。"米考伯先生说,接着便哼起一支小调来。

"你常见到威克菲尔先生吗?"我换了个话题问道。

"不常见,"米考伯先生不在意地回答说,"我得说,威克菲尔先生是个心地极好的人;不过他——简单地说吧,他已经过时了。"

"我想,恐怕是他那位合伙人有意使他这样的吧。"我说。

"我亲爱的科波菲尔!"米考伯先生不安地在凳子上扭动了几下后,才回答说,"请允许我发表一点意见!我担任的是这儿的机要工作,我在这儿的地位是受到信赖的。我不得不考虑,有些问题,即便和米考伯太太进行讨论,也是跟我眼下的职责不相宜的,尽管米考伯太太和我同甘共苦这么多年,而且还是一位才智超群的女子。因此我冒昧提议,在我们友好的交谈中——我相信,这种交谈是永远不会受到妨碍的——应该有一道界线。在这道界线的一边,"说到这儿,米考伯先生用办公室里的尺子在桌子上比画着,"凡是人类智力范围以内的,都可以谈,只有一个小小的例外。这道界线的另一边,就是这个例外。也就是说,这个例外是威克菲尔-希普事务所的事务,以及有关的一切。现在,我对我青年时代的朋友提出这一点,请他作出冷静的判断,我相信,他是不会见怪的吧?"

虽然我看出米考伯先生的神情变得很不安,而且这种神情紧紧束缚住他,好像他的新职务对他并不适合似的,不过我觉得我没有权利责怪他。我把这话对他说了之后,他好像放了心,就跟我握了握手。

"科波菲尔,"米考伯先生说,"我敢向你保证,我觉得威克菲尔小姐真是太招人爱了。她是位非常卓越的年轻小姐,具有非凡的妩媚、娴雅和美德。我说的全是实话,"米考伯先生说着,送出一个飞吻,还用他那最文雅的姿势鞠了一个躬,"我要向威克菲尔小姐致敬!啊哈!"

"你这样说,我至少是高兴的。"我说。

"我亲爱的科波菲尔,在我们有幸和你共同度过的那个愉快的下午,要不是你亲口明确地告诉我们,说你最爱的是'朵',"米考伯先生说,"那我毫无疑问,一定认为'爱'是你最爱的了。"

我们大家都有过某种经验,偶尔会有一种感觉,我们正在说的话,正在做的事,好像很久以前都曾说过、做过似的——好像记不清在多久以前,就有着同样的面孔、同样的物件、同样的环境围绕着我们——好像下面紧接着要说什么话,我们知道得一清二楚,仿佛我们突然想起来似的!在米考伯先生说这话之前,在我的一生中,从来没有过比这更强烈地感受过这种神秘印象。

我暂时向米考伯先生告别,并请他代我问候他的全家人。我离开他时,他重又在凳子上坐下,拿起笔,转动着埋在硬领中的脑袋,以便能较舒适地进行书写。这时,我清楚地看出,自从他有了这个新职务以后,我们彼此之间已经有了某种隔膜,这使得我们不能再像以前那样推心置腹,从而也就完全改变了我们谈话的性质。

在那间古色古香的老客厅里,一个人也没有,不过却留有希普太太的痕迹。我朝仍由爱格妮斯住着的那个房间里看了看,只见她正坐在火炉旁,在一张雅致的老式写字台上写着什么。

由于我挡住了光线,引得她抬头一看。于是她那聚精会神的脸上,立刻布满了笑容。我成了她亲切关怀和热烈欢迎的对象。这让我多高兴啊!

"哦,爱格妮斯!"我们并肩坐下后,我说,"我近来可真想念你啊!"

"真的?"她回答说,"又想念了!这么快?"

我摇摇头。

"我也不明白是怎么回事,爱格妮斯。我似乎缺少我应有的某种精神方面的能力。以前在这儿过着那些幸福日子的时候,凡事你总是替我动脑筋,出主意,我也就很自然地向你请教,求你支持。我真认为,现在我缺少的就是这个。"

"那到底是什么东西呢?"爱格妮斯高高兴兴地问道。

"我不知道该把它叫作什么?"我回答说,"我想,我这个人还算诚挚、有毅力吧?"

"我相信是这样。"爱格妮斯说。

"也还有耐心吧,爱格妮斯?"我略带迟疑地问道。

"是的,"爱格妮斯笑着回答说,"可有耐性呢。"

"可是,"我说,"我是那么苦恼,那么忧伤,在自信力方面总是没有把握,犹豫不决,我知道我一定缺少——我该怎么说呢?——某种倚靠吧?"

"要是你乐意的话,那就这么说吧!"爱格妮斯说。

"是啊!"我回答说,"你瞧!你到了伦敦,我倚靠你,立刻就有了目标,也有了办法。我没有了办法,来到这儿,转眼之间自己就变成了一个人。我走进这个房间后,让我苦恼的处境并没有改变,可是就在这短短的片刻,我已经受到一种力量的影响,心情有了变化。哦,使我变得好多了!这是怎么回事呢?你的秘诀到底是什么,爱格妮斯?"

她的头低了下来,看着火炉。

"我这是老一套,"我说,"当我说,我在小事情上也跟在大事情上一样时,你可别见笑。我从前的那些麻烦事,全是胡闹,现在的事可真的是严重了。但是不论什么时候,只要我一离开你这位异姓妹妹——"爱格妮斯抬起了头——一张多可爱的天使般的脸啊!——朝我伸出一只手,我在它上面吻了一下。

"爱格妮斯,不论什么时候,要是一开始就没有你给我出主意,帮我做决定,我好像就会变得乱糟糟的胡来一气,陷入各种各样的困难境地。最终我就得跑到你这儿来(我总是这样),于是我便有了安宁,有了快乐。现在,我就像一个疲惫不堪的旅人回到家里一样,深深感到安息的幸福!"

我说的这番话,字字掏自肺腑,使我自己也感动得不能成声,用手蒙住脸,哭了起来。我这儿写的,完全是实情。不管我这个人也像我们当中的许多人一样,内心有怎样的矛盾,怎样的不一致;不管我过去的作为有什么不同,也许要好得多;不管我做过什么有悖常情、有违良心的事;我都一概不知。我只知道,有爱格妮斯在我身边,我就感到安心和平静,我也就变得十分真诚。

爱格妮斯用她那平静的姐妹般的态度,晶莹的眼睛,柔和的声音,还有她的端庄稳重(这在很久以前就使她所住的这座房子成了我的圣地)使我很快就战胜了我的弱点,引我说出打从我们上次分别以后发生的一切。

"再没有一个字可说了,爱格妮斯。"我说完心窝里的话后,说道,"好了,这会儿全指望你了。"

"可你决不能指望我,特洛伍德,"爱格妮斯可爱地含笑回答说,"得指望另一个人。"

"指望朵拉?"我说。

"正是。"

"呃,我还没有跟你说呢,爱格妮斯,"我有点不好意思地回答说,"朵拉——很难——我决不会说她很难指望,因为她是个纯洁、真诚的人——不过很难——我真不知道该怎么说,爱格妮斯。她是个胆小的小女孩,很容易受惊、害怕。不久以前,她父亲还没有去世,有一次,我想我应该跟她谈一谈——要是你不嫌烦,我可以告诉你,那是怎么回事。"

于是,我就告诉她,我怎么对朵拉说我变穷了,要她看看烹饪书,练习记记日用账,以及诸如此类的话。

"哦,特洛伍德!"她微笑着劝我说,"你还是那副鲁莽的老样子! 你用不着这样去惊吓一个胆小、可爱、毫无经验的女孩子,照样也能在世路上认真谋生,努力上进的啊。可怜的朵拉!"

她回答我的话时,声音是这般温柔甜美,饱含着宽容仁爱之情,这是我从来都没有听到过的。我仿佛看到她怀着赞赏和温存搂抱着朵拉,体贴地卫护着她,默默地责怪我,不该那么鲁莽地把朵拉那颗小心儿吓得乱跳。我好像还看到朵拉带着迷人的天真,偎依在爱格妮斯的胸前,对她充满感激之情,一面假意要她责备我,一面又显出孩子气的天真爱着我。

我感到,我是如此感激爱格妮斯,如此敬佩她!我仿佛看到她们两人在一起,像在一幅灿烂的景色中,一对多么亲密无间、多么相得益彰的挚友啊!

"那我该怎么办呢,爱格妮斯?"我注视着火炉,过了一会儿,问道,"怎

样做才对呢?"

"我想,"爱格妮斯说,"正当的途径是,应该给那两位老小姐写信。你不认为,任何偷偷摸摸的办法,都是不值得采取的吗?"

"对。要是你认为这样的话。"

"对这类事,我并没有资格来评判,"爱格妮斯谦逊地犹豫了一下,说,"不过我的确觉得——简单地说吧,我觉得你这样偷偷摸摸、躲躲藏藏,不像你的为人。"

"不像我的为人? 恐怕你对我的评价太高了吧,爱格妮斯。"我说道。

"我说不像你的为人,是就你的本性坦诚来说的,"她回答说,"因此,是我的话,就给她那两位姑母写信,把一切经过,尽可能坦白地对她们说清楚;我就会要求她们准许我有时去她们家拜访。考虑到你还年轻,又努力想要在社会上立足,我想,你最好说,不管她们对你提出什么条件,你都愿意遵守。我一定会求她们,千万不要不问问朵拉,就拒绝你的请求。我还会要求她们,在她们认为合适的时候,跟朵拉商量一下这个问题。我决不会把话说得太过火,"爱格妮斯温和地说,"也不会把要求提得太多。我会相信我自己的真诚和毅力——也相信朵拉。"

"可要是她们跟朵拉一说,又把她给吓着了,爱格妮斯,"我说,"要是朵拉只是哭,关于我,一句话也不说呢?"

"会那样吗?"爱格妮斯问道,脸上带着同样亲切的关怀。

"哎哟,老天爷! 她跟小鸟一样容易受惊,"我说,"可能会的! 或者,要是那两位斯潘洛小姐(像她们那种上了年纪的老小姐,有时脾气是很怪僻的),不是可以这样跟她们说话的人呢!"

"我想,特洛伍德,"爱格妮斯抬起温柔的目光,看着我回答说,"是我的话,我是不会去考虑这种问题的。也许,最好只考虑做这件事是否对就行了。如果是对的,那就去做好了。"

关于这个问题,此时我已经没有什么疑问。我的心情轻松多了,但仍感到我的任务重大,我把整个下午的时间,都花在起草那封信上。为了完成这件大事,爱格妮斯把她的写字台都让给我了。不过我在写信之前,先去楼下看了威克菲尔先生和乌利亚·希普。

我发现,乌利亚现在已拥有一间建造在花园中的新办公室,屋子里还带有一股灰泥味;他坐在那一大堆书本和文件中间,看上去特别令人恶心。他仍用平日那套阿谀奉承的样子接待了我,假装着没有从米考伯先生那儿听到我来的消息。老实不客气地说,我根本不相信他的鬼话。他同我一起来到威克菲尔先生的房间。这房间现在已成了它原先样子的影子了——为了那位新合伙人的便利,屋子里的许多家具陈设,都被搬走了。当威克菲尔先生跟我相互问候时,乌利亚就站在火炉跟前,拱着脊背,用他那瘦骨嶙峋的手刮摸着自己的下巴。

"你待在坎特伯雷的时候,特洛伍德,就住在我们这儿好吗?"威克菲尔先生说,为征得乌利亚的同意,不免朝他瞥了一眼。

"有房间给我住吗?"我说。

"当然有,科波菲尔少爷——我应该说先生,不过少爷这个称呼很自然地就叫出来了,"乌利亚说,"只要你觉得合意,我很乐意把你以前住过的房间让出来。"

"不必,不必,"威克菲尔先生说,"何必弄得你不方便呢? 另外还有个房间。另外还有个房间哪。"

"哦,不过你知道,"乌利亚龇牙咧嘴地笑着说,"我真的是很乐意的啊!"

我来了个直截了当,回答说,我情愿住另外那个房间,要不,我就不住在这儿。于是就这么说定了,我住另外那一间。接着,我跟两位合伙人告别,说吃晚饭的时候再见,然后又回到楼上。

我原本希望,除了爱格妮斯,不要有别的人在跟前。可是希普太太来到了屋子里,请我允许她带着编织活坐在这儿的火炉旁。她的托词是:她有风湿病,根据当时的风向,她待在这儿,比待在客厅或餐厅里更好。虽然我几乎可以毫不留情地把她交给大教堂尖塔顶上的寒风去发落,可是我还是不得不做个顺水人情,客客气气地向她问了好。

"我这个卑微的人真得感谢你,先生,"希普太太答谢我的问候说,"不过我只是还过得去罢了,没有多少值得夸口的。要是我能看到我的乌利亚好好成家立业,我想,我就不该有更多的指望了。你看我的乌利亚气色怎么样,先生?"

我觉得他的模样跟以前一样令人厌恶,于是我说,我看不出他有什么

变化。

"哦,你觉得他没有什么变化吗?"希普太太说,"那我这个卑微的人得请你原谅,我跟你有不同的看法。你没有看出他瘦了吗?"

"并没有比平日瘦。"我回答说。

"你看不出来!"希普太太说,"不过你不是用一个母亲的眼光看他的!"

当她这个当母亲的目光和我的目光相遇时,我觉得,不管她对她儿子有多慈爱,但对世界上所有别的人,她的目光却是充满恶意的。我相信,她跟她儿子是真正相亲相爱的。

她的目光从我身上移开,转向爱格妮斯。

"你也没看出他消瘦憔悴了吗,威克菲尔小姐?"希普太太问道。

"没看出,"爱格妮斯说,一面继续安安静静地做着手头的事,"你对他过于担心了,其实他很好。"

希普太太使劲地抽了一下鼻子,又继续干起她的编织活来。

她没有停下手上的编织活,一会儿也没有离开我们。那天我到得很早,要过上三四个小时才吃晚饭,可是她一直坐在那儿编织着,像沙漏往外漏沙子一样单调。她坐在火炉的一边,我坐在火炉前面的写字台前,爱格妮斯则坐在火炉的另一边,离我稍远一点。在我慢慢地构思我的那封信时,有时抬头看看爱格妮斯那张亲切的脸,只见她明亮皎洁的脸上,流露出天使般的神情,给予我很大鼓励。这时,我也就马上觉出那充满恶意的眼光,从我身上移开,转到爱格妮斯身上,再又回到我的身上,然后又偷偷地落在编织活上。希普太太编织的究竟是什么,我不知道,因为我对这门技艺没有研究,不过看样子像一张网。当她用中国筷子似的织针一个劲儿编织时,在火炉的照映下,她的模样活像一个丑恶的女巫,眼下虽然暂时被对面容光焕发的"善"给镇住,但她已做好准备,不久就要撒她的网了。

吃晚饭时,她同样目不转睛地监视着我们。吃完饭她儿子来接班了;等到只剩下威克菲尔先生、他和我三人时,他就充满敌意地斜睨着我,还不停地扭动着身子,弄得我简直没法忍受。到了客厅里,那个做母亲的又坐在那儿编织、监视。在爱格妮斯唱歌弹琴时,她自始至终都坐在钢琴旁边。有一次,她还指定一支民歌叫爱格妮斯唱,说她的小乌利亚最爱听这支歌了(这时,乌利亚正在一张大椅子上打着哈欠)。在唱歌时,她还不时地回头看看她的儿子,然后对爱格妮斯说,她的小乌利亚已经听得出神了。她不说话则已,一说起话来,总要提到她的儿子——我不相信有过例外。我明白,显然这是分配给她的任务。

这种局面,一直持续到就寝的时候。眼看这母子俩,像两个大蝙蝠似的俯临在整座房子的上空,用他们那丑陋的形体,把房子里遮挡得暗淡无光,我感到难受极了,我真想待在楼下,任凭编织什么的,也不愿上床去睡。我几乎一夜都没有睡着。第二天,编织和监视重又开始,延续了一整天。

我想跟爱格妮斯说说话,可连十分钟的机会都没有。想把我写好的信给她看看也没能办到。我提议请她和我一块出去散一会步,可是希普太太一再嚷嚷自己的病加重了,爱格妮斯心肠好,就留在家里陪伴她。将近黄昏时,我只好独自一人出去了,盘算着该怎么办,以及是否该把乌利亚·希普在伦敦跟我说的话,继续瞒着不告诉爱格妮斯;因为那番话又开始使我感到非常不安了。

我正沿拉姆斯盖特路走着,因为那儿有一条很好的人行道,可是还没等我完全走出城,就听到身后飞扬的尘土中有人叫我。那人走路的蹒跚样子,还有那过紧的长外套,绝对错不了。我停下脚步,乌利亚·希普赶了上来。

"怎么啦?"我说。

"你走得真快!"他说,"我的腿虽然够长的,可你还是让我费了好大的劲。"

"你要去哪儿?"我问道。

"我想跟你一起走走,科波菲尔少爷,要是你肯赏脸让一个老相识跟你一起散会儿步的话。"说着,他把身子一扭,这一动作,也许是向我讨好,也许是嘲弄我。随着他就来到我身旁,跟我一起走了起来。

"乌利亚!"沉默了一会后,我叫了他一声,态度尽量客气。

"科波菲尔少爷!"乌利亚回答说。

"我跟你说句实话吧,你别见怪,我出来是想一个人走走,因为让人陪得太多了。"

他斜着眼睛看着我,极其勉强地咧嘴笑着说:"你是说我母亲。"

"嗯,没错,我说的正是她。"我说。

"哦!不过你知道,我们是很卑微的人,"他说,"既然知道我们自己卑微,那我们就得多加小心,别让那些不卑微的人把我们推到墙上。在情场上,不管使用什么计策,都是正当的啊,先生。"

他把两只大手举到下颏旁,轻轻地对搓着,还悄悄地冷笑着。我认为,再没有人像他那样像一头凶恶的狒狒了。

"你知道,"他仍保持着那种令人厌恶、双手抱胸的姿势,对我摇着脑袋,说,"你是个非常危险的情敌,科波菲尔少爷。你一向是我的情敌,这你知道。"

"就是因为我,你就监视住威克菲尔小姐,弄得她的家不像个家吗?"我说。

"哦,科波菲尔少爷! 你这话说得多严重啊。"他回答说。

"我的意思,你爱怎么理解就怎么理解吧,"我说,"我这是什么意思,乌利亚,反正你跟我一样明白。"

"哦,我不明白! 你得把话说出来,"他说,"哦,真的! 我真的不明白。"

"你以为,"为了爱格妮斯,我尽量按捺住怒火,非常平心静气地说,"我除了把威克菲尔小姐当作亲姐妹外,还有别的意思吗?"

"呃,科波菲尔少爷,"他回答说,"你也知道,我不一定非要回答这个问题不可。你认为,你没有别的意思。可是话又说回来,你知道,你也许会有别的意思的啊!"

我从来不曾见像他那样卑鄙狡诈的面容,也从没见过像他那样没有一根睫毛遮掩的奸险的眼睛。

"好啦,你听我说!"我说,"为了威克菲尔小姐——"

"我的爱格妮斯!"他叫了起来,同时还令人作呕地扭动着他那瘦骨嶙峋的身子,"劳你的驾,请你叫她爱格妮斯好吗,科波菲尔少爷?"

"为了爱格妮斯·威克菲尔小姐——愿上天保佑她!"

"谢谢你的祝福,科波菲尔少爷!"他插嘴说。

"——我来告诉你吧,要是情况不是这样,我宁可告诉杰克·凯奇①,也不会告诉你的。"

"告诉谁,先生?"乌利亚伸过头来,用手搭在耳朵上,问道。

---

① 杰克·凯奇(? —1686),原为英格兰一刽子手,以残忍著称。后成为刽子手的通称。

"告诉刽子手,"我回答说,"那个我最不会想到的人。"——尽管他那副嘴脸让人想到那个刽子手是最自然不过的事——"我已经跟另一位年轻小姐订过婚了。我希望,这一消息总该让你满意了吧。"

"这是真的吗?"乌利亚说。

我愤懑地正打算把我说的话按他的要求作进一步证实,他突然抓住我的手,紧紧地握住。

"哦,科波菲尔少爷,"他说,"那天晚上,我睡在你起居室的火炉前,把你给害苦了;当我把我的心里话都倒给你听时,要是当时你肯赏脸,同样也把你的心里话告诉我,那我就决不会怀疑你了。既然事情是这样,我一定马上把我母亲打发开,这真是太让人高兴了。我知道,你是会原谅这类爱情上的防范措施的,是不是?哦,科波菲尔少爷,你以前没有赏脸回报我的信任,真是太可惜了!我敢说,我给了你一切机会。可是你从来没有像我希望的那样赏我脸。我知道,你从来没有像我喜欢你那样喜欢过我!"

在所有这段时间里,他都用他那像鱼一般黏湿的手指紧握着我的手;我用尽办法,想不失礼貌地从中挣脱出来,可是完全失败了。他把我的手拉到他深紫色外套的袖子底下,我几乎在被迫之下,跟他手挽着手朝前走着。

"我们回去好吗?"过了一会,他拉我向后一转,朝向城里,说道。初升的月亮照映着,把远处的窗户镀上了一层银光。

"在结束这个话题之前,我想你应该明白,"我打破了许久的沉默,说道,"我相信,爱格妮斯·威克菲尔小姐,就像那月亮一样,远在你的高处,远离你的指望!"

"她很文静!是吗?"乌利亚说,"文静极了!你现在说实话吧,科波菲尔少爷!你从来没有像我喜欢你那样喜欢过我。我一点也不奇怪,你一向都把我看得十分卑微,是吧?"

"我不喜欢一个人老说自己卑微,"我回答说,"也不喜欢老说自己别的什么什么的。"

"得啦!"乌利亚说,在月光下他看上去皮肤松弛,脸色苍白,"这我还会不知道!可是,科波菲尔少爷,一个处在我这种地位的人,卑微是有道理的,这一点你考虑得太少了!我父亲跟我都是在慈善学校受的教育,我母亲也是慈善机构出身。他们从早到晚教我们的都是谦卑——我不知道还有别的什么。我们对这位要自认卑微,对那位要自认卑微;在这儿要脱帽,在那儿要鞠躬。永远要记住自己的身份,在比我们高级的人面前,永远要低声下气。比我们高级的人可真多啊!我父亲由于谦卑,得到班长奖章。我也是这样。我父亲靠了自认卑微,做上了一个教堂的小职员。在上流人中间,他有着行为循规蹈矩的名声,所以他们决定拉他一把。'要自认卑微,乌利亚,'父亲对我说,'这样你才会发迹。这是学校里再三叮嘱你我的,也是最有用处的。要自认卑微,'父亲说,'那你就会有出息!'说实在的,这样真的也不坏呀!"

我第一次想到,这种丑恶、虚伪的假谦卑,原来是希普家的家传。我虽然见到了结出的果实,但从来不曾想到播下的种子。

"我还是个很小的小孩的时候,"乌利亚说,"就知道谦卑的作用,我也就开始身体力行。我吃起卑微的饼①来,胃口好极了。在学业方面,也就停留在卑微的程度,我说:'到此打住吧!'上次你提出要教我拉丁文时,我就懂得该不该学。'人家喜欢待在你上头,'我父亲说,'那你就留在下头好了。'直到现在,我一直都自认非常卑微,科波菲尔少爷,不过我也得到一点权力了!"

他说的所有这番话,为的是要让我了解,他决定要利用他的权力,来补偿一下自己了。这是在我看到他月光下的脸色时明白的。他的卑微、狡诈、阴险,我早就知道了;不过我却是现在才第一次了解,他一定是由于早年长期受到压抑,所以才形成了这样一种卑鄙毒辣的报复心理。

他的这番自我表白,使他感到非常满意,因而抽回了手,以便再次双手抱胸,摸摸自己的下巴。一旦跟他分开,我便拿定主意,不再让他拉住手,于是我们只是并肩往回走,一路上很少再说话。

他这般高兴,是由于我告诉他那个信息,还是由于回想起那个信息,我不得而知;不过总是受到某种影响,才使他这么兴致勃勃。吃晚饭的时候,他的话比往常多了,还问他母亲(我们一回到家中,她就下班了),他是不是年纪已经不小,不能再做单身汉了。他还那么看着爱格妮斯,气得我真想把他打倒在地,我情愿为这献出自己的一切。

---

① 指卑躬屈膝、低声下气。

晚饭后,到了只剩下我们三个男人时,他的胆子更大了。他并没有喝多少酒,或许是一滴酒都没有喝。我推测,使他陶醉得得意忘形的,是获胜的傲慢,也许是由于我的在场,使得他更要表露一番了。

昨天我就发现了,他千方百计在引诱威克菲尔先生多喝酒;我也领会爱格妮斯临去时给我的眼色;所以我限定自己只喝一杯,然后便提议,我们应该去她那儿。今天,我原来也想如法炮制,但是却让乌利亚抢先了一步。

"我们现在的这位客人,是难得上我们这儿来的,先生,"他对坐在餐桌尽头、看上去跟他那么不同的威克菲尔先生说,"要是你不反对的话,我提议,再敬他一两杯酒,表示对他的欢迎。科波菲尔先生,祝你掂康、信福①。"

对他那隔着桌子伸过来的手,我不得不勉强握了一下;然后,怀着完全不同的感情,紧握住他的合伙人、那位陷于身心交瘁的老人的手。

"来,我的朋友!"乌利亚说,"要是我可以冒昧提一句话,我说,你就提几个跟科波菲尔有关的人,为他们干杯吧!"

威克菲尔先生提议为我姨婆、为狄克先生、为博士公堂、为乌利亚干杯,而且为每个人都干了两杯;他知道自己的缺点,想要克服却又办不到;他因乌利亚的举止感到羞耻,却又想讨好他,两者之间矛盾冲突;乌利亚扭动着身子,让威克菲尔先生在我面前丢脸出丑,现出露骨的得意。这一切,我都略过不再提了。当时我看到这种情形,心里感到恶心,现在写到这些时,也仍不愿下笔。

"来,我的朋友!"乌利亚终于说,"我还要为一个人干杯,我这个卑微的人,要求你们把酒斟满,因为我想要提的,是女性中最神圣的人。"

她父亲手上端着空杯。只见他放下杯子,朝那幅跟她那么像的画像看了看,把手举到额头上,退缩回自己的扶手椅中。

"我是个卑微的人,不配提议为她干杯,"乌利亚接着说,"不过我崇拜她——爱慕她。"

我觉得,她那白发苍苍的父亲,在肉体上所受的痛苦,决没有此刻我见到的在精神上所受的折磨这般可怕,这种饱受折磨的痛苦,完全表现在他紧压的两手之中。

---

① 原意为"健康、幸福"。

"爱格妮斯，"乌利亚不是不理睬他，就是不理睬他动作的含义，顾自继续说，"爱格妮斯·威克菲尔，我可以有把握地说，是女性中最神圣的。这话我可以在朋友中大胆地说出来吗？能做她的父亲，当然是值得骄傲的，不过能做她的丈夫——"

饶了我吧！永远别再让我听到她父亲从桌旁站起时发出的那种叫声了！

"怎么回事？"乌利亚面如死灰地说道，"威克菲尔先生，想必你没有发疯吧？要是我说，我有野心，想使你的爱格妮斯成为我的爱格妮斯，那我跟别的人一样，也有这个权利呀！而且我还比任何别的人更有权利呢！"

我抱住威克菲尔先生，用我能想起的一切话安慰他，说得最多的是，要他看在他对爱格妮斯的爱心上，求他稍微平静一点。当时，他真像发了疯：又揪头发，又打脑袋，使劲想挣脱我，推开我，不回答一句话，不看任何人，谁也看不见，盲目地挣扎着，自己也不知道为什么，他两眼圆瞪，脸嘴歪扭——一副吓人的样子。

我前言不搭后语、但以最动情的态度恳求他，叫他不要这样由着自己的性子，要听我的话。我求他想想爱格妮斯，求他把我和爱格妮斯联系起来，想想爱格妮斯和我怎样一起长大，我怎样尊敬她，爱慕她，爱格妮斯让他多得意，使他多快乐。我千方百计要他想起爱格妮斯；我甚至责备他不够坚强，这样会让她知道这一情况。也许是我的话起了点作用，也许是他的疯狂劲过去了，渐渐地不再使劲挣扎了，开始打量起我来——起初像不认识我的样子，后来才露出认得我的眼神。最后终于说："我知道，特洛伍德！我心爱的孩子和你——我知道！可是你看他！"

他指着角落里的乌利亚，那家伙两眼圆瞪，面如土色，显然因自己打错了算盘而大吃一惊。

"你看看那个折磨我的人，"威克菲尔先生接着说，"我在他面前，一步一步地放弃了名誉和地位、平静和安宁、住宅和家庭。"

"是我为你保全了你的名誉和地位，你的平静和安宁，还有你的住宅和家庭。"乌利亚绷着脸，一副受挫的样子，连忙让步说，"别犯糊涂了，威克菲尔先生。要是我这一步稍微跨得大一点，出乎你的意料，我想我可以退回来的，是不是？这有什么害处呀！"

"我总是在每个人身上寻找单纯的动机,"威克菲尔先生说,"我本以为,他跟我联合,完全出于谋利,所以感到很满意。可是你看看,他是个什么样的人——哦,你看看,他是个什么样的人!"

"科波菲尔,要是你办得到的话,你最好别让他再说下去。"乌利亚嚷道,一面用瘦长的食指指着我,"他马上又要说话了——你得当心!——他说了会后悔的,你听了也会后悔的!"

"我什么话都要说!"威克菲尔先生不顾一切地叫道,"我既然落在你的手中,为什么就不可以落在全世界的人手中呢?"

"当心!我可告诉你啦!"乌利亚继续对我警告说,"你要是不叫他闭上嘴,那你就不是他的朋友了!你为什么不可落在全世界的人手中,威克菲尔先生?因为你有个女儿。你跟我都知道我们知道的事,不是吗?别惹是生非了——谁想惹出事来呀?我可不想。我已经尽量低声下气了,你难道没有看到?我不是对你说了,要是我这一步跨得太大的话,我很抱歉?你还要我怎么样呢,先生?"

"哦,特洛伍德,特洛伍德啊!"威克菲尔先生使劲地绞着自己的双手,叫道,"打从我第一次在这个屋子里见到你以来,我已经颓废成什么样子了!那时候我就在走下坡路了,可是自那以后,我所走过的路,多么凄惨,多么凄惨啊!我的软弱、放任,把我给毁了。我任着性子追忆已往,任着性子忘记已往。我出于天性哀悼我孩子的母亲,成了一种病态,出于天性疼爱我的孩子,也成了病态。凡是我接触过的东西,都受到了我的传染。我知道,我已经把灾难带给了我最心爱的人——这你也知道!我本来认为,我可以真心疼爱活在世上的一个人,不疼爱其余的人,我可以真心哀悼离开人世的一个人,任何其他人的悲哀都和我无关。就这样,把我一生的教训给颠倒了!我蹂躏了自己这颗病态、怯懦的心,反过来,它也蹂躏了我。我的哀悼是卑鄙的,我的疼爱是卑鄙的,我想要可悲地逃避这两者的阴暗面,也是卑鄙的。瞧我这颓废的样子,恨我吧,躲开我吧!"

他倒在一把椅子里,软弱无力地呜咽起来。他那被愤懑引起的激动,正在消失。乌利亚从他待的角落里走了出来。

"我不知道,我在糊涂的时候都干了些什么,"威克菲尔先生说,同时伸出两手,仿佛求我不要责备他似的,"他可知道得最清楚,"这是指乌利亚·

希普,"因为他老在我身边,对我咬耳嚼舌的。你知道,他是套在我脖子上的磨盘。你看到了,我的家里老有他,我的业务里也老有他。你刚才已经听到他说的话了。我还有什么必要说更多的话啊!"

"你本来就没有必要说这么多,一半都用不着,你完全没有必要说,"乌利亚半似反抗、半似奉承地说,"要不是喝多了酒,你是不会这样发作的。到明天你再好好想想,你就明白了,先生。要是我说的话有些过头,或者是超出了我的本意,那又有什么关系呢?我并没有坚持非那样不可啊!"

门开了,爱格妮斯悄悄地走了进来,脸上没丝毫血色;她搂住父亲的脖子,沉着地说:"爸爸,你又有点不舒服了。跟我来吧!"威克菲尔先生像让沉重的羞愧压着似的,把头靠在她的肩上,跟着她出去了。她的目光只和我的目光相遇了一刹那,可是我已看出,她对刚才发生的事,已经知道多少了。

"我没有想到,他竟会发这么大的脾气,科波菲尔少爷,"乌利亚说,"不过这不要紧。明天我就可以跟他和好了。这是为他着想。我是个卑微的人,这都是为他担心,为他着想。"

我没有回答他,顾自上楼,走进以前爱格妮斯常坐在我旁边伴我读书的那个安静的房间。直到深夜,都没有人走近我。我拿起一本书来,想看一会。时钟敲了十二下,我还在看书,可是不知道看的是什么。就在这时,爱格妮斯碰了我一下。

"你明天一早就要走了,特洛伍德!让我们现在就说再见吧!"

她刚哭过,不过当时她的脸上显得那么平静,那么美丽!

"愿上帝保佑你!"她说着伸手给我。

"最亲爱的爱格妮斯!"我回答说,"我知道,你这是要我不要再谈今天晚上发生的事了——不过难道就没有什么可做了吗?"

"只有信赖上帝了!"她回答说。

"我就不能做点什么吗——我这个自己有了烦恼就跑来见你的人?"

"你已经使我的烦恼减轻了很多,"她回答说,"亲爱的特洛伍德,不用了!"

"亲爱的爱格妮斯,"我说,"你所富有的一切,都是我所缺乏的——善良、决断,以及一切高尚的品质——由我来怀疑你,或者指导你,那我就太狂妄了。不过,你知道我多爱你,多感激你。你决不会为了一种误解的孝心而牺牲自己吧,爱格妮斯?"

有一会儿工夫,她显得非常激动,以前我从没见过她这样。她从我手中缩回自己的手,向后退了一步。

"你得说,你没有这样的想法,亲爱的爱格妮斯! 你比我的亲姐妹还亲啊! 你要想一想,你这样的心,你这样的爱,是无价之宝啊!"

哦,很久、很久以后,我还看到她那张脸在我面前出现,带着那一会儿的表情,不是惊诧,不是责难,也不是悔恨。哦,很久、很久以后,我还能像现在这样,看到她脸上的神情化为可爱的微笑,她就带着这种微笑对我说,她并没有为自己担忧害怕——我也不必为她担惊受怕——接着用兄妹的名义和我告别,然后就离去了!

第二天早上,天还没有亮,我就在小客栈门口上了公共马车。当我们快要起程时,天才刚刚破晓。我正坐在那儿想念着爱格妮斯,从昼夜的混沌中突然钻出了乌利亚的脑袋,出现在公共马车旁。

"科波菲尔,"他攀着车顶的铁栏,用沙哑的声音低声说,"我想,你走之前一定高兴听到,我跟威克菲尔先生之间已经没有什么过节了。我已经去过他房间,我们已经完全和好,没事了。嗯,你知道,我虽然卑微,但对他还是很有用处的。他没有喝醉的时候,是懂得自己的利害关系的啊! 他毕竟是个讨人喜欢的人,科波菲尔少爷!"

我只好对他说,他给威克菲尔先生道了歉,我很高兴。

"哦,当然!"乌利亚说,"你知道,一个卑微的人,道道歉又算得了什么? 太容易了! 喂! 我猜想,"他扭动了一下身子,"你有时也摘过没熟的梨子吧,科波菲尔少爷?"

"我想我摘过。"我回答说。

"我昨天晚上就摘了,"乌利亚说,"不过它总会熟的! 只要好好看管就行了。我可以等待!"

他一再地和我说再见,直到车夫上车,他才下去。据我所知,为了抵挡早晨的寒气,他嘴里在嚼着什么东西。不过那嘴的动作,仿佛梨子已经熟了,他正在吃着,吃得舔唇咂嘴的。

第四十章

浪迹天涯的人

那天晚上,在白金汉街的寓所里,我讲了上一章中详细说过的威克菲尔家发生的事情,我们作了一番认真的交谈。我姨婆对此深为关切。谈完后,她两臂抱胸,在房间里来来回回走了足足有两个多小时。每当她心情特别烦乱时,她总要这样走来走去走个不停;她心情的烦乱程度,总能根据她走动时间的长短估计出来。这一次,她的心情太乱了,以至认为有必要打开卧室的门,使她可以从这间卧室的墙边,走到另一间卧室的墙边。狄克先生和我静静地坐在火炉旁,她就沿着这条测定的路线,跨着均匀的脚步,不断地走进走出,像钟摆一样有规律。

当狄克先生去就寝,剩下我和姨婆两人时,我就坐下来给那两位老小姐写信。这时,姨婆已经走累了,像往常那样撩起衣服,在壁炉旁坐了下来。不过她没有像平日那样,手握酒杯搁在膝上,而让酒杯在壁炉搁板上放着,未加理会。她把左肘支在右臂上,左手托着下颏,关心体贴地看着我。每当我停下手中的笔,抬起头来时,总会遇上她的目光。"我这会儿心情平静下来了,亲爱的,"说着她点了点头,意思是叫我放心,"不过真让人担忧、难过!"

我因为忙于写信,直到她就寝以后才发现,她的夜间混合饮料(她总是这样叫的),仍一动未动地放在壁炉搁板上。当我敲门告诉她这一发现时,她走到门口,用比平常更慈祥的态度说:"今天晚上我没有心情喝了,特洛。"随后摇了摇头,又进去了。

第二天早上,她看了我给那两位老小姐写的信,认为可以。我把信发出后,已没有别的事可做,只有尽量耐着性子等待回音了。一天晚上,天下着雪,当我从博士家徒步回家时,我依然耐心地等待着,我已经等待了将近一个星期了。

那天的天气很冷,刺骨的东北风已经刮了一些时候。天色渐暗,寒风也随着停息了,可是跟着却下起雪来。我记得,那场雪下得很大,大片大片的雪花不停地落着,地上很快就积得厚厚的。车轮声和脚步声都听不见,仿佛街上铺满了厚厚的羽毛。

我回家最近的路——在这样的晚上,我当然走最近的路了——是穿过圣马丁教堂巷。这条巷因而得名的那座教堂,它的周围当年并不宽敞,前面也没有空地。巷子弯弯曲曲地通向河滨街。当我走过柱廊下的台阶时,在拐角处见到了一个女人,她朝我看了一眼,就穿过狭窄的小巷,不见了。我认识这张脸,曾在什么地方见过。不过想不起在哪儿了。这张脸我脑子里有点印象,因而一下就使我心里产生了联想。不过突然遇见她时,我正在想着什么别的事,所以就搞糊涂了。

在教堂的台阶上,我看到有一个男人正弯腰把背着的一个包裹,放到平滑的雪地上,为的是要把它整理一下。我看到那个女人,和看到这个男人,是同一个时间。我记得,当时我只是惊奇,并没有停下脚步。不过,不管怎么样,反正当我往前走的时候,那男人伸直腰杆,转身朝我走了过来。跟我面对面站着的,原来是佩格蒂先生!

这时,我也记起刚才见到的女人是谁了。那是玛莎,就是那天晚上艾米莉在厨房里给过她钱的那个女人。汉姆曾告诉我说,佩格蒂先生说过,即使把沉入海底的所有珍宝都给了他,他也不愿见到他的宝贝外甥女跟这个女人在一起;这个女人就是玛莎·恩德尔。

我跟佩格蒂先生互相热烈握手。开始时,我们俩谁也说不出话来。

"大卫少爷!"他紧握住我的手说,"见到你,甭提我心里有多高兴了,先生。遇见你真是太好了,真是太好了!"

"真是太好了,我亲爱的老朋友!"我也说。

"我本来打算今儿晚上就去看你的,先生,"他说,"可我知道你姨婆跟你住在一起——因为我去过那边——去亚茅斯的路上——我怕今儿太晚了,所以打算明儿一早在我走之前,再去看你,先生。"

"你还要走?"我说。

"是的,先生,"他很有耐性地点着头回答说,"我明天就走。"

"那你现在去哪儿?"我问道。

"噢!"他回答说,一面抖落长头发上的积雪,"我要去找个过夜的地方。"

当年,金十字旅店的马圈有个边门,几乎就在我们站着的地方对面(这家旅店跟佩格蒂先生的不幸有关,因而我记得特别清楚)。我把这个入口指给他看,随后就挽住他的胳臂,一起走了进去。马圈的外面,有两三间休息间都敞开着;我往其中的一间看了看,发现里面没有人,炉火却烧得很旺,我就带他走了进去。

当我在灯光下看他时,发现他不但头发又长又乱,脸也让太阳晒黑了。他的须发比以前更白,脸上和额上的皱纹也更深了。从他的外表处处都可以看出,他经过艰苦跋涉,历尽风霜。不过他看上去仍很硬朗,像个目的坚定、不知疲倦的男子汉。他把帽子和衣服上的雪抖落,又抹掉脸上的雪,对他的这些举动,我心里暗暗地作了观察。他背朝着我们进来的门,和我面对面地在一张桌子旁坐下,这时又伸出他那粗糙的手,热烈地握起我的手来。

"我要跟你说说,大卫少爷,"他说,"我去过的地方,我打听到的一切。我去过的地方不少,打听到的消息却不多。不过我还是要跟你说说!"

我拉铃叫人送点热的东西来喝。他说比麦酒厉害的东西,他是不喝的。当麦酒送来,在火炉上加热时,他一直坐在那儿想着什么,脸上一副郑重其事的庄严神情,所以我没有冒昧地去打扰他。

"她还是个孩子的时候,"待屋子里只剩下我们两人时,他抬起头来说,"她老是跟我说起大海的事,说起海水变成深蓝、在阳光下金光万道的海滨。我有时想,因为她父亲是死在海里的,所以她对海才想得这么多。你知道,我并不清楚,不过也许她相信——或者希望——她父亲已经漂到那边海滨,那些鲜花常开、阳光灿烂的地方去了。"

"这也许是孩子的幻想吧。"我回答说。

"她——丢了的时候,"佩格蒂先生说,"我心里知道,他一定会把她带到那种地方去的。我心里知道,他一定会对她说那些地方多么多么好,她怎样在那儿成为阔太太,他怎样先用这类话使她听从他。上次当我们见了他妈时，我心里就非常明白，我猜对了。所以我就过了海峡，去了法国。我在那儿上了岸，就像从天上掉下来一样。"

我看到门动了动，雪花飘了进来。看到门又打开了一点，一只手轻轻地插了进来，挡住门不让关上。

"我在那儿找到了一位英国先生，一位当官的，"佩格蒂先生说，"我告诉他，我要去找我的外甥女儿。他给我办了几样文书——有了这个，我就好到处通行了——我也不知道那些文书叫什么——他还要给我钱，我谢绝了，说我用不着。为了他帮我做的一切，我敢说我打心眼里向他表示感谢！他还对我说，'我已经在你去之前，给你要去的地方写了信，我还要对好多要去那一带的人说一说，所以当你独自一人到了离这儿很远的地方，也会有很多人知道你的。'我尽量客气地对他说了我心里的感激情意，跟着我就到法国各地去了。"

"独自一个人，而且是步行？"我说。

"多半是步行，"他回答说，"有时候搭赶集的大车，有时候就坐空着的公共马车。一天要走好多英里，经常会遇上去看朋友的穷士兵什么的，就跟他们一块儿走。可我没法跟他们谈话，"佩格蒂先生说，"他们也没法跟我谈话。不过在那尘土飞扬的路上，我们还是可以结成旅伴的。"

听他那津津乐道的语气，情况可想而知。

"我每到一个市镇，"他继续说，"找到那儿的旅店，就在院子里等着，看看是不是有懂英国话的人来（多半总有这种人来的）。于是我就告诉他，我是来找我的外甥女儿的。他们就告诉我，旅店里住有一些什么样的上流社会的人，我就等在那儿，看着进进出出的人，看看有没有像艾米莉的，要是不是她，我就再往前走。渐渐地，我每到一个陌生的村子什么的，来到穷人们中间，我发现他们都知道我的事。他们总是要我在他们的门口坐下来，给我吃的、喝的，告诉我可以过夜的地方。有许多女人，大卫少爷，也有艾米莉那么大的女儿，她们就在村外救世主的十字架旁等着我，为的是给我同样的款待。有的女人有过女儿，后来死了。只有上帝知道，这些当妈的待我有多好！"

在门口的人原来是玛莎。我清楚地看到她那憔悴的、留心谛听着的脸。我怕佩格蒂先生转过头来，也会看到她。

"那些女人常常把她们的小孩,特别是小女孩,"佩格蒂先生说,"放在我的膝盖上。有好多次,天都快黑了,你可以看到我还坐在她们门前,好像这些小孩就是我的宝贝小孩。哦,我的宝贝啊!"

他突然再也抑制不住悲伤,出声地呜咽起来,用手捂住自己的脸。我把我颤抖的手按在他捂脸的手上。"谢谢你,先生,"他说,"你不用管我。"

只过了一会儿,他就放下捂脸的手,搁在胸口,继续说起他的故事来。

"早上,她们常常陪我走上一阵,"他说,"也许走上一两英里。分手的时候,我对她们说:'我十分感谢你们! 愿上帝保佑你们!'她们总像懂得我的话似的,很高兴地对我作了回答。后来,我来到了海边。你可以想到,像我这样一个靠海为生的人,要渡海去意大利,并不困难。我到了意大利,跟先前一样,还是四处寻找。那儿的人,对我也一样友好。我原本会一个市镇一个市镇地去找,也许会走遍意大利全国的,可是我得到消息说,有人看到她在瑞士的山那边。有个认识他仆人的人,见到他们三个人全在那儿,还告诉我他们旅行的情况,以及他们在什么地方,于是我日日夜夜地朝那些山奔去,大卫少爷。不管我走多远,那些山总是离我那么远,像是要躲开我似的。不过我到底还是走到了,而且翻过了那些山。当我快要到达人家告诉我的地方时,我心里就想开了:'在我见到她时,我怎么办呢?'"

在外面偷听的那个人,一点不顾严寒的黑夜,依然俯身在门口,举起双手求我——祈求我——不要把门关上。

"对她我从来没有怀疑过,"佩格蒂先生说,"从来没有! 一点也没有! 只要让她看到我的脸——只要让她听到我的声音——只要让我一动不动地站在她面前,使她想起她抛开的家,以及她做孩子的时候——即使她已经成了高贵的太太,她也会立即跪在我的脚前! 我知道得很清楚! 我在梦中有好多次听到她大声叫'舅舅!'看到她死了似的倒在我的面前。我在梦中有好多次把她搀扶起来,对她低声说:'艾米莉,我的宝贝,我老远来这儿,就是宽恕你,来带你回家的!'"

说到这儿,他停了下来,摇了摇头,叹了口气,接着说下去。

"那个男的,这会儿我才不管他呢,我只管艾米莉。我买了套乡下人穿的衣服,预备给她穿。我知道,一找到她,她就会跟我走在那些石头路上,我到哪儿,她也会跟到哪儿,永远、永远不会再离开我。我要把我买的衣服给她穿上,把她身上穿的全都扔掉——然后让她挽着我的胳臂,带她回家——有时就在路上歇上一歇,医治医治她那受伤的脚,还有她那伤得更重的心——这会儿我心里想的就是这些。我相信,那个男的,我连看都不会朝他看一眼。不过,大卫少爷,我想的这些,没能办成,眼下还办不到!因为我去晚了,他们已经走了。去了哪儿,我没能打听到。有人说在这儿,有人说在那儿。我赶到这儿,赶到那儿,都没有找到艾米莉,于是我就先回家了。"

"回来多久啦?"我问道。

"大约四天前,"佩格蒂先生说,"那天天黑以后,我望见了那条旧船,还有窗子里亮着的灯光。我走到近旁,隔着窗玻璃往里张望,看到那个忠心耿耿的好人葛米治太太,正像我们原先约定的那样坐在火炉旁。我朝她喊道:'别害怕!我是丹尼尔!'跟着就进去了。我从来没有想到,这条旧船竟会显得这般陌生!"

他小心翼翼地从胸前的口袋里掏出一个纸包,里面有两三封信,或者说小纸包,他把它们放在桌子上。

"这头一个包儿,"他从这些小纸包中拣出一个来,说,"是我走后不到一个星期收到的。是一张五十英镑的钞票,用一张纸包着,写明给我收,是夜里从门底下塞进来的。她想装出那不是她的笔迹,可是她瞒不过我!"

他小心翼翼,非常耐心地把那张钞票照原样包好,放在一旁。

"这些是给葛米治太太的,"他打开另一个小包说,"两三个月以前收到的。"他把包中取出的信看了一会,才把它递给了我,同时低声说,"麻烦你看看这封信,先生。"

我看的信内容如下:

哦,当你看到这封信,知道是我这只有罪的手写的,你会有什么感想啊!不过我要求你千万、千万对我心软一点,只软一会儿——这不是为了我,而是为了我舅舅好!求你千万、千万对一个可怜的女孩发发慈悲,用一小张纸片给我写几个字,他好不好,在你们不再提起我之前,他说过我什么——晚上,到了我以前回家的时候,你有没有看到,他在想念他一直那么疼爱的人的样子。哦,想到这,我的心都碎了!我给你跪下了,我恳求你,请你千万不要像我应得的那样狠心——我非常非常清楚,这是我应得的——对待我,求你宽宏大量,发发慈悲,写一点他的情况,寄给我。你不用再叫我"小"什么的,也不必叫我那被我玷污的名字了。哦,我只求你听听我的苦痛,可怜可怜我,给我写几个字,告诉我今生今世永远、永远也见不到的舅舅的情况吧!

亲爱的,要是你一定要狠心待我——狠心是应该的,这我知道——不过,请你听我说,如果你一定要狠心待我,亲爱的,在你完全决定不理睬我可怜的、可怜的恳求以前,请你先问问那个被我害得最惨的人——那个原本我要作他妻子的人!要是他好心到肯说,你可以写几个字给我——哦,我想他会肯的!只要你能问问他,我想他会肯的,因为他一向非常坚强,非常宽厚——那你就告诉他(不过别的就不用说了),每当夜晚听到刮风了,我就觉得,好像那风是因为看到了他和舅舅,才气愤地从我身旁刮过,正要到上帝那儿去控告我。告诉他,要是我明天就死去,(哦,要是我应该死去,我是乐意死掉的!)我一定要用最后的话为他和舅舅祝福,用我最后一口气为他有个幸福的家庭祈祷!

这封信里也装了一些钱。五个英镑。跟头一笔钱一样,这笔钱他也没有动,照样包了起来。信上还详细写有回信的地址。这当中虽然透露了几个转交的人,但很难确切断定,她的藏身之地到底在什么地方,不过至少有这种可能:她发信的地方,就是人们说的见过她的那个地方。

"给过她什么回信吗?"我问佩格蒂先生。

"因为葛米治太太不大有文化,先生,"他回答说,"汉姆好心先给她打了信稿,她再照着抄的。他们告诉艾米莉,说我找她去了,还告诉她我临走前讲的一些话。"

"你手里拿的是另一封信吗?"我问道。

"不是信,先生,是钱,"佩格蒂先生把它打开了一点,说,"你瞧,是十个英镑。里面写着:'一个忠实的朋友赠',跟头一次一模一样。不过头一次是从门底下塞进去的,这一次是前天由邮局寄来的。我要照着邮戳找她去。"

他给我看了看邮戳。地名是上莱茵的一个市镇。他在亚茅斯找到几个知道那地方的外国商人;他们在纸上画了一张简略的地图,这图他完全可以看懂。他把图摊在我们之间的桌子上,一只手托着下巴,另一只手在图上指出他要走的路线。

我问他汉姆可好,他摇摇头。

"他干起活来,"他说,"比哪个汉子都强。他的名声,在那一带好极了,不管世界上哪个地方,哪一个男子汉,他都比得上。你知道,不论是谁,随时都肯帮他的忙,他也随时肯帮别人的忙。从来没听到他说过半句抱怨的话。不过我妹妹总认为(这话只是咱俩说说),他伤心透了。"

"可怜的人,我也认为是那样!"

"他什么都不在意的样子,大卫少爷,"佩格蒂先生严肃地低声说,"好像连自己的命都不在意的样子。遇上坏天气,要干险恶的活,总有他。干危险的苦活时,他老是抢在伙伴们的前头。可是他又像个孩子一样温顺,亚茅斯的孩子没有一个不认识他的。"

他小心翼翼地把信收在一起,用手抚平,把它们包成一小包,然后重又仔细地把它放回到自己的胸前。门口的那张脸不见了。我依旧看到雪花飘进门内,但那儿什么别的也没有了。

"好了!"佩格蒂先生看着自己的行囊说,"今晚上既然见过你了,大卫少爷(这真让我高兴!),明儿一早我就要上路了。我这儿的东西,你都见过了。"说时把手按在放有小纸包的地方,"这会儿最让我担心的事,钱还没有退回,我就遭到什么意外。要是我死了,钱丢了,或者给偷了,或者不管怎么的给弄丢了,他就永远不会知道真情,一定以为我收下了。我相信,那另一个世界①也决不会收留我的!我相信,我非得再回到这个世界来一趟不可!"

他站起身来,于是我也站了起来。出门以前,我们又紧紧地握了握手。

"哪怕得走上一万英里,"他说,"走到我倒下死去,我也要把这钱放到他的面前。我要是能做到这一点,再能找到艾米莉,那我就心满意足了。要是我找不到她,也许有一天她会听说,她这个疼她的舅舅只是因找她送了命才不再找她。要是我对她的看法没错的话,她听到这话,到末了也会回家来的!"

当我们走出屋子,来到凛冽的寒夜中时,我看到那个孤寂的身影,在我

---

① 指阴间。

们前面匆匆移动着。我急忙找了个借口,使佩格蒂先生转过头来,用谈话绊住了他,直到那身影消失不见。

佩格蒂先生说,多佛大道上有家小旅店,他知道在那里能弄到一间干净、简陋的房间过夜。于是我和他一起走过威斯敏斯特大桥,在萨里那边的岸上和他分了手。在漫天大雪中,他重又踏上那孑然一身的旅程。这时候我只觉得,世间万物都因对他心怀敬意而寂静无声了。

我回到旅馆的院子里,那张脸的印象还在,于是便急忙往四周打量,可是它不在那儿了。雪花已把我们原来留下的脚印都给掩埋了,只有我刚才的新脚印还能看出。可是待我回头再看时,就连这些脚印也开始慢慢消失了。雪下得多大啊!

第四十一章

朵拉的两位姑妈

两位老小姐的回信终于来了。她们首先向科波菲尔先生致意,跟着告诉他,"为了使双方愉快起见",她们已经对他的来信作了十分仔细的考虑——"为了使双方愉快起见",这是一种让人相当担心的说法,这不仅是因为如前面所说①她们曾把它用在家庭争议上,而且还因为我曾见过(我一生都经常见到),这类套话是一种烟火,施放起来毫不费事,可是放上去以后,就会变成各种各样的形态和颜色,跟原来的形态完全不同。两位斯潘洛小姐还说,她们对于科波菲尔先生来信中所提之事,不便"通过信函方式"发表意见,敬请鉴谅;不过,如若科波菲尔先生肯于某日(如他认为适当,请一知心密友陪同)光临寒舍,她们一定乐于就此事作一次面谈。

对于这一佳音,科波菲尔先生立刻就作了回答。回信中,他也先向那两位老小姐问候请安,接着说,届时他定当前往拜望两位斯潘洛小姐,并遵嘱由内殿法学院之密友托马斯·特雷德尔先生陪同前往。科波菲尔先生把信发出以后,立即就陷入了神经的极度兴奋之中,就这样一直延续到约定的那一天。

在这重大的紧要关头,我却偏偏失去了米尔斯小姐极其宝贵的帮助,这大大地增加了我的紧张不安。可是米尔斯先生老是这样那样地跟我过不去——或者说,我感到他是这样,反正都一样——这次则把他的讨厌行径发展到了顶点,不早不晚,就在这时他忽然心血来潮,动了要去印度的念头。

---

① 见第三十八章。

他为什么偏偏在这时候要去印度,还不是有意跟我作对吗?不过话又说回来,他除了跟那个地方有很多关系外,跟世界上别的任何地方都没有关系;因为他做的全是印度生意,不管做的是什么(我自己就恍惚地做过有关那些金丝披巾和象牙的美梦);他年轻时就在加尔各答待过,现在打算以驻外合伙人的身份再去那儿。这事跟我毫无关系,可是,跟他关系太大了,所以他决定要去印度,还有把朱丽娅也带了去。因此,眼下朱丽娅去乡下跟亲友们告别去了。他家的房子贴满了各种招帖,宣布出租或出售,家具(熨衣机等一切)也估价出让。这样一来,我还没有从第一次地震的惊吓中恢复过来,就又成了第二次地震的玩物了!在这样一个重要的日子里,应该穿怎样的衣服,着实让我动了不少脑筋。因为我一方面想要仪容整齐,外表出众,另一方面又担心我的衣着,会在那两位斯潘洛小姐眼中,有损我朴实无华的品质。最后,我决定尽量在这两个极端之间选取折中的办法。我姨婆对这个决定也表示赞同。当我跟特雷德尔一起下楼时,狄克先生还朝我们的身后扔出了自己的一只鞋子,为了讨个吉利。

虽然我知道特雷德尔是个大好人,我跟他的友谊十分亲密,可是在这样一个敏感的日子,我不由得希望他千万不要保留把头发梳得往上直竖的习惯。这种发型使得他显出一种吃惊害怕的表情——更不用说像炉台刷似的样子了——我一直担心地暗自嘀咕,这说不定会成为我们的致命伤。

当我们一起徒步前往帕特尼时,我冒昧地把这意思给特雷德尔说了,同时还说,要是他肯把头发往下捋平一点的话——

"我亲爱的科波菲尔,"特雷德尔摘下帽子,往四面八方捋着自己的头发说,"没有比捋平头发更让我高兴的了。可它就是不听我的话。"

"往下压平一点也不成吗?"我说。

"不成,"特雷德尔说,"什么也压不平它。哪怕我在头上顶着五十磅重的东西,一直顶到帕特尼,可是一取下那东西,它又会立即竖了起来。你简直想象不到,我的头发有多倔强,科波菲尔。我十足是头发脾气的豪猪。"

我得承认,听了他的话我感到有点失望,不过他的和蔼的性格,也很讨我喜欢。我告诉他,我很看重他这种和蔼的性格,并且说,他的头发一定把他的性格中的倔强全都拿走了,因为他的性格中一点倔强劲都没有了。

"哦!"特雷德尔笑着回答说,"说老实话,我这倒霉的头发,说来话长呢。我婶婶对这就受不了。她说，看到我的头发，就让她生气。我刚爱上苏菲的时候，它也给我添了不少麻烦。不少麻烦！"

"她也讨厌你的头发吗？"

"她倒没有，"特雷德尔回答说，"可是她的那位大姐——就是那位大美人——净拿我的头发取笑我，这我知道。说实在的，她的所有姐妹都取笑我的头发。"

"挺有意思！"我说。

"是的，"特雷德尔一派天真地回答说，"我们都拿它开玩笑。她们假装说，苏菲在自己的书桌里收有我的一绺头发，为了要把它压平，她不得不把它夹在一本合拢的书里。我们听了都乐得哈哈大笑。"

"顺便问一句，我亲爱的特雷德尔，"我说，"你的经验也许可供我借鉴。你跟你刚才提到的这位年轻小姐订婚时，有没有按规矩正式向她家里求过婚？你是不是也做过像——比如说，像我们今天要去做的这类事？"我心情紧张地又进一步问道。

"嗯，"特雷德尔回答说，他那张亲切的脸上悄悄地出现了阴沉的神色，"我那一回，科波菲尔，事情办得令我相当伤心。你知道，在那个家里，苏菲是个那么得力有用的人，所以一想到她要出嫁，每个人心里都不好受。事实上，在她们内部全都安排好了，永远不让她出嫁，她们都管她叫老姑娘。因此，当我十二分小心地向克鲁勒太太提到这件事时——"

"那是她们的妈妈吗？"我问道。

"是她们的妈妈，"特雷德尔回答说——"霍雷斯·克鲁勒牧师的太太——当我尽一切可能小心地提到这件事时，对她的打击竟这么大，她大叫一声，就昏过去了。在这以后一连好几个月，我都不敢再提这件事。"

"不过你后来还是提了。"我说。

"哦，那是霍雷斯牧师提的，"特雷德尔说，"他是个了不起的人，在各方面都是最好的模范。他对他太太说，她既然是个基督徒，就应该心甘情愿地承受牺牲（尤其是，到底是不是牺牲还不一定呢），切不可对我冷酷无情。至于我自己，科波菲尔，老实对你说，我觉得对于这一家，简直就是一只猛禽呢。"

"那几个姐妹，我希望，都站在你一边的吧，特雷德尔？"

"哦,我还不能说她们都站在我一边,"他回答说,"我们把克鲁勒太太劝说得差不多的时候,还得把这个消息告诉萨拉。我以前对你说起过她,就是脊椎有毛病的那个,你还记得吗?"

"记得清清楚楚!"

"她听了后紧握双手,"特雷德尔不安地看着我说,"闭上了眼睛,脸色苍白,全身一动不动。此后一连两天,除了用茶匙喂她吃了点水泡面包外,什么都没有吃。"

"这女孩也太不作美了,特雷德尔!"我评论说。

"哦,这我得请你原谅啦,科波菲尔!"特雷德尔说,"她是个很可爱的女孩,她的感情非常丰富。说实在的,她们一家人全都这样。苏菲后来告诉我说,她照料萨拉的时候,内心受到的自责,简直没有言辞可以形容。我根据自己的感受知道,科波菲尔,这种痛苦一定是很厉害的,就像犯了罪似的。等到萨拉的精神恢复以后,我们还得把消息告诉另外八个姐妹。她们听了,各有各的反应,但同样都让人感到心酸。那两个由苏菲负责教育的小妹妹,直到最近才刚刚不恨我。"

"不管怎么样,我希望,她们现在总该想通了吧?"我说。

"是——的,我得说,总的说来,她们大概都听天由命了,"特雷德尔心存疑惑地说,"事实上,我们是回避说这件事的。我这种前途未卜、现状欠佳的景况,对她们来说,倒是一大安慰。不管是什么时候,只要我们一结婚,就会有一个悲惨的场面。到那时,与其说是举行婚礼,还不如说是举行葬礼更恰当。我把她娶走了,她们每个人都会恨我的!"

他半认真半开玩笑地摇着头,朝我看着,一脸真诚,那神情,事后回忆起来,比当时给我的印象更为深刻,因为当时我心慌意乱,紧张之极,对任何事物都不能集中注意力。快到两位斯潘洛小姐的住处时,我对自己的外部仪表和精神状态,都感到很不放心,因此特雷德尔提醒说,先去喝杯酒提提神。于是我们来到附近的一家酒店,喝了杯麦酒,跟着他就脚步蹒跚地带我来到两位斯潘洛小姐的门前。

女仆打开了门,我模模糊糊地只觉得,自己像是正在展出,供人观览;同时模模糊糊地觉得,自己摇摇晃晃地走过一个挂着晴雨表的门厅,来到楼下的一间安静的小客厅,客厅外面是一座清洁的花园;还模模糊糊地觉得,自己在客厅的一张沙发上落了座,看到特雷德尔把帽子一摘,他的头发就立即竖了起来,就像藏在玩具鼻烟壶里装有弹簧的小人儿一样,盖子一开就会弹出来。我还模模糊糊地听到,大壁炉的搁板上,有只老式的座钟在嘀嗒嘀嗒地走着,我想使它跟我的心跳合拍——可是没能办到。我觉得,我曾朝客厅四处张望,看看是否有朵拉的踪影,可是见不到她。我还觉得,我好像听到吉卜在远处叫了一声,但马上就让人给捂住了。最后,我发现自己把身后的特雷德尔几乎挤到壁炉里,昏头昏脑地朝两位瘦小干瘪的老小姐鞠了一个躬。她们俩都穿着黑衣服,让人吃惊的是,两人都活像新近去世的斯潘洛先生。

"请坐。"两位瘦小女士中的一位说。

我跌跌撞撞地扑在特雷德尔的身上,后来又坐在不知是什么东西上面——起初曾坐在一只猫的身上——这时,我才恢复了视力,看出斯潘洛先生显然是这家人中年龄最小的一个;他这两位姐姐之间,年龄大约也相差六岁或者八岁;那位年纪较小的,好像是这次会谈的主持人,因为她手里拿着我的那封信——这封信,我看上去是那么熟悉,但又显得那么生疏!——正用单片眼镜在看着。她们姐妹俩的穿着是一样的,不过这位妹妹比起那位姐姐来,在衣饰方面要多一点年轻气息,也许是因为多了一点绲边,或者领饰,或者多枚胸针,或者多只手镯,或者是这类小东西,因而使她看上去显得活泼一些。她们俩全都姿势笔挺,态度严肃,一丝不苟,神情自若,举止安详。那位没拿我的信的姐姐,则两手交叉放在胸前,俨然像尊塑像。

"你是科波菲尔先生吧,我想。"那位拿着我的信的妹妹,跟特雷德尔打招呼。

这是个可怕的开端。特雷德尔只好指明,我才是科波菲尔先生,我也不得不自认,科波菲尔是我;她们也就只好放弃把特雷德尔当成科波菲尔的先入之见;这一来,弄得我们大家都很尴尬。更加尴尬的是,就在这时,我们清楚地听到吉卜又短促地叫了两声,可是立即又让人给捂住了。

"科波菲尔先生!"拿着信的那位妹妹说。

我做了点什么——我想,大概是鞠了一个躬吧——然后全神贯注地倾听着,这时那位姐姐插嘴了。

"我妹妹拉芬妮娅,"她说,"熟悉这类性质的问题,所以由她来讲一讲

我们认为最能增进双方幸福的意见。"

我后来发现，拉芬妮娅是恋爱问题的权威，因为在若干年前，有位爱玩短惠斯特牌的皮杰先生，据说曾经爱上过她。我个人认为，这完全是子虚乌有的事。皮杰先生根本就没有这类感情——据我所听到的，他从来不曾有过这种表示。可是，拉芬妮娅和克拉里莎两位小姐，都有一种迷信的想法，认为要不是他起初先饮酒过度，坏了身子，后来为了调治，又多喝了巴斯矿泉水，弄得年轻夭折（死时大约六十岁），他是一定会正式表明他的热烈爱情的。她们甚至心中暗自猜疑，他是因暗恋而死的。不过我得说，从她们家的他那张有个酒糟鼻子的画像来看，他不像受过什么暗恋的折磨。

"有关这件事，"拉芬妮娅小姐说，"以往的历史我们就不谈了。我们可怜的弟弟弗朗西斯一去世，那段历史也就跟着一笔勾销了。"

"我们跟我们的弟弟弗朗西斯，"克拉里莎小姐说，"没有经常来往的习惯，不过我们彼此之间并没有明显的不和或裂痕。弗朗西斯走他的路，我们走我们的路。我们认为，这样对大家都好，应该如此。事实上也是这样。"

两姐妹在说话时都稍微往前探着身子，说完后就摇了摇头，不说话时便又把腰杆挺得笔直。克拉里莎小姐的胳臂一直就没有动过。有时候，她用手指在胳臂上弹弹曲子——我想是米奴哀舞①曲和进行曲吧——但胳臂绝对不动。

"我们这位侄女的地位，或者说假定的地位，由于我们的弟弟弗朗西斯的去世，已经起了很大变化，"拉芬妮娅小姐说，"因此我们认为，我们的弟弟有关她的地位的意见，也应随之改变。我们没有理由怀疑，科波菲尔先生，你是一位具有优秀品质和高尚人格的青年；也没有理由怀疑，你对我们的侄女的钟情——或者说，我们完全相信你对她的眷爱。"

像我通常一有机会就会说的那样，我回答说，没有人像我爱朵拉这样爱别人了。特雷德尔也嘟囔了几句，证实我的话，以此助了我一臂之力。

拉芬妮娅小姐正要回答我的话时，一心想要提起她弟弟弗朗西斯的克拉里莎小姐，又插嘴了。

"要是朵拉的妈妈，"她说道，"当年跟我们的弟弟弗朗西斯结婚时，就

---

① 流行于十七、十八世纪的一种缓慢而庄重的小步舞。

直截了当地说,她家的餐桌上坐不下家里的亲戚,那样各方面就都可以愉快一些了。"

"克拉里莎姐姐,"拉芬妮娅小姐说,"那件事我们现在也许不必再提了吧。"

"拉芬妮娅妹妹,"克拉里莎小姐说,"那件事跟我们谈的这件事是同一回事。这件事中你的那一部分,只有你才有资格说话,我不该想到插嘴。可是这件事中我的这一部分,我是有权发表意见的。要是朵拉的妈妈,当年跟我们的弟弟弗朗西斯结婚时,明明白白说出她的用意,各方面就都可以愉快一些了。那样我们也就可以知道,我们该怎么想了。我们可以说,'不论在什么时候,请你们千万别请我们',那样,一切可能的误会,就都可以避免了。"

等克拉里莎小姐摇过头,拉芬妮娅小姐又用单片眼镜看了看我的信,继续说了起来。顺便说一下,她们姐妹俩的眼睛,都长得又小又圆,闪闪发亮,像鸟儿的眼睛似的。总的看来,她们也不见得不像鸟儿;她们的举止机警、敏捷,把自己的仪容修饰得简洁整齐,跟金丝雀一样。

我刚才说了,拉芬妮娅小姐接过话头说道:

"科波菲尔先生,你来信要求我姐姐克拉里莎和我,允许你作为我们侄女的正式求婚者来我们这儿。"

"要是我们的弟弟弗朗西斯,"克拉里莎小姐又发作道——如果我可以把这种平静的讲话称为发作的话,"希望他的周围尽是博士公堂的气氛,而且是唯一的气氛的话,那我们还有什么权利和理由来反对呢?我要明确地说,没有。我们一向都不愿多管别人的事,不管是什么人的。不过为什么不这样说出来呢?让我们的弟弟弗朗西斯和他的太太跟他们的那班人交往吧,也让我妹妹拉芬妮娅和我跟我们的那些人交往好了。我相信,我们也能为自己找到朋友的!"

这话好像是冲着特雷德尔和我两人说的,因此我们俩都回答了几句。特雷德尔说点什么,我没听清。我想,我说的是,这样一来,对所有有关的人,都很有面子了。不过,我的话是什么意思,我自己也一点都不明白。

"拉芬妮娅妹妹,"克拉里莎小姐说,现在她已经发泄够了,"我亲爱的,你可以说下去了。"

拉芬妮娅接着说道：

"科波菲尔先生，我姐姐克拉里莎和我，对你的来信非常仔细地考虑过了；而且不仅我们做了考虑，最后还把信给我们的侄女看了，跟她做了商议。你认为你非常喜欢她，这我们相信。"

"我是这样认为的，小姐，"我欣喜若狂地开始说，"哦！——"可是克拉里莎小姐朝我看了一眼（就像一只机警的金丝雀一样），意思像是要我不要打断那位女圣人的话。我道了歉。

"爱情，"拉芬妮娅小姐说，说时眼睛朝她姐姐看着，以征得她姐姐的同意，她姐姐则对她说的每一句话，都稍微点一下头，以示赞同，"成熟的爱情、崇敬、忠诚，是不轻易表现出来的。它的声音是很低的。它是谦逊的，隐蔽的；它是潜伏着的，等待又等待的。这才是成熟的果实。有时候，生命逝去了，而爱情还在暗中等待成熟呢。"

那时候我当然不懂得，这番话系暗指她自以为从那个罹难的皮杰那儿所得到的经验。不过，从克拉里莎小姐点头的严肃神情上，我看出，这番话是含有很重的分量的。

"年轻人轻浮的——跟我刚才所说的爱相比，我把这称作轻浮的——爱，"拉芬妮娅小姐说，"是尘土，是尘土和磐石相比。就是因为不易知道这种爱能否持久，有没有真实的基础，所以我姐姐克拉里莎和我很难做出决定，这事应该怎么办才好，科波菲尔先生，还有这位——"

"特雷德尔。"我的朋友发现她正看着他，连忙说。

"对不起。我想，你是内殿的吧？"拉芬妮娅小姐说，又朝我的信瞥了一眼。

特雷德尔说了声"正是"，脸上变得通红了。

这时，我虽然还没有得到任何明白无误的鼓励，但却自以为已经看出，这两位瘦小的姐妹，特别是拉芬妮娅小姐，对这件有利于家庭的新鲜好事，有着越来越强烈的兴趣，打定主意要尽量加以发挥，决心把它宠玩一番，这中间就有着一线光明美好的希望。我觉得，我已经看出，拉芬妮娅小姐能够监护朵拉和我这样一对年轻恋人，一定会感到超乎寻常的满足。而那位克拉里莎小姐，看着她妹妹监护着我们，遇到在这个问题上关系到她那一部分时，要是她按捺不住，还随时都可以插上几句，因而也能得到不少的满足。

这一情况给了我勇气,使我敢于大胆地用极其热烈的言辞表示,我是那么爱朵拉,爱得难以表达,爱得没人相信。我说,我的所有亲戚朋友都知道,我是多么爱她;我姨婆、爱格妮斯、特雷德尔,凡是认识我的人,个个都知道我是多么爱她,这种爱使我变得多么认真苦干。为了要证实这一点,我请特雷德尔说一说。于是特雷德尔就挺身而出,像置身于国会辩论中一般,激昂慷慨地陈词,证明我说的全是实话;他的态度坦诚,言辞直率,通情达理,这显然给了那姐妹俩极好的印象。

"恕我冒昧,如果我可以这样说的话,我这话是以一个在这类事情上稍微有点经验的人的身份说的,"特雷德尔说,"因为我已经跟一位小姐——德文郡一家人家十姐妹中的一个——订了婚,目前看来,我们的订婚期还不可能结束。"

"特雷德尔先生,"拉芬妮娅小姐说,显然在他的身上找到了新的兴趣,"我刚才说了,爱情是谦逊的,隐蔽的,等待又等待的;你也许可以证实我说的这些话吧?"

"完全可以证实,小姐。"特雷德尔说。

克拉里莎小姐看了看拉芬妮娅小姐,郑重地摇了摇头。拉芬妮娅小姐则会意地看了看克拉里莎小姐,轻轻地叹了一口气。

"拉芬妮娅妹妹,"克拉里莎小姐说,"你就用我的嗅瓶吧。"

拉芬妮娅小姐闻了几下香醋,提了提神——这时,特雷德尔和我都十分担心地在一旁看着;随后她有气无力地接着说:

"特雷德尔先生,对你的朋友科波菲尔先生和我们的侄女朵拉这种爱慕,或者是自以为是的爱慕,我们应该采取什么办法,我的姐姐和我颇费一番踌躇。"

"说到我们弟弟弗朗西斯的女儿,"克拉里莎小姐说,"要是我们弟弟弗朗西斯的太太在世时,就认为请家里人到她家吃顿饭是很方便的事(当然,她完全有权自以为是地这么做),那我们现在对我们的弟弟弗朗西斯的女儿,就要了解了。拉芬妮娅,你接着说吧。"

拉芬妮娅把我的信翻了个个,以便把写有收信地址和姓名一面朝向自己,然后借助单片眼镜,看了看上面那写得整整齐齐的摘记。

"我们觉得,特雷德尔先生,"她说,"他们的这种感情,我们得亲自好好考察一番,这样才比较慎重。目前,我们对这种感情还一无所知,从而也就无法断定,这种感情到底有多真实。所以我们倾向于只能接受科波菲尔先生的提议,即同意他来这儿访问。"

"两位亲爱的小姐,"我心上的一块大石头落了地,大声叫了起来,"我永远不会忘记你们的大恩大德!"

"不过,"拉芬妮娅小姐接着说——"不过,在目前,特雷德尔先生,我们还是希望把这当成对我们的访问。我们一定要严格防止,把这看成科波菲尔先生和我们的侄女已经订婚。那总得等到我们有机会——"

"等到你有机会,拉芬妮娅妹妹。"克拉里莎小姐说。

"好吧,就这样吧!"拉芬妮娅小姐叹了口气,表示同意说——"那总得等到我有机会亲眼看一看才成。"

"科波菲尔,"特雷德尔转脸向着我说,"我相信,你一定觉得再没有比这更合情合理、更体贴周到的安排了。"

"再也没有了!"我大声说道,"我深深地感到这一点。"

"事情既然是这样,"拉芬妮娅小姐又看了看她的摘记,说,"只有在这样的理解下他才能前来访问,那我们一定要请科波菲尔先生,凭他的名誉明确作出保证,以后他跟我们的侄女之间,不管用什么方式往来,绝对不能不让我们知道。不管他对我们的侄女有什么打算,都得先向我们提出——"

"向你提出,拉芬妮娅妹妹。"克拉里莎小姐插嘴说。

"好吧,就这样吧,克拉里莎!"拉芬妮娅小姐无可奈何地同意说——"得先向我提出——应该先得到我们的同意。我们必须把这一条作为最明确、最重要的规定,不得以任何理由加以破坏。我们所以希望科波菲尔先生今天有一位亲密的朋友陪同前来——"说到这儿,她把头往特雷德尔一歪,特雷德尔则急忙点了点头,"就为了在这个问题上不要有什么怀疑或误解。要是科波菲尔先生,或者是你,特雷德尔先生,在作出这类承诺时,感到还有点犹豫不决,那就请你们再考虑一段时间。"

在狂喜的热情下,我大声嚷道,片刻的考虑都没有必要了。我以最热烈的态度,声明保证遵守要我做出的承诺,请特雷德尔为我作证;并且说,如果我对此有半点违背的话,我就是一个十恶不赦的人。

"请等一等!"拉芬妮娅小姐把手一举,说,"在有幸接待你们两位先生之前,我们就商议好了,决定让你们两位单独待一刻钟,把这一点好好考虑一下。现在请允许我们暂且告退。”

我再三说不必考虑了,但是没有用。她们坚持要告退这么一段时间。因此,这两只小鸟仪态凛然地走出去了;这一来,让我有机会接受特雷德尔的祝贺,也让我觉得仿佛自己已经到了极乐世界。就在一刻钟以后,她们准时回来了,那凛然的仪态,不亚于出去的时候。她们出去时,衣服的窸窣声,如同秋叶,她们回来时,也是这样。

这时我再次保证,一定遵守她们规定的条件。

“克拉里莎姐姐,”拉芬妮娅小姐说,“其余的归你了。”

克拉里莎小姐第一次分开交叉的双臂,拿过摘记,朝上面看了看。

“要是方便的话,”克拉里莎小姐说,“我们将高兴地欢迎科波菲尔先生每逢星期天来吃正餐。我们的正餐时间是三点钟。”

我鞠了一个躬。

“除了星期天,一个星期的六天中,”克拉里莎小姐说,“我们将高兴地欢迎科波菲尔先生来吃茶点。我们吃茶点的时间是六点半钟。”

我又鞠了一个躬。

“吃茶点是一星期两次,”克拉里莎小姐说,“这是规定,不能再多。”

我又鞠了一个躬。

“科波菲尔先生信里提到的那位特洛伍德小姐,”克拉里莎小姐说,“也许想来看望我们。要是这种访问使各方都感到愉快,那就好,我们非常高兴欢迎来访,而且还要回访。可要是这种访问使各方都感到不愉快,那就不要访问了,就像我们的弟弟弗朗西斯和他家里那样,因此两者的情况是完全不同的。”

我表示说,我姨婆一定会以认识她们为荣,一定会很高兴的;不过我得说,至于她们今后能否相处得很投机,我可不敢担保。现在条件已经讲完了,我以最热烈的态度向她们表示了谢意。接着我先取过克拉里莎小姐的手,然后又取过拉芬妮娅小姐的手,分别在我嘴唇上按了一下。

随后拉芬妮娅小姐站起身来,请特雷德尔先生允许我们告退一会,接着要我跟她出去。我全身颤抖着,遵命跟着她,被她带进了另外一个房间。在这儿,我发现了我那最亲爱的宝贝朵拉,她两手捂着耳朵,可爱的小脸对着墙,站在门背后;吉卜的脑袋上扎着条毛巾,关在盘碟保温柜里。

啊! 她穿着黑长袍多迷人呀! 一开始,她呜咽着哭得多难受,怎么也不肯从门后出来! 当她终于从门后出来时,我们是多么相亲相爱啊! 我们把吉卜从盘碟保温柜里抱出来,让它重见天日(它打了好多喷嚏),我们三个又得以重新相聚时,我感到,我置身在多么幸福的天堂胜境啊!

"我最亲爱的朵拉! 现在你可真的永远是我的了!"

"哦,别这样说!"朵拉恳求说,"请别说了!"

"你难道不是永远是我的吗,朵拉?"

"哦,是你的,当然是!"朵拉大声说,"可是我吓坏了!"

"吓坏了,我的宝贝?"

"嗯,是的! 我不喜欢他,"朵拉说,"他为什么不走?"

"谁呀,我的命根子?"

"你的朋友,"朵拉说,"这跟他毫不相干。他一定是个很蠢的笨东西!"

"我的宝贝!"(再没有比她这种幼稚的孩子气更迷人了。)"他是个大大的好人哪!"

"嗯,可是我们用不着什么大大的好人呀!"朵拉噘起嘴说。

"我的亲爱的,"我劝她说,"过不多久,你就会跟他很熟的,你会非常喜欢他的。再过几天,我姨婆也要上这儿来,等你跟她熟了,你也会非常喜欢她的。"

"不要嘛! 请你别带她来!"朵拉惊惶地轻轻吻了我一下,合起双手,说,"别带来。我知道她是个爱惹是生非的老东西! 别让她到这儿来,多迪!""多迪"是"大卫"的讹音。

当时,劝也没用。于是我就笑了起来,赞赏了她一番,我只觉得自己沉浸在爱河中,幸福极了。朵拉又叫吉卜把它新学会的把戏,用后腿直立站在墙角,玩给我看。——可是它只是像闪电般站了一刹那,便又趴下了。要不是拉芬妮娅小姐前来把我带走,我真不知道会在那儿待多久,把特雷德尔都忘得一干二净了。拉芬妮娅小姐非常喜欢朵拉(她告诉我说,她自己在朵拉那个年龄时,很像朵拉——她一定大大地变样了),把朵拉当作玩具一样看待。我本想说朵拉出来见见特雷德尔,可是我刚一提出,她就跑进自己房间,把自己锁在里面了。于是我就没有带她,独自一人回到特雷德尔那里,向主人告辞,两人欢天喜地地离开了。

"事情没有比这更让人满意的了,"特雷德尔说,"我相信,她们是两位很讨人喜欢的老小姐。要是你比我早几年结婚,科波菲尔,我一点都不会感到奇怪。"

"你那位苏菲会奏什么乐器吗,特雷德尔?"我满心得意地问道。

"她会弹弹钢琴,够她教教她那几个小妹妹。"特雷德尔说。

"她到底会不会唱歌?"我问道。

"呃,有时候看到别人情绪不好,她就唱支民歌什么的,给她们提提神,"特雷德尔说,"她没有经过正式训练。"

"她不会伴着吉他唱吧?"我说。

"哦,不会!"特雷德尔说。

"会画点画吗?"

"一点也不会。"特雷德尔说。

我答应特雷德尔,一定得让他听听朵拉唱歌,看看她画的花卉。他说他一定会非常喜欢,于是我们就胳臂挽着胳臂,兴高采烈地走回家。一路上,我怂恿他讲苏菲的事。说起她来时,特雷德尔一往情深,十分信赖,使我非常羡慕。我暗自把她跟朵拉相比,内心感到极大满足;不过我也得坦白承认,对特雷德尔来说,苏菲看来也是个极好的姑娘。

这次会晤的成功结果,以及会晤中所说的话,所做的事,我当然马上都告诉了姨婆。她见我这么高兴,她也高兴极了,还答应我,她要尽快地去拜访朵拉的两位姑妈。那天晚上,我在给爱格妮斯写信时,她一直在我们的房间里来回走着,走了那么久,我开始以为,她打算走到天亮呢。

我给爱格妮斯的信,充满了热情和感激,把遵照她的主意行事,从而取得圆满结果的情况,全都对她说了。在原班邮车返回时,就收到了她的回信。信中充满希望、恳切和高兴。打那以后,她一直都很高兴。

现在我比以前更忙了。就我每天要去的海盖特来看,到帕特尼是离得很远的。我当然希望尽可能多去那儿。原来约定的吃茶点时间,实际上很难行得通,于是我就向拉芬妮娅小姐提议,允许我每个星期六下午去看她们,而特许的星期天的拜访,则不要因此受到妨碍。于是,每逢周末,就是我的极乐时光,我是怀着对这一时光的盼望,度过一周中的其他日子的。

我姨婆和朵拉的两位姑妈,总的说来,相处得比我预料的要好得多,这使我大为放心。在我们会晤后,没过几天,姨婆就实现了对我的承诺,前去拜访了她们。在这之后,没过几天,朵拉的姑妈也依礼来作了回访。此后,大致每隔三四个星期,就有一次同样的互相拜访,友谊也更深了。姨婆完全不顾个人体面,不乘马车,偏要走路去帕特尼,去的时间也不同寻常,不是刚刚吃过早饭,就是正好在吃茶点之前;还有她头上的帽子,毫不理会文明社会在这方面的习俗,只图自己的脑袋舒服,爱怎么戴就怎么戴;我知道,这种种情况都会使朵拉的两位姑妈受不了。不过朵拉的两位姑妈不久就一致同意,认为我姨婆颇为怪僻,是个多少具有一些男子气的很理性的女人。而且,虽然我姨婆有时因对各种礼节发表了异端的见解,惹恼了朵拉的两位姑妈,但她毕竟太疼我了,不得不牺牲自己的一些小小的怪癖,以便求得大家的和睦相处。

在我们这个小小的圈子里,唯一坚决不肯适应这种新环境的成员,是吉卜。它每次一见到姨婆,就立即龇出嘴里的每颗牙齿,退到椅子底下,不住地狂吠着,偶尔还发出一两声凄厉的哀嗥,仿佛感情上实在受不了姨婆这种人似的。各种办法都对它试过——哄它,骂它,打它,带它去白金汉街(它一到那儿,就朝着两只猫冲去,把旁边看的人全都吓坏了);但怎么也没法使它跟我姨婆好好相处。有时候,它好像克服了它的憎恶,相安无事几分钟;可是接着便又仰起它那又短又扁的翘鼻子,使劲地狂吠起来,这一来只好蒙住它的眼睛,把它关进盘碟保温柜里,除此之外没有别的办法。到了后来,只要听说我姨婆来到门口,朵拉就用块手巾把它蒙住,把它关进盘碟保温柜。

在我们过上这种宁静安稳的日子之后,有件事让我很感不安。这就是,大家好像都把朵拉看作是件好看的玩具或玩物。我姨婆渐渐跟她熟悉,就老把她叫作"小花儿";拉芬妮娅小姐的乐趣是伺候她,替她卷头发,给她做装饰品,把她当作一个受宠爱的孩子。拉芬妮娅小姐怎样做,她的姐姐自然也就跟着做。我觉得这事很怪,她们这样对待朵拉,似乎就像朵拉对待吉卜一样。

我打定主意要跟朵拉谈谈这件事。因此,有一天,我们俩一起出去散步时(没过多久,拉芬妮娅小姐就允许我们俩单独外出散步了),我对朵拉说,我希望她能使她们用另一种态度来对待她。

"因为你知道,我亲爱的,"我劝她说,"你不是小孩子了。"

"你瞧!"朵拉说,"你现在又要发脾气了!"

"发脾气,我的宝贝?"

"我相信,她们待我都很好,"朵拉说,"我也非常快乐。"

"哦!可是,我最爱的命根子!"我说道,"要她们按常理那样对待你,你照样也可以很快乐呀!"

朵拉娇嗔地看了我一眼——最迷人的一眼! ——接着便开始呜咽起来,还说,要是我不喜欢她,为什么还一味缠着她要跟她订婚?要是我受不了她,为什么我现在还不走开?

这样一来,我除了吻干她的眼泪,告诉她我是多么爱她之外,还能做点什么呢?

"我相信自己是很重感情的,"朵拉说,"你不该对我这样狠心,多迪!"

"狠心?我的心肝宝贝!好像我不管怎样,都会对你——都能对你——狠心似的!"

"那你就别找我的岔子了,"朵拉把嘴努得像朵含苞的玫瑰花,说,"我会很乖的。"

跟着,她主动提出,要我把以前提过的那本烹饪书给她,还要我教她记账,因为我说过要教她的,她的话使我听了大为高兴。于是下一次去时,我就带去了那本烹饪书(我先精心为它加了封套,使它看上去不那么枯燥,比较吸引人)。当我们在公地上散步时,我给她看我姨婆的一本旧家政书,还给了她一叠便笺簿,一个漂亮的小铅笔盒,一盒铅笔芯,用来实习家政。

可是,那本烹饪书看了使她头痛,那些数字都把她给弄哭了。她说,它们不肯加在一起。于是她就把它们擦掉,在本子上画满了小束的花朵,还有我和吉卜的像。

在一个星期六的下午,当我们一起散步时,我开玩笑似的试着口头教她怎么做家务时。例如,有时我们经过一家肉店时,我就说:

"我的宝贝,假定现在我们已经结了婚,你要去买一块羊肩肉来做晚饭的菜时,你知道怎么买吗?"

我漂亮的小朵拉把脸一沉,小嘴儿又努得像个花苞,好像她很想用亲吻把我的嘴封住似的。

"你想知道怎么买吗,我亲爱的?"要是我不肯罢休,也许还会重复问道。

朵拉想了想,然后也许还会大为得意地回答说:

"哦,卖肉的当然知道怎么卖,还用我知道干吗呀? 嗨,你这个傻孩子!"

就这样,有一次我试图要朵拉学学烹饪学,就问她说,要是我们结了婚,我说,我想吃可口的洋葱土豆煨羊肉,那她该怎么办。她说,她会吩咐仆人去做;说完就用两只手抓住我的一只胳臂,迷人地笑着,再也没有比那可爱的笑了。

结果,那本烹饪书主要的用途变成放在墙角,供吉卜在上面站立。当朵拉把吉卜训练得站在书上不想下来,嘴里还能叼住那个铅笔盒时,她开心极了,因此,我也很高兴我买了这本书。

于是我们就又回到弹吉他、画花卉,唱起那永不停止跳舞的、嗒啦啦的歌儿来!我们的快乐不亚于那悠长的一个星期。我有时想,最好冒昧地向拉芬妮娅小姐暗示一下,她待我的心上人太像待一个玩物了。可有时,我也像大梦初醒似的,发现自己也犯了跟大家一样的过错,对待朵拉,也像对待一个玩物似的——只不过并不是经常那样罢了。

第四十二章

搬 弄 是 非

　　即使这部稿子,除了我自己,并不打算给旁人看,我也觉得,好像不应该连篇累牍地净写为了要对得起朵拉和她的那两位姑妈,自己如何苦学艰难的速记,以及取得与之有关的一切进展。我已经写了我一生中这一时期坚持不懈的努力,以及当时已开始在我内心渐渐成熟的坚忍不拔、锲而不舍的精神,而且我知道,这成了我性格中的一大长处;如果可以说它是力量的话,我只补充一点,那就是,回顾起来,我发现这就是我成功的源泉。在世路上,我是很幸运的;许多人工作比我努力艰苦得多,可是取得的成就还不及我的一半。不过,如果我当年没有养成认真细心、有条不紊、勤奋努力的习惯,以及不管接踵而来的另一件事如何急迫,每次必定集中精力做好一件事的决心,那我绝对不可能做出我已取得的成就。老天爷可以做证,我写下这一点,决没有自吹自擂的意思。一个人,在回顾自己的生平,像我这样一页一页地追忆往事时,要是能免于深切地感到悔疚之痛,认为过去并未浪费掉许多才能,错过了许多机会,也没有受到邪思恶念不断在他心中交战之苦,直至把他打败,那他这个人,一定得真正是个好人才行。我得说,我的天赋,没有一种是没有滥用过的。我的意思无非是,我生平无论做什么,总是一心要做好;不管专心做哪件事,总是全身心投入;凡事不分巨细,我都一贯认真对待。我从来不相信,只靠先天生来或后来学到的才能,没有坚持不懈、老老实实、埋头苦干的品质,一个人指望能够获得成功,这个世界上没有这样美满的事。某种可喜的才能和幸运的机遇,虽然可以成为某些人借以往上爬的梯子的两侧立柱,但是梯子的横档还得用耐磨和耐拉的材料做成才行。

彻底、热情、真诚的认真，是没有别的东西可以代替的。凡是能用全身心去做的事，决不只用一只手；不管做什么工作，决不妄自菲薄；我现在发现，这已成了我的金科玉律了。

刚才我把我的实践经验，归纳成我的座右铭了。这当中，有多少得归功于爱格妮斯，我就不必在这儿重提了。我的叙述，全都是怀着对爱格妮斯的感激敬爱进行的。

爱格妮斯要来博士家逗留两个星期。威克菲尔先生是博士的老朋友，博士希望跟他谈谈，对他会有益处。上次爱格妮斯来伦敦时，曾谈到这件事，这次来拜访，就是上次谈话的结果。她是跟她父亲一起来的。她说，她来这儿是要给希普太太在附近找个寓所，因为希普太太的风湿病需要易地疗养，她来后能有这些人跟她做伴，她一定会很高兴，我听了这话，并没有感到很惊奇。第二天，乌利亚就像个孝顺儿子似的，把他那位宝贝妈妈带来，住进了伦敦的寓所。对这我也没有感到意外。

"你知道，科波菲尔少爷，"当他硬要我陪他在博士的花园里走一圈时，他说道，"在恋爱的人，总有一点忌妒——至少是，老是担心地盯着他爱的那个人。"

"现在你还忌妒谁呀？"我问道。

"得感谢你，科波菲尔少爷，"他回答说，"眼下还没有特别要忌妒的人——至少还没有男人。"

"那你的意思是说，你在忌妒一个女人啦？"

他用他那充满恶意的红眼睛，朝我斜瞥了一眼，接着笑了起来。

"真的，科波菲尔少爷，"他说，"——我本该称呼你先生，不过我知道，你一定会原谅我已经养成的习惯的——你的本领真大，像开瓶钻拔瓶塞似的，把我的话都给拔出来了！好吧，告诉你也无所谓，"他把那鱼一般的手放在我的手上，"一般来说，我不是个喜欢讨好女人的男人，少爷，在斯特朗太太看来，我决不是那种人。"

当他用他那下流狡诈的神色看着我时，他的眼中充满妒意。

"你这话是什么意思？"我说。

"呃，科波菲尔少爷，我虽然是个律师，"他冷笑着回答说，"可这会儿，我心里想的是什么意思，嘴上说的也就是什么意思。"

"那么你摆出这种神色,是什么意思呢?"我不动声色地反问道。

"我的神色?哎呀,科波菲尔,这太厉害了!我摆出这种神色,是什么意思?"

"是呀,"我说,"你摆出这种神色,是什么意思?"

他好像觉得这事很有趣,开怀大笑起来,仿佛他生来就爱笑似的。他用手把下巴抓搔了一会后,眼睛朝下望着,继续说——依旧慢慢地搔着下巴:

"当年我只是个卑微的小文书时,斯特朗太太老是看不起我。她一直叫我的爱格妮斯来来往往地到她家里去,对你也一直很好,科波菲尔少爷;可是我跟她比起来,就太卑下了,她根本没有把我放在眼里。"

"是吗?"我说,"就算是这样,那又怎么啦?"

"——跟他比起来,我也太卑下了。"乌利亚继续搔着下巴,一面用一种沉思的腔调,清楚地说。

"难道你还不了解博士的为人,"我说,"你不站在他面前的话,他是不会觉出你这个人的。你总不至于认为他会那么看吧?"

他又斜着眼睛朝我看着,为了便于抓搔,下巴拉得更长了,一面答道:

"哎呀,我说的并不是博士!哦,不是那个可怜的人!我说的是麦尔顿先生!"

听了这话,我的心一下子沉下去了。在这个问题上,我往日所有的怀疑和忧虑,博士所有的幸福和宁静,我没能弄清的所有清白无辜和有损名声的可能,等等,顷刻之间我便看出,所有这一切,全在这个家伙的掌握之中,可以任意加以歪曲。

"他只要一来事务所,就对我指手画脚,东差西遣的,"乌利亚说,"他真是位高贵的人物!那时候我是非常胆小卑微的——现在还是这样。不过当时我就不喜欢他那一套——现在还是不喜欢!"

他这会儿不搔下巴了,而是把两腮吸了进去,吸得两腮都快碰到一起了;同时一直斜眼看着我。

"她真是个漂亮的女人,她真是的,"他的脸渐渐恢复了原形,继续说道,"她对我这样的人,是不愿友好对待的,这我知道。她就是把我的爱格妮斯教唆成自认为高人一等的人。嘿,我可不是那种爱讨好女人的男人,科波菲尔少爷;不过多年以前,我的头上就长有两只眼睛。我们这种卑微的人,

大体上说来,都长有眼睛——我们还是会用眼睛留神细看的。"

我极力装作毫无察觉、泰然自若的样子,不过我从他脸上看出,我装得并不成功。

"现在,我可不再能让自己被人踩在脚下了,科波菲尔,"他接着说,一面怀着恶毒的得意神色,把脸上本该长红眉毛的部分往上一扬,"我要尽我所能来阻止她们这种友谊。这种友谊,我不赞成。我不妨对你实说吧,我这个人,生来气量就很小,所有的闯入者,我都一概要把他们挡开。只要我知道了,我决不愿冒被人暗算的危险。"

"我想,这是因为你老是在暗算人,所以就使得你误认为每个人都是这样。"我说。

"也许是这样,科波菲尔少爷,"他回答说,"不过我是有目的的,就像我的合伙人常说的那样。这个目的,我要竭尽全力去达到它。我不能让别人拿我当个卑微的人,把我踩得太厉害了。我不能由着人妨碍我前进。我非得要他们把位子让出来不可,科波菲尔少爷!"

"我不懂你的意思。"我说。

"真的不懂,呃?"他身子一扭,回答说,"这可让我感到奇怪了,科波菲尔少爷,你一向脑子很灵的呀!下次我得尽量说得明白一些了。——是麦尔顿先生骑着马,在门口拉铃吧,先生?"

"好像是他。"我尽可能不当一回事地回答。

乌利亚突然站住,把双手放在自己的两个大膝盖之间,笑弯了腰。他的笑完全是无声的,没有一点声音从他嘴里漏出来。这种令人作呕的举止,特别是最后这一下,我看了真是厌恶透了,因而我不打任何招呼,便掉头离去了,把他丢在花园中间,弯着腰,像个失去支撑的稻草人。

我带爱格妮斯去看朵拉,并不是在那天晚上,我记得很清楚,是在第二天晚上,那天是星期六。这次拜访,我事先就跟拉芬妮娅小姐作了安排;她们要请爱格妮斯吃茶点。

我心里一直忐忑不安,既得意,又担心:得意的是,我有一个这样可爱、娇小的未婚妻;担心的是,不知道爱格妮斯是不是喜欢她。在去帕特尼的路上,爱格妮斯坐在公共马车车厢里,我则坐在车厢外面,我的脑子里一直想着我所熟悉的朵拉漂亮的一姿一态,细加琢磨;时而决定我应该喜欢她某一时刻的样子,时而又怀疑我是不是应该更喜欢她另一个时刻的样子。我一直在这上面琢磨来琢磨去,折磨得几乎发起烧来。

不过,不管怎么样,她反正都是非常好看的,对这我没有丝毫怀疑。可是结果没有想到,她的样子竟那么好看,是我从来不曾见过的。当我把爱格妮斯介绍给她的两位姑妈时,她没有在客厅,而是害羞地躲到别处去了。现在,我已知道该上哪儿去找她;我果然在那儿找到了她,她又捂着两只耳朵,躲在那扇昏暗的旧门背后。

起初,她怎么也不肯出来;跟着又求我,照我的表允许她再待五分钟。最后,她终于挽住我的胳臂,让我领向客厅,这时她那迷人的小脸一片绯红,从来没有这么漂亮过。可是当我们走进客厅时,她的小脸又变白了,比原先更加漂亮了一万倍。

朵拉怕爱格妮斯。她曾对我说过,说她知道爱格妮斯"太聪明了"。可是,当她看到爱格妮斯竟那么高兴、那么诚恳、那么体贴、那么亲切时,惊喜地轻轻叫了一声,立即用她热情的双臂搂住爱格妮斯的脖子,把她天真的脸颊贴在爱格妮斯脸上。

我从来没有这样快乐过。当我看到她们俩并肩坐在一起,看到我的小宝贝那么自然地仰望着爱格妮斯那双真诚的眼睛,看到爱格妮斯那温柔可爱的目光注视着朵拉时,我从来没有这样快乐过。

拉芬妮娅小姐和克拉里莎小姐以各自的方式分享我的快乐。这是世界上最愉快的茶会了。克拉里莎小姐是茶会的主持人。我把甜香饼切开,递给大家——那两位瘦小的姐妹,像鸟儿似的,喜欢嗑瓜果的子儿,啄糖果。拉芬妮娅小姐带着慈祥的恩赐态度,望着我们,仿佛我们的幸福爱情全是她的功劳似的。总之,我们对自己、对别人都满意极了。

爱格妮斯那温柔的欢快心情,打动了每个人的心弦。凡是朵拉感兴趣的一切事物,她也就文静地觉得有趣。她跟吉卜相识的方法很巧妙(吉卜马上就跟她混熟了)。朵拉往常都坐在我的旁边,因为怕羞,不肯过来坐时,她流露出那么有趣的样子。她谦逊的风度,大方的举止,赢得了朵拉的信任,使她脸上都出现了许多红色的小点,似乎使得我们的这次聚会变得完美无缺了。

"你喜欢我,我很开心,"吃完茶点后,朵拉说,"我原以为你会讨厌我呢;朱丽娅·米尔斯走了,现在,我比以前更需要人喜欢了。"

顺便说一句,我把这事给漏说了。米尔斯小姐已经坐船走了,朵拉跟我曾到停在格雷夫森德的一艘开往印度的大商船上去看她;中饭时,我们还一起吃了蜜饯姜饼、番石榴酱,还有别的这类美味。分别的时候,米尔斯小姐坐在后甲板的轻便折椅上流着眼泪,腋下夹着一本很大的新日记本;她打算把她静观大洋所引起的新奇感想,全都郑重地记下来,珍藏在这个日记本中。

爱格妮斯说,她怕我一定把她说成是个不讨人喜欢的人;但朵拉对此立即加以纠正。

"哦,没有的事!"她说,一面朝我摇动着她的鬈发,"他净夸你呢。他把你的话看得那么重,弄得我都害怕起来了。"

"我的好话,并不能使他增强跟他的熟人的情分,"爱格妮斯微笑着说,"所以我说的好话,一点没有价值。"

"可是,请你给我说句好话吧,"朵拉用她那哄人的样子说,"只要你肯!"

朵拉要人喜欢她,我们都开她的玩笑;朵拉就说,我是只笨鹅,她一点也不喜欢我。就这样,那一晚短促的时光,就像长了轻薄的翅膀似的,飞走了。公共马车叫我们走的时候就要到了。我正独自一人站在炉火前时,朵拉蹑手蹑脚地悄悄走了进来,为了要在我走之前,像往常那样给我珍贵的小小一吻。

"我要是早跟她交上朋友,多迪,"朵拉说,她那晶莹的眼睛闪烁着明亮的光芒,那只小小的右手,悠闲地在摆弄着我外衣上的一颗纽扣,"你是不是认为,我也许会比现在更聪明一点?"

"我的宝贝!"我说,"你简直在胡说!"

"你认为我这是在胡说?"朵拉说,眼睛没有看我,"你真的认为这是胡说!"

"我当然这么认为!"

"我已经忘记,"朵拉说,她的小手仍在反复摆弄着我的那颗纽扣,"你跟爱格妮斯是什么关系呀,你这个可爱的坏孩子。"

"我们不是亲戚,"我回答说,"不过我们是一起长大的,像兄妹一样。"

"我真觉得奇怪,你为什么会爱上了我?"朵拉说,开始摆弄我外衣上的另一颗纽扣。

"也许是因为我一看见你,就不能不爱你吧,朵拉!"

"要是你从来没见过我呢。"朵拉说,又换了一颗纽扣。

"要是我们从来没有出生过呢!"我满心高兴地回答说。

我怀着爱慕,默默地看着她那只小小的纤手,沿着我外衣上的纽扣往上移动,看着她紧贴在我胸前的绺绺鬈发,看着她随着悠闲地摆弄纽扣的小手,微微抬起的下垂的眼睛的睫毛,我真不知道她心里在想些什么。最后,她终于抬头看着我的眼睛,踮起脚尖,比平时更体贴温柔地给了我珍贵的小吻,一下,两下,三下,然后才走出房间。

过了不到五分钟,她们又都一起回来了,这时,朵拉那不同寻常的体贴已经完全消失了。她大笑着,坚持要在马车到来之前,让吉卜把它会的把戏全都表演一番。这花了一些时间(倒不是因为吉卜的把戏多,而是它不情愿表演),等听到马车已到了门口,它还没有表演完。于是爱格妮斯只好跟朵拉亲热地匆匆告别,并且约定朵拉要给爱格妮斯写信(她要爱格妮斯别介意她信里写的傻话),爱格妮斯也要给朵拉写信。在公共马车的车门口,她们第二次告别,跟着朵拉还不顾拉芬妮娅小姐的劝告,跑到车窗前,叮嘱爱格妮斯千万别忘了给她写信,还对坐在车厢上的我摆动着她的鬈发,做了第三次告别。

公共马车要在科文特加登附近停下,让我们下车,然后我们再换乘一辆车去海盖特。一路上,我焦急地盼望在换车时要走的那小段路上,听听爱格妮斯都要对我怎样称赞朵拉。哦,多好的称赞啊!她是多么亲切、热烈而又坦率感人地要我以最大的温柔体贴,来照顾好已属于我的那个小美人!她还多么细心但并不自负地提醒我,我对那个孤儿应尽的责任!

我爱朵拉,还从来没有像那天晚上那么深切,那么真挚。当我们再次下车,在星光下,沿着通向博士家的幽静的路上走着时,我告诉爱格妮斯,这是她的功劳。

"你坐在她身旁的时候,"我说,"你好像不仅是我的守护神,也是她的守护神;你现在好像也是这样,爱格妮斯。"

"一个不顶用的守护神,"她回答说,"不过忠心耿耿。"

她那清脆的话音直达我的心坎,使得我很自然地说:

"今天我看到,爱格妮斯,你天生的那种愉快精神(我在别人身上从没见到过),现在已经恢复了,我开始希望,你在家里的生活,该过得快乐一些了,是吗?"

"我自己觉得快乐一些了,"她说,"我过得很愉快,无忧无虑。"

我看了看她往上看的安详的面容,觉得使它显得这般高贵的是星光。

"家里没有任何变化。"沉默了一会后,爱格妮斯说。

"没再提起,"我说,"提起那——我不想使你难过,爱格妮斯,可是我忍不住要问——没再提起上次我们分手时谈到的那件事?"

"是的,没再提起。"她回答说。

"可我老想着那件事。"

"你得少想那件事。记住,我毕竟还是信赖挚爱和纯真的。用不着为我担心,特洛伍德,"过了一会,她又添上一句,"你怕我走那一步,我是决不会走那一步的。"

虽然我觉得,只要冷静地加以考虑,无论什么时候,对这一点,我想我从来都没有怕过,可是从她那诚实的嘴里,听到她亲口保证,对我是一种说不出来的宽慰。我诚恳地把这一点对她说了。

"你这次来过之后,"我说道,"得再过多久才能来伦敦呢,亲爱的爱格妮斯? ——因为我们单独在一起的时间,恐怕不会再有了,所以我才这么问。"

"可能得过很久吧,"她回答说,"我想——为了爸爸——我最好还是在家里待着。以后我们也许有一段时间不能常见面,不过我跟朵拉少不了有书信往来,我们可以通过这样的方式,经常得到彼此的消息。"

现在我们已经到了博士住宅的小院子里了。时候不早了。斯特朗太太卧室的窗子里亮着灯光。爱格妮斯朝那儿指了指,跟我道了晚安。

"你千万别为我们的不幸和烦恼操心,"爱格妮斯把手伸给我说,"看到你快快活活的,我就再快活也没有了。要是你能帮我的忙,你放心,我一定会请你帮忙的。愿上帝永远保佑你!"

在她那愉悦的微笑中,在她那高兴的语调里,我仿佛又看到,我的小朵拉跟她在一起了。我站了一会儿,从门廊里仰望着天空的星星,心里满怀着热爱和感激,然后才慢慢地朝前走去。我已在附近的一家酒店里,订了一个房间。当我正要走出栅栏门时,无意间回过头去一看,发现博士的书房里还有灯光。想到我没有帮他的忙,让他独自一人在那儿编词典,心中不免有点自责起来。我想要去看个究竟;而且,不管怎么样,要是他还坐在那些书籍中间,我得向他道个晚安才是。于是我又转身悄悄走过门廊,轻轻打开门,朝房内看去。

使我大为吃惊的是,在那微弱的灯光下,我第一个看到的,竟是乌利亚。他正站在灯旁,用一只瘦骨嶙峋的手捂着嘴,另一只手放在博士的书桌上。博士就坐在他那张书房的椅子上,用双手蒙着脸。威克菲尔先生面露极为难过焦急的样子,往前俯着身子,犹豫不决地摸着博士的胳臂。

有一刹那工夫,我以为是博士病了。心里有了这种想法,我急忙朝前走了一步,就在这时,我看到了乌利亚的目光,马上就明白这是怎么一回事了。我本想抽身退出,可是博士做手势示意我别走,于是我就留下了。

“不管怎么样,”乌利亚扭动了一下他那丑陋的身子,说,“我们可以把门关上,用不着让全城的人都知道呀!”

说着这话,他用脚尖走向我打开未关的门,小心翼翼地把门关好。然后走回来,又站到原来的地方。在他的声音和态度里,令人刺眼地显露出一种对怜悯的热心,比他能装出的任何别的样子来,更让人难以容忍——至少我觉得是这样。

“我觉得,我们有责任把我们谈过的那件事,科波菲尔少爷,”乌利亚说,“告诉斯特朗博士。尽管当时你并没有完全明白我的意思,是吗?”

我只是看了他一眼,没有做别的回答。然后我走到昔日那位恩师的跟前,说了几句意在安慰和鼓励他的话。他像在我小时候习惯做的那样,把手放在我的肩上,但是没有抬起他那白发苍苍的头。

“既然当时你没有明白我的意思,科波菲尔少爷,”乌利亚仍以同样过分殷勤的态度继续说,“反正我们这儿也没有外人,那我就要以我卑微的身份,冒昧地说啦!我已经提请斯特朗博士注意斯特朗太太的行为。我敢向你保证,科波菲尔,按我的本性,我是极不愿意跟这类不愉快的事沾上边的。可是,实际上,我们全都牵扯进这件不该发生的事情里了。先前你没有明白我说的话,先生,我说的就是这个意思。”

现在，当我回想起当时他斜眼看我的丑态时，我真不明白，为什么当时不抓住他的领口，把他掐死。

"我得说，当时我没有把我的意思说得很清楚，"他继续说，"你也一样。我们两个，对这类事，自然都想避开，不想沾边。不过，最后我还是打定主意，如实说出。因此我就对斯特朗博士说了——你说什么，先生？"

他这是在问博士，因为他刚才呻吟了一声。我想，这一声呻吟会感动任何人的心，可是对乌利亚，却毫无影响。

"——我就对斯特朗博士说，"他接着说，"任何人都能看出，麦尔顿先生跟博士那位讨人喜欢的可爱太太，彼此之间太亲密了。现在真的到了该说的时候了（因为现在我们全都牵扯进这件不该发生的事情里了），我们应该告诉斯特朗博士了。这一情况，在麦尔顿先生去印度之前，就像太阳一样清清楚楚，尽人皆知了。麦尔顿先生借口回国，完全不是为了别的；他老是到这儿来，也完全不是为了别的。刚才你进来的时候，先生，我正在跟我的合伙人说，"说到这儿，他把脸转向威克菲尔先生，"要他凭良心对斯特朗博士说一说，他是不是早就有这种看法了。说呀，威克菲尔先生，说呀，先生！请你告诉我们好吗？是还是不是，先生？说呀，我的伙友！"

"看在上帝的面上，我亲爱的博士，"威克菲尔先生说道，又把他那犹豫不决的手放在博士的胳臂上，"不管我有什么疑心，你都别把它看得太重了。"

"你看！"乌利亚叫了起来，一面直摇着头，"这样来证实，真是太让人泄气了，是不是？他呀！还是个老朋友呢！哎呀，我的天哪！当我还只是他事务所里的一个小文书的时候，科波菲尔，我就看到他足足有二十回，为这件事感到很不安；一想到爱格妮斯小姐也牵扯到这种不该发生的事里，你知道，他就很恼火，次次如此（作为一个父亲，这对他来说很正当，我的确认为，我不能责备他）。"

"我亲爱的斯特朗，"威克菲尔先生用颤抖的声音说，"我的好朋友，我就用不着对你说了，我的坏习惯是爱在每个人的身上找出一个主要的动机，用一个狭隘的标准来衡量所有的行为。也许就是由于这种错误，我曾经有过这种猜疑。"

"你有过猜疑，威克菲尔，"博士说，他没有抬起头，"你有过猜疑。"

"尽管说出来吧,我的伙友。"乌利亚催逼说。

"有一阵子,我有过猜疑,没错,"威克菲尔先生说,"我以为——上帝宽恕我——你也有过。"

"没有,没有,没有!"博士用一种令人非常同情的悲伤声调说。

"有一阵子,我以为,"威克菲尔先生说,"你希望把麦尔顿先生打发到国外去,为的是要拆散他们。"

"没有,没有,没有!"博士回答说,"给安妮童年时代的伴侣做个安排,只是为了让她高兴,没有别的想法。"

"我发现是这样,"威克菲尔先生说,"你这样对我一说,我是不能不相信你的。不过,我觉得,像你们这样的情况,年龄相差得那么远——请你别忘了,我最大的毛病是看法狭隘——"

"这样说才对了,你瞧,科波菲尔少爷!"乌利亚插嘴说,一面带着谄笑和令人作呕的怜悯神情。

"一个女人,这般年轻,又这般妩媚动人,不管她对你的尊敬有多么真诚,结婚时,也许是受了名利的影响。我这样说,并没有考虑那数不清的引人从善的感情和情况;请你千万别忘了这一点!"

"瞧他这种说法,多么宽宏大量!"乌利亚摇着头说。

"你只是老用一个观点来看待她,"威克菲尔先生说,"不过,我的老朋友,我求你,按照你所重视的一切,来考虑一下这是个什么问题吧!我现在不得不承认,这是逃避不了的——"

"是呀!事情已到了这种地步,威克菲尔先生,"乌利亚说,"是逃避不了的。"

"——我现在得承认,"威克菲尔先生无可奈何、心神烦乱地朝他的伙友看了一眼,说,"我以前对她的确有过怀疑,认为她对你没有尽到责任。要是非把所有的话都说出来不可的话,有时候,我是不愿意爱格妮斯跟她那么亲近,以致让她看到我所看到的情况。或者按我那病态的理论自以为看到的情况。我的这种想法,从来没有对任何人说过,也从来没有打算让任何人知道。尽管这话你听起来会感到难受,"威克菲尔先生非常沮丧地说,"要是你知道我说这话心里有多难受,你就会怜悯我了!"

博士天性敦厚善良,他朝威克菲尔先生伸出了手。威克菲尔先生垂着

头,把他的手握了一会儿。

"我相信,"乌利亚像条电鳗似的扭动着身子,打破静寂说,"这件事对谁来说,都是很不愉快的事。不过既然我们已经说到这个程度,那我得冒昧地说一句,科波菲尔也注意到这一点了。"

我掉头转向他,问他怎么敢把我也扯上!

"哦!你这人太厚道了,科波菲尔,"乌利亚浑身扭动着说,"我们都知道你是个心肠很好的人。不过你知道,那天晚上,我跟你一谈起这件事,你马上就知道我说的是什么意思了。你分明知道,你当时就知道我说的是什么意思,科波菲尔。你别不承认!你不承认,用意固然极好;不过,别不承认,科波菲尔。"

我看到慈祥的老博士那温和的目光转到我身上,朝我看了一会;我觉得,往日的怀疑和今日的记忆,全都明明白白地流露在我的脸上,不可能让人视而无睹。发火也没有用,我无法把它抹去。不论我说什么,都不能加以挽回。

我们又都沉默了,一直到博士站起身来,在房间里走了两三趟。接着他回到自己的椅子跟前,靠在椅背上,有时把小手帕捂在眼睛上,表现出纯朴的真诚,在我看来,比装出来的任何样子,更加可敬。这时,他开口说道:

"说起来,这事多半得怪我,我认为,主要是我的错。让我的心上人受折磨,遭诽谤——即使还深藏在任何人的心中,我也称之为诽谤——要不是因为我,她永远不会受到这样的折磨,遭到这样的诽谤。"

乌利亚抽了一下鼻子,我想他这是表示同情吧。

"要不是因为我,"博士说,"我的安妮决不会遇上这种事情。诸位,你们知道,我已经老了。今天晚上,我觉得,我对活下去已没有多大的留恋。不过我要拿我的余生——我的余生——来保证,我们刚才谈到的这位值得敬爱的人是位忠诚、贞节的女士!"

我认为,哪怕骑士精神最卓越的化身,画家想象中最英俊多情的人物,都不可能说得比这位质朴无华、老态龙钟的博士更加庄严感人,令人肃然起敬。

"不过我并不准备,"他接着说,"否认——也许不知不觉地有点准备承认——我可能无意之中把那位女士给害了,使她陷入了一种不幸的婚姻。

我这个人，一向不善于观察事物；现在有好几位年龄不一、地位不同的人，看法明显地都趋于一致（而且又如此自然），这不能不使我相信，他们的观察胜过我的观察。"

博士对自己年轻太太的慈祥，正像我在别处已经讲过的那样，我经常怀着敬仰之心；而这一次，每逢提到她时，他处处表现出的那种满怀敬意的温存，以及对她的人格不容有丝毫怀疑的几近崇敬的态度，在我的眼里，更使他显得人格高尚，无法形容。

"我跟那位女士结婚时，"博士说，"她还很年轻。我把她娶进门时，她的性格几乎还没有形成。因此，她的性格发展成现在这样，是我有幸培养了它。我很熟悉她的父亲，也很熟悉她。我尽我所能教她，是因为我爱她所有美好、高尚的品德。假如我利用了她对我的感激和爱慕（不过我从来没存这个心），做了什么对不起她的事（我怕我已经做了），我衷心请求她的原谅！"

他走到房间的另一头，然后又走回到原来的地方；他用手抓住椅子，由于太诚恳了，他的手也跟他那低沉的嗓音一样，都在颤抖。

"我把自己看成是使她免受人生危难和世事变迁的庇护人，我让自己相信，我们两个，虽然年龄悬殊，但是她跟我在一起，可以过上安定、满足的生活。我并不是没有考虑过有朝一日我撒手而去，让她自由的时候；那时她依然年轻，仍旧美丽，可是见解更成熟了——那种时候，我并不是没有考虑过，先生们，真的！"

他这样真诚，这样宽厚，似乎使他那平常的形体都发出夺目的光辉了。他说的话，字字都有一种力量，这是没有别的仪态所能给予的。

"我跟这位女士共同度过的生活，一直很幸福。直到今天晚上，我一直不断地认为，我大大地委屈了她的那一天，是我得到幸福的日子。"

他说这话时，声音越来越颤抖，因而停顿了一下后，才接着说：

"现在我一下从我的梦中醒来——我这一辈子，一直在做着这样或那样的梦，是个可怜的做梦人——我明白了，她更是为她昔日的玩伴、年龄相当的人，感到有点悔恨，这是很自然的事。她怀着某种天真的悔恨，怀着如果没有我，就会怎样怎样的某些无可责备的想法，来对待那个人，恐怕是千真万确的。在刚过去的这个令我难受的小时内，很多以前我虽看到但未加注意的事，现在都带着新的意义，重又回到我的心头。不过，除了这一点，先生们,对这位亲爱的女士的名誉,决不应该有一丝一毫的怀疑。"

有那么一会儿,他的目光炯炯有神,他的声音有力坚定。接着他又沉默了一会儿,然后他才像先前那样接着说:

"现在我已经知道,由我引起的不幸,这只应由我尽可能服服帖帖地来承受。该责备人的应是她,而不是我。我的责任是,使她不要受到旁人的误解,令人痛苦的误解,就连我的朋友们都难免产生的那种误解。我们越能过退隐的生活,我就越能尽这个责任。将来有一天——要是上帝慈悲,但愿这一天早点到来——只要我死了,她就得到解脱了;到那时,我将怀着对她无限的信任和情爱,朝她那忠贞可敬的脸看上一眼,然后闭上眼睛,让她无忧无虑地过上更加幸福、更加光明的日子。"

由于他的诚恳善良和朴实态度交相辉映,互为增色,感动得我热泪盈眶,连他的人都快看不见了。他走到门口,又补充说:

"先生们,我已经把我的心都摊给你们看了。我相信你们都会尊重它的。今天晚上说的这些话,以后就永远不要再提了。威克菲尔,用你这老朋友的手,扶我上楼吧!"

威克菲尔先生赶忙走到他身旁。他们没有再说一句话,一块儿慢慢走出房间去了。乌利亚一直看着他们。

"得,科波菲尔少爷!"乌利亚恭顺地回过头来对我说,"这件事的进展,跟原先预料的大不相同呢,因为这位老学究——他真是个大好人——像块砖头似的没长眼睛;不过这一家人嘛,我看是完蛋了!"

仅只听到他的那种声调,我就气得发疯了;像这样发疯似的大怒,我过去从来没有过。

"你这个混蛋!"我说,"你用诡计把我拖进你的阴谋里,你这是什么意思? 你这个假仁假义的恶棍,你刚才怎么敢要我给你帮腔,好像我们两个在一起商量过似的?"

我们面对面站在那儿,他脸上那暗中喜不自胜的神情,我本已早就看清,现在看得更加清楚了;我的意思是说,他硬要我听他的体己话,明显是要使我苦恼,而且还特意在这件事情上设下一个周密的圈套,要我往里面钻;这是我不能容忍的。他的整张瘦脸都在我眼前引我动手,于是我便伸出五指,使劲地朝它打了过去,由于用力太猛,我的手指仿佛都像烧伤似的刺痛。

他抓住了我的手,我们就那么手抓手地站在那儿,互相对视着。我们这样站了很久,久到能让我看到我打上的白色指痕,从他深红色的脸颊上消失,变成更深的深红色。

"科波菲尔,"他终于开口了,用上气不接下气的声音说,"你丢掉理智了吗?"

"我丢掉的是你,"我用力甩开他的手,说,"你这个狗东西,从今以后,我再也不认得你了。"

"不会吧?"他说,为了止住颊上的疼痛,用手在那儿捂着,"也许你办不到。你这不是不知好歹吗?"

"我已经多次向你表明了,"我说,"我看不起你。现在我更清楚地向你表明,我看不起你。我为什么要怕你对你周围所有的人干坏事?除了干坏事,你还能干点别的什么?"

我这是暗示,在我跟他的交往中,一直约束着我的那些顾虑,这一暗示,他完全明白。我以为,要不是那天晚上爱格妮斯对我说,叫我放心,那我也不会打他那一巴掌,也不会给他那个暗示。现在不成问题了。

我们又僵持了好一阵子。当他看着我时,他的眼睛里好像有着使他的眼睛难看的各种颜色。

"科波菲尔,"他把手从脸上拿开,说,"你总是跟我过不去。我知道,在威克菲尔家里,你总是跟我过不去。"

"你爱怎么想,就怎么想好了,"我说,我的怒气仍很大,"如果不是那样,那你就值得看重多了。"

"可我是一向喜欢你的,科波菲尔!"他回答说。

我不屑再理他,拿起帽子,预备去睡觉,这时他来到我和门之间。

"科波菲尔,"他说,"吵架得有两个人,我可不愿做其中的一个。"

"你给我滚开!"我说。

"别这么说!"他回答道,"我知道,以后你会后悔的。你怎么可以发这么大的脾气,使得你自己这样不如我?可是我原谅你。"

"你原谅我!"我轻蔑地回答说。

"我原谅你,这是由不得你自己的,"乌利亚回答说,"想想看,我一向是你的朋友,你竟对我动起手来!不过,没有两个人,架就吵不起,我可不愿做其中的一个。不管你怎么样，我都要做你的朋友。因此，现在你总知道，你该料到以后会怎么样了。"

在进行这番交谈时（他说得很慢，我说得很快），为了免得在深更半夜吵了这家人，我们都不得不压低了声音，但这平息不了我的愤怒，尽管我的火气已经渐渐平息下来了。我只是对他说，我一向料到他是个什么样子，现在也料到他会是什么样子，他还从来没有出乎我的意料之外过。说完，我使劲冲他把门一开，仿佛他是一颗大胡桃放在那儿等着轧开似的，接着我便走出屋子。不过他也不在这儿住，而去他母亲寓所过夜；因而我还没走出几百码，他就赶上来了。

"你要知道，科波菲尔，"他在我耳边说（因为我没有回头），"你大错特错了。"我觉得，他这话倒是没错，这使得我更加生气。"你不能把这当作勇敢的表现，因而你没法阻止别人对你的原谅。我不打算把这件事告诉我母亲，谁也不告诉。我决定原谅你。不过我真纳闷，你居然动手打一个你知道是很卑微的人！"

我只觉得，自己的卑微仅次于他。他对我的了解，胜过我对自己的了解。要是他对我回手，或者公开地对我发火，我倒感到宽慰，认为自己有理。可是他却把我放在文火上，让我在那上面煎熬了半夜。

第二天早上，我出门时，教堂的晨钟在响着。他正跟他的母亲在来回散步。他照常若无其事地跟我打招呼，我不得不给了他一个回答。我想，我打的那一巴掌是很重的，足以打疼他的牙齿。总之，不管怎么样，他的脸裹在一条黑绸手绢里，上面扣着一顶帽子，这丝毫也没有使他的脸容好看一点。我听说，星期一上午他去伦敦看了牙医，拔了一颗牙。我希望那是一颗大牙。

博士传出话来，说他的身体不大舒服。在威克菲尔父女在此做客期间，每天大部分时间他都独自一人待着。爱格妮斯跟她父亲走后一个星期，我们才恢复我们惯常的工作。在恢复工作的前一天，博士亲手交给我一封没有加封的折起的短信。短信是写给我的；信上用几句亲切的话叮嘱我，叫我永远不要提起那天晚上的事。我只把这事告诉过我姨婆，别的人我从没透露过。这不是我可以跟爱格妮斯讨论的事。毫无疑问，爱格妮斯当然一点也不会想到那天晚上会有那样的事。

我相信,当时斯特朗太太也不会想到会有那样的事。几个星期过去了,我才在她身上看到了一点变化。这种变化发展得很慢,就像无风时的云霞。起初,她好像只是纳闷,为什么博士跟她说话时,语气总是那么温和慈祥,还要她母亲来陪她,免得她生活沉闷单调。我们在工作时,她就坐在一旁,我常常看到她抬头凝望着博士,脸上的神情令人难忘。后来,我有时又看到她站起身来,眼里满含着泪水,走出室外。就这样,渐渐地,一种不快的阴影笼罩在她美丽的脸上,而且一天比一天加深。当时,马克勒姆太太是这座宅子里的常客,可是她只是嘴巴唠叨,眼睛却什么也看不见。

安妮原本是博士家的阳光,自从这种变化悄悄笼罩了她之后,博士的外表显得更老了,更严肃了;但是他的脾气更温和了,他的态度更慈祥了,对安妮的关切更加深了,如果还有可能加深的话。在安妮生日那天的一大早,当我们在工作时,她来到室内,坐在窗前(她原本总是坐在那儿,不过现在她坐在那儿时,却开始有了一种羞怯不安的神情,看了令人感到同情),我看到博士上前用双手捧住她的前额,吻了吻,然后就匆匆走开了,仿佛因为过分激动,不能再待下去似的。只见她像一尊塑像似的,呆立在博士撇下她的地方,接着便低下头,交叉起双手,哭了起来。我说不出她哭得有多伤心。

在那以后,我觉得有时候她想要说话,遇到只有我们两人在一起时,她甚至想要跟我说话,可是她却从来没有开过口。博士老是想出一些新主意,要她跟她母亲到外面去参加参加娱乐活动;马克勒姆太太本来就爱好娱乐,讨厌干别的事,凡是参加各种娱乐活动,她总是兴致勃勃,而且还尽力称赞。但是安妮却总是无精打采,一点也不快活,只是母亲带她去什么地方她就去什么地方,好像对什么都不感兴趣似的。

我不知道这该怎么办,我姨婆也想不出办法。她怀着不安的心情,在屋子里来回走着,前前后后,总共一定走了有一百英里了。最令人奇怪的是,唯一能真正进入这个不幸家庭的隐秘世界,使这对夫妻的痛苦得以缓解的,似乎只有狄克先生。

在这件事情上,他有什么想法,或者看到了什么,我都无法加以解说,就像他在这方面帮不了我任何忙一样,我敢说。不过,他对博士一向敬重得没有止境,这一情况,我在讲述我的求学时期时就说过。而且,真正的爱慕中有着一种微妙的洞察力,即使是低等动物,也能对人生发出这种洞察力,为最高智力的人所不及。狄克先生就是凭着这种心智,如果我可以这样说的话,看出了事情的真相。

在他多数空闲的时间里,他重又骄傲地恢复了和博士一起在花园里散步的特权,就像在坎特伯雷时,他习惯跟博士在博士路上来回散步那样。不过事情刚到这一步,他就把他的全部空闲时间(而且每天还特意起得更早,以便增加这种时间)都用在这种散步上面了。如果说,过去博士把他的杰作——那本词典——念给他听时,他感到非常快乐,那现在就得说,如果博士不把词典从口袋里掏出来念,他就感到非常难受了。而当博士跟我一起进行工作时,他就跟斯特朗太太一块散步,帮她修剪她喜爱的花卉,或者拔除花坛上的杂草,而且已经习以为常。我敢说,他在一个小时内说不上十来句话,可是他那默默的关心,渴求的脸色,在他们夫妇俩的心中立即引起了反应。他知道,他们俩都喜欢他,他也爱慕他们俩。于是他做到了别人谁也做不到的事——成了他们夫妇之间的纽带。

每当我想到他脸带高深莫测的智慧,陪着博士来回踱步,喜欢受词典中他不懂的难词折磨,想到他提着大喷水壶,跟在安妮的后面;想到他跪下来,用戴着手套的笨拙的手,在那些小小的叶子丛中,耐心地干着极其细致的活儿;想到在他所做的每一件事情上,他处处都表现出他要做她的朋友的微妙愿望,这是任何一个哲学家都表现不出来的;想到从他手上那把喷水壶的每一个孔中,都喷出同情、真诚和友爱;每当我想到他对待不幸的事,他那善良的意愿从不迷惘动摇,他从来没有把那个不幸的查理王带进这个花园,他一心只知勤勉服务,从不犹豫;一旦知道事有不妥,也从不掉头不顾,只想把事态纠正过来——每当我想到他的这一切,而且知道他还是个精神不太正常的人,拿这跟我竭力所做的相比,真让我这个精神健全的人惭愧得无地自容。

“除了我,特洛,谁也不了解他的为人!”姨婆跟我谈到这件事时,得意地说,“狄克迟早会出名的!”

在结束这一章之前,我还得说一件事。当威克菲尔先生他们在博士家做客期间,我发现,邮差每天早上都要给乌利亚·希普送来两三封信;因为那是个空闲时期,乌利亚在海盖特一直待到别人都回去了才走。我看这些信的信封上,全是米考伯先生规规矩矩的手笔,他现在已经模仿起法律界用的圆体来了。凭着这些细节,我高兴地推测出,米考伯先生干得不错;可就在这时,我收到了他那位和蔼可亲的太太下面这封信,这不能不使我大吃一惊:

> 我亲爱的科波菲尔先生,收到这封信,你无疑会感到奇怪。看了信的内容,你更会如此。而且我要求你答应,此事务请绝对保密,这尤其会使你感到惊奇。可是我这个做妻子、做母亲的心情需要宽慰,而我又不愿找我娘家的人商议(米考伯先生对他们已经有了恶感),我知道,再没有比我的好朋友、旧房客更可以讨教的人了。

> 你想必知道,我亲爱的科波菲尔先生,我和米考伯先生间(我永远也不会遗弃他),一向是推心置腹,无话不说的。米考伯先生有时也许不跟我商量就开出期票,或者没有把债务应该归还的期限如实告诉我,对我有所蒙混。这类事确实有过。但是,总的说来,米考伯先生对这个爱他的人——我这是指他的妻子——是没有秘密的。他总是在我们一天忙完休息时,把当天的事一一说给我们听的。

> 可是,我亲爱的科波菲尔先生,米考伯先生现在却完全变了。你可以想象,当我告诉你这话时,我的心里有多难过。他变得不愿说话了。他变得神秘莫测了。他的生活,对一个跟他同甘共苦的人——我这又是指他的妻子——来说,也成了一个谜。

> 我向你保证,除了知道他从早到晚在事务所里外,我对他一无所知。现在我了解的有关他的情况,还不及对那个去南方的人①了解得多,有关那个人,无知无识的孩子们会背一个荒诞的故事,说他因喝了冷李子粥,结果烫伤了嘴。我这是要借用这个流行的荒诞故事,来说明一桩事实。

> 不过,这还不是全部情况。米考伯先生的脾气也变坏了。他的态度变粗暴了。他跟我们的大儿子、大女儿疏远了,也不再以双生子自豪了,就连对刚成为我们家一分子的那个无罪的新来者,也都以白眼相

---

① 英国童谣《月中人》中的人物,说他从月中掉下来,直往南方走,只因喝了冷李子粥,结果烫伤了嘴。

加。我们的日用开支,本已省得不能再省,但跟他要起钱来,还是难上加难。他甚至恐吓说,要把自己了结掉(他确实是这样说的);对这种疯狂的言论,他坚决拒绝做任何解释。

这真让人难以忍受,这真令人心碎。你知道,我这人生来软弱无能;在这种异常的困境中,我最好该怎么来尽我的这点微薄之力,你过去已经帮了我很多忙,要是这次你能给我出出主意,那你又帮了我一个大忙了。孩子们都向你问候,那个有幸还不懂事的新来者,也向你微笑。

> 你的受苦受难的
> 艾玛·米考伯
> 周一晚,于坎特伯雷

对于有米考伯太太这样经历的一位太太,除了对她说,她应该用耐心和好意来感化米考伯先生(我知道,不管怎么样,她都会这样做的),我觉得,任何别的主意都是不对的。不过,这封信却使我想起米考伯先生,想得很多。

第四十三章
再 度 回 顾

让我再来回顾一下我一生中一段难忘的岁月吧。让我站在一旁,看着那如烟似梦的年华,伴随着我的身影,影影绰绰地从我身旁鱼贯而过吧。

一周又一周,一月又一月,一季又一季,相继而去。但是这些岁月,却似夏日的一天和冬日的一晚。一会儿,我和朵拉散步的空地上开满鲜花,一片灿烂的金黄;一会儿,石楠已被积雪掩埋,成了一坨坨一堆堆的,再也看不见了。流过我们周日散步场的河水,在夏日的阳光下金光闪闪,可一转眼,就被冬季的寒风吹皱,或者积起堆堆的浮冰。河水比往常更快地奔向大海,它忽明忽暗,滚滚而去。

在那两位小鸟似的老小姐家中,丝毫都没有改变。那只座钟仍在壁炉架上嘀嗒作响,那个晴雨表依然在门厅的墙上挂着。不管是座钟还是晴雨表,没有一样是准确的,但我们把它们奉若神明,虔诚地相信它们。

我依法已经成年,已经有了二十一岁的尊荣身份。不过这是一种硬塞给你的尊荣,现在还是让我来看看,我已经取得一些什么成就吧。

我已经驯服了野性十足的、神秘的速记术,靠它挣了不少钱。由于我在这种技艺方面的各种成就,我有了很高的声望,因而跟另外十一个人一起,给一家《晨报》报道国会的辩论。我夜复一夜地记录着那永不实现的预测,从不兑现的诺言,只能使人糊涂的解释。我一直在文字上打滚。不列颠尼亚①,这个不幸的女子,在我面前永远像一只被扞穿牢,被绳缚住的鸡。这

---

① 英国的拟人化称呼,以头戴钢盔,手持盾牌及三叉戟的女人为象征。

扞便是衙门刀笔,把它的全身穿了又穿,这绳便是官样文章,把它的手脚缚了又缚。我因为深入内幕,所以深知政治活动的价值。我十足是个政治活动的离经叛道者,而且永远也不会归化。

我的好朋友特雷德尔也在这同一行里尝试过,不过这一行跟他不对路。他对于自己的失败,完全处之泰然,还提醒我说,他一向认为自己是很迟钝的。他偶尔也给那家报社做点事,采写一些题目枯燥无味的事实,然后交由那些更有文思的高手加工润色。他已经取得了律师的资格;凭着他令人称许的勤勉和刻苦,他又一点一点地积攒起一百镑钱,交给一位承办产权转让事务的律师,作为在他事务所里习艺的学费。在取得律师资格的那一天,消耗了大量很热的红葡萄酒。从金额上看,我想,内殿法学院一定在这上面赚了不少钱。

我又打开了另一条出路。开始战战兢兢地干起写作这一行来。我偷偷地写了一篇小玩意儿,投给一家杂志社,后来居然在那个杂志上发表了。打那以后,由于受到鼓舞,接着我又写了许多微不足道的小文章。现在,我经常可以在这方面获得报酬。总的说来,我混得挺不错;当我用左手来算进账时,第三个指头已经用完,第四个指头都用到中间一节了①。

我们已经从白金汉街搬到一座舒适的小屋里,这座小屋,跟我第一次热情迸发时看到的那座小屋离得很近。不过我姨婆(她已卖掉了多佛的那座小屋,价钱很合算)却不肯住在这儿,而要搬进附近一座更小的小屋。这预示着什么呢?我要结婚了吗?是的,没错!

没错,我是要跟朵拉结婚了!拉芬妮娅小姐和克拉里莎小姐已经同意我们结婚;如果说金丝鸟还有忙乱不安的时候,那就是她们了。拉芬妮娅小姐自动负责监制我的宝贝的嫁衣,她一刻也不闲着,不是用牛皮纸剪出胸衣的式样,就是跟一个腋下夹了长包袱和量尺的体面青年因意见不同而争吵。一个胸前老是插了枚穿了线的针的女裁缝,就在她们家吃住。我看她无论吃喝或者睡觉,手上的顶针好像从来没有取下过。她们把我那位亲爱的当成了人体模型,老叫她到她们那儿试穿这个,试穿那个。晚上,我们俩好不

---

① 每个指头为一百镑,每个指节为三十三镑多,此处指科波菲尔的年收入已近三百七十镑左右。

容易高高兴兴地聚在一起,可是还不到五分钟,就会有个不知趣的女人来敲门,说:"哦,朵拉小姐,可不可以请你上楼去一趟!"

克拉里莎小姐和我姨婆则走遍伦敦城,为我们挑选家具;她们看中后还要叫我和朵拉去看。其实,用不着要我们去看这一套,她们看中什么东西,马上买下来就是了,那样反倒更好。因为,当我们去看厨房的炉栏和烤肉板时,朵拉看到了一个屋顶带小铃铛的中国房子式狗窝,她就喜欢上了,非要给吉卜买下不可。我们把它买回来以后,吉卜对它的这个新居很长时间都住不习惯。不管什么时候,每当它进出它的新居时,总会把所有的小铃铛弄得丁当乱响,把它吓得够呛。

佩格蒂也到伦敦帮忙来了,她一到马上就动手干起活来。她那部门的工作好像是专管把一切东西一遍又一遍地擦干净。凡是能擦的东西,她都擦了,一直擦到所有东西,都像她那个忠实的脑门子一样发光,才肯罢手。就在这段时间,我开始见到了她的哥哥,夜晚在昏暗的街道上踽踽独行,一面走,一面朝过往的行人脸上张望。在这种时候,我从来没有跟他打过招呼。当他的身影庄重地走过去时,我十分清楚地知道,他寻找的是什么,害怕的是什么。

当我有时间时,为了装装样子,我偶尔仍去博士公堂走一走。这天下午,特雷德尔来博士公堂找我,他看上去那么郑重其事,这是为什么呢?原来是我这男孩的梦想就要实现了。我要去领结婚许可证了。

这只是一份小小的文件,但管着这么大的事。我领来后把它放在我的写字台上,特雷德尔望着它直出神,半是羡慕,半是敬重。那上面,大卫·科波菲尔和朵拉·斯潘洛两个名字,像是往日甜蜜的梦境似的联结在一起;在结婚许可证的一角,印有印花税局这个父母机关,它慈祥地眷注着人生的各项活动,也关切地俯视着我们俩的结合。上面还印有坎特伯雷大主教为我们祝福的话,这是一项要价极为低廉的善举。

尽管如此,我却好像仍在梦中,在一个激动不安、欢天喜地、仓促匆忙的梦中。我简直无法相信自己就要结婚。然而我又不能不相信。我在街上碰到的每个人,必定都有点觉出,后天我就要结婚了。我去宣誓签证时,主教代理人认识我,很顺当地就把我的事办妥了,好像我们之间一说就能声气相通、彼此谅解似的。其实,根本用不着特雷德尔,不过他还是在场做我的总

支持人。

"我希望下一次你来这儿,我亲爱的朋友,"我对特雷德尔说,"是替你自己办同样的事。我还希望,这不会过多久。"

"谢谢你的这番好意,我亲爱的科波菲尔,"他回答说,"我也希望这样。想到她不论多久都肯等我,她真是个最可爱的女孩,真令人心满意足——"

"你什么时候去公共马车站接她?"我问道。

"七点钟,"特雷德尔看了看自己那只普通的旧银壳怀表说——就是在学校里读书时,有一次从里面拆下一只齿轮来做水车的那只表,"这大概也是威克菲尔小姐到达的时间吧,是不是?"

"比她稍微早了一点。她到达的时间是八点半。"

"我敢向你保证,我亲爱的伙伴,"特雷德尔说,"想到这件事有这样一个美满的结局,我简直就跟自己结婚一样高兴。你要苏菲亲自来参加这次喜事,请她和威克菲尔小姐一同做伴娘,这份深情厚谊,实在使我感激不尽。我深切感到你的这份情谊。"

我听到他的话,还跟他握了手;我们一块儿谈话,一块儿散步,一块儿吃饭,等等,但是我仍不相信这一切,我感到,什么都不像是真的。

苏菲按时来到朵拉的姑妈家。她有着一张讨人喜欢的脸——虽非绝对美丽,但是特别可爱——这是我见过的姑娘中最为亲切、天真、坦率、动人的一个。特雷德尔把她介绍给我们时,得意极了。当我在一个角落里,祝贺他选中这样一位好姑娘时,他直搓手,按照那只座钟的时刻,足足搓了有十分钟之久;而且,头上的根根头发,都踮起脚尖,站得笔直。

我从坎特伯雷来的公共马车上,接来了爱格妮斯。她那欢快美丽的容貌,已是第二次出现在我们中间。爱格妮斯非常喜欢特雷德尔,看到他们见面时的喜悦,看到特雷德尔把他那世界上最可爱的姑娘,介绍给她时脸上的喜色,真是太有趣了。

但是我依然不相信这些都是真事。那天晚上,我们过得十分愉快,非常高兴;可是我还是不相信这是真的。我一直定不下心来。幸福来到了,我竟不能如数接收。我只觉得如在云雾之中,心神不定,好像在一两个星期之前很早起床,打那以后就没有睡过觉似的。我已弄不清昨天是什么时候。我好像口袋里装着结婚许可证,跑来跑去,跑了有好几个月了。

第二天,我们成群结队地去看新房——我们的家——朵拉和我的——当时,我仍没能把自己当作是这个家的主人。好像是经过别人允许,我才在那儿的。我心里似乎在想,真正的主人马上就要回来了,会对我说,他见到我很高兴。这座小房子真是太美了,里面的每样东西,全都雪亮、崭新;地毯上的花儿,看上去像是刚采下来的;墙纸上的绿叶,仿佛刚长出来的;细纱布的窗帘,洁白无瑕;玫瑰色的家具,红光闪闪;小钉子上挂着朵拉一顶有蓝缎带的草帽——我现在还记得,我第一次见到她时,她就戴着这样的草帽,我看着多么爱她啊!那只装在盒子里的吉他,也已得体地竖放在房间的一角。每个人几乎都差一点要被吉卜那座塔式住宅绊倒,因为对这座小房子来说,它实在太大了。

我们又过了一个快乐的晚上,也像其他晚上一样,一切同样如在梦幻之中;离开之前,我悄悄走进平时常去的房间。朵拉不在那儿。我猜想,她们试衣服一定还没试完呢。拉芬妮娅小姐伸进头来看了看,神秘地告诉我说,朵拉不用多久就会来。话虽如此,她还是过了很久才来。不过我终于听到门口响起脚步声,接着有人在轻轻敲门。

我说:"请进!"可是那人仍在敲门。

我走到门口,心里想,这是谁呀。在门口,我看到面前是一双晶莹的眼睛,一张绯红的脸,这是朵拉的眼睛和脸;原来是拉芬妮娅小姐把昨天的衣帽等等全给她穿戴起来,打扮齐全,带来给我看了。我把我娇小的妻子搂在怀中,拉芬妮娅小姐发出一小声尖叫,原来是我把朵拉的帽子给碰歪了。看到我这般高兴,朵拉立刻又叫又笑的。这一来,我更不相信这是真的了。

"你觉得这好看吗,多迪?"朵拉问。

好看!我当然觉得好看。

"你真的非常喜欢我吗?"朵拉又问。

这句话对那顶帽子有着极大的危险,所以拉芬妮娅小姐又发出一小声尖叫,要求我明白,朵拉是只许看,绝对不许碰的。于是朵拉高兴得不知所措地在那儿站了有一两分钟,让我赞赏;然后才摘下帽子——不戴帽子显得非常自然!——拿在手中,跑开了。没过多久,她又换上平时穿的衣服,蹦蹦跳跳地跑下楼来,问吉卜,我是不是娶了一个漂亮娇小的妻子,它是不是原谅她嫁了人;接着她又跪在地上,叫吉卜站在那本烹饪书上,表演把戏给

她看,作为她做姑娘时最后一次看它表演。

我回到附近的住处,比先前更加疑惑了。第二天,我一早就起身,骑马去海盖特接我姨婆。

我从没见过姨婆这样打扮。她身穿淡紫色绸衣,戴了一顶白帽子,看起来令人惊奇。珍妮特给她穿戴好之后,就在那儿等着,她要看看我。佩格蒂准备去教堂,在那儿的楼厢里看我们举行婚礼。狄克先生则代表女方家长,要把我的宝贝挽到祭坛前面;为此他还特意卷了头发。特雷德尔,我跟他约定在收税路①的卡子旁边碰头;他身穿米色和浅蓝色的服装,两色相配,让人眼花缭乱。他跟狄克先生给人的总的印象是,全身上下都是一副参加重要场合的派头。

毫无疑问,这一切我全看到了,因为我知道是这样;可是我犯迷糊了,好像什么都没看到,而且什么都不相信。不过,当我们坐着敞篷马车往前走着时,这场梦幻似的婚礼,却显得有些真实了,因而使我对那些无缘参加婚礼,却要打扫店堂,准备忙于日常业务的人,心中充满惊讶和怜悯。

一路上,姨婆都握着我的手。离教堂不远处,当我们叫马车停下,让坐在车夫旁的佩格蒂下车时,她捏了捏我的手,吻了我一下。

"愿上帝保佑你,特洛! 就是我自己亲生的孩子,都不能比你更亲了。今天早上,我想起可怜的宝贝娃娃了。"

"我也想起了,还想起了你对我的所有恩德,亲爱的姨婆。"

"得了,别说了,孩子!"姨婆说道,接着亲热无比地把手伸给特雷德尔,特雷德尔随着把手伸给狄克先生,狄克先生又把手伸给我,于是我又把手伸给特雷德尔;然后我们来到了教堂门口。

其余的,则多少只是一场断断续续的梦而已。

我梦见,他们带着朵拉进来了。教堂领座人像操练新兵的军士似的,把我们安排在祭坛栏杆的前面。即便在那时,我心里依然不解,为什么教堂领座人,总是由最让人讨厌的女人来担当,是不是宗教上害怕欢乐的感染会酿成大祸,因而非把那些愁眉苦脸的人安排在通往天堂的路上不可呢?

我梦见,牧师和他的助手出现了;有几个船夫和别的闲人溜达进教堂;

---

① 付税后才准通行的路,路上设卡收税。

我身后有个老船夫,他嘴里浓烈的酒气,把教堂熏得满是红酒味。仪式开始,牧师发出低沉的声音,我们大家都全神贯注。

我梦见,担任助理伴娘的拉芬妮娅小姐,第一个哭了起来,她抽泣着对去世的皮杰先生表示敬意(这是我的猜测);克拉里莎小姐在闻嗅盐瓶;爱格妮斯照顾着朵拉;我姨婆脸上流着泪,竭力装成是严肃的典范;小朵拉全身颤抖得厉害,答话时声音微弱。

我梦见,我们并肩跪下;朵拉渐渐地不大颤抖了,但仍一直紧握着爱格妮斯的手;仪式平静、严肃地结束了;结束后,我们俩像四月的天气①,含着笑和泪,互相凝视着;在教堂更衣室里,我年轻的妻子非常伤心,哭哭啼啼叫唤着她可怜的爸爸,她亲爱的爸爸。

我梦见,朵拉没过多久就又高兴起来了;我们都轮流在结婚登记簿上签着名。我又亲自上楼厢,把佩格蒂带下来签名;在一个角落里,她紧紧地搂抱了我,还告诉我说,她曾亲眼看着我亲爱的母亲举行婚礼。我们的婚礼结束了,我们开始离开教堂。

我梦见,我热情地挽着我可爱的妻子,得意地走过教堂的内廊,朦朦胧胧地看到人们、讲道坛、纪念碑、座位、洗礼盆、风琴、教堂窗户等等,仿佛全都笼罩在雾中;凡此种种,唤起我多年前童年时代对家乡教堂那已经淡漠了的印象。

我梦见,我们从人们面前走过时,他们都低声说,我们俩是多么年轻的一对,朵拉是个多么娇小漂亮的新娘。在回去的马车上,我们全都兴高采烈,有说有笑的;苏菲告诉我们说,她看到我向特雷德尔要结婚许可证时(我托他代为保管),差一点晕了过去,因为她一心以为特雷德尔一定把它给弄丢了,或者是让扒手给扒走了。爱格妮斯高兴地笑着;朵拉非常喜欢爱格妮斯,舍不得跟她分开,依然紧握着她的手。

我梦见,我们举行了婚宴,席上有许多好吃好喝的东西,既精致,又丰盛。像在别的梦中一样,我虽然吃了、喝了,但丝毫不知其味;我吃的喝的,可以说只有爱情和婚姻,没有别的。这些食物也跟别的一切一样,全不能信以为真。

---

① 四月的天气,晴雨交替。

我梦见,我同样迷迷糊糊地发表了一篇演说,但一点也不知道我要说什么,只有一点可以让我深信不疑,那就是,我什么也没有说。我们大家在一起,非常和睦,十分快乐(虽然总像在梦中);吉卜吃了一块结婚蛋糕,吃后使它很不舒服。

我梦见,从驿站租来的一对驿马,已经套在车上;朵拉去换衣服,我姨婆和克拉里莎小姐留在我们身旁;我们一起在花园里散步;姨婆在婚宴上发表了一篇很好的演说,使朵拉的两位姑妈大为感动,她为此非常开心,但也有点得意。

我梦见,朵拉已经做好启程的准备;拉芬妮娅小姐一直依依不舍地站在她的身旁,她不愿失去这个曾给她带来那么多乐趣的漂亮宝贝。朵拉则接二连三地意外发现,忘了带这样那样的小东西;于是大家都东奔西跑的,帮她去找来这些东西。

我梦见,当朵拉终于要向大家道别时,大家都围到她的身旁,他们的服饰飘带,五彩缤纷,犹如一个花坛。我的宝贝在这片花丛中挤得几乎喘不过气来,最后终于笑着、叫着,从花丛中走出来了,投入了我妒意重重的怀抱。

我梦见,我正要抱起吉卜(它要跟我们一起去),朵拉说不要,一定要她抱,要不吉卜会以为她结了婚,就不爱它了,会伤心的。我们手挽着手朝前走去;朵拉突然又站住了,回过头去对大家说,"要是我以前得罪过什么人,或者对不起什么人,不论是哪一位,都请不要记在心里!"说完一下哭了起来。

我梦见,朵拉挥动着她的小手,我们又朝前走去。她突然又站住了,回头看了看,直朝爱格妮斯奔去,在所有的人里面,只跟爱格妮斯一个人做了最后的吻别。

我们一同乘车走了,这时,我才从梦中醒了过来。我终于相信这一切都是真的了。坐在我身旁的是我最最亲爱的娇小的妻子,我是多么爱她啊!

"你现在总称心了吧,你这傻孩子?"朵拉说,"你保证不会后悔吗?"

我刚才正站在一旁,看着那些如烟似梦的年华,从我身旁过去。它们已经过去了,我又要接着说起我漫长的故事来了。

第四十四章

我们的家务

蜜月已经过去,伴娘也都回去了,我跟朵拉坐在自家的小屋里,由于往日谈情说爱时那种宜人有趣的情调,可以说,已经完全没有了,因此,我觉得有了一种异样的感觉。

能让朵拉一直在我身边,这好像是一件非同寻常的事。现在,我不必非得出门才能见到她了,不必成天为她折磨我自己了,用不着非写信给她不可了,也用不着挖空心思地去找跟她单独在一起的机会了,这些都是非常不可思议的。在晚上,有时候当我从写作中抬起头来,看见她坐在我的对面,我会把身子往椅背上一靠,心里想,只有我们俩单独在一起,这好像已成了理所当然的事——不再跟任何人有关——我们订婚期间的那番柔情蜜意、浪漫情愫,全都已经束之高阁,任其尘封——除了彼此之外,再也不用讨别人的欢心——一生之中,只要我们俩互讨欢心就够了——想到这些,我觉得多么奇怪啊。

遇到国会有辩论,我得在外面待到很迟才回家;在我步行回家时,想到朵拉正在家里等着我,我好像也觉得非常奇怪!在我坐着吃晚饭时,她轻轻地下楼跟我说这说那,刚开始时,我也觉得这是一件非常美妙的事。当我确切知道,她会用纸卷头发时,我感到很惊讶。看到她居然会做这种事,我觉得这是一件很了不起的事情!

在管理家务方面,我怀疑,两只小鸟都不一定比我跟朵拉外行。当然,我们有一个女仆,她替我们管理家务。直到现在,我心里都还暗自相信,她一定是化了装的克拉普太太的女儿。玛丽·安在的时候,我们吃尽了她的

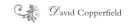

苦头。

　　她姓帕勒冈①。当我们雇用她时,据说,她的姓还不大能完全表现出她的脾性。她有一张品行证明书,有布告那么大;根据这份证明书上说,她能做一切我听到过的,以及许许多多我从没听到过的家务事。她正当壮年,粗眉大眼,样貌威武,身上(特别是两只胳臂上)老是发一种疹子似的红色小疙瘩。她有个在近卫骑兵团当兵的表兄,两条腿特别长,看上去就像别人下午的影子。他穿的那件紧身军夹克显得太小了,就像他待在我们这座小房子里显得太大一样。由于他跟这座小房子大小太不相称,因而使得这座小房子显得比实际更小了。此外,这座房子的墙也欠厚,每当他晚上来我们这儿时,只要听到厨房里有不断的咆哮声,我们就知道是他来了。

　　我们的这位宝贝女仆,有人保证说,她既不会喝酒,也不会撒谎。因此,当我们发现她倒在锅炉旁边时,我情愿相信,她是一时昏厥;茶匙少了时,也情愿相信,是垃圾工顺手牵羊。可是,她对我们精神上的折磨却太可怕了。我们知道,我们缺乏经验,没有能力自立。要是她还有点慈悲之心,我们一定会完全听她摆布的;然而她是个残忍的女人,毫无慈悲可言。我跟朵拉第一次发生小小的口角,就是因她而起。

　　"我的宝贝命根子,"一天我对朵拉说,"你觉得玛丽·安有时间观念吗?"

　　"怎么啦,多迪?"朵拉放下绘画,抬起头来天真地问道。

　　"我的宝贝。现在已经五点了,我们本该四点钟就吃晚饭的啊!"

　　朵拉无奈地看了看钟,隐约地表示,她认为是钟走得太快了。

　　"正相反,我的宝贝,"我看了看自己的表,说,"还慢了好几分呢。"

　　我的娇小的太太跑过来,坐在我的膝盖上,哄我不要出声,还用手中的铅笔,在我的鼻子中间画了一条线;这虽然非常有趣,但不能当饭吃呀。

　　"亲爱的,"我说,"你看,你是不是最好说玛丽·安几句?"

　　"哦,不行,对不起! 我不能说,多迪!"朵拉说。

　　"为什么不能呢,亲爱的?"我温柔地问道。

　　"哦,因为我是一个小笨蛋,"朵拉说,"而她又知道我是个小笨蛋!"

_____

　　①　Paragon,原意为杰出典范。

我认为,要想建立管束玛丽·安的规矩,这种想法是不行的,因而皱了皱眉头。

"哦,我这个坏孩子,脑门上的皱纹多难看啊!"朵拉说,因为她仍坐在我的膝盖上,就用铅笔描我脑门上的皱纹,还把铅笔放在红嘴唇上润了润,以便画得更黑些,一面还俏皮地装出很卖力的样子,逗得我高兴得禁不住笑了起来。

"这才是个乖孩子呢,"朵拉说,"笑起来,这脸蛋可就好看多了。"

"不过,我的宝贝。"我说。

"别说,别说!请你别说啦!"朵拉,还吻了吻我,"别学那个凶恶的蓝胡子①!别这么认真!"

"我的好太太,"我说,"有时候,我们得认真一点。来,坐在这张椅子上,靠拢我!把铅笔也给我!好了!现在让我们正正经经地来谈一谈。你知道,亲爱的,"——我握着的是一只多么娇小的手!看到的是一枚多么小巧的婚戒啊!——"你知道,我的爱,一个人没有吃饭就得外出,是不太舒服的。你说是不是?"

"是——的!"朵拉有气无力地低声回答。

"我的爱,你怎么在发抖呀!"

"因为我知道,你呀,就要骂我了。"朵拉语气可怜地说。

"我的宝贝,我只是想讲道理给你听呀!"

"哦,讲道理比骂还要糟啊!"朵拉绝望地叫了起来,"我不是为了听人讲道理才结婚。要是你打算跟我这样一个可怜的小东西讲道理,你应该早告诉我的呀,你这个狠心的孩子!"

我想要安抚她一番,可是她却把脸转向一边,把鬈发从这面甩到另一面,同时还说,"你这个狠心的、狠心的孩子!"说了好多次,弄得我真不知道该怎么办。因此我心情不定地在房间里来回走了几趟,然后又回到她跟前。

"朵拉,我亲爱的!"

"不,我不是你的亲爱的。因为你一定后悔跟我结婚了,要不,你不会净跟我讲道理的!"朵拉回答说。

---

① 见第二十二章注。

她这样无理地责备我,我感到很委屈,因而使我来了勇气,摆出一副认真的样子。

"好了,我亲爱的朵拉,"我说,"你太孩子气了,净说些不合情理的话。我相信,你一定还记得,昨天,我晚饭只吃了一半,就不得不出去了;前天,由于匆匆忙忙地吃了半生不熟的小牛肉,弄得我很不舒服;今天呢,完全没有吃上饭。——至于早饭我们等了很久,我都怕说了——到时候,竟连水都没有烧开。我亲爱的,我决没有怪你的意思,不过,这是很不愉快的啊!"

"哦,你这个狠心的、狠心的孩子,你这是说,我是个让人不愉快的妻子!"朵拉哭着说。

"听我说,我亲爱的朵拉,你一定知道,我从来没有说过那样的话呀!"

"你说我让你不愉快!"朵拉说。

"我是说,这家务管得让人不愉快。"

"这完全是一回事!"朵拉哭着说。她显然是这么想的,因为她哭得伤心极了。

我又在房间里踱了一个来回,心里对我的娇妻充满爱怜,对我自己则狠加谴责,恨不得一头往门上撞去。我重又坐下来,说:

"我并没有责怪你,朵拉。我们俩都有很多得学的东西。我不过是想让你知道,我亲爱的,你得——你真得,"(对这一点,我决不松口)"学着督促督促玛丽·安。这也是为你自己,为我,做一点事。"

"我没有想到,真的没有想到,你竟会说出这样无情无义的话,"朵拉啜泣着说,"有一天,你说想吃点鱼,我就亲自出门,走了好多好多路,总算让我订到了鱼,为的是要给你一个惊喜。这你是知道的。"

"这确实是你的一番好意,我的好宝贝,"我说,"我非常感激,所以我怎么也不好意思说,你买的那条鲑鱼,我们两人吃太大了,而且得花一镑六先令,我们也吃不起。"

"可你吃得很开心呀,"朵拉啜泣着说,"你还说我是一只小耗子呢!"

"我还要这么说,我的宝贝,"我回答说,"要说上一千遍!"

可是,我伤了朵拉那颗娇嫩的心,怎么也安慰不了她了。她痛哭流涕,看上去那么可怜,竟使我觉得,好像我真的说了不知道什么话,因而伤透了她的心。因为有事,我不得不匆匆出门而去。这天晚上,我在外面待得很晚,可整个晚上都悔恨交加,弄得非常苦恼。我良心上觉得自己简直是个杀人凶手,心里总感到我这人实在穷凶极恶。

我回家时,已经是后半夜两三点钟了。我发现,我姨婆在我们家坐着,等我回来。

"出什么事啦,姨婆?"我吃了一惊,慌忙问道。

"出什么事,特洛。"她回答说,"坐下,坐下。小花朵心情不大好,我给她做伴来了。就这么回事。"

我用手支着头,坐在那儿注视着炉火,心里思忖,真没想到,我最光明的希望刚刚实现,这么快就发生这种不如意的事,这让我更加苦恼,更加沮丧。我坐在那儿这样思忖时,无意间碰上了姨婆的目光,她正朝我脸上望着。她的眼中满含着焦虑的神情,不过很快就消失了。

"我向你保证,姨婆,"我说,"想到朵拉这样,我整夜心里都非常难过。不过,除了温和亲切地跟她谈谈我们的家务外,我并没有别的意思。"

我姨婆点了点头,表示赞许。

"你得有耐性,特洛。"她说。

"当然。老天爷知道,我并没有不讲理的意思,姨婆!"

"是的,是的。"我姨婆说,"不过小花朵是朵很娇嫩的小花,风都得柔着点儿吹她呢!"

我姨婆待我太太这般慈爱,我从心里感激她;我敢说,她也知道我感激她。

"姨婆,"我又看了一会儿炉火后,说,"为了对我们都有好处,有时候你能不能劝说朵拉几句,给她一点指教?"

"特洛,"我姨婆有点激动地回答说,"不能!别叫我做这种事。"

她的语气那么坚决,使我惊讶得抬起眼睛。

"我回顾了我的一生,孩子,"我姨婆说,"想起了一些已经躺在坟墓里的人,当年我原本可以跟他们相处得更好一些。要是我对别人在婚姻问题上出错责备太严厉,那也许是因为我有更痛苦的理由严厉责备我自己的错误。这件事就随它去吧。多年来,我一直是个执拗、怪僻、任性的女人。我现在还是这样,将来也总是这样。不过我们两个,都相互给过对方一些好处,特洛——不管怎么说,你给过我好处,我亲爱的;在这种时候,我们之间

千万不可失和。"

"我们之间失和!"我叫了起来。

"孩子,孩子!"我姨婆抚平自己的衣服说,"要是我来插手你们的事,那我们之间多快就会失和,或者我会使我们的小花朵弄得有多伤心,就连先知也没法说。我一心要让我们宠爱的宝贝喜欢我,能像蝴蝶一样快活。别忘了你妈第二次婚姻后的情景,决不要让我和朵拉受到你提出的这种主张伤害了!"

我立刻就意识到,我姨婆是对的;我也明白,她对我的爱妻有着无限深厚的感情。

"现在,日子还刚刚开始,特洛,"她接着说,"罗马不是一天,也不是一年就建成的。你已经自主作了选择,"——这时,我觉得她脸上出现了一会儿阴影——"你选了一个非常漂亮、非常温柔的人儿。跟你选择时一样,你应该按照她具有的品性来评价她,而不应该按照她没有的品性来评价她,这是你的责任,也是你的欢乐——我当然知道,我这并不是在教训你。她所没有的品性,要是你能做到,你应该设法加以培养;要是做不到,孩子,"姨婆说到这儿,抹了抹自己的鼻子,"那你也只得安于现状。不过你要记住,我亲爱的,你们的未来,只能靠你们自己了,谁也帮不了你们的忙,你们得自己去开辟。这就是婚姻,特洛。对你们这样一对林中娃娃①,我只能求老天保佑你们了!"

我姨婆说这番话时,装成一副轻松的样子,说完还吻了我一下,对刚才的祝福,表示证实。

"好了,"她说,"现在替我把我的小提灯点亮,沿那条花园小路,送我回我那小盒子里去吧!"因为在我们两所小屋之间,在那个方向有条小路相通,"你回来后,替贝特西·特洛伍德向小花朵问好。不管你干什么,特洛,永远也别梦想把贝特西当稻草人竖起来吓唬人,因为只要照一照镜子,我就看到,她本来的那副模样,就已经够可怕,够憔悴的了!"

说完这话,姨婆用手帕扎起头来;每逢这种场合,她都习惯用手帕把头包起来;接着我就送她回家。当她站在自己的花园里,举起小提灯,照我回

---

① 英国一民歌中,有一对天真无邪、易受欺骗的男女儿童,被其图财的舅父抛弃于林中。

家时,我觉得她看我的样子中,又有着忧虑的神情;但是我对此没有多加注意,我只顾琢磨她刚才说的那番话,因为那番话给我的印象太深了——实际上,这是第一次——朵拉和我的未来只能靠我们自己去开辟,谁也帮不了我们的忙。

朵拉穿着小拖鞋,悄悄地溜下楼来迎接我,现在只剩下我一个人了;她伏在我肩膀上哭着,说我刚才太狠心了,她也太淘气了;我相信,我也说了类似的话;于是我们言归于好了,并且一致同意,我们的这次小口角,是第一次,也是最后一次,我们即便活到一百岁,也决不会再有这种事发生了。

在家务问题上,我们受的第二种罪,是仆人的折磨。玛丽·安的表兄开了小差,躲进我们的煤窖,让一队全副武装的队友给搜出来了;他们给他戴上手铐,然后列队从我们的房前花园带走了,这使我们大吃一惊,也让我们的房前花园蒙受了耻辱。这件事使我鼓足了勇气,决定辞退玛丽·安;她拿了工钱,乖乖地走了,这倒有点出乎我的意料之外。直到后来我才发现,我们的茶匙不见了,她还擅自以我的名义,向一些店铺借了几小笔钱。在这以后,我们临时请了基杰布里太太——我相信,她是肯提希镇上最老的居民了,一直给人家做打杂女工,可是由于年老体衰,对于她专长的这一行,已经力不从心了。没过多久,我们又找了另一位宝贝;她倒是妇女中少有的挺和气的人,可是,她拿着盘碟上下厨房的台阶时,老是要栽个跟头,端着茶具进小客厅时,就像进澡盆似的,几乎一头就扎了进来。这个倒霉女人所造成的损坏,使我们不得不把她解雇。在她走后,来的是一大串不中用的人(其间,基杰布里太太又来做过几次临时的替补工);最后收尾的是个年轻女工,外表颇为斯文,可是竟戴了朵拉的帽子,去赶格林尼治的定期集市。她走了之后,除了千篇一律的失败之外,别的我什么也不记得了。

我们与之打交道的每个人,似乎都在欺骗我们。我们一在店铺里露面,就等于给人一个信号,叫他们马上把坏了的货物拿出来。要是我们买一只龙虾,那龙虾里一定注满了水。我们买的肉,都是咬不动的,我们买的面包,几乎都没有皮。为了研究肉的烤法,烤得恰到火候,不老不嫩,我曾亲自查阅过烹饪大全,发现每磅肉通常规定得烤一刻钟,就说一刻多一点吧。可是我们根据这一规定去烤时,总是命运不济,老是以失败告终。我们从来没有烤成恰到好处,不是血红,就是焦黑。

我有理由相信，我们这样老是失败，一定要比事事成功多花很多很多钱。查看一下店铺里的食物账，我觉得，我们家用掉的黄油，数量之大，简直足以铺满整个地下室了。我不知道，在消费税局这一时期的报告里，胡椒粉的需求量是否增加了，不过要是我们家的消耗量没有影响到市场，那一定有好多人家停止使用胡椒粉了。而这一切中，最最奇怪的事实是，在我们家里，却从来就一无所有。

至于洗衣女工当掉我们的衣服，随后又醉醺醺地前来向你悔罪道歉；我想，这类事恐怕人人都经历过几次吧。还有所谓烟囱着火，来了教区救火机，教区执事趁机谎报收费①，如此等等。不过，我担心，我们所独有的不幸是，我们还雇了一位爱喝香料甜酒的仆人，从而在我们常喝的黑啤酒账单上，增添了好多令人费解的项目，如四分之一品特果汁甜酒（科太太），八分之一品特丁香杜松子酒（科太太），一杯薄荷甜酒（科太太）——括弧里的名字永远指的是朵拉，意在表明，是她喝掉了所有这些提神之物。

在我们管理家务的大事中，第一件就是请特雷德尔来吃了一顿小小的正餐。我在城里碰到了他，便邀他当天下午和我一起出来走走。他欣然答应，于是我赶忙给朵拉写了一封信，告诉她，说我要带特雷德尔到家里来。那天天气很好，一路上我们没有谈别的，净谈我的家庭乐趣。特雷德尔对这也充满憧憬，说，他自己也梦想着有这样一个家，有苏菲在那儿等着他，为他准备好一切，那他就再也想不出他的幸福还有什么欠缺的了。

我当然不能希望餐桌那头有一个更漂亮的娇小妻子，可是当我们坐下来时，我确实希望我们的地方最好能宽敞一些。我不知道是怎么回事，虽然我们只有两个人，总觉得地方太狭小，挤得慌，但同时总又觉得这地方很大，大到什么东西放进去就找不到。我猜想，这也许是因为没有一件东西有它固定的位置，只有吉卜的宝塔不然，它总是挡在我们通行的要道上。在我们请特雷德尔吃饭那一回，他被吉卜的宝塔、吉他的盒子、朵拉的绘画架、我的写字台等等，团团围住，我真怀疑他是否还能自如地使用刀叉。可是有着好脾气的特雷德尔却竭力说："地方很大，简直跟海洋一样，科波菲尔！我向你保证，真的，跟海洋一样！"

---

① 当年英国各教区都备有救火机，遇火警即出动，不管是否真有火灾，一律照章收费。

我还有一个希望，那就是，吃饭时千万不要鼓励吉卜跳上餐桌，在铺着台布的餐桌上来回走动。尽管它还没有养成老把爪子伸进食盐和稀黄油里的习惯，但我已开始觉得，只要它在餐桌上，总是有点乱糟糟的。这一次，它好像认为，自己是被特意请来管制特雷德尔的。它一个劲地朝我的老朋友狂吠，对着他的盘子作短距离冲刺，肆无忌惮，无休无止，搅得大家只顾看它，可以说连谈话都谈不成了。

可是我知道，我亲爱的朵拉心肠有多软，她对她的宠物受到任何轻视时有多敏感，所以我一点也没敢流露出讨厌的意思。由于同样的原因，看到在地板上打仗的盘子，看到餐桌上摆得乱七八糟像喝醉酒似的调料瓶，或者看到把特雷德尔封锁得不能动弹的碟子和罐子，我都一点没敢吭声。我望着面前还没切开的煮羊腿，心里不免纳闷，为什么我们家买的肉总是这么奇形怪状，是不是我们买肉的那家铺子，包下了世界上所有畸形的羊；不过，这些念头，我全都藏在了自己心里。

"我亲爱的，"我对朵拉说，"那个盘子里是什么呀？"

我想不透，朵拉为什么要对我作出迷人的鬼脸，仿佛要吻我似的。

"是牡蛎，亲爱的。"朵拉羞怯地说。

"是你想到要买的吗？"我高兴地问道。

"是——的，多迪。"朵拉说。

"你想得再周到也没有了！"我放下切肉的刀叉，叫了起来，"特雷德尔最爱吃牡蛎了！"

"是——的，多迪，"朵拉说，"所以我就买了满满的一小桶。那卖的人说，这些牡蛎是很好的。不过我——我担心，这东西有点问题，好像不大对劲。"说到这儿，朵拉直摇脑袋，眼睛中闪着钻石的光芒。

"只需把两片壳揭开就行了，"我说，"把上面的一片壳去掉，亲爱的。"

"可是去不下来呀。"朵拉一面使劲揭，一面露出很难过的样子说。

"你知道，科波菲尔，"特雷德尔高高兴兴地朝那盘牡蛎仔细看了看，说，"我觉得，这些牡蛎都是一等的货色，不过我认为，原因在于它们压根儿就没有剖开①。"

---

① 通常应叫卖者代为剖开，但朵拉不懂，所以未剖。

它们确实没有剖开,而我们又没有剖牡蛎的刀子——而且即使有刀子,我们也不会使用。于是我们只好一面干瞅着牡蛎,一面大嚼着羊肉。至少我们把煮熟的那部分羊肉,和着腌制的刺山果花蕾,一起给吃光了。要是我听任特雷德尔的话,我确信,他一定会像个十足的野蛮人一样,把那盘没煮熟的生肉全都吃光,以此来表示不辜负我们请他吃这一餐的盛意。不过,我可决不能听任我的朋友作这样的牺牲。于是我们就以咸肉来代替——侥幸得很,我们的食品室里恰好还有冷咸肉。

我那可怜的娇小妻子,开始以为我一定会为这事感到不快,她是那么难过,后来发现我并不是那样,于是便又高兴起来,因此我强行抑制住的狼狈不快,很快就化为乌有,使我们得以度过一个快乐的夜晚。当特雷德尔和我慢慢地喝着葡萄酒时,朵拉坐在我身旁,一只手臂搁在我的椅子上,一遇有机会,就在我的耳边悄声说,说我是个多好的大孩子,心肠好,不凶,不闹脾气。后来她又给我沏茶,她沏茶的模样好看极了,就像忙忙碌碌地在摆弄一套玩具娃娃的茶具,惹得我们也就顾不上去评茶的味道。跟着我还和特雷德尔玩了一两局克里比奇牌戏①。在朵拉弹着吉他唱歌时,我只觉得,我们的求爱和结合,仿佛是我的一场甜蜜温情的梦,我第一次听到她的歌声的那个晚上,还没过去。

特雷德尔告辞回去了,我把他送走后,又回到了小客厅;朵拉把椅子移到我的身边,紧靠我坐了下来。

"我很惭愧,"她说,"你设法教教我好吗,多迪?"

"我得先教教自己呢,朵拉,"我说,"我也跟你一样不行啊,宝贝!"

"嗨!可你能学会的,"她回答说,"你是一个非常、非常聪明的人!"

"瞎说,你这只小耗子!"我说。

"我要是,"我妻子沉默了许久后才接着说,"能去乡下,跟爱格妮斯一起住上一年就好了!"

她两手十指交叉覆在我的肩膀上,把下颏搁在自己的手上,一对水汪汪的蓝眼睛,平静地注视着我的眼睛。

"为什么要这样呢?"我问道。

---

① 一种二至四人玩的记分纸牌戏。

"我想,她会教我,我也认为,我可以跟她学习。"朵拉说。

"这全得在适当的时候,我的宝贝。你别忘了,这么多年来,爱格妮斯一直得照顾她的父亲。她甚至还是小孩的时候,就已经是我们现在所知道的爱格妮斯了。"我说。

"你肯用我要你叫我的名字叫我吗?"朵拉一动不动地问道。

"什么名字呀?"我微笑着问道。

"这名字很傻气,"她摇晃了一会鬈发说,"我要你叫我孩子气太太。"

我大笑着问我的孩子气太太,她怎么会想到要我这样叫她?除了因为我的一只胳臂搂着她的腰,使得她的蓝眼睛靠我更近外,她身子一动不动地回答说:

"你这个傻瓜,我的意思并不是说,要你叫我这个名字,就不叫我朵拉了。我只是说你应该把我看成是那么一个人。当你要对我发脾气的时候,你就对自己说,'她只是个孩子气太太啊!'当我让你很失望的时候,你就说,'我早就知道,她只能做一个孩子气太太的啊!'当你看到我没法做到我愿有的样子时(我认为我永远做不到),你就说,'不过,我这位傻乎乎的孩子气太太还是很爱我的!'因为我真的是很爱你的。"

我对她向来不一本正经,因为在这之前,我没有想到她是个这样认真的人。不过她生性多情,听了我真心实意地对她说了一番掏心的话以后,眼里晶莹的泪水还没有干,就笑容满面了。过了一会,她就真的成了我的孩子气太太了;她坐在那座中国式房子旁边的地上,依次把上面的一个小铃铛都摇得丁当作响,以此作为对吉卜近来行为不规的惩罚;吉卜就躺在它的房子门内,脑袋伸在外面,一直眨巴着眼睛,虽然在逗它,它也懒得理睬。

朵拉的这一恳求,给我留下了深刻的印象。现在我又回想起我写到的那段时光;我祈求我挚爱的那个天真的人儿,从往事的朦胧烟雾中重新现身,把她那温柔的脸庞再次朝向我;我依然可以郑重地对她说,她当年说的那短短的一席话,直到现在,我始终牢记在心,念念不忘。我也许没能让它充分发挥作用,因为我那时毕竟还年轻,没有经验;不过,对她的这种天真单纯的恳求,我从来没有充耳不闻。

过不多久,朵拉对我说,她决心要做个出色的管家婆了。于是,她擦干净写字板,削尖了铅笔,买了一本其大无比的账簿,还用针线仔细地订好被吉卜撕散的烹饪大全,就像她自己说的那样,为了想要"学好",着实花了一番努力。可是那些数字依然旧脾气难改——它们怎么也不肯加在一起。她辛辛苦苦地好不容易才在账簿上记了两三笔账,吉卜就要摇着尾巴在账簿上走上一遍,把记的账弄得一片糊涂。她自己那只纤小的右手中指也浸透了墨水,都渗到骨头了;我想,这是她取得的唯一确实无疑的成果。

晚上,我在家里工作——因为这时我作为一个作家,已经开始有了一点小名气,所以我正在大量地写作——有时候会放下笔,看我的孩子气太太怎样尽量想要学好。首先,她捧出那本其大无比的账簿,深深地叹了口气,把它放在桌子上。然后她翻到头天晚上被吉卜弄得一片糊涂的地方,叫吉卜过来看看它干的好事,引得她抛开正事,逗弄起吉卜来了,她也许会在吉卜的鼻子上涂上墨水,作为一种惩罚。接着她要吉卜马上在桌子上躺下来,"像狮子那样"——这是它会玩的把戏之一,不过我可不认为,它跟狮子有什么特别相像的地方——要是遇上吉卜高兴,它就会顺从地躺下。跟着朵拉拿起一支笔,开始写起来,可是她发现笔上有根毛。于是她又换了一支笔,动手写了起来,可是她发现这支笔溅墨水,于是又换了一支,然后才动手写了起来,但是嘴里却低声说:"哦,这是支会说话的笔,它会打扰多迪的!"接着,她认为这是件白费力气的事,干脆就不写了,拿起账簿,做了个假装要用它把狮子压扁的动作,然后把它放到一边。

有时候,要是遇上她心情平静、态度认真时,她就会拿上写字板和一小篮账单和别的单据(那些账单和别的单据,看上去更像卷发纸),坐了下来,尽力想把那些账目算出一个结果来。她拿起两张单据,认真作了比较后,把账登记在写字板上,可接着又擦去了,伸出左手的全部手指,顺数倒数地数了一遍又一遍;最后显得越来越烦躁,越来越沮丧,样子是那么不高兴;看到她那原本光艳照人的脸上,蒙上了一层阴云——而且因我而起!——我感到很难过,于是便轻轻走到她跟前,问道:

"怎么回事呀,朵拉?"

朵拉会抬起头来,一筹莫展地望着我,回答说:"这些账老是算不对,弄得我头都疼死了。我要它们怎么做,它们偏不听我的!"

这时候我就说:"现在让我们一起来试试看吧!我先来做给你看看,朵拉。"

　　于是我就动手实地示范给她看,她也会聚精会神地看着,也许能看上五分钟;接着,她会开始显得很疲倦,于是便卷起我的头发来,或者是翻下我的领子,看看我的脸会是什么样子,以此来轻松一下。要是我暗中流露出不让她这样嬉戏我的神情,执意要继续教下去,她就会露出非常惊恐忧伤的神色,显得越来越不知所措,这就使我回想起,我第一次见到她时,她那天真活泼的样子,而且我也想到,她现在只是我的一个孩子气的太太,因而便深感内疚,连忙放下铅笔,叫她拿过吉他来。

　　我有许多事要做,也有许多事让我担忧,可是由于有了上面所说的顾虑,我只好把它们隐藏在心里。现在我不能断定,我这样做是不是对,不过,当时我确实是为了我的孩子气太太才那么做的。我现在要搜肠刮肚,把我心中的隐秘,只要是我知道的,毫无保留地写到这本书中。我感到,昔日那种不幸失去点什么和缺少点什么的念头,依然在我的心中占有一席之地,但并没有使我觉得生活苦涩艰辛。在天气晴朗的日子,我独自外出散步时,想到往日的夏天,满空中都洋溢着使我那童心陶醉痴迷的东西,我的确感到,我的有的梦并没有实现,不过我觉得,这只是使往日的光辉变暗淡了一点,现在要想恢复,是怎么也不可能了。有时候,在片刻之间,我心里想,我真希望我的太太是我的顾问,有更坚强的性格和意志,给我支持,帮我上进;当我周围似乎有什么地方出现空虚时,她就能用自己的力量为我填补起来;不过我觉得,我的这种十全十美的幸福,在这个世界上是没有的,从来不曾有过,也永远不会有的。

　　就年龄来说,我这个做丈夫的,还只是个孩子而已。除了这几页书中所写的之外,我不知道还有别的什么麻烦和经历,来影响我们,使我们的生活变得暗淡。如果我做了什么错事(也许我做了不少),那是我用情不当,以及缺乏知识。我所写的这些,全是事实,现在我想要为自己开脱的话,是丝毫没有益处的。

　　就这样,我独自承担了我们生活中的劳苦与烦愁,没有任何人分担。说到我们那糟糕的家务安排,我们仍跟以前差不多,不过我对这已经习惯,朵拉现在也很少有烦恼的时候了,这是我乐于看到的。她仍像从前那样一副孩子气、愉快、活泼,深深地爱着我,只要有旧日的那些小玩意儿,她就满心高兴。

每当国会的辩论繁重——我指的是量,不是质,因为在质的方面,那些辩论通常是没有什么差别的——我回家已晚时,朵拉从来不会先睡,总是一听见我的脚步声,便下楼来迎接我。当我晚上不必为那历尽艰辛苦学而成的活儿操劳时,我就在家里从事写作,不管时间有多晚,她总是静静地坐在我的身旁,而且一直默不作声,让我以为她已经睡着了。可是,当我抬起头来时,总能看到她那对蓝莹莹的眼睛,聚精会神地静静看着我,像我已经说过的那样。

"哦,这小孩子可真累坏了!"一天晚上,我关上写字台,目光和她相遇时,朵拉说。

"这小姑娘可真累坏了!"我说,"这样说才更适当。下次你得先去睡,我的宝贝。对你来说,这太晚了。"

"不,别打发我先去睡!"朵拉走到我身边恳求道,"求你了,别这样!"

"朵拉!"

她突然伏在我的脖子上哭了起来,使我大吃一惊。

"有什么不舒服吗,宝贝? 不高兴啦?"

"不,很舒服,也很高兴!"朵拉说,"可是你得让我待在你身边,看你写东西。"

"哦,半夜里能看到这么一对亮晶晶的眼睛,多美啊!"我回答说。

"真的亮晶晶吗?"朵拉笑着说,"听到你说我的眼睛亮晶晶,我真是太高兴了!"

"一点小小的虚荣心!"

不过这并不是虚荣心,这只是由于我的赞美引起的喜悦,毫无害处。在她这样对我说之前,我心里早就一清二楚了。

"要是你认为我的眼睛漂亮,那你就说,我可以一直待在这儿,看你写东西!"朵拉说,"你真的认为我的眼睛漂亮吗?"

"非常漂亮!"

"那就让我一直待在这儿,看你写东西吧!"

"我怕这样一来,你的眼睛就不会更亮更美了,朵拉。"

"会的,一定会的! 因为,这样一来,你这个聪明的孩子,当你脑子里满是默默的想象时,你就不会把我给忘了。要是我说一句非常、非常傻的话——比平常说的还要傻,你会介意吗?"朵拉从我的肩膀上探头偷看着我的脸,问道。

"那是一句什么妙语呀?"我说。

"请你让我拿着这些笔①,"朵拉说,"你一直这么忙着,在这么多钟点里,我也得有点事做呀。我替你拿着这些笔可以吗?"

我对她说可以的时候,她那副兴高采烈的可爱模样,我现在回想起来还禁不住热泪盈眶。打那以后,凡是我坐下来写作时,她总是坐在老地方,手边放着一支备用的笔。她这种因跟我的工作有关而露出的得意,以及在我索要一支新笔时——我常常假装需要新笔——所感到的欢快,使我想到了一个讨好我这位孩子气太太的办法。有时,我故意说有一两页稿子要她帮我誊清。这时就别提朵拉有多高兴了。为了完成这项伟大的事业,她做了种种准备,换上了工作裙,还从厨房里借来胸围,以防身上溅上墨水;她为这花了很多时间,还要停笔不知多少次,以便对吉卜笑上一阵,仿佛它也懂得这一切似的;她认定,没在末尾签上自己的名字,工作就不能算完成;还有抄好后像小学生交卷似的把稿子交给我时的神情,以及我夸奖她后她双手搂住我脖子的样子;所有这一切,在别人看来,也许十分平常,但是我回忆起来时,却非常感动。

在这以后不久,她就掌管起钥匙来了,把整串钥匙放在一个小篮子里,然后系在她的纤腰上,丁丁当当的,满屋子来去走动。可我难得发现有锁的地方是锁上的,因而这些钥匙除了给吉卜当玩具外,我不知道它们还有什么别的用处——可是朵拉喜欢这样,所以我也喜欢。她把这种假管家务当作真管家务,所以觉得非常满意。她那份高兴劲,仿佛我们是为了逗乐,在照管一所玩具娃娃的房子似的。

我们的日子就这样一天一天地过着。朵拉爱我的姨婆,几乎不亚于爱我。她时常对我姨婆说,当初她怕她是"一个脾气怪僻的老东西"。我从来没见过姨婆对任何人这么宽容过。她竭力讨好吉卜,可是吉卜对她一直不加理睬。她一天又一天地听朵拉弹吉他,其实恐怕她并不喜欢音乐;她从来没有对那些不中用的仆人发过脾气,虽然憋着一肚子气,很想发作。只要发

---

① 当时用的是鹅毛笔,易坏,须常更换、修剪。

现朵拉需要什么小东西,不论多远,她都会走着去拿来,让她惊喜一番。她每次从花园里进来,只要看到朵拉不在小客厅里,总要在楼梯口,用响彻全屋的欢快声,大声叫道:

"小花朵在哪儿呀?"

第四十五章

姨婆的预言应验

我不去博士那儿工作,已经有一些时日了。不过由于我就住在他家附近,所以还能时常见到他;另外还有两三次,我们一起去他家吃过饭或吃过点心。现在,那位"老兵"已经长住在博士家了。她还跟以前一样,那两只长生不死的蝴蝶,仍在她的帽子上翩翩飞舞。

跟我生平所见过的一些别的母亲一样,马克勒姆太太远比自己的女儿更喜欢寻欢作乐。她需要大量的娱乐来消遣时光,而且还像个老谋深算的老兵油子,实际上想到的只是自己的爱好,表面上却装成一心为了她女儿。因此博士认为应该让安妮多多解闷散心的愿望,特别合这位良母的胃口。她对博士的明智决定,表示无限的赞同。

我毫不怀疑,她这样做正刺痛了博士的伤口,而她自己却还一无所知。她并没有别的用意,只是出于某种成人的轻薄和自私罢了,其实这也并不是成年人一定会有的现象。不过,我认为,博士要减轻自己年轻太太生活重负的打算,得到她这般热烈的赞许,这会使他更加担心,因为他本来就怕自己成了他年轻太太的一种束缚,害怕他们夫妻之间没有情投意合。

"我亲爱的,"有一天我也在场,马克勒姆太太对博士说,"我想,你也知道,安妮老被关在这儿,的确是有点闷气的啊。"

博士慈祥和蔼地点点头。

"等她到了她妈这样的年纪,"马克勒姆太太把扇子一挥说,"情况就不同了。哪怕你把我关在监狱里,只要有上流人做伴,有牌打,能不能出来,我决不在乎。不过,你知道,我不是安妮,安妮也不是她妈呀!"

"当然,当然。"博士说。

"你是个最好的好人——不,我得请你原谅!"因为博士做了一个请她不要说下去的手势,"我背着你总是这样说的,当着你的面我也一定要这样说,你是个最好的好人;不过,你的爱好,你的追求,当然跟安妮不一样。是不是?"

"是的。"博士用伤感的口气说。

"是的,当然不一样,""老兵"回答说,"就拿你编的词典来说吧。词典多有用处啊!多么需要啊!它能告诉我们词的意思!要是没有约翰逊博士①或者他那样的人,这会儿,我们也许会把意大利熨斗②叫作床架呢!可是我们不能指望安妮对一本词典——特别是正在编写的词典——发生兴趣呀!能吗?"

博士摇摇头。

"所以你对她的体贴周到,我才这样万分赞同,"马克勒姆太太用扇子轻轻拍着博士的肩膀说,"可见你不像许多上了年纪的人那样,盼望年轻人的肩上扛上一颗老年人的脑袋。你是琢磨过安妮的性格的,你很了解她。这正是我认为你最讨人喜爱的地方!"

受了她这番恭维话的挖苦,我觉得,就连斯特朗博士那平静的、颇有耐性的脸上,也出现了一点痛苦的神情。

"因此,我亲爱的博士,""老兵"又用扇子亲热地拍了他几下,说道,"不管哪时哪刻,你都尽管吩咐我好了。现在,你可千万要明白,我是完全听从你的差遣的。我随时都可以陪安妮去听歌剧,去赴音乐会,去看展览,总之,去哪儿都成。你永远不会发现我会对这事厌倦的。我亲爱的博士,天底下,尽职尽责是高于一切的呀!"

她说到做到。她是那种不管有多少玩乐都玩不厌的人,在玩乐方面,她永远坚持不懈,从不退缩。她每次打开报纸(她每天都要在宅子里那张最柔软的椅子上坐下来,用单片眼镜看上两小时报纸),总能发现她认为安妮喜

---

① 塞缪尔·约翰逊(1709—1784),英国诗人、评论家、散文家和辞典编写者。他编写的两卷本《英文辞典》于1755年出版,其中收词四万,以词义的精确和文学引语的丰赡著称,是辞书编纂史上一座永久的丰碑。

② 一种熨花边用的圆筒形熨斗。

欢看的东西。尽管安妮再三说,她对这类东西已经腻烦,但毫无用处。她母亲总是这样告诫她说:"听我说,我亲爱的安妮,我敢保证,你是个懂事的孩子;我得告诉你,我的宝贝,这是斯特朗博士对你的关心体贴,你不能辜负他的一片好心。"

这话通常都是当着博士的面说的,我看,即使安妮表示反对,这样一来,出于不得已,她也多半把自己的反对意见撤销了。不过一般说来,她都是听她母亲的,"老兵"去哪儿,她也只好跟着去哪儿。

现在麦尔顿先生很少陪她们了。有时,她们邀我姨婆和朵拉一块儿去,我姨婆和朵拉也就接受邀请。有时,她们只请朵拉一个人去。开始,我对朵拉一个人去,心里是有点不安的;可是回想起那天晚上在博士书房里发生的事,我的怀疑态度有了改变。我相信博士是对的,所以就没有向更坏的地方怀疑了。

有时候,碰上我姨婆和我单独在一起时,她会摸着鼻子对我说,她弄不清斯特朗夫妇是怎么回事;她希望他们过得更幸福;她认为我们的"军人朋友"(她总是这样来称呼那位"老兵")在这件事上毫无补益。我姨婆还进一步发表意见说:"要是我们的'军人朋友'能剪下自己头上的那两只蝴蝶,在五朔节①时把它们送给扫烟囱的,那在她就可以看作是开始懂得一点道理了。"

可是她一直坚信不渝地把希望寄托在狄克先生身上。她说,狄克先生显然脑子里有了主意了,要是他一旦能把这个主意圈到一个角落里——这是他最大的困难——那他一定会以某种非凡的方式一鸣惊人的。

狄克先生对我姨婆的这种预言一无所知。他跟斯特朗夫妇的关系,还是跟先前一样。他所处的地位,好像既没前进,也没后退。他似乎像一座建筑一般,牢固地矗立在原来的基础上了。我得承认,我不相信他还会移动,就跟我不相信一座建筑还会移动一样。

但是,在我婚后的几个月,一天晚上,狄克先生把头探进了小客厅(当时我正独自一人在客厅里写作,朵拉和我姨婆去跟那两只小鸟一起吃茶点

---

① 每年5月1日,为春天到来而举行庆祝活动,是中古时代和现代欧洲的传统节日,通常由扫烟囱的燃起篝火并领舞。

了），意味深长地咳嗽了一声，说道：

"特洛伍德，我怕一跟你谈话，就会打扰你的工作吧？"

"不会的，狄克先生，"我说，"请进来吧！"

"特洛伍德，"狄克先生跟我握了手，然后把一个指头按在鼻子边，说，"在我坐下之前，我想先说句话。你了解你姨婆吗？"

"了解一点。"我回答说。

"她是世界上最了不起的女子，先生！"狄克先生像发射炮弹似的说出这句话之后，怀着比平常严肃得多的神情坐了下来，眼睛直朝我看着。

"现在，孩子，"狄克先生说，"我要问你一个问题。"

"不管有多少问题，你尽管问好了。"我说。

"你认为我是怎样一个人，先生？"狄克先生把双手往胸前交叉一抱，问道。

"你是我的一位亲爱的老朋友。"我说。

"谢谢你，特洛伍德，"狄克先生非常高兴地伸出手来，又跟我握了握手，笑着说，"不过，孩子，我的意思是说，"他又恢复了他的严肃态度，说，"你认为，我的这方面怎么样？"他按了按自己的前额。

我一时茫然，不知怎么回答才好，但是他用三个字帮了我。

"不健全？"狄克先生说。

"嗯，"我含糊其词地回答说，"有一点。"

"一点没错！"狄克先生大声叫了起来；我的回答好像让他非常高兴似的。"我这是说，特洛伍德，当他们从那个人的脑袋里取去一些烦恼，把它们放到你所知道的地方时，就有一种——"说到这儿，狄克先生把两只手互相绕着，很快地转了好多次，接着把它们往一块猛地一碰，然后又使它们相互上下翻腾旋转，用以表示混乱状态，"这种情况，不知怎么的，就落到我的身上。呃？"

我对他点点头，他也对我点点头。

"简单地说吧，孩子，"狄克先生放低了声音，说道，"我是个头脑简单的人。"

我本想要修改一下他的这个结论，可是他把我拦住了。

"是的，我是那样的人！你姨婆假装说我不是那样的人；她不听我的，可我确实是那样的人。我知道,我是个头脑简单的人。要是她不是我的朋友,没有她救我,先生,那这么些年来,我一定让人给关起来,我的生活就惨了。不过我想好了,我要供养她!我抄稿挣来的钱,从来都没花过。我把那些钱全都放在一个箱子里。我把遗嘱都写好了。我要把那些钱全都留给她。她会成为一个有钱人——成为一位显贵!"

狄克先生掏出一块小手帕,擦了擦眼睛。接着他仔细地把它折起来,放在两手中间压平,然后才放回到口袋中,仿佛把我姨婆也一起放了进去似的。

"现在你是一位学者了,特洛伍德,"狄克先生说,"你是一位优秀的学者了。博士是一位多大的学问家,他有多伟大,你是知道的。你也知道,他始终都那么看得起我。他从不因自己学问渊博而骄傲。真是谦虚又谦虚——就连对头脑简单、无知无识的可怜的狄克,也一点不摆架子。当我把风筝放上天空,在云雀中间翱翔时,我曾把他的名字写在一小张纸上,顺着风筝的线把它送上天。风筝接到了他的名字,非常高兴,先生,天空也因有了他的名字,更加晴朗了。"

我以最大的热情对他说,博士应该受到我们最大的尊敬,无上的爱戴,他听了很高兴。

"他那位漂亮的太太,是一颗明星,"狄克先生说,"一颗光芒四射的明星。我就见过她耀眼的光辉,先生;可是,"他说到这儿,把椅子朝我拖近一点,又把一只手放在我的膝盖上——"有乌云,先生,有乌云。"

看到他脸上露出焦虑的神情,我自己便也表现出同样的神情,作为回答,同时还摇了摇头。

"是什么乌云呢?"狄克先生说。

他那么满怀渴望地注视着我的脸,急于想知道事情的底细,因而在回答时,我费了很大的劲,把话说得又慢又清楚,就像我是在对一个小孩解说什么似的。

"他们之间,有了不幸的隔阂了,"我回答说,"有了某种不愉快的分裂的原因,这是一种隐情。也许跟他们的年龄相差太大有关,也许是几乎无缘无故就产生了。"

我每说一句话,狄克先生就若有所悟地点了点头,我说完了,他的头也就不点了,只是坐在那儿琢磨着,眼睛注视着我的脸,一只手搁在我的膝盖上。

"博士没有对她生气吧,特洛伍德?"过了一会,狄克先生问道。

"没有。他一心一意爱着她呢。"

"那,我明白了,孩子!"狄克先生说,他突然高兴起来,把手往我膝上一拍,身子往椅背上一靠,眉毛抬得不能再高,使我感到他的精神比从前更不正常了。可是他又一下变得严肃起来,跟以前一样往前探出身子,说道——说之前,先毕恭毕敬地从口袋里掏出那块小手帕,好像这手帕真的代表我姨婆似的:

"那位世界上最了不起的女子,特洛伍德,为什么她不出来排解排解呢?"

"这种事太微妙,太难办了,旁人是不便插手的。"我回答说。

"优秀的学者呢,"狄克先生用手指碰了碰我,说,"他为什么不想想办法呀?"

"出于同样的理由。"我回答说。

"那,我明白了,孩子!"狄克先生说着,在我面前站了起来,显得比以前更加高兴了,他不住地点着头,捶着胸,让人疑心他几乎要点头、捶胸到断气才肯罢休了。

"一个可怜的疯疯癫癫的家伙,先生,"狄克先生说,"一个傻瓜,一个精神不正常的人——就是你眼前的这个人,你知道!"他又捶了捶胸,"可以做了不起的人做不了的事。我要把他们拉拢到一起,孩子。我要试一试。他们不会怪我的。他们也不会对我反感的。我就是做错了,他们也不会跟我计较的。我不过是狄克先生罢了。谁会拿狄克当回事呢?狄克算个什么!噗!"他表示轻蔑、鄙视地吹了一口气,仿佛这样一来,他就把自己给吹跑了。

幸亏他已把他的秘密透露到这种程度,因为我们听到了公共马车在花园的小栅栏门旁停下的声音,我姨婆和朵拉就是坐这趟车回来的。

"你可一个字也不要提起啊,孩子!"他低声接着说,"让一切过错都由狄克——头脑简单的狄克,精神不正常的狄克——来承担吧!这是我一直在想,已经想了一些时候了,认为自己正渐渐明白起来。现在,我已经有了主意。经你对我这么一说,我敢断定,我已经完全有了主意了,没错。"

有关这件事,狄克先生没有再提一个字;不过在随后的半个小时内,他成了发报机,不断地给我发暗号,要我严守秘密,弄得我姨婆心里非常不安。

虽然我十分关心他对此事努力的结果,但令我诧异的是,在这以后的两三个星期内,却再也没有听到任何消息;因为我从他做的结论中,曾看出有一线不同平常的头脑清醒的微光——他的好心肠,我就不说了,因为他一向表现如此。可是到后来,我开始相信,在他那种错乱不定的心情下,他早已忘记自己的打算,或者放弃自己的打算了。

一天晚上,天气很好,朵拉不想出门,我就跟我姨婆两人,散步前往博士那座小住宅。那时正是秋天,晚上的空气没有受到国会辩论的骚扰。我还记得,我们脚下踏着的落叶,闻着多像我们布兰德斯通花园里的气息,耳边悲鸣而过的风声,多像往日的凄凉重又来临。

我们来到那座小住宅前时,已经暮色苍茫。斯特朗太太正从花园里出来,狄克先生还留在那儿,拿着刀子在帮园丁削尖儿根木桩。博士正跟什么人在书房里谈事情;不过斯特朗太太说,客人马上就要走了,要求我们留下来,见见博士。我们跟她一起走进客厅,在越来越暗的窗前坐了下来。

我们在那儿坐了没有多久,老爱大惊小怪的马克勒姆太太手中拿着报纸,匆匆走了进来,上气不接下气地说:"哎呀,我的老天爷!安妮,书房里有客人,你为什么不告诉我呀?"

"我亲爱的妈妈,"安妮平静地说,"我怎么知道,你想要听这个消息呀?"

"想要听这个消息!"马克勒姆太太一屁股坐在沙发上,说道,"我一辈子从来没有这样吃惊过!"

"那么,你去过书房了,妈妈?"安妮问道。

"去过书房了,我亲爱的!"她加重语气回道说,"没错,我去过书房!正撞上那位大好人在立遗嘱呢!——特洛伍德小姐,大卫,请你们想象一下我当时的心情。"

她女儿急忙从窗口那儿回过头来看她。

"我亲爱的安妮,"马克勒姆太太把报纸当成台布那样摊在大腿上,用手在上面拍着说,"他正在那儿立遗嘱呢!这位亲爱的大好人,多有远见,情意多深!我一定要把怎么回事告诉你们。真的,我非把怎么回事告诉你们不可,这样才对得起这位亲爱的大好人——因为他真的是这么一个人!也许你也知道,特洛伍德小姐,在这一家里,不到人家为了看报把眼睛睁大到眼珠子都快要掉出来,是从来不点蜡烛的。而且,除了书房里的一张外,这房子里没有一张椅子可以坐着像我说的那样看报的。所以我就去书房了,我看到里面有灯光。我打开门往里一看,跟博士在一起的是两位专家,显然是法律界的人物。他们三人全都站在桌子跟前,亲爱的博士手里还拿着一支笔。我只听见博士说:'那么,这份遗嘱已简洁地表明了'——安妮,我的宝贝,这话你得留心听着——'那么,先生们,这份遗嘱已简洁地表明了,我对斯特朗太太的完全信任,并把我所有的一切,全都无条件地留给她,是吗?'那两位专家中的一位回答说:'没错,把你所有的一切,全都无条件地留给她。'我听到这话,出于一个做母亲的天然感情,禁不住叫了起来:'哎呀,我的天!请原谅!'还在门阶上摔了一跤,接着我连忙从后面食品间的小过道那儿出来了。"

斯特朗太太打开窗子,走到外面的阳台上,倚着一根柱子站着。

"不过,眼看斯特朗博士这把年纪,还有这么大的心力办这样的事,"马克勒姆太太机械地一直看着女儿,嘴里说,"能不让人振奋吗?特洛伍德小姐,你说,是不是?大卫,你说,是不是?这只能说明,当年我的看法多正确。当时,斯特朗博士很赏脸,特意来拜访我,亲自提出求婚,要娶安妮,我就对安妮说:'我亲爱的,据我看来,有关你生活上的需求,是一点不成问题的,斯特朗博士一定会比他应诺的做得更好。'"

说到这儿,铃声响了,我们听到了客人往外走去的脚步声。

"毫无疑问,手续全办好了,""老兵"细听了一会后说,"亲爱的大好人已经签了字,盖了印,正式交付了,现在他安心了。理当这样!一个多有才智的人啊!安妮,我的宝贝,我要拿着报纸去书房了,因为我要是不看报纸,就没个着落了。特洛伍德小姐,大卫,请你们跟我一起去见见博士吧。"

我们随着她一起来到书房时,我只注意到狄克先生站在房间的暗处,正在把折刀合拢;还注意到我姨婆一直使劲地揉擦鼻子,以此表示对我们那位军界朋友的难以忍受。至于谁第一个走进书房,马克勒姆太太怎样一下子就在那张安乐椅上坐了下来,我姨婆和我怎么会走到房门口就一块儿停了下来(也许我姨婆的眼睛尖,把我给拦住了),这种种情况,我当时并没注意到,即使注意到,现在也忘了。不过,有一点我是记得的,我们先看到博士,然后他才看到我们,他坐在自己的桌子跟前,头安闲地靠在手上,四周全是他心爱的那些对开本大书。我还记得,就在这时候,我们看到斯特朗太太悄悄地走了进来,面色苍白,浑身颤抖;狄克先生用一只手扶着她,另一只手往博士的肩膀上一放,引得博士茫然地抬头仰望。我还记得,当博士抬头仰望时,他的太太单膝跪在他脚下,祈求似的举起双手,用我永远不能忘怀的眼神,凝视着博士的脸;马克勒姆太太一见这情景,报纸落地,两眼直瞪,那样子,就像打算在一艘名为"惊诧号"的船上安的船头像,除此之外,我再也想不出有更好的比方了。

博士的温和态度和惊诧神情,他太太恳求的姿势中混和着庄严,狄克先生表现出的慈祥的关切,我姨婆自言自语说"谁说那个人疯的!"时所含的诚意(她得意地表示,是她把他救出苦海)——现在我所写的这种种景象,都是我亲眼所见,亲耳所闻,而不是光凭想象回忆的。

"博士!"狄克先生说,"问题到底出在哪儿呀? 你看看这儿!"

"安妮!"博士叫了起来,"别跪在我脚下,我亲爱的!"

"不!"她说,"我恳求你们,谁也不要离开这个房间! 哦,你既是我的丈夫,也是我的父辈,我们俩不言不语已这么久,现在该开口了,我们之间到底有什么隔阂,让我们俩都弄个明白吧!"

这时,马克勒姆太太不仅恢复了说话的能力,而且家门的荣誉和母亲的尊严,似乎全都填入她的胸臆,她大声喊道:"安妮,快起来! 别这样作践自己,让所有跟你有关的人都丢脸了,除非你存心想要我当场发疯!"

"妈妈!"安妮回答说,"别对我说废话了,我这是在求我丈夫,就连你,在这儿也算不了什么。"

"算不了什么!"马克勒姆太太叫了起来,"我,算不了什么! 这孩子一定疯了。请给我一杯水!"

我当时一心注意着博士和他的太太,没顾得上理会她的这一请求,别的人也没把这当一回事;因此马克勒姆太太气得拼命喘气,瞪着眼睛,直扇扇子。

"安妮!"博士双手温柔地扶着她,说,"我的亲爱的! 要是因为时光的推移,给我们的婚姻生活带来了什么无法避免的变化,那决不能责怪你。全是我的过错，是我一个人的错。我对你的钟情、爱慕和尊敬，丝毫都没有改变。我只是想要使你快活。我确实真心地爱你，敬你。快起来，安妮，我求你了！"

但是她并没有站起来。她朝他看了一会后，更朝前偎近他，一只胳臂横搁在他的膝盖上，把头垂在自己的胳臂上，说：

"要是这儿有哪位朋友，就这件事，能为我，或者为我丈夫说一句话；要是这儿有哪位朋友，能把我内心有时低声告诉我的任何疑惑，明白地说出来；要是这儿有哪位敬重我丈夫或者关心我的朋友，知道什么情况，不管是什么，只要有助于我们之间和解的——就求这位朋友说出来吧！"

一时之间，鸦雀无声。我痛苦地犹豫了一会后，才打破了沉寂。

"斯特朗太太，"我说，"有一点情况，我倒是知道，不过斯特朗博士曾经恳切地嘱咐过我，要我保守秘密，因而直到今天晚上，我一直严守着这一秘密。但是我相信，现在已经到时候了，要是再严守下去，这种守信和过分的拘泥，就是错误的了。你刚才的呼吁，使我解除他给我的约束了。"

她转过脸来朝我看了一会，我知道我做对了。即便她脸上的神色给我的保证，还不足以使我完全相信，但是其中那恳求的样子，我决不能不加理睬。

"我们将来的和睦相处，"她说道，"也许掌握在你的手中了。我完全相信，你决不会有所隐瞒。我早就知道，你或别的任何人，能告诉我的，只会是说我丈夫人品高尚，不会是别的。你要说的话中，凡是关系到我的，不管是什么，你都尽管说出来好了，不必顾虑。等你们说完后，我会对他，对上帝，替自己做解释的。"

经她这么恳切地一请求，我不经博士允许，也没作任何掩饰，只是把乌利亚·希普粗俗的说法稍加淡化，便如实地把那天晚上的全部情况，和盘托出。在整个叙述过程中，马克勒姆太太一直都瞪着眼睛，偶尔还发出一两声刺耳的尖叫，那情景，实在难以形容。

我讲完之后，安妮有一会儿没作声，只是像我原先说的那样，垂着头。随后她才握住博士的手（博士一直像我们进房间时那样坐着），紧贴在自己的胸口，吻着。狄克先生轻轻地把她扶了起来。她说话时，就倚着狄克先生站在那儿，目不转睛地一直俯视着自己的丈夫。

"自从我结婚以来,我心里都有些什么想法,"她低声柔气地说,"我要全都对你说出来。现在我既然知道我所知道的情况,我要是还有一点保留,那就活不下去了。"

"不必说啦,安妮,"博士和蔼地说,"我从来没有怀疑过你,我的孩子,这没有必要;真的没有必要,我的亲爱的。"

"很有必要,"她同样低声柔气地回答说,"在你这样一个宽宏大量、诚恳正直的人面前,在你这样一个我一年一年,一天一天,像上天知道的那样,越来越爱、越来越尊敬的人面前,敞开我的整个心扉,是很有必要的!"

"真的,"马克勒姆太太插嘴说,"要是认为我还有点脑子的话——"

("你这个成事不足,败事有余的女人,你有什么脑子!"我姨婆气愤地低声说。)

"——那就得让我说,讲这些细节,是没有必要的。"

"除了我的丈夫,谁也没有资格这样说,妈妈,"安妮说,眼睛仍凝视着博士的脸,"他愿意听我说的。要是我说了什么让你痛苦的话,妈妈,那就请你原谅我吧。我自己已经先受了苦,时常受,而且受了很久了。"

"有这种事!"马克勒姆太太喘着气尖声说。

"当我还很小的时候,"安妮说,"完全是个小孩子时,我最早学到的一点知识,不论是哪一方面,全都得益于一位耐心的朋友和老师——我去世的父亲的朋友——我永远敬爱的人。一想起我懂得的那些事来,不会不想起他。他在我脑子里储存了最初的知识宝藏,宝藏上面全都打下了他的人格的印记。我想,如果这是从别人手上得来的,不管是谁,我是决不会觉得这般珍贵的。"

"把她母亲看得一钱不值!"马克勒姆太太叫了起来。

"不是这样,妈妈,"安妮说,"我只是照他本来的样子看待他罢了。我必须这样做。当我长大后,他在我心里仍占着同样的地位。我因有他的关心而感到自豪,深深地喜欢他,感激他,依恋他。我无法形容,我是多么景仰他——把他看作一位父亲,看作一位导师;他对我的称赞,不同于任何别的人;要是我怀疑这整个世界,而他是我唯一可以信赖的人。你知道,妈妈,当你突然把他以爱人的身份介绍给我时,我是多么年轻无知。"

"这件事,我已对在座的人说了不止五十遍了!"马克勒姆太太说。

（"那就闭嘴吧，看在上帝的分上，别再说了！"我姨婆低声说。）

"开始时我觉得，这个变化太大了，损失也太大了，"安妮仍保持着同样的神态和语气说，"我感到不安和苦恼。我还只是个女孩子；我多年来一直景仰的人，身份突然大变，我想我当时感到很难过。可是，怎么也不能再使他恢复到原先的样子了；同时，我又因他居然这样看得起我而感到自豪，于是我们就结婚了。"

"——在坎特伯雷的圣阿尔法基教堂。"马克勒姆太太说。

（"这婆娘真该死！"我姨婆说，"她就是不肯闭上她的臭嘴！"）

"我从来没有想过，"安妮的脸上泛起了红晕，接着说，"我丈夫会给我什么富贵荣华。我年轻的心中对他充满敬意，没有地方可以容纳这种卑鄙的念头。妈妈，我要请你原谅，我得说，第一个让我想到会用那样惭愧的猜疑来冤枉我，以及冤枉他的人，就是你。"

"我！"马克勒姆太太叫了起来。

（"嗨！当然是你！"我姨婆说，"你是没法用扇子把这扇掉的，我的军界朋友！"）

"这是我结婚后第一件感到不愉快的事，"安妮说，"是我所遭遇到的一切不愉快中的第一次。这种遭遇近来越来越多，我连数都数不过来了。但是并不是——我宽宏大量的丈夫啊——并不是由于你所想的那种原因；因为任何力量，都不能把我心中所想的一切，所记的一切，所希望的一切，跟你分开。"

她抬眼朝上望着，双手十指交叉握着，我认为，她看起来跟任何仙子一般美丽，一般真诚。从这时起，博士也像她看他那样，目不转睛地看着她。

"妈妈从来没有为她自己求过你，"她接着说，"这一点她是无可责备的。我相信，她的用意，无论从哪一方面来说，都是无可责备的——但是，当我看到多少不正当的要求，以我的名义硬逼你答应，多少次用我的名义利用你，而你是多么慷慨，对你的幸福永远关心的威克菲尔先生，则对这么憎恶；这时我才第一次意识到，我已受到卑鄙的怀疑，说我的柔情是拿钱买的——世界上这么多人，偏偏卖给你——这种怀疑使我感到就像是无故受辱，而且还逼着你来分担。我心头老是有着这种恐惧和烦恼，这是一种什么滋味，我没法对你说——妈妈也没法想象出来——不过，我在我的灵魂深处也知道,我结婚那天,我一生的爱情和荣誉,都已达到顶峰了!"

"为了照顾一家人,"马克勒姆太太声泪俱下地叫道,"竟落得这样的下场,受到这样的酬报!我真希望自己是个专横凶残的土耳其人!"

("我也满心希望你是——而且在你自己的本乡本土!"我姨婆说。)

"特别是在妈妈为麦尔顿表哥求情最起劲的时候。我以前曾经喜欢过他,"——她柔情地说,但态度毫不犹豫——"很喜欢。我们有一度曾是小爱侣。假如情况不发生变化,我也许终于会说服自己真正爱上他,会跟他结婚,过上最不幸的生活。在婚姻生活中,再没有比思想不合和志向不投更大的悬殊了。"

虽然我仍用心地听她接着说的话,但不由得琢磨起最后这句话的意思来,好像这句话有着某种让人特别感兴趣的东西,或者是有着某种我还没能领悟的特殊意义。"在婚姻生活中,再没有比思想不合和志向不投更大的悬殊了。"——"再没有比思想不合和志向不投更大的悬殊了。"

"我和他之间,"安妮说,"没有共同点。我早就看出来了,没有任何共同点。我对我丈夫要感谢的地方很多,假如我不说别的,只说一点,也就足够我感谢了。我要感谢他的是,在我因心性未受过磨炼,一时冲动,即将铸成第一次大错时,是他救了我。"

她一动不动地站在博士的面前,说话的口气那么诚恳,使我大为激动,不过她的声音仍像先前一样轻柔。

"当他净等着你因我而给他的慷慨施与时,我也就被披上唯利是图的外衣,心里很不痛快。当时我觉得,要是他能去开辟他自己的路,那对他来说会更好一些。我想,如果我是他的话,不管有多艰苦,我都会这么去做的。不过,在他动身去印度那天晚上之前,我并没有认为他太糟。可是到了那天晚上,我才知道,他有着一颗虚伪的、忘恩负义的心。当时,从威克菲尔先生对我的审视中,我看出了一种双层的意义,我第一次觉出笼罩着我的生活的猜疑的黑影。"

"猜疑,安妮!"博士说,"没有,没有,没有的事!"

"你心里是没有的,我知道,我的丈夫!"她答道,"那天晚上,我来到你跟前,本想把我所受的耻辱和痛苦的重担卸下,我知道,我得告诉你,在你的屋子里,有一个我的亲戚(为了爱我,你一直是这个人的恩人),说了一些绝不该说的话;即使我像他认为的那样,是个意志薄弱、唯利是图的小人,也绝不该说——当时我本想告诉你,可是那些话本身发出的臭味,让我作呕;因此我就没有把那些话说出,打那时候起,直到现在,我从来不曾说出口过。"

马克勒姆太太短促地呻吟了一声,往安乐椅上一靠,用扇子遮住自己的脸,好像永远也不想再露面了。

"打那时候起,除了在你面前,我从来没有再跟他做过交谈。即便是在你面前交谈,也只是为了免得像现在这样做解释。自从他从我这儿知道他在这儿的地位以后,已经过去好几年了。你为了他的前途,暗中帮了他那么多忙,总是事后才透露给我,为的是给我一个惊喜;其实,你要相信,你的这番好心,只会使我更加苦恼,更加加重我心中的秘密负担。"

她缓缓地在博士的脚前跪了下来,虽然博士竭力阻拦,也未能把她拦住;她含泪抬头望着博士的脸说:

"你先别跟我说话!让我再说几句!不管对不对,如果这件事可以重新做过,我想我一定会照现在这样做的。凭着我们多年的师生之谊、夫妻之情,我把一切奉献给你,可是发现居然有人如此忍心,猜疑我的忠诚是花钱买的,而周围的一切,好像都证明这种看法不错似的,你决不会知道,我心里是什么滋味。我很年轻,又没人给我指点。在有关你的一切事情上,妈妈跟我之间,有着很大的分歧。我所以闭口不言,掩藏起我所受的侮辱,只是因为我非常看重你的名誉,也非常希望你看重我的名誉啊!"

"安妮,我的纯洁的心!"博士说,"我亲爱的孩子!"

"让我再说几句!还有很少的几句!我心里经常想,你可以娶的人那么多,他们不会给你带来这样的指责和烦恼,也能把你的家管得更好。我时常想,我恐怕最好还是做你的学生,差不多是你的孩子。我总怕自己配不上你的学问和智慧。当我本想把这些告诉你时,结果又退缩不前(确实如此),依然是因为我非常看重你的名誉,也希望你有一天会看重我的名誉。"

"那样的一天,已经照耀得这么久了,安妮,"博士说,"它只能有一个长夜罢了,我的亲爱的。"

"还有一句话!知道了那个人——受了你那么多恩惠的人——如此毫不足取后,我本想要——坚决地想要,打定主意想要——独自一人承担起这一重负。现在我最后再说一句,最亲爱的、最好的朋友!你近来的变化,我一直怀着极大的痛苦和忧虑注视着,有时认为这和从前担心的事有关——有时则老是作较为接近事实的推测——变化的原因,究竟是什么,今天晚上终于明白了。同时,我还偶然知道,即便有着这样的误会,你依然对我满怀着无上的信任。不管我怎样用爱情和尽责来回报你,我也并不盼望能抵得上你对我的无价的信任。不过,我既然已知道我现在所知道的一切,那我就可以昂起头来望着这张亲爱的脸了,这张当父亲一样地尊敬,当丈夫一样地爱,当童年时代的朋友一样神圣的脸了。现在我郑重地声明,我从来不曾有过一点对不起你的念头,从来没有动摇过对你应有的爱情和忠贞。"

她用双臂搂着博士的脖子,博士低头靠在她的头上,于是他的苍苍白发和她的褐色长发,混在一起了。

"哦,把我紧紧搂在你的心头吧,我的丈夫啊!千万别赶我出去!别想也别说我们之间太悬殊,因为没有那回事,只是我身上还有许许多多缺点罢了。年复一年,我对这一点了解得越来越清楚,对你也越来越敬重。哦,你要把我紧搂在心头,我的丈夫!因为我的爱建立在磐石上,是恒久不变的!"

在随后的静寂中,我姨婆不慌不忙、庄重地走到狄克先生跟前,搂着他,给了他一个响吻。为了保持狄克先生的名誉,她的这一举动,非常及时。因为,我相信,就在这时候,他正打算来个金鸡独立,以此来表示他心中的快乐呢。

"你真是个了不起的人,狄克!"我姨婆无限赞许地说,"你再也不要装成别的样子了,因为我是很了解你的!"

说到这儿,我姨婆扯了扯他的袖子,又朝我点了点头,于是我们三人就悄悄走出书房,离开了那儿。

"不管怎么说,这是给我们那位'军界朋友'的当头一棒,"姨婆在回家的路上说,"即使没有什么别的让我高兴,单凭这一点,也可让我睡上一个好觉了。"

"我怕她心里会很难过呢。"狄克先生深表同情地说。

"什么!你见过一条鳄鱼难过吗?"我姨婆说道。

"我想不起有没有见过鳄鱼了。"狄克先生温和地回答说。

"要不是那个老畜生,什么问题也不会发生,"我姨婆特别强调说,"我真盼望有些当母亲的,在女儿出嫁后,别再那么死乞白赖地管她们,别再那

么疯了似的疼她们了。那些当母亲的好像认为,她们把一个不幸的年轻女人弄到这世界上来——哎呀,老天爷,好像是她自己要求把她送来,或者自己要来似的——唯一的回报是,她们有充分的自由,把那些年轻女人搅得离开这个世界。你在想什么呀,特洛?"

我正在想刚才听到的一切,心里还在琢磨安妮说过的一切话:"在婚姻生活中,再没有比思想不合和志向不投更大的悬殊了。""我因心性未受过磨炼,一时冲动,即将铸成第一次大错。""我的爱建立在磐石上。"不过我们已经到家了。秋风劲吹,被踏残的落叶,躺在我的脚下。

第四十六章

消 息

要是我可以相信自己对日期不太准确的记忆的话，那一定是在我结婚后一年左右。一天晚上，我独自散步回来，一路上思索着当时我正在写的一本书——由于我孜孜不懈的努力，我的成就也在不断地增加，当时我正在写我的第一部长篇小说——经过斯蒂福思太太的住宅。在我住在那附近时，我经常经过那座宅子，虽然可以选别的路时，我就决不从那儿过。可是有时候，不绕个大圈子，要想找到另一条路，并不是容易的事。所以，总的说来，我从那儿经过的次数，还是相当多的。

每逢从那座宅子前经过时，我总是加快脚步，从不朝它多看一眼。这座宅子一年到头都是阴沉沉的。最好的房间没有一间临近路边；它那种窗身狭窄、窗框厚笨的老式窗户，本来在任何情况下都不可能敞亮，现在窗门都关得紧紧的，窗帘遮得严严实实，更显得冷落凄凉。宅内有一条走廊，穿过铺石的小院，通向一个从来不用的入口；楼梯侧面的墙上有一个圆形小窗，它与众不同，是唯一没有用窗帘遮着的，但也同样给人以荒废、无人之感。我不记得整座宅子什么时候有过灯光。要是我是个偶然经过的路人，大概会想，一个无儿无女的人死在里面了。要是我对这地方有幸一无所知，而又时常看到它那一成不变的样子，我敢说，我一定会想入非非，尽量来满足我的想象力了。

由于知道实情，所以我就尽量少去想它。可是，我的思想没法像身体那样，经过之后就把它撇在后面了，往往会引起一长串默想。特别是在我说到的那个晚上，它让我想起童年的桩桩事情和后来的种种梦想，半未成形的希望的幽灵,朦胧可见的失望的残影;加上当时我正忙于创作,与此有关的经验和想象,混为一体,因而它引起我的联想,大大超过平时。我一面走,一面都想得出神了;突然,我身边的一个声音,使我吃了一惊。

喊我的还是个女人。不消多久,我就想起这是斯蒂福思母亲家的客厅小女仆。以前她帽子上总是扎着蓝色缎带,现在已经拆掉,换成一两个暗淡素净的褐色花结;我猜想,这是为了适应那一家变化了的景况吧。

"对不起,先生,能请你进来跟达特尔小姐谈谈吗?"

"是达特尔小姐打发你来叫我的吗?"我问道。

"今天晚上没打发我叫,先生,不过反正也是一回事。前一两个晚上,达特尔小姐看到你打这儿经过,就叫我坐在楼梯上干活,要是看到你又打这儿经过,就请你进来,跟她谈谈。"

我转身往回走。当我们一起走着时,我顺便问我的领路人,斯蒂福思太太可好。她说,她家老太太不太好,大部分时间都待在自己的房里。

我们来到那座住宅后,女仆告诉我,达特尔小姐在花园里,要我自己去见她,让她知道我来了。她正坐在露台一头的一个座位上,这儿可以俯视全城。这是个阴沉沉的夜晚,天空露出死灰色的亮光;看到远处那森然的景色中,一些高大的景物星星点点地在阴沉的光线中矗立,我心里想,这景色跟我记忆中这位凶悍的女人相伴,倒是不能说不匹配呢。

她看到我朝她走去,起身站了站,算是迎接我。当时我想,她比我上次见到时脸色更苍白了,身子更瘦削了,闪烁的眼睛更发亮了,那个伤疤也更明显了。

我们的见面,丝毫没有热情。上次我们是不欢而散的;现在她的脸上还有着不屑的神情,而且一点也不想加以掩饰。

"达特尔小姐,听说你想跟我谈谈。"我手扶椅背,站在她跟前说道,谢绝了她示意要我坐下的邀请。

"对不起,"她说道,"请问,那个女孩找到了吗?"

"没有。"

"可她已经逃走了!"

当她看着我时,我看到她那两片薄嘴唇在动,好像急于要把咒骂加在艾米莉身上似的。

"逃走了?"我重复了一句。

"是的!从他身边,"她冷笑着说,"要是这会儿还没找到她,也许永远也找不到了。她可能已经死了!"

我朝她看时,她那副得意扬扬的残忍表情,我从来不曾在别的人脸上看到过。

"巴望她死掉,"我说,"也许是一个跟她同属女性的人,对她所能表现的最大慈悲了。达特尔小姐,时光使你变得温和了这么多,我真高兴。"

她没有屈尊给我回答,而只是冲着我轻蔑地一笑,说:

"这位出色的受害年轻女士所有的朋友,都是你的朋友。你是他们的捍卫者,全力维护他们的权利。你可想知道有关她的情况?"

"想。"我说。

她面带令人厌恶的笑容,站起身来,朝不远处一道把草坪和菜园隔开的冬青围篱走了几步,然后提高声音喊道:"过来!"——好像在叫一头不洁净的畜生。

"你在这儿当然会按捺住性子,不会露出捍卫者的身份和报仇的念头吧,科波菲尔先生?"她回过头来,脸上依然带着同样的表情,冲着我说。

我低了低头,不懂她这是什么意思。接着她又喊了一声:"过来!"在她回来时,后面跟着那位体面的利提摩先生。这位先生的体面不减当年,他向我鞠了一个躬,随即在达特尔小姐身后站定。达特尔小姐靠坐在我们中间的一张椅子上,注视着我,样子那么恶毒,神气那么得意,但是说也奇怪,其中依然不乏某种女性的动人魅力,真抵得上传说中那位残忍的公主①。

"现在,"她没有看他,只是摸着她那似乎在颤抖的旧伤痕——也许这次她感到的是快意,而不是疼痛——神气活现地说,"把逃走的事告诉科波菲尔先生。"

"詹姆斯先生和我,小姐——"

"别对着我说!"达特尔小姐眉头一皱,打断了他的话。

---

① 指古希腊神话传说中的美狄亚公主。她精巫术,曾杀死亲兄弟,并曾帮助伊阿宋取得金羊毛,与他私奔,生有二子。后伊阿宋移情于格劳克,和她结婚,美狄亚愤而毒死新娘,并杀死两个亲生儿子。

"詹姆斯和我,先生——"

"请你别对着我说。"我说。

利提摩先生一点也没有心慌意乱,只是微微地鞠了一个躬,意思是说,凡是我们感到最满意的,他也就最满意;他就又重新说:

"詹姆斯先生和我,自从那个年轻女人在詹姆斯先生保护下,离开亚茅斯后,就带着她一起去了外国。我们到过许多地方,去过不少国家。到过法国、瑞士、意大利——实际上,几乎是所有地方。"

他望着椅背,像是冲着它说话似的,两手还轻轻地抚弄着椅背,好像在弹一架无声钢琴的琴键。

"詹姆斯先生非常喜欢那个年轻女人,打从我为他当差起,很久以来,我从没见他的心情这般安定过。那个年轻女人很可造就,她学会了说好几种外国语,谁也看不出她就是以前的那个乡下人了。我注意到,不论到哪儿,她都受到大家的称赞。"

达特尔小姐一只手撑在腰上。我看见利提摩偷偷地朝她瞥了一眼,暗中微微一笑。

"那个年轻女人,的确到处都受到大家称赞。由于有漂亮的穿着,由于有美好的空气和阳光,又有大家捧场,又是这个,又是那个,她的长处也就真的引得大家注意了。"

说到这儿,他稍微停顿了一下。这时,达特尔小姐的眼睛,烦躁不安地在远处的景象上乱转,牙齿咬着下嘴唇,不让那张嘴乱颤乱动。

利提摩把双手从椅背上放下,把其中的一只握在另一只里;他把自己的全身都稳支在一条腿上,两眼下视,体面的脑袋略微前俯,有点歪向一边,接着说道:

"那个年轻的女人就这样过了一阵子,只是偶尔有点无精打采。后来,她总是那么无精打采,而且老爱发脾气,我想,这样一来,就惹得詹姆斯先生对她厌烦了。大家就都不愉快了。詹姆斯先生又开始心神不安定起来。他越不安定,她也就越糟糕。我得说,自己夹在他们两人之间,日子确实很不好过。不过情况还是得到了弥补,这儿修修,那儿补补,一次又一次的修补,总算还维持着;我敢说,谁也没有料到能维持得那么久。"

达特尔小姐把目光从远处收回,又用先前的神情看着我。利提摩先生

用手掩住嘴,体面地轻咳了一下,清了清嗓子,换一条腿支着,然后接着说:

"到后来,总而言之,他们话也多了,指责也多了。于是,一天早上,詹姆斯先生离开我们住的那不勒斯附近的一座小别墅(因为那个年轻女人很喜欢海),顾自走了。詹姆斯先生离开时,假装说一两天就回来,可暗地里交代我,要我到时候对她捅明,为了各方面的幸福,他这一去,"——说到这儿,他又短促地咳了一声——"不再回来了。不过,我得说,詹姆斯先生的为人,确实是十分光明磊落的;因为他出了个主意,要这个年轻女人嫁给一个很体面的男人,那个男人表示对她过去的事,可以完全不计较;而且,他至少比得上那年轻女人通常能高攀得上的任何一个人,因为她的出身非常低下呀。"

他又把腿换了一下,润了润嘴唇。我深信不疑,这个坏蛋说的体面男人,就是他自己,我从达特尔小姐的脸上,也可以看出这一点。

"这话也是詹姆斯先生交代我说的。只要能让詹姆斯先生从困难中解脱出来,不管什么事,我都愿意去做。再说,老太太那么疼他,为他受了那么多苦,为了能使他们母子俩和好如初,我也应该这么做。因此我接受了这一任务。当我把詹姆斯先生一去不回的消息,对那个年轻女人捅明时,她一下就昏过去了。待她醒过来后,她那股泼辣劲,是谁也料想不到的。她完全疯了,非用强力把她制止住不可。要不,即便她弄不到一把刀子,或者到不了海边,她也会拿自己的脑袋拼命在大理石地板上撞个不停。"

达特尔小姐后背往椅子上一靠,脸上现出一片得意之色,好像差一点要把这家伙说的一字一句,全都爱抚一番。

"可是当我把交代我办的第二件事捅明后,"利提摩先生不自在地搓着双手,说,"那个年轻女人不但不像人们想的那样,不管怎么说,这是一番好意,应该表示感激,而且露出了她的本来面目。像她这样蛮横、凶暴的人,我从来不曾见过。她的行为真是坏得吓人。她就跟一段木头或者一块石头一样,没有感情,没有耐心,不懂感激,不懂道理。要不是我有所防备,我相信,她非要了我这条命不可。"

"凭这一点,我倒更敬重她呢。"我愤怒地说。

利提摩先生只是低了低头,好像在说:"是吗,先生? 不过你还嫩着呢!"跟着又说了下去:

"简单地说吧,有一阵子,凡是她能用来伤害自己,或者伤害别人的东西，都得从她身上拿开。还得把她紧紧地关在屋子里。尽管这样，一天夜里，还是让她给跑掉了。有一扇窗户，是我亲手钉死的，可她使劲把窗格给弄开了，顺着蔓生在墙上的藤萝，攀滑到地上。打那以后，据我所知，就再也没有看见过她的踪影，也没听到过她的消息。"

"她也许死了。"达特尔小姐笑着说，仿佛她可以朝那受害姑娘的尸体，踩上一脚似的。

"她也许投海自杀了，小姐，"利提摩回答说，这回他抓住对一个人说话的借口了，"很有可能。要不，她会得到那些船夫，或者是船夫的老婆孩子帮忙的。她喜欢跟下等人在一起，在海滩上，坐在他们的船旁跟他们聊天，达特尔小姐，她已经非常习惯。詹姆斯先生外出时，我曾看见她成天跟他们在一起混。她告诉那些小孩子说，她也是渔家女，许久以前，在她自己的国家，也像他们一样，在海滩上跑来跑去玩耍。这事有一次让詹姆斯先生知道后，惹得他很不高兴。"

哦，艾米莉！你这苦命的美人啊！我眼前不觉出现了一幅画面，只见她坐在远方的海滩上，坐在一群跟她当年天真烂漫时一样的孩子中间，一面听着他们细小的声音——要是她作了穷人的妻子，会叫她妈妈那种细小的声音——一面听着大海的呼啸，总是喊着"永远不再！"

"当事情已经很清楚，什么办法也没有时，达特尔小姐——"

"我不是告诉过你，要你不要对着我说吗？"达特尔小姐声色俱厉，颇为不屑地说。

"对不起，小姐，刚才是你对着我说了，"他回答说，"不过服从是我的职责。"

"尽你的职吧，"她答道，"把这件事说完，就走！"

"当事情已经很清楚，"他鞠了一个躬，表示服从，然后体面十足地接着说，"她是再也找不到了，我就去了詹姆斯先生跟我约定的那个通信的地方，见了詹姆斯先生，向他报告了发生的事情。结果我们之间发生了口角，我觉得，为了维护我的人格，我不得不离开他。我本可以受詹姆斯先生的气，一直以来受得够多了，可是这一次，他把我侮辱得太过分了，伤了我的心了。因为我知道，他们母子之间不幸有了分歧，也知道她心里十分焦虑，于是我就大胆地回了国，向她报告了——"

"因为我给了他钱。"达特尔小姐对我说。

"正是这样,小姐——向她报告了我所知道的情况。我想不起,"利提摩先生想了一会儿说,"还有别的什么了。我现在已经失业,很想有个体面的事做。"

达特尔小姐朝我看了一眼,好像是问我是不是还有什么想要问的。当时我脑子里正好想起一件事,于是便回答说:

"我想问问这——家伙,"我实在没法勉强自己说出更好听的字眼来,"他们是否截留过艾米莉家里写给她的一封信,或者他是否认为她已经收到了那封信。"

他一直保持着镇定和缄默,眼睛盯着地面,右手的每个指尖灵巧地抵着左手的每个指尖。

达特尔小姐轻蔑地把脸转向他。

"对不起,小姐,"他突然从出神中惊醒过来说,"虽然我得听从你的吩咐,可是我也有自己的身份,尽管我只是个仆人。科波菲尔先生跟你,小姐,是不同的。要是科波菲尔先生想要从我这儿打听什么,那恕我冒昧,我要提醒科波菲尔先生,他可以把问题向我好好提出来,我也有人格要维护的啊。"

我好不容易按捺住性子,过了一会,把眼睛转向他,说:"你已经听到我的问题了。要是你愿意的话,就把它看成是对你提出的吧。你怎么回答呢?"

"先生,"他时不时灵巧地把指尖分开又抵拢,回答说,"我的回答,得有所保留;因为,把詹姆斯先生的秘密告诉他母亲,这跟对你泄露,完全是两码事。我认为,会让人造成情绪低落和增加不愉快的信,詹姆斯先生大概是不会让她多收的;再多的话,先生,我就希望避而不谈了。"

"要问的全问了吗?"达特尔小姐问我道。

我表示,我没有别的什么要问了。"只是,"我看到他要离开时,补充说,"既然我已知道,在这桩坏事里,这个家伙所扮演的角色,我是一定会把这一情况告诉艾米莉从小就认做父亲的那位老实人的,所以我要提醒一下这位干坏事的人,公共场所还是少去为好。"

我一开口,他就站住不动了,带着他往常的那种镇静态度听着。

"谢谢你的好意,先生。不过,请你原谅我说的话,先生;在我们这个国家里,既没有奴隶,也没有奴隶主。人们是不许不顾法律,私自用武力报复的。要是他们敢那么做,我相信,那不是给别人招灾,而是给自己惹祸。因此,我得说,我想去哪儿就可以去哪儿,先生,我一点也不害怕。"

说完这番话,他恭恭敬敬地对我鞠了一个躬,又对达特尔小姐鞠了一个躬,接着便从冬青围篱中间的一个拱门进去了,他就是从那儿出来的。达特尔小姐和我默默地互相看了一会;她的态度,仍跟把利提摩叫出来时完全一样。

"他还说过,"她慢慢地噘起嘴唇说,"他听说,他的主人正沿着西班牙海岸航行;这次航行完了,他还要去别的地方,去过他那份航海的瘾,直到玩腻了为止。不过,这事你是不会关心的。他们母子两人,都很骄傲,现在,他们之间的裂痕,比以前更深了,已经很少有弥合的希望。因为他们两个,实质上是一样的人;时光使他们变得越来越固执,越来越傲慢。这事你也是不会关心的。不过,由此引出了我要说的话。那个你看成天使的魔鬼,我指的是,他从海滩污泥中捡起来的那个小贱人,"——说到这儿,她的一对黑眼睛直盯着我看,她的食指激动地朝上举着——"也许还活着——因为我相信,有些贱东西,一时是死不了的。要是她还活着,那你们一定是想找到这颗无价的明珠,并且把她保护好的。我们也希望那样,使得他不会有机会再次落入她的手中。在这一点上,我们的利害关系是一致的;正因如此,我才派人把你请来,让你听听你刚才听到的那些话;对于这样恶劣的一个小贱人,要是想让她吃到苦头,本来我是什么都做得出来的。"

她脸上的表情变了,我知道我身后有人来了。原来是斯蒂福思太太。她把手伸给我时,神情比以前更冷淡了,态度也比以前更威严了。不过,我也看出,她还记得我曾对她的儿子爱慕过,一直没有磨灭掉这种旧情——这使我颇为感激。她已经大大地变了样;她那原本笔挺的腰板,远不如以前挺了;她那端庄俊秀的脸上,已经有了深深的皱纹;她的头发也几乎全白了。不过,她一坐在椅子上,依然是一位端庄的美妇人;她那明亮而高傲的目光,我很熟悉,因为在我上学的年月里,它曾是我睡梦中的指路明灯。

"全部情况都告诉科波菲尔先生了吗,罗莎?"

"都告诉了。"

"是听利提摩亲口说的?"

"是的；我把你为什么想要让他知道这些情况的理由，也告诉他了。"

"你真是个好女孩。科波菲尔先生，我跟你从前的那个朋友，曾通过几次信，"她转对我说，"但是并没能使他回心转意，来尽一尽孝道，或者尽一尽天职。所以，关于这件事，除了罗莎说的之外，我并没有别的用意。要是有什么办法，能让你带到这儿来过的那个正派人宽心（我只替他感到难过——此外没有别的可说了），能让我的儿子不再落入存心害他的那个仇人的圈套，那就好了！"

她挺直身子，坐在那儿，两眼笔直朝前看着，遥望着远方。

"夫人，"我恭恭敬敬地说，"我明白。我向你保证，我决不会曲解你的用意的。不过我得说，就是对你也得说，我跟受害的这家人从小就认识，这个女孩受了这么大的冤屈，要是你还认为她没有受到残忍的欺骗，现在还肯从你儿子的手中接过哪怕是一杯水，那你就大错特错了，她宁愿死上一百次，也不肯那么做的。"

"得啦，罗莎，得啦！"斯蒂福思太太看出罗莎想要插嘴，便说，"没关系，随它去吧。听说你结婚了，先生？"

我回答说，我结婚已经有一些日子了。

"你干得很不错吧？我现在过着清静的生活，听不到什么消息，不过我知道，你已经渐渐有名气了。"

"我只是运气还好罢了，"我说，"有人提到我的名字时，给了一些称赞。"

"你母亲已经不在了？"——她用了一种柔和的声音。

"是的。"

"真可惜，"她回答说，"她要是还在的话，一定会为你感到自豪的。再见了！"

她尊严而又冷漠地伸出手来，我握住了她的手；她的手在我的手中显得很平静，仿佛她的内心也很平静似的。好像她的高傲能使脉搏静止，能为她脸上遮上平静的面纱，她坐在那儿，透过面纱，笔直朝前看着，遥望着远方。

我沿着阳台离开她们时，禁不住朝她们再看了看，只见她们两人坐在那儿，都目不转睛地凝视着远方的景物；暮色越来越浓，渐渐地把她们笼罩。一些亮得早的灯火，星星点点地在远方的城市中闪烁。东面天空中惨淡的霞光还在徘徊。但是,横隔在这儿跟城市之间大片的宽阔低谷里,一片雾霭正像大海似的升起,和暮色融为一体,仿佛汇聚成的一片汪洋,要把她们围困。我永远记得这番情景是有道理的,而且想到这就毛骨悚然,因为,我还没来得及朝她们多看一眼,那汹涌的海涛,已经翻滚到她们的脚下了。

听到这消息后,经过琢磨,我觉得应该告诉佩格蒂先生。第二天晚上,我就到伦敦市区去找他。他一直抱着寻回他外甥女的唯一目的,在到处寻访。不过在伦敦的时候,比在别的地方要多些。我不止一次看到他深更半夜,在街上走过,从那些在这种时刻还在外面游荡的少数人中间,寻找他害怕找到的那个人。

他在亨格福德市场一家小杂货店的楼上,租了一个房间,这地方我已提到过不止一次。他的寻找行动最初就是从这儿出发的。我就朝那儿走去。到了那儿,我向小店里的人一打听,说他还没有出门,上楼就可以找到他。

他正坐在窗前读着什么;窗台上还养了几盆花草,屋子里收拾得非常整洁。我一眼就看出,这儿时刻都准备着迎接艾米莉的到来;每次外出,他总认为他有可能把她带回来的。我敲门他没有听到,我把手放在他肩上时,他才抬起头来。

"大卫少爷!谢谢你,少爷!你特意来看我,我真是打心眼里感谢!你请坐。你来我欢迎极了,少爷!"

"佩格蒂先生,"我说,一面接过他递过来的椅子,"我听到了一点消息。不过你别抱太大的希望!"

"艾米莉的消息!"

他两眼直盯着我,神情紧张地把一只手放到嘴上,脸色一下变得煞白。

"根据这个消息,还没法知道她在哪儿,不过她已经不跟他在一起了。"

他坐了下来,神情急切地看着我,屏声敛气地听着我告诉他一切。当他慢慢地把目光从我身上移开,一只手支着前额,双目低垂坐在那儿时,我现在还清楚地记得,他那张坚忍庄重的脸上,有着一种尊严,甚至是美感,使我非常感动。他没有插一句嘴,自始至终只是静坐在那儿倾听着。他似乎正凭着我的话在搜寻艾米莉的身影,一切别的形象,他一概放过,仿佛它们根本就不存在似的。

我说完后,他捂住脸,依然不出一声。我朝窗外望了一会,然后又看了看那几盆花草。

"这件事你觉得怎么样,大卫少爷?"后来他终于问道。

"我想,她还活着。"我回答说。

"我不知道。也许这第一棍打得太重了,要是一时想不开——! 以前她时常说到蓝色的大海。这么些年来她老是想到大海,难道因为那是她未来的坟墓!"

他一面琢磨,一面惶恐不安地低声嘀咕着;还在小房间里走了一个来回。

"不过,"他又接着说,"大卫少爷,我总觉得她一定还活着——不管我睡着时,还是醒着时,我都相信我一定能找到她——一直以来,指引着我,支撑着我的,就是这个想法——所以,我决不相信我会受骗。不会! 艾米莉一定还活着!"

他坚定地把手往桌子上一放,他那晒黑了的脸上露出果断的神情。

"我的外甥女儿艾米莉,一定还活着,少爷!"他毫不含糊地说,"我不知道,这是打哪儿听说的,也不知道是怎么听说的,不过我确实听说,她还活着!"

他说这话时,他的样子几乎就像个受到神灵启示的人似的。我等了一会儿,直到他能集中起自己的注意力来,然后才对他讲起我昨晚想到的可以采取的稳妥办法。

"你听我说,我亲爱的朋友——"我开始说道。

"谢谢你,谢谢你,好心肠的少爷!"他双手紧握住我的一只手说。

"万一她要是来伦敦,这是很有可能的——因为她想要隐姓埋名的话,哪儿还有比这座大城市更方便的啊。再说,要是她不愿回家,除了隐姓埋名躲起来之外,她还能有什么别的办法呢? ——"

"她不会回家,"他插了一句,一面伤心地摇着头,"要是她是自愿离家的,那也许会回来;可实情不是那样,所以她是不会回家了,少爷。"

"万一她要是来到伦敦,"我说,"我相信,这儿有一个人,比世界上的任何一个人,更能找到她。你还记得——你要拿出坚韧不拔的精神来听我说,你得想到你的大目标! ——你还记得玛莎吗?"

"我们镇上的那个?"

看他的脸色就够了,我不用再做别的回答。

"你知道她在伦敦吗?"

"我在街上见到过她。"他哆嗦了一下,回答说。

"可是你不知道,"我说,"艾米莉从家里出走以前很久,就用汉姆的钱接济过她。你也不知道,那天晚上我们相遇,在路那边的那间屋子里谈话时,她就在门口偷听来着。"

"大卫少爷!"他吃了一惊,回答说,"就是下大雪那天晚上?"

"是的,就是那天晚上。打那以后,我就没有再见到过她。那晚跟你分手后,我本想回去同她谈谈,可是她已经走了。当时我不愿对你提起她,现在我也还是不愿意。不过她可就是我说的那个人,我想我们应该跟她取得联系。你明白我的意思吗?"

"太明白了,少爷。"他回答说。这时,我们已经放低了声音,几乎像在窃窃私语了;往下我们就这样低声谈着。

"你说你见到过她。你看你能不能找到她? 我自己只能盼望碰巧遇上她了。"

"我想,大卫少爷,我知道上哪儿去找她。"

"天已经黑了。我们既然碰在一块了,要不要现在就出去,看看今天晚上能不能找到她?"

他表示同意,准备和我一起去。我没有露出注意他在做什么的样子,只见他仔细地把小房间收拾了一番,把蜡烛和点蜡烛的东西都放好,整理好床铺,最后从抽屉里折叠得整整齐齐的一些衣服中,取出一件(我记得艾米莉穿过这件衣服),还取出一顶女帽,把它们放在一张椅子上。有关这些衣帽的事,他只字未提,我也一样。毫无疑问,这些衣帽已经在那儿等了她好多好多夜了。

"以前,大卫少爷,"我们下楼时,他说,"我几乎把玛莎这女孩,看成是艾米莉脚下的泥巴。求上帝宽恕我,现在可不一样了!"

当我们一路走去时,我向他问起了汉姆的情况,这一方面是为了找话跟他谈,另一方面我也确实想知道一些他的情况。佩格蒂先生的说法,几乎跟以前一样,他说,汉姆一切照旧,还是"拼命干活,一点也不顾惜自己的身体;他从来没有说过半句抱怨的话,大伙都喜欢他"。

我问他，对造成他们不幸的罪魁祸首，汉姆的心里有些什么想法？他是不是认为会有出事的危险？比方说，要是汉姆跟斯蒂福思遇上了，他认为汉姆会怎么做？

"我说不上来，少爷，"他回答说，"我常常想到这件事，可是不管我怎么想，我都没能想出什么来。"

我提醒他，叫他回想一下艾米莉出走后第二天早上，我们三个人在海滩上的情景。"你可记得，"我说道，"他望着远处的大海，脸上有着一种异常的神情，还讲到'结局'什么的？"

"我当然记得！"他说。

"你想，他是什么意思？"

"大卫少爷，"他回答说，"这个问题，我问过自己不知多少遍了，可是一直找不到答案。还有一件怪事——那就是，尽管他那么讨人喜欢，可是要想摸透他的心思却不易，这事我心里挺不放心。他对我说话，一向要多恭敬有多恭敬，现在也没有两样。不过他心里可绝不是浅水一摊，一眼就能看到底。那儿深着呢，少爷，我看不到底啊！"

"你说得对，"我说，"这事有时让我担心。"

"我也一样，大卫少爷，"他回答说，"说实话，他这样，比他不顾死活更让人担心呢，虽说这两点都是他身上发生的变化。不管遇到什么情况，我知道他都不会动武的，不过我还是希望他们两人别碰在一起。"

我们穿过圣堂栅栏门①，来到城内。现在他已不再讲话，在我旁边走着，把自己的全副精神，都倾注在为之献身的唯一目标上；他朝前走着，默不作声地集中起全身的所有官能，从而使得他在人群中也显得旁若无人，孑然一身。当我们走到离黑衣教士桥不远处时，他突然转过头来，指着街对面一个匆匆走过的独行女子。我立即就知道，这就是我们要找的人。

我们穿过街道朝她追去。这时我忽然想到，要是我们离开人群，在一个较为僻静、没有什么人看到的地方，跟她交谈，她也许会对我们这个迷途的姑娘，多一点女人的关切。所以我就劝我的同伴，暂且别招呼她，先跟着她走。我这样做，还有另外一个模糊的想法，想知道她去什么地方。

①　指当时伦敦城的西门。

佩格蒂先生同意我的意见，于是我们就远远跟着她。既不让她离开我们的视线，也决不走得离她太近，因为她时时都在朝四下里张望。有一次，她停下来听一个乐队演奏，我们也停了下来。

她往前走了很远，我们依然跟着。看她那走路的样子，显然她要去一个固定的地点。由于这一点，加上她一直没有离开喧闹的大街，大概还有像这样跟踪一个人的特殊神秘趣味，使得我们一直坚持着最初的主张。到后来，她终于拐进了一条冷僻昏暗的街道，这儿，喧闹声和人群都听不见、看不到了。这时，我说："现在我们可以跟她说话了。"于是我们就加快脚步，朝她追上去。

第四十七章

玛　莎

现在我们已经来到威斯敏斯特区了。当我们见到她迎面朝我们走来，我们便转身回头跟在她后面。她走到威斯敏斯特教堂那儿，便拐了弯，离开了大街上的灯光和喧闹声。从两股来往于桥上的人流中脱身后，她走得很快，这一来，把我们抛得老远，一直到了米尔班克附近的一条狭窄的临河小街，我们才追上了她。就在这时，她穿过街道，走到了另一边，好像要躲开她听到身边逼近的脚步声似的。她一直没有回头，只是朝前走得更快了。

我们经过一个阴暗的门道，那儿停着几辆过夜的运货马车，从门道望出去，可以瞥见那条河，看来我们得放慢脚步了。我没有说话，只是碰了碰我的同伴；我们两个就都没有穿过街去，而是在街的对面跟着她，尽量悄悄地沿房子的阴影处前行，同时尽可能离她很近。

当年，在这条地势低下的街道尽头，跟我现在执笔写作时一样，有一座倒塌的小木屋；这也许是一个废弃的旧渡船站，它的位置正好在街的尽头。接下去便是一边是房屋，一边是河的大路。她一到这儿，看见了河水，就站住不走了，仿佛已经到了她的目的地。跟着又沿着河边慢慢地朝前走去，目不转睛地一直望着河水。

来到这儿的一路之上，我都以为她要前往某座住所；说实在的，我还隐约地抱着一个希望，希望那座住所多少跟那个迷途的女孩有些关系。可是当我从那个门道望出去，模糊地瞥见那条河时，我就出于本能地知道，她不会再往前走了。

当时，那一带是个十分荒凉的地方，到了晚上，它就像伦敦周围任何一个地方一样沉闷、凄凉、冷僻。在那座壁垒森严的大监狱附近,有着一条阴郁、荒凉的大路,路的两旁既没有码头,也没有房屋。一条淤塞的明沟里的污泥,就淤积在监狱的墙脚下。附近是一片沼泽的河滩地,上面杂草丛生,蔓延四布。其中的一处地方,立着一些房屋的骨架,由于当时开工不吉利,一直没有完工,就在那儿慢慢地颓圮、腐烂了。在另一处地方,满地堆着生了锈的锅炉、轮子、曲轴、管子、火炉、桨、锚、潜水钟、风磨帆,还有许多我不认识的奇形怪状的东西,这些全是某个投机商人收集起来的;它们匍匐在泥地中——天一下雨,地一湿,由于本身的重量,它们就往土里沉——就像想要躲藏起来而又没能做到似的。河岸上,各色各样的工厂,发出震耳的敲击声和刺目的强光,在黑夜中搅扰了一切,只有从它们烟囱中不断喷出的浓烟,不受丝毫影响。黏湿的洼地和堤道,在老朽的木桩中间蜿蜒,经过淤泥污水,一直通到落潮线那儿。木桩上黏附着一些绿毛一般令人作呕的东西;还有去年悬赏寻找淹死者尸体的破烂招贴,在高水位线上的风中扑打。据说,当年大瘟疫时①,为掩埋死者挖的大土坑之一,就在这附近;因而从这儿发出的瘟疫之气,似乎仍弥漫在这一带地方。再不然,就是这地方,由于污泥泛滥,仿佛渐渐腐烂似的,变成现在这样噩梦般的光景。

我们跟踪的这个姑娘,恍恍惚惚地来到河边,就像是一堆被河水抛上来任其腐烂的垃圾,身子站在这幅夜景之中,眼睛凝望着那片河水,显得孤单而凄凉。

在泥滩里,有几条搁浅的小船和平底船,靠了这些船遮身,我们才能走到离她几码远的地方而没有被她看见。接着,我打手势叫佩格蒂先生站在原地别动,让我一个人从船的阴影处出来,上前跟她搭话。当我走近她那孤零零的身影时,全身不免有点颤抖,因为她脚步坚定地走到的终点,竟是这样一个阴森森的地方;她现在几乎正站在铁桥桥洞的阴影里,眼望着猛涨的潮水中反射出的曲曲扭扭的灯光,这一切都使我感到心惊胆战。

我觉得她正在自言自语。虽然当时我正全神贯注地看着那猛涨的潮水,但我敢说,我看到她的披肩从肩上滑了下来,她用它包住了自己的双手,显得心神不定,不知所措,不像是个神志清醒的人,而像个梦游者。我知道,

---

① 指 1665 年至 1666 年伦敦的淋巴腺鼠疫。

也永远不会忘记,瞧她那疯狂的模样,有一点可以肯定,她一定马上会让我看到她沉进潮水中,这时我急忙抓住她的手臂。

同时我叫了一声"玛莎"。

她惊恐地尖叫了一声,跟着便拼命挣扎起来,她的力气竟那么大,使我怀疑靠我独自一人能否抓得住她。不过,一只比我更有力的手把她给抓住了;她满脸惊慌地抬头一看,看清后来抓她的是谁时,又使劲挣扎了一下,接着便瘫倒在我们两人之间了。我们把她从水边抬开,抬到有一些干石子的地方,然后把她放在地上,她仍在痛哭呻吟。过了一会,她才在石子堆上坐起身来,双手抱着蓬乱的头。

"哦,河啊!"她激动地叫喊着,"哦,河啊!"

"别叫啦,别叫啦!"我说,"安静下来吧!"

可是她依然继续叫喊着,一遍又一遍地重复着同样的话:"哦,河啊!哦,河啊!"

"我知道,这条河跟我一样!"她喊着说,"我知道,我是归它的。我知道,它是我这种人天生的伙伴!它是从乡下来的,在乡下时它是干净的,没有害处的——后来它慢慢地爬过了这些阴暗的街道,就被弄脏了,受糟蹋了——现在它要走了,像我的一辈子一样,走向那永远波涛汹涌的大海——我觉得,我一定得跟它一起去的!"

只有从她这几句话的口气中,我才知道什么是绝望。

"我不能离开它,我也没法忘掉它。不管白天还是黑夜,它都一直挂在我的心头。在整个世界上,只有它跟我合得来,或者说,我跟它合得来。哦,这条可怕的河啊!"

我的同伴一声不响、一动不动地看着玛莎。这时,我心里突然闪过一个念头,即使我对他外甥女儿的情况一无所知,我也可以从他脸上看出她的身世来。无论在画上或者在现实生活中,我都不曾见过这般感人的恐怖和同情混合在一起的神情。他颤抖着,好像要跌倒的样子;他的手——我用自己的手摸了摸他的手,因为他的神色把我给吓坏了——他的手冰凉。

"她这会儿心里正狂乱着呢,"我低声对他说,"再过一会儿,她就不会这么说了。"

我不知道他打算回答我什么。他动了动嘴唇,好像自以为已经说过话

了。其实他只是伸手指了指那女孩。

玛莎又哇的一声大哭起来，一面再次把脸藏在石子堆中，匍匐在我们面前，一副蒙羞、沦落的样子。我知道，必须等待这种状况过去，我们才有希望跟她交谈，因而我就冒昧地阻拦住佩格蒂先生，要他先别扶她起来。我们默默地站在一旁，一直等到她较为平静下来。

"玛莎，"我俯下身子，一面扶她，一面说——她好像也想站起来，打算走开，可是四肢无力，只得靠在一条小船上，"你认识这是谁吗？跟我在一起的这个是谁？"

她有气无力地说："认识。"

"今天晚上我们跟了你很长一段路了，你知道吗？"

她摇了摇头。她既没有看佩格蒂先生，也没有看我，只是低声下气地站在那儿，一只手拿着帽子和披肩，却又不觉得拿着东西似的，另一只手紧握成拳头，按在前额上。

"你这会儿定下神来了吧，"我说，"能跟你谈谈你那么关心的事吗——我希望老天爷还记得！——就是那个下雪的晚上？"

她重又抽抽噎噎地哭了起来，含糊不清地向我说了几句道谢的话，感谢我那天晚上没有把她从门口赶走。

"我没什么要为自己说的，"她过了一会儿说，"我是个坏人，我已经没救了。我一点希望都没有了。不过请你告诉我，先生，"她已经吓得躲开他，"要是你对我还不太严厉，能替我说几句话，就请告诉他，他的不幸，不管从哪一方面说，都跟我无关。"

"从来没有人说跟你有关。"因为她说得很诚恳，我也以诚恳的态度回答她说。

"要是我没弄错的话，就是你吧，"她断断续续地说，"那天晚上，艾米莉那么可怜我，对我那么和气，她不仅没有像别人那样远远地躲着我，还给我那么大的帮助；那天晚上到厨房里来的，就是你吧，先生？"

"是我。"我说。

"要是我觉出我对她有任何过错的话，"说着她神情可怕地朝河里瞥了一眼，"我早就在河里了。要不是我在那件事情上没有一丁点儿牵连，那我一个冬天的夜晚都度不过，早就跳河了。"

"她离家的原因,大家都十分清楚,"我说,"我们完全相信,你跟那件事完全无关——我们知道。"

"哦,要是我有一颗好一点的心,那我还可以对她有点益处啊!"那女孩无限悔恨地叹息着说,"因为她总是对我一片好心! 她从来没有对我说过一句不愉快、没有道理的话。我很清楚自己是个怎么样的人,我怎么还会要她学我的样子呢? 当我把生命里一切宝贵的东西都丢失时,使我想起来最难过的是,我跟她永远分离了!"

佩格蒂先生站在那儿,眼睛朝下看着,一只手扶着小船的船帮,另一只手捂住了自己的脸。

"在那个下雪夜以前,我从我们镇上来的人那儿,听说了发生的事,"玛莎哭着说,"那时候,我心里最难过的念头是:人们会想到,她有一阵子跟我很要好,他们会说,是我把她给带坏了! 老天爷知道,说真的,要是我能把她的名声给恢复过来,我哪怕死了也情愿!"

她已经很久不习惯自制了,她悔恨、悲伤时的痛苦,让人触目惊心。

"我死了,算不了什么——我能说什么呢? ——可我要活着!"她哭着说,"我要在肮脏的街道上活到老——在黑暗中四处流浪,让人躲着我——看着天色放亮,映出一排灰蒙蒙的可怕的房子,同时想起,同样的太阳也曾照进我的房间,照醒过我——只要能救她,即便是这样,我也要活着!"

她又往石子堆上坐了下去,两手都抓起一些石子,使劲地攥着,仿佛一心要把它们捏碎似的。她不断地扭动成新的姿势,有时又举起两只胳臂,遮在脸前,仿佛要把那点亮光从眼前挡开似的;她低垂着头,好像是因为回忆起来的往事太多太重,压得它支持不住了。

"我到底该怎么办呀!"她在绝望中挣扎着说,"独自一人待着,就会咒骂自己,一接近别人,个个都会骂我活着丢脸;像这样,我还怎么能活下去啊!"她突然转向我的同伴说,"踩死我吧,杀死我吧! 当你为她骄傲的时候,哪怕我在街上碰了她一下,你一定会认为我伤害了她。我嘴里说出的每一个字,你都不会相信的——你为什么要相信呢? 即使这会儿,要是她跟我说上一句话,你也会认为这是最大的耻辱。我这样说决没有抱怨的意思。我决不会说她跟我是一样的。我知道,我们两人之间的差距,是很大很大的。我只是说,虽然我头上顶着那么多罪孽和坏名声,但是我从心窝里感激她,真心地爱着她。哦,别以为我身上所有爱的力量已经耗尽!你可以像世界上所有的人那样,抛弃我;你可以因为我是这样一个人,而且还曾跟她认识,杀了我,可是千万别把我看成是那种人!"

在她这样发疯似的向他求情时,他一直看着她,待她说完后,就轻轻地把她搀了起来。

"玛莎,"佩格蒂先生说,"老天爷不会让我责怪你的,尤其是我,决不能责怪你,我的孩子!你原以为我会那样做的,可是你不知道,这段时间以来,我已经有了变化了。好啦!"他停了一会,继续说,"你还不知道吧,这位先生和我,多么想跟你谈谈啊,你还不知道我们眼前有些什么打算吧。现在你听着!"

他完全把她给感化了。她站在他跟前,虽然仍有点畏畏缩缩,好像害怕他的目光,可是她刚才那种痛苦的激动,已经平静下来,她不再出声了。

"在下大雪的那天晚上,"佩格蒂先生说,"要是你听到了大卫少爷跟我的谈话,那你就知道,我正在四处找我的宝贝外甥女——还有哪儿没有找啊!——找我的宝贝的外甥女,"他又口气坚定地重复了一遍,"因为,玛莎,现在我比以前更疼爱她了。"

她只是用双手捂住脸,此外没有别的动静。

"以前她告诉过我,"佩格蒂先生说,"说你从小就失去爹娘,也没有一个亲友什么的,哪怕是有个打鱼的粗人来代替他们也好啊。你也许能想到,要是你有这样一个亲人,日子一久,你就会喜欢起他来,我的外甥女儿待我,就跟我自己亲生的闺女一样。"

看到她一直默默地在打哆嗦,佩格蒂先生从地上拾起她的披肩,小心翼翼地给她披在身上。

"凭着这一点,"佩格蒂先生说,"我知道,会出现两种情况:要是她再见到我,就会跟我前往天涯海角;要不,就是自己逃往天涯海角,躲着不肯见我。因为,尽管她用不着疑心我不疼她了,用不着疑心——也决不会疑心,"他认定自己的话决不会错,很有把握地重复说,"可是羞耻心会插进来,横在我们两人中间。"

从他说出的平实感人的每一句话中,从他脸部的每一个表情中,我都明显地看出,他把这个问题的各个方面都想过了。

"照我们的看法，"他接着说，"照这位大卫少爷和我自己的看法，她也许有那么一天，会独个儿孤孤单单地跑到伦敦来。我们相信——大卫少爷、我，以及我们所有的人，全都相信——你跟没出生的胎儿一样清白，你跟她出的事没有一点关系。你说过，她待你好，对你和气、关心。愿上帝保佑她，我知道她就是这种人！我知道，她不论对什么人，永远都是这样的。你很感激她，你很疼她。那就请你尽全力帮我们找到她吧，上天会酬报你的！"

她匆匆地，也是头一次朝他瞥了一眼，好像在怀疑他说的话。

"你信得过我吗？"她用惊讶的口气低声问道。

"完全信得过，打心眼里信得过！"佩格蒂先生说。

"你是说，要是我有一天碰到她，就拉住她谈谈；要是我有个遮身的住处，就留她住下；跟着不让她知道，赶快上你们那儿，带你们去见她，是吗？"她急匆匆地问道。

我们两人同时回答说："是的！"

她抬起双眼，郑重地说，她一定会热心忠诚地去办这件事。要是有一线希望，她决不会犹豫，决不会动摇，也决不会放弃。要是她办这件事不尽心，让这件能使她的生活目的跟善事结合，跟恶事脱离的事，从手中滑掉，如果可能的话，那就让她比那晚在河边时更可怜，更无望，永远得不到人和神的任何帮助！

她并没有提高声音，也没有对着我们说，她的话是对着夜空说的；随后便默默无声地静静站在那儿，凝望着阴暗的河水。

这时，我们认为，应该把我们知道的一切，告诉她；于是我就详详细细地对她说了一遍。她非常注意地倾听着，脸上的神色不时在变化，但尽管神色不同，坚决的表情，始终如一。她的眼睛中，有时热泪盈眶，但是她一直忍着，不让它夺眶而出。看上去，她的精神好像已经起了大变化，再也无法保持平静了。

待我说完后，她问我们，如果遇上必要时，她得到什么地方找我们联系。就着路旁幽暗的灯光，我在我的笔记本上写了我们两人的地址，然后撕下这一页给了她，她把它放进了瘦弱的胸口。我问她住在哪儿，她停了一下才回答说，她没有长住的地方，还是不说为好。

佩格蒂先生悄声对我提了一件事，这事我也已经想到。我掏出了钱包，可是她怎么也不肯收下我的钱,再三劝她都没有用,我也设法使她答应,下次一定要收下我的钱。我向她说明,照目前的情况来说,佩格蒂先生不能算穷;而她现在要替我们找人,又要靠自己谋生,这让我们两人感到不安。可是她坚决不依。在这件事情上,佩格蒂先生对她的影响,跟我一样,毫无用处。她十分感激地向他道了谢,但是坚决不肯听从。

"我也许可以找到工作,"她说,"我要去试一试。"

"至少在试之前,"我对她说,"你可以接受一点帮助啊。"

"我不能为了钱,去做我答应做的事,"她回答说,"哪怕挨饿,我也不能收你们的钱。你们要是给我钱,那就等于你们信不过我了,等于把交我办的事收回了,等于把我从投河中救出来的唯一原因取消了。"

"伟大的裁判者在上,"我说,"你和我们所有的人,到那可怕的时刻,都要站在他面前的那位伟大的裁判者在上,请你千万抛开那可怕的想法! 只要我们存了心,我们大家都可以做点好事的。"

她浑身颤抖,嘴唇哆嗦着,脸色变得更苍白了,回答说:

"也许你们心里有意想要拯救一个可怜人,使她改过自新。可是我不敢这样想;这好像太大胆了。要是我还能做点什么好事,我也许可以开始抱点希望;因为到这会儿为止,我做的净是坏事,没有好事。你们叫我试着去做的这件事,是我这么多年的悲苦生活中,第一次有人信得过我。我不知道别的,我也说不出别的了。"

她又强忍住开始夺眶而出的泪水,伸出哆嗦的手,在佩格蒂先生身上碰了一下,仿佛他身上有什么治病救人的功效似的,接着便走上荒凉的大路,朝前走去。我看她是病了,可能已经病得很久。这是我第一次有机会从近处看她,发现她面目憔悴,形容枯槁,还有她那深陷的双眼,表明她受尽了苦难艰辛。

因为我们的去路,跟她的是同一个方向,所以离她只有一小段路;我们在她后面跟着,直到重又回到灯火辉煌、行人熙攘的街市。我对她的话绝对信赖,于是就对佩格蒂先生说,要是我们再跟下去,是不是会显得我们一开始就信不过她。他也有同样的想法,而且对她也完全信赖,于是我们就让她走她的路,我们走我们的,顾自朝海盖特的方向走去。佩格蒂先生陪我走了很长一段路,分手时,我们为这次新的努力获得成功,祈祷了一番。不难看出,在佩格蒂先生的脸上,有着一种新的对别人深为关切的怜悯和同情。

我回到家里的时候,已经是半夜了。来到自家的栅栏门前,我正停下脚步,倾听圣保罗教堂深沉的钟声;我觉得,这声音正夹杂在无数时钟的钟声中,向我传来。就在这时候,我发现姨婆那座小房子的门还开着,一道微光从门内射到门外的路上,这使我颇感意外。

我以为,也许姨婆的旧病又发作了,犯了虚惊,正在那儿观望她想象中远处的大火烧得怎么样了,于是我就朝她跑过去想跟她说上几句。但是我发现有个男人站在她的小花园中,这使我大吃一惊。

那人手中拿着一只杯子和一个瓶子,正在喝着什么。我立即在园外茂密的枝叶中间停下了脚步。这时,月亮已经升起,虽然月色朦胧,我还是认出来了,这人就是我一度以为是狄克先生幻想中的人物,也就是我曾在伦敦街头看见他和姨婆在一起的那个人。

他不但在喝,还在吃,看上去像是饿极了。他对那座小房子,仿佛感到很新奇,像是第一次见到它似的。他俯身把瓶子放在地上后,就仰头看着窗户,还不住朝四周张望。他一副鬼鬼祟祟、极不耐烦的模样,好像急于想赶快离去似的。

过道里的灯光挡住了一会,接着姨婆从屋内出来了。她显得激动不安,把一些钱放进那人的手中。我听到了钱的丁当声。

"这么一点够什么用啊?"那人不满地说。

"我只能省出这么多了。"我姨婆回答说。

"那我就不走,"那人说,"得!你拿回去好了!"

"你这个不要好的东西,"我姨婆大为恼火地说,"你怎么能这样对待我?不过我又何必问呢?因为你知道我的心肠有多软!为了使你永远不要来打扰我,除了让你去自作自受外,我还有什么办法呢?"

"那你为什么不让我去自作自受呀?"那人说。

"你还好意思问我为什么!"我姨婆回答说,"你长的是一颗什么心呀!"

那人站在那儿,闷闷不乐地掂弄着手里的钱,摇着头,到后来终于说:

"那么,你就打算只给我这点钱了?"

"我能给你的,全在这儿了,"我姨婆说,"你知道,我遭到亏损了,比以前穷了。这我已经跟你说过。你钱已经到手了,为什么还要叫我受罪,要我

多看你两眼,看你弄成现在这副样子呢?"

"我已经够寒酸了,如果你指的是这个的话,"那人回答说,"我现在只能过日伏夜出的猫头鹰生活了。①"

"我原有的那点家当,大部分都让你给弄光了,"我姨婆说,"这么多年来,你害得我的心都对整个世界关上了。你待我太无情了,太狠毒了,太没有心肝了。走,去忏悔你作的孽吧。你害我的事,做得太多了,数都数不过来了,你就别害我了!"

"行!"那人答道,"好极了!——得! 我想,眼下,我只好尽量将就了。"

他虽然那样,可是看到我姨婆气愤地淌下眼泪,他也禁不住流露出羞愧的神色,接着便垂头丧气地走出花园。我快走两三步,装出刚到来的样子,在栅栏门那儿和他打了个照面,他出门时,我进了门。在交臂而过时,我们都不怀好意地互相瞪了一眼。

"姨婆,"我急忙说,"这个人又来骚扰你了! 让我去跟他谈谈。他是谁呀?"

"孩子,"我姨婆挽着我的胳臂说,"你进来吧,过十分钟再跟我说话。"

我们在她的小客厅里坐了下来。我姨婆退到从前那个绿团扇的后面(它钉在一张椅背上),不时地擦擦眼睛,待了大约一刻钟,然后她才出来,坐在我的身边。

"特洛,"我姨婆平静地说,"那人是我的丈夫。"

"你丈夫,姨婆? 我还以为他早就死了呢!"

"对我来说,早就死了,"我姨婆回答说,"其实他还活着。"

我惊异得默不作声,呆呆地坐在那儿。

"贝特西·特洛伍德这个人,看起来不像是个有柔情蜜意的人,"我姨婆沉着镇静地说,"但是当她完全相信那个人的时候,特洛,她也曾有过。那时候,她爱他,特洛,爱得死去活来。那时候,她对那个人爱慕、依恋到极点。可是那个人是怎么报答她的呢? 他折腾光了她的财产,还差一点弄得她送了命。因而她把所有那一类痴情傻意,全都永远埋进了坟墓,用土填满、压平!"

---

① 按英国当时法律,日落后不得逮捕负债的人。

"哦,我亲爱的好姨婆!"

"跟他分手时,"我姨婆像往常那样,把手放在我的手背上,接着说,"我很慷慨。事隔这么多年,特洛,我依旧可以说,跟他分手时我是很慷慨的。他待我那么残忍,我本来可以不费什么就能为自己办好跟他分手的手续的,可是我没有那么做,还是给了他很多钱。可是没过多久,他就把我给他的钱挥霍光了,变得越来越不可救药。据我所知,他又娶了个女人;后来又靠诓人、赌博、招摇撞骗过日子。现在成了什么样子,你已经看到了。可是当年我跟他结婚时,他可是一表人才,是个美男子,"说时,我姨婆的口气中仍然有着往日得意和爱慕的回声,"那时候,我完全相信他是个正人君子——我真是傻瓜一个!"

她捏了一下我的手,然后摇了摇头。

"现在我心里已经没有他了,特洛,一点也没有他了。不过,不管他是否会因他的罪过而受到惩罚(要是他一直在这个国家这样的招摇下去,迟早会受到惩罚的),每当他过一阵子出现的时候,我总是给他钱,而且数量往往超过我的财力,为的是把他打发走。我跟他结婚时,是个傻瓜,直到现在,在这方面,我依然是个不可救药的傻瓜;由于以前曾一度相信他是个正人君子,现在竟连那个爱过的人的影子都不忍心严厉对待。因为,要是世上有过一个认真的女人的话,特洛,那就是我。"

我姨婆用一声长叹结束了这个话题,然后抚平整自己的衣服。

"就这么回事,亲爱的!"她说,"现在,这件事的开头、中间、结尾,你全知道了。我们俩,彼此之间再也不要提这件事了。当然,你也别对任何人提起。这是我脾气不好、爱生气的真情,这只有你我知道就行了,特洛!"

第四十八章

持　家

　　我在不妨碍报社工作按时完成的情况下，辛勤从事写作；我的书终于出版了，而且获得很大成功。虽然我对耳边响起的赞扬声感觉敏锐，而且毫无疑问，我比任何别的人更赏识自己取得的成就，但是我却并没有因此而冲昏头脑。我在观察人类的本性时，总觉得，一个对自己有十足信心的人，决不会在别人面前炫耀自己，为了要别人相信他。因此，我在自尊自重中，始终保持谦逊；我得到的赞扬愈多，我就愈要争取使自己当之无愧。

　　我这部书中所写的，虽然在别的一切方面，都是我一生中的重要回忆，但是我却无意在其中讲述我写小说的经历。那些小说本身已经作了说明，我就让它们自己去说明吧。要是我偶尔提到了它们，那也只是因为这是我生活进程中的一部分而已。

　　到了这时，我已经有些根据可以相信，禀赋和机遇，已使我成为一个作家，因此我就信心十足地干起这一行来了。要是我没有这种自信，我一定早就放弃这一行，把我的精力用在别的方面了。我一定得设法先弄清楚，我的禀赋和机遇，真正要把我造就成怎样一个人；弄清楚了，就做这样的人，不做别的。

　　我给报纸和别的地方投稿，一直一帆风顺，因此，在我取得了新的成就之后，我认为自己理应不再去记录那些枯燥无味的辩论了；所以在一个令我欢快的晚上，我最后一次记录下国会里那风笛般的声调之后，从此就再也不去听它了。虽然在整个漫长的国会会议期间，我仍能从报上赏识到昔日的那种嗡嗡声，也许除了嗡嗡声比从前更多之外，没有什么实质性的变化。

　　我想,我现在写到的时期,是在我结婚后一年半左右。经过几次不同的实验之后,我们认为,持家的事实在是白费力气,于是就放弃不管了,听其自然,我们也就只雇了一个小仆人。这个小仆人的主要任务,是跟厨子吵架;他在这方面,完全跟惠廷顿①一样,只是他没有惠廷顿那样的猫,也丝毫没有希望成为伦敦市长。

　　在我看来,他好像成天在炖锅锅盖冰雹般的打击下过日子似的。他的全部生活,只是一场混战。他老是会在最不适当的时候——例如,在我们举行小小的晚餐会时,或者是有几个朋友来促膝夜谈时——大叫救命,会跌跌撞撞地冲出厨房,各种铁器则在他的身后飞舞而来。我们本想要辞退他,但是他对我们很留恋,怎么也不肯离去。他是一个爱哭的孩子,我们只要稍一暗示,要终止跟他的雇佣关系时,他就号啕大哭起来,哭得那么伤心,使得我们不得不把他留下。他没有母亲——除了一个姐姐之外,我们没有发现他有任何有点亲戚关系的人;他的姐姐把他交给我们后,自己便立即逃到美国去了。于是,他就像个被掉换来的丑笨小精灵②似的,在我们家住下来了。他对于自己不幸的身世,非常敏感,老是用外衣袖子擦眼睛,或者弯腰用小手帕的一角擤鼻子;他从来不肯把那块手帕全部从口袋里掏出来,总是省着用,而且藏得很好。

　　这个每年工资为六镑十先令的不幸的小仆人,雇他时遇上了一个不吉利的日子,因而成了我烦恼不断的根源,眼看他越长越大——他长得像红花菜豆一般快——我痛苦不安地害怕他开始刮起胡子来,甚至是长到头顶光光或者白发苍苍的时候。我看不出有摆脱他的希望;每当我设想到自己的将来时,常常会想到,当他成了个老人时,他会是个多大的累赘!

　　我从来没有料到,这个不幸的小子竟会这样让我脱离困境。他偷了朵拉的表(它也跟我们家所有别的东西一样,没有一定放置的地方),把它变卖成钱后,就去坐公共马车玩(他一直是个智力低下的孩子),高高地坐在

---

　　①　惠廷顿(1358—1423),英国商人,曾三次任伦敦市长(1397—1420)。据传原为穷苦孤儿,在厨房里当奴仆,因受厨子虐待而逃跑。后因摩洛哥鼠害甚烈,该国国王高价买下他的猫而使他成为巨富。

　　②　据西方传说,精灵会用丑笨的孩子偷换走聪明漂亮的孩子。

马车外面的座位上，不断地往来于伦敦和阿克斯布里奇①之间。据我记得，他是在完成第十五趟旅行时，被警察捉去博街②的。当时，从他身上搜出四先令六便士，还有一支他根本不会吹的长笛。

要是他不知悔过的话，这件意外的事及其后果，也许还能让我少惹点麻烦。可是他的确很有悔过之心，而且方法也颇为独特——他不是一股脑儿一次交代，而是分期分批进行。例如，那一天我不得不出庭跟他对证之后，第二天他又供出，说我们地下室里那个有盖的提篮里，我们原以为里面盛的全是葡萄酒，其实里面除了空瓶子和瓶塞子之外，早已空空如也。我们以为，这下他把他知道的厨子最大的劣迹都说出来了，这会儿他该安心了。可是，刚过了一两天，他的良心又受到了新的折磨，揭发说，厨师有个小女儿，每天一大早，就来拿我们的面包；还招供说，他自己也收受贿赂，把煤给了送牛奶的。又过了两三天，警方告诉我，说他又交代说，他曾在我们厨房的垃圾里发现牛里脊，在盛破布的口袋里发现完好的床单。过不多久，他又在一个完全新的方面进行了揭发，承认说，他知道酒店里的一个侍者，计划到我们家里来进行盗窃，于是那个侍者立即就被逮捕了。我竟成了这样一个受害人，实在让我感到难为情，我宁愿不管给他多少钱，只要他免开尊口就行，要不就花一笔大钱买通警方，让他偷偷逃走了事。可是他对这一点完全没有想到，反倒认为他每作一次新的招供，都是对我的补偿，更不要说是给我的好处了，这实在让人气恼。

闹到后来，我只要一看到警方来人，带来什么新的消息，我就先偷偷一走了之。一直等到他受审，判处流刑，我才不过这种偷偷摸摸的生活。可是甚至到了这个时候，他还不肯安静，还老是给我们写信，要求在流放之前，很想见朵拉一面。于是朵拉便去探监了，可是一进铁栅门，她就晕过去了。简而言之，在他没解走之前，我们就没有过一天安静的日子。我后来听说，他被流放到"内地"什么地方去放羊了③；至于具体的地理位置在哪儿，我就不知道了。

---

① 伦敦西北郊一市镇。
② 伦敦市中心一街名，主要警察法庭的所在地。
③ 当时的流放地主要是澳大利亚。

　　所有这一切,不能不让我认真地反省了一番,它从一个新的方面表明了我们的错误所在;尽管我非常疼爱朵拉,但是有一天晚上,我还是忍不住对她说了。

　　"我亲爱的,"我说,"我们的家务操持得这样没有条理,不仅使我们自己受累(我们倒是习惯了),还连累了别人,我一想到这事,就感到很不自在。"

　　"你已经好久没有唠叨了,看来这会儿又要发脾气了!"朵拉说。

　　"不,我亲爱的,的确不是! 让我来对你解释一下我的意思吧!"

　　"我想我不需要知道。"朵拉说。

　　"可是我要你知道知道,我亲爱的。你先把吉卜放下来。"

　　朵拉把吉卜的鼻子往我的鼻子上一碰,嘴里还说了一声"嘘!",想要驱散我那副严肃的神色,可是没能成功,于是她就吩咐吉卜回自己的宝塔,自己坐在那儿望着我,两手互握在一起,一脸无可奈何的顺从神情。

　　"事实是,我亲爱的,"我开口说,"我们身上有传染病。我们把周围的人都给传染上了。"

　　我原本打算用这个比喻继续说下去,可是朵拉脸上的表情提醒了我,她正竭尽全力地在那儿猜想,为了要治我们这种不卫生的状况,我是否要提出接种某种新的疫苗,或者采用别的什么治疗方法。所以我只好制止住自己,把我的意见说得更明白一些。

　　"我的宝贝,"我说,"要是我们不学会当心一点,这不仅会使我们损失金钱,日子过不安适,有时甚至有伤和气,我们还得为纵容坏了所有为我们做事的人,以及跟我们有来往的人,负严重的责任。我开始害怕起来了,觉得过错不完全是一方面的;这班人所以变得这么坏,原因是我们自己也不太好。"

　　"哦,多严重的罪状啊!"朵拉把眼睛瞪得大大的,高声喊道,"你竟说见到我拿人家的金表啦! 哎呀呀!"

　　"我最亲爱的,"我抗辩道,"别这么荒唐地胡说啦! 谁提到过一丁点儿金表的事了?"

　　"你提了,"朵拉回答说,"你分明知道你提了。你说我也不好,拿我跟他比。"

"跟谁比？"我问道。

"跟那个小男仆比呀，"朵拉呜咽着说，"哦，你这狠心的人，竟拿深爱你的妻子，跟一个流放的小男仆去比。你为什么在我们结婚以前，不把你的看法告诉我呀？你这个狠心的东西，你为什么不说，你认定我比一个流放的小男仆还要坏呢？哦，你对我有这种看法，真是太可怕了！哦，我的天哪！"

"我说，朵拉，我亲爱的，"我一面回答，一面轻柔地想把她捂在眼睛上的手帕挪开，"你说这话不但非常可笑，而且大错特错了。首先，这不是真实情况。"

"你常说他是个说谎的人，"朵拉抽噎着说，"现在你又说我也是一样的人了！哦！我该怎么办啊！"

"我的宝贝姑娘，"我回答说，"我真的求你讲点道理了，听听我刚才说了什么，我还要说的是什么。我亲爱的朵拉，对那些我们雇用的人，要是我们不学会对他们尽我们的责任，那他们永远也不会学会对我们尽他们的责任的。我恐怕，我们给了别人做错事的机会，而这种机会我们是决不应该给的。在我们所有的家务安排方面，即使我们甘心情愿像现在这样放松马虎——其实并非甘心情愿——即使我们喜欢这样，觉得这样才惬意——其实并不喜欢，并不惬意——我也深信不疑，我们没有权利让它这样继续下去。我们的确是在腐蚀人。我们一定得把这一点好好想一想，我不能不想到这一点，朵拉。这是我怎么也摆脱不了的想法。有时候，这使我感到很不安。瞧，宝贝，这就是我要说的。好，行啦，别再犯傻了！"

朵拉久久地不让我挪开她的手帕。她坐在那儿，用手帕捂着脸，一面呜咽，一面嘟囔说，要是我感到不安，为什么当时我还要结婚呢？哪怕是在我们去教堂前一天，我为什么不说，我知道我会感到不安，我最好还是不要结婚？要是我受不了她，我为什么不把她送走，送到帕特尼她姑妈家，或者送到印度的朱丽娅·米尔斯那儿去？朱丽娅见了她一定会很高兴，决不会把她叫作流放的小男仆的；朱丽娅从来没有那样称呼过她。简单地说吧，朵拉简直伤心透了，处在这种情况下，我也弄得苦恼极了，因此我觉得，再这么重复努力下去，哪怕我的态度再婉转温和，也不会有丝毫用处，我必须采取别的什么办法。

还有什么别的办法可以采取呢？"培养她的品性"？这是一个既很中

听又很有指望的普通说法,于是我决定培养朵拉的品性了。

我立即就开始了。每当朵拉非常孩子气时,我本来总是无限地顺着她哄她的,现在我则竭力装出正颜厉色的样子——结果弄得她仓皇失措,也弄得我自己仓皇失措。我跟她谈盘桓在我思想上的问题,给她谈莎士比亚——结果累得她筋疲力尽。我经常以完全出于偶然的方式,零星地给她讲一些有用的知识或正确的见解——可是我刚一开口,她便惊而避之,好像我说的这些是爆竹似的。不管我怎样不经意地、自自然然地来培养我这位娇小妻子的品性,我依然不免看出,她总是凭直觉就知道我的用意所在,因而变得极度不安,诚惶诚恐。我觉得特别明显的是,她认为莎士比亚是一个可怕的家伙。这项培养工作进行得慢极了。

我没让特雷德尔知道,就硬逼他来为我效劳。不管什么时候,只要他来看我,我就对他引爆我的地雷,为了让朵拉间接受到教育。我以这种方式给予特雷德尔的日常生活知识,数量极大,质量最高。但是,这除了使朵拉心情沮丧,让她惴惴不安,唯恐下次会轮到她之外,没有别的效果。我发现自己就像是个学监、陷阱、圈套,时时扮演蜘蛛的角色来捉朵拉这只苍蝇,总是从我的洞里突然猛扑过去,因而使朵拉感到无限惊慌。

尽管如此,我依然盼望,经过这个过渡阶段,总有一天朵拉会和我心心相印,我会把朵拉的品性培养到使我完全满意,因此我就这样坚持着,甚至一连坚持了好几个月。但是,到后来我终于发现,虽然在整个这段时间,我十足是只豪猪或刺猬,把全身的决心之刺全都倒竖起来,结果却一事无成,所以我就开始想,朵拉的品性,也许早就培养定型了。

经过进一步的考虑,觉得是有这种可能,于是我就放弃了我的这种说起来很有指望、做起来毫无效果的计划,决心从此以后,对我的孩子气的太太深感满足,不再想用任何办法来把她改造成别的样子了。眼看我所爱的人备受拘束,我打心底里开始厌恶起自己的精明善算来。因此有一天,我特地为朵拉买了一副耳环,为吉卜买了一只项圈,带回家来献殷勤。

朵拉见到这两件小礼物,非常高兴,欢欢喜喜地吻了我。不过我们两人之间,依然有着一片阴影,尽管非常微弱。我下定决心,一定要消除这片阴影。要是这样一片阴影,必须在什么地方存在的话,那往后我宁愿把它藏在我自己的心里。

　　我紧挨我的妻子在沙发上坐了下来,为她戴上耳环,然后对她说,我担心我们俩近来不像从前那样亲密无间了,错误完全在我。我真心诚意地感到这一点,而且事情也确实如此。

　　"事实是,朵拉,我的命根子,"我说,"我一直自作聪明。"

　　"想使我也变聪明,"朵拉怯生生地说,"是不是,多迪?"

　　她把眉毛一扬,作出好看的探问的样子,我点头表示同意,吻了吻她张开的双唇。

　　"这一点用处也没有,"朵拉摇着头说,摇得耳环丁当作响,"你知道,我是个怎样的小东西;你知道,一开始我就要你叫我什么。要是你连这都办不到,那恐怕你永远不会喜欢我了。你确信,有时候你不认为,最好是——?"

　　"最好还是怎么样,我亲爱的?"因为她不想再说下去了。

　　"什么也不要做!"朵拉说。

　　"什么也不要做?"我重复说。

　　她两臂搂住我的脖子笑着,一面用自己喜欢的名字"小傻瓜"叫着自己,一面把脸藏在披在我肩上的鬈发里,她的鬈发是那么浓密,得费点劲儿才能撩开鬈发,看到她的脸蛋。

　　"我是不是认为,花力气培养我娇小妻子的品性,还不如什么也不要做来得好?"我自己对自己发笑说,"你问的就是这个问题吧? 是的,没错,我是那么想的。"

　　"这就是你一直要做的吗?"朵拉叫了起来,"哦,你这多吓人的孩子!"

　　"不过我再也不会那样做了,"我说,"因为我深深爱她本来的样子。"

　　"没说谎——是真的?"朵拉挨近我问道。

　　"我珍爱得这么久的宝贝,为什么还要去改变她呢?"我说,"我甜美的朵拉啊,再没有比你天生的本来面目显得更美了。我们再也不要做什么别出心裁的实验了,还是回到老路上,过以往快乐的日子吧。"

　　"过快乐的日子!"朵拉回答说,"对! 整天都过快乐的日子! 有时候,出点小差错,你也不会介意吧?"

　　"不会,不会,"我说,"我们一定要尽我们的力量去做。"

　　"你再也不会对我说,我们把别人都纵容坏了,"朵拉哄诱我说,"是不是? 因为你知道,这罪名太可怕了!"

"不会了，不会了。"我说。

"我笨，总比我不舒服好，是不是?"朵拉说。

"朵拉天生的本来面目，比世界上的一切都好。"

"世界上! 哦，多迪，世界是个很大的地方啊!"

朵拉摇了摇头，把她那喜悦明亮的眼睛转向我的眼睛，给了我一个吻，高高兴兴地笑着，然后一下跳开，给吉卜戴新项圈去了。

为使朵拉有所改变的最后一次尝试，就这样结束了。在做这种尝试期间，我的心情是很不愉快的。对于我的这种自以为是的聪明，我自己都受不了。我没法使这种做法，和她以往要我当她是个孩子气太太的请求，调和起来。我决定尽我所能，独自不声不响地来改进我们的行为;不过我预先就看出，即使我竭尽全力，我的力量还是非常渺小的，要不，我又得退化成一只蜘蛛，永远埋伏着等待时机出击了。

我先前说到过的阴影，在我们俩之间已经不复存在了，可它完全留存在我自己的心中。是怎么投落下来的呢?

往日那种不快的感觉，弥漫在我的生活之中。如果说有什么变化的话，那就是这种感觉更加深了。但它仍像过去一样，是不明晰的，就像夜晚依稀听到的一阵忧伤的乐声。我深爱我的妻子，也因此感到幸福;但是我以前一度朦胧地期望过的幸福，并不是我现在享受到的这种幸福，总像缺少点什么。

为了要履行我跟自己订立的合约，把我的思想反映在这本书里，我又把我的思想仔细地考察了一番，让其中的秘密暴露在光天化日之下。我仍然认为——我始终认为——我所缺失的，是我少年时代幻想的一种梦境，是不可能实现的东西;现在我发现了是这么一回事，难免也像所有人一样，内心自然会感到有些痛苦。不过我也认为，如果我的妻子能多给我一些帮助，同样具有我的许多无人共有的思想感情，那对我来说就更好了;而且这是有可能的;我知道。

在下面这两个不能调和的结论之间，我奇特地保持着平衡，对它们的互相对立，没有清楚的认识:一个结论是，我所感到的是一般性的，是不可避免的;另一个结论是，这是我所特有的，是可以不同的。一想到少年时代虚幻的梦想不能实现时，我就会想到成年以前我所经历的那段美好时光。于是，和爱格妮斯一起在那可爱的老屋中度过的美好日子,就全浮现在我的眼前,这就像死者的阴影一样,在另一个世界里也许可以重新开始,但是在这个世界上,却永远永远也难以复活了。

有时候,我思想上会有一种想法,要是朵拉和我从来不曾相识,会发生什么情况,或者说,情况会怎么样呢?可是朵拉和我的生命,已经完全合为一体,因而我的这一想法是所有幻想中最无稽的,就像飘浮在空中的游丝,很快就消失了,既够不着,也看不见了。

我一直爱着她。刚才我所描述的,在我内心最深、最隐蔽处,蒙眬睡去,矇眬醒来,然后又昏昏睡去。在我的身上并没有流露出这种想法的迹象,我也不认为它对我的言行有任何影响。我们的一切家务琐事,我自己的所有事务计划,全由我一个人承担着,而朵拉只管给我递笔。这样,我们俩都觉得,我们已经按照实况的需要,各自分担其职了。朵拉真的非常爱我,以我为荣;爱格妮斯在给她的信中,有时写有几句诚恳的话,说我的老朋友们听到我的声誉日隆,为我感到骄傲和高兴,而且读我的书,就像听我亲自讲述书中的内容一样;朵拉对我念这些话时,她那明亮的眼睛中,含着欢乐的泪水,还说我是一个可喜可爱、聪明伶俐、出了名的孩子。

"因心性未受过磨炼,一时冲动,即将铸成第一次大错。"斯特朗太太的这句话,这时不断地反复在我的脑子中出现,几乎一直盘踞在我的心头。我常常在夜里醒来时还想起这句话;我记得,我甚至在梦中都见到,在屋内的墙壁上写有这句话。因为现在我明白了,我最初爱上朵拉时,我的心性还未受过磨炼;要是心性受过磨炼,在我们结婚以后,就决不会感到在内心隐秘之处所感到的东西了。

"在婚姻生活中,再没有比思想不合和志向不投更大的悬殊了。"这句话我也清楚地记得。我曾努力想把朵拉改造成我所希望的那样,但发现这是行不通的。结果只好把我自己改造成朵拉所希望的那样,并且尽我所能,和她共享一切,过上幸福的日子,把我必须承担的都挑在自己的肩上,而且仍然觉得幸福。我开始想到,认为这就是我设法要让我的心性受到磨炼。这样一来,使得我们第二年的生活,要比第一年幸福得多;而且更好的是,使得朵拉的生活满是阳光。

但是,随着那一年的寒来暑往,朵拉的身体却不太健康。我曾希望,有比我更轻柔的手,来帮着塑造她的性格,她怀中婴儿的笑容,也许可以把我这位孩子气的太太变成大人。但是这没能实现。那个小小的灵魂,刚在他那小囚室门口拍打了一会翅膀,还没觉察到自己会被囚,便飞走了。

"姨婆,等我又能像从前那样,到处奔跑时,"朵拉说,"我一定要吉卜跟我赛跑。它变得越来越慢,也越来越懒了。"

"我亲爱的,"坐在她身旁安安静静地做着活儿的姨婆说,"我怀疑,它还有比这更糟的毛病呢。是年纪,朵拉。"

"你是说它老了吗?"朵拉吃了一惊,说,"哦,吉卜会老,这看起来多奇怪啊!"

"这是我们上了年纪的免不了的麻烦事啊,小东西,"我姨婆高高兴兴地说,"说实话,我已经不像以前那样,全不把它放在心上了。"

"可是吉卜,"朵拉怀着怜悯看着吉卜说,"这小小的吉卜都不能幸免!哦,可怜的小东西!"

"我敢说,它还有不少时间好活呢,小花朵儿,"我姨婆说着,用手拍拍朵拉的脸蛋,这时朵拉正从长沙发上探出身子,望着吉卜,吉卜也做了响应,用后腿站立起来,好几次喘着气想连头带肩地往沙发上爬,但都没有成功。"今年冬天一定得在它的屋子里铺一块法兰绒,我敢担保,随着明年春暖花开,它一定又会出落得精神抖擞的。求上帝保佑这只小狗吧!"我姨婆大声说,"要是它像猫一样有那么多条命①,在所有的命都要不保时,它也会用它最后一口气,朝我吠叫的,我相信会这样!"

朵拉帮了一把,才使吉卜爬上了沙发;在沙发上,它真的一直朝我姨婆吠叫着,叫得那么凶,连身子都直不起来,而是扭侧到一边了。我姨婆越是看着它,它对姨婆就吠叫得越厉害;因为我姨婆最近戴上了眼镜,出于某种不可理解的原因,它把眼镜看成是姨婆身上长的东西了。

朵拉费了很多唇舌,才把它弄得在自己身边躺下。待它安静下来后,朵拉用手把它的一只长耳朵捋了又捋,再次心事重重地说:"连小小的吉卜都不能幸免!哦,可怜的小东西!"

"它的肺还很强,"我姨婆高兴地说,"对厌恶的对象,叫得一点也不弱。

---

① 据西方人说法,猫有九条命。

毫无疑问,它还有好多年好活呢。不过,你要是想要一只能跟你赛跑的狗,我的小花朵,它过的日子太舒服了,干不了那个了。我可以另外给你一只。"

"谢谢你,姨婆,"朵拉有气无力地说,"不过请别给了!"

"别给?"姨婆说着,摘下了眼镜。

"除了吉卜,我不能有别的狗,"朵拉说,"要不就太对不起吉卜了! 而且,除了吉卜,我不可能跟别的任何狗有这般亲密;因为别的狗是不可能在我结婚之前就认识我的,也不可能在多迪第一次来我家时就冲他吠叫的。姨婆,恐怕除了吉卜,我对任何别的狗都不会喜欢的。"

"当然!"我姨婆又拍拍她的脸蛋,说,"你说的对。"

"我没让你生气吧,"朵拉说,"你生气了吗?"

"哟,多细心的小宝贝!"我姨婆叫了起来,亲切地朝她俯下身子,"竟想到我会生气呢!"

"不是的,不是的,我并没有真的这样想过,"朵拉回答说,"我只是有点累了,这使我一时犯起傻来了——你知道,我一直是个小傻瓜;不过,一谈起吉卜来,我就更傻了。它知道我所经历的一切,是不是,吉卜? 因为它有了一点改变,我就冷落它,这我可不忍心;我能忍心吗,吉卜?"

吉卜跟它的主人依偎得更紧了,它懒洋洋地舔着她的手。

"你还没老到要把你的主人撇下吧,吉卜?"朵拉说,"我们俩还可以相伴一些时候吧!"

我漂亮的朵拉啊! 在接下来的那个星期天,当她下楼来吃饭,看到特雷德尔是那么高兴(每逢星期天,特雷德尔常来跟我们一起吃晚饭),我们都以为,过不了几天,她就能"跟从前那样,到处跑了"。可是他们却说,还得再等几天,接着又说,还得再等几天;可她还是既不能跑,也不能走。她看起来非常漂亮,也很快乐,可是她从前围着吉卜蹦蹦跳跳那双灵活的小脚,现在却沉重迟钝、不大能动了。

我开始每天早上抱她下楼,每天晚上抱她上楼了。这时候,她总是搂着我的脖子大笑,仿佛我这么做是为了跟她打赌取乐似的。吉卜总是在我们周围又叫又跳的,有时跑在我们前面,气喘吁吁地在楼梯口回头看着,看我们走上前去。我姨婆是个最周到、最让人高兴的护士,她吃力地在我们后面跟着,简直就是一堆会活动的披肩和枕头。狄克先生决不肯把掌烛的差事让给任何一个活人。特雷德尔则往往站在楼梯底下,朝上看着,负责把朵拉开玩笑的信息,传给他那位世界上最可爱的姑娘。我们组成了一支欢乐的队伍,而其中最欢乐的,是我们那位孩子气的太太。

　　不过有时候,当我抱起她时,觉得她在我怀中显得更轻了,我的心中就出现了一种可怕的空虚的感觉,仿佛自己正走近某个还没见到的冰寒地区,使我的生命冻得僵硬麻木。我不愿用任何名义来说出这种感觉,自己也不愿在这方面多想。直到有一天晚上,这种感觉极其强烈地压在我的心头;当时我姨婆说了句"晚安,小花朵!"跟朵拉道别时,我独自一人在我的书桌前坐了下来,哭着心里想,哦,这个名字多不吉利呀,这朵花儿还在树上开着,怎么就枯萎了啊!

第四十九章

坠 入 迷 雾

一天早上，我收到了通过邮局寄来的一封信，这封信寄自坎特伯雷，寄给博士公堂我收。我读了后颇感诧异。信上写道：

> 我亲爱的先生：
>
> 鉴于环境超出吾之控制，致使亲密之交隔断，历时甚久矣。每于繁忙职务中偷得有限闲暇，思念记忆中往日色彩缤纷之景事，始终给吾以异常快慰之感，今后亦必继续如此也。此其一。加之先生大才，致身闻达，使吾不敢冒昧，擅自再以"科波菲尔"此亲密称谓，称呼吾之少年伴侣矣！然先生大名，吾有幸得以称之者，在寒舍所藏之契据(此处所指，即现由米考伯太太保存，与敝舍旧房客有关之文档也)中将永远受吾尊敬、热爱并珍视，此则敢以奉告者也。
>
> 吾原本有错，复遭厄运频频，处境犹如覆没之舟(如可以一海事名称喻之)；如此处境之人，实不宜执笔致函先生——恕吾重复言之，一如此处境之人，欲以问候、祝贺之词，陈于台前，实不相宜也。此当有待多才洁身之士完成之。
>
> 倘先生于撰述伟业之百忙中，能拨冗垂览拙书至于此处——或然或否，须视情况而定——则先生自当垂问，吾书写此函目的究竟何在？请容吾一陈，先生此问，甚为有理，吾完全遵从，并进而伸之，在此预作声明：此举绝非为金钱也。

至于吾身可能有之潜能,降惊雷掣电,或纵复仇之火于四方①,今姑置之而不直言。乞许附陈一言,即吾最光明之前景永遭驱散——吾之安宁已被粉碎——吾之享乐能力亦已摧毁——吾之心灵已不再居其正位——吾在人前已不复能昂首阔步矣。虫居花腹,苦酒溢杯,虫力正勤,花亡无日矣。愈速愈佳。然此皆离题之语,吾不欲多言也。

吾今正置身于特别痛苦之心态中,米考伯太太虽身兼女性、妻子、母亲三职,亦无力加以宽慰。故吾意欲作短期逃避,窃四十八小时以暂息,重访首都旧日行乐之地。在曾给吾以家室燕息、心情宁静之安乐窝中,王座法院监狱吾足自当必至之地。如天从人愿,吾准于后日晚七时正,至该民事诉讼监禁地之南墙外。陈述至此,则吾作此书之目的达矣。

吾不揣冒昧,斗胆敬请老友科波菲尔先生,及老友内殿法学院之托马斯·特雷德尔先生(如此先生尚在并乐于相见),屈尊惠临与吾相会,重温往日旧谊。现仅以一言以表之,即在吾所述时间、地点,君等仍可见到一座圮塔残留之剩迹威尔金斯·米考伯也。

又及:米考伯太太并未与闻吾之秘密意图,合当奉告。

我把这封信从头到尾看了好几遍。虽然知道米考伯先生的文体高迈玄虚,且又极爱利用一切可能或不可能的机会,伏案挥毫书写长信,但我还是相信,在这封拐弯抹角的信背后,一定隐藏着什么重大的事情。我放下信,考虑了一番,又把它拿起来,从头到尾看了一遍;当我还在琢磨时,特雷德尔来了,他发现我正陷入极度的困惑不解之中。

"我亲爱的老兄,"我说,"我没有比这会儿见到你更高兴的了。你来得正是时候,正好用你那冷静的判断力来帮助我。我收到米考伯先生一封很奇怪的信,特雷德尔。"

"不会吧?"特雷德尔喊了起来,"真有这样的事?我倒收到米考伯太太一封信呢!"

特雷德尔一面这样说着,一面就掏出他的信来,和我的作了交换;他因

---

① 参见《圣经·旧约·以赛亚书》第三十三章第三十节。

为一路走来,满脸通红,由于运动和兴奋,他的头发竖得笔直,仿佛他见到了一个活灵活现的鬼似的。我瞧着他看米考伯先生的信,一直瞧到他看到信的中间时,扬起眉毛对我说道:"'降惊雷掣电,或纵复仇之火于四方!'我的天哪,科波菲尔!"我也扬了扬眉毛作答,然后才开始看起米考伯太太的信来。

原信如下:

现谨向托马斯·特雷德尔先生致以我最良好的问候。要是他还记得昔日有幸和他极为熟识之人,可否请他拨冗片刻?现向托·特先生保证,若不是因为我已濒临疯狂之境,我决不会冒昧相扰。

米考伯先生以前一向以家室为重,但说来痛心,现竟与其妻子、家庭日渐疏远,这是我对特雷德尔先生作此不幸的呼吁,并恳求他给予帮助的原因。米考伯先生行为之反常,性情之怪诞凶暴,已完全超出特雷德尔先生之想象。而且情况日渐加重,已呈现精神失常的迹象。我敢向特雷德尔先生断言,此种病情,没有一天不突然发作。米考伯先生时时说,他已把自己出卖给魔鬼,这话我都听惯了;我想,特先生听我这么一说,就不会再要我诉说我的心情了。长久以来,诡秘已成了米考伯先生的主要性格特点,它代替了对我的无限信赖。稍有一点触犯,甚至像问他晚饭想吃点什么,也会使得他提出要离婚。昨晚,双生子稚气地索要两便士买"柠檬宝"——当地的一种糖果——他竟拿起剖蚝刀来对准他们。

我要恳请特雷德尔先生,恕我谈及此类琐事。但要不如此,特先生就难以了解我目前伤心欲绝的心境了。

我现在可以冒昧地把我写此信的本意吐露给特先生吗?他现在允许我信赖他友好的关照吗?哦,可以,因为我知道他的心肠!

钟情则眼尖,特别是女性,不易受骗。米考伯先生将去伦敦。今晨早餐前,他写了地址卡片,系在旧日欢乐岁月中所用的褐色小提包上,虽然他煞费苦心掩饰他的笔迹,但是为妻者对他关切的锐利目光,已辨出"敦"字的笔迹。公共马车西区的终点为金十字街。现特斗胆恳求特先生,可否拨冗和我误入歧途的丈夫一晤,并多加开导?可否请特先生在米考伯先生和他苦难的家室之间,作些调停?哦,不行,这一请求太过分了!

要是科波菲尔先生尚记得一默默无闻之人,可否请特先生代致我对他始终如一的敬意,并请转达同样的请求?无论如何,务请特先生以慈悲为怀,对此信绝对保守秘密,断断不可在米考伯先生面前提及。如蒙特先生赐复(我觉得这是最不可能的),来信请寄坎特伯雷邮局米·艾①收。较之径寄下方处于极度痛苦中之署名人,如此可减少痛苦后果也。

　　向托马斯·特雷德尔先生致敬的朋友及恳求者艾玛·米考伯

　　"你认为这封信是怎么回事?"当我把他给的信读过两遍后,特雷德尔抬眼看着我说。

　　"你认为另外那一封是怎么回事?"我说。因为他仍皱着眉头在看另一封信。

　　"我认为,这两封信合在一起的意思,"特雷德尔说,"比米考伯先生和他太太各自信中通常的意思要多得多——不过我不知道是什么意思。这两封信都写得很诚恳,我相信,决不是事先串通好了的。真可怜!"他这是指的米考伯太太那封信;这时我们俩正并排站着,在比较那两封信,"不管怎么样,我们给她回封信,告诉她我们一定会去见米考伯先生,这总是一件好事。"

　　对他的这一主张,我格外赞成,因为我对她上次的来信,相当不重视,这会儿责备起自己来了。像我前面提到过的那样,当时接到她那封信时,我曾想了很多,但是我正全神贯注在忙自己的事,而且我对这家人已有经验,又没有再听到他们更多的消息,所以就渐渐地把这事撇下了。我倒也经常会想到米考伯一家,但主要是猜测他们在坎特伯雷又创下了什么"金钱债务",再不就是回忆回忆,米考伯先生做了乌利亚·希普的文书后,见了我那副羞羞答答、畏畏缩缩的样子。

　　不管怎么样,当时我还是以我们两人的名义,给米考伯太太写了一封安慰她的信,我们两人都在信上签了名。当我们步行进城去寄信时,特雷德尔又和我讨论了很久,还作了种种推测,这我就不在这儿重叙了。那天下午,

---

① 颠倒写的米考伯太太姓名的首字。

我们又邀请我姨婆参加了我们的讨论;不过我们得出唯一的结论是:我们必须准时赴米考伯先生的约会。

虽然我们比指定的时间早一刻钟就来到约定的地点,却发现米考伯先生已经在那儿了。他正抱着双臂,在墙的对面站着,脸上带着伤感的神情,看着墙头的尖铁,好像这些尖铁是在他少年时代曾为他遮阳的交错的树枝似的。

当我们招呼他时,他的举止显得更加有点手足无措,更加有点不如往日的文雅。为了作这趟旅行,他脱去了那套法学界的黑衣服,穿上了那件旧外套和紧身裤,但是已不太有往日的那种风度。在我们跟他谈话期间,他才逐渐地恢复了旧日的神情;不过他的单片眼镜好像仍挂得不太自在。他的衬衣领子虽然仍是往日那种大尺寸,但是有些下垂,不再笔挺了。

"先生们,"寒暄之后,米考伯先生说,"你们是我患难中的朋友,所以是真正的朋友。请允许我向当今的科波菲尔太太,未来的特雷德尔太太——我这样说,是假定我的朋友特雷德尔先生,尚未和他的意中人缔结婚姻,同甘共苦——致以衷心的问候。"

我们谢过了他的问候,也作了相应的回答。接着他要我们注意那堵高墙,开始说道:"先生们,我向你们保证。"这时,我冒昧对他这种礼节性的称呼,提出反对意见,请他照从前那样跟我们说话。

"我亲爱的科波菲尔,"他紧握住我的手,回答说,"你的热诚真挚,使我深为感动。对一个一度叫作人的庙堂残迹——要是允许我这样说我自己的话——给予这样的接待,表明你那颗心是我们共有的天性中的一种光荣。我刚才正要说的是,我现在又看到我度过一生中最幸福时光的宁静处所了。"

"我相信,这是全仗米考伯太太营造出来的,"我说,"希望她一切都好吧?"

"谢谢,"听我这么一说,米考伯先生脸色变阴沉了,回答说,"她只是还过得去。"接着,他忧伤地点着头,说,"这就是那座王座法院监狱!在这儿,多年来第一次,没有人来公布压得我喘不过气来的债务,听不到天天叫嚷着在过道里拒不退去的索债声;在这儿,门上没有任何门环可供债主猛烈敲击;在这儿,用不着给当事人送传票,继续拘留状只要在门口投递!先生们，"米考伯先生说，"在这儿，当砖墙顶上那些尖铁在散步场的沙砾上投下阴影时，我曾看着我的孩子们避开暗处，从那些图案交叉错综的网影中穿过。那儿的每一块石头，我都非常熟悉。我想，要是我禁不住露出念旧之情，你们一定知道该怎么原谅我的。"

"打那以后，我们在世路上都有了进展了，米考伯先生。"我说。

"科波菲尔先生，"米考伯先生悲愤地回答说，"当我寄身在这个隐蔽所里时，我可以昂首向人；要是有人冒犯了我，我可以饱以老拳。可是现在，我跟我的同胞的关系，已经不再是以前那样体面光彩了！"

米考伯先生垂头丧气地从监狱方向转过头来，一边挽住我伸给他的胳臂，另一边挽住特雷德尔伸给他的胳臂，就这样夹在我们中间，朝前走着。

"在通向坟墓的路上，"米考伯先生恋恋不舍地回头看着，说，"有一些界标，要不是因为有渎神明，一个人是决不想跨过界标的①。在我坎坷的一生中，王座法院监狱就是这样一个界标。"

"哦，你精神不太好啊，米考伯先生！"特雷德尔说。

"是这样，先生。"米考伯先生插嘴说。

"我希望，"特雷德尔接着说，"这不是因为你对法律抱有恶感了吧——因为你知道，我本人也是个律师啊。"

米考伯先生没有回答一个字。

"我们那位朋友希普好吗，米考伯先生？"大家沉默了一会后，我问道。

"我亲爱的科波菲尔，"米考伯先生突然变得非常激动，脸色都白了，回答说，"如果你把我的这位雇主当作你的朋友来问候，我为此感到遗憾；要是你把他当作我的朋友来问候，我为之冷笑。不管你拿他以什么身份来问候我的雇主，对不起，我并不是要得罪你，我的回答只有这么一句话：不管他的健康怎样，他都像只狡猾的狐狸，且不说他像个凶残的魔鬼。请允许我，以我私人的身份，谢绝再谈论这个主儿，因为他对我鞭抽棍打，在我的职业地位方面，把我赶到绝望的最边缘了。"

我为无意中提到这个话题，惹得他这样激动表示歉意。"为了避免重犯这种错误，"我说，"那么我可否问一声，我的老朋友威克菲尔先生和威克菲

---

① 此处指自杀。因基督教教义反对自杀，所以说"有渎神明"。

尔小姐怎么样?"

"威克菲尔小姐,"米考伯先生说,他的脸都红了,"是个典范,是个光辉的榜样,永远是这样。我亲爱的科波菲尔,她是一个悲惨生命中的唯一亮点。我敬仰这位年轻小姐,赞赏她的品格,我因了她的仁爱、真诚和善良,对她充满崇敬! ——带我,"米考伯先生说道,"到哪个拐角处待一会吧。因为,说实话,在我眼下这种心情下,这我受不了。"

我们推推拥拥地把他带到一条狭小的街道上。他掏出口袋里的小手帕,背向着墙站在那儿。如果我也像特雷德尔那样神情严肃地看着他,他一定会觉得,我们这样的同伴,决不可能让他振奋起来。

"我是命该如此,"米考伯先生说着,毫不掩饰地呜呜咽咽哭了起来,不过即便如此,仍然隐约地有着往日那种做什么事都要装斯文的样子,"我是命该如此,先生们,我们天性中美好的感情,到了我身上就成了丢人现眼的事了。我对威克菲尔小姐的崇敬,是穿进我心头齐发的万箭。请你们最好还是撇下我,把我当作一个浪子,随我在世上流浪吧。蛀虫会以飞快的速度把我的事儿给安排妥帖的。"

我们没有理会他的这种祈求,一直站在他身旁,末了他收起自己的小手帕,把衬衣领子往上拎了拎,把帽子歪戴在一边,嘴里哼起小调来,为的是要瞒过附近也许在注意他的人。这时我提议——我怕我们要是没看住他,他会出什么意外——要是他肯乘车去海盖特,我会十分高兴地把他介绍给我姨婆,而且那儿有供他住宿的地方。

"你可以为我们调制一杯你拿手的潘趣酒,米考伯先生,"我说,"那样你就会忘掉心头的一切不快,净想些比较愉快的事了。"

"再不,要是把心里话跟朋友们说说,心里可以更舒畅些,那就跟我们说说吧,米考伯先生。"特雷德尔小心地试探着说。

"先生们,"米考伯先生说,"你们想要我怎样就怎样吧!我是海面上的一根禾草,任由大象往四面八方冲打——对不起,我应该说大浪。"

我们又胳臂挽着胳臂继续朝前走去,走到公共马车站,发现马车刚要出发,于是我们就上了车,一路平安地到达海盖特。我心里感到很不安,一时没了主意,不知道最好该说点什么,做点什么——特雷德尔显然也跟我一样。米考伯先生大部分时间都陷入深深的忧郁之中,只是偶尔想表示轻松一下,随口哼起一支小调的尾声来。但是,他那故意把帽子歪戴一边,把衬衣领子拎到齐眼高的模样,只能使他那重又陷入深深的忧郁,更加显眼。

因为朵拉身体不适,我们没有去我家,而是去了我姨婆家。我姨婆一经通报就出来了,亲切热情地欢迎米考伯先生的到来。米考伯先生吻了她的手后,就退到窗前,从口袋中掏出手帕,跟自己作了一番内心的搏斗。

狄克先生正在家里。他生来就极其同情任何一个心情似乎不好的人,这种人他很快就能发现,因此他在五分钟内,至少跟米考伯先生握了六次手。对于身处困境的米考伯先生来说,一个陌生人对他如此热情,当然就使他感动万分了。因此,每一次握手时,他都只能说:"我亲爱的先生,你太使我感激了!"狄克先生听了这话大为满意,于是就再一次握手,而且比先前握得更有劲。

"这位先生的友情,"米考伯先生对我姨婆说,"特洛伍德小姐,如果你允许我从我们粗野的国民运动项目①中选一个词来形容的话——把我给'击倒'了。对一个在困惑不解和忐忑不安的多种重负下挣扎的人,这样的接待真让人担受不起,这是我敢向你保证的。"

"我这位朋友狄克先生,"我姨婆得意地回答说,"可不是个寻常人呢。"

"对此我深信不疑,"米考伯先生说,"我亲爱的先生,"——因为狄克先生又跟他握起手来了——"我深深感受到你的热烈情谊!"

"你心里觉得怎么样?"狄克先生带着担心的神情问道。

"没什么,我亲爱的先生。"米考伯先生叹了一口气,回答说。

"你得打起精神来,"狄克先生说,"尽可能使自己舒坦一点。"

这几句关心友好的话,同时又发现狄克先生的手再次跟他握在一起,使米考伯先生感动万分。"在人生变幻无常的景象中,"他说道,"我偶尔也有幸遇到过沙漠中的绿洲,可从来没有遇到过像现在这样草木苋苋、泉水汩汩的绿洲啊!"

要是在别的时候,我听了这话也许会觉得有趣,可是这时我们都感到局促不安。我看出米考伯先生一直犹豫不决,摇摆于显然有话要说和尽力克制不说之间,这使我焦急得全身发热。特雷德尔坐在他那张椅子的边上,两

---

① 指拳击运动。

眼瞪得大大的,头发显然比往常竖得更直,时而看着地面,时而看着米考伯先生,丝毫没有想说句话的意思。至于我姨婆,显然我看到她把自己最敏锐的观察力,都集中在她的新客人身上,但比我们两个更能实际运用自己的才智;因为她一直跟米考伯先生交谈,不管他愿不愿意,使得他非说话不可。

"你是我外孙很老的朋友了,米考伯先生,"我姨婆说,"我要是有幸早跟你会面就好了。"

"特洛伍德小姐,"米考伯先生回答说,"我也希望有幸能早跟你认识就好了。我以前并不总是像你现在看到的这副倒霉样子的。"

"我想米考伯太太和你府上的人都好吧,先生。"我姨婆说。

米考伯先生低下了头。"特洛伍德小姐,他们,"他停了一会,才不顾一切地接着说,"就跟化外之人、无家可归的人所能盼望的那样。"

"哎呀,我的天!"我姨婆突然叫了起来,"先生,你说的是什么呀?"

"我一家人的生计,特洛伍德小姐,"米考伯先生回答说,"处于风雨飘摇之中。我的雇主——"

说到这儿,米考伯先生让人着恼地戛然停住了,动手削起柠檬皮来;这些柠檬,连同供他用来调制潘趣酒的其他物品,全是在我的安排下放在他面前的。

"你刚才说到你的雇主。"狄克先生说,一面轻轻地碰了碰他的胳臂,提醒他。

"我亲爱的先生,"米考伯先生回答说,"你提醒了我,多谢你啦。"他们又握了一回手。"特洛伍德小姐,我的雇主——希普先生——有一次承他的情告诉我说,要不是他雇用了我,赐给我薪水,那我十有八九要流落江湖,走遍全国,干吞刀吐火的把戏了。即使我自己还没有落到这种地步,我的孩子仍有可能沦落街头,靠表演弯腰、曲体、拿大顶、翻跟斗为生,而米考伯太太,就得奏起手摇风琴,为他们那些违反常情的技艺助兴了。"

米考伯先生富有表情地把手中的刀子信手一挥,表示他死了之后,孩子卖艺为生的事是有可能发生的,然后便又带着绝望的神色,继续削起柠檬皮来。

我姨婆把胳膊肘搁在她平常放在身旁的小圆桌上,全神贯注地看着他。虽然我不喜欢用圈套把他不打算说的话套出来,我本来还是想趁此机会拾起他的话头的。可是,这时我看到了他的一些异常举止,其中最引人注意的是:他把柠檬皮倒进了水壶,把糖倒在放烛花剪子的盘子里,把烈酒倒进了空壶,还坚信不移地想从烛台里倒出开水来。我知道紧要关头就要来了。果然如此,他把所有用具、器皿全都哐哐当当地收成一堆,然后从椅子上站起,掏出口袋里的小手帕,突然大哭起来。

"我亲爱的科波菲尔,"米考伯先生用手帕捂着脸说道,"在所有活儿里,这是件最需要无忧无虑和自尊心的活儿。我干不了啦,这活儿我不可能干啦!"

"米考伯先生,"我说道,"你这是怎么回事?请你说出来吧。在场的都是自己人呀。"

"都是自己人,先生!"米考伯先生重复了一句;接着,他原先憋在心里的一切,便都迸发出来了,"天哪,主要就是因为我是在自己人中间,我的心情才会这样的啊。这是怎么回事,先生们?这不是怎么回事?奸谋恶行就是这回事;卑鄙无耻就是这回事;撒谎欺骗、阴谋诡计就是这回事;把所有这些恶行坏事汇集在一起,总名就叫——希普!"

我姨婆拍起了手,我们都像着了魔似的一下站了起来。

"我挣扎过来了!"米考伯先生说,一面拿着手帕猛烈地打着手势,还不时挥出双臂,仿佛在非人力所能克服的困难下游泳似的,"我再也不要过这种生活了。我是一个可怜虫,凡是能让生活过得好一点的东西,我全被剥夺了。给那个魔鬼似的恶棍当差,我受尽了一切禁忌。把我的太太还给我,把我的家庭还给我,把现在脚下戴着刑具走来走去的小可怜虫,换成真正的米考伯吧。就是要我明天去吞刀吐火,我也去干,而且还干得津津有味!"

我一生之中还从未见过这般激愤的人。我想使他平静下来,可以稍稍恢复理性。可是他越来越激动,别人的话一句也听不进去。

"在我把——把那条——呃——万恶的——毒蛇——希普——炸成碎片以前,"米考伯先生像个在跟冷水搏斗的人似的,喘息着,喷着气,呜咽着说,"我决不把手伸到任何人手里!在我把——呃——维苏威火山①——搬到——呃——那个无耻的恶棍——希普——头上喷发之前,我决不接受任

---

① 位于意大利西南部,为欧洲大陆唯一的活火山。

何人的款待！在我把——呃——那个说谎骗人的——希普——的眼睛——从他脑袋上——呃——抠出来以前——这个屋子里的——食品——呃——特别是潘趣酒——呃——我咽不下去！在我把——呃——那个空前绝后、遗臭万年的伪君子——做伪证者——希普——碾成看不出的尘粉以前——我——呃——我谁也不认——呃——什么也不说——呃——哪儿也不待！"

我真的有点害怕米考伯先生会当场气绝身亡。他挣扎着口齿不清地说出这些话来，不论什么时候，凡是说到希普这个名字时，他都是跟跄向前，有气无力地朝它冲去，接着以近乎惊人的猛烈劲头吐出来，那样子看上去实在吓人。不过，这会儿他已瘫坐在椅子上，喘着气，两眼朝我们看着，脸上出现了种种可能有而不应有的颜色；一连串没完没了的团块，连续地急冲进他的喉头，接着好像又从那儿冲进了他的前额，那样子简直就像到了穷途末路。我本想过去照顾他一下，但他挥手叫我走开，也不肯听我说一句话。

"不，科波菲尔！——在威克菲尔小姐——呃——从那个——无恶不作的恶棍——希普——那里所受的侮辱——呃——洗刷干净以前——什么也不说！"（我深信不疑，要不是他觉得"希普"这个名字要出现，使他激发出惊人的劲头来，他是三个字都说不出来的。）"要绝对保密——呃——对全世界——呃——没有例外——下星期的今天——呃——早餐时间——呃——这儿所有的人——呃——包括姨婆——呃——还有这位特别友好的先生——呃——都到坎特伯雷的旅馆——在那个——呃——你跟米考伯太太和我——呃——同唱《往日的时光》——呃——的旅馆里——呃——我要揭发——那个无法容忍的恶棍——希普！我没有要说的了——呃——也不要听劝告——马上就走——跟别人在一起——呃——我受不了——快去盯住那个该死的、气数已尽的背信弃义者——希普！"

他所以能够一直说下来，靠的就是这个具有魔力的名字；现在他以超过以往历次所用的劲头，最后再重说了一遍这个名字，随后便冲到房子外面去了，把我们留在了兴奋、希望、惊讶的状态之中，使我们变得比他好不了多少。不过即使在这种时候，他写信的热情依然强烈得难以抑制；因为当我们还处在兴奋、希望、惊讶的高潮中时，邻近的小旅馆里就有人给我送来了下

面这封牧函①式的短信,信是他到那家小旅馆里后写的:——绝密

> 我亲爱的先生:
>
> 敬启者,吾适才激动失态,恳请先生代向令姨婆深致歉意。火山闷燃,受抑已久,今日喷发,盖因内心斗争之结果,其情易于意会,难以言传也。
>
> 有关约会事,想必前已约略表明:其时为下周今日之早晨,其地为坎特伯雷招待公众之小旅馆,亦即米考伯太太与吾,一度有幸与君同唱特威德河彼岸不朽税收官著名歌曲②之地也。
>
> 一旦吾责得尽,吾过得补(唯有如此,才能使吾得以正颜面向世人),吾将不复闻于人世矣。吾但求能瘗骸骨于人人归宿之地,正如
>
> 村里无文诸父老,各自长眠小穴中,③
>
> 碑文则可简单书
>
> 威尔金斯·米考伯

---

① 指主教写给其教区内神职人员或教徒的公开函件。此处所以称牧函式,因为信最后一段与圣保罗给提摩太牧函中的几句话相似。详见《圣经·新约·提摩太后书》第四章第六、七节。原文为:"我现在被浇奠,我离世的时候到了。那美好的仗我已经打过了,当跑的路我已经跑尽了,所信的道我已经守住了。"

② 指苏格兰诗人彭斯之《往昔的时光》。彭斯出生于苏格兰特威德河北面之艾尔郡阿洛韦镇,曾任小税官。参见第十七章及第二十八章注。

③ 引自英国诗人格雷(1716—1771)的长诗《乡村教堂墓地挽歌》。

第五十章

梦 想 成 真

　　自从我们在河边和玛莎见面以来,到这时已经过去好几个月了。打那以后,我从没见过她,不过她跟佩格蒂先生曾通过几次信息。她的热心介入还没有见到任何效果,而且从佩格蒂先生告诉我的情况看,我也无法断定,有关艾米莉的命运,一时能得到什么线索。我得承认,我对于能否找到她,已经开始绝望,渐渐地愈来愈深深相信,她已经不在人世了。

　　佩格蒂先生的信心却始终未变。据我所知——我相信,我已把他那颗真诚耿直的心,看得一清二楚——他一直深信他一定能找到她,从来没有动摇过。他的耐心始终不曾失去。虽然我担心,他那坚强的信心一旦破灭,他会深感痛苦,但是他的信心是那么虔诚,表现得那么令人感动,因为它是植根于他高尚天性最纯洁的深处的,所以使我对他的尊敬,一天胜似一天。

　　他的信心并不是一味希望,懒于行动,无所作为。他一生始终是个会坚定地身体力行的人。他知道,不管做什么事,如果需要别人帮忙,首先得自己尽力好好干,自己帮助自己。我知道,他由于担心亚茅斯船屋窗口的蜡烛也许偶尔没点上,他曾在夜里徒步前往亚茅斯查看。我也知道,他由于在报上看到一则也许跟艾米莉有关的消息,就拿起手杖,长途跋涉了七八十英里。我转告他达特尔小姐告诉我的消息,他听了后,就乘船到那不勒斯去走了一个来回。在所有这些旅程中,他都省吃俭用,因为他一直都抱定为艾米莉攒钱的目的,以备找到她时给她用。在整个这么长时间的寻访中,我从没听到他有过抱怨,从没听到他说过劳累,也从没见到他有过灰心。

　　自从我们结婚以后,朵拉经常见到佩格蒂先生,而且非常喜欢他。我现在还能想起他在我眼前的身影:他手中拿着自己那顶粗质的便帽,站在朵拉沙发近旁,我那孩子气的太太,抬起她那蓝莹莹的眼睛,含着怯生生的惊奇,看着他的脸。有时候在傍晚,黄昏时分,他来和我谈心,我会劝他在花园里抽一会烟,我们就一块儿慢慢地在花园里来回溜达。这时,他撇下的那个家,晚上炉火熊熊时,在我童稚的眼中那种舒适的气氛,以及在那个家周围呜咽的凄风,这些景象全都在我的脑子里清晰逼真地显现。

有一天晚上,就是在这种时候,他告诉我说,头天晚上,他正要出门时,发现玛莎在他的寓所附近等他。她请求他,在他每次见到她之前,无论如何都不要离开伦敦。

"她可曾告诉你为什么吗?"我问。

"我问过她,大卫少爷,"他回答说,"可是她说起话来,总是只有三两句。她听到我答应了,就走了。"

"她可曾说过,你大概什么时候可以再见到她?"我追问道。

"没有,大卫少爷,"他回答说,满腹心事地伸手从上到下在脸上抹了一把,"这话我也问了,可是她说她也说不上来。"

因为很久以来,我一直避免用那些渺茫的希望来鼓励他,所以对他的这个消息,我只说,我想他不久会见到她的,别的就没有多说。至于这一消息在我内心引起的猜测,我只是藏在自己心里,因为这些猜测是非常没有把握的。

大约两星期后,有一天傍晚,我独自一人在花园里散步。那天晚上的事我记得很清楚,是在米考伯先生把别人悬着那个星期的第二天。那天下了一整天雨,空气中弥漫着一片潮湿的感觉。树上的叶子稠密,湿漉漉地重得下垂着,但雨已经停了,尽管天色依旧阴沉沉的;盼望天晴的鸟儿都在欢欣地歌唱。当我在花园中来回溜达了一会儿后,暮色渐渐在我周围四合,细微的鸟声也静止了。于是到处是一片乡村晚间特有的寂静,就连最细小的树,也一动不动了,只有水珠偶尔从它们的枝叶上滴落。

在我们的小屋旁边,有一道小小的爬着常青藤的格子栏架,通过栏架我可以从我散步的地方,看到屋前的大路。我心里正在想着许多事情,眼睛偶尔朝那儿一看,看到了一个披着件素净外衣的人影。那人影急切地转向我这边,同时还对我打着手势。

"玛莎!"我叫了一声,便朝她走去。

"你能跟我一起去一下吗?"她激动地轻声问道,"我已去过佩格蒂先生那儿,他不在家。我写了个要他去的地址,亲手放在他桌上。他们说,他不会出去得很久。我有消息给他,你能马上跟我去一趟吗?"

我的回答是立即走出大门。她匆忙地打了个手势,好像求我要有耐心,也别出声,然后就朝伦敦市内走去。从她的衣服可以看出,她是急急忙忙刚从市里赶来的。

我问她,伦敦是不是我们的目的地?她跟先前一样,又匆忙地打了个手势,表示是的。我拦住了一辆打我们旁边经过的空马车,我们就上了车。我问她,该告诉马车夫上哪儿,她回答说:"不管哪儿,只要靠近金广场就行!要快!"——说完就缩到一个角落里,用一只颤抖的手捂住脸,另一只手打了个先前那样的手势,仿佛任何声音她都受不了。

当时我心里大为不安,又被希望和恐惧的矛盾心情弄得昏头昏脑,因此我就朝她看去,希望能得到她的一点解释。可是我发现她极力想保持沉默,同时我又觉得,要是处于这种情况,我自己也会这样的,因此我也就不想去打破这种沉寂了。我们一言不发,一直前行。有时候,她朝窗外瞥上一眼,好像认为我们走得太慢,其实我们已经走得很快;除此之外,别的都跟先前一样。

到了她说的那个广场的一个入口,我们下了车。我叫车夫就在那儿等着,因为我怕我们也许还有用它的时候。玛莎把手搭在我的胳臂上,匆匆地带我走上一条阴暗的街道。这一带有好几条这样的街道,街上的房子一度原本很有气派,全是独门独户的住宅,但是很久以来已经沦为论间出租的贫民公寓了。我们进了其中一座敞开着的门,玛莎松开我的胳臂,打手势叫我跟着她上了一道公用楼梯,这楼梯很像一条通向大街的支路。

这座房子里挤满房客。当我们往上走时,房间的门都纷纷打开,里面的人一个个探头朝外面打量着。我们在楼梯上也碰到了另外一些下楼的人。我们在进屋以前,曾从外面往上望,我看到一些妇女和儿童靠窗站着,俯身在窗台的花盆上面。我们好像已经引起了他们的好奇心,因为从自己的房门口探头朝外看的,主要是这些人。这是座宽阔的嵌板楼梯,有着某种乌木的宽大扶手;门上都有门楣,上面雕有花果的图案,窗口还有着宽大的座位。

不过所有这些表示过去豪华气派的标志,都已腐朽不堪,满是污垢;由于腐蚀、潮湿,还有岁月,地板都摇摇晃晃了,许多地方已腐烂、残破,甚至很不安全。我注意到,在贵重的老硬木地板上,这儿那儿都有着用普通松木修补过的地方,试图把新鲜血液注入这日益枯槁的躯体,但是,这就像一个没落衰败的老贵族,跟一个贫穷的百姓结婚一样,不是门当户对,因而双方都互相退而避之。楼梯上有几扇后窗,已经暗不透光,或者已经全都堵死;在依旧留着的窗子上,几乎看不到一块玻璃,通过这些破烂的窗架,污浊的空气似乎总是进来,而永远不会出去。我隔着这种窗户,再通过另外一些没有玻璃的窗户,看到别的房子里,也是同样的情况。我头晕目眩地朝下面看了看,下面是个不堪入目的院子,已成了这座大房子的公共垃圾场。

我们继续朝这座房子的顶层走去。在中途,有两三次,我觉得在那微弱的光线中,我看到有个女人的长衣下摆,在我们前面往楼上移动。当我们拐弯登上我们和屋顶之间最后一段楼梯时,我们看清了这个女人的整个身影,她在一个门口站了一会,跟着就扭开房门把手,走进去了。

"这是怎么回事!"玛莎低声说,"她进了我的房间。我不认识她呀!"

我可认识她。我满心惊异地认出了她,她是达特尔小姐。

我对给我带路的人说了几句话,大意是这是位小姐,我以前见过她;可是几乎没等我把话说完,我们就听到了她在房间里说话的声音,不过从我们站的地方,听不清她说的是什么。玛莎带着吃惊的神情,又重复了一下她先前的手势,跟着悄悄地领我走上楼梯。随后她推开一扇小小的后门(这门好像没有上锁,她一推就开了),带我进了一间小小的空阁楼,阁楼的屋顶是斜的,比一只橱柜大不了多少。这间小阁楼和她称作自己的房间之间,有个小门相通,这时小门正半开着。我们就在这儿站住了脚步,因为刚刚上楼,我们都气喘吁吁的,玛莎伸手轻轻地掩住了我的嘴。我只看到里面的那个房间相当大,房里有一张床,墙上有几幅印有船舶的普通图画。我看不见达特尔小姐,也看不见我们听到她对着说话的人。当然,我的同伴就更看不到了,因为我站的位置是最好的。

有一会儿工夫,只是一片寂静。玛莎的一只手仍掩在我的嘴上,她举起了另一只手,作出仔细倾听的姿势。

"她不在家,跟我没有一丁点儿关系,"罗莎·达特尔口气傲慢地说,

"我并不认识她。我到这儿来,要见的是你!"

"见我?"一个轻柔的声音回答说。

一听到这声音,我突然浑身战栗。因为这是艾米莉的声音!

"没错,"达特尔小姐回答说,"我来这儿就为了看看你。怎么? 你干了这么多丑事,还有脸出来见人?"

她语气中那种咬牙切齿的仇恨,那种冷酷无情的尖刻,那种难以压制的愤怒,把她呈现在我的面前,就像我看到她站在光天化日之下一样。我看到了她那双闪闪发光的黑眼睛,那被感情熬瘦的身子;我也看到了她嘴上的疤痕,一道白印从她说话时不断颤动的双唇划过。

"我到这儿来,"她说,"就是要看看詹姆斯·斯蒂福思的宠儿,看看跟他一起私奔的女人,那个她老家当地最粗俗的人街谈巷议的货色,那个跟詹姆斯·斯蒂福思那样的人做伴、胆大包天、得意招摇的行家。我要见识见识这么个东西到底是什么模样。"

传来一阵砰砰声,好像那个不幸的、受到她辱骂的女孩,正想往门口跑,而那个说话的人则迅速在门口堵住了她。随后是片刻的停顿。

当达特尔小姐再次说话时,她是咬牙切齿还跺着脚说出的。

"你给我待在那儿!"她说道,"要不,我就把你干的好事全都抖出来,让满屋子、满街的人都知道! 要是你打算躲开我,我一定会把你挡住! 哪怕得抓住你的头发,举起每块石头来对付你!"

一声受了惊的咕哝声,是传到我耳朵中的唯一回答。接着是一阵寂静。我不知道怎么办才好。虽然我极想让这场会晤结束,但是我又觉得我无权出面干涉;只有佩格蒂先生才有见她和救她的权利。难道他永远不来了吗? 我急不可耐地想着。

"啊!"罗莎·达特尔轻蔑地笑着说,"我终于见到她了! 哼,他竟会被这样一个娇里娇气、假装正经、耷拉着脑袋的东西迷住,他也真是个可怜虫了!"

"哦,看在上天的分上,你就饶了我吧!"艾米莉喊着说,"不管你是谁,反正你知道我这段可怜的身世,看在上帝的分上,要是你自己也想得到饶恕的话,那就饶了我吧!"

"要是我也想得到饶恕!"另一个恶狠狠地回答说,"你以为,我们两人之间有什么共同的地方?"

"除了性别,没有共同的地方。"艾米莉一下哭了起来。

"就凭这一点,"罗莎·达特尔说,"你这不要脸的便当作十足的理由,提出出来求我了;你要知道,要是我心里除了对你的轻蔑和憎恨外,还有别的什么感情的话,听了你这种理由,也已经冻结了。我们的性别! 你可真是我们这个性别的光荣呢!"

"这是我应该受的,"艾米莉说,"不过这太可怕了! 亲爱的,亲爱的小姐,请你想想我受了多大的罪,落到了什么地步啊! 哦,玛莎,你快回来吧! 哦,家啊! 家啊!"

达特尔小姐在门口看得见的一把椅子上坐了下来,眼睛朝下面看着,好像艾米莉已趴在她面前的地板上。因为现在她坐的地方,正在我和亮光之间,所以我能看到她那轻蔑地撇起的嘴唇,她那带着贪婪的得意神情,以及死盯在一个地方的残酷的眼睛。

"听我说!"她说,"收起你这套装模作样的伎俩,留给那些容易受你骗的傻瓜吧。你想用眼泪来打动我? 这跟你用笑脸来迷惑我一样没用,你这个卖身的奴隶。"

"哦,对我发点慈悲吧!"艾米莉哭喊道,"可怜可怜我吧,要不,我会发疯死去的啊!"

"你就是死了,"罗莎·达特尔说,"也远远补赎不了你犯的罪。你知道你都干了些什么吗? 你可曾想过,你把那个家都毁坏成什么样子了吗?"

"哦,有哪一天,哪一夜,我不想那个家啊!"艾米莉喊道。这时候我正好看到她了,她跪在地上,头往后仰着,苍白的脸朝着上方,两手疯了似的紧抱着向外伸出,头发披散在四周。"不管我是醒着还是睡着,那个家无时无刻不在我的眼前,它就像我永远、永远背弃它的那些迷途的日子里时一样啊! 哦,家啊,家啊! 哦,亲爱的、亲爱的舅舅啊! 要是你知道,在我走上错路时,你对我的爱给了我多大的痛苦,即使你非常疼我,你也就决不会让你对我的爱这样一成不变了,你会对我生气,至少在我这辈子里生我一回气,让我可以得到一点安慰! 在这个世界上,我已经得不到一点安慰了,一点都得不到了,因为他们全都老是宠着我!"她俯脸趴在那个椅子上的专横的人面前,乞求着想去拉她那长袍的下摆。

　　罗莎·达特尔端坐在那儿，眼睛朝下看着她，像座铜像似的毫不动摇。她的嘴唇紧闭着，仿佛她知道，她必须尽力控制住自己，要不她就会忍不住用脚去踢这个漂亮的女人了——我深深相信这一点，所以才这样写的。我清清楚楚地看到她，她的外表和性格的全部力量，好像都迫使她露出这种表情。——他难道永远不来了吗？

　　"这班卑鄙小人无耻的虚荣心！"她说，这时她控制住了胸中的怒气，相信自己可以说话了，"你的家！你以为我会想到你的家？你以为，我会认为你糟蹋了你那个下流的家，就不能用钱来补偿，而且大大地补偿？哼，你的家！你就是你家经营的买卖的一部分，跟你们那班人出卖的别的货物一样，你也是可以买卖的货色。"

　　"哦，别么说！"艾米莉喊了起来，"你说我什么都行，可是别把我做的丢脸出丑的事，加油添醋地硬栽在跟你一样体面的人身上！你作为一位小姐，即便你对我不愿发慈悲，请你对他们可得有点敬意。"

　　"我说的是，"她说道，丝毫不屑理会这一请求，只是把衣服扯起，怕让艾米莉碰脏了，"我说的是他那个家——我就住在那儿。就凭你，"说到这儿，她轻蔑地笑着伸出一只手，低头看着趴在地下的女孩，"就凭你这么个东西，竟把夫人母亲和绅士儿子给拆散了；就凭这么个连当厨房打杂都不够格的东西，竟搅得这家人伤心，发怒，烦恼，互相责难。这么个从海边拣来的烂货，让人摆弄上一时三刻，接着便给扔回到原来的地方了！"

　　"不是的！不是的！"艾米莉两手紧握，喊着说，"他第一次碰见我时——哦，但愿从来没有那一天，但愿他碰见我时，我正让人抬去下葬！——他第一次碰见我时，我也跟你、跟任何有身份的小姐一样有操守、有教养的，而且还正要嫁给一个跟你、跟世上的任何小姐想要嫁的好男人做妻子。要是你住在他家里，了解他，你也许就知道，他引诱一个软弱、爱虚荣的女孩本领有多大了。我并不是替自己辩护，不过我清楚地知道，他也清楚地知道，要不，他到临死心里后悔难过时也会知道，他怎样使尽全力来欺骗我，骗得我听了他，信了他，爱上他！"

　　罗莎·达特尔突然从座位上一跃而起，往后一摇晃；就在向后摇时，伸手朝艾米莉打去，这时，她的脸是那么凶恶，由于愤怒变得那么狰狞阴险、丑陋难看。我差一点要挺身而出，站到她们之间。不过她打的这一下，因为没有目标,打空了。她气喘吁吁地站在那儿,怀着她所能表现出的极度憎恶,看着艾米莉,由于愤怒和鄙夷,从头到脚全身都在颤抖。我想,我从来不曾见过这种景象,将来也决不可能见到。

"你爱他? 你?"她嚷道,紧握拳头,颤抖着,仿佛只想有一件武器,用来刺穿她憎恨的对象。

艾米莉退缩到我看不见的地方,也没有听到她回话。

"你竟敢用你的臭嘴,"她接着说,"对我说出这样的话? 他们为什么不用鞭子抽这班东西? 要是我能下令这么做,我非把这个贱货抽死不可。"

我毫不怀疑,她一定会这么做的。只要她这副凶恶的嘴脸还存在,手里有刑具的话,我不信她会不用的。

她突然慢慢地、很慢地笑了起来,用手指着艾米莉,仿佛艾米莉是人神共鉴的羞耻奇观。

"他爱!"她说,"这块臭肉! 她竟对我说,他曾喜欢过她。哈,哈! 这班做买卖的多会说谎!"

她的这种挖苦比那露骨的狂怒更加可恶。在这两者之间,我情愿做后者的对象。不过,她这种挖苦嘲笑,只有一会儿工夫,紧接着她就又把它约束住了,不管这种心情在她内心如何折腾,她还是把它给压制下去了。

"我来这儿,你这爱情的清泉,"她说,"就是为了看看,像你这样的东西到底是个什么模样——这我一开始就告诉你了。我这是好奇,现在我感到满意了。我也要告诉你,你最好还是回你的家,越快越好,到等着你的那班好人中间埋头躲起来,你的钱可以给他们带来安慰。等钱都花光了,你可以再去听,再去信,再去爱的,这你是很懂的! 我本以为你是个过时的破玩具,是块一文不值、被人扔掉的失去光泽的饰片,不过,现在我发现你是一块真金,一个真正的闺秀,一个被糟蹋的无辜女子,有着一颗充满爱情和轻信的清纯的心——你看起来真像是这样,而且跟你讲的经历也很符合! ——可我还有些话要说。你留心听着,因为我是说到做到的。你听到我说的了吗,你这仙女般的精灵? 我说了的,我就一定要做到!"

她的愤怒又发作了一会,不过像痉挛似的在她的脸上一显即逝,她又露出了微笑。

"你得躲起来,"她接着说,"要是家里躲不了,就躲到别处去。找个别人找不到的地方;过着默默无闻的生活,要不,最好是默默无闻地死掉。我觉得奇怪,既然你那颗多情的心不会破碎,你怎么会找不到办法让它静下来呢! 我曾听到过这种办法。我相信这种办法是容易找到的。"

说到这儿,艾米莉那面发出了轻轻的哭声,把她的话给打断了。她停了下来,像听音乐似的听着那哭声。

"也许我生性古怪,"罗莎·达特尔继续说道,"可是在你呼吸的空气里,我实在没法自由呼吸。我觉得这种空气让人恶心。因此我要使它清洁起来,要把你从这种空气中清除掉。要是你明天还待在这儿,那我就要把你的丑史和品行在这儿的公共楼梯上抖一抖。听说这幢房子里也住有许多正经的妇女;你这样一位光彩的人物,躲在她们中间不露面,真是太可惜了。要是你离开这儿,不用你自己的真实身份(你尽管用你的真实身份,我决不干涉)而用任何假身份,在这个城市里找到任何藏身的地方,要是我能打听到你的藏身之处,我也会以同样的办法来对付你的。有那位不久前曾向你求婚的先生帮忙,我在这件事上是很有信心的。"

他难道永远永远也不会来了吗? 这种情况我还得忍受多久呀? 我还能忍受多久哪?

"哦,天哪,天哪!"可怜的艾米莉呼喊道,我原以为她的声音能感动最硬的心肠,可是罗莎·达特尔的笑容里,没有丝毫怜悯,"我可怎么办啊! 我可怎么办啊!"

"怎么办?"另一个回答说,"在回忆中快活地活下去好了! 把你的一生都献给回忆詹姆斯·斯蒂福思的柔情蜜意吧——他不是要你做他用人的老婆吗? ——要不你就把一生献给感谢那个腰干笔挺、功劳卓著的奴才,那个肯把你当礼物收下的家伙吧。也就是说,要是这些骄傲的回忆,你自己的贞操观,以及你在所有徒有人形的东西眼里提高了的光荣地位,全都支撑不了你,那你就嫁给那个好人,在他屈尊俯就的情况下,快活地活下去。如果这也不行,那就去死吧! 这样的死,这样的绝望,有的是去处,有的是垃圾堆。你就去找一个这样的地方,逃到天上去吧!"

我听到远处有上楼梯的脚步声。我确信,我听出了这是谁的脚步声,谢天谢地,是他的!

罗莎·达特尔说着这番话时,慢慢地离开了门口,走出了我的视线。

"不过你可得记住!"她慢条斯理、恶狠狠地补充说,一面把另一扇门打开,准备离开,"除非你躲到我完全够不着的地方,或者撕下你漂亮的假面具,要不,为了我刚才说的理由和我怀有的仇恨,我决心非把你揪出来不可。这就是我要跟你说的。我说到做到!"

楼梯上的脚步声越来越近了——越来越近了——在罗莎·达特尔下楼时,它超过了她的脚步声——冲进了房间!

"舅舅!"

随着这声叫唤的是一声吓人的喊叫。我稍微犹豫了一会,再往门内看去时,只见他怀抱着她那失去知觉的躯体。他朝她脸上打量了几秒钟,然后俯身吻了她一下——哦,多么慈爱啊!——接着掏出了一块小手帕,蒙在她的脸上。

"大卫少爷,"他蒙好她的脸后,颤抖着低声说,"我要感谢我的天父,我的梦想成真了!我诚心诚意感谢他,是他用自己的方法指引我,让我找到了我的宝贝!"

说完这句话,他用双手抱起她,让她蒙着的脸紧贴在自己的心窝,正对着他自己的脸,把一动不动、失去知觉的她,抱下楼去。

第五十一章

踏上更长的旅程

第二天一大早,我跟我姨婆正在花园里散步时(由于得经常照顾我亲爱的朵拉,我姨婆现在已很少做别的活动了),女仆来告诉我,佩格蒂先生想跟我谈一谈。我朝着门口走去,他已进了花园,和我在半道上相遇;他脱下了帽子,每当见到我姨婆时,他照例总是这样彬彬有礼,因为他对我姨婆非常尊敬。我已经把头一天晚上发生的事,全都告诉姨婆,所以当她见了佩格蒂先生时,没说一句话,只是满脸热情地迎上前去,跟他握手,还拍拍他的胳臂。这些举止已经表明了她的心意,她无需再说一句话了。佩格蒂先生非常了解她,这就跟她说了千言万语一样。

"我现在得进去了,特洛,"我姨婆说,"我得去照顾小花朵啦,她就要起来啦。"

"但愿不是因为我在这儿吧,小姐?"佩格蒂先生说,"要是今天早上我的脑袋还没有成为掏空的鸟窝的话,"——佩格蒂先生说这话的意思是他还有脑子,并不糊涂——"你是因为我,才要离开我们的吧?"

"我看你有话要说,我的好朋友,"我姨婆回答说,"我不在场更方便些。"

"请你原谅,小姐,"佩格蒂先生回答说,"要是你不嫌我啰唆,肯待在这儿,我觉得,这是你给我赏脸啊。"

"真的?"我姨婆和蔼而又爽快地说,"那我就在这儿待定啦!"

于是,我姨婆就拿自己的胳臂挽住佩格蒂先生的胳臂,跟他一起走到花园尽头一个枝叶覆盖着的小凉亭里,她在一张长凳上坐下,我就坐在她的一旁。佩格蒂先生本来也有座位,可他喜欢站着,一只手按在粗面的小石桌上。他站在那儿,未开口之前,先朝自己的便帽看了一会儿;这时,我禁不住看了他一眼,他那肌肉发达的手,表明他的性格多么坚强不屈,这是他诚实面容和花白头发多么忠实的好伴侣啊。

"昨天晚上,"佩格蒂先生抬眼看着我们,开口说,"我把我的宝贝孩子,带回我的住所了,那地方是我早就为她准备好等着她的。她过了好几个钟头才认出我来。认出后,她就跪在我的跟前,就像念祷文似的,对我讲了事情的全部经过。你们可以相信我,我听到她说话的声音,就像我以前在家里听到时那么开心——看到她那低声下气的样子,就像我们的救世主用他的圣手在地上写字①时的情景一样——在感谢的当儿,我心里感到像扎了刀似的。"

他用袖子朝脸上抹了抹,丝毫不加掩饰是为了什么,然后清了清嗓子。

"不过这种感觉没有多少,因为到底找到她了。我只要想到,已经找到她,痛心的感觉也就过去了。我真的不知道,我干吗这会儿还提这事。一分钟前,我心里压根儿没有想到要说我自己,一句话也没想说。可这话来得那么自然,连我自己都还没觉得,它就溜出来了。"

"你是个有自我牺牲精神的人,"我姨婆说,"你会得到好报的。"

树叶的影子在佩格蒂先生的脸上横斜摇曳着,他的头吃了一惊似的朝我姨婆点了点,对她的赞许以示感谢,然后重新拾起刚才放下的话头。

"我的艾米莉,"他一时间满怀愤怒地说,"被那条花斑蛇给关在屋子里,就像大卫少爷知道的那样——那条蛇说的那些话是真的,但愿上帝惩罚他! ——她从屋子里逃出来时是在夜里,天漆黑一团,天上的星星一闪一闪的。她就像疯了似的,沿着海滩奔跑,相信那条旧船就在那儿。她还一路叫喊着,叫我们转过脸去,因为她要过去了。她听到自己的叫喊,就像是听到另一个人叫喊似的。她在那些尖利的大小石头上碰得破破烂烂,但她毫无知觉,仿佛她自己也是一块石头。她跑了很远,眼里冒着火光,耳中呼呼作

---

① 见《圣经·新约·约翰福音》第八章第三至十一节。人们带了一个行淫时被抓的妇人到耶稣跟前,说要把她用石头砸死,问耶稣如何处置,耶稣顾自在地上写字,最后说"你们中间谁是没有罪的,谁就可以拿石头砸她",于是众人散去,这时耶稣对那妇人说:"我也不定你的罪,去吧,从此不要再犯罪了。"

响。突然间——要不她以为这样,这你们懂得——天亮了,又下雨,又刮风,她躺在岸边的一堆石头旁,有个女人在跟她说话,说的是那个国家的话,问她怎样会弄成这样?"

他说的这一切,就像是他亲眼目睹一般。他说的时候,那光景那么生动鲜明地出现在他眼前,加上他叙述的态度认真诚恳,因而比我此刻所能表达的要清楚得多。事情已过去这么久,但是现在我写到这番情景时,我都很难相信,说我当时并没有在场,因为这番景象给我的印象,竟逼真得如此惊人。

"艾米莉的眼睛——本来是迷迷糊糊的——这会儿把那女人看得清楚一点了,"佩格蒂先生接着说,"她认出,她就是过去在海滩上常跟她聊天的那些女人中的一位。因为以前她常常沿那儿的海滩走出许多英里,有时步行,有时坐船,有时坐马车,和那一带地方的人都认识;因此那天晚上她尽管跑了那么远(我已经说了),还是遇上了熟人。这个女人是位年轻太太,自己还没有小孩,不过不久就要有小孩了。我要为她祷告,求上帝赐给她一个好孩子,让她一辈子得到幸福,得到安慰,得到荣耀!愿她的孩子在她上年纪时爱她,孝顺她,自始至终照顾她,在她的今世和来生都成为她的天使。"

"阿门!"我姨婆说。

"以前,艾米莉跟孩子们谈话的时候,"佩格蒂先生说,"这个女人起初因为有些胆小、怯生,就坐在离开稍远的地方,干着纺纱一类的活儿。但是艾米莉注意到了她,就过去跟她说话;因为这年轻女人也喜欢小孩,这样她们俩很快就成了朋友。后来她们的关系愈来愈好,每逢艾米莉去那儿,她总是给艾米莉送花什么的。这时她问艾米莉,怎么会弄成这副样子,艾米莉把情况告诉了她,于是她——她就把艾米莉带回家去了。她确实那么做了。她把艾米莉带回家去了。"说到这儿,佩格蒂先生伸手捂住了自己的脸。

打从艾米莉那天晚上出走以来,我不曾见过,有什么事儿比那女人的这番好心善意更使我感动过。我姨婆和我都不想去打扰他。

"她的家是座小房子,这你们可以猜得到,"他马上又接着说,"不过她还是挤出地方把艾米莉安顿下来了——她丈夫出海去了——这事她一直保守秘密,她还说服那几家邻居(附近只有不多几家)也保守这一秘密。接着艾米莉便发起高烧来,我觉得奇怪的是——也许有学问的人并不觉得奇怪——她原来会说的那个国家的话,她的脑子里竟全都忘得一干二净,她只会说自己国家的话了。而这种话那儿没一个人能听懂,她记得,当时她躺在那儿,像做梦一般,一直说着自己本国的话,始终相信那条旧船就在海湾的下一个岬角那儿,哀求他们到那儿报个信,说她快要死了,再带个回信回来,说那儿的人宽恕她了,哪怕只有一句话也好。几乎在整个这段时间里,她老是觉得——一会儿,我刚才提到的那个家伙,就在窗子外面躲着要抓她,一会儿,那个把她糟蹋成这个样子的坏男人就在房间里——于是她就哀求那位好心的年轻女人,千万别把她交出去,同时她也知道,她的话别人听不懂,因而一心害怕,自己一定会被抓走。她眼里依旧冒着火光,耳中依旧呼呼作响;没有今天,没有昨天,也没有明天;可是她这辈子里所有有过的事,或者可能有过的事,以及所有不曾有过的事,或者决不可能有的事,全都一下子来到她的脑子里,没有一件是清清楚楚的,没有一件是让人高兴的。可是她对这些事儿,却又唱又笑!她这样到底过了多久,我说不上来;不过后来她就睡着了;在这场睡眠中,她那股比她原本有的大许多倍的劲儿,一点都没有了,变得像最小的小孩般软弱。"

说到这儿,他停住了,仿佛觉得自己的叙述太可怕了,要放松一下似的。他缄默了一会后,又继续说起他的故事来。

"她醒过来的时候,是在一个天气很好的下午;四周静悄悄的,蓝色的海上没有浪潮,除了那小小的水波轻轻拍打着海岸之外,没有一点声音。一开始,她只当那是星期天早上,她在自己家里,可是她看到了窗前的葡萄叶子,还有远处的小山,这些都是老家没有的,是跟她老家不一样的。跟着她的朋友走了进来,到床前看她来了;这时她才明白过来,那条旧船并不在海湾的下一个岬角那儿,而是在老远老远的地方;她才知道,自己在什么地方,为什么会在这个地方。于是她就伏在那个好心的年轻女人怀里大哭起来了。我真盼望那年轻女人肚子里的婴儿,这会儿正张着可爱的小眼睛,在逗她开心呢。"

他一提到艾米莉这位好心的朋友,便禁不住会流下泪来,要想不流怎么也办不到。他又控制不住自己的感情了,还竭力为她祝福。

"这一哭,对我的艾米莉有好处,"他这样大动感情后继续说,我看到他这样,也禁不住流下了眼泪,至于我姨婆,则更加尽情地哭了一通,"这一哭,对艾米莉大有好处,她的身子渐渐地开始好起来了。可是那个国家的话,她一句也不会说了,只好靠做手势。她就这样过下去,身体也一天天好起来,虽然很慢,但很实在;同时她还努力学习普通东西的叫法——这种叫法好像她一辈子从没听到过似的——直到有一天傍晚,她正坐在窗前,望着一个小女孩在沙滩上玩耍。突然间,这个小女孩把手一举,说了一句话,它在英语里的意思就是'渔夫的女儿,你瞧这贝壳!'——因为你们知道,起初,人们都按那个国家的通常叫法,叫她'漂亮的小姐',可她要他们叫她'渔夫的女儿'。那小女孩冷不防说了句'渔夫的女儿,你瞧这贝壳!',艾米莉听懂了她的话,于是便做了回答,还一下哭了起来,跟着她学过的那种话,全都记起来了!

"当艾米莉的身子骨重又结实起来后,"佩格蒂先生又缄默了片刻后,接着说,"就打算告别那位好心的年轻女人,回自己的祖国。当时,那女人的丈夫已经回来,他们夫妻俩一起把她送上一条开往里窝那①的小商船,从那儿再到法国。她身上还有一点钱,可是,虽然他们帮了她那么多忙,却一点钱也不肯要。其实他们也非常穷。我为这替他们感到高兴,因为他们的所作所为,是藏在天上的,天上没有虫子咬,不会锈坏,也没有贼挖窟窿来偷。② 大卫少爷,他们的功德,要比世界上所有财宝的寿命都更长呢。

"艾米莉到了法国后,受雇于港口一家小旅馆,干伺候旅行的太太小姐们的活儿。就在那儿,有一天,那条毒蛇也来了——但愿永远别让他挨近我,我不知道我会怎么来治他! ——艾米莉一看到他,没等他看到她,她就又害怕了,吓昏了,他还没喘过气来,她便逃走了,她回到了英国,在多佛上了岸。

"我说不上来,"佩格蒂先生说,"她确切在什么时候,泄了她的勇气的。回英国时,她一路上都想着要回到自己那可爱的家。她一到英国,就朝那个家走去。可是她害怕得不到宽恕,害怕被人指指点点,害怕我们中有人因为她死去,害怕许许多多东西,就是这股力量,又迫使她转身往回走了。'舅舅啊,舅舅!'她对我说,'我这颗破碎、流血的心,本来十分想做一件事,可是

---

① 意大利西部海岸一港口。

② 见《圣经·新约·马太福音》第六章第二十节,原文为:"只要积攒财宝在天上,天上没有虫子咬,不会锈坏,也没有贼挖窟窿来偷。"

我害怕我不配做,这是所有害怕中最让我害怕的!于是我就转身往回走了,可我的心里一直在祷告,但愿能让我在夜里爬到老船屋的门槛边,吻它一下,把我罪恶的脸放在那上面,第二天早上让人发现我已死在那儿。'

"她来到了伦敦,"佩格蒂先生把自己的声音压抑成十分害怕似的低语,说,"她——一辈子从没来过这儿——独自一个人——没有一点钱——年纪轻轻的——又这么漂亮——来到伦敦。可几乎一到这儿,一个人正又孤独又凄凉时,她就遇到了一个朋友(她以为是朋友),一个挺体面的女人,跟她说,有艾米莉会做的针线活,能为她揽好多这样的活儿,也能给她找到过夜的地方,还说第二天就可以私下替她打听我和家里所有人的情形呢。正当我的孩子,"说到这儿,他提高了嗓音,表示感激的劲头,使得他从头到脚都颤抖起来,"站在我说不上来,也想不下去的边沿上,说到做到的玛莎,救了她。"

我高兴得忍不住大叫了一声。

"大卫少爷,"他用自己那只有劲的手,握住我的手说,"最早对我提到玛莎的是你。我得谢谢你,少爷!玛莎这人真诚心。她从自己痛苦的经验里,知道该在哪儿盯着,该怎么做。现在她已经做到了。还有上帝在上,看着一切!玛莎气急败坏地赶到艾米莉过夜的地方,脸都煞白了;这时艾米莉已经睡了,玛莎对她说:'快起来,你在这儿比死还要糟呢,快跟我走!'屋里的那些人想拦住她,可是他们就跟想拦住大海一般。'离我远点,'玛莎说,'我是个鬼,来叫她从她开了口子的坟墓里出来的!'她告诉艾米莉,她见过我,知道我疼她,而且已经宽恕了她。她匆忙地用自己的衣服把艾米莉裹了起来;这时艾米莉已经晕过去了,浑身发抖,她把她搂在了怀里。她对屋子里那班人说的话,一概不加理会,就像是没有耳朵似的。她只照顾着我的孩子,接着她从他们中间走过,在深更半夜,平平安安地把她从毁灭的黑坑中救了出来!

"她侍候艾米莉,"这时佩格蒂先生松开了我的手,把自己的手按在他那喘息起伏的胸膛上,说,"这时,我的艾米莉累极了,精神恍惚,她照料着躺在床上的她,一直侍候到第二天傍晚。然后她才去找我;后来又去找你,大卫少爷。她没有告诉艾米莉出来干什么,怕她心里紧张吃不消,又去躲起来。至于那个狠心毒辣的女人,她是怎么知道艾米莉在那儿的,我就说不上来了。也许是我多次提到的那个坏男人,碰巧看到她去了那儿,要不,或许是从那个装成朋友的女人那儿打听到的,我想这最有可能;不过这事我没有多想,因为反正我的外甥女儿已经找到了。

"那天一整夜,"佩格蒂先生说,"我们俩都在一块儿,艾米莉跟我。按时间来说,她说的话很少,说话时总是伤心地流泪。我也很少去看她那张可爱的脸,那张在我家火炉边长成大人的脸。不过,整整一夜,她的胳臂都搂着我的脖子,她的头都枕在我的胸口;我们都十分清楚,我们俩永远可以互相信赖。"

说到这儿他才住了口,他的一只手安安稳稳地放在桌子上,手上的那股坚毅劲儿,足以征服好多只狮子。

"当年我决心要给你姐姐贝特西·特洛伍德做教母的时候,特洛,"我姨婆抹着眼泪说,"那是我的一线光明,可是她使我失望了。除此之外,恐怕再没有比做那个年轻好心人孩子的教母,更会使我感到高兴了。"

佩格蒂先生点了点头,对我姨婆的感情表示理解,但是对于她所赞美的对象,却不敢轻易让自己用任何语言来表达他的想法。我们一时都默默无言,各人都想着各自的心思。(我姨婆擦着眼泪,时而呜咽抽噎,时而放声大笑,还把自己叫作傻瓜)后来还是我说话了。

"有关将来的事,"我对佩格蒂先生说,"你已经完全打定主意了吧,我的好朋友?这事我本来是用不着问的。"

"完全打定了,大卫少爷,"他回答说,"而且也对艾米莉说了。离这儿远远的,有的是广大的好地方。我们以后的日子,要到海那边去过了。"

"他们这是打算一块儿去海外了,姨婆。"我说。

"是的!"佩格蒂先生带着满有希望的微笑说,"在澳大利亚,谁也不能怪我的宝贝不好了。我们要去那儿从头过新的生活!"

我问他是否已定下动身的日期。

"今儿一大早,大卫少爷,我去了一趟码头,"他回答说,"打听了搭船去澳大利亚的消息。从这会儿起,大约再过六个星期或者两个月,有条船要开往那儿——今儿早上我见到这条船了——还到船上走了走——我们就打算搭这条船。"

"就你们俩吗?"我问道。

"哦,大卫少爷!"他回答说,"我妹妹,你知道,她是很疼你跟你家里的人的,而且也过惯了本国的生活,所以叫她去是不合适的。除了这个,还有个人,她得照顾,大卫少爷,这个人是不该忘记的啊!"

"可怜的汉姆!"我说。

"你知道,小姐,我的好妹妹还得照顾汉姆的家,汉姆对她也是很亲的。"佩格蒂先生对我姨婆解释说,为了让她多了解一些情况,"心里有没法对别人开口说的话,他可以坐下来跟她平心静气地说一说。啊,这可怜的孩子!"佩格蒂先生说着,摇了摇头,"留给他的已经没有多少,剩下的这点再拿出去,他也无所谓了!"

"那么葛米治太太呢?"我问道。

"唔,关于葛米治太太,实话告诉你吧,我琢磨了很多,"佩格蒂先生回答说,起初面带为难的神色,可是接着说下去就渐渐地明朗了,"你知道,葛米治太太一想起她那个老头子来,可就不是个你们说的好伴儿了。这话只能你我之间说说,大卫少爷——还有你,小姐——葛米治太太一抽噎起来——这是我们家乡话里哭的意思——她一抽噎起来,不知道她那个老头子的人,会认为她喜欢闹脾气,可我是知道那个老头子的,"佩格蒂先生说,"我还知道他有些好的地方,所以我了解葛米治太太,但是别的人,你知道可就完全不是这样了——自然也不可能这样!"

姨婆和我两人都同意他的看法。

"凭着这一点,"佩格蒂先生说,"我妹妹也许——我没有说她一定会,我说的也许——觉得葛米治太太有时会给她一点麻烦。因此,我不想把葛米治太太跟他们拴在一起,打算另外给她找个窝儿,让她有个安顿的地方(窝儿在当地的方言里是说家,安顿指的是安身过日子),所以我打算,"佩格蒂先生说,"在我走以前,给她一笔款子,让她的日子能过得舒畅点。她这个人真是再忠实也没有了。像她这样一个好大妈,这把年纪了,又孤苦伶仃,当然不能再叫她跟着在船上颠簸,在远处陌生地方的林子里和野地上过流浪日子了。所以我才打算这样安置她。"

他谁也没有忘记,每个人的需求和心愿,他都考虑到了,唯独不考虑他自己。

"艾米莉,"他继续说,"得跟我在一起——这可怜的孩子,她十分需要安静和休息！——一直到我们上了船的时候。她还得做些衣服，这总得做的。我只盼望，她重又回到虽是粗人、但充满爱心的舅舅身边后，她的苦恼就会渐渐变得像是多年以前的事，而不是新近发生的事了。"

我姨婆点了点头，认为他这种希望定能实现，这使得佩格蒂先生大为满意。

"还有一件事，大卫少爷，"他说着把手伸进胸前的口袋，郑重地掏出我先前见过的一个小纸卷，在桌子上打了开来，"这儿有几张钞票——一共是五十镑十先令。我还要再添上艾米莉逃出来时带的钱。数目我已问过她（不过没有告诉她为什么问这个）。我已经把钱数加在一起了。我没有文化，劳驾请你给我看一看，我算得对不对？"

他递给我一张纸，为自己没有文化很不好意思的样子；我在看那张纸时，他一直看着我。我看了看，他算得完全对。

"谢谢你，大卫少爷，"他拿回纸条说道，"要是你不反对，大卫少爷，我要在临走以前，把这笔钱装在信封里，写明交给他，再把它装进另一个封套，寄给他母亲。我要告诉她，就说我对你说的这几句话，告诉她一共多少钱，同时对她说，我已经走了，钱就是退回来，也没人收了。"

我对他说，我认为这样处理是对的——既然他觉得这样处理是对的，那我也完全相信这样是对的。

"我刚才说只有一件事要办，"他把那小纸卷又卷起来，放回口袋后，郑重其事地微笑着说，"实在是还有两件事要办。今儿早上出门时，我心里还拿不定主意，这件谢天谢地的大事，是不是得由我亲自告诉汉姆。因此我出来时写了一封信，送去了邮局，告诉他们事情的全部经过，并告诉他们，明天我要回去一趟，在那里把一些应办的小事都办一办，这样我心里就没有牵挂了。而且十有八九，我这就跟亚茅斯永别了。"

"你是不是想我跟你一起走一趟？"我问道，因为我看出他还有话没说出口。

"大卫少爷，要是你肯赏脸帮这个忙，"他回答说，"我相信，他们见到你一定会高兴一些的。"

我的小朵拉心情很好，很希望我去一趟——这是我跟她商量时发现的——因而我就欣然答应，按他的心愿陪他去一趟。第二天早上，我们就坐上了去亚茅斯的公共马车,作旧地重游了。

晚上,当我们经过熟悉的街道时——佩格蒂先生不顾我再三的反对,坚持要替我拎着手提包——我往欧默和乔兰的铺子里看了一眼,只见我的老友欧默先生正在那儿抽烟。佩格蒂先生这是外出后跟他妹妹和汉姆第一次见面,我觉得我在场不太合适,于是便以看望欧默先生为由,滞留在后面了。

"欧默先生,我们好久不见了,你好吗?"我走进铺子说。

他先把烟斗里冒出的烟扇开,为了能把我看得更清楚一点。他很快就认出我来了,非常高兴。

"承蒙大驾光临,我本该站起来迎接的,先生,"他说,"只是我的腿脚不中用了,只能靠轮子活动了。不过除了我的腿脚和呼吸外,说起来得感谢上帝,人家有多硬朗我就有多硬朗呢!"

他有这种满足的态度和愉快的精神,我对他表示了祝贺。这时,我发现他的安乐椅上已装了轮子。

"这玩意儿很灵巧,不是吗?"他看到我注目的方向,问道,同时用胳臂擦了擦椅子的扶手,"它跑起来就跟一根羽毛一样轻巧,前后轮完全合辙,简直像一辆邮车。哟,只要我的小明妮——你知道,就是我的小外孙女儿,明妮的孩子——用她的小力气往椅背上一推,我们就能动起来,要多灵巧有多灵巧,要多轻快有多轻快!我还得对你说——坐在这椅子里把烟斗一抽,就别提有多不同寻常了。"

我从来不曾见过像欧默先生这样知足常乐的好老头。他满面春风,仿佛他的椅子、他的哮喘、他那两条麻痹的腿,全是各项伟大的发明,都是为了增加他抽烟的乐趣似的。

"我可以向你保证,"欧默先生说,"我坐在这张椅子里,比不坐在这张椅子里,知道更多的天下大事呢。每天进来跟我聊天的人数,会让你感到吃惊,真的会让你吃惊的!打从我坐上这张椅子后,从报上读到的内容,比往常多了一倍。至于一般的读物,哟,我看了也不知有多少了!你知道,这就是我觉得自己很行的地方!要是出毛病的是我的眼睛,那可怎么办?要是出毛病的是我的耳朵,那可怎么办?现在出毛病的是我的腿脚,这又有什么要紧?嗨,原先我的腿脚好使的时候,只能使我的气喘得更急。而现在,要是我想上街,或者去海滩,我只要叫一声迪克-乔兰的小徒弟,我就像伦敦市

长老爷一样,坐着我自己的车去就是了。"

他说到这儿,大笑起来,把自己呛得半死。

"哎哟哟,我的天哪!"欧默先生重又抽起烟来,说,"一个人应该肥的瘦的都拣,这是人在一生中必须下决心做到的。乔兰生意做得很好。非常好!"

"我听了这话很高兴。"我说。

"我知道你会高兴的,"欧默先生说,"乔兰和明妮现在仍像一对恋人呢。一个人还能巴望什么呢? 比起这些来,腿脚又算得了什么呀!"

他坐在那儿抽着烟,对自己的腿脚看得那么无足轻重,这是我生平遇到过的最有趣的怪事之一。

"打从我进行广泛的阅读以来,你也在从事广泛的写作了,是不是,先生?"欧默先生露出钦佩的目光打量着我说,"你的作品写得多好啊! 那里面的描写生动极了! 我每个字都读了——每个字。至于说想打瞌睡,那是绝对没有的事!"

我笑着表示很满意,不过我得承认,我认为这种从看书联想到打瞌睡的念头,是意味深长的。

"我敢以名誉向你保证,先生,"欧默先生说,"当我把你那部书放在桌子上,看着它的外表时,装订得整整齐齐的共三册,想到我曾跟你家有过交往,我就跟潘趣①一样得意。哎呀,那是多年以前的事了。不是吗? 在布兰德斯通,一个可爱的小人儿,埋在另一个人身边。那时候你也还是个小人儿呢。唉! 唉!"

我提起了艾米莉,这才换了话题。我先让他知道,我并没有忘记,他一直对她非常关心,一直善待她;然后把如何靠玛莎的帮助找到了她,以及她又回到自己舅舅身边的大致情况,对他讲了一遍;我知道,这位老人听了这些话,一定会很高兴的。他全神贯注地倾听着,等我说完,他充满感情地说道:

"这消息我听了高兴极了,先生! 这是许多天来我听到的最好的消息

----

① 潘趣为英国滑稽木偶剧中人物,故英语中有"像潘趣一样得意""像潘趣一样高兴"之说。

了！唉，唉，唉！对那个年轻女人——玛莎——现在打算怎么安排呢？"

"你提到的这点，是我打昨天起就一直在心里琢磨的事。"我说，"不过关于这件事，眼下我还没什么能向你报告，欧默先生。佩格蒂先生还没提到这个问题，而我又有些不便提。我相信，他决不会忘记这件事的。他这个人，对于无私助人的一切好事，都决不会忘记的。"

"因为你知道，"欧默先生重又拾起刚才搁下的话题，说，"凡是为她做的事，不管是什么事，我希望都有我一份。不管你认为我该捐多少，我都认捐，让我知道就是了。我从来没有认为这女孩一无可取，现在发现她确实不是那样，我很高兴。我女儿明妮听了也会高兴的。年轻的女人，在有些事情上是自相矛盾的——她妈当年也跟她完全一样——不过她们的心肠都很软，很善良。对玛莎的看法，明妮完全是假装的，至于为什么她认为有必要假装，我就不想告诉你了。不过，我的天哪，她完全是假装的。私下里她对她可好呢。所以，不管你认为我该捐多少，我都认捐，这样好吗？另外你再给我一个字条，告诉我把钱交到哪里。唉！"欧默先生说，"一个人，活到生命的两头快要碰到的时候，看到自己不管有多精神，但得再次坐在婴儿车似的车子里，让人推来推去时，要是能做件好事，一定会特别高兴的。这种人需要多多做好事。我这话并不是专对我自己说的，"欧默先生说，"因为，先生，对这件事，我的看法是，我们每个人，不管年纪多少，都在走向山脚，时光是一分一秒都不会停留的。所以让我们永远多做好事，永远高高兴兴的。应该这样！"

他敲出烟斗里的烟灰，把烟斗放在自己椅子后背的一块搁板上，这块搁板是专门用来放烟斗的。

"还有艾米莉的表哥呢，她本来打算嫁给他的那个，"欧默先生无力地搓着双手，说道，"他是亚茅斯一个多好的小伙子啊！他有时晚上上我这儿来，跟我聊上个把小时，或者读书给我听。他这是出于好意。我应该这么说！他这人一辈子都在做好事。"

"我现在正要去看他呢。"我说道。

"是吗？"欧默先生说，"请你告诉他，我很硬朗。劳你代我向他问好。明妮和乔兰参加舞会去了。他们要是在家，见了你，他们一定也会像我一样高兴的。你知道，明妮一直都是很少出门的；她总是说，'这是为了照顾爸爸'；所以今天晚上我发誓说，要是她不肯去，我六点钟就上床睡觉。我这么一说，"欧默先生说到这儿，由于自己的计策成功，大笑起来，笑得整个身子和椅子都直摇晃，"她跟乔兰去参加舞会啦。"

我跟他握了握手，向他道了晚安。

"请你等半分钟再走，先生，"欧默先生说，"要是你不看一看我的小象就走，那你就错过最好看的光景了。小明妮！"

从楼上的什么地方，传来了音乐般悦耳的细小答应声，"我来了，外公！"接着，一个有着淡黄长鬈发的漂亮小女孩，飞快地跑进店堂。

"这就是我的小象，先生，"欧默先生抚弄着小女孩说，"暹罗①种，先生。来呀，小象！"

小象先打开起坐间的门，使我能看到，这个起坐间近来已经改成欧默先生的卧室了，因为抬他上楼实在不是件容易的事；接着，她就把自己那小小的漂亮前额，顶在欧默先生的椅背后面，把她的长发都弄乱了。

"你知道，先生，象推运东西时，总是用脑门顶的，"欧默先生朝我挤了挤眼睛说，"来一下，小象。两下。三下！"

一听到这信号，那头小象，就以对这样的小动物来说近乎不可思议的灵巧，咕噜咕噜地把坐有欧默先生的椅子，一下子转了个个儿，急匆匆地把椅子径直推进了起坐间，连门框都没有碰上。欧默先生对这一表演，高兴得简直没法形容，一路上回头望着我，好像这是他一生努力的胜利成果。

我在镇上溜达了一会，然后来到汉姆的家里。现在，佩格蒂已经搬来这儿长住了；她把自己的房子租给了接手巴基斯先生买卖的人；那人出了个好价钱，买下了巴基斯先生的字号、马车和马匹。我相信，巴基斯先生赶的那匹慢腾腾的老马，这会儿依旧在干活呢。

我发现他们都在那个整洁的厨房里，葛米治太太也在那儿，她是佩格蒂先生亲自把她从船屋接来的。我不相信，除他之外，还有任何别的人能说通她，让她离开她那个岗位。佩格蒂先生显然已经把一切经过都告诉他们了。佩格蒂和葛米治太太都用围裙在擦眼泪，汉姆则刚刚出去，"到沙滩上去兜一圈"。他没过多久就回来了，见了我非常高兴。我希望，有我在那儿，他们

---

① 泰国旧称。

心里都会好过一点。我们用颇有兴致的样子,谈到佩格蒂先生会在一个新地方发财致富,会在他的来信中讲述许多奇闻趣事。我们都没有说出艾米莉的名字,但是不止一次隐约地提到她。汉姆是在场的人中最镇静的。

不过,当佩格蒂举举着蜡烛,把我送到那间小卧室(那本讲鳄鱼的书正为我放在那儿的桌子上)时,告诉我说,汉姆还是老样子。她相信(她哭着对我说),他的心碎了,虽然他也像有着满身勇气一样,有着满腔柔情,而且在当地的所有造船厂里,没有一个造船工干活有他那么出色、勤快。她说,晚上有时候,他也谈起当年他们在船屋的生活,但是只提小女孩时的艾米莉,从来不提长大成人的艾米莉。

我觉得,我从汉姆脸上看出,他有话要单独跟我谈一谈。因此,我决定第二天晚上,在他从船厂回来的路上,截住他。主意打定后,我就睡着了。那天晚上,这么多夜来,第一次从窗台上拿走蜡烛。佩格蒂先生在老船屋的老吊床上摇摆,风仍像往日一样,在他的四周呜咽着。

第二天一整天,佩格蒂先生都忙着处理他的渔船和渔具;还把他认为将来还有用的小件家什,收拾打包,交运货马车送往伦敦;其余的就送人,或留给葛米治太太。葛米治太太一整天都跟他在一块儿。因为我有一个惆怅的愿望,想在这个老地方上锁之前,再看它一眼,所以就跟他们约定,晚上和他们在那儿见面。不过我安排先跟汉姆碰个头。

我知道他在哪儿工作,所以要在路上截住他是很容易的。我在沙滩上一处僻静的地方碰上了他,我知道他要从那儿经过。然后我们就一块儿往回走,要是他真有话想跟我说,就可以有充分的时间。我还真的没有弄错他脸上表情的意思。因为我们一块儿走了没多远,他连看也没朝我看一眼,就开口问道:

"大卫少爷,你见到她了吗?"

"只看到一会儿,正当她晕过去的时候。"我轻声回答说。

我们往前走了一点路,他又问道:

"大卫少爷,你想你还能见到她吗?"

"那样也许会使她太痛苦了。"我说。

"我也想到了这一点,"他回答说,"那是一定的,先生,那是一定的。"

"不过,汉姆,"我轻声说,"要是有什么话,我不能当面告诉她,我可以代你写信告诉她;要是有什么事,你希望通过我让她知道,我一定会当作神圣的职责去办这件事的。"

"我相信你一定会的。谢谢你,先生,你太好了! 我想,我是有几句话要对她说,或者写信告诉她。"

"什么话呢?"

我们又默默地往前走了一会儿,然后他才开口说:

"并不是说我原谅她了。并不是那样说。更重要的是,我得求她原谅我,因为我不该强迫她接受我的爱。我时常在心里琢磨,要是我没有逼着她,要她答应嫁给我,先生,那她就会像好朋友那样信得过我,会把她心里争斗着的事告诉我,一定会跟我商量,我也许就能保护住她了。"

我使劲握了握他的手:"就是这些吗?"

"还有几句,"他说,"要是我能说出来的话,大卫少爷。"

我们继续朝前走着,比原先走得更远一些,然后他又开了口。下面我用线条表示的是他说话中间的停顿,并不是表示他在哭泣。这种停顿只是因为他要使自己镇定下来,好把话说得更清楚明白。

"我从前爱她——现在爱的是记忆中的她——爱得太深了——所以这会儿没法让她相信,说我是个快活幸福的人。只有把她忘了——我才能快活——可是,如果告诉她我已把她忘了,我看我是怎么也不愿意的。不过,大卫少爷,你是个很有学问的人,要是你能想出一种说法,说得她相信,我并没有太伤心,说我仍旧爱她,为她感到难过;说得使她相信,说我并没有不想活下去,还希望看到她不遭人责备,生活在恶人不再捣乱,困乏的人得享安息的地方①——说得她那悲苦的心能得到安慰,但是别使她以为,我有一天会结婚,或者会有另外什么人,在我心里占有像她那样的地位——我求你把这些话对她说一说,还有我为她——那个曾是这般亲爱的人——做的祈祷,也告诉她一声。"

我再次使劲握了握他那粗壮的手,告诉他,我一定会尽我的所能负责办好这件事的。

"谢谢你啦,先生,"他回答说,"你来这儿跟我见面,你真是太好了。多

① 见《圣经·旧约·约伯记》第三章第十七节。

谢你的好意,陪他一块儿到这儿来。大卫少爷,我知道得很清楚,虽然我姑妈在他们动身之前会去伦敦,他们还能再团聚一次,可我就不大可能再跟他们见面了。我觉得,这一点好像是确定无疑的了。尽管我们谁都没有这么说,不过事情一定是这样,而且这样也好。你最后一次见到他时——真正最后一次——你能不能把我这个孤儿对他的最深情的孝心和感激,转告给他这个比亲生父亲还亲的好人?"

我把这事也郑重地答应下来了。

"再次谢谢你啦,先生,"说着,他诚恳地跟我握了手,"我知道你要去哪儿。再见啦!"

他朝我微微地挥了挥手,好像向我解释他不能再进那个老家似的,接着便转身离去了。我从后面望着他的身影,在月光下穿过那片荒滩,看见他把脸转向海上的那道银光,望着它朝前走去,直到他成为远处的一个影子。

我走近船屋时,屋门正开着。进去后,发现里面的家具全没有了,只剩下那只旧矮柜,上面坐着葛米治太太,膝上放着一只篮子,眼睛望着佩格蒂先生。佩格蒂先生一只胳膊肘正搁在粗糙的壁炉搁板上,两眼凝视着炉栅上几块快要熄灭的余烬;不过一看到我进来了,便满怀希望地抬起头,高高兴兴地说起话来。

"你这是按照答应我的话,来跟这儿辞行的吧,是不是,大卫少爷?"他端起了蜡烛说,"现在,这儿全空了,不是吗?"

"你真能抓紧时间。"我说。

"是啊,我们没有偷懒,少爷。葛米治太太忙了一整天,简直像个——我说不上来,葛米治太太忙得像个什么。"佩格蒂先生说着,一面看着葛米治太太,想不出一个足以夸赞她的比喻来。

葛米治太太俯身在膝头的篮子上,没有说话。

"你从前常跟艾米莉并排坐的就是这只柜子!"佩格蒂先生低声说,"这是最后一件东西了,我打算把它随身带走。这是你住过的小卧室,还记得吗,大卫少爷?今天晚上,可说是要多荒凉就有多荒凉了!"

说实在的,当时的风,虽然不大,但声音庄严,在行将弃置的船屋四周回旋低吟,十分凄楚。一切都已搬运一空,就连那面框上镶着牡蛎的小镜子,也不在了。我想起家中发生第一次大变故时,自己睡在这儿的情景,想起那个让我着迷的蓝眼睛小女孩。我还想起了斯蒂福思;于是一种愚蠢、可怕的想象朝我袭来,觉得他就在近前,随处都会跟他碰上。

"这船屋要想找到新房客,"佩格蒂先生轻声对我说,"恐怕得过很长时间,现在人们都把它看成是个不吉利的宅子了!"

"船屋的房东是附近的什么人吗?"我问道。

"房东是镇上的一个船桅匠,"佩格蒂先生说,"我今天晚上就要去把钥匙交给他。"

我们又朝另外一个小房间里看了看,然后回到坐在矮柜上的葛米治太太跟前。佩格蒂先生把蜡烛放在壁炉的搁板上后,请葛米治太太站起来,以便他熄灭蜡烛之前可以把那只矮柜搬到门外。

"丹尼尔,"葛米治太太突然撇下篮子,拉住佩格蒂先生的胳臂说,"我亲爱的丹尼尔,我在这间屋子里要说的一句告别话是:我决不能让人给丢下。你别想丢下我,丹尼尔!哦,你决不能那么做!"

佩格蒂先生吃了一惊,看看葛米治太太又看看我,看看我又看看葛米治太太,好像他刚刚从睡梦中醒来似的。

"你别丢下我,最亲爱的丹尼尔,别丢下我!"葛米治太太激动地叫道,"带我跟你们一起去,丹尼尔,带我跟你和艾米莉一起去吧!我会给你们当用人,永远忠心耿耿的。要是你们去的那地方有奴隶,我心甘情愿给你们当奴隶,而且快快活活地当。不过你可千万别丢下我,丹尼尔,那你才是个亲爱的亲人呢!"

"我的大好人,"佩格蒂先生摇着头说,"你还不知道这趟航程有多远,那种生活有多苦啊!"

"不,我知道,丹尼尔!我猜得到!"葛米治太太喊着说,"我在这座房子里要说的一句告别话是:要是你不带我去,我这就进屋去,死在这儿。我会掘地,丹尼尔。我会干活,我能过苦日子。我现在已能好好待人,已经有了耐性了——比你想象的还要强,丹尼尔,不信你可以试试。丹尼尔·佩格蒂,我即使穷得饿死,也决不会去碰你给的那笔补贴的。我就是要跟你和艾米莉一块儿去,只要你让我去,哪怕天涯海角,我都去!我知道是怎么回事。我知道你认为我脾气孤僻,不过,亲爱的好人,我现在不再是那样了!我坐在这儿这么久,看着你,想着你受磨难,对我来说,并不是没有得到一点益处的。大卫少爷,求你替我跟他说句好话吧!我知道他的脾气,知道艾米莉的脾气,我也知道他们的痛苦,我可以时时给他们安慰,可以永远为他们干活!丹尼尔,亲爱的丹尼尔,让我跟你们一块儿去吧!"

接着,葛米治太太捧起他的手吻着,内心怀着质朴的同情和疼爱,充满真情实意的忠诚和感激,而这种忠诚和感激,是他当之无愧的。

我们把小矮柜搬到门外,熄了蜡烛,从外面锁上门,然后离开了那座紧紧关闭的老船屋;在阴暗的夜色中,那船屋显得只像是一个小小的黑点。第二天,乘公共马车去伦敦时,我们坐在马车的外面,葛米治太太则带着她的篮子坐在车的后座;这时,葛米治太太的心情好极了。

第五十二章

我参加了大爆发

米考伯先生那么神秘地约定的时间,在二十四小时内就要到来时,我跟我姨婆商议,这事该怎么办才好。因为我姨婆很不愿意让朵拉一个人留在家里。唉!现在我抱朵拉上下楼梯,是多么不费劲啊!

尽管米考伯先生约定务必请我姨婆到场,我们原本却打算让她留在家里,由狄克先生和我代表她参加。简而言之,我们原本是决定这么办的,可是朵拉却声明说,要是我姨婆留下来,不管以什么借口,她就永远也不能原谅她自己,永远也不能原谅她的这个坏孩子;这一来,把我们的打算给搅乱了。

"你要是留下,我就不跟你说话,"朵拉对我姨婆摇晃着自己的鬈发说,"我要惹得你不高兴!我要叫吉卜整天朝你吠个不停。你要是不去,那我就断定,你十足是个招人讨厌的老东西!"

"得啦,小花朵!"我姨婆笑着说,"你知道你离开我是不行的!"

"不,我行的,"朵拉说,"你对我来说,一点用处也没有。你从来也没有为我整天楼上楼下跑来跑去。你从来不坐下来跟我讲讲多迪的事,比方他的鞋子穿破了,身上满是尘土什么的——哦,多可怜的小家伙啊!你从来不做讨我喜欢的事,你做吗,亲爱的?"说到这儿,朵拉赶紧吻了我姨婆一下,然后接着说,"没错,你做的!我这只不过是说说笑话罢了!"——她怕我姨婆以为她真的是那个意思呢!

"不过,姨婆,"朵拉哄我姨婆说,"现在听我说。你一定得去。这件事要是你不依着我的意思办,我就要惹得你不得安宁。要是我那淘气的孩子不叫你去,我也要让他过这种不得安宁的日子。我要把自己弄得让人十分讨厌——吉卜也会这样!要是你不去,你一定会后悔,没有乖乖地去,你一定会永远永远地后悔。还有,"朵拉掠了掠自己的头发,用惊奇的神色看着我姨婆和我说,"你们为什么不两个人都去呢?我实在并没有什么大不了的病啊。是吗?"

"哟,怎么问起这样的问题来了!"我姨婆叫了起来。

"怎么会有这样的想法!"我说。

"是啊,我知道我是个小傻瓜!"朵拉慢慢地看看我们中的这个,又看看那个说,随后又躺在长沙发上,伸出她那漂亮的小嘴吻了我们,"好啦,你们两人都得去,要不,我不相信你们了,跟着便要哭出来了!"

从我姨婆的脸上,我看出她这会儿开始让步了,于是朵拉又开始高兴起来,因为她也看出来了。

"你们回来时,会有很多事告诉我,至少得花我一个星期才能弄懂呢!"朵拉说,"因为我知道,要是其中有什么事务性的东西,在一段时间里,我是弄不懂的。而且其中肯定有事务性的东西的!还有,要是其中有什么数字要加在一起,我也不知道我什么时候才能把它算出来。那时我这个坏孩子,就会显得一直不自在了。行啦!现在你们决定都去了,是不是?你们只去一个晚上,你们去了,吉卜会照顾我的。你们走之前,多迪得把我抱到楼上去。等你们回来了,我再下楼来。你们还得替我带封信给爱格妮斯,我要在信里狠狠骂她一顿,因为她一直不来看我们!"

我们没有再做商议,就一致决定两人都去,同时我们也认为朵拉是个小骗子,假装出很不开心,因为她喜欢我们宠爱她。这会儿她大为高兴,非常快活。于是我们四个人,也就是我姨婆、狄克先生、特雷德尔和我,就乘坐当晚开往多佛的邮车,向坎特伯雷进发了。

半夜时分,我们费了点事,才来到米考伯先生要我们等他的那家旅馆。在旅馆里,我见到了他的一封信,信里说他会准时在第二天早晨九点半来会面。看完信后,我们就在那令人颇不舒服的时候,全身打着抖,到各自的床上去睡了。一路上,走过好几个密不通风的过道,那儿的气味,就像那些过道已在浓汤和马厩的混合溶液里浸泡了不知多少年似的。

第二天一大早,我漫步走过那几条幽静、可爱的古老街道,又在那些神圣庄严的门廊和教堂的阴影中穿过。秃鼻乌鸦在大教堂塔楼四周飞翔,而那些俯瞰着许多英里内景色依旧的丰饶乡野和赏心溪流的塔楼,傲然屹立在早晨清明的空气中,好像在这个世界上,从来就没有变化这回事似的。然而当钟楼上那些钟响起来时,它们却又仿佛伤感地告诉我,一切都在变化。它们告诉我自己的年华,告诉我漂亮的朵拉的青春;而当那些钟声的余音,在黑太子①那悬挂在教堂中锈迹斑斑的铠甲间嗡嗡作响,穿过时间海洋上的微尘,像水面的环波般在空中消失时,它们也告诉我许多生过、爱过、死去的永远不朽的人。

我从街道拐角处看了看那座老房子,但是并没有更走近些,因为怕被人看见,无意中破坏了我来此地帮着实行的计划。初升的太阳正斜照在它那山墙的边缘和格子窗上,为它们染上了金黄的颜色,它旧日那静谧的古色古香,似乎又打动了我的心坎。

我又到乡下溜达了个把小时,然后沿大街走了回来。经过这段时间,大街已经摆脱了整夜的睡意。在店铺中活动的那些人中间,我看到了我的老对头——那个屠夫,他现在比以前阔了,穿起了长筒靴,有了一个孩子,还有了自己的铺子了。他正在给孩子喂牛奶,看上去完全像个社会上的良民了。

当我们坐下来吃早饭时,大家都有些焦急不安。眼看九点半越来越近了,我们等待米考伯先生的焦灼心情,也越来越强烈。最后,我们都不再假装专心吃饭了。其实,除了狄克先生,所谓吃早饭,打从一开始就只不过是一种形式而已。我姨婆在屋子里踱来踱去;特雷德尔坐在沙发上,假装在看报,眼睛却望着天花板;我则一直看着窗外,以便米考伯先生来时好早点通知大家。其实,我并没有看多久,九点半的钟声一响,米考伯先生就在街上出现了。

"他来了,"我说,"没穿法律界的服装!"

我姨婆系好自己的软帽帽带(她下楼吃饭时就戴上软帽了),披上披肩,仿佛她已做好准备,随时可以应付一切坚决不能让步的事情。特雷德尔一副毅然决然的神情,把外套的扣子扣好。狄克先生被这些令人生畏的表

---

① 黑太子(1330—1376),名爱德华,为英王爱德华三世之子,战功卓著,因喜穿黑铠甲,故名。死后葬于坎特伯雷大教堂内之地下拱墓,其铠甲等悬于墓上。

现弄得不知所措,但又觉得有模仿他们的必要,于是便用双手使劲把帽子尽可能往耳朵上扣,但紧接着又把它摘了下来。为的是欢迎米考伯先生。

"诸位先生,小姐,"米考伯先生说,"早安! 我亲爱的先生,"随后又对热情地使劲握着他的手的狄克先生说,"你真是一位大好人!"

"你吃过早饭了吗?"狄克先生说,"来块排骨吧!"

"怎么也吃不下啊,我的好先生!"米考伯先生拦住要去拉铃的狄克先生,说,"食欲和我,狄克森先生,早就成了陌路人了。"

狄克先生听到狄克森这个新的姓,大为高兴,似乎认为米考伯先生把这个姓赐赠给他,是一件施恩于他的善举,所以又再次和他握手,而且笑得很带些孩子气。

"狄克,"我姨婆说,"注意一点!"

狄克先生红着脸,竭力让自己平静下来。

"好啦,先生!"我姨婆戴上手套,对米考伯先生说,"我们已经为上维苏威火山,或者别的什么,做好准备。只等你一声令下啦!"

"特洛伍德小姐,"米考伯先生回答说,"我敢保证,你一会儿就能看到一场火山爆发了。特雷德尔先生,我要是在这儿提一提,我们俩已经为这事通过气,我相信你一定会许可的吧?"

"没错,这确实是事实,科波菲尔,"特雷德尔对我说,因为我听了后带着惊异的神情看着他,"米考伯先生把他考虑的问题,都跟我商议过,我也尽我的识见所及,给他提了意见。"

"除非我自己骗自己,特雷德尔先生,"米考伯先生接着说,"我得说,我所考虑的是一场意义重大的揭发。"

"确实是意义重大的揭发。"特雷德尔说。

"也许,在这样的情况下,特洛伍德小姐,各位先生,"米考伯先生说,"你们得屈尊一下,暂时听从一个人的指挥,虽然此人只不过是茫茫人海中的一个浪子,不配以其他眼光看待,尽管由于他本身的过失及环境造成的多舛命运,使其失去本来面目,但依然是你们诸位的同胞啊!"

"我们对你完全信任,米考伯先生,"我说,"你要我们做什么,我们就做什么。"

"科波菲尔先生,"米考伯先生回答说,"在目前这种关键时刻,你对我的信任，是决不会落空的。我要求各位允许我先走五分钟；然后当各位以探望威克菲尔小姐为名，来到威克菲尔-希普事务所时，我当以该所雇员的身份恭迎各位光临。"

我姨婆和我都望着特雷德尔，特雷德尔点头表示赞成。

"眼下，"米考伯先生说，"我没有更多的话要说了。"

说完这句话，他屈身朝我们大家总的鞠了一个躬，接着便离去了，这让我颇为诧异。他的态度异常冷漠，面色极其苍白。

我望着特雷德尔，想要他做点解释，可他只是微微一笑，摇了摇头（他的头发耸立在头顶）；因此我只好掏出表来，数那五分钟，作为消遣。我姨婆也把表拿在手中，像我一样数那五分钟。五分钟一到，特雷德尔就伸出手臂，让我姨婆挽着；于是我们便一块儿往那座老房子走去，一路上没有说一句话。

我们发现米考伯先生正在楼下那间六角形的小办公室里，伏案卖力地在抄写，或者假装在抄写。他的背心里插着一把办公室用的大直尺，而且没有藏好，有一英尺多长的一段从胸口伸出，就好像一种新式的衬衫花边。

我觉得大家都盼望我先开口，于是我便大声说：

"你好吗，米考伯先生？"

"科波菲尔先生，"米考伯先生严肃认真地说，"我希望看到你也一切都好。"

"威克菲尔小姐在家吗？"我问道。

"威克菲尔小姐有病在床，先生，她患的是风湿热，"他回答说，"不过我敢保证，威克菲尔小姐见到了老朋友，一定会很高兴的。请进吧，先生！"

他把我们领到餐厅——当年我来时，进的第一个房间就是这一间——猛地打开威克菲尔先生原先办公室的门，用一种响亮的声音通报说：

"特洛伍德小姐、大卫·科波菲尔先生、托马斯·特雷德尔先生和狄克森先生来了！"

自从那次打了乌利亚·希普之后，我一直没有再见到他。我们的来访显然使他大吃一惊；这一来，让我们也吃了一惊，但我敢说，他那一惊，并没有因为我们吃惊而有所减轻。他没有皱起眉头，因为他的眉毛根本不值一提，可是他把前额蹙得几乎闭上了他的小眼睛，同时他还急忙举起一只瘦骨嶙峋的手,往自己的下巴上摸着,这都泄露出他有些惊恐和慌张。不过这种惊慌,只是在我们刚刚进门时,我从我姨婆肩膀后面看他时见到的。过了一会儿,他便又像往常那样谄媚奉承、卑躬屈膝了。

"啊,我相信,"他说,"这真是没有料到的快事!我可以说,在圣保罗大教堂周围的朋友,全都一齐光临了,实在让人意外地高兴啊!科波菲尔先生,我希望看到你一切都好,并且希望你——要是我可以卑贱地这样来表示我的意见的话——无论如何都能友好地对待跟你友好的人。科波菲尔太太,先生,我希望她也一切都好。请你相信,听说她近来情况不太好,我们都很不放心。"

让他握我的手,我感到羞愧,可是我又不知道还有什么别的办法。

"自从我还是一个卑贱的小文书,给你牵马的时候以来,特洛伍德小姐,这个事务所里的情况已经有了改变了,是不是?"乌利亚带着他那令人作呕的笑脸说,"不过我可没有改变,特洛伍德小姐。"

"嗯,先生,"我姨婆回答说,"跟你说实话吧,我看你是挺能忠于年轻时的誓言的。这么说,你总该满意了吧。"

"谢谢你,特洛伍德小姐,"乌利亚难看地扭动着身子说,"承你过奖了!米考伯,叫他们通报给爱格妮斯小姐——还有我母亲。母亲看到这儿的这些来客,一定会非常激动的。"乌利亚说着,一面给我们搬椅子。

"你不忙吧,希普先生?"特雷德尔问道,这时他的眼睛正好跟那双狡猾的红眼睛相对,那双红眼睛既要审察我们,又想避开我们。

"不忙,特雷德尔先生,"乌利亚回答说,接着坐回到自己办公的座位上,把他那双瘦骨嶙峋的手,掌心相对地紧插在两个瘦骨嶙峋的膝盖之间,"不像我巴望的那么忙。不过,你知道,律师、鲨鱼、水蛭①,都是不容易满足的!可是话又得说回来,一般来说,我和米考伯手上的事儿还是很多的,因为威克菲尔先生几乎什么事都干不了,先生。不过,我确信,能为他办事,不但是一种职责,也是一种快乐。我想,你跟威克菲尔先生不太熟吧,特雷德尔先生?我相信,我自己也只有幸跟你会过一次面吧?"

"是的,我跟威克菲尔先生不熟,"特雷德尔回答说,"要不,也许我早就

---

① 鲨鱼喻贪婪的人、诈骗者;水蛭喻吸血鬼、寄生虫等。

来问候你了,希普先生。”

他这句答话的腔调里有着某种东西,使得乌利亚带着颇为阴险、猜疑的神色,又往那个说话的人身上看去。不过,他看到的只是面貌和善、态度老实、头发直竖的特雷德尔,他也就不以为意,整个身子,特别是喉头扭动了一下,回答说:

“这太可惜了,特雷德尔先生。要不,你一定会像我们所有人一样,钦佩他的。他那些小小的缺点,只会使你觉得他更加可亲可爱。不过,要是你想听别人对我这位合伙人的盛情称赞,那我就得请你去找科波菲尔。这一家是他谈起来非常有劲的话题,如果你从来不曾听他谈过的话。”

我正要否认他的这种恭维(不管怎样,我都得那么做),爱格妮斯进来了,把我的话给打住了。她是米考伯先生领进来的。我觉得,她显得不像往常那样沉着镇静,显然受了忧虑和疲劳的影响。不过她那热情真挚的态度和娴雅文静的美貌,发出更加温柔的光辉。

当她跟我们问好时,我看到乌利亚一直监视着她,他使我想起监视着吉神的丑陋、叛逆的魔仆。就在这时候,米考伯先生和特雷德尔之间传递了一个不显眼的暗号,于是特雷德尔便走出去了,除了我,没有别人看见。

“别在这儿待着了,米考伯。”乌利亚说。

米考伯先生把手放到怀中的直尺上,笔直站在门口,明白无误地注视着他的同胞之一,他的那位雇主。

“你待在这儿干什么?”乌利亚说,“米考伯! 我要你别待在这儿,你听见了吗?”

“听见了!”毫不动容的米考伯先生回答说。

“那你为什么还待在这儿?”乌利亚说。

“因为我——简而言之,乐意。”米考伯先生突然动了肝火,回答说。

乌利亚的双颊一下失了血色,虽然仍隐约地带有他那遍布的红色,但一种不健康的苍白,布满了他的整个脸庞。他两眼死死盯着米考伯先生,整个脸部都现出呼吸急促的神情。

“你本是个游手好闲的浪荡子,这全世界都知道,”他硬装出一副笑脸说,“恐怕你这是要逼我解你的雇吧。你走吧! 我过一会儿再跟你谈。”

“在这个世界上,如果有一个恶棍的话,”米考伯先生突然再次动了肝火,怒不可遏地说道,"我已经跟他谈得太多了,这个恶棍的名字就叫——希普!"

乌利亚往后一趔趄,就像被人打了一拳或者被虫蜇了一下似的。他缓缓地环顾着我们大家,脸上露出他所能有的最阴险、最恶毒的表情,低声说:

"哦嗬!这是个阴谋!你们这是约好了上这儿来的!你这是跟我的文书勾结起来对付我,是不是,科波菲尔?哼,你得当心点。你搞这是搞不出什么名堂来的。你跟我,我们彼此都有数。我们之间一向没有好感。你打从第一次来这儿起,就一直是个狂妄自大、令人讨厌的小子;我的地位提高了,你就妒忌了,是不是?你别想设计来反对我,我会设计来对付你的!米考伯,你走开。我过一会儿再跟你谈。"

"米考伯先生,"我说,"这家伙突然变了,不仅在说实话这个不同寻常的方面,在许多别的方面也突然变了,因此我看准他这是走投无路了。他该受什么惩罚,就怎么对付他吧。"

"你们是一伙宝货,不是吗?"乌利亚以同样低沉的声音说,同时用又瘦又长的手,抹去前额上迸出的黏湿的汗珠,"你们买通了我的文书,这个十足的社会渣滓——就跟你自己在有人发善心给你施舍前一样,科波菲尔,这你知道——想利用他的谎言来破坏我的名誉?特洛伍德小姐,你最好阻拦住他们别这样做,要不,我就要叫你丈夫来对付你,让你不痛快了。我通过业务关系了解到你的历史,并不是毫无用处的,老太婆!威克菲尔小姐,要是你对你父亲还有一点爱心,那你最好别跟这伙人掺和在一起。你要是跟他们掺和在一起,那我就叫你父亲彻底毁了。好啦,来吧!你们中有的人,已经在我的耙子底下了。在耙子还没落到你们头上之前,还是再想想吧。你,米考伯,要是你不想彻底完蛋,也再想想吧。我劝你先走开,我过一会儿再跟你谈,你这个笨蛋!趁现在还来得及退出!妈在哪儿啊?"他说着,突然吃惊地发现,特雷德尔不在眼前,这时他把叫人铃的绳子都拉得掉下来了,"在自己的家里竟出这样的好事!"

"希普太太在这儿哪,先生,"特雷德尔说道,他跟那位宝贝儿子的宝贝母亲一起回来了,"我很冒昧,已经擅自向她作了自我介绍了。"

"你是什么人,作自我介绍?"乌利亚反唇相讥道,"你想在这儿干什么?"

"我是威克菲尔先生的代理人和朋友,先生,"特雷德尔从容自若地说,一副公事公办的样子,"我口袋里有他的全权委托书,负责替他办理一切事务。"

"老傻瓜喝酒喝糊涂了,"乌利亚说,态度更加恶劣了,"你的全权委托书是从他那儿骗来的!"

"有些东西是从他那儿骗走的,我知道,"特雷德尔平静地回答说,"你也知道,希普先生。有关这个问题,要是你乐意的话,我们可以请米考伯先生来说一说。"

"乌利——!"希普太太露出焦灼的样子,开口说。

"你别开口,妈,"乌利亚说,"言多必失啊。"

"不过,我的乌利——"

"妈,你别开口,由我一个人来对付好吗?"

虽然我早就知道乌利亚的那副卑躬屈膝的样子是假的,他的一切矫饰做作,全是奸诈虚伪的手段,但是我没有想到他的虚伪达到了什么程度,直到现在,他把假面具除去了才看清。当他发觉这假面具对他已毫无用处时,他就一下把它给扔掉了。现在他表露出来的,只有恶意、骄傲和仇恨;即便到了此时此刻,他还为自己干过的坏事踌躇满志、横目相向——其实在这段时间里,他一直都想要制服我们,但已智穷计尽,于是便孤注一掷——凡此种种,虽然完全符合我对他的了解,但是刚一开始时,就连我这个认识他这么久、憎恨他这么深的人,见了也大吃一惊。

他站在那儿,朝我们一个个怒目而视时,对我的神情就不必说了,因为我一向知道他恨我,记得我的巴掌在他颊上留下的青痕。而当他的目光转到爱格妮斯身上时,我看出他因感到对她已经失势而怒不可遏,在他的眼神表现出来的失望中,流露出的只是对她渴望的丑恶的情欲——对爱格妮斯的美德,他是永远不能赏识,也永远不知珍惜的——这时,我一想到爱格妮斯得在这样一个人的眼皮底下生活,哪怕是一个小时,都会使我不胜震惊。

乌利亚伸手在脸的下半部摸了一阵后,他那双恶毒的眼睛,从瘦骨嶙峋的手指上方朝我们看了一会,接着对我说了下面一席话,半是哀鸣,半是谩骂。

"你,科波菲尔,你一向自认为光明正大,并以此种种自负的人,偷偷溜到我这儿来,向我的文书四下打听,你认为这样对吗?要是干这种事的是我,那毫不足怪,因为我从来没把自己看作上等人(虽然我从来没有像你那样,如米考伯先生所说,流浪街头),可是你呀!——你居然也不怕干这种事?你完全没有想到我会怎么回敬你吗?也没有想到搞这类阴谋会惹上麻烦吗?很好,我们走着瞧吧!你这位叫什么来着的先生,你说有问题要问米考伯。你的证人就在这儿。你为什么还不让他说话呀?我看他是学乖了。"

他发现他说的这番话,对我,对我们中的任何人,都毫无效果,就往桌子边上一坐,把双手插进口袋,把一只八字脚钩在另一条腿上,顽强地等待着有什么下文。

米考伯先生早就按捺不住了,我费了好大的劲,好不容易才把他制止住,他有好几次插嘴骂出"恶棍"两字中的"恶"字,"棍"字则一直没能骂出。这时,他突然冲上前去,从胸前拔出那把直尺(显然是用作自卫的武器),然后从口袋中掏出一份折成一封大信函模样大开张纸的文件。他用往日的那种夸张手势,打开了折起的文件,看了一眼上面的内容,仿佛对其中行文的风格颇为欣赏似的,开口念道:

"'亲爱的特洛伍德小姐及诸位先生——'"

"哎呀,我的天哪!"我姨婆低声喊道,"要是犯的是死罪,他得用成令的纸来写信呢!"

米考伯先生没有听见这句话,顾自继续往下念着。

"'我今当着诸位的面,揭发也许是有史以来最大之恶棍时,'"念到这儿,米考伯先生的眼睛没有离开信,只是把手中的直尺像圣杖一样指着乌利亚·希普,"'请诸位不必虑及鄙人。自孩提之日起,鄙人即成为无力偿还的金钱债务之牺牲,因而一直受有损人格的环境所嘲笑和戏弄。耻辱、穷困、绝望、疯狂,或单枪匹马而来,或结驷连骑而至,成为我一生之侍从。'"

米考伯先生在描述自己是这些悲惨苦难的牺牲时,竟那么津津有味,只有在他念这封信时的着力气势,以及他念到他认为击中要害的句子,那副摇头晃脑的得意劲头,才可以与之相比。

"'在耻辱、穷困、绝望、疯狂困于一身的情况下,我进了这家事务所——或者如我们活泼的邻居高卢人①所谓的办事所——名义上这家事务所是威克菲尔和希普合伙经营,实际上是希普一人大权独揽。希普,只有希普,是这个机构的主管。希普,只有希普,才是文书的伪造者,才是蓄意谋财的骗子。'"

乌利亚一听这话,脸色不复灰白,而是铁青了,他直朝那封信冲去,像是要把它撕碎。米考伯先生,完全出于动作灵活,或者是鸿运高照,正好用直尺打在乌利亚伸过来的手关节上,把他的右手打得动不了啦。它从手腕那儿耷拉下来,像是折断了一般。这一击的声音,听起来就像打在木头上似的。

"你这个该死的东西!"乌利亚说,痛得扭动身子的样子都异常了,"我一定会跟你算清这笔账的!"

"你再敢靠近我,你——你——你这个无耻的希普,"米考伯先生喘着粗气说,"要是你这是人的脑袋,我要把它打个稀巴烂。过来,过来呀!"

米考伯先生一面手握直尺,拉起持剑防卫的架势,一面喊着"过来,过来呀!",特雷德尔和我则使劲把他推到一个角落里,可是每次我们把他推到那儿,他总是又从那儿冲了出来。我觉得我从来不曾见过比这更可笑的场面——即使在这种时候,我心里也这么想。

他的敌人口里咕哝着,把受伤的手揉了一阵,然后慢慢地解下领巾,把手扎了起来,跟着用另一只手托着,坐在自己的桌子上,阴沉沉的脸朝下看着。

米考伯先生冷静下来后,又继续念起信来。

"'我受雇于——希普,'"每逢说到这个名字时,他总要先停顿一下,然后再用惊人的劲头把它说出来,"'薪水除每周区区的二十二先令六便士外,其他并无规定,得视本人在职务上效力的价值而定;换一句更能达意的话来说,得视本人人格卑劣的程度,本人利欲熏心的程度,本人家庭穷困的程度,以及本人跟希普之间品质(不如说不道德)相似的程度而定。过不多久,我就必须哀请——希普预支薪水以维持米考伯太太以及我们那受尽折磨但有增无减的家人的生计,这还用我说吗? 这种必须是——希普预先料

———————————

① 即法国人。

到的,这还用我说吗? 这些预支的薪水,都得以借据及其他类似的我国法定契据来换得,这还用我说吗? 于是我就这样陷入了他为我织就的罗网中,这还用说吗?'"

在描述这种不幸的境遇时,米考伯先生对自己写作才能的赏识,似乎远远超过现实所能加给他的任何痛苦和忧伤。他继续念道:

"'自此以后,——希普开始委我以些许心腹之事,而这些都是他的邪恶计划中必不可少的。自此以后,如若可借莎士比亚的话以自喻,我开始憔悴神疲人消瘦①。我发现,我得经常奉命去做的是业务上的作伪,以及对我称之为威先生的那个人进行蒙骗;这位威先生受尽——希普的一切蒙蔽、欺骗和愚弄,然而在这整个期间,就是这个恶棍——希普——却一直声称,对这位受尽他蒙骗的先生,有着无限的感激,无限的情谊。这已经够坏的了。但是,正如那位富有哲学气质的丹麦人说的那句普遍适合的话(这是那位为伊丽莎白时代增添光彩的人的卓越之处):还有更糟的在后头!②'"

米考伯先生觉得,由于用了这一引言,使这句话结束得非常圆满,心中颇为得意,因此他故意以忘了念到什么地方为借口,把这句话重又念了一遍,以使他自己和我们,得以再享受一番。

"'我不打算,'"他接念道,"'在这一信函中列出详细清单(不过此单我已另行开列),把那些性质较轻、涉及我称之为威先生的各项我也消极参与的不法行为一一举出。当我的内心停止了有薪水和没有薪水、有面包和没有面包、能生存和不能生存的斗争时,我的目的,就是利用我所有的机会,来发现和揭露——希普所犯的、使那位先生受到严重损害和冤枉的重大不法行为。我内受默默的良心之驱使,外受令人感动、令人同情的人——此人我简称为威小姐——的激励,就我所深知、深悉、深信者,进行了历时十二个多月的秘密调查,这不能不说是一项极为艰辛的任务。'"

他念这段话时,仿佛念的是国会法案中的文字;这些文字的声音庄严得使他的精神为之振奋。

"'我指控——希普的条款,'"他继续念道,同时瞥了希普一眼,拔出直

---

① 参见莎士比亚《麦克白》第一幕第三场。
② 丹麦人指丹麦王子哈姆雷特。参见莎士比亚《哈姆雷特》第三幕第四场。

尺,把它夹在左面胳臂下方便处,以备急需,"'如下。'"

我想,我们全都屏息倾听,我敢肯定,希普谅必也是如此。

"'第一条,'"米考伯先生说,"'当威先生处理业务之能力与记忆减弱和昏乱时(其减弱和昏乱之原因,我无需或不便在此说明),——希普则趁此蓄意把事务所的整个业务搅得混淆复杂。每当威先生最不宜办事时——希普总是在他旁边,硬逼他办事。在此种情况下,他把重要文件诡称为不重要文件,以此取得威先生的签字。他用此法诱骗威先生授权给他,从当事人的托管金里特意提出一笔款子,为数达一万二千六百十四镑二先令九便士,声称用以偿付他伪称的业务费用和亏欠,实际上早已付清,或纯属子虚乌有。他自始至终给此类行径以假象,使人以为此类不法行径,均出自威先生本人之欺诈意图,并由威先生亲自完成。事后,他即以此为口实,折磨威先生,胁迫威先生。'"

"这你得有证据才行,你,科波菲尔!"乌利亚摇着脑袋威胁说,"你别急,我们走着瞧!"

"特雷德尔先生,你问问——希普,他搬了后,谁住他的房子了,"米考伯先生突然停止念信,问道,"好吗?"

"就是那个傻瓜自己——现在还住在那儿呢!"希普轻蔑地说。

"你问问——希普——他住在那儿时,是不是有过一本袖珍记事本,"米考伯先生说,"好吗?"

我看到乌利亚那瘦骨嶙峋的手,不由自主地突然停下,不再搔摸下巴了。

"再不你就问问他,"米考伯先生说,"他有没有在这儿烧过一本袖珍记事本。要是他说烧过,那就问他灰在哪里,你可叫他问问威尔金斯·米考伯,那他就可以听到一些对他不完全有利的话了!"

米考伯先生说这些话时,得意地手舞足蹈的样子,把乌利亚的母亲吓得胆战心惊,她心急如焚地喊道:

"乌利,乌利! 要卑贱一点,跟他们讲和吧,我亲爱的!"

"妈!"他回答说,"你别开口行不行? 你这是吓着了,都不知自己说些什么,是什么意思了。卑贱!"他望着我咆哮着重复说,"尽管我以前一直卑贱,但是长期以来我也治得他们当中的一些人卑贱了!"

米考伯先生风度高雅地调整好下巴在硬领中间的位置,紧接着又继续念起他的大作来。

"'第二条,据我所深知、深悉、深信,希普曾有好几次——'"

"可就凭这点是没有用的,"乌利亚松了口气的样子咕哝说,"妈,你别开口。"

"我们一会儿就会拿出东西来的,不仅有用,还要最后把你给了结掉呢,先生。"米考伯先生回答说。

"'第二条,据我所深知、深悉、深信,希普曾有好几次,在各种账本、簿记和文件上,有计划地伪造威先生的签名;有一个明显这么做的例子,我可以提供证据。那就是,如下所述,即等于说。'"

对自己这种形式上的文字堆砌,米考伯先生又大为欣赏,他这样做固然显得滑稽可笑,可是我得说,这绝非他个人所特有。我平生见过不少人,都有同样的爱好。我觉得这似乎是一种通病。例如,在法庭宣誓作证,证人说出一连串的词语而只表达一个意思时,他自己似乎感到颇为得意。如他们说,他们极其厌恶、极其憎恨、深恶痛绝,等等等等。从前对革出教门者的咒词①,也是出于同样的原则,才令人觉得趣味盎然的。我们常说文字的艰难近于残暴,但是我们也喜欢对文字横行霸道。我们喜欢储存起大量冗词,供我们在重大场合使用。这样,看起来才威风,听起来才悦耳。正如在隆重的典礼上,对于我们的仆从所穿服装的意义,我们是不会去注意的,只要穿着华丽,人数众多就行。同样,对于词语的意义及是否有使用的必要,我们也往往看成是次要的,只要有大量的词语用来炫耀就行了。正像有些大人先生一样,因为仆从的服装过于炫耀而惹出麻烦,或者因为奴隶为数太多而起来反抗主人,因此我想,我可以举出一个国家②,由于词语的仆从太多,已经陷入许多重大的困难之中,而且,将来还会陷入许多更大的困难之中。

米考伯先生几乎哽着嘴继续往下念道:

"'那就是,如下所述,即等于说:因为威先生身体衰弱,他一旦去世,就

---

① 其词为:我等诅汝、咒汝,乞神祸汝,求天灾汝……使汝日间受天之罚,夜间受天之罚,卧时受天之罚,起时受天之罚,出时受天之罚,入时受天之罚,等等。

② 指英国,也有人认为指法国。

有可能会导致某些发现，从而使——希普——对威家的控制势力被摧毁——就像我，下方署名人，威尔金斯·米考伯所推测的那样——除非暗中能左右他女儿威小姐的孝心，不许调查事务所的合伙事宜；为此该——希普——就认为有必要由他准备好一张借据，作为威先生所立，上面载明，前述之一万二千六百十四镑二先令九便士，外加利息，系由——希普——代为垫付，以免威先生丧失名誉；其实，此笔款项他从未垫付，且早已如数偿还。此借据伪称由威先生签立，由威尔金斯·米考伯为中间证人，实则其签字系由——希普——伪造。现我手中就有几个同样模仿威先生笔迹的签名，均为——希普——亲笔写在那本袖珍记事本上的。这些模仿的签名，有的地方已被火烧毁，但任何人都能辨认出。而我，从未为此类文件单据作过中间证人。这张借据就在本人手中。'"

乌利亚·希普听了大吃一惊。从口袋里掏出一串钥匙，打开一个抽屉，但接着便又突然醒悟过来，觉出自己在干什么，于是没往抽屉里看，又把脸转向了我们。

"'这张借据，'"米考伯先生又念了一遍，并朝四周扫视了一下，仿佛这句话是讲道词的主题似的，"'就在本人手中，'——我这是说，今天早上一大早，我写这封信时，它在本人手中，但打那以后，就转到特雷德尔先生手中了。"

"这话一点没错。"特雷德尔附和说。

"乌利，乌利，"乌利亚的母亲喊着说，"卑贱一点，跟他们讲和吧。我知道，我儿子会卑贱的，诸位先生，要是你们给他时间，让他想一想。科波菲尔先生，我相信，你知道他一向都是很卑贱的，先生！"

原先的那套伎俩，儿子认为现在已不管用而加以抛弃，可当母亲的仍死死抱住不放，让人看了觉得很奇特。

"妈！"乌利亚不耐烦地咬着裹手的领巾，说道，"你还是拿把装了子弹的枪，朝我开一枪好了。"

"可是我疼你呀，乌利，"希普太太叫道，我毫不怀疑她疼她儿子，或者说她儿子也疼她，虽然看起来有点奇怪；不过，说实话，他们原本就是沆瀣一气的一对啊，"我眼看你惹恼了这位先生，给自己招来更多的灾祸，我不忍心啊。刚一开始，当这位先生在楼上告诉我说，事情已经败露了，我就对他说，我保证会让你卑贱地认错的,把赃款都吐出来。哦,诸位先生,瞧我多么卑贱,你们就看看我的面子吧,别去理会他!"

"你瞧,妈,科波菲尔在那里,"乌利亚怒气冲冲地回答说,用他那瘦骨嶙峋的手指指着我,把他的全部的敌意都瞄准着我,因为他认为我是这场揭发的主谋,而我也不想让他明白真相,"科波菲尔在那儿,哪怕你没有多说漏嘴,就说这一点,他也要给你一百镑呢!"

"我不能不说呀,乌利,"他母亲叫道,"我不能眼睁睁看着你,因为头抬得高,招来危险。最好还是卑贱一些吧,像你往常那样。"

乌利亚咬着领巾,停了一会儿,然后绷着脸对我说:

"你还有什么要提出来的? 要是还有,继续提好了。你看着我干什么?"

米考伯先生立即重又开始念起信来,为重新回到他十分满意的表演上来感到非常高兴。

"'第三条,也是最后一条。我现在要指出,根据——希普的——假账册,根据——希普的——真记录,首先是根据一本部分销毁的袖珍记事本(这是在我们刚搬进现今的住宅时,米考伯太太偶然在盛灰的炉灰箱里发现的,当时我并不清楚这是什么东西),根据这些证据,能够表明,若干年来,这位不幸的威先生的弱点、过失、美德、父爱、名誉心,一直被利用,被歪曲,以达到——希普——卑鄙的目的;表明若干年来,威先生一直在一切想得到的手段下,受欺骗,受掠夺,而贪婪、奸诈、爱财的——希普——则靠此得以发财致富;——希普——处心积虑想要达到的目的,除了金钱财富外,就是要制服威先生和威小姐(至于他对威小姐的别有用心的意图,我在此姑且不论),完全由其控制;希普——最后的行为(这只是在几个月前才完成的),为诱骗威先生签署一份文件,出让合伙经营事务所的股份,甚至出卖屋内的家具,以换取给他的年金,在每年的每个四季结账日①,由——希普——负责准时支付。此类罗网——先是伪造惊人的账目,诡称威先生在其受托为管理人期间,由于轻率和决断失当,将他人财产投机失败,以致无款偿还按道义和法律均应由他负责偿还的债务,继之又诡称为还债代威先

---

① 英国为三月二十五日,六月二十四日,九月二十九日和十二月二十五日。

生借进高利贷款；其实，这些款项均为——希普——以投机倒把或别的经营为借口，从威先生处骗去或扣下的；再加上五花八门肆无忌惮的阴谋诡计，日积月累，罗网愈来愈密，最后终于使不幸的威先生觉得自己已不能重见天日。于是他相信，他的各种境况，一切希望，包括名誉，均已完全破产，他唯一的依靠，就是这个披着人皮的怪物了。'"——米考伯先生说这句话时显得神气活现，认为这是一种新的表达方式——"'这个怪物，借了使威先生非他不可，把威先生害得完全身败名裂。凡此种种，本人保证情况属实。也许还有更多呢！'"

我对爱格妮斯低声说了几句话，当时她正坐在我一旁淌着眼泪，一半是因为高兴，一半是因为悲伤。这时，我们几个人移动了一下，好像米考伯先生的信已经念完似的。米考伯先生极其严肃地说了声"对不起"，接着以一种最沮丧的心情和最强烈的快慰混合的神情，继续念他的信的最后一部分：

"'本人的指控已经结束。这些罪状，只需我加以证实即可。然后，我就要和我苦命的家人一起，从这个我们似乎已成为它的累赘的大地上消失。此事很快就能完成。依据合理的推断，我们的婴儿由于营养不足而最先死去，因为他是我们家中最脆弱的一员；随他而去的是我们的一对孪生儿子。由它去吧！至于我本人，我的坎特伯雷朝圣之行，已经遭遇甚多，民事诉讼监禁、贫困，不久将有更多遭遇。我进行的这番调查，即使是最细小的结果，都是在繁重职务的压力下，在极度穷困的忧虑下，在晨曦乍明、夕露初润、夜色昏沉之际，在你连称之为魔鬼都嫌多余的那个家伙的严密监视之下，点滴积累，慢慢连缀而成的；都是一个受穷的家长，挣扎搏斗，才使这一调查，在其完成之时，成为切实可用的；我相信，我为这番调查所费的辛劳，所冒的风险，可以当作几滴甘泉，洒在焚我尸体的柴堆之上。我别无他求，但愿世人提到我时，以公正态度相待，像对待那位英豪、著名的海军英雄[1]那样（我决不敢狂妄地与之相比），说我之所作所为，既不是图金钱，也不是谋私利，而是'为了国，为了家，为了美。'[2]'威尔金斯·米考伯谨启'"

米考伯先生不胜感慨，但仍极其自得。他折起信，朝我姨婆一鞠躬后，

---

① 指英国海军名将纳尔逊。参见十三章注。
② 引自歌曲《纳尔逊之死》。

把信交给了她，好像这是她乐于保存的一件东西。

多年以前，我初次到这儿来时，就注意到，这个房间里有一只铁保险柜。现在柜子的锁孔上插着钥匙。乌利亚似乎忽然起了疑心；他朝米考伯先生看了一眼，就朝柜子奔去，把柜门当啷一声拉开。柜里空空如也。

"账册哪儿去啦？"他脸上一片惊惶之色，大声嚷道，"有贼把账册偷走了！"

米考伯先生用直尺轻轻敲打着自己说："是本人偷的；今天早上，我像往常那样，从你那儿拿到钥匙——不过稍早一点——把保险柜打开了。"

"你不用担心，"特雷德尔说，"账册全在我手里。我会根据我已说的给我的授权，好好加以保管的。"

"你这是收受贼赃，是不是？"乌利亚嚷道。

"在现在这种情况下，"特雷德尔说，"是贼赃。"

我姨婆原本一直非常平静安详地凝神倾听着，这时突然朝乌利亚扑去，双手揪住他的领巾。看到她的这一举动，使我多么吃惊啊！

"你知道我要什么吗？"我姨婆说。

"一件疯子穿的紧身衣。"乌利亚说。

"不，是我的财产！"我姨婆回答说，"爱格妮斯，我亲爱的，只要我相信，我那份财产真是你爸弄光的，我一个字不会说——我亲爱的，有关我的钱放在这儿投资的事，就连对特洛，我也一个字都没有说，这他知道。可是现在我知道了，原来是这家伙搞的名堂，他应对这事负责，那我就要向他要回来了！特洛，来，要他把我的财产交出来！"

当时，我姨婆是不是认为乌利亚把她的财产藏在自己的领巾里了，我实在不知道。可是她真的直拉他的领巾，好像她认定是藏在那里面似的。我急忙横身在他们两人之间，并且向她保证说，凡是他的一切非法侵吞所得，我们都要叫他全部吐出来。我的话，再加上她稍微想了想，才使她安静下来。不过，她一点没有因为刚才的举动失去常态（虽然我不能说她的软帽也是这样），而是泰然自若地回到自己的座位上。

在最后的几分钟里，希普太太一直大声嚷着要她儿子"卑贱点"，并且依次对我们一个个下跪，作着各种荒唐的保证。她儿子硬把她按在他的椅子上，然后绷着脸站在她的旁边，用手抓住她的胳臂（不过并不粗暴），恶狠狠地对我说道：

"你要干什么?"

"我要告诉你,你必须做什么。"特雷德尔说。

"那个科波菲尔没有舌头了吗?"乌利亚咕哝着说,"你要是能老老实实告诉我,他的舌头让人给割掉了,那我一定会帮你干很多事呢!"

"我家的乌利亚心里是很卑贱的!"他的母亲嚷嚷道,"你们别介意他嘴里说的话吧,各位好心的先生!"

"你必须做到,"特雷德尔说,"是这些。首先,我们听说过的那份出让股份契约,你必须在此时此地交给我。"

"假定我手里没有这东西呢?"乌利亚插嘴道。

"可是你有的,"特雷德尔说,"因此,你知道,我们不做那样的假定。"我不得不承认,我的这位老同学,有清晰的头脑,有真诚、耐心和务实的见识,这是我第一次真正有机会认识到。"然后,"特雷德尔说,"你必须准备吐出你所侵吞的一切,归还最后的一文钱。所有合伙的账册和文件,所有你自己的账册和文件,必须一律归我们掌管;所有的现金账户和有价证券,不管是事务所的,还是你自己的,也都必须归我们掌管。总之,凡是这儿的一切,必须一律归我们掌管。"

"必须这么做吗? 这我可还不明白呢!"乌利亚说,"这事我得有时间想一想。"

"当然,"特雷德尔回答说,"不过,在这个时间里,在一切都办得让我们满意之前,我们必须把所有这些东西,全都拿到手。同时还得请你——简单地说吧,还得强迫你——待在你自己的房间里,不得跟任何人联系。"

"那我可不干!"乌利亚骂骂咧咧地说。

"梅德斯通监狱①是个更加安全的拘留人犯的地方,"特雷德尔说,"虽然法律要恢复我们的权利,也许得花较长时间,而且也许不能像你能做的那样完全恢复我们的权利,但是法律毫无疑问会惩罚你。哎呀,这一点你知道得跟我一样清楚! 科波菲尔,你去一趟市政厅叫两个法警来好吗?"

听到这儿,希普太太又忍不住了,跪在爱格妮斯的面前,高声求她出面

---

① 因梅德斯通为坎特伯雷所在的肯特郡首府。

替他们母子俩求情,嚷嚷说,她儿子是很卑贱的,揭发出来的事全是真的,要是他不按我们的要求做,那就由她来做,以及诸如此类的话。因为她为她的这个宝贝儿子担心,吓得都快要疯了。

如果问乌利亚,要是他还有勇气,他会干什么,这就像问一只杂种野狗,要是它有老虎的胆量,他会干什么。乌利亚是一个彻头彻尾的胆小鬼;正像他卑鄙的一生中任何时刻一样,透过他的阴沉乖戾和忍辱态度,露出了他那卑鄙怯懦的本性。

"别去!"他朝我咆哮道,一面用手抹了抹自己那发热的脸,"妈,你别说了。行了! 把那份出让股份契约给他们好啦! 你去把它拿来!"

"你去帮她一下吧,狄克先生,"特雷德尔说,"劳你驾啦!"

狄克先生对于交给他的这份差使,很引以为荣,而且也懂得其用意,因此就像牧羊犬伴着绵羊一样,紧跟着她去了。不过,希普太太并没有给他添什么麻烦;因为她不仅把出让股份契约拿来了,而且把盛契约的匣子也拿来了;我们在匣子里发现了银行存折和一些别的文件,这些后来都有用处。

"好!"东西拿来后,特雷德尔说,"现在,希普先生,你可以离开这儿去考虑了;请你特别要注意,我已经代表在场的所有人向你宣布,你要做的只有一件事,就是我刚才已经给你说清楚的;这件事必须马上就做,不得拖延。"

乌利亚一直看着地面,没有抬眼,一只手摸着下巴,拖着脚步走过房间,在门口站住说:

"科波菲尔,我一直就恨你。你一贯是个自命不凡的家伙,你总是跟我作对。"

"我记得,以前有一次我曾对你说过,"我说,"由于你这个人贪婪、奸诈,所以跟全世界一直作对的,是你。你以后应该好好想一想,世界上,凡是贪婪、奸诈,没有不做得过分的,没有不因做得过分而自食其果的。这就跟人总要死一样,是铁定了的。"

"也可以说,跟他们在学校里一贯教导的一样铁定(就是我零星学会那么多卑贱的同一学校)。他们从九点到十一点说,劳苦是灾难;从十一点到一点又说,劳苦是福气,是乐事,是光荣,是我不知道的什么等等,是不是?"乌利亚嗤笑着说,"你这样说教,差不多就像他们那样前后一致了。卑躬屈膝会行不通吗？我认为，我要是不这样，就骗不了我那位绅士伙友了。——米考伯，你这个老混蛋，我会跟你算账的！"

米考伯先生根本没把乌利亚和他伸出的手指放在眼里，高高挺起自己的胸脯，直到乌利亚灰溜溜地溜出门外，然后他才转向我，提议要我亲眼去见证一下"他跟米考伯太太重新建立互相信任的关系"。随后，他又请全体在场的人，一起去看那动人的场面。

"长期挡在我和米考伯太太之间的帷幔，现在已经拉开了，"米考伯先生说，"我的孩子们和他们的生育者，又能平等接触了。"

因为我们都非常感激他，都希望能对他表示我们的感激之情，而且我们的忙乱心情已经平静下来，因此我敢说，我们本来全都想去的。可是，爱格妮斯必须回去照顾她父亲，因为他除了希望的曙光之外，别的什么都受不了；另外还得有人看住乌利亚，因此特雷德尔就留下来了，过会儿再由狄克先生来替换。于是，狄克先生，我姨婆和我，就跟着米考伯先生，一起去他家了。当我匆匆地和那个我欠她那么多恩情的亲爱的姑娘告别时，想到那天上午她也许已经从危险中得救——尽管她自己早有明智的决心——我衷心地感谢我童年时代所受的苦难，是那番苦难，才使我认识米考伯先生。

米考伯先生的家离此不远，对着大街的门直通起居室，他以他那特有的性急，一头就闯了进去，于是我们发现我们一下就来到这家人的中间。米考伯先生叫着"艾玛，我的命根子！"扑进了米考伯太太的怀中。米考伯太太尖叫了一声，伸手把米考伯先生紧紧搂住。正在哄着米考伯太太上次信中提到那个不懂事的新来者的米考伯大小姐，也大为感动。那个新来者高兴地蹦跳着。那两个双生子则作出一些笨拙而天真的举动，以表示他们的喜悦。米考伯大少爷，由于早年老受挫折，性格有些乖僻，原本神情阴郁，这时也感动了天性而大哭起来。

"艾玛！"米考伯先生说，"我心头的乌云已经散去了。我们俩多年来一直互相信任，现在又恢复如前了，以后再也不会中断了。现在，就让贫穷来吧，欢迎！"米考伯先生流着眼泪，大声喊道，"就让苦难来吧，欢迎！让无家可归来吧，欢迎！让饥饿、尴尬、乞讨，还有狂风暴雨，统统来吧，欢迎！只要互相信任，就能使我们支持到底！"

米考伯先生这样喊着，把米考伯太太安顿在一张椅子上，然后和全家人一一拥抱,对种种凄凉境况,都表示欢迎(据我看来,这类境况是决不会受他们欢迎的),同时要他们一齐出去,到坎特伯雷街头卖唱,因为再没有别的办法可以扶养他们了。

可是,米考伯太太由于过分激动,晕过去了,因此,就连合唱队也来不及组成,第一件要做的事,就是得让她苏醒过来。这件事由我姨婆和米考伯先生办到了。然后,米考伯先生才把我姨婆介绍给她,她也认出我来了。

"对不起,亲爱的科波菲尔先生,"可怜的米考伯太太说着,把手伸给了我,"我的身体不太好;米考伯先生和我之间近来的误会得以消除,一开始太使我激动了。"

"这是你们全家人吗,米考伯太太?"我姨婆问道。

"眼下再没有别的人了。"米考伯太太回答。

"哎呀呀,我不是那个意思,米考伯太太,"我姨婆说,"我的意思是说,这些全是你们的孩子吗?"

"特洛伍德小姐,"米考伯先生回答说,"这是千真万确的。"

"哦,那位年龄最大的年轻先生,"我姨婆若有所思地说,"你打算培养他做什么呀?"

"我刚来这儿时,我的希望是,"米考伯先生说,"让威尔金斯进教堂,或者,要是我把话说得更清楚些,就是进合唱队。可是本城靠它出名的这座古老的大教堂里,没有男高音的空缺,所以他——简而言之,就形成了一个想法,不想在神圣的教堂里唱歌,而想在酒吧里唱歌了。"

"不过他的想法还是好的。"米考伯太太温和地说。

"我敢说,亲爱的,"米考伯先生回答说,"他的想法非常好;不过我还不曾发现,他在任何方面,把他的想法付诸行动呢。"

米考伯大少爷又露出了一脸不高兴的样子,带着几分怒气问道,他能干什么?他是不是生来就是个木匠,或者是个车辆油漆工?总会不生来就是只鸟儿吧?他是不是能到隔壁那条街上去开家药店?他是不是可以跑进邻近的巡回法院,自称是个律师?他是不是可以硬闯进歌剧院,凭暴力取得成功?他是不是可以一点不用培养,就能干任何事情?

我姨婆沉思了一会,然后说:

"米考伯先生,我觉得纳闷,你怎么从来没有动过移居海外的念头呢!"

"特洛伍德小姐，"米考伯先生回答说，"这是我年轻时的梦想，成年后的渺茫抱负啊。"不过我在这儿顺便说一句，我绝对相信，他这辈子从来都不曾想过这件事。

"是吗？"我姨婆看了我一眼，说，"哟，要是你们现在就移居海外，米考伯先生，米考伯太太，那对你们自己和你们的一家，都是多好的事情啊。"

"那得有资金，小姐，得有资金。"米考伯先生忧郁地强调说。

"这是主要的困难，我也可以说，是唯一的困难，我亲爱的科波菲尔先生。"他太太也附和说。

"资金？"我姨婆大声说，"你已帮了我们一个大忙——我可以说，已帮了我们一个大忙了，因为从火炉里掏出来的东西，一定有很大用处——而我们能为你做的，还有比筹集这笔资金更好的事吗？"

"我不能把这笔资金当礼物收下，"米考伯先生充满热情，激动地说，"要是能筹得一笔足够的款子，是不是可以年息五厘，由我个人负责偿还——比方说，由我开出几张期票，分别以十二个月、十八个月、二十四个月为期，为的是好让我有时间时来运转——"

"能不能筹得？一定能，而且必须筹足，条件由你定，"我姨婆说，"只要你一句话。现在，你们两位都考虑一下。大卫有几个熟人，不久就要去澳大利亚。要是你们决定去，为什么你们不乘同一条船去呢？那样你们可以互相有个照应。这事现在你们可以考虑一下，米考伯先生，米考伯太太。花点时间，好好考虑一下吧！"

"只有一个问题，我亲爱的特洛伍德小姐，我想问一下，"米考伯太太说，"那儿的气候，我相信，不碍健康吧？"

"是全世界最好的！"我姨婆说。

"这就好了，"米考伯太太回答说，"可我的问题又来了。我是说，那儿的环境，对米考伯先生这样有才华的人，是否有足够的机会在社会上飞黄腾达？眼下我还不想说，他想当上总督，或者是任何一类的什么，但是那儿是不是有合理的出路，能让他那份才华有发展的机会——要有那就足够了——使他的才华能自由地发展？"

"对于一个品行端正、做事勤奋的人来说，"我姨婆说，"再没有别的什么地方比那儿更有出路了。"

"对于一个品行端正、做事勤奋的人来说，"米考伯太太用最明确的认真态度重复说，"一点没错。我看，澳大利亚显然是供米考伯先生活动最合适的舞台。"

"我坚决相信，我亲爱的特洛伍德小姐，"米考伯先生说，"在现有的情况下，澳大利亚是我和我的家人该去的地方，唯一该去的地方。一种非同寻常的机遇就要在彼岸出现。比较起来，路程并不远——你提出要我们考虑考虑，这固然出于你的好意，但我向你保证，其实，这只不过是一种形式而已。"

顷刻间，米考伯先生就成了个最乐观的人，眼看就要鸿运高照了，米考伯太太则立即谈论起袋鼠的习性来，那种情景，我怎能忘记啊！米考伯先生和我们一起走回事务所时，摆出一副吃苦耐劳、风尘仆仆的神情，显示出新到异地、还未安居的样子，而且还用澳大利亚农民的眼光，看着走过的公牛。每当我想到坎特伯雷集日的街市时，我怎能不同时想起米考伯先生啊！

第五十三章

再一次回顾

写到这儿,我必须再作一次停顿。哦,我的孩子气的太太啊! 在我的记忆里,在那群来来往往的人中间,有一个身影,她平静安详,含着天真的爱和孩子气的美,对我说,停下来想想我吧——掉过头来看看小花朵吧,它正在往地上飘落啊!

我就那么做了。别的一切,都变得模糊了,消失了。我又跟朵拉待在我们那座小房子里了。我已记不清她已病了多久。对她的生病,我已习以为常,因而都算不清时间了。实际上并不很久,几个星期或几个月罢了;可是在我的感受和体验上,那是一段令人多么沮丧心焦的时日啊。

他们已经不再跟我说"再等几天"的话了。我开始隐隐约约地害怕起来,我想要看到我那孩子气的太太和她的老朋友吉卜在阳光下奔跑的日子,也许永远也不会到来了。

吉卜好像突然就变得很衰老了。也许是因为它已不能再从它的主人身上得到使它生气勃勃和保持年轻的东西;因此它就无精打采、双目昏花、四肢无力了。现在它已不再讨厌我姨婆,它躺在朵拉床上时,反而悄悄地爬到她身旁——我姨婆就坐在床边——轻轻地舔她的手,我姨婆看了,很为它感到难过。

朵拉躺在那儿,含笑望着我们,她还是那么美丽,一句急躁、埋怨的话也没有。她只说,我们待她都非常好;她说,她知道,她的亲爱的、细心周到的大孩子可累坏了;还说我姨婆老是睡不成觉,一直那么警醒,既热心,又慈爱。有时候,她的两位小鸟般的姑妈来看她,于是我们就谈起我们结婚的日子,以及所有那段幸福的时光。

我坐在安静、整洁而有遮掩的房间里,我那孩子气的太太用她那碧蓝的眼睛注视着我,她那小小的指头勾绕着我的手,这番情景,在我的生活中——在整个生活中,不论是在室内,还是室外——好像有着一种多么不可思议的安息和停顿啊!我就这样坐着,坐了许多许多个时辰,但是,在所有这些时辰里,有三次,在我的脑海里出现得最为清晰。

一次是在早晨;这时朵拉被我姨婆亲手打扮得整整齐齐,她给我看她的鬈发在枕头上仍然卷曲起伏,多么长,多么有光泽,她多么喜欢把它松开拢在她戴的发网里。

"嗨,我这并不是认为自己的头发了不起,你这爱笑人的孩子,"她看到我微笑着,说,"而是因为你常说,你认为我的头发非常美;还因为我最初开始想念你的时候,我总是往镜子里看,想知道你是不是很想有我的一绺头发。哦,后来我给了你一绺的时候,多迪,你那副样子多傻啊!"

"就是那一天,你照着我送你的花画了一幅画,朵拉;也就是那一天,我告诉你,我是多么爱你啊!"

"哦,可是我不好意思对你说,"朵拉说,"当时,我对着花儿哭得多厉害啊,因为我相信你真的喜欢上我了!等我像往常那样,又能到处跑时,多迪,我们就去我们这对傻孩子从前去过的地方看看,好吗?到那些老地方去散几次步,好不好?也不要忘记可怜的爸爸,你说是吗?"

"好,我们一定得去,过几天快乐的日子。所以你得赶快好起来,我亲爱的。"

"哦,我很快就会好起来的!我这会儿好多了,你不知道!"

一次是在晚上;我坐在同一张椅子上,在同一张床旁边,同一张脸对着我。我们一直都没有作声,她的脸上露着微笑。现在,我已经不再天天抱着我那身轻如叶的爱妻上下楼了。她整天都躺在这儿。

"多迪!"

"我亲爱的朵拉!"

"不久以前,你告诉我说,威克菲尔先生身体不太好,而在这以后,我还要说我要说的话,你不会认为我不通情理吧?我要说的是,我想见见爱格妮斯。我很想见见她。"

"我写信给她好了,我亲爱的。"

"真的吗?"

"立刻就写。"

"多好、多体贴人的孩子啊! 多迪,你把我扶起来。真的,我亲爱的,我这是一时的怪念头。这决不是愚蠢的幻想。我想见见她,真的非常想见见她!"

"我相信是这样。我只要这样告诉她,她一定会来的。"

"现在你去楼下,一个人很孤单寂寞吧?"朵拉用胳臂搂着我的脖子,低声说。

"看到你那张空着的椅子,我的宝贝,我怎能不感到孤单寂寞呢?"

"我那张空着的椅子!"她默默无言地搂住我一会儿,"你真的想念着我吗? 多迪?"她抬头望着,欢快地微笑着,"想念我这样一个瘦弱、任性的小傻瓜?"

"我的心肝! 在这个世界上,除了你,让我想念得这么厉害的还有谁啊?"

"哦,我的好丈夫! 我十分高兴,可也非常难过!"她朝我偎依得更紧,用双臂搂抱住我。她又笑又哭,然后才安静下来,觉得非常快乐。

"一点没错!"她说,"你只需把我的情意告诉她,对她说,我非常、非常想见见她,此外我就没有别的愿望了。"

"除了盼望身体再好起来,朵拉。"

"啊,多迪! 有时候我想——你知道我一直是个小傻瓜! ——我的身体永远也不会好了!"

"别这么说,朵拉! 我最亲爱的宝贝,别这么想!"

"要是我能做得到,我决不会这么说,这么想的,多迪。不过,我还是很快乐的,虽然我这亲爱的孩子,面对他孩子气太太的空椅子,独自一人太孤单寂寞了!"

还有一次是在夜里;我仍跟她在一起。爱格妮斯来了,已跟我们在一块儿待了一整天和一个晚上。她,我姨婆和我,打从早上起,一直就一起坐在朵拉的床边。我们谈的话不多,不过朵拉非常满足,也很高兴。现在就剩下我们两人了。

当时,我是否知道我孩子气的太太就要离我而去了呢? 他们已经这样告诉我了;他们告诉我的事,我早已想到,并不新鲜;不过我决不敢说,我已把这一实情当回事放在心上。我一直没能领悟这一事实。今天,我好几次独自一人躲起来哭泣。我想起那位为生者和死者的别离而哭泣的①,想起那整个仁爱和慈悲的故事。我尽量想使自己达观,尽量安慰自己。我希望我多少能做到这一点;不过我心里不能十分肯定的是,生离死别是否一定会来临。我把她的手握在自己手里,我把她的心贴在自己心窝,我看到了她对我强烈地洋溢着的爱。我心中一直有个朦胧不散的影子在徘徊,相信她能逃过此劫,幸免于难。

"我要跟你谈一谈,多迪。我想要把最近想到的一些话,跟你说一说。你不会介意吧?"她神情温柔地说。

"怎么会介意呢,我的宝贝?"

"因为我不知道你会怎么想,或者说有时候你会怎么想。也许你也常常跟我有同样的想法。多迪,亲爱的,我怕我当年太年轻了。"

我把脸挨近她靠在枕头上,她看着我的眼睛,柔声地说着,当她继续说下去时,我渐渐地感到心如刀割,她这是在谈她过去的自己啊。

"亲爱的,我怕我当年太年轻了。我指的不仅是年纪,还有经验、思想,以及一切方面。我当时是个那么傻的大傻瓜啊! 我想,要是我们俩只是像少男少女那样,两下相爱,又两下相忘,那就更好了。我已经开始想到,我不配做妻子。"

我竭力忍住眼泪,回答说:"哦,朵拉,宝贝,你跟我做丈夫一样,配做妻子啊!"

"我不知道,"她像往日那样摇着鬈发说,"也许吧! 不过,要是我更配结婚,那我也许能使你也更配做丈夫了。再说,你很聪明机灵,我可从来没有聪明机灵过。"

"我们一直都非常幸福呀,我亲爱的朵拉!"

"我们是非常幸福,非常非常幸福。可是,日子一久,我亲爱的孩子就会

---

① 指为拉撒路的死而哭泣的耶稣,后面指的是耶稣使拉撒路复活的故事。详见《圣经·新约·约翰福音》第十一章第三十五节及第四十节至四十四节。

厌倦他孩子气的太太,她就越来越不配做他的伴侣了。他会越来越觉得家里缺了什么。他的这个妻子是不会有进步的。所以像现在这样倒也好。"

"哦,朵拉,最亲爱的,最亲爱的! 千万别对我说这样的话。每一个字都像在责备我啊!"

"不是的,半个字都不是!"她吻了吻我,回答说,"哦,我亲爱的,你决不应该受责备;而且我也太爱你了,永远不会真的对你说一句责备的话——除了我长得漂亮外——或者说,除了你认为我长得漂亮外——不会对你说一句责备的话,是我唯一的长处了。你独自一人在楼下,多迪,非常孤单寂寞吧?"

"非常,非常孤单寂寞!"

"别哭啊! 我的椅子还在那儿吗?"

"还在老地方。"

"哦,我可怜的孩子哭得多伤心啊! 别哭啦! 别哭啦! 听着,现在答应我一件事。我要跟爱格妮斯谈谈。你下楼去,就这样告诉她,叫她上楼到我这儿来;我跟她谈话时,别让任何人来——连姨婆也别让来。我得单独跟爱格妮斯谈一谈。"

我答应说,她马上就能跟爱格妮斯单独谈。只是我当时非常伤心,真舍不得离开她啊!

"我说了,像现在这样倒也好!"她双臂搂住我,低声说,"哦,多迪,再过一些年,你决不会比现在更爱你这个孩子气的太太了。再过几年,要是她还是这样让你受累,让你失望的话,你也许就不可能有现在的一半这样爱她了! 我知道我太年轻了,也太傻了! 像现在这样倒是好多了!"

我走进小客厅时,爱格妮斯正在楼下;于是我把朵拉的话转告给了她。她就离去了,留下了我独自一人和吉卜。

吉卜的中国式狗窝就在壁炉旁,它躺在里面的法兰绒垫子上,烦躁不安地正想睡觉。这时,明月高悬,清辉如镜。我往屋外望着夜色,泪如雨下,我那颗未经磨炼的心,受到了严厉的——严厉的谴责。

我坐在壁炉旁,怀着一种模糊的悔恨,想起我自从结婚以来,内心深处所滋长的那些隐秘感情。想起我和朵拉之间的每一件小事,觉得小事构成人生的全部这句话确是真理。在我那记忆的海洋中,不断涌起的是那个宝贝女孩我初次见到时的形象,这个形象,经过我和她青春爱情的美化,具有这种爱情所富有的一切魅力。要是我们俩只是像少男少女那样,两下相爱,又两下相忘,真的会更好吗? 未经磨炼的心啊,回答我吧!

时光是怎么逝去的,我不知道;直到听到我孩子气太太的老友叫我的声音。吉卜显得比往常更加烦躁不安,它从窝里爬了出来,朝我看看,又走到门口,呜呜哀叫着要上楼。

"今天晚上别上去,吉卜! 今天晚上别上去啦!"

它慢慢地又回到我跟前,舔舔我的手,抬起那无神的眼睛,朝我脸上望着。

"哦,吉卜! 也许再也不能上去了!"

它在我的脚下躺了下来,身子一伸,像要睡觉的样子,接着哀叫了一声,死了。

"哦,爱格妮斯! 你来看,你来看!"

——那满带怜悯、满含悲伤的脸啊! 那势如雨下的泪啊! 那严肃可畏、对我的无声呼唤啊! 那举向天空的庄重的手啊!

"爱格妮斯?"

完了,我眼前一片黑暗;一时之间,一切的一切,都从我的记忆中抹去了。

第五十四章

米考伯先生的事务

现在,我的心境还处在悲痛的重压之下,这实在不是对此加以叙述的时候。我越来越觉得,我的前途已经堵塞,我生存的力量已经耗尽,我一生的活动已经终结,除了坟墓之外,已经再也找不到任何安身之处了。我说的我越来越这样觉得,并不是我初遭悲痛的惊击所致,它是慢慢地逐渐地形成的。要是我后面将要叙说的事故,没有朝我接踵而来,开始时把我的悲痛搅乱,末了又使我的悲痛增加,那我也许会立即就陷入上述的那种绝望的状态之中(虽然我觉得还不至于如此)。事实上,在我充分认识自己的痛苦之前,其间已隔了一段时间,在那段间歇时间,我甚至以为自己最剧烈的痛苦已经过去,我的心事可以放在一切最纯真、最美好的事物上,用那个永远结束了的温柔故事,来慰藉自己。

我应当出国的意见,最初是什么时候提出的,或者说,我们是怎样取得一致意见,说我得换个环境,外出旅行,以恢复我的平静,甚至到现在我都不很清楚。在那段悲哀的时期,爱格妮斯的精神,如此深深地渗透于我们所思、所说、所做的一切之中,所以我觉得,我可以把这个主张归之于她的影响。不过她的影响都是那么不知不觉的,因此我也没有感觉到。

现在,我真的开始想起,过去我把她和教堂彩色窗玻璃联系起来的想法,就是一个预兆,预示日后灾难降临到我头上时,她会对我起什么作用,这一预兆此时正映现在我的头脑中。在所有那段悲伤的日子里,从她举起手站在我面前的那一刻起(这是我永远忘不了的),她就像是降临到我孤寂的家里的一位神灵。当死神来到我家里时,我那孩子气的太太,就是在她的怀中含笑长眠的——这是在我经得住听这类话时，他们这样告诉我的。我从昏迷中醒来时，首先感到的是，她那同情的眼泪，她那鼓励和安慰的话语，还有她那温柔的脸庞，仿佛从更近天堂的静地，俯垂在我未经磨炼的心上，以减轻它的痛苦。

现在让我继续讲下去吧。

我就要出国了，这好像一开始我们就决定了似的。现在，我亡妻会消亡的一切，都已埋入黄土，我只等米考伯先生说的"希普最后将被研成粉末"，然后就和移居海外的人一起动身。

由于特雷德尔（我患难中最关切、最忠诚的朋友）的要求，我们又回到了坎特伯雷，我这是指的我姨婆、爱格妮斯和我。我们依照约定，径直来到米考伯先生家。打从我们那次爆炸性的聚会以来，我的这位朋友，就一直在米考伯先生家和威克菲尔先生家辛勤工作。当可怜的米考伯太太看到我穿着黑衣服进来时，显得异常伤感。这么多年来的磨难，并没有把她的善良耗尽，她仍有着大量的慈悲心肠。

"哦，米考伯先生，米考伯太太，"我们都落座后，我姨婆首先开口说，"请问，你们对我建议的移居海外的事，仔细考虑过了吗？"

"我亲爱的特洛伍德小姐，"米考伯先生回答说，"米考伯太太，还有在下，还要加上我们的孩子们，我们不但共同，而且各自也都考虑过了，考虑的结果，除了借用那位著名诗人的话外，也许没有更好的回答了，那就是：舟靠在岸边，我的大船已泊海上。①"

"这就对了，"我姨婆说，"你们作出这一明智的决定，我预料你们一定会一切顺利，前途无量的。"

"特洛伍德小姐，你使我们感到极大的荣幸，"米考伯先生回答说，跟着看了看记事本，"由于你给我们经济上的帮助，使我们这条单薄的小船，得以在事业的大洋上起航。有关这笔经费的重要事务性方面的事，我又重新考虑了一下；现在我要求我开出的期票，分为十八个月、二十四个月和三十个月三期——毫无疑问，这些期票要按各种议会法案对此类契约的规定，贴足

———————————

① 英国诗人拜伦（1788—1824），《致托马斯·穆尔》一诗的头两行。该诗是拜伦为最后离开英国而写的。托马斯·穆尔（1779—1852），爱尔兰诗人，拜伦的好友。

一定数量的印花——我原先提出的是十二个月、十八个月和二十四个月为期,不过我担心的是,这样的安排也许期限太短,没有足够的时间来筹足所需归还的款项。我们也许,"米考伯先生说着,往房间里四处看了看,好像这间房子就是几百亩长满庄稼的农田似的,"在第一笔欠款到期时,收成不够好,或者是我们一时收割不了。我相信,在我们的那片殖民地上,我们的命运就是得跟那肥沃的土壤斗争,而劳动力有时是很难得到的。"

"期票的事,你爱怎么安排,就怎么安排好啦,米考伯先生。"我姨婆说。

"特洛伍德小姐,"他回答说,"我们的朋友和恩人,给我们如此关心的美意,米考伯太太和我是十分感激的。我希望的是,这件事要完全公事公办,欠款一定得按期归还。在我们要翻开我们生命中新的一页时,正像我们就要做的这样,我们先后退一步,以便做不同寻常的向前跃进。这除了给我儿子做出榜样外,跟我的自尊心关系很大,因此要像人和人之间的关系那样来做出安排。"

我不知道,米考伯先生最后说的"像人和人之间的关系那样"附有什么意思,我也不知道别人,现在或过去说这句话时,是否附有什么意思。不过米考伯先生对这句话似乎异常赏识,引人注意地咳嗽了一声,然后又重复地说了一句,"像人和人之间的关系那样"。

"我所以建议采用期票,"米考伯先生说,"——因为它在商界使用方便,我相信,为此我们首先得感谢犹太人,不过他们自从有了这种东西以来,应用得太多了——因为这种票据可以转让兑现。不过要是更喜欢用借据,或者任何其他的票据形式,我也乐意采用其中的任何形式的。像人和人之间的关系那样。"

我姨婆说,既然双方都同意无所不可,她认为,在这个问题的安排上,不会有什么困难。米考伯先生也同意她的意见。

"至于我们一家人,为迎接我们已知的准备献身的命运,所做的一切准备工作,特洛伍德小姐,"米考伯先生有些得意地说,"我要求报告一下。我的大女儿,每天早上五点钟即去邻近一家奶牛场,学习挤奶的过程——如果那可以叫作过程的话。我那几个小一点的孩子,我也要他们去本城较为贫苦的地方,观察猪和鸡的习性,在情况许可下,尽可能作密切仔细的观察;为此,他们曾有两次差一点被车轧了,结果让人给送回家中。说到我自己,在上个星期,我把精力都花在研究烤面包的手艺上;我的大儿子威尔金斯,则每天都拿了手杖出门,只要能获得粗鲁的牧人的允许,就白尽义务,帮他们赶牛——不过说来遗憾,由于人的天性使然,他也不常这样干,因为他总是受到警告,咒骂着不让他赶。"

"这一切确实好极了,"我姨婆鼓励说,"我想,米考伯太太一定也很忙吧?"

"我亲爱的特洛伍德小姐,"米考伯太太用她那有条不紊的神气说,"我不妨直说吧,现在我还没有积极从事和耕种及畜牧直接有关的各种活动,尽管我清楚地知道,在外乡彼岸,这两者都是要我专心关注的。眼下,我凡是能从家务中抽出一点时间,就给我娘家的人写长信,通消息。亲爱的科波菲尔先生,"米考伯太太对我说,不管她在开始时对什么人说话,最后总是要落到我身上(我想这也许是出于习惯吧),"因为我认为,应该把过去全都埋葬在遗忘中的时候,已经到了;我娘家的人应该跟米考伯先生握手言和,而米考伯先生也应该跟我娘家的人握手言和;狮子应该与羊羔同卧①,是我娘家的人跟米考伯先生言归于好的时候了。"

我说,我也认为这样。

"至少,亲爱的科波菲尔先生,"米考伯太太接着说,"这是我对这个问题的看法。当年我跟我爸爸、妈妈一起在家里时,每逢我们那个小圈子里讨论什么事情,爸爸总爱问:'我的艾玛对这件事有什么看法呀?'我知道,这是我爸爸对我过于偏爱;不过,在我娘家的人和米考伯先生的关系冷若冰霜这一点上,我当然还是有自己的看法的,尽管我的看法不一定对。"

"毫无疑问,你当然应该有自己的看法,米考伯太太。"我姨婆说。

"正是这样,"米考伯太太同意说,"当然,我的结论也许是错的,很可能是错的,不过我个人的印象是,我娘家的人和米考伯先生之间,所以会有这样一道鸿沟,追本溯源,也许是我娘家的人,担心米考伯先生要求他们在经济上作些通融。我不能不认为,"米考伯太太带着洞悉一切的神气说,"我娘家有些人,就是怕米考伯先生会要求借用他们的名字——我并不是说,我们的孩子施洗礼时要照用他们的名字,而是把他们的名字签在票据上,拿到

---

① 参见《圣经·旧约·以赛亚书》第十一章第六节。

金融市场上去流通。"

米考伯太太说出这一发现时,那种洞察事理的样子,好像以前从来没有人想到过这一点似的,这似乎使我姨婆颇感惊诧;她突然答道:"哦,米考伯太太,总的看来,我想你说对了。"

"米考伯先生就要摆脱多年来羁绊他的金钱桎梏了,"米考伯太太说,"即将在一个能使他施展才华的地方开始新的事业——据我看来,这一点极其重要,米考伯先生的才华特别需要空间——我觉得,我娘家的人应该出来,给这个机会增光添彩。我希望看到的是,由我娘家的人出钱举办一次宴会,让米考伯先生和我娘家人在宴会上会面;由我娘家的某个头面人物出来为米考伯先生祝酒,为他的健康和发达干杯,那米考伯先生就有机会发表自己的意见了。"

"我亲爱的,"米考伯先生带有一点火气说,"对我来说,最好是立即让我说清楚,如果是在那种聚会上让我发表自己的意见,他们可能会发现,我的意见全是抨击性的;我的印象是,你娘家的人,从整体看,全都是傲慢无礼的势利小人,从个别看,个个是彻头彻尾的残暴恶棍。"

"米考伯,"米考伯太太摇着头说,"不! 你始终不了解他们,他们也始终不了解你。"

米考伯先生咳嗽了一声。

"他们始终都不了解你,米考伯,"他太太说,"他们也许是没有能力了解你。要是真的这样,那是他们的不幸。我只能对他们的不幸表示怜悯。"

"我亲爱的艾玛,"米考伯先生说,口气有所缓和,"要是我的话说过了头,即使是稍微说过了头,我也感到万分抱歉。我想要说的只是,没有你娘家的人出来为我捧场——简而言之,是在临别时用他们的冷肩膀来推我一下——我照样可以去海外。总而言之,我宁愿凭我自己的力量离开英国,而不愿由他们那班人来加速推动。同时,我亲爱的,要是他们肯屈尊给你回信——根据我们俩共同的经验,显然那是最不可能的——那我决不会成为你的愿望的障碍的。"

这件事就这样和和气气地解决了,米考伯先生把胳臂伸给米考伯太太,朝特雷德尔面前桌子上那堆账册和文件看了看,说他们得先离开我们,接着便彬彬有礼地走了。

"我亲爱的科波菲尔，"他们走后，特雷德尔往椅背上一靠，颇动感情地看着我说，这使得他的眼睛都红了，头发也显出各种形状，"我打算麻烦你办点事，借口我也就不必找了，因为我知道你对这件事深感兴趣，同时这件事又可以把你的心思岔开。我亲爱的老朋友，我希望你没有精疲力竭吧？"

"我已经一切如常了，"我停了一会，回答说，"比起对别人来，我们更应该多替我的姨婆想想，你知道，她已经做了那么多了。"

"当然，当然，"特雷德尔回答说，"谁能忘记这一点啊！"

"不过事情还不仅如此，"我说，"在过去这两个星期里，她又有了新的麻烦：她每天都要出入伦敦。有好几次，她都是一大早就出去了，一直到晚上才回来。昨天晚上，特雷德尔，她出去后，差不多直到半夜才回家。你知道，她是非常体恤别人的。她一直没有告诉我，到底是出了什么不幸的事了。"

我姨婆面色苍白，脸上的皱纹深陷，坐在那儿一动不动，直到我把话说完；这时，几滴眼泪流下了她的双颊，她把自己的一只手放在我的手上。

"没什么，特洛；没什么，一切都过去了。你慢慢会知道的。现在，爱格妮斯，我亲爱的，让我们着手来办这些事吧！"

"我得替米考伯先生说句公道话，"特雷德尔开口说，"虽然他这个人为自己办事好像没做出什么成就，替别人办事，却是个最不知疲倦的人。我从没见过他这样的人。要是他一直都这样干的话，他现在实际上已经有两百来岁了。他继续不断拼命干活的那股热情，他日夜钻研文件和账册的那份疯狂冲劲，至于他写给我那么多的信，这儿就不说了；在这间屋子和威克菲尔先生的住处之间，他都用写信的方式进行联系，甚至他坐在我对面，只隔着一张桌子，有事也都写信，其实对我口头说一声更省事；他的这种种情况，都是很了不起的。"

"写信！"我姨婆叫了起来，"我相信，他就是在梦里，也忘不了写信呢！"

"还有狄克先生，"特雷德尔说，"也做了了不起的事！他看管乌利亚·希普时，那么尽职，我从来没有见过有人能超过他；这项工作完了后，他又全心全意地照顾起威克菲尔先生来。我们调查这件事时，他那么急着要出力帮忙，又是摘录，又是抄写，拿这个，搬那个，做了那么多实际有用的工作，这给了我们很大的鼓励。"

"狄克是个很了不起的人,"我姨婆喊着说,"我一直就是这么说的。特洛,这你知道。"

"我要高兴地告诉你,威克菲尔小姐,"特雷德尔接着说,语气既极其体贴又极其诚恳,"你不在的这段时间里,威克菲尔先生已经大大地见好了。摆脱了长期压在他身上的魔魇,消除掉生活中的恐惧忧虑,他几乎像换了一个人了。有时,就连他那受了损害的对事情要点的记忆力和注意力,现在也都大大地恢复了;因此他能帮着我们把一些事情弄清楚了;要是没有他的帮助,即使并不是毫无希望弄清,但一定会遇到很大的困难。不过,我所要做的只是尽可能简要地说一说结果,有关我看到的一切有希望的情况,就不细说了,要不我就要说个没完没了啦。"

他那轻松自如的态度和令人喜爱的真诚,都表明他说这些话的目的,都是为了使我们高兴,让爱格妮斯听到,别人在提到她父亲时,都有较大的信心;但是并不因此而让人感到美中不足。

"好了,现在让我们来看一看吧,"特雷德尔看着桌子上的文件账册说,"我们把款项都结算过了,把一大堆最初无意造成的混乱情况,以及后来有意造成的混乱和弄虚作假的情况,都作了清理,我们认为,威克菲尔先生现在可以结束他的律师事务和信托代理,没有任何负债或亏空。"

"哦,谢天谢地!"爱格妮斯激动地叫了起来。

"不过,"特雷德尔说,"余下可供威克菲尔先生生活之需的款项——我说这话,甚至是假定把房子卖掉——为数已经不多,多半不超过几百镑。也许,威克菲尔小姐,最好还是考虑一下,是否可以保留他多年来承担的财产代理业务。你知道,朋友们可以帮他出出主意;现在他已经无牵无挂了。有你,威克菲尔小姐——科波菲尔——还有我——"

"这事我已经考虑过了,特洛伍德,"爱格妮斯看着我说,"我觉得不应该保留,断乎不能保留,即便是我非常感激、欠情很多的朋友来劝我,我也认为不应该保留。"

"我不是说我这是劝告,"特雷德尔说,"我只是觉得我应该把这事提一下。没有别的意思。"

"听你这么一说,我很高兴,"爱格妮斯从容地回答说,"因为你这句话,使我有了希望,几乎可以说是使我有了把握,我们两人的想法是一致的。亲爱的特雷德尔先生,亲爱的特洛伍德,只要爸爸一旦能体面地摆脱出来,无牵无挂,我还有什么可要求的呢!我一直指望,要是我能把爸爸从缠住他的罗网中解救出来,我就要用自己一点小小的孝心,来回报我欠他的恩情,把我的一生都奉献给他。这是我多年来最大的愿望。由我把我们未来的生活担负起来,是我的第二大幸福——仅次于从所有信托业务和所负责任中解脱出来——这就是我所知道的。"

"你可曾想过怎么担负呢,爱格妮斯?"

"想过不止一次了!亲爱的特洛伍德,我并不担心,我有成功的把握。这儿有这么多人认识我,都待我这么好,因此我很有把握。你别对我没有信心。我们父女俩所需要的并不多。要是我把这座可爱的老屋租出去,再办一所学校,那我就成了既有用又快乐的人了。"

她那愉快的声音中所表现出的安详热情,首先唤起我对这座可爱老屋的清晰回忆,接着又使我想起我那冷冷清清的家,因而我的心里充满要说的话。特雷德尔有一会儿假装忙着在文件堆里找东西。

"现在,特洛伍德小姐,"特雷德尔说,"该谈谈你的财产了。"

"好吧,特雷德尔先生,"我姨婆叹了一口气说,"关于我的财产,我要说的只是,要是那笔财产已经没了,我也受得了;要是它还在,能取回来我很高兴。"

"我想,它原本是八千镑,全是统一公债①,是吧?"特雷德尔说。

"正是!"我姨婆回答。

"可是我算来算去,还是不超过五这个数字。"特雷德尔带着困惑不解的神气说。

"你的意思是说,不超过五千镑?"我姨婆异常镇静地问道,"还是五镑?"

"五千镑。"特雷德尔回答。

"就这么些了,"我姨婆说,"我已经卖掉了三千镑。其中一千镑,我用来付你学法律的学徒费,特洛,我亲爱的;另外的两千镑,我留在了身边;我那五千镑弄没了的时候,我想这两千镑还是不说为好,悄悄留着,以防万一。

---

① 英国政府发行的一种公债。

我想要看看,你应付艰难困苦的能力到底怎么样,特洛。结果你应付得非常出色——艰苦卓绝,自力更生,克己为人!狄克也是这样。先别跟我说话,因为我觉得我的心神有点纷乱!"

看到她笔挺地坐在那儿,两臂合抱,没有人想到她会心神纷乱;不过她的自制能力是惊人的。

"那样的话,我可以高兴地说,"特雷德尔兴高采烈地喊着说,"我们把全部款子都收回来了!"

"别给我道喜,不管是谁!"我姨婆喊着说,"是怎么收回来的,特雷德尔先生?"

"你原来以为,这笔钱都让威克菲尔先生给滥用了,是不是?"特雷德尔说。

"我当然这样想,"我姨婆说,"所以我就一声不吭了。爱格妮斯,一个字都别说!"

"这笔公债确实给卖掉了,"特雷德尔说,"是凭你给的委托代理权卖的。不过,是谁卖的,实际上是谁签的字,我就不必说了。卖掉之后,那个混蛋对威克菲尔先生撒谎说——而且还用数字证明——这笔钱他拿到手后(他居然说,他这是根据威克菲尔先生的指示),用来填补别的亏空和欠款了,免得事情露馅。威克菲尔先生,由于在他的掌握之中,变得软弱无力,毫无办法,他明明知道,这笔本钱已经没有了,可后来还假装着本钱还在,给你付了几次利息,这样一来,他就不幸使自己成了这一骗局的同谋者了。"

"而且最后把罪责都揽到了自己身上,"我姨婆补充说,"给我写了一封信,像发疯似的,指控自己犯了抢劫罪,以及一大堆听都没听到过的罪名。接到这封信后,一天早上,一大早我就去见他,向他要来一支蜡烛,当场把这封信给烧了,同时对他说,要是有一天,他能为我和他自己把钱弄回来,那就弄回来;要是弄不回来,为了他女儿,就严加保密,对谁也别说起——不管是谁,要是现在要跟我说话,我就离开这屋子!"

我们都默不作声,爱格妮斯则用双手捂住自己的脸。

"那么,我亲爱的朋友,"我姨婆停顿了一会,然后说,"你真的逼得他把钱吐出来了?"

"嗨,实际的情况是,"特雷德尔回答说,"米考伯先生把他包围得严严实实了，准备了许多新的办法，要是旧办法不起作用，就用新办法治他，使他没法逃出我们的手掌。一个最让人感到意外，连我也完全没有想到的情况是，他侵吞这笔钱，与其说是为了满足他的贪欲（他的确贪得无厌），还不如说是由于他对科波菲尔的仇恨。他曾直截了当地对我这样说过。他说，他甚至愿意花掉这么多钱，来打击科波菲尔；或者伤害他。"

"哼！"我姨婆沉思地皱起眉头，朝爱格妮斯看了一眼，说道，"他现在怎么样了？"

"我不知道。"特雷德尔说，"他跟他妈一起离开这儿了。在整个这段时间，他妈一个劲儿叫叫嚷嚷的，又是哀求，又是自揭疮疤的。他们是搭去伦敦的夜班公共马车走的，以后的情况我就不知道了；除此之外，还有一点，就是他对我的仇恨，在临走时肆无忌惮地表示了。看来他恨我的劲儿，似乎不亚于恨科波菲尔先生；就像我对他说的那样，我认为这实在是对我的一种恭维。"

"你估计他还有钱吗，特雷德尔？"我问道。

"啊，有钱，我认为他还有钱，"他郑重地摇着头说，"我得说，他一定用各种手段捞了不少钱。不过我想，科波菲尔，要是你有机会观察一番他的经历，你会发现，这家伙即便有了钱，也决不会不作恶的。他就是这样一个虚伪的化身。不管做什么事，他走的一定是邪门歪道。这是他表面上以卑躬屈膝来克制自己的唯一补偿。由于他总是在地上爬着去追求这样或那样的小目标，他始终把沿途碰到的每一件东西都加以放大，结果是，凡是见到在他和目标之间的任何人，即便是最天真无邪的，他都要仇恨，都要怀疑。因此邪门歪道越来越邪歪，不论是什么时候，为了一丁点儿的原因，或者什么原因也没有，全是这个样。只需想一想他在这儿的历史，"特雷德尔说，"这就知道了。"

"他是个卑鄙无耻的恶魔！"我姨婆说。

"关于这一点，我真的不明白，"特雷德尔若有所思地说，"很多人，要是存心想要卑鄙的话，就会变得非常卑鄙。"

"好了，我们还是来谈谈米考伯先生吧。"我姨婆说。

"哦，真的，"特雷德尔高兴地说，"我还要再大夸特夸米考伯先生一番。要不是他在这么长的时间里耐心勤奋、坚持不懈地苦干，我们永远也别想做出什么值得一提的事情来。我觉得，当我们想到米考伯先生可以用他的沉默和乌利亚·希普作出什么妥协时，我们应该考虑到他是在为正义而主持正义。"

"我也这样想。"我说。

"那么，你说该怎么酬谢他呢？"我姨婆问道。

"哦！在你提到这事以前，"特雷德尔略带不安地说，"我就想到，我们用非法的措施——这次的措施从头到尾完全是非法的——来解决这个难题时，恐怕有两点应该排除在外（不可能事事都照顾到）。米考伯先生向乌利亚预支了不少工资，他给乌利亚立了好些借据什么的——"

"哦！这些钱是必须归还的。"我姨婆说。

"是啊，可是我不知道什么时候会根据这些借据起诉，也不知道这些借据现在在哪儿，"特雷德尔睁大眼睛回答说，"我预料，从现在到他出发去海外这段时间内，米考伯先生会不断遭到拘押，或者是强制执行。"

"那样的话，他会不断得到释放、解除强制执行。"我姨婆说，"一共多少钱？"

"嗨，米考伯先生把这些交易——他把这叫作交易——都郑重其事地记在一个本子上了，"特雷德尔微笑着回答说，"他加在一起的总数是一百零三镑五先令。"

"那么，包括这笔欠款在内，我们该给他多少？"我姨婆说，"爱格妮斯，我亲爱的，我们之间怎么分担，以后再说。现在先说说，我们该给他多少？五百镑怎么样？"

一听这话，特雷德尔和我都立刻插嘴了。我们两人都主张给他一小笔现金，欠乌利亚的钱，待他每次来讨时，都代他还清，但事先不必跟米考伯先生讲定。我们建议，除了负担米考伯先生一家的旅费和装备的费用外，再给他一百镑现金。米考伯先生归还这些垫款的办法，应认真订立契约，这样可使他有一种责任感，也许对他有好处。对此我又做了补充建议，由我把米考伯先生的为人和历史，对佩格蒂先生加以说明，我知道佩格蒂先生是个靠得住的人；我们另外再悄悄交给他一百镑，由他根据情况借给米考伯先生。我进一步建议，由我酌情把佩格蒂先生的经历中我觉得应该说的，或认为可以说的，告诉米考伯先生，好引起他对佩格蒂先生的关心；尽量使他们为共同的利益互相关心,互相照顾。大家都热烈地赞同我的这些意见;我可以立即在这儿提一下,过不多久,这两位主要的当事人,都真心诚意、和睦融洽地做到了这一点。

看到特雷德尔焦急不安地朝我姨婆看了一眼,我就问他,他刚才说的第二点,也就是最后一点是什么。

"科波菲尔,要是我提到一个令人痛苦的问题,我得请你跟你姨婆原谅,我很怕提到这个问题,"特雷德尔犹疑地说,"不过我认为,这件事提醒你们一下,很有必要。米考伯先生令人难忘地进行揭发的那天,乌利亚·希普曾威吓你姨婆,他暗示的是有关你姨婆的——丈夫。"

我姨婆依然保持着笔挺的姿态坐着,显得很镇定,她点了点头,表示记得。

"也许,"特雷德尔说,"这只是无的放矢的胡扯吧?"

"不。"我姨婆回答说。

"这么说——请原谅——真有这么一个人,而且完全受乌利亚的操纵?"特雷德尔吞吞吐吐地说。

"没错,我的好朋友。"我姨婆说。

特雷德尔明显地拉长着脸解释说,他没能处理好这一问题。这跟米考伯先生的借款一样,没有包括在他所提出的条件之内;现在我们已经不再有任何权力来对付乌利亚·希普了;要是他能伤害或扰乱我们或我们当中的任何一个人,毫无疑问,他一定会那么干的。

我姨婆始终没有作声,直到又有几颗泪珠流到她的脸颊上。

"你说得很对,"她说,"你提到这件事,想得很周到。"

"我——或者科波菲尔——能帮忙做点什么吗?"特雷德尔柔声地问道。

"用不着,"我姨婆说,"我得再三对你感谢。特洛,我亲爱的,这种恫吓落空了!我们还是把米考伯先生和米考伯太太请回来吧。你们都别再对我说什么了!"说着她抚平衣服,坐得笔挺,眼睛看着门口。

"哦,米考伯先生,米考伯太太!"他们进来时,我姨婆说,"我们正在讨论你们移居海外的事,非常对不起,让你们在外面等了这么长时间;现在我把我们打算怎么安排,告诉你们吧。"

她一一说了我们的安排,他们全家人——孩子们和所有在场的人——都感到十分满意,把米考伯先生那种签订任何票据时开始阶段的守时习惯,也大大地激发起来了,他立即兴高采烈地跑出去买贴在期票上的印花,怎么劝也劝他不住。可是他的欢乐受到了突然的打击;因为还不到五分钟,他就被一个法警押回来了,泪如雨下地告诉我们说,一切都完了。对此我们早有准备,这当然是乌利亚·希普在控告他,于是我们马上付了钱;又过了不到五分钟,米考伯先生就坐在桌子旁,十分高兴地在贴在期票的印花上填写起来,只有干这种愉快的活儿,或者调制潘趣酒,才能使他那份得意之色,在那张发光的脸上完全显露出来。看他带着艺术家的情趣,像画画似的在那些印花上描着,横过来竖过去地看了又看,还在自己的记事本上记下日期、金额这些重要事项;填写完后,又仔细查看了一番,深深感觉到这些印花的宝贵价值;他这种种表现,真是一番难得看到的美景。

"哦,米考伯先生,要是你允许我劝告你一句的话,"我姨婆默默地观察了他一会之后说,"你最好从此以后,发誓不再干这种活儿了。"

"特洛伍德小姐,"米考伯先生回答说,"我的意图就是要把这样一个誓言,在未来的白纸一张的新篇章上记下来。米考伯太太可以为此做证。我相信,"米考伯先生庄重地说,"我儿子威尔金斯会永远记住,他宁愿把手放进火里,也比用它去摆弄这些在他父亲命脉里放了毒的毒蛇好得多!"米考伯先生深受感动,立即成了失望的化身,用阴郁恐怖的眼神注视着这些"毒蛇"(他刚才对它们那爱慕之情,并没有完全消退),然后把它们折了起来,放进自己的口袋。

那天晚上的活动就这样结束了。我们都已让烦愁和劳累弄得精疲力竭,于是姨婆和我决定第二天回伦敦。根据安排,米考伯一家把家具什物交经纪人卖出后,也随我们去伦敦。威克菲尔先生的事务,以适当的速度,由特雷德尔主持清理。清理期间,爱格妮斯也去伦敦。那天我们都在那座老屋里过的夜;驱除了希普母子,这座老屋仿佛清除了一场瘟疫。我躺在我那个老房间中,就像是一个遭遇沉舟之难的浪子返回到家园。

第二天,我们回到伦敦我姨婆家——我没有回自己家;当我们像往常那样,在睡觉以前,单独坐在一块儿时,她说道:

"特洛,你真想知道我最近心里有什么事吗?"

"我真想知道,姨婆。如果说有什么时候,由于我没能为你分担你的悲伤和忧愁而感到不安,那就是现在了。"

"孩子,"我姨婆慈爱地说,"即使不加上我这点小小的痛苦,你自己已经够伤心的了。我所以瞒着不把事情告诉你,就是出于这个动机,特洛。"

"这我知道得很清楚,"我说,"不过现在你还是告诉我吧。"

"明天早上你能跟我一起乘车出去一趟吗?"我姨婆问道。

"当然能。"

"九点钟,"她说道,"到那时我会告诉你,我亲爱的。"

于是,第二天早上九点钟,我们就坐了一辆轻便马车前往伦敦。我们穿过街市,走了很长一段路,最后来到一所大医院。在医院大楼的近旁,停着一辆素净的枢车。枢车的车夫认出我姨婆,他遵照我姨婆在窗口打的手势,缓缓地赶动了枢车,我们的车就跟在后面。

"现在你明白了吧,特洛,"我姨婆说,"他走了!"

"是在医院里去世的吗?"

"是的。"

她一动不动地坐在我旁边;不过我又看到她脸颊上流下了几滴眼泪。

"他先前在那儿住过一次,"我姨婆接着说,"他已经病了很久了——这么多年来,一直是个支离破碎的人。这次最后发病,他知道自己不久人世了,就要求他们打发人来叫我。这时候,他表示很悔恨,非常悔恨。"

"你去了,这我知道,姨婆。"

"我去了。后来我跟他在一块儿待了好些时间。"

"他是在我们去坎特伯雷前的那个晚上去世的吧?"我问道。

我姨婆点了点头。"现在谁也伤害不到他了,"她说,"恫吓落空了!"

我们乘车出了城,来到霍恩西①的教堂墓地。"这儿总比在街上好,"我姨婆说,"他是在这儿出生的。"

我们下了车,跟在那口普普通通的棺木后面,来到一个我记得很清楚的角落,下葬仪式就在这儿举行。

"三十六年前,也就是今天这个日子,我亲爱的,"当我们朝轻便马车走

———————

① 伦敦北郊一村镇。

回去时,我姨婆说,"我们结了婚,愿上帝饶恕我们大家吧!"

我们默不作声上车落了座;她就这样握着我的手,在我身旁坐了好久。后来她突然哭了起来,说:

"我跟他结婚时,他的样子还是挺英俊的,特洛——可后来可悲地变了样了!"

她并没有哭多久。她这么一哭,心情舒畅多了,很快便又镇静下来,甚至有些高兴起来。她说,她神经有点衰弱了,要不她不会忍不住哭起来的。愿上帝饶恕我们大家吧!

于是,我们就这样乘车回到她海盖特的小房子里。我们看到了下面这封短信,这是米考伯先生通过早班邮车送来的:

> 星期五,于坎特伯雷
>
> 亲爱的特洛伍德小姐及科波菲尔:
>
> 最近天边隐约显现之乐土佳境,如今又被难以穿透之浓雾所笼罩,永远在一个厄运注定的可怜流浪者眼前消失矣!
>
> 希普控米考伯另一案之拘票已发出(以威斯敏斯特王家高等法院名义所发),而此案之被告,已被该辖区具有司法管辖权之行政司法长官所拘押矣。
>
> 时刻已到,决战在今朝,
>
> 前线的军情吃紧了,
>
> 骄横的爱德华大军已到——
>
> 带来了镣铐和奴役![1]
>
> 此即吾委身之所,并将委命于迅即到来之结局(因精神痛苦超过一定限度,必将不堪忍受,吾自觉已达此限度矣)。呜呼!如后来之旅人,出于好奇及同情(但愿如此),访问本城负债人囚禁之所,当细察其墙壁时,也许会沉思默想(吾相信必定会)这用锈钉刻画于墙上模糊不

---

① 引自苏格兰诗人彭斯(1759—1796)的《布鲁斯在班诺克伯恩对部队的演说》一诗。布鲁斯(1274—1329),即苏格兰国王罗伯特一世,于1314年在班诺克伯恩击败英王爱德华二世所率领英格兰军使苏格兰获得独立。

清之姓名缩写:

　　威·米

　　附言:吾重启此函,特此奉告:吾等共同之好友托马斯·特雷德尔先生(他尚未离开我等,气色极佳),已以特洛伍德小姐崇高之名义,付清此案之欠款及讼费。吾与全家,又处于尘世福祉之巅矣。

第五十五章

暴　风　雨

我现在就要写到我平生的一件大事了；这件事是那么令人难忘，那么惊心动魄，跟本书前面所说的一切，那么密切相关，紧紧联系；因此，打从我叙述开始起，我就见它像平原上的一座高塔，随着叙述的进展，显得愈来愈大，甚至在我童年时的许多事情上，都投入了它预兆的阴影。

这件事发生过后好多年，我还常常梦见它。我被它惊醒后，它的情景是那么清晰地出现在我的眼前，仿佛在这万籁俱寂的夜晚，暴风雨掀起的怒涛恶浪，仍在我悄无声息的卧室里猖狂肆虐。直到现在，有时我还会梦见它，虽然间隔的时间变长，而且也不确定。但只要一遇到暴风，或者稍微提到一下海岸，我就会联想到它，跟我心里感到的任何暴风雨一般强烈。现在，我要像亲眼见到它发生时那样，把它清楚地写下来。我不是凭回忆，而是亲眼目睹，因为它又在我眼前发生了。

移居海外的人搭乘的船的行期，很快临近了，我那位慈祥的老保姆已来到伦敦（我们乍一见面时，她为我难过得几乎心都要碎了），我经常跟她，跟她哥哥，还有米考伯一家（他们大部分时间都在一起）在一块儿，可是我始终没见到艾米莉。

一天晚上，动身的日期已在眼前，我独自跟佩格蒂以及她哥哥在一起。我们谈到了汉姆。佩格蒂对我们说，汉姆送别她时是多么亲切，他的态度又多么坚强沉静，尤其是近来，她认为这是他最为痛苦的时候。这个好心肠的人，谈起这个话题来，从来是百提不厌；她因为常跟他在一起，所以说起他一桩桩的事情来，总是津津有味；我们听的人的兴趣，也跟她说的人一样，总是百听不厌。

当时,我姨婆和我已从海盖特那两座小房子中搬出;因为我打算出国,我姨婆则准备回到她多佛的老家。我们在科文特加登找到了一处临时的寓所。这天晚上谈话之后,我步行回寓所时,一路上,把上次在亚茅斯我跟汉姆两人之间的谈话琢磨了一番。我原来有个打算,准备在去船上跟艾米莉的舅舅告别时,给艾米莉留一封信的。可是现在我对这一打算犹豫了,觉得最好还是现在就写信给她。我心里想,她收到我的信后,或许会愿意通过我,捎几句话给她那个不幸的恋人。我应该给她这样一个机会。

因此,我在上床之前,就在房间里坐下来给她写了一封信。我告诉她,我曾见过汉姆,他要求我把他的话转告给她(这些话我已在本书别的地方写过了)。信中我只是原原本本地转达了他的话。这些话即便我有权添枝加叶,也没有这种必要。汉姆的话真挚、宽容,根本用不着我或任何人来加以粉饰。我把信放在外面,以便第二天一早就可以送出去。另外还给佩格蒂先生附了一句话,请他把信转交给艾米莉。到我上床睡觉时,天已破晓。

那天,我的身体实际上比我感觉到的还要弱,一直到太阳升起我才睡着,第二天已经很晚了还躺在床上,精神没能恢复过来。我姨婆悄悄地来到我床前,我才惊醒过来。我在睡梦中就感到她在身旁,我相信,我们大家都曾有过这种感觉。

"特洛,我亲爱的,"我睁开眼睛时,我姨婆说,"我正拿不定主意要不要叫醒你呢。佩格蒂先生来了,要请他上来吗?"

我回答说,请他上来,于是他很快就露面了。

"大卫少爷,"我们握过手后,他说,"我把你的信给了艾米莉了,先生,她写了这封信,求我先请你看看,要是你认为没有什么妨害,就劳驾你代为转交一下。"

"你看过了吗?"我问道。

他伤心地点点头。我打开信,照读如下:

> 你的口信已经传到。哦,为了感谢你对我的那份好意和超凡的仁慈,我能写些什么呢!
>
> 我已把你的话牢记在心里,把它们保留到我死的那一天。你的话

是尖利的芒刺,但也是非常的安慰。我已经为这些话祈祷过了,哦,我为这已经祈祷了不知多少回了。

当我知道了你的为人,舅舅的为人之后,我也就能想象出上帝一定是什么样子了,也就可以向他呼求了。

永别了。哦,我亲爱的,我的朋友,今生今世永别了。等到来生来世,要是我能得到宽恕,也许会转生为一个孩子,再来到你的跟前。对你感激不尽,为你祝福不尽。

别了,永别了。

这就是那封信,满纸泪痕斑斑。

"我可不可以告诉她,说你看了后认为没有什么妨害,你肯费心转交了,大卫少爷?"我读完信后,佩格蒂先生说。

"没有问题,"我说——"不过我想——"

"你想什么,大卫少爷?"

"我在想,"我说,"我最好还是再去一趟亚茅斯。在开船之前,我去一趟那儿再回来,时间足够,而且绰绰有余,我心里老想着他,想到他那么孤单。这时候能把她的亲笔信交到他手里,而且在跟艾米莉告别时,你也能告诉她,说他已经收到她的信了,这对他们两个人都是好事。我郑重地接受了他的托付,对这样一个亲爱的好人,为他的事,办得再周到也不嫌过分。去一趟亚茅斯,对我来说算不了什么。我的心一直定不下来,活动活动反而好,我决定今天晚上就去亚茅斯。"

佩格蒂先生虽然竭力设法劝阻我,但我看出,他跟我的想法是一样的。如果说我的这种打算要求别人加以肯定的话,那他的这种态度就起到了这种作用。他应我的请求,去马车售票处,为我订了一个邮车上的驭者座。傍晚,我乘上那班车出发了,重又踏上了我在多次沉浮中走过的路。

"你不觉得,"在伦敦郊外的第一站上,我问马车夫说,"今天的天色非常特别吗? 我不记得我曾见过像这样的天色了。"

"我也没有——没有见过这样的天色,"他回答说,"起风了,先生。我看,海上很快就要出事了。"

天空一片昏暗混乱——这儿、那儿到处都被抹上湿柴冒出似的烟色——疾驰的飞云翻腾成奇形怪状的云团，那云层的厚度，令人想到，超过了从云层下面直到地上最深的洞坑底部的深度。发了疯似的月亮，在云团中横冲直撞，仿佛由于自然规律受到了可怕的干扰，已慌得迷了路，吓得破了胆。那天一整天都有风，这会儿风力增加了，呼啸声异乎寻常。一小时后，风越刮越大，天愈来愈暗，风刮得更猛了。

夜色渐深，乌云密合，黑压压地布满整个天空，这时四周漆黑一团，风刮得愈来愈猛。风势仍在不断加强，到后来我们的马几乎都不能迎风前进了。在夜色最黑暗时（当时已经九月下旬，夜已经不短了），拉套的领头马有好几次都转过身来，或站立不动。一路上我们都一直担心，唯恐马车让风给吹翻了。在这场暴风雨之前，一阵阵的疾雨，就像飞刀利剑般横扫过来了；当时，每逢遇到有大树或墙垣遮挡，我们真想停下来，因为实在没法继续向前挣扎了。

破晓时分，风势更猛了。以前在亚茅斯时，曾听航海的人说过，说暴风如大炮，可我从来不曾见过像今天这样，或者近乎今天这样的暴风。我们到达伊普斯威奇时——已经晚了很多时间了，因为我们出伦敦十英里后，每前进一步，都得奋斗一番。我们发现市场上聚着一群人，原来他们是害怕烟囱刮倒，所以半夜就从床上起来了。我们换马的时候，有几个聚在旅店院子里的人告诉我们说，大张大张的铅皮都从教堂塔楼的顶上给揭下来了，掉落在一条巷子里，把巷子都堵住了。另外还有几个人告诉我们说，附近村子里来的几个乡下人，亲眼看到许多大树被连根拔起，倒在地上，整座整座的草垛被刮散，散落在路上和田里。暴风雨不但依然未见减弱，而且刮得更猛了。

我们奋力向前，由于愈来愈接近大海，从海上往岸上刮来的暴风，风势越来越可怕。早在我们看到大海以前，海水的飞沫就已刮到我们的唇边，咸雨也已淋到我们的身上。海水漫出，淹没了和亚茅斯毗邻的许多英里的低平地带，坑坑洼洼中的水都在往自己的堤岸冲击，那小小的浪头，也都用尽自己的全力，朝我们猛打过来。当我们来到看得见大海的地方时，只见地平线上时时有阵阵巨浪从滚滚翻腾的低谷跃起，就像另一处有着塔楼和房屋的海岸在闪现。我们终于来到了镇上，人们都斜着身子，头发飘动着，跑到门口看我们，他们感到非常惊讶，经过这样的夜晚，居然还有邮车到来。

我在以前住过的那家客栈安顿下来后，就到外面察看海上的情况。我沿着大街蹒跚地走着,街上全是沙子、海草和飞溅的海浪泡沫,一路上生怕房上的石板和砖瓦会掉下来,在风势凶猛的拐角处,遇见人时就一把抓住他。待我走近海滩时,发现在这儿的不仅是渔民船夫,而且还有镇上的半数居民;他们都躲在房舍墙垣的后面,有些人不时冒着狂风暴雨,往远处的海上张望,而当他们走着 Z 字形回来时,老让风刮得离开了要走的路线。

我也混进了这些人群,发现有些女人在伤心地痛哭,因为她们的丈夫乘坐捕鲱鱼或采牡蛎的船出海了。这些船在逃到某个安全地点以前,就已沉没的可能,实在太大了。人堆中有几个白发苍苍的老水手,望望大海又望望天,直摇头,互相咕哝着;船主们个个都紧张不安;孩子们都挤作一团,看着大人们的脸色;就连那些勇敢沉着的水手,也都担心焦急,忧心忡忡,在掩护物后面,用望远镜对准海上看,就像是在观察敌人似的。

当我在暴风迷眼、飞沙走石、喧声吓人的骚乱中,定下神来朝大海望去时,大海本身那惊心动魄的可怕景象,把我吓得惊慌失措了。高耸的水壁滚滚而来,在升腾到最高点时,跌落下来成为飞溅的浪花,看上去那水壁最小的,也能把全镇吞没。向后倒退的波涛,声如闷雷地往外扫去,好像要在沙滩上挖出一个深坑,仿佛它们的目的就是要掏空这个地球。一些白顶的巨浪轰然而来,还没到达岸边便已碎裂,每一碎片似乎都带着未碎前的全部狂怒威力,冲过去聚合成另一个怪物。起伏的高山变成了低谷,滚滚的低谷(不时有一只孤零零的海燕从中掠过)掀成了高山;狂涛巨浪发出隆隆声震撼着海滩;每一个狂暴地汹涌而来的浪头,都自成形状,可是刚一成形,立即又改变了自己的形状和位置,同时冲破了另一浪头的形状,并把它的位置占据;地平线上那想象中的海岸,连同它的塔楼和房舍,时起时落;乌云迅速地、愈来愈浓地垂压下来。我仿佛看到,整个自然界都在分崩离析,胡乱翻腾。

由于在这场难忘的暴风——那儿的人到现在还记得,认为这是在那儿刮过的一场最大的暴风——招拢来的人群中,找不到汉姆,我就朝他的房屋走去。屋门紧闭着,敲门也没人答应,于是我便沿着背阴的小路和偏僻的胡同,来到他干活的船厂。厂里人说,他到洛斯托夫特①去了,因为那儿有些

---

① 出海口,在亚茅斯以南十英里处。

船急需修理,得需他那样的技术才能胜任;不过明天早上就能按时回来。

我回到客栈,梳洗后换上衣服,想睡一觉,但一直睡不着,这时已经是下午五点了。我在咖啡室的壁炉旁坐了还不到五分钟,茶房就以通火为名过来跟我聊天了。他告诉我说,有两条运煤船,连同船上所有的人,在几英里之外的海上沉没了。还有一些别的船,正在停泊场所饱受折腾,千方百计避免冲往岸边,情况非常危急。他说,要是像昨天晚上那样再来一个晚上,那我们只得求上帝保佑那些船,保佑所有那些可怜的水手了!

我的精神非常沮丧,内心十分孤寂,汉姆不在,我感到极度不安,其程度远远超出当时的情势。近来发生的一些事件,不知给了我多少严重的影响;加上长时间经受暴风吹刮,我被弄得头昏脑涨。我的思想和记忆都已成了一堆乱麻,连时间的先后和距离的远近都分不清了。因此,要是我去镇上,遇到一个我知道此时必定在伦敦的人,我想,我也决不会感到吃惊。可以说,在这些方面,我的头脑中有一种奇怪的漫不经心之感。但是它却又很忙,很自然地使我想起这儿的所有往事,而且还格外鲜明,格外生动。

在这种心情下,茶房说的那些有关船的悲惨的消息,毫不经意地立即就使我把它跟我对汉姆的担心联系起来了,我心里想的是,我怕他从洛斯托夫特走海路回来,在途中失事遭难。我心中的忧虑愈来愈大,于是决定在吃晚饭之前,再去船厂一次,问问造船工人,他们是否认为汉姆有从海路回来的可能;要是他们认为有一点可能,那我就去一趟洛斯托夫特,亲自把他带回来,不让他走海路。

我匆匆订好晚饭,就赶往船厂。我来得正是时候,因为有个造船工人正提着灯在给厂院的大门上锁。我问了他这个问题后,他大笑了起来,说用不着害怕;不管是头脑清楚的人,还是头脑糊涂的人,都不会在这样的暴风天气开船出海的,像汉姆·佩格蒂那样生来就是航海的人,更不会了。

我事先也料到这一点,但还是身不由己地去问了,我自己也感到不好意思。于是我又回到客栈。如果说这样的风势还能增强的话,那我相信,它一定正在增强。这时暴风怒吼呼啸,门窗吱嘎作响,烟囱呼啸号叫,我所栖身的这座房子明显在摇晃,海上巨涛壁立,响声震天,这一切都比上午更加可怕了。除此之外,这时天色已漆黑一团,更给暴风雨增添了新的恐怖,真实的和想象的恐怖。

我吃不下饭,坐立不安,任何事都定不下心来继续去做。我内心有着什么东西,隐约地和外界的暴风雨相呼应,把我的记忆深处一一揭开,搅得一团混乱。可是,尽管我的思想千头万绪,跟轰鸣的大海同样癫狂,可是暴风雨和我对汉姆的担心,在我的心头始终都站在最前头。

我的这顿晚饭,几乎没沾嘴就撤去了。我喝了一两杯酒,想借此提提神,结果也是徒然。我坐在壁炉前,陷入昏昏欲睡的状态之中,然而并未失去知觉,不仅能觉出室外的喧声,也知道自己身在何处。但是,这两种感觉都让一种新的、难以名状的恐怖给掩盖了;当我醒来时——或者不如说,当我摆脱掉那把我捆绑在椅子上的昏昏欲睡的状态时——我的整个身子,都因一种无缘无故、莫名其妙的恐惧而感到毛骨悚然。

我来回踱着步,还曾想翻看一本旧的地名词典,我倾听着各种可怕的声音,看着火炉中出现的面孔、景物和形象。到了最后,墙上那座泰然自若的挂钟沉着的嘀嗒声,终于折磨得我难以忍受,于是我便决定上床睡觉了。

在这样的夜晚,听说客栈里有几个伙计肯守夜到天亮,这是件令人安心壮胆的事。我疲倦极了,昏昏欲睡,于是便上了床;可是我刚一躺下,所有这些倦意睡思,就像着了魔似的,全都去得无影无踪了。我变得十分清醒,全部感官都灵敏异常。

我在床上躺了好几个小时,倾听着风声和涛声;时而仿佛听到海上有人尖声呼叫,时而清楚听到放信号枪的声音,时而又仿佛听到镇上房屋的倒塌声。我起来了好几次,朝屋外张望,可是什么也看不见,窗玻璃上只映出我点的一支暗淡的蜡烛,还有从漆黑一片的空间往里望着我的我自己那张憔悴的面孔。

最后,我的焦躁不安终于达到了顶点,于是我匆匆地穿好衣服,走下楼来。在大厨房里,我隐约地看见从梁上挂下来的一块块咸肉和一串串洋葱。守夜的人姿势各异,聚坐在一张桌子周围,他们特意把这张桌子搬离大烟囱,把它放在靠近门口的地方。一个漂亮的侍女,用围裙捂着耳朵,眼睛盯着门口,当我进来时,她尖叫了起来,以为我是个鬼呢;不过别的人都比她沉着镇静,为增加一个新伙伴而感到高兴。有个男伙计提起了他们刚才谈论的话题,问我说,运煤船上那些淹死水手的灵魂,我是否认为会在暴风雨中出现。

我在那儿约摸待了两个小时。有一次,我打开客栈院子的大门,朝外面空荡荡的街道看了看。沙砾、海草、泡沫,横扫而入;我不得不叫人帮忙,才把门重新关上,顶着狂风把门关紧。

我终于又回到我那冷冷清清的房间,这儿一片阴沉黑暗。不过这时我太疲倦了,于是又上了床,接着便坠入——如同从高塔上坠下悬崖——深沉的梦乡。我有一个印象,有很长一段时间,虽然梦见我身在别的地方,见过不同景象,但是暴风却一直在我的梦中狂啸。最后,我对现实的那点薄弱的控制力,终于完全消失了,我梦见,在隆隆的炮声中,我和两个好友正在围攻一座城镇,不过那两人是谁,我可说不上来。

隆隆的炮声如此响亮,而且不绝于耳,因而我很想听到的东西,怎么也听不到了,直到我大力挣扎,醒了过来。天色已经大亮——八九点钟了;现在,代替隆隆炮声的,已是暴风雨的怒吼了。有人在敲我的门,边敲边叫。

"什么事?"我大声问道。

"有条船出事了,就在附近!"

我从床上一跃而起,问:"什么船出事了?"

"一条纵帆船,从西班牙或葡萄牙来的,船上装的是水果和酒。你要是想去看看,先生,那就赶快!海滩上的人都认为,它随时都会给打得粉碎的。"

这紧张的声音沿着楼梯叫喊着走了,我尽可能快地迅速穿上衣服,奔上大街。

在我前面已经有许多人朝海滩方向奔去,我也朝那儿跑去,超过了不少人,很快就来到汹涌澎湃的大海面前。

这时,风势似乎已经减弱了一点,其实减得极其有限,就像我梦中听见的千百尊大炮的轰声中有五六尊停放一样,是不大能觉出的。不过大海又经过一整夜的捣腾,比我昨天最后看到的,更加可怕得不知多少了。海面上所表现出的每一景象,都显示出它正在汹涌高涨。在临近堤岸处,升起的浪头一个高过一个,一个压下一个,滚滚而来,无穷无尽,真是可怕到了极点。

在别的任何声音都难以听到的风涛声中,在那说不出有多混乱的人群中,在我最初喘不过气来、竭力和恶劣天气的搏斗中,我弄得如此心慌意乱,我想要找到海上那条失事的船,结果除了一个个喷沫的巨大浪头,什么也没有看见。有个站在我身旁打赤膊的船夫,用光着的胳膊(胳膊上刺有一个箭头,指向同一个方向)指向左边。这时,哎呀,我的天啊,我才看到了那条船,就在我们前面不远!

一支桅杆已在离甲板六七英尺高处折断,倒在船舷一侧,跟乱七八糟的船帆和索具纠缠在一起。随着船的起伏翻腾——它一刻不停地在起伏翻腾,猛烈得难以想象——所有这堆乱糟糟的东西,都使劲地往船舷上敲打,像要把它打瘪进去似的。即便到了这种时候,船上的人还是努力想把这部分损坏的砍掉。由于船的这一侧朝向我们,因而当它向我们这面倾侧时,我清楚地看到船上的人都在挥着斧子砍着,其中有一个留着长鬈发的人,最为活跃,格外引人注目。可是就在这一刹那间,岸上发出一片喊叫,声音盖过风吼浪啸。原来海上掀起一个巨浪,打在颠簸起伏的破船上,把甲板上的人、桅杆、酒桶、木板、舷墙,全都像堆玩具似的,统统扫进了汹涌的波涛。

二号桅还竖着,上面挂着的一些破帆布片,还有断的绳索,都在拼命来回扑打着。刚才那个赤膊的船夫,哑着嗓子在我耳边说,这条船触了一次滩,浮上来后,又触了一次滩。我听到他又补了一句,说这条船就要拦腰折断了。我也一下就想到这一点,因为翻腾和撞击太猛烈了,任何人工制造的东西都是支持不了多久的。就在他说话时,海滩上又发出一片怜悯的喊叫;有四个人跟破船一起从海里冒了上来,他们都紧紧抓住尚未折断的那根桅杆上的绳索。最上面的是那个十分活跃的留长鬈发的人。

船上有口钟。正当这条船在翻滚冲撞,像头发疯的野兽似的在拼命挣扎,一会儿船身朝海岸这边倾翻,让我们看到整个空空的甲板,一会儿又发疯似的跳起来,翻向大海,除了龙骨,什么也看不见时,那口钟丁当直响,就像是给那几个可怜的人敲响丧钟;钟声随风传到了我们耳边。我们又看不见船了,随后它又冒出水面。有两三个人不见了。岸上的人更加感到痛苦了。男人们呻吟着紧扣双手,女人们尖叫着转过脸去。另有一些人,发疯似的在沙滩上奔来奔去,求人救人,但谁也无能为力。我发现我自己就是其中的一个,发疯似的央求我认识的一群水手,别让那两个遭难的人在我们眼前丧命。

他们非常激动地对我解释说——我不知道我是怎么听懂他们的话的,因为我心里慌乱得连听到的那一点点几乎也没弄懂——一小时前,救生船就已经配备好勇敢的水手了,可是什么也做不了;而且,既然没有人肯不顾死活地带一条绳索,蹚水过去,让船上和岸上取得联系,因此也就没有别的办法可以一试了。就在这时,我发现沙滩的人群中有了新的骚动,看见人们往两旁分开,汉姆拨开众人,来到前面。

我朝他奔去——正如我所知道的——本想再次求人救人。可是,尽管我被眼前这新的可怕景象弄得惊慌失措,可他脸上的决心和望着大海的神情——跟我记得的艾米莉走后那天早上的神情完全一样——依然唤醒了我,使我意识到他面临的危险。于是我用双臂搂住他,把他往回拖,央求刚才跟我说话的那些人,不要听他,不要存心让人去送命,不要让他离开沙滩!

岸上又发出一片喊叫。我们朝破船望去,只见那片残忍的破帆布,一阵阵猛烈地拍打着,把两个人中的下面那个,打进海里去了,接着又在唯一留在桅杆上的那个活跃人物周围,得意扬扬地飞舞拍打着。

面对这样的情景,面对这个从容地视死如归的人的这种决心——在场的人一半都听惯他指挥——求他别去,倒不如求风留情更有希望。"大卫少爷,"他意气风发地双手握住我的手说,"要是我的时辰到了,那就来吧;要是还没到,那就再等等。上帝保佑你,保佑所有的人!伙计们,帮我做好准备!我这就去!"

我被不无好意地拉到稍远的地方,几个人围住我,不让我走开;我昏头昏脑地听他们劝我说,不管有没有人帮助,汉姆都已决定非去不可;如果我去打扰那些为他的安全做准备的人,只会危及他的安全。我不记得我回答了什么,也不记得他们还说了什么;我只看见海滩上一片忙乱,人们拉住绞盘上的绳索往前跑,钻进一个挡得我看不见他的人圈。后来,我才看见他穿着水手衣裤,独自站在那儿;一条绳索握在他的手中,要不就是系在他的手腕上;另一条绳索就拴在他的身上;几个最身强力壮的大汉,站在稍远的地方,握着拴在他身上的那条绳索的另一头,他自己则把这条绳索松松地盘放在海滩上他的脚旁。

即使在我这个毫无经验的人眼里,也能看出,失事的船正在破裂之中,我看到它正在拦腰裂成两段,桅杆上那个唯一剩存的人的生命,已经处于一发千钧。但他仍紧抱住桅杆不放。他头戴一顶式样特别的红色便帽——不像水手的那样,而有较鲜艳的颜色;为他暂时把死亡挡住的那几块木板,在翻动,在滑出;预示他即将死亡的钟声在丁当作响,我们大家都看到他挥动着那顶帽子。当时,我看到了他这个动作,觉得自己简直快要疯了,因为这一动作,使我回想起一个一度是我的亲密朋友。

汉姆独自站在那儿,注视着大海,身后是屏声敛气的寂静,眼前是暴风巨浪的怒吼;待到一个巨大的回头浪退去时,他朝身后拉住拴在他身上的绳索的那几个人瞥了一眼,便跟在那个回头浪后面,一头扎进大海,立即便跟凶浪搏斗起来,一会儿抛上浪尖,一会儿沉入浪谷,一会儿又埋进浪沫中间,最后还是被冲回到岸边。人们急忙把他拖到岸上。

他已受了伤。我从我站立的地方看到他脸上有血,可他一点也没把这当一回事。他好像匆匆地对那几个人作了些指点,要他们多给他一些活动余地——或者我是从他挥动胳臂的动作,作出这样的推测的——然后又像刚才那样,一头扎进了海里。

这时,他奋力朝那条破船游去,一会儿抛上浪尖,一会儿沉入浪谷,一会儿埋入起伏的浪沫,一会儿被冲回海岸,一会儿被冲向破船,一直勇敢地拼命搏斗着。这段距离,本来不算什么,可是暴风和海浪的威力,使得这场搏斗成了生死之争。后来,他终于靠近破船了,近到他只要再使劲划一下,就能抓住破船了——可是就在这时,一个像高大的山坡似的绿色巨浪,从船的外侧,朝海岸的方向卷了过来,汉姆仿佛猛地一跃,跳进了巨浪之中,而那条船也不见了!

当我奔向他们把他拖回来的地点时,只看到海里有一些碎片在打着漩涡,好像打碎的只不过是只木桶。人人脸上都露出一片惊慌之色。他们正好把他拖到我的脚边——他已毫无知觉——死了。人们把他抬到最近的一座房子里;现在没有人阻拦我了,我一直在他身旁忙碌着;大家用尽一切办法想使他恢复知觉,可是他已让巨浪给打死了,他那颗高洁豪爽的心,永远停止跳动了。

我坐在床边,一切办法都已用尽,已经毫无希望了,就在这时,有个我跟艾米莉小时就认识的渔夫,来到门口,低声叫着我的名字。

“先生,”他说,他那饱经风霜的脸上挂着泪水,脸色煞白,嘴唇在颤抖,“你可以去那边一下吗?”

我刚才回想起的有关那密友的往事,现在也出现在他的脸上,我一时间

弄得惊慌失措,便靠在他伸出扶我的胳臂上,问他道:

"有个尸体冲上岸来了吗?"

他说:"是的。"

"是我认识的吗?"我接着问道。

他什么也没有回答。

但是,他把我领到海边。就在艾米莉和我,两个小孩,找贝壳的地方——就在昨晚刮倒的那条旧船的一些碎片被风吹得四散的地方——就在他伤害了的那家人家的废墟上——我看见他头枕胳臂躺在那儿,就像我在学校里经常看到的他躺着时的那种样子。

第五十六章

新创和旧伤

哦,斯蒂福思啊! 你本来用不着说的,当我们最后一次在一块儿谈心的时候——我根本没有想到,那是我们永别的时刻——你本来用不着说"要想到我最好的地方!"我一向都那么做的;现在,我亲眼见到这番情景,我还能改变吗?

他们找来了一副手抬停尸架,把他搬到上面,还给他盖上了一面旗子,然后抬着他,朝有人家的地方走去。所有抬他的人都认识他,曾跟他一起出海航行,见过他欢快勇敢的样子。他们抬着他在狂风暴雨的怒吼声中走过,在所有的喧哗骚乱声中保持着一片寂静。他们把他抬到死神已经降临的那座小房子那儿。

不过,他们在门口放下尸架后,就互相看着,还看看我,然后又低声说起话来。我知道为什么。他们觉得,把他放在同一间肃静的房子里,似乎不合适。

我们来到镇上,把我们的重担抬到客栈。一等我定下神来,我就派人请来了乔兰,求他为我准备好一辆车子,以便把斯蒂福思的遗体连夜运往伦敦。我知道,运送遗体,以及通知他母亲接受遗体这一艰巨任务,只能由我来完成了;我也渴望自己能尽心尽职地来完成这一任务。

我所以选择夜间走这一程,为的是离镇时可以少引起人们注意。不过当我乘上一辆轻便马车,后面跟着我负责运送的遗体,驶出院子时,尽管已经将近半夜,还是有许多人站在两旁等着。沿着市镇,甚至在镇外的一小段大道上,我还不时能看到许多人。不过到后来,我周围只剩下荒凉的黑夜和空旷的乡野,还有我童年友人的遗骸了。

大约在中午时分,我到达了海盖特,这是个温和的秋日,地上落叶飘香,更多的叶子则依然挂在枝头,或黄,或红,或赭,色彩斑斓,阳光透过,漂亮极了。最后一英里,我是步行的,一边走,一边想,我该怎么来完成这一任务;我让整夜都跟在我后面的那辆车先停下来,等我通知时再前进。

我来到那座房子跟前,看上去它一切还是老样子。没有一扇百叶窗是拉起的;那沉寂的铺石院子,连同那条通向久闭不开的大门的走廊,毫无生命的迹象。这时候,风已经完全停了,万物都纹丝不动。

一开始,我实在没有勇气去拉门铃;当我终于拉响门铃时,我的这趟使命似乎已经由这铃声表达了。那个小使女手上拿着钥匙出来了;她打开大门上的锁以后,关切地看着我,对我说:

"对不起,先生,你病了吗?"

"我一直焦虑不安,而且也累极了。"

"出什么事了吗,先生?——詹姆斯少爷怎么了?——"

"别作声!"我说,"是的,出事了,我得把这件事婉转地告诉斯蒂福思太太。她在家吗?"

女孩不安地回答说,她的女主人现在很少出门了,即使坐马车也难得出去;她成天待在自己的房间里,也不会客,不过会见我一定是愿意的。她说,她的女主人已经起来了,达特尔小姐跟她在一起。她该怎么上楼去通报呢?

我严格地吩咐她,要她小心,不要露出声色,只需把我的名片递上去,说我在楼下等着;然后我便在客厅里坐下(这时我们已经来到客厅),等她回来。客厅中先前那种欢乐的气氛已经没有了,百叶窗都半开半闭着。竖琴已经很久很多日子没有人弹了。他那张婴儿时的照片仍在那儿。他母亲存放他的信件的那个柜子也在原地。我不知道她现在是不是还读那些信,将来她是不是还会读那些信!

这座房子里是那么寂静,那小使女上楼的轻细脚步声,我都能听见。她回来时,带来的传话大意是,斯蒂福思太太有病在身,不能下楼。不过,要是我肯见谅,能去她的房间,她很高兴见我。只过一会儿工夫,我就站在她的面前了。

她没有在自己的房间里,而是在斯蒂福思的房间里。我觉得她所以住进儿子的房间,当然是因为想念他。而且他往日在运动和才艺上取得成就的许多纪念品,仍像他在时那样,摆在那儿,围在她的周围,这当然也是出于同样的原因。可是她在接见我时,却咕哝着说,她所以没在自己的屋子里,是因为那屋子的朝向等,不适宜她这个有病的人。她说时那副威严庄重的神情,不容别人对她的真实性有丝毫怀疑。

在她的椅子旁边,像往常一样,站着罗莎·达特尔。打从她的黑眼睛第一眼看到我的时候起,我就看出,她知道我是来报告坏消息的;脸上的那个疤痕立即就变得明显起来。她后退了一步,退到了椅子后面,为的是不让斯蒂福思太太看到她的脸色;然后用一种锐利的目光朝我审视着,毫无犹豫,绝不畏缩。

"看到你穿着丧服,我很难过,先生。"斯蒂福思太太说。

"很不幸我太太去世了。"我说。

"你这么年轻,就遭到这么大的损失,"她回答说,"我听了非常难过。我听了非常难过。我希望时光会对你有好处。"

"我希望时光,"我望着她说,"会对我们大家都有好处,亲爱的斯蒂福思太太,当我们遭到最大的不幸时,我们都应该相信这一点。"

我说这话时的恳切态度,以及眼中满含的泪水,她看了大吃一惊。她的整个思路好像都被打断了,都改变了。

我竭力控制住自己的声音,想要轻柔地说出她儿子的名字,可是我的声音却颤抖了。她自言自语地把这个名字重复了两三次,然后,强作镇静地对我说:

"我的儿子病了吧。"

"病得很厉害。"

"你见过他?"

"见过。"

"你们和好了吗?"

我不能回答说是,也不能回答说不是。她把头微微转向刚才罗莎·达特尔站在她一侧的地方,就在这一刹那间,我的嘴唇动了动,对罗莎说:"死了!"

为了不使斯蒂福思太太往后看,别让她知道她分明还没有作好思想准备来知道的消息,我赶快接住她的目光,可是我已经看到罗莎·达特尔怀着极其绝望和恐怖的神情,两手往上空一举,随后便紧紧地捂住自己的脸。

那位眉清目秀的太太——那么相像,哦,那么相像!——目不转睛地定神看着我,把一只手放到前额上。我求她镇静,准备承受我不得不告诉她的消息;其实我本应该劝她放声大哭的,因为她一直像尊石像似的坐在那儿。

"我上次来这儿的时候,"我结结巴巴地说,"达特尔小姐告诉我说,他正在各地航行。前天夜里,海上的风浪可怕极了。要是像人们说的那样,那天夜里他正在海上,靠近一片危险的海岸;要是大家看到的那条船真的是他那条,那——"

"罗莎!"斯蒂福思太太叫道,"上我这儿来!"

罗莎来到她的面前,但是没有丝毫同情和温柔。她面对着斯蒂福思的母亲,两眼中射出烈火似的光芒,嘴里突然发出一阵可怕的笑声。

"现在,"她说,"你的骄傲满足了吧,你这个疯婆子?现在他可对你赎了罪,补了过啦!——用他的生命!你听见吗?——用他的生命!"

斯蒂福思太太僵硬地躺在椅子上,除了呻吟,别无声息,只是睁大眼睛直瞪着她。

"啊!"罗莎狠命地捶着自己的前胸,愤怒地大声叫喊道,"你看看我吧!你呻吟,你叹气,你看看我吧!你看看这儿吧!"她拍打着自己的伤疤说,"你看看你那死鬼儿子亲手干的好事吧!"

这位做母亲的时时发出的呻吟,直扎我的心窝。那呻吟,总是一个样,总是含混不清,总是憋着气;它总是伴着头部无力的动作,脸上不变的表情;总是从僵硬的嘴和咬紧的牙关发出,仿佛牙关已经锁住,脸庞已因痛苦冻僵。

"你还记得这是他什么时候干下的好事吗?"罗莎继续说,"你还记得他是什么时候,由于他继承了你的天性,你纵容他骄傲、任性,才干下这件好事,害得我终身破相的?你看看我,看看我得到死都带着他发火时给我留下的这个伤疤。你就为自己把他培养造就成这个样子呻吟吧,叹气吧!"

"达特尔小姐,"我央求她说,"看在老天爷的分上——"

"我就是要说!"她把自己那两道闪电似的目光转向我,说,"你,别作声!我说,你看看我吧,毫无信义的骄傲儿子的骄傲母亲!为你对他的养育,呻吟吧! 为你对他的纵容,呻吟吧! 为你失去了他,呻吟吧! 为我失去了他,呻吟吧!"

她紧握拳头,整个瘦削的身躯都在颤抖,仿佛她那激动的情绪正在一点一点地宰杀着她。

"你,怨恨他的任性!"她大声嚷道,"你,被他的傲气伤害! 你,直到头发白了,才反对起他的这两种脾气来! 其实他一生下来你就给了他这两种性格! 从他在摇篮里就培养他,使他成为现在这个样子,从他在摇篮里就阻挠他,不让他成为应有的样子,全是你! 好了,你多年的辛苦,现在可得到报酬了吧?"

"哦,达特尔小姐,这太不像话了! 哦,这太残忍了!"

"我告诉过你,"她回答说,"我就是要对她说。我站在这儿,世界上任何力量都阻止不了我! 这么多年来,我都没有作声,难道现在还不许我说吗? 我比你不论什么时候都更爱他!"她恶狠狠地冲着她说,"我本可以爱他,不求任何回报。要是我是他的妻子,一年中只要他对我说一句爱我,我就可以由着他变化无常的性子,做他的奴隶。我会那么做的。这有谁比我知道得更清楚啊! 你刻薄苛求、高傲自大、拘谨刻板、自私自利。而我的爱是忠诚专一、无私奉献的——是可以把你那不值一提的抱怨啜泣踩在脚下的!"

她两眼闪闪发光,使劲地往地上踩着,好像她真的在那么做。

"你看看这儿!"她毫不留情地拍打着自己的那个伤疤,说,"在他渐渐懂得自己干的是什么后,他明白了,也后悔了! 我会给他唱歌,会陪他聊天,对他所有的作为表示热心,努力学会他最感兴趣的知识,因而我也引起了他的好感。在他最青春焕发、最天真纯朴的时候,他爱的是我。没错,他爱的是我! 有好多次,他三言两语就把你打发开,而把我放到自己的心坎上!"

她说这些话时,疯狂中——跟疯狂已相差无几——带着嘲弄的高傲,还带有对往事热切地回忆,在回忆中,那种柔情的暗火余烬,一时间又复燃了。

"我沦为一个玩具娃娃——我本该知道我会有这个结局,可是他那少年的求爱举动迷住了我——沦为一个供他无聊时解闷的玩意儿,随着他那变化无常的心情,一会儿拿起来,一会儿扔掉,任凭他耍着玩。等到他渐渐厌倦时,我也渐渐厌倦了。既然他的爱火已经熄灭,我也就不想再加强我的任何影响力了,也像我不想要他被迫娶我为妻,跟他结婚一样。我们不声不响地彼此疏远了。也许你也看出这一情况,但并不为这惋惜。打那以后,我在你们两人中间,只不过是一件破相的家具而已;没有眼睛,没有耳朵,没有感情,没有记忆。你呻吟? 你就为你把他造就成现在这个样子呻吟去吧;不是为你对他的爱。我告诉过你,过去有一个时期,我比你不论哪个时候都更爱他!"

她站在那儿,一对闪闪发光的愤怒眼睛,正对着那茫然的眼神和呆板的脸。当那呻吟声反复发出时,她一点也没有心软,仿佛那张脸只不过是一幅画而已。

"达特尔小姐,"我说,"要是你还是这样冷酷,不怜悯怜悯这位极度痛苦的母亲——"

"谁怜悯我呢?"她尖锐地反问说,"是她自己撒下的种子,让她自食其果,为今天的收获去呻吟吧!"

"可要是他的过错——"我开口说。

"过错!"她声泪俱下地大声喊道,"谁敢诬蔑诽谤他? 他的灵魂,抵得上几百万他屈尊结交的朋友的灵魂呢。"

"没有人比我更爱慕他了,也没有人比我更感念他了,"我回答说,"我刚才要说的是,要是你不怜悯他母亲,要是他的过错——你对他的过错一直非常痛恨——"

"那都是假的,"她扯着自己的黑头发,嚷着说,"我爱他是真的!"

"——如果在这种时刻,"我继续说,"你还忘不了他的过错,那你就看看这个老人的样子吧,即使是你素不相识的人,也给她一点帮助吧!"

在整个这段时间里,斯蒂福思太太的样子毫无变化,而且看来也不可能有变化。她,一动不动,僵硬呆板,双目定神,伴着头部同样不由自主的颤动,时而发出同样嘶哑的呻吟,但是没有别的还有生命的迹象。这时,达特尔小姐突然在她的面前跪了下来,动手解她的衣服。

"你这个晦气鬼!"她带着又愤怒又悲痛的混合表情,回头朝我看着说,"你上这儿来,总是在不吉利的时候! 你这个晦气鬼! 你给我走吧!"

走出这个房间后,我赶忙回头去拉响了铃儿,以便尽快地把仆人们都惊动起来。这时,她已搂着那个毫无知觉的老人,依然跪着俯在她身上,又哭,又吻,又叫的,还把她抱在怀里,像摇晃小孩似的来回摇晃着,竭力想用各种温柔的办法来唤醒她那休止的知觉。我已经不再害怕让她留在那儿了,于是便不声不响地转身往外走去;待我出去时,已经把整座房子的人都惊动了。

当天下午,我又回到了那儿,我们把他放在他母亲的房间里。他们告诉我,他母亲还是跟先前一样,达特尔小姐一直在她身边;有几位医生在给她诊治,试用了许多治疗方法;可是她还是像一尊石像似的躺在那儿,只是不时发出低声的呻吟。

我在这座阴沉凄凉的宅子里到处走了一遍,把窗子全都遮上。他躺着的那间卧室的窗子,是最后遮上的。我提起他那铅块一般的手,把它贴在我的心口;这时,整个世界似乎都一片死寂,打破这片死寂的,只有他母亲的呻吟声。

第五十七章

移居海外的人们

在这一连串感情上的打击之后,我在痛定思痛之前,还有一件事非做不可。这就是,我得把发生过的事瞒着那些就要远去海外的人,让他们一无所知,高高兴兴地踏上航程。这是件刻不容缓的事。

就在当天晚上,我把米考伯先生拉到一边,交托给他这个任务,要他把最近发生的这场灾祸的消息,瞒住别让佩格蒂先生知道。他热情地答应做这件事,会把任何一份可能冷不防让消息传到佩格蒂先生耳中的报纸,全都截留。

"要是这消息传到他耳中,先生,"米考伯先生拍着自己的胸脯说,"那它一定先从我这个躯体上透过去的。"

我得在这儿说一下,米考伯先生为了适应他要去的那个新的社会环境,已经学到了一些海盗的大胆无畏精神,当然并非绝对无法无天,而是一种自卫防御和说干就干的精神。我们也许可以把他看成是一个生于荒野的孩子,长期在文明世界里生活惯了,现在就要回他出生的荒野了。

他已经给自己置办了不少装备,其中有一套油布防水衣,还有一顶外面涂有沥青并填过麻絮的低顶草帽。他穿戴上这身粗糙的服装,腋下还夹着一个普通水手的望远镜,摆出一副精明的样子,抬头察看天色,看看是否有恶劣天气;凭他那副派头,远比佩格蒂先生还要像个水手。他全家老少,都已披挂整齐,做好一切作战准备,如果可以这样说的话。只见米考伯太太头戴一顶紧而又紧、不会松动的软帽,帽带牢牢地系在下巴上,一条大披肩把她裹得像一个包袱卷(就像当年我姨婆收留我时裹我那样),在腰后扎得牢牢的,打了个紧紧的结。我发现,米考伯大小姐也以同样的方式装备停当,做好对付暴风雨天气的准备,浑身上下没有一点多余累赘的东西。米考伯大少爷穿着一件紧身羊毛衫,外面还罩了一套我从未见过的粗毛水手服,裹得几乎连人都看不见了。那几个小一点的孩子,也都裹得严严实实,就像包装袋里的咸肉似的。米考伯先生和他的大少爷,都把袖子松松地卷到手腕上,准备好随时随地都能帮上一手,顷刻之间就可以"上甲板!",或者吆喝起"唷——用力拉——唷!"①

特雷德尔和我在黄昏时分看到他们时就是这样,他们一家人正聚在当时叫亨格福德台阶的木头台阶上,看着装有他们财产的一条小船开走。我已经把那可怕的事件告诉了特雷德尔,他听了大为震惊;不过为这件事保守秘密,无疑是一件好事。他来就是帮我办最后一件事的。就是在这儿,我把米考伯先生拉到一旁,把事情告诉了他,并得到了他的保证。

米考伯一家就住在一个肮脏和破败不堪的小客栈里,当年那客栈就在木头台阶附近。它那些凸出去的木板房间,就悬在河上。米考伯一家因为就要移居海外,成了亨格福德本地和附近颇为引人注目的对象,招引了许多人来围观,因而我们也就乐得躲进他们的房间。那是楼上的一间木板房,潮水就在下面流过。我姨婆和爱格妮斯都在那儿,忙着给孩子们在穿着方面添些舒服点的小东西。佩格蒂不声不响地在帮着干活,面前摆着那几件不起眼的老东西:针线盒、码尺和一小块蜡头;它们比好些人的寿命都长多了。

佩格蒂问我话,我回答起来是不容易的;当米考伯先生把佩格蒂先生带进来时,我低声告诉他,我已经把信转交了,一切都很好,这更不容易了。不过这两方面我都应付过去了,他们听了我的话都很高兴。要是我万一流露出一点心里难受的痕迹来,那我自己个人的悲伤,也就足以说明它的原因了。

"那么船什么时候开呀,米考伯先生?"我姨婆问道。

米考伯先生认为,这件事不管对我姨婆或者对他太太,都得逐步有个思想准备,所以他只回答说,比他昨天预期的要早一些。

"我猜是小船带来的消息吧?"我姨婆说。

---

① 水手拉缆绳或绞锚时的号子。

"是的,小姐。"他答道。

"是吗?"我姨婆说,"那么开船的日期是——"

"小姐,"他回答说,"他们通知我,我们必须保证在明天早上七点钟之前上船。"

"哎哟!"我姨婆说,"这么快。开航出海就是这样的吗,佩格蒂先生?"

"是的,小姐。船得随着退潮顺水出海。要是大卫少爷和我妹妹,明天下午到格雷夫森德后来船上,那他们还能跟我们最后见上一面。"

"我们会那么做的,"我说,"一定!"

"等到了那时候,等我们到了海上,"米考伯先生对我使了个眼色,说,"佩格蒂先生和我会一直共同加倍留心,看守住我们的行李和家什的。艾玛,我亲爱的,"米考伯先生清了清嗓子,气派十足地说,"我的朋友托马斯·特雷德尔先生真是太客气了,他悄悄对我说,要我允许他置办一些为调制一种为量不多的饮料所必需的佐料;我们通常认为,这种饮料是和古代英国的烤牛肉有着特别联系的。简而言之,我这是指的——潘趣酒。在通常情况下,我是不敢贸然请特洛伍德小姐和威克菲尔小姐赏脸的,不过——"

"我只能替我自己说话,"我姨婆说,"我非常高兴,能为你米考伯先生干杯,祝你一切幸福,万事如意!"

"我也一样!"爱格妮斯微笑着说。

米考伯先生立即跑到楼下酒吧间去了,到了那里他显得十分自在;过了一段时间,他便捧着一只热气腾腾的罐子回来了。我还不能不说一下,我看到他是用自己的折刀削柠檬皮的,这把折刀约有一英尺长,配称是一个真正移民的刀子;而且用完刀子后,他还不无夸耀地拿它在上衣袖子上擦抹了几下。这时我还发现,米考伯太太和两个年龄大一点的家庭成员,也都配备了同样令人胆寒的器械。其他的小孩,人人都有自己的木匙子,而且用结实的绳子拴在身上。同样为了预习海上漂泊和林中流浪的生活,米考伯先生给米考伯太太和大儿子、大女儿倒酒时,用的是破旧的小白铁罐,而没有用酒杯,本来他满可以毫不费事地用酒杯,因为房间里有个架子上全是酒杯。米考伯先生自己也用特备的容量为一品特的白铁罐喝酒;晚上喝完酒后,他还把罐子装进自己的口袋,我从来没见过他干别的事有这么开心过。

"故乡的奢侈品,我们放弃了,"米考伯先生对摒弃这种享受极其满意地说，"住在<u>丛林</u>里的人，当然不能指望享用自由国土上的精美物品了。"

说到这儿，有个侍者进来说，有人请米考伯先生下楼去一趟。

"我有一种预感，"米考伯太太放下手中的白铁罐说，"是我娘家来的人！"

"如果是的话，我亲爱的，"米考伯先生像往常那样，一接触到这个话题，肝火立刻就上来了，"既然是你娘家的人——不管是男是女，还是什么东西——已经让我们等了这么长一段时间，那现在这位来人，也许也可以等一等，等到我方便的时候吧。"

"米考伯，"他太太低声说，"在现在这种时刻——"

"不该为了一点小小的过失就把人谴责！①"米考伯先生一边说，一边站起身来，"艾玛，我接受批评。"

"米考伯，"他太太说，"损失的是我娘家的人，不是你。要是我娘家的人最后明白过来了，认识到他们过去的所作所为使自己蒙受了损失，现在愿意伸出手来，表示友好，那就别拒绝吧。"

"我亲爱的，"米考伯先生回答说，"那就这样吧！"

"要是不为他们，那就看在我的分上吧，米考伯。"他太太说。

"艾玛，"他回答说，"在这种时刻，对这个问题持这样的看法，是不容反驳的。尽管，即便是现在，我也不能明确保证我会跟你娘家的人拥抱言欢；不过，既然你娘家的人现在已经来了，我也不会对热情友好冰冷相待的。"

米考伯先生去了，有一会儿还不见回来；这当儿米考伯太太一直有些放心不下，生怕米考伯先生会跟她娘家来的那位话不投机争吵起来。后来，那同一个侍者又上来了，递给我一张铅笔写的字条，按法律文件的格式开头写道："希普控米考伯案"。在这份"文件"中，我得悉米考伯先生又一次给逮捕了，而且还陷入了最后突发的绝望之中；他求我把他的刀子和白铁罐交送信人带给他，因为在他短暂的监狱生活期间，这两样东西也许用得着。他还求我作为朋友帮他最后一次忙，把他的家人送进教区贫民院，并要我忘掉世上有过他这样一个人。

看了这张字条，我当然就跟着侍者下楼去还钱。只见米考伯先生坐在

---

① 引自莎士比亚的《裘力斯·恺撒》第四幕第三场。

一个角落里,阴郁地看着逮捕他的那个法警。一得到释放,他立刻就热烈无比地拥抱了我,并在他的记事簿上记上了这笔账——我记得,我因一时疏忽,在说总数时漏报了大约半个便士,他都特别认真地补记了上去。

这本重要的记事簿又及时地提醒他另一笔欠款。我们回到楼上的房间后(他解释说,由于发生了他无法控制的情况,所以在楼下待了这么久),他就从记事簿里拿出一大张折得很小的纸,上面工整地写满了很长的数字。我朝那上面瞥了一眼,应该说,我在小学教科书上从没见过这么长的一串数字。这串数字,好像就是他说的"四十一镑十先令十一个半便士本金",在不同期限内计算出来的复利。他仔细地结算了这些金额,又精心估算了自己的收入,最后得出结果,选定了一个金额,包括本金,以及从即日起,到两年(十五个足月零十四天)的复利。他根据这一金额工工整整地开了一张期票,当场交给了特雷德尔,完全结清了他的债务(像人和人之间的关系那样),并且一再道谢。

"我依旧有一种预感,"米考伯太太若有所思地摇着头说,"在我们最后临行之前,我娘家的人会来船上送行。"

米考伯先生对这个问题,显然也有自己的预感,不过他把这种预感放进了自己的白铁罐,吞进肚子里去了。

"要是一路上你们有机会寄信回来,米考伯太太,"我姨婆说,"一定得给我们写信,这你知道。"

"我亲爱的特洛伍德小姐,"米考伯太太回答说,"想到有人希望得到我们的信息,我真是太高兴了。我决不会不写信的。科波菲尔先生本人,作为我们亲密的老朋友,我相信,也不会不愿意偶尔得到一些我们的消息的吧。双胞胎还没懂事时,我们就跟他认识了。"

我说,我很希望听到他们的消息,不管什么时候,只要她有机会写信来。

"托老天爷的福,这样的机会一定多得是,"米考伯先生说,"现在的海洋上,船只真是川流不息;我们驶过时,一定会遇到许多回头船的。这只不过是摆个渡而已。"米考伯先生摆弄着自己的单片眼镜,说,"只不过摆个渡而已。距离是完全想象出来的。"

米考伯先生从伦敦到坎特伯雷去的时候,他说得像去天涯海角似的,而当他要从英国到澳大利亚去的时候,他又把这说成是像渡过英吉利海峡那

么一点路程,我现在想起来,这多么奇怪,可这又多么像米考伯先生的为人啊。

"在航行途中,我要尽量经常给他们讲讲故事,"米考伯先生说,"我儿子威尔金斯美妙的歌喉,我相信,在船上厨房的火炉边,一定会受到欢迎。待米考伯太太不再晕船,两条大腿——我希望这个字眼在这儿不会有伤大雅——练就在颠簸的甲板上稳步行走时,我敢说,她会给他们唱《小塔夫林》①的。我相信,我们可以经常看到鼠海豚和海豚在我们的船头游过,而且在船的左舷或右舷,也都会不断看到许多有趣的东西。简而言之,"米考伯先生带着旧日的文雅风度说,"极有可能的情况是,在船上,我们将会发现,上上下下,一切东西都那么令人兴奋,因而当听到主桅平台上的瞭望员大喊'见陆地喽!'时,我们还会感到突如其来而大吃一惊呢!"

说到这里,他动作夸张地把自己白铁罐里的酒喝得一干二净,仿佛他已经完成了这趟航程,在最高海军当局面前,最高级的考试已经及格。

"我最大的希望是,我亲爱的科波菲尔先生,"米考伯太太说,"我们的家族以后有几支能再回故国生活。别皱眉头,米考伯!我现在说的不是我娘家,而是我们的孩子们的孩子。不管新苗长得有多茂盛,"米考伯太太摇着头说,"我都忘不了老树的;而且当我们这族得以扬名致富时,我承认,我希望财富也能流进不列颠的国库。"

"我亲爱的,"米考伯先生说,"到那时不列颠得看自己的运气了。我不得不说的是,不列颠从来没有给过我多少好处,所以我对这个问题并不特别热心。"

"米考伯,"他太太回答说,"这你就错了。你远去他乡,米考伯,是为了加强你自己和阿尔比恩②之间的联系,而不是削弱这种联系。"

"我再说一遍,我亲爱的,"米考伯先生再次回答说,"你说到的这种联系,并没有给过我什么恩惠,所以我深切地感到需要建立另一种联系。"

"米考伯,"米考伯太太说,"你看,我又得说,你错了。你不了解你自己的能力,米考伯。加强你和阿尔比恩之间的联系的,就是这种能力,即使拿

---

① 见第二十八章注。

② 指英格兰或不列颠,源出希腊人和罗马人对该地的称呼。

你就要采取的这一步来说,也是如此。"

米考伯先生坐在自己那张扶手椅里,扬起眉毛,对于他太太陈述的意见,一半接受,一半拒绝;不过深感这些意见颇有先见之明。

"我亲爱的科波菲尔先生,"米考伯太太说,"我希望米考伯先生能意识到自己的地位。我认为,米考伯先生从他上船的那一刻起,就该意识到自己的地位,这是极其重要的。你一直以来对我的了解,我亲爱的科波菲尔先生,一定早就告诉你,我没有米考伯先生那种乐观的性格。我这人的性格,如果我可以这样说的话,是非常讲究实际的。我知道,这是一次长途的航行,知道一定会有许多艰难和不便。我不能对这些事实闭上眼睛不加理会。不过我也知道米考伯先生是怎样一个人,知道他所具有的潜力。因此我认为,米考伯先生应该意识到自己的地位,这是极其重要的。"

"我亲爱的,"米考伯先生说,"也许你会允许我说,眼下要我完全意识到我的地位,是不大可能的。"

"我可不这么看,米考伯,"他太太反驳说,"不完全如此。我亲爱的科波菲尔先生,米考伯先生的情况是不同寻常的。米考伯先生所以要远去他乡,明显是为了要使他的才能第一次让人充分了解,充分赏识。我希望米考伯先生屹立那条船的船头,傲然决然地说:'我是来征服这片土地的!你们有高官显爵吗?你们有金银财富吗?你们有俸高禄厚的美差肥缺吗?把它们全都送上来。它们全是我的!'"

米考伯先生朝我们大家瞥了一眼,似乎认为这种见解中大有可取之处。

"我希望米考伯先生,要是我把话说清楚了,"米考伯太太用她那论证式的口气说,"成为他自己命运的恺撒。我亲爱的科波菲尔先生,我觉得这才是他真正的地位。打从这次航行一开始,我希望米考伯先生就能屹立船头,大声宣布:'耽误得够了!失望得够了!贫穷得够了!那是在故国的情况。这是个新地方。把你们的补偿拿出来吧。送上来!'"

米考伯先生抱着双臂,一副坚决的样子,仿佛他这时正屹立船头。

"要是这样做了,"米考伯太太说,"——意识到自己的地位了——那我说的米考伯先生会加强,而不是削弱他和不列颠的联系,难道不对吗?要是在那个半球上,出现了一位重要的社会名流,难道还会有人告诉我说,在祖国丝毫感受不到这事的影响吗?要是米考伯先生在澳大利亚叱咤风云、才华大展,我能糊涂到认为他在英国是个微不足道的人吗? 我只是一个女人;不过我要是糊涂到这样荒谬的程度,那我就太辜负我自己,也太辜负我爸爸了。"

米考伯太太坚信她的论据是无可反驳的,因而使她的腔调带有一种义正词严的崇高气派,我想,这种腔调我是从来没有在她的谈话中听到过的。

"正因如此,"米考伯太太说,"我才更加希望,将来有一天我们能重返故土,幸福生活。米考伯先生可能会成为——我不能无视这种可能性,米考伯先生将成为——历史的一页;到那时,他该成为这个只让他出生,不让他就业的国家里一个代表人物了!"

"我亲爱的,"米考伯先生说,"你的情意这般深厚,不能不使我感动。我是一向乐意遵从你的高明见识的。该怎么样——一定会怎么样的。把我们子孙聚积起来的财富,不管拿出多少给我们的国家,我都不会不愿的!"

"那就好,"我姨婆朝佩格蒂先生点着头说,"我为你们大家干杯,祝你们福星高照,万事成功!"

佩格蒂先生把正在逗弄的两个孩子,一边一个放到自己的膝上,和米考伯先生、米考伯太太一起向我们祝酒回敬。他跟米考伯一家作为伙伴——一地热烈握手,他那古铜色的脸上欣然地露着微笑;我觉得,他不管到哪儿,都会闯出路来,都能树立声誉,都会受到爱戴。

就连那几个孩子,也听从大人的吩咐,用自己的木匙在米考伯先生的罐里舀了酒,跟我们祝酒干杯。之后,我姨婆和爱格妮斯起身和移居海外的人告别。这是一场令人心酸的离别。她们都哭了。孩子们到最后还紧拉爱格妮斯不放。我们把可怜的米考伯太太留下时,她伤心极了,在昏暗的灯光下,又是呜咽,又是抽泣。从河上望过去,那烛光一定使这屋子显得像座凄凉的灯塔了。

第二天早上,我又去了小客栈一趟,看看他们走了没有。他们在一大早五点钟,就坐上一条小船走了。尽管我把他们和这家破败不堪的客栈及木头台阶联系起来,只是昨天晚上才开始的事,现在他们离去了,这两处地方似乎也就显得寂寞凄凉,死气沉沉了;这种别离造成的前后情况,竟如此迥异,我觉得,这是个极好的例子。

第二天下午,我跟佩格蒂一起来到格雷夫森德。我们发现那条大船泊在河中,四周围着许多小船;这时刮的正是顺风,桅杆顶上挂着起航的信号。我立刻雇了条小船,乘上后朝大船划去。穿过以大船为中心的乱哄哄的小漩涡,登上了大船。

佩格蒂先生正在甲板上等着我们。他告诉我说,由于希普的控告,米考伯先生刚才又被逮捕了一次(最后一次);他说已遵照我对他的嘱托,代为偿还了欠款;于是我把这笔钱还给了他。然后他领我们下到船舱。原来我一直担心,生怕发生的那件祸事,会有流言传到佩格蒂先生的耳朵里;这时我看到米考伯先生从昏暗处走出来,带着友好和保护的神气,挽住佩格蒂先生的胳臂,告诉我说,打从昨天晚上起,他们就很少分开过,这才使我放下心来。

这样的景象我从来不曾见过,这儿是那么狭窄,那么阴暗,一开始我什么也看不见;不过,渐渐地,我的眼睛习惯了这种幽暗,才看清了这儿的情况。我就像置身在奥斯塔德①的一幅画中。在那些船的大梁、舱板、铆着的大铁环、移民的卧铺、箱笼、包裹、木桶,以及各式各样的行李中间——这儿那儿亮着几盏吊灯,有的地方则通过帆布通风筒和舱口射下来一点黄色的日光——挤满了一群一群的人,有的在交新朋友,有的在相互告别,有的在说,有的在笑,有的在哭,有的在吃,有的在喝;有的已经在自己占有那几尺空间里安顿下来,把小家庭的一家人安置停当,让幼小的孩子们坐在凳子上或者矮扶手椅上;另外一些没有找到安身之处的,则快快不乐地来去走动着。从出世只有一两个星期的婴儿,到好像只有一两个星期好活的弯腰弓背的男女老人;从靴子上沾着英国泥土的农民,到皮肤上还带着煤灰炭烟的铁匠;老老少少,各行各业,好像都给塞进这狭窄的统舱里来了。

就在我的目光把这儿四周扫了一下时,我想我看到了一个像艾米莉的身影,坐在一个敞开的舱口旁,身边带着一个米考伯家的小孩。这个身影所以引起我的注意,是因为我看到另一个身影吻了她一下走开了;而这另一个身影,安详地悄悄从杂乱的人群中穿过时,使我想起了——爱格妮斯!可是由于当时一切都仓促忙乱,我自己又有些六神无主,结果就再也见不到这个

---

① 奥斯塔德(1610—1685),荷兰巴罗克时期风俗画家,以画乡村生活室内景物见长,其作品以色调阴暗为特征。

身影了。我只知道，船上警告说，所有送行的人都得离船的时候已到；我只看到我的保姆坐在我身旁的一只箱子上在哭，还看到葛米治太太，在一个穿黑衣服的年轻女子帮助下，俯身在为佩格蒂先生整理东西。

"有什么最后要说的话吗，大卫少爷？"佩格蒂先生说，"在我们分手之前，还有什么事忘记的吗？"

"有一件！"我说，"玛莎！"

他碰了碰我刚才提到的那个年轻女子的肩膀，于是玛莎就站在了我的面前。

"愿上帝保佑你，你真是个大好人！"我叫了起来，"你把她也带上了！"

玛莎的眼泪夺眶而出，替他作了回答。当时我感动得什么也说不出来了，只是紧紧地握住他的手。如果说我一生爱戴过、敬重过什么人，那我从心眼里爱戴的、敬重的就是这个人了。

船上送行的人快走光了。可我还有着最大的考验。我把那位已经去世的仁义之士托我转达的临别之言，全都告诉了他，他大为感动。而当他要我把许多充满疼爱、遗憾的话转达给那双已经听不见的耳朵时，他使我更加感动了。

时候到了。我和他拥抱了一下，然后伸手搀扶着我那痛哭流涕的保姆，匆匆地离开了船舱。在甲板上，我和可怜的米考伯太太道了别。直到这时候，她还在东张西望地寻找她娘家的人。她最后对我说的话是，她永远也不会离弃米考伯先生。

我们跨过船舷，来到小船上，然后停在不太远的地方，以便看大船顺航线起航。这时正逢夕阳辉映，一片宁静。大船就在我们和红霞之间，在明亮的背景下，每一条缆绳和桅桁都清晰可辨。这条壮丽的大船，静静地停泊在被夕阳照得耀眼的水面上，船上所有的人都拥到舷墙边，一时间大家都摘下帽子，鸦雀无声；此情此景，既如此美丽，又如此悲凉，但又如此充满希望，这是我平生从未见过的。

鸦雀无声，只是一会儿工夫。当大船的船帆临风扬起，开始渐渐移动，所有小船上都突然迸发出三声惊天动地的欢呼，大船上的人也连呼三声应答。于是欢呼声此起彼伏交相应答。听到这欢呼声，我心情万分激动；我还看到人们都在挥动着帽子和手帕——就在这时，我看到了她！

就在这时,我看到了她;她站在她舅舅的身旁,伏在他的肩膀上颤抖。他急切地伸手朝我们指着,于是她也看到了我们,并向我挥手作最后的告别。哦,艾米莉,美丽的、憔悴的艾米莉啊!让你那受了伤的心,以最大的信赖,依靠着他吧!因为他一直以他那伟大的爱,尽他的全力在卫护着你啊!

他们俩一起独自高高地站在甲板上,沐浴在玫瑰色的霞光之中,她依偎着他,他搂抱着她,他们俩庄严地悠悠逝去了。当小船把我们摇到岸边时,夜色已经降临在肯特郡的群山上——也阴沉沉地降临在我的身上。

第五十八章

出　国

　　黑暗的漫漫长夜笼罩在我的周围，许多希望，许多让人留恋的回忆，许多过失，许多无益的悲伤和悔恨，伴着黑夜像幽灵似的萦绕在我的心头。

　　我离开了英国，直到那个时候，我都还没有意识到我得承受的打击有多沉重。我抛下所有亲人和挚友，走了；我相信，我已受够了打击，它已经过去了。正如一个战场上的人受了重伤而毫无觉察一样，当我怀着未经磨炼的心孑然一身时，对于我这颗心必须抵抗的伤痛，我还一无所知呢。

　　这种认识我不是很快就有的，而是一点一滴地逐渐产生的。我出国时的凄凉感觉，时时刻刻在加深，扩大。开始时，这只是一种沉重的失落感，悲哀感，别的我很少能辨别出来。可是，不知不觉地，这种感觉渐渐变成了对于我已丧失的一切——爱情、友谊、兴趣——我已破灭的一切——我最初的信赖、我最初的恋情、生命中的全部空中楼阁——以及我所余下的一切——在我周围绵延、直达昏暗的天边的一片遭受破坏的荒原和废墟——的一种绝望感。

　　如果说我的悲伤是自私的，我也不知道它确是如此。我哀悼我那孩子气的太太，她那么年轻，正当如花似锦的年华，就被夺去了生命。我哀悼他，那个像多年前赢得我的敬爱和钦佩那样，本可赢得千万人敬爱和钦佩的人。我哀悼那颗破碎的心，它在狂风暴雨、惊涛骇浪中找到了安息。我哀悼纯朴敦厚的那家人，如今他们中的幸存者只好浪迹天涯，我孩提时曾在他们家听过夜风的呼啸。

　　在这些越积越多的悲伤中，我越陷越深，最后到了没有希望自拔的地步。我从一地漫游到另一地，不论到了哪儿，都肩负着一副重担。现在我已觉出它的全部分量；在它的重压之下，我弯腰曲背，意气消沉，我在心里对自己说，这副重担永远也没有减轻的日子了。

当这种意气消沉达到最低点时，我相信，我只有一死才能解脱了。有的时候，我心里想，我最好死在家乡，而且真的转向归途，以便可以早日到达。可另一些时候，我却又从一个城市到另一个城市，往前越走越远，想追寻到我也不知道的什么东西，想摆脱掉我也不知道的什么东西。

我无力把我所经历的精神上的一切痛苦，一一加以追述。我只能零星模糊地描绘出一些梦境；而当我迫使自己回顾我一生中的这一时期时，我仿佛就在重温这样的梦境。我看到自己像个做梦的人似的，在外国的城镇、宫殿、教堂、寺院、画廊、城堡、陵墓、光怪陆离的街道等新奇事物——这些历史和想象留下的不朽的陈迹——中间经过；我肩负痛苦的重担，在这一切中间经过，但是对于它们在我眼前的逝去，却几乎毫无察觉。除了沉重压迫的痛苦，对一切都索然无味；降临到我这颗未受磨炼的人心上的，只有昏昏的黑夜。让我在这样的昏夜中抬起头来看一看吧——感谢上帝，我终于这么做了！——让我从它那漫长、悲伤、凄惨的梦中，抬头看一看黎明吧。

我心头一直笼罩着这样的乌云，旅行了好几个月。一些难以说清的原因——一些当时在我内心挣扎，但仍无法更明确表达出来的原因——使得我打消了回国的念头，继续我的旅行。有时候，我心情不定地从一个地方来到另一个地方，哪儿也不停留；而有时候，我又在一个地方逗留很久。不过无论到哪儿，我都是漫无目的，魂不守舍的。

我来到瑞士。从意大利出发，穿过阿尔卑斯山的一个主要隘口后，一直由一名向导领着，在那些山间小道上漫游。即使那些令人敬畏的荒僻景色，对我的心灵有过启示，对此我也一无所知。在那令人敬畏的高峰和悬崖上，在那奔腾怒吼的激流瀑布里，在那冰天雪地的荒原上，我看到了壮丽和神奇；可是，它们并没有告诉我别的，仅此而已。

在一个日落前的黄昏，我下到一个山谷里，准备在那儿安歇。当我沿着山边弯弯曲曲的羊肠小道，朝山谷往下走时，我看到山谷在下面的远处闪闪发光，这时我觉得，一种久已生疏的美丽和宁静的感觉，一种由山谷的静谧所唤起的安抚力，在我的胸臆中隐隐而动。我记得，当时我怀有一种并非令人完全难耐、并非令人十分绝望的忧伤停了下来。我记得,我几乎希望,我的心情可能还有转好的机会。

我来到山谷中,当时夕阳正照耀在远处的雪山上,那些雪山犹如永远不变的白云,把山谷团团围住。在形成峡谷的高山山麓(峡谷中有个小山村),一片青葱;而在这片翠绿的草木上方,则长着苍苍的冷杉林,像楔子似的劈开了积雪,截住了雪崩。冷杉林上方是层层叠叠的危崖峭壁,灰色的岩石,晶莹的冰凌,点点平坦的牧场,这一切都渐渐地和山顶的积雪融成一片。这里那里,斑斑点点,点缀着一座座孤零零的小木屋,每一个小点就是一户人家;面对那些高耸的山峰,相形之下,这些小屋显得比玩具还小了,就连山谷中那个聚居着多户人家的村落,也是如此。村子旁有座木桥,横跨山涧,山涧翻滚过乱石,在树丛间喧腾而去。在静谧的大气中,传来远处的歌声——牧羊人的歌声,不过,这时恰好有一片灿烂的晚霞从山腰飘过,我几乎相信,这歌声就是从那片晚霞中来的,并非人间的乐声。突然间,在这样的恬静中,大自然对我说话了;它抚慰着我,让我把疲惫的头枕在草地上,哭了起来;自从朵拉去世后,我还一直没有这样哭过啊!

就在几分钟之前,我看到了一沓寄给我的信。于是,趁着给我准备晚饭的时候,我就溜达到村外来看信了。另外几沓信件都没能投送到我手里,因此我已经有很长时间没收到一封信了。自从离家以来,除了写上一两行,报告平安,到过什么地方外,我自己一直没有耐性和毅力写过一封像样的信。

这一小沓信正在我手里。我打开它,先看起爱格妮斯的一封来。

她自己很快乐,也有用武之地,正像她自己希望的那样一切顺利。关于她自己,她就告诉我这几句话,其余的话讲的都是我。

她没有给我出什么主意,也没有力劝我去做什么,她只是用她那特有的热诚态度告诉我,她对我有着怎样的信任。她知道(她说),像我这样性格的人,一定会从痛苦中获得教益。她知道,磨难和伤感一定会使我的性格得到提升和增强。她相信,我经受了这次悲痛之后,我在自己的每一个目标上,都会趋向更加坚定,更加崇高。她那么以我的名誉为荣,那么希望它增长,所以她深知我一定会勤勉不懈。她知道,我这样的人,悲痛决不会使我软弱,只会使我坚强。因为我童年时代所受的磨难已经起了作用,把我造就成现在这样,所以更大的苦难,一定会激励我更加奋发,使我成为比现在更有成就的人。因此我一定会像苦难教导我那样，去教导别人。她把我托付给了已把我天真的爱人带到身边安息的上帝；她总是怀着手足之情护着我，不论我去到哪儿，始终都伴随着我；她为我已取得的成就感到骄傲，而对我将要取得的成就，则更加引以为荣。

我把这封信收进我的胸口，想到一小时前我是什么样子！这时，我听到那歌声渐渐消失，看到那寂静的晚霞渐渐变暗，山谷中万物的颜色均已褪尽，山顶上金黄色的积雪，也和远处苍白的夜空混成一色；可我却觉得，我心头的黑夜已经过去，它的一切阴影都消散了，我对她的爱无以名之，从此以后，我和她，比过去任何时候都更加亲密了。

我把她的信看了许多遍，还在就寝之前给她写了封信。我告诉她，我迫切需要她的帮助，没有她，我就不可能是，也永远成不了她心目中的我；既然她鼓励我要那样做，那我一定会努力去做的。

我的确努力去做了。自从我遭遇不幸以来，再过三个月，就是整整一年了。我决定在这三个月期满之前，暂且不下任何决心，不过我仍按爱格妮斯的意思努力去做。在这一整段时间里，我都住在那个山谷中以及附近一带。

三个月过去了，我决定再在国外待一段时间，暂时在瑞士住下来；就是因为那个值得纪念的傍晚，这个国家已经让我感到愈来愈可亲了。我重又拿起我的笔，继续工作了。

我恭顺地依照爱格妮斯的建议去努力；我寻求大自然的帮助，而这种寻求决不会是徒劳的；近来我本已失去做人的兴趣，现在我又让这种兴趣回到了心中。没过多久，我在这山谷里就有了几乎像在亚茅斯那么多的朋友。当我入冬之前离开这儿前往日内瓦，到了春天回来时，他们那热情的问候，我听起来亲如乡音，虽然他们说的并不是英语。

我起早落夜地工作着，耐心勤奋，不怕辛劳。根据我自己的亲身经历，而非他人他事，我写出了一部小说，寄给了特雷德尔，他设法在对我非常有利的条件下，安排把这本书出版了。我的名气越来越大，从偶尔遇到的游客嘴里都可以听到。经过了一段时间的休息和调整，我又以原有的热情投入了工作，着手构思一部新的小说，这个故事早已顽强地盘踞在我的心头。随着这件工作的向前进展，我感到自己的想象力越来越丰富，因此我鼓起了最大的干劲，决心把这本书写好。这是我的第三部小说。这部书还没写到一

半,在一次稍事休息时,我想到了回国。

长期以来,我虽然勤奋地学习和工作,但我已养成了健身的锻炼习惯。我的健康,在离开英国时,曾受到严重损害,现在已完全恢复。我已经长了很多见识,到过许多国家,因此我希望,我积累的知识也增加了。

在出国这段时间,所有我认为有必要在这儿追述的事,现在我都追述了,只有一点作了保留。我把这一点保留到现在,并不是存心想隐瞒我的思想,因为正像我在别的地方说过的那样,本书是我的回忆的笔录。我是想把我心里最隐秘的部分先放在一边,让它一直保留到最后再说。现在我开始来写这一部分。

我不能完全看透我自己内心的隐秘,因此不清楚自己是从什么时候开始想到,我可以把心里最早想到、最光明的希望寄托在爱格妮斯的身上。我说不出,我悲伤到哪个阶段才第一次想到,我在冥顽的童年时期,把她那宝贵的爱情弃之脑后了。以前我曾感到,我不幸失去了或缺少了一些我再也得不到的东西,我相信,当时我可能就已经听到这种念头在我内心深处的低声细语。可是当我被如此悲伤、如此孤寂地抛在这个世界上时,这种念头便恰似一种新的责备和新的悔恨,涌上了我的心头。

要是那时候,我跟她在一起的机会多些,由于我悲伤孤寂而变得软弱,一定会泄露出这种念头。我最初不得不离开英国,当时心里隐约害怕的就是这件事。她对我的那种兄妹之情,哪怕丧失了一丁点儿,我都是不能忍受的。可要是我把那念头泄露了,那我就会在我们两人之间加上一种前所未有的拘谨和约束。

我不能忘记,她现在用以待我的感情,是在我自由选择和自由发展的情况下成长起来的。如果她曾用另一种爱情爱过我——我有时想,她也许有这样的时候——那我也已经把它给抛弃了。当我们俩还都是小孩时,我就习惯把她看成一个远不是我这种狂野任性的人,她的那种爱情,当然不是我所能懂得的。我把自己火热的柔情用在了另一个人身上,而我本来可以做的,却没有做;是我和她自己那颗高尚的心,塑造成了今天我心目中的爱格妮斯。

在我内心逐渐发生变化之初,当我试图能更多了解自己,想要做个更好的人时,我心中的确曾经闪过这样的念头,经过一段难以确定的磨炼时期,也许有一天，我可能有希望把过去的错误消除，有福气跟她结婚。但是，随着时光的流逝，这种朦胧的前景，在我眼前渐渐地暗淡了，消失了。如果她确曾爱过我，回想起我曾对她有着无限信任，她也完全了解我这颗浮动的心，而为了做我的朋友和姐妹她不得不作出牺牲，以及她所取得的成功，我就应该把她看得更加圣洁。要是她一直就没有爱过我，那我能否认为她现在会爱我呢？

跟她的忠诚和坚毅相比，我总觉得自己过于软弱，现在我愈来愈感到这一点了。不管她可能会对我怎么样，或者我可能会对她怎么样，即使很久以前我就配得上她，现在我也不一样了，她也不一样了。时机已经过去，是我让她过去的，因而我也就理所当然地失去她了。

我在这些思想斗争中弄得痛苦不堪，这些斗争使我心中充满了苦恼和悔恨，但我又始终觉得，既然在希望鲜亮盛放时，我轻率地扭头避开了这位可敬可爱的姑娘，现在希望枯萎凋谢了，我才红着脸转身去找她，为了保持道义和荣誉，我应该感到羞愧，应该打消这种念头——每当我想到她时，我的思想深处都有着这样的考虑——以上这一切，全是真情实况。我现在已经不再着力对自己隐瞒了，我深深爱她，我一心忠于她。不过我也清楚地知道，现在已经太晚了，而且我们长期以来所保持的关系，是不容打乱的。

我时常想到，而且想得很多，在命运还没有打算要磨难我们的那些年月里，我的朵拉一直隐约地对我暗示着可能会发生的事情。我心里想，那些从未发生过的事情，结果怎么常常使我觉得跟确实发生过的事情一样真实呢。她提到过的那种年月，在纠正我的错误方面，现在都成了现实。尽管我和朵拉早在少不更事的时候就分别了，那种年月总有一天会成为现实，也许只是要晚一点罢了。可是我尽力使我和爱格妮斯之间原本可能会有的关系，转变成一种方法手段，用来使我更加克己，更加果断，更加看清自己的为人，以及更加看清自己的缺点和错误。就这样，通过对原本可能会有的关系的反省，我有了信心，这种关系决不会发生。

所有这些纷乱、矛盾的思想，从我出国到回国，三年来一直像流沙似的在我的脑子里变化流动。自从移居海外那些人乘坐的船启碇开航以来，三年时间已经悄然而逝。现在，在同一日落时分，在同一泊船地点，我站在载我回国的邮船甲板上，望着那玫瑰色的河水，当年我曾在这水中看到过那条

船映出的倒影。

三年了。日子一天天过去,看起来很短,但加在一起就很长了。故乡对我来说是可亲可爱的,爱格妮斯也是可亲可爱的——不过她不是我的——她永远也不能成为我的了。她本来可以是我的,可是我已经错过那个时机了!

第五十九章

归　来

在一个寒冷的秋日傍晚，我在伦敦上了岸。天色阴沉，又下着雨，我在一分钟之内所见到的浓雾和污泥，比我过去一年中所见到的还要多呢。我从海关一直步行到纪念碑，才找到一辆马车；那正对着街旁溢水明沟的间间屋面，虽说我觉得像是我多年的老友，但我不能不承认，这是些肮脏不堪的朋友。

我过去常说——我想每个人都说过——一个人离开一个熟悉的地方，就好像预示那个地方要起变化。当我从车窗往外看时，发现鱼街山上有一座一个世纪来漆匠、木匠和泥瓦匠从没碰过的老房子，在我去国外期间拆掉了。附近还有一条多年既不卫生、交通又不便的老街，如今已建了排水沟，路面也拓宽了。我甚至预料，我多半会发现，圣保罗大教堂也要显得老一点了。

我的亲友们的境况，已经有了一些变化，这我早有所闻。我姨婆早已回多佛重新安身。特雷德尔则在我出国后的第一个开庭期里，就开始承接到少许律师业务了。现在，他在格雷法学院里有了自己的律师事务所。他在近来的几封信里告诉我说，他有希望不久就能和那位世界上最可爱的女孩结婚。

他们预料我会在圣诞节前夕回国，没想到我回来得这么快。我这是故意瞒着他们的，为的是要给他们一个惊喜。可是，由于没有人迎接，只有我独自一人默默地驰过雾气弥漫的街道，我竟反而又感到扫兴和失望了。

不过，那些著名的店铺，一片灯火辉煌，这给了我一点安慰。我在格雷法学院咖啡馆门前下车时,情绪已经有所恢复。我看到这地方,首先使我想起在金十字旅馆住宿时那些跟现在大不相同的岁月,也使我回忆起那以后发生的种种变化;不过这也是很自然的事。

"你知道特雷德尔先生住在这法学院的什么地方吗?"我一面在咖啡馆的火炉旁烤着火,一面问侍者道。

"霍尔本大院,先生。二号。"

"我相信,特雷德尔先生在律师这一行中,名声越来越大了吧?"

"嗯,先生,"侍者回答说,"可能是吧,先生;不过这事我自己并不清楚。"

这个瘦削的中年侍者,就去求助于一个更有地位的侍者——一个身体粗壮、双下巴、很有气派的老头,穿着黑裤子和黑袜子。他从咖啡馆尽头一个像教堂执事席似的地方走了出来。在那儿跟他做伴的是一只钱箱、一本姓名地址录、一本开业律师名册,以及其他的簿册、单据等。

"特雷德尔先生,"那个瘦侍者说,"住在大院二号的。"

身材粗壮的老侍者摆了摆手,把他给打发开了,然后郑重其事地转身对着我。

"我在打听,"我说,"住在大院二号的特雷德尔先生,在律师界是不是越来越出名了?"

"我从没听到过这个名字。"老侍者用低沉沙哑的声音回答说。

我为特雷德尔感到十分遗憾。

"他是个年轻人,是吧?"这位颇有气派的侍者眼睛严峻地盯着我说,"他在这个法学院里多久了?"

"没超过三年。"我说。

我猜想,这个侍者在他那个教堂执事席里待了总有四十年了,因而不能再继续谈论这样一个无足轻重的话题了。他问我晚饭要吃点什么。

我觉得自己又回到英国了,而且实在为特雷德尔感到丧气。看来他似乎已经没有希望了。我轻声柔气地点了一块鱼和一份牛排,然后站在火炉前,沉思默想着特雷德尔默默无闻的处境。

我眼看着侍者头子离去,心里不禁想,能渐渐开出特雷德尔这样一朵花的花园,是个费尽心力、历尽艰辛才能发迹的地方。这儿有着那么一种墨守成规、顽固不化、一成不变、庄严肃穆、老成持重的气氛。我看了看整个房间，觉得它地上铺的沙子，毫无疑问，跟那个侍者头子还是孩子时的铺法，是完全一样的——如果他曾是一个孩子的话，不过看起来像是不可能的；我看了看那些闪闪发亮的桌子，从那老红木一平如镜的深处，我看到了反映出来的自己的影子；还有那些油灯，灯芯修剪得整整齐齐，灯台擦得一尘不染；舒适的绿色帷幔，由纯铜的杆子支着，严严实实地围着间间厢座；两座烧煤的大壁炉，烧得通红明亮；那一排排高大的注酒瓶，好像能让你感觉出那底下有着大桶大桶昂贵的陈年葡萄酒；看了这些以后，我深深感到，不管是英格兰还是它的法律界，确实都很难用强袭攻取的。我上楼到自己的卧室，换下了湿漉漉的衣服；这套装有护墙板的老式房间，空旷宽敞（我记得它就在通往法学院的拱道上面），四柱床的宽大庄重，五斗柜的严肃无畏，这一切仿佛全都联合一致，向特雷德尔的命运，或向任何他那样敢作敢为的青年，严厉地皱起眉头。我又走下楼来吃晚饭。就连吃饭的从容不迫，这地方的肃静有序——由于法庭的暑期休庭还没过去，这儿没有客人——都明白地显示出特雷德尔的胆大妄为，表明在今后的二十年内，他的生活希望极为渺茫。

自从我出国以来，我从没见到过这样的情况，这粉碎了我对我这位朋友的希望。那个侍者头子已经对我厌烦，不再到我跟前来，而是专门去伺候一位裹着高绑腿的老先生了，给他送上了一品脱特制葡萄酒；可这位老先生并没有点过酒，所以这酒就像是自己从地下酒窖里跑出来似的。另外那个侍者悄悄告诉我说，这位老先生是个退休的承办产权转让业务的律师，住在广场附近，手上有一大笔资财，大家推测，他会把这笔钱留给替他洗衣服那个妇人的女儿；另外据说，在他的柜子里藏有一套餐具，由于长期放置不用，都失去光泽了，不过从来没有人在他的房子里见过一件以上的匙子和叉子。到这时，我认为特雷德尔彻底完了，我心里断定，他是毫无希望了。

不过，由于我急于要见到我这位亲爱的老朋友，我还是匆匆地吃完晚饭（我这样匆匆忙忙，在那个侍者头子的心目中，决不可能提高对我的看法了），赶紧从后门出来了。大院二号很快就到了，我从门框上的住户名单上，知道特雷德尔先生租用的是一套顶楼的房间，于是我就往楼上走去。我发现这儿的楼梯摇摇晃晃，破旧不堪，每一层的楼梯口都点着一盏光线微弱的小油灯，细小的灯芯上结着灯花，在肮脏的玻璃罩里奄奄欲熄。

在我磕磕碰碰地上楼时,我觉得隐隐约约地听到一片欢快的笑声,不过,这笑声既不是事务律师的或出庭律师①的,也不是事务律师的文书的或出庭律师的文书的,而是两三个快活的女孩子的。可是当我停下来倾听时,我的一只脚碰巧掉进一个窟窿里(格雷法学院在这坏了的地板上少补了一块板),咕咚一声跌倒了;等我爬起来重又站稳时,一切都寂寞无声了。

我更加小心地摸索着走完剩下的一段路;当我发现门口漆有"特雷德尔先生"名字的那套房间外面的门开着时,我的心剧烈地跳动起来。我敲了敲门。里面响起了一阵相当慌乱急促的脚步声,但是再没有下文了。于是我又敲了敲门。

一个看上去挺机灵的半是听差半是文书的小伙子,上气不接下气地出来了,可是他看着我,那模样好像是要看看我能不能在法律上证明自己的身份似的。

"特雷德尔先生在吗?"我问道。

"在,先生,不过他正忙着呢。"

"我要见他。"

这个看上去挺机灵的小伙子朝我上下打量了一会后,决定让我进去。为此他把门开大了一点,先把我让进一间小门厅,然后再把我让进一间小小的会客室;在这儿,我来到了我的老朋友的面前(他也是上气不接下气的),只见他坐在桌子旁,埋头在看文件。

"我的天!"特雷德尔抬头一看,便叫了起来,"原来是科波菲尔!"说着就奔过来扑到我的怀里,我把他紧紧地搂住了。

"一切都好吧,我亲爱的特雷德尔?"

"一切都好,我亲爱的、亲爱的科波菲尔,只有好消息!"

我们俩都高兴得哭了起来。

"我亲爱的老伙计,"特雷德尔说着兴奋地胡乱抓着自己的头发,其实这是最没有必要的举动,"我最亲爱的科波菲尔,你这位久别重逢、最受欢迎的朋友,我见到你别提有多高兴了!你晒得多黑啊!我真是太高兴了!我敢说,我这辈子从来没有这么开心过,我亲爱的科波菲尔,从来没有过!"

---

① 有资格在任何法庭作辩护的律师。

我也同样无法表达出自己激动的感情。开始时，我什么话都说不出来了。

"我亲爱的老伙计！"特雷德尔说，"你现在是出了大名了！我了不起的科波菲尔！哎呀呀，我的天！你什么时候回来的？你打哪儿来？你一直都在干些什么？"

特雷德尔问了这些问题后，没容我做出任何回答，便使劲地把我按在火炉旁的一张安乐椅上，跟着在整个这段时间里，都用一只手性急地捅着炉火，另一只手扯我的围巾，慌乱中他把围巾错当成大衣了。还没等放下捅条，他就又来搂抱我了；于是我也搂抱住他；接着我们两人都笑了，并擦着眼泪坐了下来，然后又隔着火炉互相握手。

"想不到，"特雷德尔说，"你回来的时间，跟你理应回来的时间，隔得这么近，我亲爱的老同学，结果却没赶上参加典礼！"

"什么典礼呀，我亲爱的特雷德尔？"

"哎呀，我的天！"特雷德尔像往常那样睁大眼睛，大声喊道，"你没收到我最后给你的那封信吗？"

"要是说其中提到什么典礼的话，那肯定没有收到。"

"嗨，我亲爱的科波菲尔，"特雷德尔用双手把自己的头发抓得都要竖了起来，然后又把两只手分别放在我的膝盖上说，"我结婚了！"

"结婚了！"我高兴得叫了起来。

"感谢上帝，结婚了！"特雷德尔说，"由霍雷斯牧师主婚——跟苏菲结了婚——在德文郡。嗨，我亲爱的老朋友，苏菲就在窗帘后面呢！你瞧！"

让我吃惊的是，就在这时候，那个世界上最可爱的女孩，红着脸笑着，从她躲着的地方出来了。我相信（我没法不当场说出），世界上再也没有见过比她更高兴、更温柔、更诚恳、更快活、更光彩照人的新娘子了。我按老朋友应该做的那样吻了她，全心全意地祝他们幸福。

"啊呀，"特雷德尔说，"这是多么令人高兴的重聚啊！你晒得真黑啊，我亲爱的科波菲尔！我的天哪，我真是太高兴了！"

"我也一样！"我说。

"我相信，我也是！"苏菲满脸通红，笑着说。

"我们真是要多高兴有多高兴！"特雷德尔说，"连那几位姑娘也都高兴啊。哎呀,说真的,我把她们都给忘了。"

"把谁给忘了?"

"那几位姑娘,"特雷德尔说,"苏菲的姐妹呀。她们现在都在我们这儿,是来看看伦敦的。实情是,刚才——上楼的时候摔了一跤的是你吧,科波菲尔?"

"正是我。"我笑着说。

"那我就告诉你吧! 你上楼摔倒的时候,"特雷德尔说,"我正跟这几个姑娘闹着玩呢。实际是在玩抢壁角游戏①,可是因为这种游戏不能在威斯敏斯特大厅玩,而且要是让前来打官司的当事人看见了,会显得十分不成体统,所以她们就急忙逃开了。现在她们正在——听着呢,这我敢肯定。"特雷德尔看着另一间屋子的门说道。

"我很抱歉,"我重又笑着说,"把你们都搅散了。"

"我敢说,"特雷德尔极为高兴地接着说,"要是你看到她们在你敲门后四散跑开,接着又跑回来捡拾起头发上掉下的梳子,再发疯似的跑开的样子,你就不会这么说了。我的宝贝,你去把那几个姑娘叫回来好吗?"

苏菲步履轻快地跑去了。接着,我们就听到隔壁房间传来一阵迎接她的哄堂大笑声。

"真像是音乐,不是吗,我亲爱的科波菲尔?"特雷德尔说,"听起来非常悦耳。使得这些旧房间都满室生辉了。你知道,这对一个不幸一生都得独处的单身汉来说,这真是美妙极了,让人陶醉。这几个可怜的小家伙,苏菲一结婚,她们的损失可大了——我敢向你保证,科波菲尔,苏菲是个,一向就是个最招人喜欢的女孩! ——现在我看到她们这样高兴,我心里那份满意的心情,也就没法形容了。跟女孩子们在一起,是件非常愉快的事情,科波菲尔。这虽不合职业体统,但确实是非常愉快的。"

我发现他说话有点支支吾吾起来,我知道,这是因为他心肠好,怕他说的话会引起我伤心,所以我就非常诚恳地表示我同意他的说法,我的态度显然使他大为放心,也使他大为高兴。

---

① 一种儿童游戏。四角各站一人,中间站一人,四角的人更换位置时,中间的人趁机抢占其中一角。

"不过,"特雷德尔说,"我们的家务安排,说句实话,完全不合律师的体统,我亲爱的科波菲尔。就连苏菲住在这儿,也是不合体统的。可是我们没有别的住处呀。我们已经乘上一条小船出海了,不过我们也充分准备好过苦日子。苏菲是个非常杰出的好管家! 那班姑娘是怎么挤着住下的,你听了一定会感到吃惊。说实话,就连我都不知道是怎么安置下来的。"

"跟你们一起住的有很多姑娘吗?"我问道。

"老大,那个美人儿,在这儿,"特雷德尔低声悄悄说,"她叫卡罗琳。萨拉也在这儿——你知道,就是以前我跟你说过的、脊椎有点毛病的那个。现在好多了! 跟我们一起的,还有两个最小的,苏菲负责教育的。还有路易莎,也在这儿。"

"真的!"我叫了起来。

"真的,"特雷德尔说,"瞧,这一套房子——我说的是房间——只有三个房间,可是苏菲用最奇妙的方法把姐妹们安顿下来了,而且她们睡得要多舒服有多舒服。三个住那面那个,"特雷德尔说着用手一指,"两个住这面这间。"

我禁不住朝四周看了一眼,想要找到特雷德尔先生和特雷德尔太太安身的地方。特雷德尔懂得了我的意思。

"哦!"特雷德尔说,"我刚才已经说了,我们已准备好过苦日子,上个星期我们就是在这儿的地板上临时铺了一张床。不过楼顶上还有一间小房间——一个很可爱的小房间,上去一看就知道了——为了让我惊喜,苏菲亲手给它糊了墙纸;就是我们俩现在的房间了。这是个绝妙的吉卜赛式的小天地。从那儿可以看到很多风景呢。"

"你终于幸福地结了婚了,我亲爱的特雷德尔!"我说,"我听了多高兴啊!"

"谢谢你,我亲爱的科波菲尔,"当我们有一次握手时,特雷德尔说,"是的,我现在要多幸福有多幸福。你瞧,你的老朋友在这儿,"特雷德尔说着,朝那个花盆和花架得意地点着头,"还有这张大理石桌面的桌子! 所有别的家具都是普普通通的,合用就成了,这你看得出来。至于银餐具,哎呀,我的天,我们连一把银茶匙都还没有呢!"

"一切都得费力去挣来,是吧?"我愉快地说。

"确实如此，"特雷德尔回答说，"一切都得费力去挣来。当然，我们也有一些叫作茶匙的东西，因为我们的茶也是要搅动的，只不过它们是不列颠合金①的罢了。"

"将来有了银的，就更耀眼了。"我说道。

"我们也是这么说的！"特雷德尔叫了起来，"你瞧，我亲爱的科波菲尔，"他又放低了声音悄悄说，"当我发表了模拟案例吉帕斯控威格泽尔一案的辩护后（这一辩护对我当上律师大有帮助），我就去德文郡，跟霍雷斯牧师大人进行了一次严肃的私人恳谈。我始终强调这一事实，苏菲——我敢向你保证，她是个最可爱的女孩！——"

"我也敢断定，她是个最可爱的女孩！"我说。

"她的确是个最可爱的女孩！"特雷德尔回答说，"不过我恐怕说得离了题了。我是不是提到霍雷斯牧师了？"

"你说你始终强调这一事实——"

"一点没错！事实是苏菲跟我订婚已经很长时间了。只要父母允许，苏菲非常愿意——简单地说吧，"特雷德尔像往常那样坦率地微笑着说，"在只用得起不列颠合金的现状下，和我一块儿过日子。就是这样。接着我就对霍雷斯牧师——他是一位最了不起的牧师，科波菲尔；他应该当主教的；要不，至少生活应该过得充裕点，不像现在这样紧缺才是——提议说，要是我有了转机，比如说，一年能挣到两百五十镑；要是明年我能相当有把握地挣到这一数目，甚至情况还要更好一点；此外还能准备好像现在这样一个陈设简单的小住处。要是这样的话，那苏菲跟我就该可以结婚了。我大胆地说，我们已经耐心等待了好多年了；苏菲在家里固然特别顶用，不过不应该因此她慈爱的双亲就不让她成家立业——你的看法呢？"

"当然不应该。"我说。

"你也这样看，我很高兴，科波菲尔，"特雷德尔回答说，"因为，我丝毫都没有责怪霍雷斯牧师的意思，不过我认为，做父母的，做兄弟的，等等，在这类事情上，有时候是相当自私的。哦！我还指出，我最真诚的愿望是，对他们这家人有所帮助；要是我在社会上能有出息，不管他遇上什么事——我

---

① 一种银白色锡锑铜合金，常用以制餐具。

这是指霍雷斯牧师——"

"我明白。"我说。

"——也是指克鲁勒太太说的——到那时,要是我能做他们家这些姑娘们的保护人,那就最称我的心愿了。霍雷斯牧师以最值得称许的态度给我作了回答,这使我感到极其满意,他还提出由他负责说服克鲁勒太太,要她同意这种安排。可是对她谈这件事,他们可遇上极大的麻烦了。它从她的双腿冲上她的心口,然后又从心口冲上她的脑袋——"

"什么东西往上冲呀?"我问道。

"她的悲痛呀,"特雷德尔表情严肃地回答说,"她的全部感情呀,我以前说过,她是个很出色的女人,可惜她的两条腿不顶用了。不管发生什么让她苦恼的事,通常总是淤积在她那两条腿上,可是这一回却冲上了心口,接着还冲上了脑袋,而且,简单地说吧,还以最惊人的气势传遍了全身。不过,他们还是坚持不懈,细心看护,总算把她给救治过来了;到昨天为止,我们结婚已经有六个星期了。科波菲尔,当我看到他们全家人个个放声大哭,朝四面八方晕倒时,你简直想象不出,我觉得自己是一个怎样的魔鬼啊!直到我们离开那儿的时候,克鲁勒太太都不愿见我——都不能宽恕我,因为我抢走了她的孩子——不过她毕竟是个好人,打那以后,她就宽恕我了。就在今天早上,我就收到了一封让我高兴的信。"

"总而言之,我亲爱的朋友,"我说,"你感受到你应当感受的幸福了。"

"哦,这是你对我的偏爱!"特雷德尔笑着说,"不过,说真的,我现在的状况确实让人羡慕极了。我努力工作,孜孜不倦地钻研法律。每天早晨五点钟就起床,而且根本不当一回事。白天我把姑娘们藏起来,晚上跟她们一起玩。我跟你实说了吧,米迦勒节①前一天,也就是星期二,她们就要回去了,我心里正为这老大不高兴呢。瞧,"特雷德尔突然中断了跟我的私下谈话,大声说,"姑娘们来了!科波菲尔先生,这是克鲁勒小姐——萨拉小姐——路易莎小姐——玛格丽特和露西!"

她们真是一簇完美无比的玫瑰花;看上去那么生气勃勃、鲜艳清新。她们一个个都很漂亮,卡罗琳小姐则更为秀美,不过在苏菲那光彩照人的容貌

---

① 每年九月二十九日,为纪念天使长米迦勒的节日。

中,有着一种温柔欢快、宜室宜家的气质,这比美貌更胜一筹,由此我敢断定,我的朋友选对人了。我们都围着壁炉坐着。我现在推测,那个机灵的小伙子当时所以上气不接下气,准是忙着摆出文件,这会儿他又把文件收起来了,然后端来了茶具。随后,他就冲着我们砰的一声关上外室的门,告退安歇去了。特雷德尔太太那双家庭主妇的眼睛中,闪出十分愉快、安详的目光,沏好了茶,然后就静静地坐在壁炉的一角,烤起面包片来。

她在烤面包片时告诉我说,她见过爱格妮斯。"汤姆"曾带她到肯特郡作蜜月旅行,她在那儿还见到过我姨婆;我姨婆和爱格妮斯两人身体都很好,她们只顾谈论我,别的都没顾得上谈。她坚决相信,在我整个出国期间,"汤姆"无时无刻不想念我。"汤姆"在一切事情上都是权威;"汤姆"显然是她一生崇拜的偶像;任何动乱都动摇不了这尊偶像的基座;不管发生什么事情,她都永远全心全意地信赖他,永远五体投地地崇拜他。

她和特雷德尔两人对那位"大美人"所表现的尊敬,让我看了感到非常高兴。我并不是说,我认为这是合情合理的;但是我却认为这是令人愉快的,因为这实质上正是他们性格的一部分。如果特雷德尔一时想到他仍得挣到银茶匙,那我毫不怀疑,一定是在他给"大美人"递茶的时候。如果他那脾气温柔的太太对任何人自作主张,我敢断定,那也只能是因为她是"大美人"的妹妹。我发现在"大美人"身上偶尔表现出娇气和任性,而在特雷德尔和他太太看来,显然会认为这是她与生俱来的权利和天赋。如果她生来就是蜂王,他们就是工蜂,对此他们是再满足也没有了。

不过,他们的这种忘我精神真把我给迷住了。他们为这些姑娘骄傲,对她们的古怪念头百依百顺,这些琐事都令人愉快地表明了他们自身的美德,这是我极想看到的。那天晚上,特雷德尔的那些大姨子、小姨子,这个那个的,"宝贝""宝贝"把他叫个不停,一小时内至少要叫上十二次;一会儿要他取来什么,一会儿要他拿走什么,一会儿要他拿起这个,一会儿要他放下那个,一会儿要他找这个,一会儿要他找那个。同样,没有苏菲,她们也什么都做不了。有人头发披散下来了,只有苏菲才能帮她梳好。有人忘了一支曲子怎么唱了,只有苏菲能正确哼出。有人想不起德文郡的某个地名了,只有苏菲能想起来。有件事情得写信告诉家里,只有苏菲最可靠,吃早饭前就把信写好了。有人织毛线出错了,只有苏菲能把织错的地方纠正过来。她们一个个都是这儿的至高无上的女主人,而苏菲和特雷德尔则是伺候她们的奴仆。我想象不出,苏菲一生照看过多少小孩,但她似乎熟悉各种用英语唱给孩子们听的儿歌;她能用世界上最清脆的小嗓子,按照别人点的,一支接一支地唱上几打(每个姐妹点的都是不同的歌,通常都由"大美人"最后敲定),这种情况让我看得着迷。其中最可贵的是,尽管姐妹们硬要他们做这个,干那个,但她们对苏菲和特雷德尔都怀有深深的爱心和敬意。我敢说,在我跟她们告辞,特雷德尔要送我回咖啡馆时,我觉得,我还从来不曾见过一个长满倔强头发的脑袋,或者是长满别种头发的脑袋,在这样阵雨般的亲吻中四处转动。

总之,在我回到咖啡馆,跟特雷德尔道别后,我还禁不住又津津有味地把刚才那番情景细想了老半天。即使我在那套破旧的格雷法学院大院顶楼的房间里,看到有一千朵玫瑰花怒放,它们能给它增添的光辉,恐怕也不及现在的一半。想到在枯燥呆板的法律文书代写人和事务律师的事务所里,加进了德文郡的姑娘们,想到在吸墨粉、羊皮纸、红文件带、封缄纸、墨水瓶、便笺、稿纸、法律报告、公告、原告诉状、讼费清单等令人生厌的阴郁气氛里,却有茶点、烤面包片和儿歌,这情景几乎像令人愉快的遐想,我仿佛梦见显赫的苏丹家族已进入事务律师的行列,而且还把能言鸟、善歌树和金水河①带进了格雷法学院大厅。不管怎么样,那天晚上在我向特雷德尔告别、回咖啡馆过夜时,我发现,我为特雷德尔感到失望的心情,大大地改变了。我开始觉得,不管英国侍者头子的脑袋里有多少例行的排名,特雷德尔都一定会出人头地的。

我拖来一张椅子,放到咖啡馆的一个壁炉跟前,悠闲地琢磨起特雷德尔的事情,可是我渐渐地从考虑他的幸福,转而探索起熊熊煤火里的景象来了。随着煤块烧裂、变样,我想到了我自己一生经历的重大变迁和生离死别。在我离开英国的这三年中,我没有见到过煤火,不过我见到过许多柴火;当木柴烧成灰白色的灰烬,和炉床里羽毛似的灰堆混在一起时,在我当时那种沮丧的心情下,那正好象征了我那死去的希望。

现在我可以认真地追忆过去了,虽然心情依然沉重,但已不再感到痛

---

① 见《一千零一夜》中嫉妒妹妹的姐姐们的故事。

苦,而且也能以一种勇敢的精神展望未来了。家庭,以它最好的含意来说,对我已经不复存在。我本来可以使之产生更亲密感情的那个人,我却教她成了我的姐妹。她会结婚,会有新人要求她钟爱;那样一来,她就永远不会知道已在我心里成长的对她的爱情了。我应该为我轻率的感情受到惩罚,这是理所当然的。我这是自食其果。

我正在想,我的心是否在这方面真正受到了磨炼,是否能坚定地承受住这一现实,是否能平静地在她的家庭中占有一个地位,就像她过去在我的家庭中占有的地位那样——就在这时候,我发现我的目光落在了一张脸上,这张脸就像是从炉火中冒出来似的,它引起了我儿时的记忆。

瘦小的齐利普先生,我在本书的第一章中就提到他了,蒙他为我的降生出了力的那位医生。他就坐在我对面的一个昏暗的角落里看报。到现在,许多年过去,他已经老了,可他是个谦和、温顺、文静的小个子,日子过得还顺当,因此我觉得他看起来,可能正像当年坐在我家的客厅里,等待我呱呱坠地时的样子。

齐利普先生六七年前就离开布兰德斯通了,打那以后我就再没见到他。他正静静地坐在那儿专心看报,他的小脑袋歪在一边,手边还放着一杯热腾腾的雪利尼格斯酒①。他的态度那么谦和、友善,好像因为他冒昧地看那张报纸,所以要向它道歉似的。

我走到他坐的地方,说道:"你好吗,齐利普先生?"

他被一个陌生人这样突如其来的问候,弄得大为不安,便用他那慢条斯理的样子回答说:"谢谢你,先生,你太客气啦。谢谢你,先生。我希望你也一切都好。"

"你不记得我了?"我说。

"哦,先生,"齐利普先生朝我打量了一会,摇了摇头,非常和蔼地微笑着回答说,"我有一种印象,觉得你看起来有点面熟,先生;不过实在想不起你的尊姓大名了。"

"可是,你知道这个名字,早在我自己知道之前,你就知道了。"我回答说。

---

① 由白葡萄酒、热水、糖、柠檬汁和肉豆蔻等掺和而成。

"真的吗,先生?"齐利普先生说,"可能是我有幸,为你接——?"

"正是。"我说。

"哎呀!"齐利普先生喊了起来,"不过,毫无疑问,打那以后,你大大地变了样子了吧,先生?"

"很有可能。"我回答说。

"哦,先生,"齐利普先生说,"要是我非得请教你的尊姓大名不可,我想你不会见怪吧?"

我告诉他我的姓名后,他真的大为感动。他认真地跟我握了手——这对他来说是一种剧烈的行动,因为他通常只把他那微温的、分鱼刀①似的手,伸出离臀部一两英寸远,而且不管什么人握住它,他都会表现出极大的不安。即使现在,他刚把手撤回,便立即把它插进外衣口袋,好像他把它安全撤回后,才放心似的。

"哎呀,先生,"齐利普先生歪着脑袋打量着我说,"原来是科波菲尔先生,是吗? 哦,先生,我想要是我刚才不怕失礼,仔细地多看你几眼,那我就能认出你来了。你跟你那可怜的父亲真是像极了,先生。"

"我一直没有福气见到我父亲。"我说道。

"是啊,的确是这样,先生,"齐利普先生用一种安慰我的声调说,"不管从哪方面来说,这都是一大憾事! 不过即便在我们那一带,先生,"齐利普先生缓缓地摇着他的小脑袋说,"对你的大名,也不是一无所知的。我看你这儿一定很紧张,先生,"齐利普先生用食指敲着自己的前额说,"你一定觉得这是一种很艰苦的职业吧,先生!"

"你刚才说的你们那一带是哪儿呀?"我在他旁边坐下,问道。

"我就住在离伯里圣埃德蒙兹几英里的地方,先生,"齐利普先生说,"齐利普太太根据她父亲的遗嘱,继承了附近的一点产业,我也就在那儿申请了一个行医执照。听到我在那儿干得还不错,你一定会很高兴的。我的女儿现在也已长成一个高高的大姑娘了,先生,"齐利普先生说着,又微微摇了摇他的小脑袋,"就在上个星期,她母亲把她的连衣裙放下了两个褶子。你瞧,时光岁月就是这样啊,先生!"

---

① 餐桌上切鱼、分鱼用,亦为煎鱼时所用,形如小铲。

这位瘦小的老人一面抒发着这样的感想,一面把已经空了的酒杯举到唇边;于是我就向他提议,把酒杯再斟满,我也愿意陪他喝上一杯。"哦,先生,"他慢条斯理地说,"我已经喝得过量了;不过跟你聊天的这种乐趣,我实在不能割舍。想起我有幸在你出疹子时照料过你,这好像就是昨天的事一样。那场疹子,你出得顺利极了,先生!"

我对他的夸奖表示了谢意,接着叫了尼格斯酒。酒很快就送上来了。"这可真是一次不同寻常的放纵啊!"齐利普先生一面搅拌着酒,一面说,"不过遇上这样难得的机会,我实在不能拒绝。你还没有续娶吧,先生?"

我摇了摇头。

"我知道你几年前遭了丧偶之痛,先生,"齐利普先生说,"我是听你继父的姐姐说的。她可是个有坚定性格的人物,是吗,先生?"

"嗯,没错,"我说道,"够坚定的。你在哪儿见到她的,齐利普先生?"

"你不知道,先生?"齐利普先生带着他那温和的笑容说,"你继父又做了我的邻居了。"

"不知道。"我说。

"他真的又做了我的邻居了,先生!"齐利普先生说,"娶了那儿的一位年轻小姐,她带过来一份不算少的财产,唉,一个可怜的人。——你现在做这种费脑筋的工作,先生,你不感到累吗?"说着,齐利普先生像只知更鸟似的带着羡慕的眼光看着我。

我避开了这个问题,把话题又拉回到谋得斯通姐弟身上。"我知道他又结了婚。你给他们家看病吗?"我问道。

"不常去。他们请过我。"他回答说,"根据颅相学来看,谋得斯通先生和他姐姐身上,坚定的器官太发达了,先生。"

我用富于表情的神色给他做了回答,这使齐利普先生受到了鼓舞,再加上尼格斯酒的作用,他把头短促地摇了几摇,深为感慨地大声说:"啊,哎呀呀! 旧日的往事,我们是忘不了的,科波菲尔先生!"

"那姐弟俩还在走他们的老路,是吗?"我说。

"呃,先生,"齐利普先生回答说,"一个行医的人,老是走家串户的,对于他职业之外的事,本该一概视而不见,听而不闻的。不过我还得说,他们是很严厉的,先生;不管对今生今世,还是对来生来世,都是如此。"

"我敢说,来生来世的安排,跟他们就没有多大关系了,"我回答说,"对今生今世,他们正在干些什么呢?"

齐利普先生摇了摇脑袋,搅了搅尼格斯酒,然后抿了一小口。

"她是位招人喜欢的女人,先生!"他带着一种伤感的神气说。

"你说的是现在的谋得斯通太太吗?"

"确实是位招人喜爱的女人,先生!"齐利普先生说,"我得说,要多亲切有多亲切!齐利普太太的看法是,打从她结婚以后,她的精神就完全给弄垮了,现在几乎已忧郁得像个疯子了。女人们,"齐利普先生胆怯地说,"是伟大的观察家啊,先生!"

"我看,她要被他们按他们那万恶的模式制服了,老天爷救救她吧!"我说道,"而且已经让他们给制服了。"

"哦,先生,刚开始时,他们倒也大吵大闹过几回,这我敢对你保证,"齐利普先生说,"可现在她完全成了一个影子了。自从他姐姐来帮着管家以后,他们姐弟俩沆瀣一气,把她折磨得又呆又傻了。我对你这样说,先生,你不会认为我冒失吧?"

我对他说,我完全相信他的话。

"在你我之间,先生,"齐利普先生一面说,一面又呷了一口酒壮了壮胆,"我可以毫不犹豫地说,她母亲就是死在这上头的——他们的霸道、阴险以及忧郁把谋得斯通太太几乎折磨成一个疯子了。结婚之前,她本是个挺活泼的年轻女人,先生,可是他们的阴郁和严酷把她给毁了。他们现在把她带到这儿那儿去,根本不像是她的丈夫和大姑,倒像是她的看守。这是上星期齐利普太太刚跟我说的。我敢对你保证,先生,女人是伟大的观察家。齐利普太太本人就是一位伟大的观察家啊!"

"他仍阴阳怪气地宣称自己笃信宗教(我实在羞于把宗教这个词这样跟他连在一起)吗?"我问道。

"给你说中了,先生,"齐利普先生说,因为喝酒过了量,不习惯这种刺激,眼皮全变红了,"这正是齐利普太太给人印象最深的一句话。齐利普太太指出,"他心平气和、慢条斯理地继续说,"说谋得斯通先生树立了他自己的一尊偶像,管它叫作'神性'。我听了这话,简直就跟被电击了似的。在齐利普太太说这话时,我向你保证,先生,你用鹅毛笔的那根鹅毛,就可以把

我打翻在地。女人们真是伟大的观察家啊,先生!"

"这是凭她的直觉。"我这样说,他大为高兴。

"我的看法得到你这样支持,我很高兴,先生,"他回答说,"我向你保证,我冒昧地发表与医学无关的意见,是不常有的。谋得斯通先生有时还发表公开演说,据说——简而言之,先生,据齐利普太太说——近来他越来越凶恶专横了,他的主张也愈来愈残忍了。"

"我相信齐利普太太的话完全正确。"我说。

"齐利普太太甚至还说,"这个小个子中最温顺的老人,由于得到很大的鼓励,接着说,"他们胡说他们那一套是宗教,其实他们是在发泄自己的怒气和傲气。我一定得说,先生,"他慢慢地把脑袋歪向一边,继续说,"你知道吗?谋得斯通先生和谋得斯通小姐说的那一套,我在《新约》里根本找不到根据。"

"我也从来没有找到过!"我说。

"同时,先生,"齐利普先生说,"他们很不得人心;因为他们随心所欲地诅咒每个不喜欢他们的人下地狱,要真那样,那我们左邻右舍中就有很多人下地狱了!不过,据齐利普太太说,先生,他们自己也在不断受到惩罚;因为他们只能返诸自身,自食其心,而自己的心可不是什么好吃的东西啊。好了,先生,要是你不怪我老话重提,还是谈一谈你的脑子吧。你是不是老让你的脑子处于兴奋状态呀,先生?"

我发现,在齐利普先生自己的脑子因尼格斯酒的刺激而兴奋起来的情况下,把他的注意力从这个话题转向他自己的事情,是并不困难的。因为在后来的半个小时里,他一直滔滔不绝地尽谈他自己的事情。从他所谈到的消息中,还让我了解到,他当时所以来格雷法学院咖啡馆,是因为他要在一个精神病学委员会上,对一个因饮酒过度而精神错乱的病人,提供他精神状态方面的医学证据。

"我跟你说实话吧,先生,"他说,"在这种场合,我的神经特别紧张。我是经不住别人的所谓'吓唬'的,先生。那会让我完全不知所措。你出生的那天晚上,那位让人生畏的女士的行为,吓得我过了很久才回过神来呢。这你知道吗,科波菲尔先生?"

我告诉他,明天一早我就要去看望我的姨婆,也就是那天晚上那位让人生畏的女士;我还告诉他,她是一位最仁慈、最了不起的女人,要是他对她更熟悉一些,他就会充分了解这一点了。可是,只要想到有可能再见到她,他好像就吓坏了。他淡淡地微笑着回答说:"她真是这样吗,先生? 真的?"接着,几乎便立刻要来一支蜡烛,上床睡觉去了,好像除此之外,哪儿都不太安全似的。实际上,他并没有让尼格斯酒弄得晃晃悠悠;但是我却认为,他那平缓的小小脉搏,比起那天晚上我姨婆在失望之余用软帽打了他一下那会来,每分钟一定多跳了两三下。

午夜时分,我感到疲惫不堪,也去睡觉了。第二天,在去多佛的马车上过了一整天;在我姨婆吃茶点的时候,我平安抵达,径直闯进她的那间老客厅(她现在戴眼镜了),受到了她、狄克先生,还有亲爱的老佩格蒂的欢迎(佩格蒂现在是我姨婆的管家了),他们都张开双臂紧紧搂抱我,高兴得老泪纵横。当我们平静下来,开始叙谈时,我对姨婆讲了怎样碰到齐利普先生,以及他怎样想起她还胆战心惊的事,我姨婆听了乐得不可开交。她和佩格蒂两人,有关我那可怜母亲的第二个丈夫,以及那个"谋杀人的姐姐",是有很多话好说的——我想,不管会受到什么惩罚,我的姨婆都决不会用任何教名、姓氏,或别的什么名字来称呼那个女人的。

第六十章

爱 格 妮 斯

房里只剩下了姨婆和我两人，我们一直谈到了深夜。我们谈到那些移居海外的人，写信回来从来不谈别的，只讲事事如意，充满希望；谈到米考伯先生真的按照人与人之间的关系，一丝不苟地一小笔一小笔汇回款项，以归还那些"金钱上的债务"；还谈到珍妮特在我姨婆回多佛后，又来伺候了她一段时间，后来跟一个生意兴隆的酒馆老板结了婚，终于实现了她那誓绝男人的主张；在这场婚姻里，我姨婆对新娘子起了教唆和帮凶作用，她还亲自出席婚礼，并把婚礼推向高潮，以此表示了对那同一伟大原则的认可；以上这些，都是我们谈到的话题——尽管从他们给我的信中，我对此早已略知一二了。像往常一样，狄克先生也是不会被忘记的。我姨婆告诉我说，他一直在不断地抄写一切他能弄到手的东西，凭借这种貌似正业的工作，恭敬地来保持和查理一世国王之间的距离。我姨婆认为，只要狄克先生自由快乐，不用经受拘谨单调的痛苦，就是她一生中最大的欢乐和报偿；她还认为，除了她，没有一个人能充分了解他是怎样一个人（这是一个新奇的结论）。

"那么，特洛，你什么时候，"当我们像往常那样坐在壁炉前时，我姨婆拍着我的手背说，"你打算什么时候去坎特伯雷呢？"

"我想弄匹马，明天早上骑马去，姨婆，除非你也跟我一起去。"

"我不去！"我姨婆直截了当地回答说，"我哪儿也不想去。"

于是我说，那我就骑马去了。我还说，要是我今天来看望的不是她，而是别的任何人，那我是决不会路过坎特伯雷而不停留的。

她听了很高兴，但是却回答说："嗨，特洛！我这把老骨头明天是散不了架的啊!"当我心事重重地坐在那儿看着炉火时,她又轻轻地拍拍我的手。

我心事重重,因为我又来到这儿,离爱格妮斯这么近,这就不能不使我重又想起那久久盘踞在我心头的悔恨。这种悔恨,也许已经有所缓和,已教会了我年轻气盛时没有学会的东西,可是悔恨依然是悔恨。"哦,特洛,"我仿佛听到我姨婆又在对我说,"瞎了眼啦!瞎了眼啦!瞎了眼啦!"——现在我能较好地领会她的意思了。

我们两个都沉默了几分钟。当我抬起眼睛时,我发现她正目不转睛地朝我细看着。也许她已看出我的心思,随着我的思路在思索。因为我觉得,虽然我的思路过去曾经随心所欲、不可捉摸,但现在却已不难寻其踪迹了。

"你会看到,她父亲已是个白发苍苍的老人,"我姨婆说,"不过从其他各个方面来说,他都更好了——是个弃旧图新的人了。你再也不会看到,他用那把糟透的分寸必较的小尺子来衡量人生的利害、忧乐了。相信我的话,孩子,这类事,照那样的量法,没等量出个结果,必定就缩小好多了。"

"确实是这样。"我说。

"你也会见到她,"我姨婆接着说,"她仍跟往常那样善良、美丽、真诚、无私。要是我还知道什么更好的赞美字眼的话,特洛,我一定会用来赞美她的。"

对她,再高度的赞扬也不会过分,对我,再严厉的责备也不会过头。哦,我在歪路上走得多远了啊!

"要是她能把她身边的那些年轻女孩,调教得都像她自己那样,"我姨婆说着,被自己的热诚感动得满眼含泪,"上天知道,那她的这一生就不算虚度了!于人有益,于己快乐,就像那天她自己说的那样!除了于人有益,于己快乐外,她怎么还会是别的样子啊!"

"爱格妮斯有没有——"我这与其说是在对我姨婆说话,倒不如说是在自言自语。

"呃?嗯?有没有什么?"我姨婆急着追问道。

"有没有向她求爱的人呀。"我说。

"至少有二十个,"我姨婆喊了起来,得意中带着愤慨,"打你走后,我亲爱的,她要是想结婚的话,二十次婚都结过了!"

"毫无疑问,"我说,"毫无疑问。不过有没有什么配得上她的意中人

呢？配不上她的,爱格妮斯是看不上眼的。"

我姨婆坐在那儿,手托下巴沉思了一会,然后慢慢地抬起眼睛,看着我说:

"我猜想她有个心上人,特洛。"

"一个幸运的人?"我说。

"特洛,"我姨婆严厉地回答说,"这我可不能说。就连刚才的话,我都没有权利告诉你。她从没私下对我说过这事,我这只不过是猜测罢了。"

她那么关心专注,那么急切不安地看着我(我甚至看见她在颤抖),因此我这时比此前更清楚地感到,她一直随着我刚才的思路在琢磨。我提醒自己,要记住所有那么多日日夜夜里,所有那么多内心斗争中所下定的决心。

"要是真是这样,"我开口说,"我希望——"

"我不知道是不是真是这样,"我姨婆赶忙说,"你不应该受我的猜测的支配。这话你可得保守秘密。也许这种可能很小。我本来就不应该说出来的。"

"要是真是这样,"我重复说,"爱格妮斯在适当的时候自会告诉我的。一个我对她说过那么多知心话的姐妹,姨婆,是不会不愿对我说知心话的。"

我姨婆像原先把目光移到我身上时那样,又慢慢地把目光从我身上移开了,若有所思地用一只手捂住了眼睛。过了一会,她又把另一只手放到我的肩膀上;我们两人就这么坐着,回想着过去,没有再说一句话,直到分手去就寝的时候。

第二天一大早,我就骑马上路了,径直向我从前求学时期的那个地方奔去。尽管我很快又能和她见面了,但是在那种盼望能战胜自我的心情下,我不能说我心里是很高兴的。

那段熟悉的路程很快就走过了,我进入了那些宁静的街道,这儿的每一块石头,对我来说,都是一本童年读过的书。我步行来到那座老宅跟前,可是由于心潮激荡,未敢径直进去,又折了回来。后来我重又转了回来;经过那个先是乌利亚·希普、后来是米考伯先生经常坐的圆形房间时,我从它那低矮的窗户往里张望,发现它现在已是个小客厅,而不是办公室了。除此之外,这座肃穆端庄的老宅,仍像我第一次见到它时那样整齐洁净。我请那个把我让进门的新女仆通报威克菲尔小姐,说有个刚从国外归来的先生,是她的朋友,特来拜访她。她领着我走上那庄严的老楼梯(她还提醒我留神那些我了如指掌的梯阶),走进那依然故我的客厅。

爱格妮斯跟我一起读过的那些书,依然摆在书架上。我过去许多个夜晚趴在上面做功课的那张书桌,仍旧摆在一张大桌子一角的旁边。希普母子占用这间屋子时逐渐带来的一些小变动,又都改变过来了。一切都恢复成当年快乐岁月的样子。

我站在窗子旁,隔着古老的街道,看着对面的那些房子,回想起我初来这儿时,怎样在雨天的下午眺望着这些房子,怎样常常琢磨在各个窗口出现的人,怎样目送他们上楼下楼,望着脚穿木套鞋的妇女,咔嗒咔嗒地在人行道上走过,以及阴雨从天空斜洒而下,雨水从落水管中溢出,流到了大街上。在那阴雨的夜晚,黄昏时分,我还常常看到那些进城来的流浪汉,他们肩上的棍子一头挑着行李卷,一瘸一拐地走着。我当年看着他们时的心情,此时又回到了我的心头;像那时一样,伴随而来的有潮湿的泥土以及淋湿的树叶和荆棘的气味,还带来了我自己在长途跋涉中微风吹拂的感觉。

装有护墙板的墙壁上,一扇小门突然打开了,我吃了一惊,急忙转过身来。只见爱格妮斯径直朝我走来,她那对美丽娴静的眼睛和我的眼睛相遇了。她站了下来,把手放在心口上,我用双臂把她搂在了怀中。

"爱格妮斯!我亲爱的姑娘!我来得太突然了吧。"

"不,不!看到你我多高兴啊,特洛伍德!"

"亲爱的爱格妮斯,我又见到你了,我多幸福啊!"

我把她紧紧地搂在怀中,有一小会儿,我们俩都默默无言。随后,我们肩并肩地坐了下来;她那天使般的脸庞转向我一边,面带我几年来朝思暮想的那种殷切欢迎之情。

她是那么真诚,那么美丽,那么善良——我欠她那么多的感激之情,我感到她对我是那么亲密,一时间我都不知如何来表达我激动的心情了。我想要为她祝福,想要向她致谢,想要对她说她对我的影响(像给她的信中常说的那样),但是我所有的努力全是徒劳,我的情爱和我的快乐,全都哑口无言。

她用她那温柔的娴静使我的激动平静了下来,把我引回到我们分手的那段时光；她对我讲到艾米莉，说她曾多次偷偷地去看过她，还满怀怜惜地和我谈起朵拉的坟墓。她用她那高尚心灵中一贯正确的本能，那么轻柔和谐地把我记忆的琴弦拨动，使我毫无不快之感。我能倾听这些悲凄悠远的乐声，但我不想畏避它所唤醒的任何感情。既然她本人、我生命中的吉神，已和这样的感情融为一体，我怎么还能畏避呢？

"你呢，爱格妮斯，"过了一会儿，我说，"说说你自己吧。过去这么久，你几乎很少跟我说起你自己的生活！"

"我有什么好说的呀？"她嫣然一笑，回答说，"爸爸身体健康；我们安安静静地待在自己家里，这你在这儿都看到了；我们的忧虑解除了，我们的家重又归还给了我们；知道了这些，亲爱的特洛伍德，你就知道了一切！"

"这是一切吗，爱格妮斯？"我说。

她望着我，脸上露出一丝不安的惊异之色。

"再没有别的了吗，妹妹？"我说。

她方才变白的脸色，刚刚复原，这会儿又变白了。她微微一笑，我觉得，那笑容中带着淡淡的哀愁；她摇了摇头。

我本想把她引到我姨婆隐约透露的那件事情上去；因为，虽然听了她的知心话一定会使我深感痛苦，但我要磨炼我的心，同时尽我对她的责任。然而，我发现她面有难色，于是我便把这事放过了。

"你有很多事要做吧，亲爱的爱格妮斯？"

"你是说我的学校？"说着，她又带着她那快活而安详的表情，抬头看着我。

"是的。学校的事很辛苦吧，是不是？"

"这项工作是非常愉快的，"她回答说，"要是把它说成辛苦，那我就太不懂得感恩了。"

"凡是好事，你做起来都不觉得困难的。"我说。

她的脸上又是红一阵、白一阵的；在她低下头去的时候，我又一次看到她那带着淡淡哀愁的微笑。

"你等会儿，见见爸爸，"爱格妮斯高兴地说，"跟我们一块儿过一天，好吗？你也许想在你自己的房间里睡一夜吧？我们一直把那间房间叫作你的房间。"

那可不好办,因为我已经答应了我姨婆,晚上骑马回到她那儿。不过我可以高高兴兴地在那儿过一个白天。

"我得去当一会儿囚徒了,"爱格妮斯说,"不过,从前的那些书都在这儿,特洛伍德,还有从前的那些乐谱。"

"就连从前的那些花儿,也在这儿呢,"我朝四周看了看,说道,"或者说还是从前的那些品种。"

"在你出国期间,我找到了一件乐事,"爱格妮斯微笑着回答说,"就是让每样东西都保持着从前我们还是小孩子时的样子。因为我觉得,那时候我们是非常快乐的。"

"是啊,那时候我们的确是非常快乐的!"我说。

"每一件能让我想起我兄弟的小东西,"爱格妮斯把自己那诚挚的目光高高兴兴地转向我,说道,"都是一个受欢迎的伴侣。就连这个,"她指给我看依旧挂在腰间的那只装满钥匙的小篮子,"好像都丁丁当当地响着过去那种调门呢!"

她又嫣然一笑,从进来时的那扇小门出去了。

我要用宗教的虔诚来严加保护这种手足之情。这是我留给自己仅有的一切了,是一件无价之宝。要是我一旦动摇了这种神圣的信赖和习惯的基础(她所以以手足之情待我,就有赖于这一基础),那我就会失去这种手足之情,而且一旦失去,就永远不能恢复了。我把这一点牢记在心。我越爱她,我就越应该永远不忘这一点。

我到街上去散步,又看见了我的老对头那个屠夫——现在他当上警察了,警棍就挂在他的肉铺里——于是我到以前和他交手的地方看了看;在那儿,我回想起了谢珀德小姐和拉金斯家大小姐,以及当时所有浅薄无聊的情爱、喜好和憎恶。除了爱格妮斯,当时的一切似乎全都烟消云散了。只有爱格妮斯是颗永远在我头顶高照的明星,这颗星,越来越灿烂,越来越崇高了。

我回来的时候,威克菲尔先生已经从他那座园子里回来了;园子在城外约两英里远的地方,他现在几乎每天都去那儿侍弄花草。我发现他正像我姨婆所形容的那样。我们和六七个小女孩坐在一起吃晚饭;威克菲尔先生看上去就像是墙上他那幅画像的影子。

我记忆中那儿往日具有的静谧与安宁,重又弥漫了这个家。晚饭后,威克菲尔先生没有喝酒,我也不想喝,于是我们便上了楼。在那儿,爱格妮斯和她照看的那几个小姑娘,一起唱歌,做游戏,做功课。吃过茶点,孩子们离去了,于是我们三个人便坐在一起,谈起那些逝去的日子。

"在逝去的那些日子里,"威克菲尔先生摇着白发苍苍的脑袋说,"我的所作所为,很多都是让人惋惜和悔恨的——都是让人深深惋惜,深深悔恨的,特洛伍德,这你很清楚。不过,我可不愿把它们一笔勾销,即使我有那个能力,我也不愿那么做。"

看到他身旁那张脸,我立刻就相信了他的话。

"我要是把它们一笔勾销,"他接着说,"那我就把那份忍耐、那份挚爱、那份忠诚、那份孝心,全都一笔勾销了。不! 即使忘记我自己,我也决不应该忘记这一切!"

"我理解你的意思,先生,"我轻声柔气地说,"我对这——我一向对这——都是很崇敬的。"

"可是没有人知道,就连你也不知道,"他接着说,"她做了多少事,她吃了多少苦,她作了多么艰苦的斗争啊,我这宝贝的爱格妮斯!"

爱格妮斯把手放到他的胳臂上,恳求他别再说下去了,她的脸色非常、非常苍白。

"唉,唉!"他叹了一口气,说道,据我当时见到的,他这是要把我姨婆告诉过我的有关她经受过的,或将要经受的磨难暂时略而不提了,"哦! 我还没给你,特洛伍德,讲过她母亲的事吧。有什么人给你说过吗?"

"从来没有,先生。"

"这也没有多少可说的——不过苦可受得不少。她是在违背她父亲的意愿下嫁给我的,因此他就不认她这个女儿了。爱格妮斯出世之前,她曾哀求他宽恕她。可他是个心肠很硬的人,而她的母亲早就离开人世了。他一直拒不承认她这个女儿,这让她伤心透了。"

爱格妮斯依偎在他的肩上,悄悄地搂住他的脖子。

"她有着一颗充满深情和温柔体贴的心,"他说,"可那颗心伤透了。我对她的温柔体贴是最了解的。要是我不了解,那就没有人能了解了。她非常爱我,可是从来没有快活过。她总是不声不响地忍受着痛苦。她本来身体就虚弱,在最后一次遭她父亲拒绝后——她遭拒绝不止一次,已有许多次了——痛苦不堪,便日渐憔悴,一病不起了。她给我留下的是出生才两个星期的爱格妮斯,还有我这一头斑白的头发,你初次来这儿时就看到了,一定还记得起来的。"

他吻了一下爱格妮斯的面颊。

"我那时对我亲爱的孩子的爱是病态的,因为当时我的精神状态就是不健全的。关于这方面的情况,我就不再说了。我要在这儿说的不是我自己,特洛伍德,而是她的母亲和她。至于我现在或者一直以来的为人,我只要给你提点线索,我知道,你就会一清二楚的。爱格妮斯是怎样一个人,就不用我说了。在她的性格中,我总能看到她那可怜母亲的一些往事。经过了这么些重大的变化之后,今天晚上我们三人又重新相聚了,所以我对你说了这些事。我把一切全都对你说了。"

他那下垂的头,她那天使般的面庞和女儿的孝心,因此比以往有了更多的悲怆意味。要是我想用什么来纪念我们这个久别重逢的夜晚的话,那我得说这件事就是了。

过了一会,爱格妮斯从他父亲身边站了起来,轻轻走到钢琴跟前,弹了几支以前我们在这儿常听的曲子。

"你还打算再出去吗?"当我站在她身旁时,爱格妮斯问道。

"我妹妹对这有什么看法呢?"

"我希望你别出去了。"

"那我就不作这种打算了,爱格妮斯。"

"既然你问我,特洛伍德,那我得说,你不应该再出去了。"她温和地说,"你的名声和成就已越来越大,这一来,你能贡献的力量也大了;就算我舍得我这个哥哥,"她抬眼望着我说,"恐怕时光也不允许吧。"

"我所以有今天,爱格妮斯,都是你一手造就的,这你应该知道得最清楚。"

"我造就了你,特洛伍德?"

"是啊!爱格妮斯,我亲爱的姑娘!"我俯身对她说,"今天我们一见面,我就想把朵拉去世后我心里的一些想法告诉你。你还记不记得,当时你从楼上下来,到我们的小房间里来看我,爱格妮斯——你用手向上指着,你还记得吗?"

"哦,特洛伍德!"她眼中满含泪水,回答说,"她那么一往情深,那么推心置腹,那么年轻可爱!我怎能忘记啊?"

"从那以后,我时常想,我的妹妹,在我看来,你一直是当时那个样子:永远用手向上指着,爱格妮斯;永远引导我去做更美好的事情,永远指点我向更崇高的目标前进!"

她只是摇着头;透过她的泪花,我看到了同样带着淡淡哀愁的微笑。

"因此我对你是那么的感激不尽,爱格妮斯,对你是那么的依恋,我心中对你的这份深情,实在找不到词来表达啊。我想要让你知道,可又不知道如何说才好。我要一辈子尊重你,接受你的指导,就像在你的指导下走过已经过去的那个黑暗时期一样。不管发生什么事,不管你会有什么新的交往,不管我们之间发生什么变化,我都永远仰赖你,爱慕你,像我现在这样,像我以往那样。你将像一直以来的那样,永远是我的慰藉,永远是我求助的对象。一直到死,我亲爱的妹妹,我都要永远看到你在我面前,用手向上指着!"

她把手放到我的手中,对我说,我这个人,我这番话,她都引以为荣,尽管我对她的夸奖,她实在担当不起。接着她又继续轻柔地弹起钢琴来,但是目光却始终没有从我身上移开。

"你知道吗,爱格妮斯,我今天晚上听到的话,"我说,"说来奇怪,好像是我最初见到你时对你所怀感情的一部分——就是在我那顽钝的学童时代,坐在你身旁对你所怀的那种感情?"

"那是因为你知道我没有母亲了,"她微笑着回答说,"所以对我怀着同情心。"

"不仅仅如此,爱格妮斯,几乎就像我早就知道这一情况似的,我知道,在你身上有一种说不出的温柔、亲切的东西,一种在别人身上可能是哀愁的东西(据我现在所能了解的,正是这样),而在你身上却不是这样。"

她继续轻柔地弹着琴,眼睛依旧看着我。

"我心里有这类怪念头,你会笑我吗,爱格妮斯?"

"不会!"

"要是我说,甚至在那时候我就确信不疑,你会忠诚不渝、一往情深,坚决地顶住一切令人泄气的挫折,而且不到你的生命终止,你就决不停歇——对我这样的怪念头,你会觉得可笑吗?"

"哦,不会! 哦,不会!"

刹那间,一片痛苦的阴影从她脸上掠过;不过我刚一感到惊讶,那阴影就消失了;她继续弹着琴,带着她那安详的笑容看着我。

我在那孤寂的夜晚骑马回去时,风像一种令人不安的回忆似的,从我身旁掠过;我想到刚才的情景,生怕她不高兴。其实我也不高兴;不过,到此时为止,我已把过去牢牢封起,因而想到她用手向上指时,觉得她指的是我头顶的天空,在那里,在那未来的冥冥之中,我也许能用一种尘世所没有的爱来爱她,而且告诉她,我在尘世爱她时,我的内心经历了怎样的斗争。

第六十一章

两个悔罪者

有一个时期，我寄住在多佛我姨婆的家里——不管怎样，我得住到我的书写完，这要花几个月时间——坐在那儿的窗前，静静地从事写作；我初次得到这座房子的庇护时，就是在那个窗口眺望海上的明月的。

依照我的主张，只有在我这本书的叙述偶尔和我的小说有关时，我才提到小说，所以我不说我在写小说方面的艺术抱负、乐趣、焦虑和成就。至于我如何以最大的热忱忠实地献身于我的艺术，如何把我毕生的精力都用在这上面，这我已经说过了。如果说我写出的那几本书还有一点价值，那其他的方面，以后的书将可作出补充。可要是我已写出的书毫无价值，那其他的方面就不会有人感兴趣了。

我偶尔也去一趟伦敦，为的是体验一下那儿熙攘喧闹的生活，或者是和特雷德尔商议一些事务性的问题。在我出国期间，特雷德尔曾以他那明智的判断，经理着我的事务，使我的世事俗务得以蒸蒸日上。由于我有了点小名气，有不少素昧平生的人给我寄来大量信件——这些信极大多数都言之有物，而且也有极难回答的——于是我就和特雷德尔商定，把我的名字用油彩写在他的门上。负责那一地区的那位忠于职守的邮差，就把大量寄给我的信件投送到他那里。每隔一段时间，我得去那儿辛辛苦苦地看上一番，像一个不拿薪俸的内务大臣。

在这些信件中，时常有那些老是埋伏在博士公堂附近的外界人士中的一个，对我恳切地提议，想假借我的名义来从事代诉人的业务（如果我能把尚未办完的做代诉人的必须手续都办妥的话），并答应分给我一定比例的利润。但是我拒绝了这种提议;因为我知道,这种冒名顶替的代诉人已经够多了,而且我认为,博士公堂已经够坏了,用不着我来帮上一把,使它坏上加坏了。

当我的名字在特雷德尔的门上璨然出现时,那班姑娘已经回家了。那个挺机灵的小伙子,似乎整天都不知道有苏菲这个人似的。她终日把自己关在后面的一个房间里干活儿,只是偶尔看一眼楼下那满是煤灰的狭小天井和天井里的一台水泵。不过我经常发现她仍是一个快乐的家庭主妇;在没有陌生人的脚步上楼时,她就时常哼起德文郡的民歌,那优美的歌声,把待在橱柜似小办公室里那个机灵的小伙子,都听得变迟钝了。

起初我觉得奇怪,为什么我经常看到苏菲在一个习字本上练字,可是每次我一露面,她总是急忙把它藏进抽屉。不过这个秘密不久就暴露了。有一天,特雷德尔冒着洒落的冰雨从法院回来,他从自己的书桌里拿出一页纸,问我觉得上面的字写得怎么样。

"哦,不要,汤姆!"正在炉前给特雷德尔烘便鞋的苏菲突然喊了起来。

"我亲爱的,"特雷德尔心情愉快地回答说,"为什么不要呀? 科波菲尔,你说说这字写得怎么样?"

"完全是文书体规格,而且十分工整,"我说,"我想不起我曾见过这样刚劲的笔迹。"

"不像女人的笔迹,是吗?"特雷德尔说。

"女人的笔迹!"我重复道,"砖石、泥瓦才更像女人的笔迹呢!"

特雷德尔突然大笑起来,接着告诉我说,这是苏菲写的字;他还告诉我说,苏菲发誓说,过不多久,他就需要一个抄抄写写的文书,而她能担当起这一职务;她已根据字帖学会了这一手字,她可以在一小时内抄写——我已记不得是多少页了。苏菲听到特雷德尔把这一切都告诉了我,感到很不好意思,说,"汤姆"要是当上了法官,他就不会这样随随便便地把这件事给说出来了。"汤姆"不同意这一说法;他说,无论在什么情况下,他同样都会以此为荣的。

"我亲爱的特雷德尔,她是一位多么可敬可爱的太太啊!"当苏菲笑着走开后,我对特雷德尔说。

"我亲爱的科波菲尔,"特雷德尔回答说,"毫无疑问,她的确是世界上最可爱的女孩！你知道，科波菲尔，她管起这个家来，一切井井有条，准时不误，懂得勤俭持家，精打细算，而且还乐天知足！"

"一点没错，你夸奖她真是太应该了！"我回答说，"你是个有福气的人。我相信，你们共同努力，一定会使你们俩成为世界上最幸福的人！"

"我敢说，我们已经是世界上最幸福的人了，"特雷德尔回答说，"在任何情况下，我都承认这一点。哎呀，天还没有亮，我就看到她点起蜡烛起床了，忙着安排一天的生活；不管天气好坏，文书们还没来上班，她就上市场了；她能用最普通的原料、想法做出最可口的饭菜，什么布丁啊，馅饼啊；每一样东西都安排得妥妥帖帖；总是把自己打扮得那么整整齐齐，光彩动人；要是晚上我工作到很晚，她总是坐着不睡，陪着我，总是温柔体贴地鼓励我，一切都为了我；有时候，我简直不敢相信，真的会有这样的事，科波菲尔！"

当他换上便鞋时，他对这双苏菲为他烘暖的便鞋都怜悯起来了，把脚愉快地伸到炉栏上。

"有时候，我真不敢相信会有这样的事，"特雷德尔说，"再说，还有我们的享受呢！哎呀呀，这些享受花钱不多，可是十分有趣！晚上，我们就在这个家里，把外面的门一关，拉上窗帘——窗帘都是她亲手做的——哪儿还比这更舒服的地方啊？遇上天气好，傍晚我们就出去散步，街上有着许多有趣的事儿。我们往珠宝商店那些光彩夺目的橱窗里张望，看到盘在白缎子衬里盒子里的钻石眼睛蟒蛇，我就指给苏菲看，说等我买得起时，我一定买一条给她；苏菲则指给我看带有卧轮卡子和机绘花纹外壳等等镶宝石的金怀表，说等她买得起时，她一定买一只送我；我们还挑选了我们俩喜欢的匙子、叉子、分鱼刀、抹黄油刀、方糖钳子，说等我们买得起时，我们一定全都买下。我们离开时，真觉得已经把那些东西全都买下了！跟着，我们就溜达到广场和大街上，看到有出租的房子，有时就去看看，并且问自己，如果我当上法官，住这座房子行不行？接着，我们就分配起房子来——这间房子我们自己住，那几间给姑娘们住，如此等等；直到我们安排得使我们自己满意，根据情况认为这座房子行或者不行时，才算告一段落。有时候，我们买半价票，到戏院的正厅后座看戏——依我看，照我们出的这点钱来说，哪怕只买到那儿的气味，也是够便宜的——我们在那儿尽情地欣赏着戏剧；苏菲相信戏里的每一句话都是真的，我也如此。回家的路上，我们也许在食品店里买点什么,再不就在鱼摊上买一只小小的龙虾,带回家中作一顿豪华的晚餐;我们一面吃着,一面聊天,谈我们的所见所闻。哦,你知道,科波菲尔,要是我当了大法官,我们就不能作这样的事了!"

"不管你当上什么,我亲爱的特雷德尔,"我心里想,"你都会作出一些令人高兴、愉快的事来的。顺便说一句,"接着,我出声说,"我猜,你现在再也不画骷髅了吧?"

"说实在的,"特雷德尔大笑起来,红着脸回答说,"我亲爱的科波菲尔,我不能完全否认我画过。前几天,我手里拿着一支笔,坐在王座法院后排的一个位子上,我的脑子里突然出现了一个念头,想试试我是否还有那种才能。因此,恐怕在那张桌子的横档上,现在还留有一个戴假发的骷髅呢。"

我们俩都尽情地大笑了一通。笑过后,特雷德尔面带笑容看着炉火,结束了这一笑谈,并用他那宽容的态度说:"哦,那个老克里克尔呀!"

"我这儿有一封那个老——恶棍的来信。"我说,由于想到当年他怎样毒打特雷德尔,而现在看到特雷德尔竟这样轻易地就宽恕了他,我就更加觉得不能宽恕他了。

"克里克尔校长来的信?"特雷德尔叫了起来,"不会吧!"

"在那些被我越来越大的名声和成功吸引的人中间,"我翻阅着寄给我的信件说,"在那些突然发现他们自己一直很关心我的人中间,就有这位克里克尔。他现在不当校长了,特雷德尔。他不干那一行了。他当上米德尔塞克斯的治安官了。"

我原以为特雷德尔听到这消息也许会感到奇怪,可是他一点也不感到奇怪。

"你猜他是怎么当上米德尔塞克斯的治安官的?"我说。

"哎呀!"特雷德尔回答说,"要回答这个问题可太难了。也许他投过某个人的票,或者借过钱给某个人,或者买过某个人的什么东西,要不就是给过什么人好处,或者帮什么人干过什么事,而那个什么人又认识一个别的什么人,而那个别的什么人,就叫郡长任命他担任这一职务。"

"不管怎么说,反正他把这个差使弄到手了,"我说,"他给我的这封信上说,他们正在实行一种唯一正确的监狱监禁制度,他很乐意让我见识一下这种制度的执行情况;这种唯一无可挑剔的、能使囚犯永远真诚悔过自新的

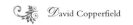

办法,就是——你知道,单人囚禁。你觉得怎么样?"

"觉得这个制度怎么样?"特雷德尔态度认真地问道。

"不,我说的是接受他的这一建议你觉得怎么样,能跟我一起走一趟吗?"

"我不反对。"特雷德尔说。

"那我回信就这么说啦。且不说这个老家伙是怎么对待我们的,就是这同一个克里克尔,他怎样把儿子赶出门外,让妻子和女儿过那种困苦的生活,我想,这些你都还记得吧?"

"全都记得。"特雷德尔说。

"可是,要是你看了他的信,你就会发现,他都成了对待各种重罪囚犯最慈爱的人了,"我说,"虽然我看不出他会把他的这种慈爱施加在别种人身上。"

特雷德尔把肩膀一耸,一点也没有觉得奇怪。我早已料到他会这样,所以我对此也就没有觉得奇怪;要不,那就是我对现实生活中的这类讽刺,见得太少了。我们把去参观的时间定下来,当晚我就给克里克尔先生写了封信。

我约定的那一天——我想就是第二天,不过这没有关系——特雷德尔和我,一起来到克里克尔先生当权的监狱。这是一座耗费巨资建成的坚固庞大建筑。在走进监狱大门时,我不禁想到,要是有个不识事务、想入非非的人提议,用这座监狱建筑费的一半,给青少年盖一所工读学校,或者给该得到救济的老人盖一座养老院,那这个国家里,就会发生怎样的叫嚣啊!

在一个结构宏伟、可以作巴别塔①底层的办公室里,有人带我们见到了我们的老校长;当时有一伙人正在那儿,其中有两三个治安官之类的忙人,还有一些他们带来的参观者。克里克尔先生接待我时的那副神态,好像我的聪明才智,都是他过去多年来培养起来的,他一向都对我关怀爱护备至。我把特雷德尔介绍给他时,他也摆出了同样的派头,只是在程度上低了一档,表示他一向是特雷德尔的导师、圣哲和朋友。我们这位尊严的老师比以

---

① 见《圣经·旧约·创世记》第十一章第一至九节。据传,人们原想造塔通天,但耶和华变乱了他们的语言,使他们的语言彼此不通,结果未能造成。

前老多了,而在仪容方面并无改善。他的脸仍像以前那样红红的,眼睛仍像以前那样小小的,只是陷得更深了。我记忆中那稀疏、湿润的白发,几乎完全掉光了,他那秃脑袋上暴起的青筋,看起来一点也不比从前更顺眼。

从那班绅士之间的谈话中,我似乎可以得出这样的看法:在这个世界上,除了不惜以任何代价谋求囚犯的最大舒适之外,再没别的事值得重视;在狱门之外的广大土地上,也没有别的事可做了。听罢这番高论,我们就开始参观。这时正是正餐的开饭时间,我们先走进那宽大的厨房,在那儿,每个囚犯的饭菜,像钟表似的规律正确地一份份分别摆着(然后送往每个囚犯的囚室)。我悄声对特雷德尔说,我不知道是否有人想过,这些量丰质美的食物和水手、士兵、劳动者这些老实勤劳的广大劳苦大众——且不说乞丐——吃的饭食,两者之间有着多么惊人的差别;因为后面这些人中,五百个里面也没有一个像前面那种人吃得一半这么好。不过我听说,这种"制度"就要求让囚犯过高标准的生活;简而言之,为了要使这种"制度"彻底地得以实行,我发现,无论在吃饭问题或者其他问题上,这种"制度"都排斥一切怀疑,扼杀一切反对意见。似乎没有人想到,除了这种"制度"之外,还有别的什么制度可供考虑。

当我们从一些宏伟的过道走过时,我问克里克尔先生和他的同僚,这种支配一切、凌驾一切的制度,它的主要优点是什么?我发现,原来它的优点是:囚犯完全跟外界隔绝——这样一来,被囚禁的人,没有一个知道另一个人的任何情况;这种对囚犯的身心约束,能促使他们精神健全,从而达到真诚的悔过自新。

接着,我们动身去单人囚室访问囚犯;经过囚室所在的过道时,我听到他们对我们讲了囚犯去小教堂做礼拜等情况,这使我突然想到,囚犯彼此很可能非常了解,他们之间也许有一套相当完备的互通消息的办法。这一点,我相信,在我写这一段的时候,已经得到证实;可是在当时,哪怕暗示有一点这样的怀疑,都是对那种制度的亵渎,因此我只好尽我所能,煞费苦心地去寻找悔过自新的事实了。

可是,即使在这一点上,我也有不少疑惑,我发现,囚犯悔罪的形式千篇一律,很像裁缝铺橱窗里挂的外套和背心一样,有着一样的流行款式。我还发现,大量的坦白忏悔,在性质上很少有不同之处,就连所用的词句,也都大同小异(这使我感到极为可疑)。我发现,有一群狐狸,因为够不着葡萄园里的葡萄,就对整个葡萄园大肆诽谤;就是在够得着葡萄串的狐狸中,我发现值得相信的也几乎没有。更有甚者,我还发现,最善于坦白忏悔的人是最引人瞩目的对象;他们的自负,他们的虚荣心,他们对于刺激的需要,他们对于欺诈的爱好(根据他们的历史可以看出,他们当中的许多人,对于欺诈的爱好,几乎达到了令人难以置信的程度),所有这一切,都刺激他们坦白忏悔,借此得以发泄,并从中得到满足。

然而,当我们往来于囚室之间时,我不断听到人们提到二十七号这个囚犯,他是这儿的宠儿,看来真像是个模范囚犯,因而我决定暂时搁置对坦白忏悔的评论,先去会一会这位二十七号。据我了解,二十八号也是一颗特别出色的明星;不过不幸的是,他的光辉却有点让二十七号那特别耀眼的光芒给压下去了。关于二十七号的情况,我听了很多,如他对自己周围的每个人,总是苦口婆心地进行规劝和告诫,他经常不断地给自己的母亲写孝思感人的书信(他好像认为他母亲处境非常困难)等等,因此我急不可耐地很想一睹此人的丰采。

可是我还得耐着性子再等上一阵,因为二十七号是被当作压台戏来表演的。不过,最后我们终于来到他的囚室门外;克里克尔先生从门上那个小孔往里张望了一会,接着便以极为敬佩的神情向我们报告说,二十七号正在读《赞美诗集》①呢。

顷刻间,人头攒动,许多脑袋都拥了上来,要看二十七号读《赞美诗集》,那个小孔让七八个脑袋给层层堵住了。为了解决这种不便,同时让我们有机会和这位货真价实的二十七号交谈,克里克尔先生吩咐打开囚室的门,把二十七号请到过道里来。门打开后,二十七号出来了,我和特雷德尔见了都大吃一惊,因为我们见到的这位改邪归正的二十七号,不是别人,正是乌利亚·希普!

他一眼就认出了我们;他一边往外走,一边说——仍像从前那样扭动着身子——

"你好吗,科波菲尔先生?你好吗,特雷德尔先生?"

---

① 《圣经》诗歌和赞美上帝的诗歌选集,版本有多种。

他对我们这样一打招呼,引起了在场的所有人的羡慕。我有点觉得,大家都认为他并不傲慢,而且还肯跟我们打招呼,因此感到惊奇。

"呃,二十七号,"克里克尔先生带着惋惜的样子赞赏着他,说,"你今天觉得怎么样?"

"我是很卑贱的,先生!"乌利亚·希普回答说。

"你永远是这样的,二十七号。"克里克尔先生说。

就在这时,另一位绅士极其焦急地问道:"你是不是很舒服呢?"

"很舒服,谢谢你,先生!"乌利亚·希普眼望着那个方向说,"在这儿,比我以前在外面时,要舒服多了。现在我认识到自己干了些什么蠢事了,先生。这就是使我感到舒服的原因。"

听了他的话,好几位绅士都深受感动。第三个提问的人,硬挤到前面,极富感情地问道:"你觉得这儿的牛肉做得怎么样?"

"谢谢你,先生,"乌利亚朝发话的方向瞥了一眼,说,"昨天的牛肉老了点,不太合我的口味;不过,忍受是我的义务。我干了很多蠢事,先生们,"乌利亚带着温顺的微笑,朝四周扫了一眼,说,"我应该毫无怨言地忍受这种后果。"

人群中发出一阵叽叽咕咕的低语声,一部分是对二十七号这种神圣的心境深感满意,一部分是对承包伙食的商人大为愤慨,因为他惹得二十七号抱怨了(克里克尔先生立即将这一抱怨记在记事本上);叽叽咕咕的低语声平息下来后,二十七号站在我们的正中间,好像自以为他是博物馆里一件应该受到高度夸赞的最有价值的展品。为了让我们这些孤陋寡闻的外行新手,同时开开眼界,传下命令,把二十八号也放出来。

我已经大大吃过一惊了,因此当利提摩先生读着一本劝善书走出来时,我只能感到一种无可奈何的惊讶了!

"二十八号,"一位戴眼镜的绅士说,这位先生此前还一直没有开过口,"我的好朋友,上星期你曾抱怨说,可可煮得不好。打那以后,怎么样了?"

"我谢谢你啦,先生,"利提摩先生说,"已经煮得好多了。要是我可以冒昧地说一句的话,先生,我觉得跟可可一块儿煮的牛奶,可不太正宗。不过我知道,先生,如今伦敦卖的牛奶,掺假太普遍了,真正的纯牛奶,是很难搞到的。"

我觉得,这位戴眼镜的绅士,好像是在支持他的二十八号,跟克里克尔先生的二十七号相对抗,因为他们各自都把自己的人当作手中的法宝。

"你现在的心情怎么样?二十八号?"戴眼镜的提问者问道。

"我谢谢你啦,先生,"利提摩先生回答说,"现在我已认识到自己干的蠢事了,先生。我一想到我从前那些伙伴的罪孽,心里就非常不安,先生;不过我相信,他们是能得到宽恕的。"

"你自己很快活吗?"发问者说,并连连点头,表示鼓励。

"我对你非常感激,先生,"利提摩先生回答说,"我十分快活。"

"现在你心里还有什么想法吗?"发问者说,"要是有的话,就说出来吧,二十八号。"

"先生,"利提摩先生没有抬眼,说,"要是我的眼睛没看错的话,这儿有一位先生,以前就跟我认识。要是让这位先生知道一下,先生,我过去干的那些蠢事,完全是由于我在伺候那班青年人时,过的是一种不动脑子的生活,由着他们把我引上我无力反抗的歧途,这对他也许是有益处的。我希望这位先生能引以为戒,先生,不要因我的冒昧直言而见怪。这完全是为他好。我已经认识到我自己过去干了蠢事。我希望,对于他也有份的一切坏事和罪恶,他也知道悔过。"

听了这话,我看到有几位绅士,都用一只手搭在眼睛上方,好像刚刚走进教堂似的。

"这话为你自己争了光了,二十八号,"那位发问者回答说,"我料到你会这么说的。还有什么别的话要说的吗?"

"先生,"利提摩先生说时稍微抬了抬眉毛,但是没抬眼睛,"从前有个年轻女人,走上了堕落放荡的歧途,我曾竭力想把她拯救出来,先生,但是没能救出。现在我请求这位绅士,如果他办得到的话,请代我转告那位年轻女人,就说她对我干的坏事,我都宽恕她了;另外我也劝她悔过——要是这位绅士肯帮忙,替我转告的话。"

"我深信不疑,二十八号,"发问者回答说,"你提到的这位绅士,听了你这番如此得体的话,一定也会像我们大家一样,深深感动的。我们就不再耽搁了。"

"我谢谢你啦,先生,"利提摩先生说,"先生们,我祝诸位日安,希望你们和你们的家人,也能看到你们的罪恶,并加以改正!"

说完这话,二十八号和乌利亚互相交换了一下眼色,退进了囚室;看起来,他们好像已经通过某种媒介传递过消息了,互相之间并不是完全陌生。他囚室的门关上后,人群中又叽叽咕咕地低语起来,说二十八号是个最体面的人,也是个出色的人物。

"行啦,二十七号,"克里克尔先生带着他的人,走上空出的舞台,说,"你有没有什么事,别人可以替你办的? 要是有,就说出来吧。"

"我要卑贱地请求,先生,"乌利亚扭动着他那恶毒的脑袋说,"允许我再给我母亲写信。"

"当然允许。"克里克尔先生说。

"谢谢你,先生! 我很为我母亲担心。我怕她不安全。"

有人冒失地问,从哪方面来的不安全? 可是却招来了一声愤慨的低语:"嘘!"

"我指的是永久的安全,先生,"乌利亚朝发问的方向扭动着身子说,"我希望我母亲也能达到我的这种境界。要是我不到这儿来,我就永远达不到现在这种境界。所以我希望我母亲也能到这儿来。不管是谁,要是被抓住,送到这儿来,对他们都有好处。"

这种情感使在场的人个个都感到满意——我认为,比那天发生的任何事,都更让人满意。

"来这儿以前,"乌利亚说,说时朝我们偷偷瞥了一眼,那眼神好像说,如果他能做到,他就要把我们所属的外面这个世界彻底摧毁,"我尽干些蠢事。不过现在我对我干的蠢事已经有了认识了。外面的世界里,罪恶太多了。我母亲的身上就有许多罪恶。除了这儿,在这个世界上,到处都没有别的,只有罪恶。"

"你已经大大地变了?"克里克尔先生说。

"哦,是的,先生!"这位前途有望的悔罪者说。

"要是你出去了,你不会有反复吧?"另一个问道。

"哎呀呀,不会的,先生!"

"行啦!"克里克尔先生说,"你这话很让人满意。你已经跟科波菲尔先生说过话了,二十七号。你还想跟他说点什么吗?"

"在我来这儿并发生改变以前很久,你就认识我了,科波菲尔先生,"乌利亚看着我说;那副恶毒的样子,即便在他乌利亚的脸上,我也从来没有见过,"当年我虽干了一些蠢事,但在骄傲人中间我是卑贱的,在粗暴人中间我是驯服的,那时候你就认识我了——你自己就对我粗暴过,科波菲尔先生。有一次,你打了我一个耳光,这你是知道的。"大家都对他表示同情,有几个人直冲我怒目而视。

"不过我宽恕你了,科波菲尔先生,"乌利亚说,同时拿自己宽宏恕人的天性为题,作了最邪恶、最刻毒的对比,这我就不想在这儿赘述了,"我宽恕每一个人。心怀恶意,和我的身份是不相称的。我宽宏大量地宽恕了你,希望你今后能好好控制自己的感情。我希望威先生能悔过,威小姐也能悔过,所有那一班满身罪孽的人都能悔过。你遭受到一场灾难,我希望这场灾难对你有教益。不过你最好还是到这儿来。威先生最好到这儿来,威小姐也最好到这儿来。我能给你的,科波菲尔先生,以及给你们诸位先生的最美好祝愿,就是希望你们也能被抓起来,送到这儿来。我想起我过去干的那些蠢事,以及我现在的心境,我敢肯定,这儿对你们来说是最好的地方。我怜悯所有没有被送到这儿来的人!"

他在大家异口同声的赞美声中溜回了自己的囚室;他囚室的门锁上后,我和特雷德尔都大大松了一口气。

这就是这种悔罪方式的一大特点,因此我很想问一下,这两个家伙到底犯了什么案,才关到这儿来的。可是这似乎是他们最不愿谈起的事情。我看到两个狱卒,从他们脸上某些隐约的迹象,我推测他们清楚地知道这套煞有介事的把戏的实情,于是我就把自己的问题向他们中的一个提了出来。

"你知道吗?"我们沿着过道走时,我问道,"二十七号最后干的一件'蠢事'是什么重罪?"

回答是,一起银行案。

"是诈骗英格兰银行吗?"我问道。

"是的,先生。诈骗钱财,伪造文件,合谋作案。他还有另外几个同伙。是他指使那几个人去干的。那是一个诈骗一宗巨款的周密计划。对他判的是终身流放。二十七号是那伙人中最狡猾的家伙,差一点就使自己安然无事了;不过他没能完全逃脱。银行差一点没能抓住他的尾巴——只是差一点。"

"你知道二十八号犯的是什么罪吗?"

"二十八号,"向我透露消息的那个狱卒说,他说话时一直压低声音,我们走过过道时,他还不时地往回看,唯恐他这样无法无天地谈论那两位清白无辜的大好人,让克里克尔先生和其他人听见,"二十八号(也是流放)找了份当听差的差使,可是就在他们要去国外的头天晚上,他抢走了少主人价值二百五十镑的财物。他这个案子我记得特别清楚,因为他是被一个小矮子抓住的。"

"一个什么?"

"一个矮小的女人。我忘了她的名字了。"

"不是叫莫彻吧?"

"正是叫这个名字!他已经避过追捕,戴上淡黄色假发和胡子,正准备逃往美国,他乔装打扮的本领好极了,你肯定一辈子从没见过;他正在南安普敦①街上走时,被那个小矮子女人碰上了——她的眼尖,一眼就认出了他——她钻进他的两腿之间,把他顶翻在地——像死神一样,牢牢抓住他不放。"

"莫彻小姐真了不起!"我叫了起来。

"要是像我一样,看到她站在证人席的一张椅子上作证时,你也会这样说的,"我的这位朋友说道,"她抓住他的时候,他把她的脸都撕破了,还极其野蛮地用拳头使劲打她,可她一直不撒手,直到他被关起来。确切地说,她把他抓得那么紧,最后警察只好把他们两人一起带走。她做证的时候,精神抖擞,受到法庭的高度赞扬,回家的路上,人们不断地向她欢呼。她在法庭上说,即便那个家伙是参孙②,她也要单枪匹马地把他拿下(因为她知道他干的坏事)。我相信,她会那么做的!"

我也相信,她会那么做的,并为此对莫彻小姐致以最崇高的敬意。

现在我们已经看过一切要看的情况了。要是对可敬的克里克尔先生这

---

① 英格兰南部港口城市,为英国开往美国船只最常停泊之所。

② 相传为古代以色列民族的大力士,曾赤手空拳撕裂过狮子。参见《圣经·旧约·士师记》第十三章至十六章。

样的人说,二十七号和二十八号的本性毫无改变,他们从前怎么样,现在一直还是怎么样;说那两个虚伪的恶棍,正是在这样的地方搞这套悔罪把戏的人物;说他们跟我们一样清楚,这种悔罪的市场价值,在他们流放海外时,对他们直接有利;一言以蔽之,这完全是一种奸诈、虚伪、苦心诓骗的行为;要是对他这样说,自然是白费力气。我们只能听其自便,让他们去搞他们的那套制度吧。我们回家时,一路上嗟叹不已。

"这样恣意妄为,也许是件好事,特雷德尔,"我说,"因为物极必反,这样会加速其死亡。"

"但愿如此。"特雷德尔回答说。

第六十二章

我的指路明灯

岁月如流,转眼又到了这年的圣诞节;我回国也已两月有余。这段时间我时常能见到爱格妮斯。不管一般人鼓励我的声音有多洪亮,也不管他们的声音在我心里唤起的热情和进取心有多强烈,可是我只要一听到爱格妮斯的赞扬,即便是极其轻微的一言半语,别的声音我就什么也听不见了。

我每星期至少一次,有时还不止一次,骑马去她那儿,度过一个晚上。我通常都在夜间骑马回来,因为旧日那种不快的感觉,现在经常在我心头萦绕——当我离开她时,我就倍感惆怅——因而我宁愿起身离去,而不愿在辗转反侧的不寐中和苦恼的睡梦里流连往事。就在这样的骑行中,我消磨掉了许多凄苦的漫漫长夜中大部分时光;当我一路走着时,在国外时长期盘踞在我心头的那些思想又复苏了。

或者,要是我说,我倾听的是那些思想的回声,也许就更能表达出真情了。因为它们是从遥远的地方向我诉说的,我已经把它们置之于千里之外,对我那无法改变的地位俯首认命了。每当我向爱格妮斯朗读我的作品,当我看到她专心倾听的神情时,当我把她感动得时而嫣然一笑、时而热泪盈眶时,当我听到她对我生活其中的想象世界里的虚幻事,发表自己如此诚挚的见解时,我就想,我的命运本来可能会是什么样子——不过,这只是如此想想而已,就像我和朵拉结婚之后,我曾想过,我希望我的太太成为什么样子一样。

既然爱格妮斯以一种独特的爱心爱我,要是我加以骚扰,那就是我对这种爱心最自私、最可鄙的践踏和侮辱,而且它永远不能再恢复;何况,既然是我自己制造了自己的命运,赢得了急躁轻率地一见倾心的对象,那我就无权抱怨,只能自作自受;我对爱格妮斯应尽的职责和我这种成熟的认识,既包含了我所感觉到的一切,也包含了我所体验到的一切。可是,我是爱她的啊!现在,即便是朦朦胧胧地想到,在那遥远的将来,有一天我可以直言不讳地承认我爱她,这对我都是一种安慰。到那时,一切都已成为过去,我可以对她说:"爱格妮斯,我刚从国外回来那会儿,情况就是这样;现在我已经老了,而打那以后,我就再也没有恋爱过!"

而她那方面,从未对我表现出有什么变化。从前怎样对待我,现在依然如故,没有丝毫改变。

自从我回来的那一天晚上起,我姨婆和我之间,在我和爱格妮斯的关系这个问题上,出现了一种新的情况,我不能把这说成是拘谨,或者说成对这个问题讳莫如深,而只能说是一种默契;我们两个同时都想到这个问题,但我们都没有把我们想的用语言表达出来。

每当晚上我们按老习惯坐在壁炉前时,我们常常陷入这样的思绪之中,那样自然,那样彼此心照不宣,仿佛我们已经毫无保留地说了出来。然而,我们都保持着持续不断的沉默。我相信,那天晚上她已经了解到,或部分了解到我的心思;而且她也完全明白,我没有把自己的心思更明确地表示出来的原因。

圣诞节即将到来,而爱格妮斯并没有向我透露新的秘密,因此我心里几次起了疑念——她是否已经察觉我心里的真实想法,怕引起我的痛苦,所以才对我守口如瓶——这种疑念开始沉重地压在我的心头。要是确实如此,那我作出的牺牲全白费了;我对她最起码的义务就没能尽到;我所避而不为的每一个行动,就等于无时无刻不在进行。我决定把这个疑团解开,使之化除——要是我们之间存在这样的隔阂,就要立即坚决动手把它消除。

那是严冬中寒风凛冽的一天——这一天应该永记不忘!几小时前刚下过一场雪,虽然积雪不深,但是地面冻得挺硬。在我窗外远处的海面上,强劲的寒风从北方刮来。我在想,这股强劲的寒风,也正在扫过瑞士那些人迹罕至的积雪的荒凉山野;我心里思忖,那些荒凉地带和这片茫茫大海,究竟哪一个更为孤寂呢。

"你今天还骑马出门吗,特洛?"我姨婆在门口探头进来问道。

"是的,"我回答说,"我打算去趟坎特伯雷。今天的天气正好骑马。"

"但愿你的马也这样想,"我姨婆说,"不过这会儿它正耷拉着脑袋和耳朵,站在马棚门口,好像认为还是待在马棚里好呢。"

我不妨顺便提一句,我姨婆允许我的马在禁地上走,但是对驴子却毫不留情。

"它一会儿就会精神十足的!"我说。

"不管怎么说,骑马出去溜一趟,对它的主人会有好处的,"我姨婆说着,看了看我书桌上的那些文稿,"啊,孩子,你在这里已经写了许多小时了!我往常看书的时候,从来不曾想到,写书竟是这样辛苦的活儿。"

"有时候,看书也是挺辛苦的,"我回答说,"至于写书,也有写书的乐趣呢,姨婆。"

"哦,我明白啦!"我姨婆说道,"满足自己的雄心壮志,得到别人的夸奖和赞同,还有许许多多的乐趣,我想是吧?好啦,你去吧!"

"关于爱格妮斯爱情方面的事,"我泰然自若地站在她面前说道——她拍了拍我的肩膀,在我的椅子上坐了下来——"你还知道些别的什么情况吗?"

她朝我脸上看了一会,然后才回答说:

"我想我还知道一些,特洛。"

"你的印象有根据吗?"我问道。

"我想是有根据的,特洛。"

她目不转睛地看着我,在她那疼爱的神情中,带着疑虑、怜惜和担心,因此我下了更坚定的决心,向她露出一张十分高兴的笑脸。

"还有呢,特洛——"我姨婆说。

"啊!"

"我认为爱格妮斯快要结婚了。"

"愿上帝保佑她!"我高高兴兴地说。

"愿上帝保佑她!"我姨婆说,"也保佑她的丈夫!"

我也随声附和了一句,接着便和我姨婆分手,脚步轻快地下了楼,跨上马背,疾驰而去。现在,我比以前更有充分的理由,去做我决心要做的事了。

那次在严冬中跃马飞驰的情景,我至今仍记得一清二楚!被寒风从草叶上刮起的冰屑,直打在我的脸上;马蹄在冰冻的地面上嘚嘚地打出了清脆的曲调;已经耕过的土地冻得坚硬;微风吹过,生石灰坑里的积雪在轻轻飞旋;拉着干草车的牲口,喷着热气,停在高岗上喘息,抖得身上的铃铛丁当作响;白雪皑皑、连绵起伏的岗峦和丘陵,在阴暗的天空衬托下,就像是画在一块巨大无比的石板上似的!

我发现只有爱格妮斯独自一人在家。那些小女孩这时都已回自己的家了。她正坐在火炉边看书。见我进来,就放下书本,像往常一样跟我打了招呼,接着便拿起针线筐,在一个老式窗户前坐下。

我就坐在她身旁的窗座上,我们谈起了我正在做的事,什么时候可以完工,以及我上次来访后的进展情况。爱格妮斯非常高兴,笑着预言说,我用不了多久就会名声大噪,到那时就不能再和我谈论这类问题了。

"你瞧,所以我才尽量利用现在的时间,"爱格妮斯说,"趁着我还可以谈的时候,跟你谈一谈。"

当我看着她专注在手中活儿上的美丽脸蛋时,她抬起了她那温柔明亮的双眼,发现我正看着她。

"你今天好像有心事,特洛伍德!"

"爱格妮斯,我把我心里想的事告诉你好吗? 我就是为了这个来的。"

她像往常我们商量正经事时那样,把手中的活儿放到一边,全神贯注地看着我。

"我亲爱的爱格妮斯,你怀疑我对你的真诚吗?"

"不怀疑!"她带着惊讶的神情回答说。

"你怀疑我会跟从前一样待你吗?"

"不怀疑!"她像先前一样回答说。

"我最亲爱的爱格妮斯,我刚回来的时候,就竭力把我对你的感激之情,以及我对你怀着多么强烈的热情,对你说了,你还记得吧?"

"记得,"她轻声柔气地说,"记得非常清楚。"

"你有一桩秘密,"我说,"让我也知道知道吧,爱格妮斯。"

她垂下了眼睛,开始颤抖起来。

"我听说——不过不是从你嘴里,而是从别人嘴里听说的,这似乎有点奇怪了——我听说,你已把你那珍宝般的芳心许给一个什么人了;其实,即便我没听说,我也不会不知道的。不要把这件跟你的幸福如此密切相关的事瞒着我吧!如果你能像你说的那样信任我,我知道你会那样,那在这件事情上,在所有别的事情上,你就应该把我当成你的朋友,你的兄弟!"

她恳求似的,几乎是责备似的朝我瞥了一眼,从窗口站了起来,仿佛不知身在何处,匆匆穿过房间,双手捂住脸,突然伤心地大哭起来,这就像是猛击着我的心窝。

不过她的哭泣唤醒了我心中的某些东西,给我带来了希望。我也不知道是怎么回事,这些眼泪跟牢记在我心中的她那平静的惨然一笑,联系在一起了,使我激动的,既不是惊怕,也不是悲伤,而是希望。

"爱格妮斯!妹妹!最亲爱的!我有什么做得不对吗?"

"让我去吧,特洛伍德。我不大舒服,有点失神了。我以后再跟你说——下次再说吧。我会写信给你的。现在就别对我说什么了。别说了!别说了!"

我竭力回想起以前有个晚上,我跟她谈话时她说过的话,她说她的爱是不需要回报的。这就是我必须立即去彻底探寻的整个世界。

"爱格妮斯,看到你这个样子,想到是我使得你这样,我实在受不了。我亲爱的姑娘,比我生命中的一切都更宝贵的,要是你不快乐,那就让我分担你的不快乐吧。要是你需要帮助或劝告,那就让我设法给你吧。要是你心头压有沉重负担,那就让我来为你减轻负担吧。要是我现在不是为你活着,爱格妮斯,那我还能为谁活着呢?"

"哦,让我去吧!我有点失神了!下次再说吧!"我当时能听清的只有这几句话。

使得我不顾一切地说下去的,是自私自利的错误?抑或是突然有了一线希望,使我看到过去所不敢想的某种前景在我面前展开了呢?

"我还有话得说。我不能让你就这么离开了!看在老天爷的分上,爱格妮斯,经过了这么些年以后,经历了这么些年的风风雨雨之后,让我们彼此之间不要有误会了!我一定得说清楚。要是你心里还有什么残留未去的想法,怀疑我会忌妒你给予他人的幸福,以为我不愿把你托付给你亲自选定、更加亲爱的保护者,以为我不能站在远处,看着你的幸福而感到满足,那你就把这种疑虑打消吧,因为我根本不配这样想!我受过的苦难并没有完全白受，你对我的教导也没有完全白费。我对你的感情中，没有掺入丝毫自私的成分。"

现在她镇静下来了，过了一会，她把苍白的脸转向我，断断续续但清清楚楚地对我说：

"凭了你对我这份纯洁的友谊，特洛伍德——对你的纯洁的友谊，我确实毫不怀疑——我得对你说，你误会了。除此之外，我不能再说别的了。如果说，在过去的这些年里，有时候我需要帮助和劝告，这种帮助和劝告我已经得到了。如果说，我有时候感到不快乐，这种感觉已经过去了。如果说，我的心头有过沉重负担，这种负担已经减轻了。如果说，我心里有什么秘密，这个秘密——并不是新的；而且也不是——你所猜想的那种。这个秘密我不能泄露，也不能让别人知道。这个秘密很久以来就是属于我个人的，因而它必须永远留在我个人的心里。"

"爱格妮斯！别走！等一下！"

她正要离开，可是我拦住了她。我伸出一只胳臂，搂住她的腰，"在过去的这些年里！"

"这个秘密并不是新的！"新的想法和新的希望在我的脑子里翻滚盘旋，我生命中的所有色彩都在发生变化。

"最亲爱的爱格妮斯！我最敬重、最崇拜——最衷心深爱着的人啊！今天我来这儿时，我本来想，不论什么都不能从我心里把这番表白掏出来。本以为我可以一辈子都把它藏在心中，直到我们老了的时候。不过，爱格妮斯，假如我真有一线新生的希望，让我有一天可以用比妹妹更亲密，跟妹妹截然不同的称呼叫你！——"

她的眼泪扑簌簌地落了下来，但跟她方才落的不一样，因为我看到我的希望在她的泪水中闪闪发光。

"爱格妮斯！你一向是我的向导，我的最得力的支持者！当我们幼年一块儿在这儿长大时，要是你多替自己操点心，少关心一点我，我相信，我那轻率的空想也就决不会离你乱闯了。可是你在各方面都大大胜过我，因此在我那幼稚的希望和失望中，对我来说你都那么必不可少，在一切事情上都得请教你，依赖你，这成了我的第二天性，在那个时期，它取代了更重要的、像我现在这样爱你的第一天性！"

她仍在哭泣,但不是由于悲伤——而是由于欢乐!而且由着我搂在怀中,这是以前从来没有过的,也是我原先认为永远不会有的。

"当我爱上朵拉的时候——那样如痴如醉地爱着她的时候,爱格妮斯,这你是知道的——"

"是的!"她诚恳地大声说,"我知道了这情况很高兴!"

"当我爱着她的时候——即便是那个时候,要是没有你的同情,我的爱也是不圆满的。我得到了你的同情,因此我的爱也就十分完美了。而当我失去她的时候,爱格妮斯,要是没有你,我会成为什么样子啊!"

她更紧地依偎在我的怀中,更近地贴在我的心上,她那颤抖的手放在我的肩头,她那可爱的眼睛含着晶莹的泪花看着我的眼睛。

"亲爱的爱格妮斯,我远离祖国,是因为爱你,我滞留国外,是因为爱你,我毅然归来,也是因为爱你啊!"

于是,我尽力把我经历过的内心斗争,把我得出的结论,全都告诉了她。我尽力忠实地、毫无保留地向她讲述了我的所思所想。我尽力向她表明,我怎样曾经希望对自己、对她都有更好的了解;怎样根据了解得出结论,并听命于这种结论;怎样直到甚至来这儿的当天,我还对这一结论忠贞不渝。要是她确实如此爱我(我说的),能接受我做她的丈夫,那就可以那么做,但并不是因为我理应如此,而只是由于我忠诚地爱她,由于我对她的爱经过忧患才成熟到现在的样子;也正因为如此,我才将我的爱情公开表白。哦,爱格妮斯啊!就在这同一时间,我从你那真诚的眼睛中,看到我那孩子气的太太的在天之灵正望着我,对我表示嘉许;而且也因了我,引起了我最深情的回忆,使我想起那朵正在盛开时就凋谢了的小花朵!

"我非常幸福,特洛伍德——我心里太高兴了——不过有一件事,我必须说一说。"

"最亲爱的,是什么事呀?"

她把她那双温柔的手放在我的肩上,平静地看着我的脸。

"你已知道是什么事了吗?"

"我不敢猜是什么事。告诉我吧,我亲爱的。"

"我这一辈子一直爱着你!"

哦,我们真幸福,我们真幸福啊!我们热泪盈眶,但不是为我们经受过

种种磨难（她受的磨难要多得多）才达到这一步而流泪，而是为现在这样永远不再分离的喜悦而流泪啊！

在那个冬天的晚上，我们一块儿在田野里散步，凛冽的空气似乎也在分享我们幸福的宁静。在我们流连徜徉的时候，早出的星星开始在天空闪烁，我们仰望着星空，心里感谢上帝，把我们引导到这样的宁静之中。

夜间，在月亮的清辉之下，我们一块儿站在那个老式的窗户前，爱格妮斯静静地抬头仰望着月亮，我也随着她的目光看去。这时，在我的脑海中展开了一条漫漫长路，我看到一个衣衫褴褛、颠沛流离、孤苦伶仃的男孩，在路上艰苦跋涉，就是这个孩子，今天终于可以把这会儿紧贴着我的心跳动的这颗心，叫作他自己的了。

第二天将近吃晚饭的时候，我们出现在我姨婆的面前。佩格蒂说，她正在楼上我的书房里；把我的书房收拾得整整齐齐，现在已成了她的得意之举了。我们发现她戴着眼镜，正坐在壁炉旁。

"哟！"我姨婆透过幽暗的暮色张望着问道，"你带回来的这位是谁呀？"

"是爱格妮斯。"我说。

由于我和爱格妮斯约定，先什么也不说，所以我姨婆感到很有些不对劲儿。我说"是爱格妮斯"时，她满怀希望地瞥了我一眼，可是看到我仍跟平常一样，就怅然若失地摘下眼镜，用它摩擦起自己的鼻子来。

尽管如此，她还是热情地欢迎爱格妮斯的到来；随后我们就在楼下点上蜡烛的客厅里吃起晚饭来。我姨婆把眼镜戴上了有两三次，为的是再仔细看看我，可是每次都大失所望地摘了下来，拿它摩擦着鼻子。这使得狄克先生大为不安，因为他知道这是个不祥之兆。

"顺便说一句，姨婆，"吃完饭后，我说，"我把你告诉我的事对爱格妮斯说了。"

"那，特洛，"姨婆的脸红了，说，"你可就不对了，你怎么不守信用呢。"

"我相信，你不是生气了吧，姨婆？你要是知道，爱格妮斯并没有为有意中人的事不高兴的话，我敢肯定，你就不会生气了。"

"胡说八道！"我姨婆说。

眼看我姨婆快要被惹恼了，我想，最好的办法还是消掉她的怒气。我搂着爱格妮斯，走到我姨婆的椅子背后，我们俩都朝她俯下身子。我姨婆两手一拍,透过眼镜朝我们看了一眼,立即发起歇斯底里来,我平生见到她发歇斯底里,这是第一次,也是唯一的一次。

这一阵歇斯底里,把佩格蒂也唤来了。我姨婆刚一缓过来,就扑到佩格蒂的身上,一面叫她老蠢货,一面使出浑身力气拥抱她。拥抱过佩格蒂,她又拥抱了狄克先生(为此,他觉得非常荣幸,但也大为惊讶);在这以后,她才跟他们说明原委。于是,我们大家全都感到非常高兴。

在我姨婆上次和我的简短谈话中,她是出于好意故弄玄虚呢,还是真的误解了我的心情,这我弄不清楚。不过她说,反正她告诉我爱格妮斯就要结婚了,这就够了;而我现在比谁都知道得更清楚,这消息是千真万确的。

没过两星期,我们就结婚了。特雷德尔和苏菲、斯特朗博士和斯特朗太太,是参加我们这个简朴婚礼仅有的客人。我们在他们的兴高采烈中和他们告别,然后一块儿驱车离去。我紧紧搂在怀里的,是我一生中一切雄心壮志的源泉,是我这个人的中枢,是我生命的中心,是我的所有,是我的妻子,是我对她的爱建立在磐石上的那个人!

"最亲爱的丈夫!"爱格妮斯说,"既然现在我可以用这个称呼叫你了,我还有一件事要告诉你。"

"说出来让我听听,宝贝。"

"这事发生在朵拉临终的那天夜里。她让你把我叫去的。"

"没错。"

"她告诉我,她留给我一样东西。你能猜出是什么吗?"

我相信我能。我把爱了我这么久的妻子拉近身边,搂得更紧了。

"她告诉我,她对我提出最后一个要求,托我办最后一件事。"

"这件事就是——"

"只有我才能补这个空缺。"

说完这话,爱格妮斯把头枕在我的怀里,哭了起来;我也跟着她哭了,然而我们是那么幸福。

第六十三章

一 位 来 客

　　我打算记述的,已经接近尾声了;但是还有一件事,在我的记忆中颇为突出,每当忆及此事,常常使我感到快慰;这件事若略过不写,那我织就的这张网中,就有一根线头没有结好。

　　我在名利两方面都有了进展,我的天伦之乐也十分美满,我结婚后已经过了十个幸福的年头了。一个春天的晚上,爱格妮斯和我正坐在我们伦敦家中的壁炉旁,我们的三个孩子也正在室内玩耍,这时仆人来通报说,有一位陌生的客人求见。

　　仆人曾问过他,是不是有事而来,那人回答说不是,只是来看看我,叙叙旧,他是远道而来的。我的仆人说,这位客人是位老人,看上去像个庄稼人。

　　这话让孩子们听起来很神秘,而且很像爱格妮斯常对他们说的他们爱听的一个故事的开头,说的是来了一个身披斗篷的老妖精,非常凶恶,憎恨所有的人;因而这事在孩子们中间引起了一阵骚动。我们的男孩子中,有一个把头伏在他妈妈的腿上,借以避免受到伤害;小爱格妮斯(我们最大的孩子)则把自己的布娃娃放在椅子上,作为她的代表,自己则跑到窗帘后面,一小簇金黄的鬈发从窗帘中间的缝隙里露了出来,躲在里面观察动静。

　　"让他来这儿吧!"我说。

　　不一会儿,进来了一个身板硬朗、头发花白的老人,他在昏暗的门道里停了一下。小爱格妮斯受了他的相貌的吸引,跑出去把他领了进来。还没等我看清他的面目,我的妻子便一跃而起,用兴奋激动的声音朝我喊道,原来是佩格蒂先生啊!

果然是佩格蒂先生。他现在是个老人了,不过这是个红光满面、精神抖擞、身强力壮的老人。刚一见面的激动过去之后,他在壁炉前坐了下来,孩子们依偎在他的膝头,火光照在他的脸上,我看上去,觉得他仍跟从前一样是个精力充沛,体格壮健,而且可说相貌颇为英俊的老人。

"大卫少爷,"他说,他用旧日的声音和旧日的称呼叫我,我听起来是那么自然、顺耳!"大卫少爷,我又见到你,见到你和你贤惠的太太在一块儿,这可是个大喜的日子啊!"

"的确是个大喜的日子,我的老朋友!"我大声说。

"还有这些可爱的小宝贝,"佩格蒂先生说,"瞧这些小花朵儿!嗨,大卫少爷,我头一回看到你那会儿,你也只有这些小乖乖中最小的那个高呢!那时候艾米莉也不见得高多少,我们那个可怜的小子,也还只是个毛头小伙呢!"

"从那时以来,时光带给我的变化,可比带给你的大多了,"我说,"不过,还是先让这几个可爱的小淘气上床睡觉去吧。既然你回到英国,就该住在这儿;告诉我,上哪儿取你的行李(我真想知道,跟他走了那么远路的那个黑提包,是不是还在其中),我好派人去取,然后来一杯亚茅斯掺水烈酒,让我们坐下来畅叙一番离别十年的情况!"

"就你一个人来吗?"爱格妮斯问道。

"是的,太太,"他吻了吻她的手,说,"就我一个人。"

我和爱格妮斯让他坐在我们两人之间,因为我们实在不知道怎样才能表达出对他的热烈欢迎。我又听到了昔日他那熟悉的话音,在我的想象中,我觉得他好像仍在长途跋涉,寻找他那心爱的外甥女儿。

"从那儿过来,"佩格蒂先生说,"得走很长很长一段水路呢,可是只能住上几个星期。不过我走惯了水路(特别是咸水);再说,朋友最亲爱,这儿我得来——这话还挺合辙的呢,"佩格蒂先生发现自己的这两句话竟然合辙押韵,颇感惊异地说,"不过我本来并没想到会这么合辙的。"

"几千里路远的跑来,这么快的就要回去?"爱格妮斯说。

"是的,太太,"他回答说,"动身来的时候,我答应过艾米莉。你知道,岁月不饶人,我不会越长越年轻,要是我不趁这会儿来,大概就再也来不了啦。这是我的一桩心事,在老得走不动之前,我一定要来看看大卫少爷,

看看温柔可爱、鲜花般的你,看看你们结婚后幸福美满的日子。"

他一直看着我们,仿佛怎么看也看不够似的。爱格妮斯笑着把他披散开的几绺花白头发,撩到后面,好让他看我们看得更加真切。

"现在,"我说,"把你们这些年来的情况,都跟我们讲一讲吧。"

"我们的情况,大卫少爷,"他回答说,"一会儿工夫就能讲完。我们没有碰上什么麻烦事,过得很顺当。我们一直过得很顺当。该怎么干活,我们就怎么干活;刚开始时,也许日子过得苦一点,不过总的说来,我们还是挺顺当的。不管是养羊,还是养别的家畜,反正不管干什么,我们干得要多好有多好。老天爷好像一直给我们降福似的,"说到这儿,他虔诚地低下头,"我们的日子一直很兴旺。这是说,从长远来看。要是昨天还不兴旺,那今天一准兴旺。要是今天还不兴旺,那明天一准兴旺。"

"艾米莉怎么样?"我和爱格妮斯两人不约而同一齐问道。

"艾米莉,"他说,"你跟她分手以后,太太——我们在澳大利亚的丛林里安下家来后,她每天晚上在帆布幔子另一边祈祷时,我没有一次不听到她为你祈祷的——那天太阳下山时,她和我都看不见大卫少爷了,起初她一直没精打采的,幸亏大卫少爷心肠好,想得周到,对我们瞒着那件事,要不,我看她真要垮了。当时,同船人当中,有些生了病的穷苦人,没人看护,她就去看护他们;跟我们一起的还有不少孩子,她也忙着照顾他们;她就这样整天忙着,一路做着好事,这帮了她,对她大有好处。"

"她什么时候才第一次听到那件事的?"我问道。

"我听说那件事以后,一直对她瞒着,"佩格蒂先生说,"差不多瞒了有一年。那时候我们住的地方很偏僻,但是周围有着各种好看的树木,墙上直到房顶上,都爬满了蔷薇花。有一天,我正在地里干活,来了个过路人,是打我们英国的诺福克或萨福克来的(到底是哪儿我记不清了)。见到他,当然就把他让到家里,请他吃喝,热情地招待他。我们殖民地那边的人,都是这样做的。他带了份旧报纸,还有别的一些印出来的讲到那场风暴的文章。艾米莉就是这样知道的。待我晚上回家时,我发现她已经知道这件事了。"

他说这句话时,声音放低了,我十分熟悉的昔日那种庄严神色,又布满在他的脸上。

"她知道这消息后变化大吗?"我们问道。

"唉,有很长一段时间,她变得很厉害,"他摇着头回答说,"只能说直到这阵子才好一些。不过依我看来,孤零零住在那儿对她大有好处,再说,像饲养各种家禽什么的,好多事都得她操心,她就把心事用在这些上头,这样才算挺过来了。这会儿要是你见了我的艾米莉,"他若有所思地说,"大卫少爷,我不知道你还能不能认识她!"

"她改变得这么大吗?"我问道。

"我说不上来。我天天见到她,看不出个什么;不过有时候,我觉得她的模样儿大大地改变了。细细的身子,"佩格蒂先生望着火炉,说,"看起来有点瘦弱。一对蓝眼睛很温柔,可是悲戚戚的;脸蛋儿挺清秀的;一个好看的小脑袋,老爱低着;说话慢声细气,举动文文静静——总是一副害羞的样子。这就是艾米莉!"

他坐在那儿,依旧望着火炉,我们则默不作声地看着他。

"有的人认为,"他说道,"她以前爱错了人;有的人认为,她结过婚死了男人;没有人知道到底是怎么回事。她本来有好多回都可以结婚,可是她对我说:'舅舅,那种事永远不会有了。'跟我在一起时,她总是高高兴兴的;有外人在场,她就避开;她老爱跑很远的路去教一个小孩,或者照顾一个病人,或者帮助一个年轻女孩准备婚礼;她帮过许多女孩准备婚礼,可是自己一次都没去参加;对她这个舅舅,她真是疼爱极了;再说她还很有耐心;男女老少没有一个不喜欢她的,没有一个有困难不找她帮忙的。这就是艾米莉!"

他伸手抹了一把脸,轻轻地叹了一口气,目光离开炉火,抬起了头。

"玛莎还跟你们在一起吗?"我问道。

"玛莎,"他回答说,"第二年就结婚啦,大卫少爷。有个小伙子,原来在一个农场里干活,赶着他主人的大车去赶集,每次都打我们那儿路过——来回一趟有五百多英里路程呢——他向玛莎求婚,说要娶她作老婆(老婆在我们那儿是很缺的);后来他们两人就自己在丛林里安家过日子了。她事先要我把她的真实情况转告那个小伙子。我代她转告了。他们两人就结了婚;他们住的地方,在四百英里之内,除了他们自己的声音和鸟叫声外,就听不到旁的声音了。"

"葛米治太太呢?"我试着问道。

这是件一提到就让人开心的事,因为佩格蒂先生一听便突然哈哈大笑起来,两只手上上下下直搓他那两条腿,就像他以前住在那早已被风刮烂的旧船屋里,每逢遇上开心事时惯常做的那样。

"这事你听了能信吗?"他说,"嘿,竟有人向她求婚呢!有个从前在船上当过厨子的人,后来定居下来了,大卫少爷,就是他向葛米治太太求婚来着,这事千真万确,要是没有这回事,我愿天诛地灭——我这话说得再清楚不过了!"

我从没见过爱格妮斯这样笑过。佩格蒂先生这一阵突然的欣喜若狂,她看了开心极了,因此就笑得没完没了;她越笑得厉害,越引得我发笑,就越使佩格蒂先生欣喜若狂,他搓腿的次数也就越多。

"葛米治太太说什么了呢?"我笑够后问道。

"要是你们相信我的话,"佩格蒂先生回答说,"葛米治太太并没有说,'谢谢,我很感激你,不过我已这么大岁数,不想改变我现在的生活了。'她不仅没有说,而且还提起身边的一只大水桶,扣到那个厨子的头上,弄得他大叫救命,我急忙跑进屋子,才把他给救了。"

说到这儿,佩格蒂先生又哄然大笑起来,我和爱格妮斯也陪他笑个不停。

"不过我得为她这个大好人说上几句,"当我们笑得实在筋疲力尽时,他抹了一把脸,接着说,"她完全做到了她临出国前对我说的话,而且超过了她说的。像她这样心甘情愿、忠实可靠、真心诚意、埋头苦干的女人,大卫少爷,是天底下从来不曾有过的。我再也没有听她抱怨说自己孤苦伶仃,一会儿也没有,即使在面前的是一片人生地不熟的殖民地,她也没有说过。而且我敢向你们保证,打从离开英格兰以来,她再也没念叨起她那死去的老头子!"

"哦,还有最后的一位,但并不是最不重要的一位,就是米考伯先生,"我说道,"他在这儿欠的债全都还清了——就连以特雷德尔名义开的期票欠款也还清了;你还记得那期票的事吧,我亲爱的爱格妮斯——因此我们理所当然地认为,他一定干得不错。最近有他的消息吗?"

佩格蒂先生笑眯眯地把手伸进胸兜,掏出一个折得平平整整的纸包,小心翼翼地从里面拿出一张样子特别的报纸。

"你得知道,大卫少爷,"他说,"由于我们的日子过得好了,这会儿我们已经离开丛林，搬到米德尔贝港附近，那是个我们把它叫作市镇的地方。"

"米考伯先生原先也住在你们附近的丛林里吗？"我问道。

"哦，是的，"佩格蒂先生说，"而且一心一意地干活。我从没见过一个有文化的人，能像他那样一心一意干活的。我见过他那秃脑袋在太阳底下晒得直冒油汗，大卫少爷，我真担心他的脑袋会晒化了。现在他是个地方治安官了。"

"地方治安官，呃？"我说。

佩格蒂先生指了指报纸上的一篇短讯，那报纸名叫《米德尔贝港时报》，于是我就把这篇短讯高声朗读起来：

　　昨日，于大旅社之宴会厅，公宴我著名殖民地同胞及本镇人士、米德尔贝港区治安官威尔金斯·米考伯先生。宾客济济一堂，大厅为之堵塞。据估计，同时前来赴宴者不下四十七人，而候于过道及楼梯上之来客均未统计在内。米德尔贝港之佳丽名媛、社会名流和杰出人物，纷纷向这位如此德高望重、才华卓著、众人爱戴之贵宾致敬。

　　主持宴会者为梅尔博士(米德尔贝港殖民地萨伦中学校长)，贵宾坐于其右。餐毕，唱过圣诗《不归我们》①后(圣诗歌声优美，吾人从中不难辨出天才业余歌唱家威尔金斯·米考伯大少爷银铃般之歌声)，众人首先频频举杯为例行的效忠爱国干杯②。

　　随后，梅尔博士满怀激情，即席发表演说，并提议"为吾辈之贵宾，本镇之光荣干杯。苟非更为腾达，愿其永远勿离吾辈，犹愿其在吾辈中间成就卓著，使无余地可更腾达！"

　　闻此祝词，与会之人欢声雷动，其盛况难以形诸笔墨。欢呼声犹如大海波涛，此起彼伏，滚滚不绝。最后，全场寂然，威尔金斯·米考伯先生起而致答谢词。鉴于目前本报人才匮乏，无力将此才华卓著之贵宾所作辞藻绮丽、流畅典雅之答词尽载，只能略事陈述，示意而已。此答词真乃演说词中之杰作也，其中数节详尽地追溯其本人事业成功之根

---

① 即《圣经·旧约·诗篇》第一百十五首，为感谢诗，多用于宴会。
② 即首先对国王、王后、太子及王室亲属祝酒干杯。

源,告诫年轻听众,切勿负无力偿还之债务,以其为覆舟礁石,避而远之。

情词恳切,在场之最坚强者,亦为之潸然泪下。随后则向下列诸人祝酒:梅尔博士,米考伯太太(伊自侧门鞠躬答谢,仪态雍容,其旁一群佳丽,高踞椅上,既观此盛况,亦为之增色也),里杰·贝格斯太太(即前米考伯大小姐),梅尔太太,威尔金斯·米考伯大少爷(彼戏称不能以言辞答谢,如蒙允许,愿以清歌一曲代之,此言一出,全场轰动),米考伯太太之娘家人(无须赘言,在故国声名卓著),等等,等等。祝酒已毕,神速撤去餐桌,以备跳舞。在特耳西科瑞①之诸多信徒中,以威尔金斯·米考伯大少爷及梅尔博士之第四女公子、秀美动人、多才多艺之梅伦娜小姐,最为引人注目。舞者尽情欢娱,直至太阳神示警始散。

我返回去看了看梅尔博士的名字,发现他就是从前那位穷困潦倒的梅尔先生,曾给我那位米德尔塞克斯的治安官当过助理教员,现在居然有了这样好的境遇,我真为他高兴。就在这时,佩格蒂先生又指着报纸上的另一处地方要我看,我的眼睛看到了自己的名字,于是我读道:

致著名作家

大卫·科波菲尔先生

亲爱的老友阁下,

自有幸得以亲瞻仪容,迄今已历有多年。而今文明世界之大众皆已仰慕阁下,阁下之名亦家喻户晓矣。

亲爱之老友阁下,吾虽与吾少年之友伴暌违两地,不得朝夕相见(由于吾无法制御之情势),然吾对阁下之翱翔腾达,从未忘怀也。纵使如彭斯所云:

虽怒海狂涛两相阻隔②

但对阁下胪列吾辈面前之才智盛筵,吾仍得以分享之也。

是故,亲爱之老友阁下,值此吾辈共同钦敬之人离此返国之际,吾

---

① 希腊神话中主管舞蹈和合唱的女神,为九位缪斯之一。

② 彭斯诗《往昔时光》中一行,原诗首字为But,此处改为Though。

不揣冒昧，愿假此良机，为吾个人，亦为米德尔贝港全体居民，公开申谢阁下赐予吾辈之厚惠。勇往直前，亲爱之老友阁下！阁下在此，既非名望无闻，亦非赏识无人。吾辈虽"远在异域"，并非"断绝亲朋"，亦非"忧郁悲愁"，更非"举步维艰"①。勇往直前，亲爱之老友阁下，鹰扬万里有望也！米德尔贝港居民，极愿怀欣喜、欢快、受教之情仰望阁下！

于地球此一部分仰望阁下之睽睽众目中，将永远有目一双，只要其尚未失明；此二目乃属于治安官威尔金斯·米考伯也。

我把报上其余的内容也匆匆浏览了一下，发现米考伯先生原来是该报一位极为勤勉、备受重视的通讯员。在同一份报纸上，还刊有他的另一封信，讲的是一座桥梁的问题；还有一则广告说，他所写的同一类型的书信集，将于近期再版，装帧精美，"篇幅较前大增"云云；同时，要是我没有完全猜错，报上那篇社论，也是他的手笔。

在佩格蒂先生跟我们待在一起的日子里，还有好几个晚上，我们都谈到了米考伯先生的很多事。佩格蒂先生在英国整个逗留期间，一直同我们住在一起——我想，大约没有超过一个月——他妹妹和我姨婆，都曾来伦敦看过他。他坐船回去时，我和爱格妮斯都到船上给他送行；在这个世界上，我们永远也不会有再给他送行的机会了。

在他临走之前，他曾和我一起去了一趟亚茅斯，去看了我在教堂墓地里给汉姆坟前立的那块小小的墓碑。在我应他的请求，为他抄写那简朴的墓志铭时，我看到他俯下身子，从坟头上拔了一束草，掬了一把土。

"带给艾米莉的，"他说，一面把草和土揣进怀里，"我答应过她的，大卫少爷。"

---

① 引号中词引自英国作家哥尔德斯密斯(1730—1774)长诗《旅人》中第一行。

第六十四章

最后的回顾

　　现在,我的这部传记写完了。掩卷之前,让我再作一次回顾——作最后一次回顾吧!

　　我看到我自己,偕同身旁的爱格妮斯,在人生的旅途上前进。我看到我们的孩子们和朋友们在我们周围;我还听到许许多多喧闹声,当我在旅途上前进时,我对此并不是漠不关心的。

　　在这些飞驰而过的人群中,哪一些面目我觉得最为清晰呢?看哪,是这一些!这个问题刚从我脑海中掠过时,它们全都朝我转过来了!

　　首先是我姨婆,戴着度数更深的老花眼镜,已是一位年逾八旬的老太太了,可是腰板还是笔挺,而且在寒冬腊月,还能一口气健步走上六英里路程。

　　一直跟她相依相伴的,是我那位心地善良的老保姆佩格蒂,她也戴上了老花眼镜,老爱在晚上凑近灯光做针线活,而每次坐下来做针线活时,身边总是带着一小块蜡头,一只盛在小房子里的码尺,还有一个盖上绘有圣保罗教堂的针线匣。

　　佩格蒂的两颊和双臂,在我童年时代是那么结实、红润,当年我老觉得奇怪,为什么鸟儿不去啄她,而去啄苹果,现在却干瘪皱缩了;她的眼睛,原来黑得连四周的脸都映黑了,如今却暗淡了(不过仍炯炯有神);可是她那粗糙的食指,以前我曾把它联想成小型豆蔻擦子,却依旧跟从前一样;每当我看到我最小的孩子,摇摇晃晃地从我姨婆跟前走到她跟前,抓住她的这个食指时,我就想起自己在老家那个小客厅里蹒跚学步的情景。我姨婆当年大为失望的事,现在也如愿以偿了;她做了一个真正的、活蹦乱跳的贝特西·特洛伍德的教母;朵拉(我们的二女儿)说,我姨婆把她给惯坏了。

佩格蒂的口袋里鼓鼓囊囊的,里面装的不是别的,原来是那本讲鳄鱼的书。现在这本书已经破旧不堪,一些掉下来的书页,重又缝在了一起,但是佩格蒂却把它当成一件珍贵的古董,给孩子们看。当我看到自己那张孩提时代幼稚的脸,从鳄鱼书上抬起来看着我时,也使我想起我的老相识谢菲尔德的布鲁克斯;这些都使我觉得奇怪。

今年暑假期间,在我的孩子们中间,我看到有个老人扎了几只大风筝,当风筝飞上天时,他一直朝它们看着,那股高兴劲儿,难以用语言形容。他欢天喜地地和我打着招呼,连连点头晃脑、挤眉弄眼地低声对我说:"特洛伍德,我有一句话,你听了一定会很高兴,我这阵子没有别的事要干了,我的那个呈文就快写成了;我还要告诉你,先生,你的姨婆是世界上最了不起的女人!"

这位弯腰驼背的老妇人是谁呀?她拄着一根拐杖,在冲着我的那张脸上,仍能依稀看出昔日的傲气和秀色,她正跟自己怨恨、愚钝、烦躁、恍惚的心情作着软弱无力的斗争。她在花园里,身旁站着一个身材瘦削、肤色深暗、面容憔悴的女人,她的嘴唇上有一条白色疤痕。让我来听一听她们在说些什么吧。

"罗莎,这位先生是谁呀?我怎么想不起来啦。"

罗莎俯身到她耳边,对她大声喊道:"这是科波菲尔先生啊。"

"见到你我很高兴,先生。看到你穿着丧服,我非常难过。我希望时光会使你好起来。"

那位陪侍她的人,很不耐烦地数落她,说我并没有穿丧服,要她再仔细看看,竭力想要她明白过来。

"你见到我的儿子了,先生,"那位年长的妇人说,"你们和好了吧?"

她呆呆地看着我,一只手放到前额上,呻吟起来。突然间,她用十分可怕的声音大叫起来:"罗莎,快过来,他死了!"罗莎跪在她脚前,时而抚慰她,时而又和她争吵;一会儿恶狠狠地对她说:"我一向都比你更爱他呢!"一会儿又把她像个病孩似的搂在怀里,哄她入睡。我就这样离开了她们,就这样时时看见她们,她们就这样年复一年地消磨掉她们的时光。

从印度驶回来的是一艘什么船?这位嫁给长了对招风耳、咆哮不已的苏格兰年老富豪的英国太太是谁呢？会是朱丽娅·米尔斯吗？

这真的是朱丽娅·米尔斯！好发脾气，爱讲排场；有一个黑人用金盘子向她呈上名片和信件，还有一个头扎鲜艳头巾、身穿亚麻布衣服、皮肤古铜色的女人，在她的梳妆室侍候她吃饭。不过朱丽娅现在不记日记了，也不唱《爱情的挽歌》了，而是永无休止地跟那个苏格兰年老富豪拌嘴吵架，那老头真像是一只皮毛晒黑了的黄熊。朱丽娅已经让钱埋到喉咙口了，所谈，所想，没有别的，净是钱。我倒更喜欢她在撒哈拉沙漠里呢。

也许这儿就是撒哈拉沙漠吧！因为，朱丽娅虽然有富丽堂皇的宅邸，终日高朋满座，每天美味珍馐，但是我看不到她身旁有青枝绿叶和万紫千红，她身边没有任何能开花结果的东西。朱丽娅所说的"社交界"里的人物，我都见过，其中有专利局的杰克·麦尔顿先生；他老是讥笑那位为他谋到这份差使的人，对我说斯特朗博士是个"非常好玩的老古董"。不过，如果社交界中净是这班不学无术的男男女女，如果社交界培养出来的都是这类对人类进步或倒退的事一概漠然视之的人物，朱丽娅啊，我认为，我们一定是在那同一座撒哈拉沙漠里迷了路了，最好还是找条出路逃出来吧。

看哪，那位博士，永远是我们的好朋友。他仍在辛辛苦苦地编他的那本词典（编到字母 D 了），在家里和他的太太过着幸福的生活。还有那位"老兵"，现在已经威风大减，影响力也今不如昔了。

前不久，我碰到了我亲爱的老朋友特雷德尔，他正在法学院自己的事务所里工作，看上去挺忙的；他的头发（在还没秃的地方），因为戴律师假发，不断弄乱，比以前更加桀骜不驯了。他的桌子上堆满一叠叠厚厚的案卷；我朝四处看了看，对他说：

"要是苏菲现在是你的文书，特雷德尔，活儿可够她干的了！"

"你可以这么说，我亲爱的科波菲尔！不过住在霍尔本大院的那些日子，也是非常美好的啊！不是吗？"

"是她说你一定会当上法官的时候吗？不过那时候，这句话还没有成为街谈巷议呢。"

"不管怎么样，"特雷德尔说，"要是我当上法官——"

"嗨，你知道你会当上的。"

"哦，我亲爱的科波菲尔，一旦我真的当上法官，我要像我从前说过的那样,说一说这段故事呢。"

我们俩胳臂挽着胳臂走了出来。我要和特雷德尔去他家赴宴;这天是苏菲的生日。一路上,特雷德尔对我大谈了他享受到的美满幸福生活。

"我亲爱的科波菲尔,我真得说,凡是我心里最想做的事,都做到了。就说霍雷斯牧师吧,年薪已提高到四百五十镑;我们的两个男孩,受的是最好的教育,而且品学兼优,非常出色;牧师家的女孩子中,有三个已经结了婚,婚姻都很美满;还有三个跟我们住在一起;剩下的三个,打从克鲁勒太太去世以后,就留在家里给霍雷斯牧师管理家务;她们都过得很快活。"

"只有——"我暗示说。

"只有大美人不快活,"特雷德尔说,"是的,她竟嫁了那样一个无赖,真是太不幸了。不过,当年他那副潇洒的派头和显眼的外表,把她给迷住了。不管怎样,现在我们已经把她安置在我们家里,摆脱掉他了,我们得设法使她重新振作起来。"

特雷德尔现在住的房子就是——或者很可能是——以前他和苏菲晚上散步时作过分配的那些房子之一。那是一座大房子;可是特雷德尔还是把他的文档保存在更衣室,他的靴子就跟文档放在一起;他和苏菲给挤到了楼上的房间里;他们把几间最好的卧室都让给大美人和另外几个姑娘了。家里再也没有空闲的房间;因为往往有我不知怎么才能数清的更多的"姑娘们",由于这样或那样的偶然事故,来这儿住,而且经常住在这儿。这天,我们一进门,她们就成群结队地跑到门口,把特雷德尔拉来推去的,挨个儿跟他亲吻,直亲得他喘不上气来。那位可怜的大美人,一个带着个小女孩的单身女人,已经在这儿永久安了家。前来赴苏菲生日宴会的,有三位结了婚的姑娘和她们的三位丈夫,还有其中一位丈夫的几个兄弟,另一位丈夫的表弟,以及另一位丈夫的妹妹,这位妹妹好像跟那位表弟已经订了婚。特雷德尔完全像从前那样朴实、真挚,像个家长似的坐在大餐桌的末端;苏菲坐在主位上,满面春风地朝他笑着,摆在他们两人之间闪闪发光的餐具,当然决不是不列颠合金的了。

现在,当我抑制住继续写下去的欲望,结束我的这项工作时,这些面孔都渐渐逝去了。但是,有一张脸,像天国的光芒照耀着我,使我看清了所有别的人和物,它高出了所有这一切,也超出了所有这一切。而且它常驻长

存,永不消失。

我转过头,看到了这张美丽而安详的脸,它就在我的身旁。我的灯光渐渐地暗了,我已经写到深夜;而我的这位亲爱的人——没有她便没有我——仍在我身旁陪伴着我。

哦,爱格妮斯,我的灵魂啊!在我的生命真的告终时,但愿你的脸也能这样守在我的身旁;当现实像我此时打发开的影子般从我眼前消逝时,但愿我仍能看到你在我的身旁,手向上指着!

经典译林

书名	单价	书名	单价
癌症楼	78.00 元	艾青诗集	35.00 元
爱的教育	39.00 元	安娜·卡列尼娜	65.00 元
安徒生童话选集	42.00 元	傲慢与偏见	36.00 元
奥德赛	92.00 元	八十天环游地球	32.00 元
巴黎圣母院	42.00 元	白洋淀纪事	39.00 元
百万英镑	35.00 元	包法利夫人	38.00 元
悲惨世界（上、下）	98.00 元	背影	28.00 元
被侮辱与被损害的人	39.00 元	边城	36.00 元
变色龙：契诃夫中短篇小说集	39.00 元	变形记 城堡	38.00 元
草叶集：惠特曼诗选	39.00 元	茶馆	32.00 元
茶花女	35.00 元	查拉图斯特拉如是说	38.00 元
沉思录	29.00 元	城南旧事	29.00 元
大卫·科波菲尔（上、下）	79.00 元	当代英雄	45.00 元
稻草人	29.00 元	地心游记	32.00 元
飞鸟集·新月集：泰戈尔诗选	39.00 元	飞向太空港	39.00 元
福尔摩斯探案集	58.00 元	复活	42.00 元
傅雷家书	49.00 元	富兰克林自传	36.00 元
钢铁是怎样炼成的	39.00 元	高老头	39.00 元
格列佛游记	35.00 元	格林童话全集	49.00 元
给青年的十二封信	38.00 元	古希腊悲剧喜剧集（上、下）	118.00 元

书名	单价	书名	单价
海底两万里	38.00 元	红楼梦	55.00 元
红与黑	49.00 元	呼兰河传	35.00 元
呼啸山庄	39.00 元	基督山伯爵（上、下）	108.00 元
纪伯伦散文诗经典	42.00 元	寂静的春天	35.00 元
假如给我三天光明	32.00 元	简·爱	39.00 元
金银岛	35.00 元	荆棘鸟	45.00 元
静静的顿河	128.00 元	镜花缘	49.00 元
局外人·鼠疫	38.00 元	菊与刀	35.00 元
宽容	32.00 元	昆虫记	39.00 元
老人与海	32.00 元	理想国	45.00 元
聊斋志异	55.00 元	列那狐的故事	39.00 元
猎人笔记	38.00 元	林肯传	39.00 元
鲁滨逊漂流记	39.00 元	鲁迅杂文选集	36.00 元
绿山墙的安妮	36.00 元	罗马神话	16.80 元
罗生门	39.00 元	骆驼祥子	32.00 元
麦田里的守望者	38.00 元	美丽新世界	35.00 元
名人传	39.00 元	拿破仑传	49.00 元
呐喊	29.00 元	牛虻	38.00 元
欧·亨利短篇小说选	36.00 元	欧也妮·葛朗台	32.00 元
彷徨	32.00 元	培根随笔全集	38.00 元
飘（上、下）	88.00 元	普希金诗选	42.00 元
乞力马扎罗的雪	39.80 元	热爱生命·海狼	38.00 元
人间草木：汪曾祺散文精选	49.00 元	人类群星闪耀时	36.00 元
人性的弱点	39.00 元	日瓦戈医生	68.00 元

书名	单价	书名	单价
儒林外史	42.00 元	三个火枪手	59.00 元
三国演义	59.00 元	沙乡年鉴	42.00 元
莎士比亚喜剧悲剧集	49.00 元	少年维特的烦恼	28.00 元
神秘岛	48.00 元	神曲（共三册）	128.00 元
圣经故事	35.00 元	十日谈	68.00 元
双城记	45.00 元	水浒传	69.00 元
四世同堂（上、下）	78.00 元	苔丝	39.00 元
谈美	26.00 元	谈美书简	36.00 元
汤姆·索亚历险记	32.00 元	汤姆叔叔的小屋	45.00 元
唐诗三百首	39.00 元	堂吉诃德	78.00 元
天方夜谭	42.00 元	童年	38.00 元
童年·在人间·我的大学	49.00 元	瓦尔登湖	36.00 元
我是猫	39.00 元	物种起源	42.00 元
雾都孤儿	44.00 元	西顿野生动物故事集	38.00 元
西游记	48.00 元	希腊古典神话	49.00 元
乡土中国	36.00 元	小妇人	45.00 元
小王子	29.00 元	星星离我们有多远	35.00 元
羊脂球	38.00 元	一九八四	36.00 元
伊利亚特	82.00 元	伊索寓言全集	35.00 元
尤利西斯	58.00 元	约翰·克利斯朵夫（上、下）	98.00 元
月亮和六便士	45.00 元	战争与和平（上、下）	108.00 元
朝花夕拾	22.00 元	中国民间故事	39.00 元
中国哲学简史	48.00 元	子夜	49.00 元
最后一课	36.00 元	罪与罚	66.00 元